안나
카레니나

안나
카레니나

2

열린책들 세계문학
모노 에디션

레프 톨스토이 장편소설 이명현 옮김

Анна
Каренина

ANNA KARENINA
by LEV TOLSTOI (1878)

일러두기

1. 원서 속에서 로마자로 표기된 러시아어가 아닌 외국어(프랑스어, 영어, 독일어 등)는 이 책에서도 원어 그대로 실었으며 괄호 안에 그 뜻을 병기했다.

2. 본문 속 성경 텍스트는 『공동 번역 성서』에서 인용하는 것을 원칙으로 하되, 본문 내용에 맞게 자체적으로 번역한 부분도 있다.

3. 이 책의 번역 대본으로는 Lev Tolstoi, *Anna Karenina*(Moskva: Khudozhestvennaia literatura, 1976)를 사용했다.

등장인물

안나(안나 아르카디예브나 카레니나) 주인공.
카레닌(알렉세이 알렉산드로비치) 그녀의 남편. 공직자.
세료자(세르게이, 쿠티크) 그녀의 아들.

스티바(오블론스키, 스테판 아르카디치) 안나의 오빠. 공직자.
타냐(탄추로치카), **그리샤, 릴리, 니콜라이, 마샤** 그의 자식들.
돌리(다리야 알렉산드로브나, 돌린카) 그의 아내. 셰르바츠키가의 첫째 딸.

셰르바츠키 공작(알렉산드르 드미트리예비치) 돌리의 아버지. 노공작.
셰르바츠카야 공작 부인 그의 아내.
나탈리(나탈리야 알렉산드로브나) 그의 둘째 딸.
키티(예카테리나 알렉산드로브나, 카테리나, 카텐카, 카탸, 카티카) 그의 막내딸.
리보프(아르세니) 나탈리의 남편. 외교관.

브론스키(알렉세이 키릴로비치, 알료샤) 청년 장교. 귀족 지주.
브론스카야 백작 부인 그의 어머니.
알렉산드르 그의 형. 장교.
바랴(바르바라) 그의 형수. 알렉산드르의 아내.
페트리츠키 그의 친구. 장교.
야시빈 그의 친구. 장교.
벳시(엘리자베타 표도로브나 트베르스카야) 그의 사촌. 안나의 친구.

레빈(콘스탄틴 드미트리치, 코스탸) 귀족 지주.
니콜라이(니콜라이 레빈, 니콜렌카) 그의 친형.
세르게이 이바노비치(코즈니셰프) 그의 아버지 다른 형. 작가.
스비야시스키(니콜라이 이바노비치) 그의 친구. 군(郡) 귀족단장.

마담 슈탈 귀부인.
바렌카(바르바라) 그녀의 양녀. 키티의 친구.
리디야 이바노브나 백작 부인. 카레닌의 친구.

제3부

1

세르게이 이바노비치 코즈니셰프는 정신노동을 좀 쉬고 휴식을 취하고자, 통상 그랬듯이 해외로 나가서 원기를 회복하는 대신 5월 말에 시골의 동생 집으로 왔다. 그의 신념에 따르면 최고의 생활은 시골에서의 일상이었다. 바로 이 생활을 만끽하기 위해 그는 지금 동생 집으로 온 것이다. 콘스탄틴 레빈은 무척이나 기뻤다. 더군다나 이번 여름에 니콜라이 형이 올 거라는 기대는 이미 접은 터였다. 하지만 세르게이 이바노비치에 대한 사랑과 존경심에도 불구하고, 콘스탄틴 레빈은 시골에서 형과 함께 지내는 게 불편했다. 시골을 대하는 형의 태도가 그에게는 거북하게 여겨졌으며, 심지어 불쾌하기까지 했다. 콘스탄틴 레빈에게 시골은 생활의 터전, 즉 기쁨과 고통과 노동의 터전이었다. 반면 세르게이 이바노비치에게 시골은 노동으로부터의 휴식이었고, 다른 한편으로는 그 효용을 자각하며 기꺼이 복용하는 퇴폐로부터의 해독제였다. 콘스탄틴 레빈에게 시골은 의심할 바 없이 유용한 노동의 무대라는 점에서 좋은 것이었던 반면, 세르게이 이바노비치에게 시골은 거기서 아무것도 하지 않아도 된다는 점에서 무엇보다도 좋았다. 게다가, 민중을 대하는 세르게이 이바노비치의 태도가 콘스탄틴으로서는 다소 불쾌했다. 세르게이 이바노비치는 자신이 민중을 좋아하며 잘 안다고 말하곤 했다. 그는 농부들과 자주 대화를 나누면서도 위선을 떨거나 거드름을 피우는 일 없이 이야기를 잘 풀어 가는 편이었는데, 매번 그러한 대화에서 민중에게 유리한 보편적인 결론들을 이끌어 냄으로써 자신이 민중을 잘 안다는 점을 입증하는 것이었다. 민중에 대한 그러한 태도가 콘스탄틴 레빈에게는 마뜩잖았다. 콘스탄틴 레빈에게 민중은 그저 공동 노동의 주된 참여자일 뿐이었다. 농부들에 대한 존경과, 그 스스로 말하듯 촌부였던 유모의 젖에서 빨아들인 게 분명한 농부들을 향한 피붙이와도 같은 애정에도 불구하고, 또 공동의 일에 함께 참여하는 사람으로서 때로는 그들의 힘과 온순함과 정의감에 매혹되다가도, 공동의 일에 있어 다른 자질들이 요구될 경우에는 그들의 무사태평과 방종, 음주벽과 거짓말에 아주 빈번하게 분노가 치밀기도 했다. 만일 그에게 민중을 사랑하느냐고 묻는다면, 콘스탄틴 레빈은 어떻게 대답해야 할지 정말이지 알 수가 없었을 것이다. 다른 사람들 일반에 대해 그러하듯이, 그는 민중을 좋아하기도 하고 싫어하기도 했다. 물론 선량한 사람으로서 다른 사람들을 싫어하기보다는 좋아했고, 따라서 민중에게 역시 그러했다. 그러나 민중을 특별한 그 무엇으로서 사랑하거나 사랑하지 않을 수는 없었다. 왜냐하면 그는 민중과 함께 살아왔고 그의 모든 이해관계가 민중과 얽혀 있었으며, 스스로 민중의 일부라고 여기는 사람으로서 자신과 민중에게서 그 어떠한 특별한 자질이나 결함을 발견하지 못했을 뿐 아니라, 자신을 민중과 대립시키는 것 자체가 불가하기 때문이었다. 또한 주인이자 중재인, 그리고 중요하게는 조언자로서(농부들은 그를 신뢰했고, 그의 조언을 구하러 40베르스타가량 되는 거리를 걸어서 오곤 했다) 오래도록 농부들과 친밀한 관계를 이루며 살아왔음에도 불구하고 그는 민중들에 대해 그 어떤 명확한 견해도 갖고 있지 않았기에, 혹시 민중을 아느냐고 묻는다면 그는 민중을 사랑하느냐는 질문에서와 마찬가지로 대답하기가 난처했을 것이다. 그에게 있어 민중을 안다는 것은 사람을 안다고 하는 것과 똑같았다. 선량하고 흥미롭다고 여겨지는 농민들을 포함하여 온갖 부류의 사람들을 그는 늘 관찰하고 알려고 들었으며, 그들에게서 끊임없이 새로운 특징들을 발견하고 그들에 대한 기존의 생각을 바꾸어 새로운 견해를 정립하곤 했다. 세르게이 이바노비치는 그와 정반대였다. 시골 생활을 자신이 좋아하지 않는 생활에 대한 대립물로서 좋아하고 예찬하듯이 그는 자신이 좋아하지 않는 계급에 대한 대립물로서 민중들을 좋아했으며, 역시 매한가지로 민중을 사람들 일반에 대립되는 특정한 존재로 간주했다. 그의 체계적인 이성 속에는 민중적 삶의 일정한 형식이 구축되어 있었는데, 그것은 부분적으로 민중의 삶 자체에서 도출된 것이기도 했지만 대부분이 대립적 사고에서 이끌려 나온 것이었다. 그는 민중에 대한 자신의 견해와 그들에 대한 동정 어린 태도를 결코 바꾸려 들지 않았다.

민중에 대한 판단에 있어서 이견이 발생할 경우에는 늘 세르게이 이바노비치가 동생을 이겼으니, 그가 민중과 그들의 특징, 본성과 취향에 대한 일정한 개념을 보유하고 있다는 점에서 그러했다. 콘스탄틴 레빈에게는 그 어떤 명료하고 항구적인 개념도 없었으므로 그러한 논쟁에서 언제나 자기모순을 드러내곤 했다.

세르게이 이바노비치에게 막내동생은 (그의 프랑스어 표현에 따르면) **심성이 잘 닦인** 훌륭한 청년이었으나, 지성에 대해 말하자면 두뇌 회전이 빠르긴 하되 순간적인 인상에 사로잡히는 탓에 모순으로 가득 차 있는 청년이었다. 때때로 형으로서의 아량을 베풀어 동생에게 사물의 의미를 설명해 주곤 했지만, 논쟁에서는 그를 격파하는 게 너무 쉬워 별다른 만족을 얻을 수 없었다.

콘스탄틴 레빈은 형을 위대한 지성과 교양을 지닌 인간이자, 가장 고차원적인 의미에서 고상하며 공공선을 위해 일할 재능을 타고난 사람으로 여겼다. 그러나 나이를 먹으며 형을 더 가까이서 알아 갈수록 그의 마음 깊은 곳에서는, 자신에겐 아예 존재하질 않는 그 공공선을 위한 활동 능력이 어쩌면 타고난 자질이 아니라 반대로 무언가의 결핍이라는 생각이 점점 더 자주 드는 것이었다. 선량하고 정직하며 고상한 열망과 취향의 결핍이 아닌 생명력의 결핍, 사람들이 〈가슴〉이라고 부르는 바로 그것, 인간으로 하여금 상상할 수 있는 그 모든 무한한 삶의 길 가운데 하나를 선택하고 그것을 소망할 수 있게 만드는 어떤 갈망의 결핍이었다. 형을 알면 알수록 더 확실하게 드는 생각이 있었으니, 세르게이 이바노비치를 비롯하여 공공선을 위해 일하는 다른 수많은 활동가들은 가슴에서 우러나와 공공선에 애정을 쏟는 게 아니라, 그것이 좋은 일이라는 이성적인 판단이 들었기에 그 일에 종사한다는 것이었다. 세르게이 형이 공공선이라든가 영혼 불멸의 문제에 대해 체스 게임이나 신형 기계의 정교한 구조에 대한 관심만큼도 진심 어린 관심을 표하지 않는다는 점이 레빈으로 하여금 그러한 추정에 확신을 갖게 만들었다.

그것 말고도 콘스탄틴 레빈이 형과 함께 시골에 있는 게 불편한 까닭은 또 있었다. 농촌에서, 특히 여름이면 레빈은 하루 종일 농사일로 바쁜 데다가 할 일을 다 해내려면 기나긴 여름날이 부족할 지경인데, 세르게이 이바노비치는 그저 쉬기만 하기 때문이었다. 그러나 저술 작업에서 손을 놓고 휴식을 취하고 있을지언정, 지적인 활동에 너무나 길들여져 있는 그는 머릿속에 떠오르는 생각들을 미려하고 간결한 형식으로 진술하기를 좋아했으며 누군가가 자신의 말을 들어 주기를 원했다. 그의 가장 일상적이고 자연스러운 청자는 동생이었기에, 형제간의 다정하고 소탈한 관계에도 불구하고 콘스탄틴은 형을 혼자 두는 게 마음에 걸렸다. 세르게이 이바노비치는 햇볕 내리쬐는 풀밭에 드러누운 채 일광욕을 하면서 한가롭게 수다 떨기를 좋아했다.

「넌 믿지 못할 게다.」 그가 동생에게 말했다. 「이 소러시아적인 게으름이 나에게 얼마나 큰 즐거움인지 말이야. 마치 머릿속이 텅 빈 듯, 생각이라곤 한 톨도 없어진단다.」

그러나 콘스탄틴 레빈은 형이 하는 얘기를 들으며 앉아 있기가 무료했다. 특히나 그가 없으면 농부들이 갈지도 않은 밭에 거름을 나를 테고, 곁에서 지켜보지 않으면 과연 그걸 또 어떻게 뿌려 버릴지 모를 일이었다. 혹은 쟁기의 앞날을 나사로 조이지도 않고 그대로 치워 버리고는, 쟁기란 건 도무지 실속 없는 물건이며 구식 쟁기가 낫다는 둥 하고 떠들어 댈

게 뻔했다.

「무더위에 돌아다니는 건 이제 그만하지그러냐.」

「아니, 잠시 사무소에 들러야 해서요.」 이렇게 대꾸하고서 레빈은 도망치듯 들판으로 달려갔다.

2

6월 초에 레빈의 유모이자 가정부인 아가피야 미하일로브나가 소금에 갓 절인 버섯 단지를 지하 저장고로 가져가다가 미끄러져 넘어지는 바람에 손목을 접질리는 사고가 났다. 학부 과정을 갓 졸업한 젊고 수다스러운 지방 의사가 와서는 손을 진찰하더니 탈골은 아니라면서 습포를 대주었다. 점심 식사를 하고 가기로 한 그는 보아하니 저명한 세르게이 이바노비치 코즈니셰프와의 대화를 즐기는 눈치였으니, 사물에 대한 자신의 교양 있는 시각을 피력하고자 지방 행정의 조악한 현황에 관해 불만을 토로하면서 군(郡)의 온갖 풍문들을 늘어놓는 것이었다. 세르게이 이바노비치는 그의 얘기를 주의 깊게 듣더니 이것저것 캐묻기 시작했다. 새로운 청자에 의해 고무된 그는 열을 내며 신나게 이야기를 늘어놓은 뒤 몇 가지 예리하고 묵직한 논평을 덧붙여 젊은 의사로부터 정중하게 그 진가를 인정받고는 동생 레빈이 익히 알고 있는, 활기를 띤 멋진 대화를 마친 뒤면 으레 솟아나는 예의 쾌활한 기분에 젖어 들었다. 의사가 떠나자 세르게이 이바노비치는 낚시 도구를 챙겨서 강으로 가고자 했다. 그는 낚시를 좋아했으며, 자신이 그렇게 바보 같은 소일거리를 좋아할 수 있다는 사실에 자부심마저 느끼는 듯했다.

마침 경작지와 목초지에 나가 봐야 했던 터라, 콘스탄틴 레빈은 형을 1인용 마차에 태워 데려다주겠다고 흔쾌히 나섰다.

계절은 여름의 중턱으로 접어들고 있었다. 올해의 수확이 이미 결정된 시기이며 내년 파종에 대해 생각하기 시작하는 시기. 풀베기 철을 앞둔 시기. 이삭을 피운 호밀이 회녹색을 띤 채 불어오는 바람에 아직 덜 여물어 가벼운 이삭을 흔들며 너울거리고, 연둣빛 귀리가 사방에 널린 노란 풀포기와 더불어 뒤늦게 파종한 길을 따라 삐죽삐죽 솟아 나오는 시기. 때 이른 메밀이 벌써 무성하게 싹을 틔워 땅을 뒤덮는 시기. 가축들의 발굽에 돌처럼 굳어 버린 휴경지를, 쟁기 날도 안 들어가 내버려둔 길만 빼고는 절반쯤 갈아엎은 시기. 들판에 실어 놓은 구덕구덕 마른 거름 더미가 저녁놀 물들 때마다 향기로운 풀과 함께 냄새를 풍기는 시기. 저지대에서는 소중히 보존해 둔 초원이 풀베기를 기다리며, 뿌리째 뽑혀 거무튀튀해진 싱아 줄기들과 뒤섞인 채 넓디넓은 바다처럼 펼쳐져 있는 시기였다.

해마다 반복되며 농민들의 온 힘을 불러 모으는 추수를 앞두고서 농사일에 짧은 휴식기가 시작되려는 참이었다. 곡물들은 풍작이었고, 이슬이 내리는 짧은 밤을 동반한 무덥고 쨍쨍한 여름날들이 이어졌다.

초원으로 가기 위해 두 형제는 숲을 지나가야만 했다. 세르게이 이바노비치는 가는 내내 나뭇잎이 무성한 숲의 아름다움에 탄성을 내지르며, 노란 턱잎들로 알록달록해진 채 꽃을 막 피우려는 보리수 고목의 그늘진 형상을 가리키거나 올해 돋아나 에메랄드처럼 빛나는 어린 나무의 떡잎들을 손짓

하곤 했다. 콘스탄틴 레빈은 자연의 아름다움에 대해 얘기하거나 듣는 걸 좋아하지 않았다. 말은 오히려 눈에 보이는 것으로부터 아름다움을 앗아 갔다. 그는 형의 말에 〈네, 네〉 하며 맞장구를 치고는 자기도 모르게 딴생각에 잠겼다. 숲을 다 지나왔을 때 레빈의 관심은 온통 언덕배기의 묵정밭의 풍경에 쏠려 있었다. 거기에선 풀들이 누르스름해져 가고 있었고, 거친 땅이 격자 모양으로 구획되어 있으며, 거름 더미가 비스듬히 쌓여 있는 곳도 있었고, 갈아엎어진 데도 있었다. 들녘으로 수레가 줄지어 가고 있었다. 레빈은 수레를 세어 보고는 필요한 만큼 내왔다는 생각에 만족스러워졌다. 곧 초원이 눈앞에 펼쳐지자 그의 생각은 풀베기로 옮겨 갔다. 건초를 수확할 때마다 그는 특별히 자신의 아픈 곳을 찌르는 듯한 느낌을 받았다. 초원에 다다르자 레빈은 말을 멈춰 세웠다.

빽빽한 나무숲의 풀 밑에 아침 이슬이 아직 남아 있었다. 세르게이 이바노비치는 발을 적시고 싶지 않아, 마차로 초원을 가로질러 종종 농어가 낚이는 버드나무 숲까지 데려가 달라고 했다. 풀이 짓밟히는 게 안타깝기 짝이 없었지만 콘스탄틴 레빈은 풀밭 속으로 마차를 끌고 갔다. 키 큰 풀들이 마차 바퀴와 말의 다리에 부드럽게 휘감겨서는 축축한 바큇살과 바퀴통에 풀씨를 묻혀 놓았다.

형은 버드나무 숲 아래 앉아 낚시 도구를 풀었고, 레빈은 말을 끌어다가 묶은 뒤 바람에도 꿈쩍 않는 광대한 회녹색 초원의 바다로 걸어 들어갔다. 물에 잠긴 풀밭에 들어서니 다 익어 벌어진 씨앗들을 매단 비단결 같은 풀들이 허리춤까지 올라왔다.

초원을 가로질러 길가로 나온 콘스탄틴 레빈은 퉁퉁 부어

오른 눈으로 분봉용 벌통을 나르는 노인과 마주쳤다.

「어찌 됐나? 잡았는가, 포미치?」 그가 물었다.

「말도 마십시오, 콘스탄틴 드미트리치! 자기 것은 잘 간수해야 하는데 말입니다. 이번에 도망친 게 벌써 두 번째랍니다……. 고맙게도 사람들이 쫓아가 줬지요. 나리의 밭을 갈다가요. 말을 풀어서 쫓아갔습죠…….」

「그래, 자네 생각은 어떤가, 포미치. 풀베기를 해야 할까, 아님 좀 더 기다릴까?」

「무슨 그런 말씀을! 성 베드로 축일[1]까지는 기다려야 한다는 게 저희 생각입니다. 나리께서는 늘 좀 일찍 풀베기를 하시는 편이죠. 참말이지, 하느님께서 좋은 풀들을 주실 겁니다. 가축들은 너른 풀밭을 누빌 테고요.」

「날씨는 어떨 것 같나?」

「그거야 하느님이 알아서 하시겠지만, 날씨도 아마 괜찮을 겁니다.」

레빈은 형에게 다가갔다. 아무것도 잡히지 않았지만, 세르게이 이바노비치는 무료해하기는커녕 오히려 최상의 기분인 것 같았다. 레빈의 눈에는 의사와의 대화에 자극을 받아 이야기를 하고 싶어 안달하는 형의 속내가 빤히 보였다. 하지만 그는 어서 집으로 가 내일 풀을 벨 일꾼들을 고용하는 일을 처리하여 자신의 신경을 온통 사로잡고 있는 풀베기에 관한 망설임을 해결하고 싶을 뿐이었다.

「어때요, 그만 갈까요?」 그가 물었다.

---

1 매년 6월 29일에 기념하는 민속 축일. 이날 이후 봄은 완전히 지나갔다고 간주되어, 농촌에서는 잡초 뽑기를 시작하고 풀베기 준비를 한다. 이하 모든 주는 옮긴이의 주이다.

「어딜 그리 서둘러? 좀 더 앉아 있어 보자고. 그런데 너 아주 흠뻑 젖었구나! 고기는 못 잡았지만, 그래도 참 좋구나. 어떤 취미든 자연과 함께라면 좋은 거지. 이 강철 빛깔의 물은 또 얼마나 멋지냐!」형이 말했다. 「이 초원의 기슭은 언제나 나에게 수수께끼 하나를 상기시켜 준단다. 혹시 알고 있니? 풀들이 물에게 이렇게 말하지. 〈우리는 흔들릴 거예요, 흔들릴 거예요.〉」

「그런 수수께끼는 모르겠는데요.」레빈이 시무룩하게 대꾸했다.

3

「저기 말이다, 실은 네 생각을 하고 있었단다.」세르게이 이바노비치가 말했다. 「그 의사가 내게 말했다시피, 이 군에서 벌어지는 일들은 정말 기가 막힐 노릇이더구나. 그 친구꽤나 똘똘한 젊은이더군. 너한테 이미 얘기한 바 있고 지금다시 말하는데, 네가 젬스트보에 나가지 않고 지방 행정에도관여하지 않는 건 바람직하지 못해. 생각이 제대로 잡힌 사람들이 다 나가 버리면, 모든 일이 어찌 되어 갈지 알 게 뭐냐. 우리가 내는 세금은 봉급으로 다 나가는데 학교도, 간호장도, 산파도, 약국도 없으니 도대체가 아무것도 없잖느냐.」

「저도 시도해 보긴 했잖습니까.」레빈이 마지못해 조용히대꾸했다. 「할 수가 없는걸요! 뭐, 어쩌겠어요!」

「아니, 왜 할 수가 없다는 거냐? 솔직히 이해할 수가 없구나. 무관심과 무능력일 리는 없고, 정말이지 단순히 게으름 때문인 거냐?」

「그도 저도 다 아닙니다. 애를 써봤지만 아무것도 할 수 없다는 걸 깨달은 것뿐이에요.」

레빈은 형의 말에 그다지 주의를 기울이지 않고 있었다. 강 건너 전답을 바라보던 중 무언가 거무스름한 게 그의 눈에 띄었는데, 그것이 말인지 말에 탄 영지 관리인인지 정확히 분간이 되지 않았다.

「도대체 왜 아무것도 할 수가 없단 말이냐? 시도를 해봤지만 네 식대로는 해낼 수가 없었으니 그냥 굴복해 버리겠다는 거겠지. 너는 자존심도 없는 거냐?」

「자존심이라뇨.」 형의 말에 비위가 상한 레빈이 대꾸했다. 「이해가 안 가는군요. 대학에서 다른 학생들은 다 미적분을 이해하는데 나만 모른다고 한다면, 그런 건 자존심의 문제라고 할 수 있겠죠. 하지만 이 경우는 달라요. 그 사업을 위해 특정한 능력을 갖출 필요가 있는지, 무엇보다도 그 모든 사업들이 아주 중요한 것인지 먼저 확신을 가져야 한다는 겁니다.」

「무슨 소릴! 그럼 그 일이 중요하지 않다는 거냐?」 세르게이 이바노비치가 말했다. 그는 자신이 종사하는 일을 동생은 중요하지 않다고 여기는 것에, 특히 동생이 자신이 하는 말을 죄다 흘려듣는 것에 발끈했다.

「중요하게 여겨지질 않아요, 끌리지가 않는다고요. 대체 저보고 어쩌라고요……?」 레빈이 대답했다. 그는 저쪽에 보이는 게 영지 관리인임을 알아보았다. 밭갈이를 중단시키고 일꾼들을 보내려는 게 분명했다. 일꾼들이 쟁기를 엎어 놓고 있었던 것이다. 〈정말로 벌써 다 갈았단 말이야?〉 그가 생각했다.

「자, 내 말 좀 들어 봐라.」 잘생기고 지적인 얼굴을 찌푸리면서 형이 말했다. 「모든 일에는 한계가 있는 법이다. 괴짜처럼 순수한 사람이 되거나 허위를 싫어하는 건 좋단 말이지. 그런 건 나도 다 이해하니까. 하지만 네가 하는 말은, 의미가 없거나 아니면 아주 나쁜 의미를 내포하고 있어. 네가 단언하다시피, 네가 사랑하는 민중이…….」

〈나는 단언한 적 없어.〉 콘스탄틴 레빈은 생각했다.

「……아무 도움도 못 받고 죽어 가는데, 어떻게 중요하지 않다고 생각할 수가 있지? 무식한 아낙들이 아이들을 혹사시키고 민중들은 무지몽매에 허덕이며 관리들의 횡포에 놀아나는데, 네 손에는 그들을 도울 수단이 주어져 있단 말이다. 그런데도 너는 그들을 도울 생각이 없다는 거 아니냐. 왜냐하면 그건 중요하지 않으니까.」

그리하여 세르게이 이바노비치는 동생을 딜레마에 빠뜨렸다. 〈네가 할 수 있는 그 모든 일을 인지하지 못할 만큼 네가 미성숙한 건지, 아니면 그 일을 하느라고 너 자신의 안온함이나 허영심을 포기하고 싶지 않은 건지 모르겠구나.〉 결국 형의 얘기는 이러했으니 말이다.

콘스탄틴 레빈은 그냥 굴복하거나 자신에게 공적인 일에 대한 애정이 결여되어 있음을 인정하는 수밖에 없다고 생각했다. 바로 그 점이 그 자신의 화를 돋우고 모욕감을 불러일으켰다.

「둘 다겠죠.」 그가 단호하게 말했다. 「저에게는 그런 일이 가능한 것으로 여겨지질 않아요…….」

「아니, 왜? 예산을 잘 분배해서 의료 지원을 해주는 게 불가능하단 말이냐?」

「제가 보기엔 불가능해요…… . 4천 평방베르스타나 되는 우리 군에서, 그것도 쌓인 얼음에, 눈보라에, 농번기까지 고려하면, 전 지역에 걸쳐 의료 지원을 시행하는 건 저로서는 불가능하다고 봅니다. 게다가 저는 본래 의술이라는 걸 신뢰하지 않아요.」

「잠깐만, 그건 틀린 생각이다…… . 수천 가지 예를 들 수 있어…… . 그럼 학교는 어떠냐?」

「학교가 왜 필요합니까?」

「무슨 소릴 하는 거냐? 아니, 교육의 유용성을 의심한다는 거냐? 교육이 너에게 좋은 것이라면 다른 누구에게도 좋은 것 아니겠어?」

윤리적으로 궁지에 몰린 듯한 마음에, 콘스탄틴 레빈은 발끈하여 자신도 모르게 공공의 일에 무관심해진 주된 이유를 말해 버리고 말았다.

「어쩌면 그 모든 게 좋은 건지도 모르죠. 하지만 내가 전혀 이용하지 않을 진료소의 설립을 내가 왜 신경 써야 합니까? 학교도 마찬가지예요. 내 아이들을 보내지도 않을 테고, 농노들도 자신의 아이들을 보내기 싫어하는데 말입니다. 나는 아직도 아이들을 학교에 보내야 하는지 확신이 안 섭니다.」

상황을 바라보는 이 예기치 못한 관점에 세르게이 이바노비치는 일순 어안이 벙벙했다. 하지만 그는 곧바로 새로운 공격 작전을 수립했다.

그는 말없이 낚싯대 하나를 꺼내 다시 물속에 던진 다음 미소를 지으며 동생을 쳐다보았다.

「자, 한번 보자꾸나…… . 첫째, 진료소는 필요해. 오늘만 해도 아가피야 미하일로브나를 위해서 지방 의사를 불러오지 않았냐.」

「유모의 손은 결국 비뚤어지고 말 거예요.」

「그건 아직 모를 일이고……. 그다음으로 교육받은 농부나 일꾼은 너에게 더더욱 필요하고 소중할 거다.」

「아니요, 길 가는 아무한테나 물어보라죠.」 콘스탄틴 레빈이 단호하게 대답했다. 「교육받은 일꾼이 훨씬 형편없어요. 길을 고치지도 못하질 않나, 다리를 세울라치면 도둑질이나 일삼죠.」

「하지만…….」 세르게이 이바노비치가 인상을 찌푸렸다. 그는 반론을 좋아하지 않았다. 게다가 끊임없이 이 얘기에서 저 얘기로 건너뛰고, 아무런 연관도 없이 새로운 논거를 자꾸 들이대서 도무지 무엇에 대꾸를 해야 할지 알 수가 없는 경우에는 특히 그랬다. 「하지만, 문제는 그게 아니야. 자, 그럼 너는 교육이 민중에게 유익하다는 건 인정하느냐?」

「인정합니다.」 레빈이 무심결에 대답했다. 그러고는 곧바로 자신의 생각과 다르게 대답했음을 깨달았다. 교육의 유익함을 인정한다면 자신이 한 말이 아무런 의미도 없는 헛소리였음을 스스로 입증하는 셈이었다. 어떻게 해서 입증이 되는 건지는 몰랐지만, 분명히 논리적으로 입증이 되리라는 건 알 수 있었다. 그래서 그는 그 논증을 기다리고 있었다.

논거는 콘스탄틴 레빈이 기대한 것보다 훨씬 간단하게 도출되었다.

「교육이 유익하다는 걸 인정한다면…….」 세르게이 이바노비치가 말했다. 「너는 정직한 사람으로서 그러한 사업에 애정과 공감을 갖지 않을 수 없을 테고, 따라서 그 사업을 위해서 일하지 않을 수 없을 거다.」

「하지만 저는 그 사업이 좋은 일이라는 걸 인정하지 않아요.」콘스탄틴 레빈이 얼굴을 붉히며 말했다.

「그게 무슨 소리냐? 방금 네가 말하기를…….」

「요컨대, 그 일이 좋지도 않을뿐더러 가능하지도 않다는 생각이에요.」

「그건 노력해 보지 않고는 알 수 없는 거다.」

「글쎄요, 그렇다고 치죠.」레빈은 이렇게 대답했지만, 속마음은 전혀 그렇지 않았다.「그렇다고 치자고요. 그럼에도 불구하고, 제가 무엇 때문에 그 일에 신경을 써야 하는지 저는 모르겠습니다.」

「아니, 어떻게 그럴 수가 있지?」

「그보다…… 속 얘기들은 웬만큼 털어놓은 것 같으니, 이제 저에게 철학적인 관점에서 설명을 좀 해주세요.」레빈이 말했다.

「여기서 왜 철학이 거론되는 건지 이해할 수가 없구나.」레빈이 듣기에 세르게이 이바노비치의 이 말은 마치 동생이 철학을 논할 권리를 인정할 수 없다는 투로 들렸다. 레빈은 화가 치밀었다.

「왜 그런지 말씀드리죠!」그가 핏대를 올리며 열변을 토하기 시작했다.「제 생각에 우리 활동의 원동력은 어디까지나 개인적인 행복입니다. 그런데 작금의 지방 자치 제도에서 귀족으로서 저는 스스로의 행복에 득이 될 만한 것을 전혀 찾아볼 수가 없습니다. 도로는 더 나아지지 않았고, 더 나아질 수도 없어요. 말들은 저를 태우고 끔찍한 길로 다닙니다. 의사와 진료소도 저에게는 필요 없습니다. 치안 판사도 필요 없고요. 저는 단 한 번도 치안 판사를 찾아간 적이 없으며, 앞으로도 그럴 겁니다. 학교도 저에게는 필요 없을 뿐만 아니라, 이미 형님께 말씀드린 것처럼 해롭기까지 하지요. 저에게 있어 지방 자치 제도는 1데샤티나당 18코페이카씩 납부하게 하고, 읍내에 출장을 다니며 빈대가 들끓는 곳에서 잠을 자게 하고, 온갖 빌어먹을 헛소리들을 듣게 하는 부역과 납세의 의무일 뿐이라고요. 개인적인 관심이라곤 전혀 생기지가 않는단 말입니다.」

「잠깐만……」 세르게이 이바노비치가 웃으면서 동생의 말을 끊었다. 「개인적인 관심이 우리로 하여금 농노 해방을 위해 일하도록 부추기지는 않았지만, 우리는 그 일을 해내지 않았느냐.」

「아니요!」 한층 더 열을 올리며 콘스탄틴이 말을 가로챘다. 「농노 해방은 다른 문젭니다. 거기에는 개인적인 이해관계가 개입되어 있었어요. 우리들을, 모든 선량한 사람들을 짓누르던 그 멍에를 벗어던지고 싶었던 겁니다. 하지만 지방 의회 의원 노릇을 한다는 건, 내가 살지도 않는 도시에 변소 청소부가 몇 명이나 필요한지, 어떻게 파이프를 설치할지 따위를 논의하는 거란 말입니다. 배심원이 되어서 햄을 훔친 농부를 재판하고, 변호사와 검사가 떠들어 대는 온갖 쓸데없는 소리를 여섯 시간 동안이나 내리 듣고, 판사가 내 식솔인 바보 알료시카 노인에게 〈피고는 햄을 훔친 사실을 인정하십니까?〉라고 물어보면 바보 알료시카가 〈예?〉 하고 되묻는 소리나 듣는 거라고요.」

콘스탄틴 레빈은 이미 요지에서 벗어나 바보 알료시카와 판사를 묘사하기 시작했다. 그에게는 그 모든 게 이야기의 주제와 관련된다고 여겨져서였다.

26

하지만 세르게이 이바노비치는 어깨를 으쓱했다.

「그러니까 네가 하고 싶은 얘기가 뭐냐?」

「제가 말하고 싶은 건 단지, 나와…… 내 이익과 관련된 권리라면 언제든지 전력을 다해서 지켜 낼 거라는 겁니다. 언젠가 헌병들이 우리 대학생들을 수색하고 우리의 편지를 검열했을 때, 나는 그 권리들을, 내 자유와 교육받을 권리를 전력을 다해 지킬 각오가 되어 있었죠. 병역의 의무라면, 내 아이들과 형제들, 나 자신의 운명과 관련된 것이 납득할 수 있습니다. 나와 관련된 문제는 협의할 의사가 있다고요. 하지만 4만 루블이나 되는 지방 예산을 어떻게 분배할지 판단하거나, 바보 알료시카를 재판하는 일 따위는 이해할 수도 없고, 이해하고 싶지도 않단 말입니다.」

마치 봇물이 터지듯 콘스탄틴 레빈은 이야기를 쏟아 냈다. 세르게이 이바노비치는 빙그레 웃었다.

「내일 네가 재판을 받는다고 치자. 그럼 뭐냐, 구식 형사 재판소²에서 재판을 받는 게 더 낫다는 거냐?」

「제가 재판을 받는 일은 없을 겁니다. 나는 아무도 칼로 찌르지 않았고, 그럴 필요도 없으니까요!」 그는 또다시 주제와 하등 관련이 없는 얘기로 건너뛰었다. 「우리 나라의 제도와 그 온갖 것들은 성령 강림 축일에 장식하는 자작나무³ 같은

---

2 알렉산드르 2세 치하에서 1864년에 시행된 사법 제도 개혁으로 러시아에 최초로 배심원과 변호인 제도가 도입되고 공개 재판이 이루어졌다. 그러나 개혁 이후에도 관습법을 따르는 구식 재판 제도는 여전히 잔존하였다.

3 예수 그리스도의 부활 후 50일째 되는 날 사도들에게 성령이 강림한 사건을 기념하는 축일. 러시아에서는 전통적으로 성령 강림 축일에 갓 베어 낸 신선한 풀들을 바닥에 깔고 자작나무나 단풍나무로 성상화를 장식하거나 화환을 만든다.

거라고요. 유럽에서 저절로 조성된 숲을 흉내 내려는 짓이죠. 저는 그 자작나무에 정성껏 물을 줄 수도, 그 효력을 믿을 수도 없습니다!」

세르게이 이바노비치는 어깨를 으쓱이며, 이 논쟁에서 엉뚱하게 자작나무 얘기가 튀어나온 게 어이가 없다는 뜻을 내비쳤다. 하지만 사실 그는 동생이 자작나무를 가지고 무슨 얘기를 하려고 했는지 곧바로 알아차린 터였다.

「자, 이런 식으로는 얘기가 안 되지 않겠니.」

하지만 콘스탄틴 레빈은 스스로 잘 알고 있는 자신의 결함, 즉 공공선에 대한 무관심을 변호하고 싶었기에 이야기를 계속했다.

「제 생각은⋯⋯.」 콘스탄틴이 말했다. 「그 어떤 활동도 개인적인 이해관계에 근거하지 않을 경우 내실이 있을 수 없다는 겁니다. 이건 보편적 진리라고요, 철학적인 진리 말입니다.」 마치 모든 이들과 마찬가지로 자기에게도 철학을 논할 권리가 있음을 보여 주려는 듯 그는 **철학적**이라는 단어를 힘주어 되풀이했다.

세르게이 이바노비치는 다시 한번 빙그레 웃었다. 〈이 아이에게도 자신의 기호를 뒷받침하는 나름의 철학이 있군.〉

「철학에 관한 이야기는 좀 제쳐 놓자꾸나.」 그가 말했다. 「시대를 막론하고 철학의 주요 과제는 바로 개인의 이익과 공공의 이익 간의 필연적인 연관성을 찾는 것이지. 하지만 문제는 이게 아니고, 중요한 건 너의 비유를 바로잡아야겠다는 거야. 장식하는 자작나무가 아니라, 심고 파종하는 자작나무가 문제인 게지. 그러니까 그것들은 신중하게 다뤄야 하는 법이다. 자신들의 제도에서 중요하고 의미 있는 것을 감지할 수 있는 감각이 있으며, 그것들을 소중히 여기는 민족만이 역사적인 민족으로 평가받을 수 있고, 오직 그런 민족에게만 미래가 열리는 법이야.」

이렇게 세르게이 이바노비치는 콘스탄틴 레빈에게는 낯선 역사 철학적 영역으로 논점을 돌림으로써 동생의 관점이 부당하다는 사실을 여실히 증명했다.

「그 일이 못마땅하다는 말에 대해 한마디 하자면, 미안하지만 그게 바로 우리 러시아인들의 게으름이자 오만함이야. 나는 네가 일시적으로 잘못 판단했으며 곧 괜찮아질 거라고 확신한다.」

콘스탄틴은 말이 없었다. 만신창이가 된 기분이었다. 그러나 한편으로는 자신이 말하고자 했던 바를 형이 이해하지 못했음을 감지했다. 왜 이해하지 못하는 건지, 당최 알 수가 없었다. 자신이 하고 싶은 말을 명료하게 할 줄 몰라서일까, 아니면 형이 이해하려 들지 않거나 이해할 수 없기 때문일까. 하지만 그는 그 문제에 대해 더 깊이 생각하고 싶지 않았다. 그는 형에게 반박하는 대신 전혀 다른 문제, 즉 자신의 개인적인 일에 몰입했다.

「자, 그럼 이만 가죠.」

세르게이 이바노비치는 마지막 낚싯줄을 감고, 콘스탄틴은 말고삐를 풀었다. 둘은 마차를 타고 출발했다.

4

형과 대화를 나누는 내내 레빈의 머릿속을 떠나지 않았던 개인적인 일은 다음과 같은 것이었다. 작년 어느 날 풀베기하는 걸 보러 갔던 레빈은 영지 관리인에게 화를 낸 후에 스스로를 진정시키는 자신만의 방법을 시도했다. 즉, 농부의 낫을 가로채서 직접 풀베기에 나선 것이다.

그 일이 마음에 들었던 그는 그 뒤로도 몇 차례나 풀베기에 나섰다. 집 앞의 풀들을 전부 베어 냈고, 올해 들어서면서는 농부들과 함께 며칠 동안 온종일 풀베기를 하리라는 계획을 봄부터 세워 둔 터였다. 그런데 형이 온 뒤로 레빈은 풀베기를 할지 말지 망설이게 되었다. 며칠씩 온종일 형을 혼자 두기가 미안하기도 했고, 그 일을 한다고 형이 자신을 비웃지나 않을지 걱정되었기 때문이다. 그러다가 풀밭을 지나가면서 풀베기의 감회를 떠올리고는 다시 그 일을 하겠노라고 거의 마음을 굳힌 참이었다. 형과 핏대를 올리며 이야기를 나눈 뒤 그는 자신의 계획을 재차 상기했다.

〈육체노동이 필요해. 안 그랬다간 내 성격은 완전히 못 쓰게 되고 말 거야.〉 그는 이렇게 생각하고는 형과 농부들이 보는 앞이라 거북할지라도 풀베기를 하리라 결심했다.

저녁 무렵 콘스탄틴 레빈은 사무소로 가서 이런저런 일들을 처리한 뒤, 내일 풀베기를 할 일꾼들을 불러 모으도록 마을마다 사람을 보냈다. 제일 넓고 무성한 칼리노비 초원의 풀을 벨 작정이었다.

「내 낫은 티트에게 보내 주시게. 망치질을 해서 내일 가져오도록. 아마 나도 풀베기를 하게 될 거요.」 그가 얼굴을 붉히지 않으려 애쓰며 말했다.

영지 관리인이 웃으면서 대꾸했다.

「분부대로 합죠.」

저녁때 차를 마시는 자리에서 레빈은 형에게 말했다.

「이제 날씨가 완연해요. 내일 풀베기를 시작하려고요.」

「내가 그 일을 무척이나 좋아하지.」 세르게이 이바노비치가 말했다.

「저야말로 엄청나게 좋아해요. 간혹 가다 농부들이랑 같이 직접 풀을 베기도 했어요. 내일은 하루 종일 풀을 벨 생각이에요.」

세르게이 이바노비치가 고개를 들고는 흥미로운 눈초리로 동생을 바라보았다.

「그게 무슨 말이냐? 농부들과 나란히 하루 종일 풀베기를 하겠다는 거야?」

「네, 기분이 아주 좋더라고요.」

「신체 단련으로서는 훌륭하다만, 견뎌 내지 못할 것 같은데.」 세르게이 이바노비치의 말투에서 조롱기라고는 전혀 찾아볼 수 없었다.

「해본 적이 있다니까요. 처음에는 힘들지만 나중에는 완전히 몰입하게 되죠. 농부들한테 뒤지지 않을 겁니다……」

「그것참, 대단하구나! 그런데 말이다, 농부들은 그걸 대체 어떻게 보겠냐? 십중팔구 귀족 나리가 이상하게 군다고 비웃을 텐데.」

「아니요, 저는 그렇게 생각하지 않아요. 그런 건 생각할 겨를도 없을 만큼 즐거우면서도 고된 노동이니까요.」

「그러면 농부들이랑 밥은 어떻게 먹을 작정이냐? 풀밭으로 라피트[4]를 나르기도 그렇고 구운 칠면조는 또 오죽 거북하겠어.」

4 남프랑스산 적포도주의 한 종류.

「그렇게는 아니고, 일꾼들이 쉬는 시간에 잠시 집으로 오려고요.」

다음 날 아침 콘스탄틴 레빈은 평소보다 일찍 일어났지만 영지 경영과 관련된 일들을 처리하느라 지체하게 되었다. 그가 풀베기 장소에 도착했을 때 일꾼들은 이미 두 번째 구역을 베고 있었다.

언덕 위에 서자 저 아래 이미 풀이 베어져 나간 초원의 그늘진 곳이 보였다. 잿빛으로 색이 바래 가는 구역들이, 맨 처음 풀베기가 시작된 곳에 일꾼들이 벗어 둔 검은색 웃옷 더미들과 함께 눈에 들어왔다.

점점 가까이 다가가니 줄지어서 나아가는 농부들의 기다란 행렬이 레빈의 눈앞에 펼쳐지기 시작했다. 누구는 웃옷을 걸치고 누구는 셔츠만 입은 채 각기 다르게 낫질을 하고 있었다. 그 수를 세어 보니 마흔두 명이었다.

그들은 오래된 저수지가 있는 울퉁불퉁한 초원의 저지대를 따라 천천히 나아가고 있었다. 레빈은 자기 집 일꾼 몇몇을 알아보았다. 옷자락이 아주 긴 셔츠를 입고서 꼬부랑 허리로 낫질을 하는 예르밀 영감도 있었고, 매 구역에서 맹렬한 기세로 낫질을 하는, 마부로 일했던 나이 어린 청년 바시카도 있었다. 작은 몸집에 빼빼 마른, 레빈의 풀베기 스승인 티트도 함께였다. 그는 허리를 숙이지 않은 채 선두에 서서, 마치 낫을 가지고 놀듯이 자신의 널따란 구역을 베어 나갔다.

말에서 내린 레빈은 길가에 고삐를 묶고 티트 곁으로 갔다. 그러자 그가 덤불숲에서 낫을 꺼내 그에게 건네주었다.

「준비해 두었습니다, 나리. 면도날처럼 저절로 베일 겁니다.」티트가 웃으면서 모자를 벗고는 그에게 낫을 건넸다.

레빈은 낫을 들고서 날을 시험해 보았다. 자기 구역의 풀 베기를 마친 일꾼들이 땀에 젖은 채 쾌활한 표정으로 하나둘 씩 길가로 나와서는 살짝 웃으며 나리와 인사를 나누었다. 그들은 그를 바라만 볼 뿐, 턱수염 없는 주름진 얼굴에 양가죽 외투를 입은 키 큰 노인이 앞으로 나와 레빈에게 말을 걸 때까지 그 누구도 입을 열지 않았다.

「정신 바짝 차리십시오, 나리. 일단 시작한 뒤에는 뒤처지시면 안 됩니다!」 그가 이렇게 말하자 일꾼들 사이에서 참았던 웃음이 터졌다.

「뒤처지지 않도록 노력하겠네.」 그가 대답을 하고는 티트의 뒤에 서서 일을 시작할 시점을 기다렸다.

「정신 바짝 차리십시오.」 노인이 되풀이해서 말했다.

티트가 자리를 비켜 주자 레빈이 그의 뒤를 따랐다. 길가에 자라는 짧은 풀들을 베어야 했는데, 오랫동안 풀을 베지 않은 데다 자신을 향한 일꾼들의 시선에 당혹스러워진 터라 처음에 레빈은 힘껏 낫질을 했지만 영 형편없었다. 그러자 등 뒤에서 이런 소리가 들렸다.

「낫을 제대로 쥐질 못했어. 자루가 너무 높잖아. 저런, 저 허리 굽힌 품새 좀 보게.」

「발뒤꿈치에 힘을 더 주십시오.」 다른 이가 말했다.

「괜찮아, 익숙해지실 걸세.」 노인이 말을 이었다. 「보게, 이제 제대로 나아가기 시작하셨잖은가…… 넓은 구역을 택하면 지치기 십상이지만…… 주인 나리시니 그럴 리 없지. 스스로를 위해 애쓰실 거야! 아니 저런, 저 모양하고는! 내 동생 같았으면 저렇게 했다가는 등짝을 후려쳤을걸.」

풀은 아주 부드럽게 잘려 나갔다. 레빈은 주변에서 들리는 애기에 아무런 대꾸도 않고, 최대한 풀을 잘 베려고 애쓰며 티트의 뒤를 따랐다. 둘은 1백 보쯤 나아갔다. 티트는 지친 기색이라고는 전혀 없이 쉬지 않고 앞으로 향했다. 하지만 벌써 레빈은 더 이상 버티지 못할 것 같은 생각이 들었다. 너무나도 지쳐 버린 것이다.

마지막 힘으로 낫질을 하고 있다고 느낀 그는 티트에게 그만 멈추자고 할 작정이었다. 그러나 바로 그때 티트가 알아서 멈추더니 몸을 숙여 베인 풀을 몇 가닥 쥐고는 낫을 닦은 다음 날을 갈기 시작했다. 레빈은 기지개를 켠 뒤 크게 심호흡을 하고 주위를 둘러보았다. 그의 뒤를 따르던 농부 역시 지친 모양인지 레빈이 있는 곳까지 다다르기도 전에 이내 멈춰서서 낫을 갈기 시작했다. 티트가 자신의 낫과 레빈의 낫을 다 갈고 난 뒤, 두 사람은 다시 풀베기를 시작했다.

두 번째 경우에도 마찬가지였다. 티트는 끄떡도 없이 쉬지도 않고 매번 낫을 휘두르며 앞으로 나아갔다. 레빈은 뒤처지지 않으려고 안간힘을 쓰면서 그의 뒤를 따랐지만, 점점 더 힘들고 괴로워지는 것이었다. 이어 온 힘이 완전히 바닥났다고 느껴지는 순간이 왔고, 바로 그때 티트가 멈춰 서서 낫을 갈았다.

그렇게 그들은 첫 번째 구역을 다 해치웠다. 그 긴 구역이 레빈에게는 특히 힘들었다. 한 구역을 마치자 티트는 낫을 어깨에 걸친 채 자신이 남긴 발자국을 따라 풀 벤 자리를 느린 걸음으로 되짚어 나섰고, 레빈도 똑같이 자신의 풀 벤 자리를 되짚어 걸었다. 그러고 있자니, 비록 땀이 비 오듯 흘러 콧잔등에서 방울져 떨어지고 등은 물에 흠뻑 젖은 듯 축축했지만 기분만은 더할 나위 없이 상쾌했다. 특히 기분이 좋은 건, 이제 끝까지 버텨 내리라는 자신감이 생겼기 때문이었다.

그의 기쁨에 흠집을 내는 단 한 가지 사실은 그의 구역이 제대로 베어지지 않았다는 점이었다. 〈팔은 좀 덜 휘두르고 몸 전체를 더 움직여야겠어.〉 재단한 듯 가지런히 잘려 나간 티트의 구역과 산만하고 들쭉날쭉한 자신의 구역을 비교하면서 그는 이렇게 생각했다.

레빈의 눈치로는 첫 번째 구역에서 티트가 특별히 속력을 냈는데, 이는 주인 나리를 시험해 볼 심산이었던 게 분명했다. 게다가 하필 맡은 구역이 긴 것도 사실이었다. 다음 구역들은 한결 수월했다. 어쨌거나 레빈으로서는 뒤처지지 않기 위해서 전력을 다해야 했지만 말이다.

농부들에게 뒤처지지 않고 일을 최대한 잘 해내겠다는 것 외에 레빈은 아무것도 생각하지 않았고, 아무것도 바라지 않았다. 들리는 건 단지 낫이 움직이는 소리요, 보이는 건 눈앞에서 멀어져 가는 꼿꼿한 티트의 모습과 활처럼 반원형으로 휜 풀 벤 자리, 천천히 물결치듯 기울어 가는 풀들, 낫 언저리의 꽃대들 그리고 휴식이 기다리고 있는 저 앞, 구역의 끝이었다.

어찌 된 영문인지 모르겠지만, 일하는 도중 그는 갑자기 땀에 젖어 후텁지근하던 어깨 부근이 상쾌하고 시원해지는 것을 느꼈다. 레빈은 낫을 가는 동안 하늘을 올려다보았다. 낮고 육중한 먹구름이 몰려오더니 굵은 빗줄기가 쏟아졌다. 한 무리의 일꾼들이 상의를 벗어 둔 곳으로 달려가서는 옷을 주워 입었다. 다른 이들은 레빈과 똑같이 빗줄기의 신선하고 상쾌함을 만끽하며 흥겹게 어깨를 움츠렸다.

한 구역, 또 한 구역씩 풀베기는 계속되었다. 풀이 잘 자랐거나 잘 못 자란 구역, 길거나 짧은 구역들을 차례차례 베어 나갔다. 레빈은 시간 감각을 완전히 상실하여 지금이 늦은 시각인지 이른 시각인지조차 전혀 감을 잡을 수 없었다. 그에게는 이제 엄청난 쾌감을 안겨다 줄 모종의 변화가 일어나기 시작했다. 일하는 도중 자신이 뭘 하고 있는 건지 망각하는 순간들이 찾아오곤 했고, 그러면 일이 수월해졌다. 바로 그러한 순간에는 그의 구역도 티트의 구역처럼 가지런하고 모양 좋게 되는 것이었다. 그러나 자신이 뭘 하고 있는지를 다시 상기하고서 더 잘해 보려고 애를 쓰기 시작하면, 바로 그때부터 일은 무지하게 힘들어지고 구역도 엉망이 되곤 했다.

한 구역을 더 마친 뒤, 그는 또다시 새 구역을 시작하려 했다. 그런데 티트가 일을 멈추더니 노인에게 다가가 무언가 조용히 얘길 건넸다. 그러더니 두 사람은 해를 바라보았다. 〈둘이서 무슨 얘길 하는 거지? 왜 새 구역을 시작하지 않는 거야?〉 레빈은 생각했다. 그는 농부들이 거의 네 시간 동안 쉬지 않고 풀베기를 했으며, 이제 아침 식사를 할 시간이 되었다는 사실조차 깨닫지 못하고 있었다.

「아침을 드실 시간입니다, 나리.」 노인이 말했다.

「시간이 벌써 그렇게 되었나? 그럼 아침을 먹도록 하지.」

레빈은 티트에게 낫을 건네고는, 웃옷을 벗어 놓은 쪽으로 빵을 꺼내러 가는 일꾼들과 함께 풀이 베여 나간 채 비에 살짝 젖어 있는 광활한 구역들을 가로질러 말을 매어 둔 곳으로 갔다. 그제야 그는 날씨를 예측하지 못한 바람에 건초를 빗물에 적셔 버렸다는 사실을 떠올렸다.

「건초가 상하겠구먼.」

「괜찮습니다, 나리. 본래 비 올 때 풀을 베고, 날 좋을 때 거두라지 않습니까!」 노인이 말했다.

레빈은 묶어 둔 말을 풀어 올라타고서 커피를 마시러 집으로 향했다.

세르게이 이바노비치는 막 잠자리에서 일어난 참이었다. 커피를 양껏 마신 레빈은 세르게이 이바노비치가 옷을 입고 식당으로 나오기도 전에 다시 풀베기 장소로 나갔다.

5

아침 식사를 마친 다음부터 레빈은 아까 있었던 그 자리 대신, 자기 곁으로 오라고 그를 불러 준 익살꾼 영감과 이번 여름 처음으로 풀베기에 나선 젊은 농부 사이에 서게 되었다. 젊은이는 지난가을에 장가든 새파란 청년이었다.

영감은 상체를 꼿꼿하게 세우고 밭장다리로 널찍널찍하게 걸음을 옮기면서 정확하고 흔들림 없이 앞으로 나아갔는데, 겉보기에는 그저 걸으면서 두 팔을 흔드는 이상의 힘이 들어가지 않은 것 같았다. 그는 드높이 가지런하게 자란 풀밭 구역을 장난치듯 유유히 젖혀 나갔다. 마치 그가 아니라 예리한 낫이 저 혼자서 농익은 풀줄기를 쌩쌩 가르는 것 같았다.

레빈의 뒤에서는 젊은 미시카가 따라오고 있었다. 싱싱한 풀잎을 꼬아 머리를 묶은 잘생긴 그의 얼굴에는 열심을 다하는 표정이 역력했는데, 그러면서도 누군가 자기를 쳐다보면 미소를 지어 보이는 것이었다. 보아하니 죽으면 죽었지 힘들다는 소리는 절대로 안 하겠다는 기세였다.

레빈은 그들 사이에 섞여 앞으로 나아갔다. 풀베기가 절정에 다다랐을 때도 그는 그다지 힘든 줄 몰랐다. 비 오듯 흐르는 땀이 그의 몸을 서늘하게 식혀 주었고, 등과 머리와 걷어붙인 팔꿈치로 따갑게 내리쬐는 햇볕은 그의 노동을 한층 더 굳세고 완강하게 만들어 주었다. 뭘 하고 있는지 생각하지 않게 되는 무의식 상태가 점점 더 잦아졌다. 낫이 저 혼자 풀을 베었다. 참으로 행복한 순간이었다. 한결 더 유쾌한 순간이 있었으니, 풀베기 구역 끝자락이 잠겨 있는 강가에 다다랐을 때, 영감이 무성하게 자란 축축한 풀에 낫을 문지른 뒤 강물에 강철 날을 헹구고는 숫돌을 담는 양철통에 강물을 떠다가 레빈에게 마시라고 건네주었던 것이다.

「자, 내 크바스[5] 한번 맛보시지요! 맛이 썩 괜찮습니다!」 그가 눈을 찡긋하며 권했다.

아닌 게 아니라 정말로 레빈은 양철통의 녹슨 향이 나고 풀잎이 둥둥 떠다니는 이 따뜻한 강물처럼 맛있는 음료를 마셔 본 적이 없었다. 이어서 행복하기 그지없는 느긋한 산책 시간이 시작되었다. 그동안에는 손에 낫을 든 채 흐르는 땀을 닦거나 가슴 한가득 심호흡을 하면서 풀베기꾼들의 기다란 행렬과 주변의 숲과 들판에서 벌어지는 일들을 두루 살펴볼 수 있었다.

자꾸자꾸 풀을 베어 갈수록 그는 더욱더 자주 무아지경의 순간을 맛보았다. 그 순간에는 두 팔이 낫을 휘두르는 게 아니라 낫 자체가 생명력 넘치는 그의 육신, 스스로를 자각하는 그 육신을 앞장서서 이끌었다. 그러면 마치 마법에라도 걸린

---

5 러시아인이 즐겨 마시는 전통 음료. 호밀로 만든 엿기름에 물을 섞어 발효하여 만든다.

듯이 아무런 생각 없이도 일이 저절로 정확하고 규칙적으로 되어 가는 것이었다. 최고로 행복한 순간이었다.

힘이 드는 것은 그러한 무의식적인 움직임을 멈추고서 불룩 솟은 둔덕의 풀을 언제 깎아 내야 할지, 뽑아내지 못한 싱아를 언제 베어야 할지 생각해야 하는 순간뿐이었다. 영감은 그런 일을 쉽사리 해냈다. 둔덕이 나오면 그는 동작을 바꾸고 발뒤꿈치나 낫 끄트머리로 양쪽을 두드려서 흙더미를 무너뜨렸다. 그러면서도 눈앞에 펼쳐진 광경들을 두루 살피고 관찰하는 것이었다. 때로는 나무줄기를 뜯어서 먹거나 레빈에게 권하기도 하고, 낫 끄트머리로 나뭇가지를 쳐내기도 하고, 메추리 둥지를 들여다본 뒤 낫으로 건드려 암컷을 날려 보내기도 하고, 길바닥에 나타난 뱀을 잡아다가 마치 포크로 찍어 올리듯 낫으로 들어 올려 레빈에게 보여 주고는 저 멀리 내던지기도 했다.

레빈과 그의 뒤에 선 새파란 청년은 그런 식으로 동작을 바꾸기가 어려웠다. 두 사람은 잔뜩 긴장한 채 한 가지 동작만 되풀이하면서 일에 열중할 뿐, 동작을 바꾸거나 동시에 눈앞의 사물을 관찰할 여력이 없었다.

레빈은 시간이 어떻게 가는지도 몰랐다. 그에게 몇 시간 동안 풀베기를 했느냐고 물으면 아마도 반 시간쯤 했다고 대답했을 것이다. 그러나 벌써 점심때가 다 되어 가고 있었다. 다시 새로운 구역에 들어섰을 때, 영감이 사방에서 농부들 쪽으로 다가오는 보일락 말락 한 여자아이들과 사내아이들을 향해 레빈의 주의를 돌렸다. 아이들은 키 큰 풀숲을 헤치고, 혹은 길을 따라서, 가녀린 두 팔을 길게 늘어뜨린 채 빵이 든 보따리와 천으로 마개를 틀어막은 크바스 단지를 날라 오고 있었다.

「저것 좀 보십시오, 딱정벌레들이 기어오고 있군요!」영감이 아이들을 가리키며 소리치더니 손을 이마에 대고 태양을 바라보았다.

두 구역을 더 베고 나서 영감은 일손을 멈췄다.

「자, 나리, 점심을 드셔야죠!」그가 딱 잘라 말했다. 강가에 다다른 일꾼들은 풀 벤 구역을 가로질러 웃옷을 벗어 둔 곳으로 갔다. 점심을 날라 온 아이들이 앉아서 그들을 기다리고 있었다. 농부들은 군데군데 모여 앉았다. 먼 쪽에 있는 이들은 수레 밑에, 가까운 쪽 사람들은 풀을 던져 놓은 버들 숲 아래 자리를 잡았다.

레빈도 농부들 곁에 가 앉았다. 그는 그곳을 떠나고 싶지 않았다.

지주 나리 앞이라 꺼리는 기색들은 이미 사라진 지 오래였다. 농부들은 점심 먹을 채비를 했다. 어떤 이들은 얼굴과 손을 씻었고, 젊은이들은 강에서 멱을 감았다. 쉴 자리를 마련하여 빵을 싼 보따리를 풀고 크바스 단지의 마개를 여는 이들도 있었다. 영감이 찻잔 속에 빵을 부수어 넣고 숟가락으로 짓이긴 다음 양철통에 담긴 물을 붓고서 빵을 더 치댔다. 그러고는 거기다 소금을 뿌린 후 동쪽을 향해 기도를 드렸다.

「나리, 제가 만든 빵죽 좀 드셔 보십시오.」그가 무릎으로 선 채 찻잔을 내밀었다.

빵죽이 어찌나 맛있는지 레빈은 점심을 먹으러 집에 갈 생각을 그만두었다. 그는 영감과 함께 점심을 먹고 나서 그의 집안일에 대해 이야기를 나누며 활기를 띤 채 영감의 일에 참견하는가 하면, 그가 관심을 가질 만한 자신의 일과 사정도 죄다 들려주었다. 그에게는 영감이 형보다도 더 가깝게 느껴졌다. 그에게서 느껴지는 다정함으로 인하여 레빈은 자기도 모르게 미소를 지었다. 영감이 다시 자리에서 일어나 기도를 한 다음 버들 숲 아래 풀을 베고 눕자, 레빈 역시 똑같이 따라 했다. 뙤약볕 속에서 파리와 딱정벌레가 끈덕지게 따라붙어 땀에 젖은 얼굴과 몸을 간질이는데도 불구하고 그는 금세 잠이 들었다. 잠에서 깼을 때는 해가 반대편으로 기울어 관목숲 자락에 닿아 있었다. 영감은 이미 한참 전부터 앉아서 젊은이들의 낫을 갈아 주고 있었다.

주변을 둘러본 레빈은 자기가 지금 어디에 있는 건지 금방 알아차리질 못했다. 그 정도로 사위가 변해 있었다. 광활한 초원이 말끔히 벌초되어 풀 향기를 머금은 채 기우는 저녁 빛을 받으며 새롭고 특별한 광채로 빛나고 있었다. 강변의 베어 낸 덤불들과 아까까지만 해도 눈에 띄지 않았으나 지금은 물굽이마다 강철처럼 반짝반짝 빛을 반사하는 강물, 움직이거나 몸을 일으키는 농부들, 아직 베지 않은 목초지에 서 있는 장대 같은 풀의 장벽. 이 모든 것이 완전히 새로웠다. 정신을 차린 레빈은 오늘 얼마나 풀을 베었고, 얼마나 더 할 수 있는지 헤아려 보기 시작했다.

마흔두 명의 일손치고는 굉장히 많은 일을 해치웠다. 부역 노동[6]을 하던 시절에는 서른 자루의 낫으로 이틀에 걸쳐 베어 냈을 드넓은 초원을 벌써 전부 끝낸 것이다. 남아 있는 곳은 구석의 짧은 구역들뿐이었다. 하지만 레빈은 그날 최대한으로 풀베기를 하고 싶었기에 그처럼 빨리 저물어 가는 해가 원망스러울 따름이었다. 피로감은 전혀 느껴지지 않았다. 그

6 농노제가 시행되던 당시 농민들이 지주를 위해 의무적으로 행하던 일.

저 좀 더 빨리, 최대한 많은 일을 해내고 싶을 뿐이었다.

「어떻게 생각하나? 마시킨 골짜기까지 베는 게 어때?」 그가 영감에게 말했다.

「안 될 거 있나요, 해가 기울긴 했습니다만. 젊은 친구들한테 술값이라도 쥐어 주실 테죠?」

간식 시간에 다시 자리를 잡고 앉아 몇몇이 담배를 피워 물었을 때, 영감은 〈마시킨 골짜기를 벌초하면 보드카를 마시게 될 거다〉 하고 젊은 일꾼들에게 공언을 했다.

「까짓것, 못 벨 건 또 뭐람! 앞장서게, 티트! 서둘러 해치우자고! 이따 밤에 배불리 먹으면 되지. 어서 가세!」 재촉하는 소리가 들려왔다. 일꾼들은 남은 빵을 마저 먹으면서 일을 개시하러 나섰다.

「자, 젊은이들, 정신 바짝 차리게!」 티트가 이렇게 외치고는 달음칠쳐 앞장을 섰다.

「어서 가세!」 영감이 티트의 뒤를 좇더니 금세 따라잡았다. 「내가 자넬 베어 버릴지도 몰라! 조심하라고!」

젊은이들도 노인네들도 앞을 다투다시피 풀을 베었다. 그러나 아무리 서둘러도 벤 풀의 모양새는 흉하지 않았고, 구역들은 여전히 말끔하며 시원하게 정리되어 갔다. 구석의 모퉁이는 5분 만에 해치웠다. 선두에 섰던 이들은 웃옷을 어깨에 걸치고는 길을 건너 마시킨 골짜기로 향했고, 마지막 남은 일꾼들은 마저 풀을 베었다.

그들이 양철통을 쩔렁대며 마시킨 골짜기의 숲이 우거진 계곡으로 들어섰을 때, 해는 이미 나무들 꼭대기로 넘어가고 있었다. 협곡 한가운데서는 풀이 허리춤까지 닿았고, 부드럽고 유연하며 널찍한 풀잎 사이로 숲속 곳곳에 제비꽃이 알록달록하게 피어 있었다.

세로로 벨 것인지 가로로 벨 것인지 잠시 의논한 뒤, 역시 이름난 풀베기꾼으로 몸집이 거대하고 혈색이 가무잡잡한 농부 프로호르 예르밀린이 앞장을 섰다. 그는 앞장서서 한 구역을 가로지르며 풀을 베어 내더니 뒤돌아서서 다시 풀을 쳐 나갔다. 그러자 모두가 그의 뒤편에 정렬하고는 골짜기를 따라 언덕 아래로, 혹은 언덕 위의 숲 가장자리로 풀을 베며 나아갔다. 숲 너머로 해가 넘어가고 벌써 이슬이 내려앉았다. 언덕 위에 있는 풀베기 일꾼들만이 아직 마지막 햇살을 받고 있을 뿐, 안개가 피어오르는 저지대와 그 건너편에서는 이슬에 젖은 신선한 그늘 속에서 풀을 베어 나갔다. 풀베기는 이제 한창이었다.

쓱삭쓱삭 소리를 내며 잘려 나가서는 곧바로 향을 풍기는 풀들이 열을 지어 드높이 쌓여 갔다. 짧은 구역 안에 빽빽이 들어선 일꾼들은 사방에서 숫돌이 든 양철통을 젱그렁거리거나 낫끼리 쩽쩽 부딪치는 소리, 혹은 숫돌로 쉭쉭 낫을 가는 소리를 내는가 하면, 서로를 재촉하면서 흥겹게 고래고래 소리를 지르기도 했다.

레빈은 아까와 마찬가지로 젊은이와 영감 사이에서 풀을 베었다. 양가죽으로 된 짧은 외투를 입은 영감은 여전히 쾌활하고 익살스러웠으며, 자유롭게 몸을 놀렸다. 숲속 물이 오른 풀들 사이에서 부풀어 오른 자작나무 버섯들이 끊임없이 눈에 띄었고, 그것들은 낫에 잘려 나가곤 했다. 그러나 영감은 버섯을 발견할 때마다 허리를 굽혀 주워서는 품속에 집어넣고 이렇게 중얼거렸다. 「할망구한테 선물할 게 또 늘었구면.」

축축하고 가녀린 풀을 베기가 아무리 수월하다 해도 골짜기의 험한 비탈을 오르락내리락하기란 힘든 일이었다. 그러나 그 일에 있어서도 영감은 움직임에 구애를 받지 않았다. 그는 한결같이 낫을 휘두르며 커다란 짚신을 신은 두 발을 짧은 보폭으로 견고하게 옮기면서 험준한 벼랑을 천천히 올라갔다. 온몸이 후들거리고 셔츠 아래 늘어진 바지 자락마저 덜덜 떨려도 자신이 가는 길의 풀 한 포기, 버섯 한 송이도 놓치는 법이 없었으며 여전히 농부들이나 레빈과 함께 농담을 주고받는 것이었다. 그의 뒤를 따르던 레빈은 그냥 기어오르기도 힘든 험한 언덕을 낫까지 들고 오르다가는 틀림없이 넘어지고 말 것이라는 생각에 사로잡히곤 했다. 그러나 그는 올라갔고, 할 일을 해냈다. 어떤 외부의 힘이 자신을 움직이고 있음을 그는 느꼈다.

6

마시킨 골짜기의 풀을 베고 마지막 구역까지 일을 다 마무리한 뒤, 일꾼들은 웃옷을 입고서 홍겹게 집으로 향했다. 말에 올라탄 레빈은 농부들과 아쉬운 작별을 나누고는 집으로 출발했다. 언덕 위에서 그는 뒤를 돌아보았다. 저지대에서 피어오르는 안개 때문에 그들의 모습은 보이지 않았다. 유쾌하고 걸쭉한 음성들과 호탕한 웃음소리, 낫이 부딪치는 소리만 들려올 뿐이었다.

레빈이 땀에 젖고 헝클어진 머리카락을 이마에 붙이고 검게 그을린 축축한 등과 가슴을 드러낸 채 신이 나서 떠들며 형의 방으로 들어왔을 때, 세르게이 이바노비치는 이미 한참 전에 식사를 마치고 자기 방에서 얼음이 든 레몬수를 마시며 방금 전 우편으로 온 신문과 잡지를 훑어보고 있었다.

「우리가 초원을 전부 베었어요! 아아, 기분이 너무 좋아요, 경이로울 지경이라고요! 형님은 어떻게 보내셨어요?」 레빈은 어제의 불쾌했던 대화는 깡그리 잊은 채 형에게 말을 걸었다.

「맙소사! 네 몰골이 그게 뭐냐!」 세르게이 이바노비치는 동생을 보자마자 언짢은 눈길을 던지며 말했다. 「그 문, 문 좀 닫아라! 한 열 마리쯤 들어왔을 거다.」 그가 소리를 질렀다.

세르게이 이바노비치는 파리를 도무지 견딜 수가 없어서 밤에만 자기 방의 창문을 열었고, 문은 언제나 꼼꼼히 닫아 두었다.

「하느님께 맹세코 한 마리도 안 들어왔어요. 들어왔다면 제가 잡을게요. 형님은 모르실걸요, 얼마나 짜릿한 쾌감이 느껴지는지 말이에요! 형님은 어떻게 지내셨냐니까요?」

「잘 지냈다. 그런데 정말로 하루 종일 풀베기를 한 거냐? 틀림없이 늑대처럼 배가 고프겠구나. 쿠지마가 너 먹으라고 온갖 것을 해놓았단다.」

「아니요, 뭘 먹고 싶은 생각은 없어요. 거기서 먹었거든요. 가서 좀 씻을래요.」

「그래, 어서 가보렴, 나도 나가마.」 세르게이 이바노비치는 동생을 바라보며 고개를 절레절레 흔들었다. 「나가라니까, 어서 가.」 그가 빙그레 웃으며 덧붙이고는 책을 챙기면서 자신도 나갈 채비를 했다. 그 역시 느닷없이 기분이 유쾌해져 동생과 떨어져 있기가 싫었다. 「그런데 비가 올 때는 어디 있었니?」

「비는 무슨 비요? 몇 방울 떨어지다 말던걸요. 금방 올게요. 그러니까 형님도 잘 지내셨다는 거죠? 아주 잘됐네요.」 그러고서 레빈은 옷을 갈아입으러 갔다.

5분 뒤에 형제는 식당에서 다시 만났다. 허기가 느껴지지 않았던 레빈은 단지 쿠지마의 성의를 무시하지 않기 위해 식탁에 앉았지만, 막상 먹기 시작하니 음식이 너무나도 맛있었다. 세르게이 이바노비치는 미소 띤 얼굴로 그를 바라보았다.

「아, 그래, 너에게 편지가 왔더구나.」 그가 말했다. 「쿠지마, 아래층에 가서 좀 가져다주게. 문은 꼭 닫고.」

편지는 오블론스키에게서 온 것이었다. 레빈은 소리 내어 편지를 읽었다. 오블론스키가 페테르부르크에서 보낸 편지였다. 〈돌리에게서 편지를 받았네. 아내는 예르구쇼보에 있는데, 왠지 일이 영 안 풀리는 것 같아. 부디 자네가 가서 조언 좀 해주게나. 자네는 뭐든 잘 알잖아. 자네를 보면 아내도 무척이나 반가워할 거야. 가련하게도 아내는 지금 완전히 혈혈단신이라네. 장모님은 다른 가족들과 함께 아직 외국에 계시거든.〉

「거참 잘됐네! 꼭 가야겠어요.」 레빈이 말했다. 「형님도 같이 가시죠. 참 좋은 분이거든요. 형님도 아시잖아요?」

「여기서 멀지 않은 곳이냐?」

「아마 30베르스타쯤 될걸요. 아니면 40베르스타 정도. 그래도 길이 아주 잘 닦였어요. 일사천리로 갈 수 있을 거예요.」

「잘됐구나.」 여전히 미소 띤 얼굴로 세르게이 이바노비치가 말했다.

동생의 모습이 그에게 곧장 즐거움을 불러일으킨 것이다.

「네 식욕이 아주 엄청나구나!」 접시 앞으로 고개를 수그린 레빈의 적갈색으로 그을린 얼굴과 목을 바라보면서 그가 말했다.

「정말 최고예요! 이런 생활 방식이 온갖 허튼 생각들을 떨쳐 버리는 데 얼마나 효과적인지 형님은 모를걸요. Arbeitskur (노동 치료)라는 신개념을 만들어서 의학을 보강하고 싶다니까요.」

「글쎄, 너한테는 별로 필요 없을 듯 싶은데.」

「각종 신경성 질환 환자들한테는 도움이 될 거예요.」

「그래, 한번 시험해 봐야겠구나. 나도 풀베기하는 곳에 너를 보러 가려 했어. 그런데 그놈의 더위를 견딜 수가 있어야 말이지. 숲까지 갔지만 더는 못 가겠더라. 조금 앉아 있다가 숲을 지나 마을에 들렀는데, 거기서 네 유모를 만났다. 그래서 농민들이 너를 어떻게 생각하는지 탐문해 보았지. 내가 이해한 바로는, 네가 그 일을 하는 걸 농민들은 그리 탐탁지 않아 하는 것 같아. 유모가 그러더구나, 지주 나리가 할 일이 아니라고. 내가 보기에, 농민들의 관념 속에는 그들 말마따나 〈지주 나리의〉 일이 아주 확고하게 정해져 있는 거야. 그래서 지주 나리가 그들의 관념 속에 이미 정해진 틀을 벗어나는 걸 받아들이지 못하는 거지.」

「그럴지도 모르죠. 하지만 그 일은 제 평생 경험해 본 적 없는 엄청난 희열을 안겨 주었어요. 게다가 나쁜 점이라곤 하나도 없잖아요. 안 그래요?」 레빈이 대꾸했다. 「농민들 마음에 안 들어도, 뭐 어쩌겠어요. 그렇다 해도 제 생각에는 별문제 없는 것 같은데요, 그렇지 않나요?」

「대체로는 그렇지.」 세르게이 이바노비치가 말을 이었다.

「보아하니, 오늘 하루가 만족스러운 것 같구나.」

「아주 흡족해요. 초원을 몽땅 베었다니까요. 게다가 어떤 노인이랑 친해졌거든요! 얼마나 매력적인 영감인지 형은 상상도 못 할 거예요!」

「그래, 너는 너의 하루에 만족하는구나. 나 역시 마찬가지다. 첫째로, 체스의 수를 두 가지 풀었단다. 하나는 아주 흥미진진해. 졸을 가지고 풀었거든. 내가 보여 주마. 그리고 어제 우리가 나눈 대화에 대해서도 생각해 보았다.」

「어제 나눈 대화요?」 행복한 표정으로 실눈을 뜬 채 식후의 포만감에 숨을 헐떡이던 레빈이 어제 했던 얘기가 도대체 뭔지 전혀 기억이 안 난다는 투로 되물었다.

「어느 정도는 네가 옳다는 생각이 들었다. 우리의 이견은, 말하자면 이런 거지. 너는 사적인 관심이 활동의 원동력이라고 보는 반면, 나는 일정한 교육 수준에 달하는 사람이라면 누구든지 공공선에 대한 관심을 가져야 한다고 주장하는 거다. 어쩌면 네가 옳을지도 모르지. 물질적인 이익이 걸려 있는 활동이 더 바람직하다는 생각 말이다. 대체로 너의 성정은, 프랑스인들 말마따나 지나치게 primesautière(충동적이야). 네가 원하는 것은 열정적이고 정력적으로 활동하거나, 아니면 아무것도 하지 않는 것 아니냐.」

레빈은 형이 하는 말을 듣고는 있었지만 전혀 이해하지 못했고, 이해하고 싶지도 않았다. 단지 자신이 이야기를 전혀 듣지 않고 있다는 걸 들킬 만한 질문을 형이 하지나 않을까 염려될 뿐이었다.

「그런 얘기야, 이 친구야…….」 세르게이 이바노비치가 동생의 어깨에 손을 얹으며 말했다.

「그럼요, 물론이죠, 여부가 있겠어요! 내 의견을 고집하지 않겠어요.」레빈은 아이처럼 미안해하는 듯한 웃음을 지으며 대꾸하고는 생각했다. 〈대체 뭘 가지고 입씨름을 했더라? 틀림없이 나도 옳고, 형도 옳고, 모든 게 다 잘된 거야. 근데 사무소에 가서 일 처리를 해야겠는걸.〉그가 미소 띤 얼굴로 기지개를 켜며 자리에서 일어섰다.

세르게이 이바노비치도 미소를 지어 보였다.

「좀 거닐고 싶으면, 같이 가자꾸나.」그가 말했다. 생기와 활기가 넘치는 동생이랑 떨어져 있기가 싫었던 것이다. 「가자, 필요하면 사무소에도 들르고.」

「아이고, 맙소사!」갑자기 레빈이 세르게이 이바노비치가 깜짝 놀랄 정도로 크게 소리를 내질렀다.

「왜? 무슨 일인데?」

「아가피야 미하일로브나의 손은 좀 어때요?」자기 머리를 툭툭 치면서 그가 말했다. 「유모 일을 까맣게 잊고 있었지 뭐예요.」

「훨씬 나아졌어.」

「그렇군요, 아무튼 유모에게 가봐야겠어요. 형이 모자도 쓰기 전에 돌아올게요.」

그러고서 레빈은 딸깍딸깍 발뒤축을 울리며 계단을 뛰어 내려갔다.

7

스테판 아르카디치가 페테르부르크로 온 까닭은, 관직에

있지 않은 사람들은 납득이 안 가겠지만 관직에 있는 사람들에게는 아주 자명하고도 당연한 임무, 그 일 없이는 직무 수행이 불가할 정도로 매우 중요한 임무를 수행하기 위해서였다. 그것은 바로 소속된 행정 부처에 자신의 존재를 상기시키는 일이었다. 그가 이 임무를 수행한답시고 집에 있던 돈을 몽땅 들고 나와 경마장이라든가 별장에서 즐겁고 유쾌한 시간을 보내고 있을 때, 돌리는 가능한 한 지출을 줄이기 위해 아이들을 데리고 시골로 거처를 옮겼던 것이다. 그녀는 결혼 지참금으로 받은 예르구쇼보 시골 영지로 내려갔는데, 바로 올봄에 매각했던 숲이 있는 그 마을은 레빈의 포크롭스코예 영지에서 50베르스타 거리에 있었다.

예르구쇼보의 크고 낡은 저택은 이미 오래전에 허물어졌고, 공작이 수리하고 증축한 결채만이 남아 있었다. 여느 결채들처럼 한쪽 옆은 출입할 때 다니는 가로수 길을 향해, 다른 쪽은 남쪽을 향해 세워져 있었는데, 20년 전 돌리가 아직 어린아이였을 때는 꽤 넓고 편리한 곳이었다. 하지만 지금 그곳은 낡고 퇴락해 있었다. 스테판 아르카디치가 봄에 숲을 팔러 다녀갔을 때, 돌리는 그에게 집을 좀 둘러보고 필요한 곳은 수리를 하도록 일러 달라고 당부했었다. 모든 죄 많은 남편들이 그러하듯, 스테판 아르카디치는 아내의 편의에 몹시 신경을 쓰면서 집을 손수 둘러보고 그가 판단하기에 필요한 모든 조치를 취해 놓았다. 그의 판단으로는 가구의 커버를 모조리 새로 갈아 씌우고, 커튼을 달고, 정원을 정돈하고, 연못에 조그만 다리를 놓고 꽃도 심어야만 했다. 그러나 그 외에 꼭 필요한 다른 수많은 사항들은 까맣게 잊었고, 그렇게 놓친 결함들이 이제 와서 다리야 알렉산드로브나를 괴롭했다.

아무리 자상한 아버지이자 남편이 되고자 애를 써도 스테판 아르카디치는 아내와 아이들이 있다는 사실을 도무지 잊어버리지 않을 수가 없었다. 그에게는 독신자의 취향이 있었고, 오직 거기에만 적응이 되었다. 모스크바로 돌아온 그는 모든 게 준비되었으며 집은 장난감 집처럼 아기자기해질 테니 어서 그리 가길 권하노라고 아내에게 자랑스레 큰소리를 쳤다. 아내가 시골로 떠나는 건 스테판 아르카디치에게 모든 면에서 아주 반가운 일이었다. 아이들에게도 좋고, 지출도 줄어들고, 자신은 한결 자유로워지기 때문이었다. 다리야 알렉산드로브나는 여름 동안 시골로 가 있는 것이 아이들을 위해서라도 불가피한 일이라 여겼는데, 특히 성홍열을 앓고 난 뒤 좀처럼 회복되지 않는 딸아이를 생각해서였다. 그다음으로는 그녀를 괴롭혀 온, 장작 장수와 생선 장수와 제화공에게 진 자잘한 외상 빚과 그로 인한 자잘한 모욕감에서 벗어나기 위함이었다. 더군다나 시골로 떠나는 마음이 즐거웠던 건 한여름에 외국에서 돌아올 여동생 키티를 시골집으로 불러들이려는 바람 때문이었다. 마침 그녀에게 먹을 좀 감으라는 처방이 내려진 터라, 키티는 두 자매의 어릴 적 추억이 가득한 예르구쇼보에서 언니와 함께 여름을 지내는 것만큼 기쁜 일은 없을 거라고 온천장에서 편지를 써 보냈었다.

처음에 시골 생활은 돌리에게 무척이나 힘들었다. 어릴 적 시골에서 살았던 그녀는 시골 생활이란 도시에서 겪은 온갖 불쾌한 일들로부터의 탈출구이며, 비록 투박하긴 해도(이 점에 돌리는 쉽사리 적응했다) 경제적이며 편하다는 인상을 가지고 있었다. 무엇이나 다 있고, 모든 게 값싸고, 뭐든지 다

구할 수 있고, 아이들에게도 좋다는 생각이었다. 하지만 주부로서 시골로 내려온 지금 그녀는 그 모든 게 자신의 예상과는 전혀 다르다는 사실을 알게 되었다.

돌리와 아이들이 도착한 다음 날 소낙비가 쏟아졌는데, 밤이 되자 복도와 아이들 방에 빗물이 새는 바람에 아이들 침대를 응접실로 옮겨야 했다. 요리사도 없었다. 가축지기 아낙의 말에 따르면 암소 아홉 마리 중 어떤 놈은 새끼를 뱄고, 다른 놈은 처음으로 새끼를 낳았고, 또 다른 놈은 너무 늙었고, 나머지는 젖이 잘 안 나온다고 했다. 버터도, 심지어 아이들 먹일 우유마저 모자랐다. 달걀도 없었다. 암탉을 구할 수 없어서 다 늙어 보랏빛이 나는 질긴 수탉들을 굽거나 삶아 냈다. 바닥 청소를 할 아낙도 구하지 못했다. 다들 감자를 캐러 나갔다는 것이다. 마차를 타고 다닐 수도 없었으니, 하나밖에 없는 말이 어물쩡거리다가 수레의 끌채를 뜯고 뛰쳐나가 버린다고들 했다. 먹을 감을 만한 곳도 없었다. 강가는 가축들에게 짓밟혀 온통 더럽혀진 데다 길을 향해 훤히 트여 있었다. 가축들이 무너진 울타리를 넘나들며 정원으로 나다녔기 때문에 산책조차 다닐 수 없었다. 게다가 무시무시한 황소가 한 마리 있었는데, 요란하게 울부짖는 품새로 보아 까딱하다가는 그 뿔에 받힐 게 뻔했다. 옷을 넣을 만한 옷장도 없었다. 있는 것들은 문이 닫히지 않거나, 닫혀도 옆을 지나칠 때마다 저절로 열렸다. 무쇠 주전자나 항아리도 없었다. 빨래를 삶을 솥도, 하녀 방에 다리미판조차 없었다.

평온과 휴식은커녕 끔찍한 재앙을 맞닥뜨린 다리야 알렉산드로브나는 절망에 빠졌다. 전력을 다하여 분주하게 돌아다녔지만 돌파구가 없는 상황임을 절감했고, 매 순간 솟구치는 눈물을 참았다. 기병 조장 출신의 영지 관리인은 다리야 알렉산드로브나가 처한 재난에 전혀 관심을 보이지 않았다. 잘생기고 점잖은 외모 때문에 스테판 아르카디치의 마음에 들어 문지기들 중 간택되어 소임을 맡게 된 그는 이렇게 말할 뿐이었다. 「도저히 뭘 할 수가 없습니다. 추잡하기 짝이 없는 농민들이라서요.」 그러고는 전혀 도와주지 않았다.

모든 상황이 절망적인 것 같았다. 그러나 다른 모든 집안과 마찬가지로, 오블론스키 일가에도 눈에 잘 띄지 않지만 아주 중요하고 쓸모 있는 인물이 한 명 있었으니, 다름 아닌 마트료나 필리모노브나였다. 그녀는 주인마님을 달래면서 **수습이 될 거라고**(이건 마트료나의 입버릇이었고, 마트베이는 그걸 흉내 내곤 했다) 단언하였으며, 서두르거나 전전긍긍하지 않고 알아서 일을 해나갔다.

그녀는 즉시 집사의 아내와 친해져서는 첫날부터 아카시아 나무 밑에서 집사와 그의 아내와 함께 차를 마시며 모든 일을 의논하기 시작했다. 그 아카시아 나무 밑에서 당장에 마트료나 필리모노브나의 모임이 결성되었고, 집사의 아내와 촌장과 마을 서기로 구성된 그 모임을 통하여 생활의 어려움이 조금씩 해소되기 시작했다. 그리고 일주일 뒤에는 실제로 모든 게 **수습되었다**. 지붕은 수리하고, 촌장의 대모를 요리사로 들이고, 암탉을 사 오고, 우유를 짜기 시작했으며, 정원에는 장대로 울을 쳤다. 목수가 와서 빨래용 홍두깨를 만들었고, 옷장에도 문고리를 달아 더 이상 문이 저절로 열리지 않게 되었다. 군복용 나사를 씌운 다리미판이 안락의자의 팔걸이와 서랍장 사이에 놓였고, 하녀 방에서는 다리미질하는 냄새가 풍겼다.

「자, 이것 보세요! 늘 낙담만 하시더니만.」 마트료나 필리모노브나가 다리미판을 가리키며 말했다.

심지어 짚으로 만든 바람막이로 욕장까지 만들었다. 릴리가 먹을 감을 수 있게 되면서, 비록 평온하진 않지만 편안한 시골 생활에 대한 다리야 알렉산드로브나의 바람이 부분적으로나마 실현되었다. 여섯 아이들을 거느린 다리야 알렉산드로브나에게 평온해진다는 것은 있을 수 없는 일이었다. 한 아이가 병이 나면 다른 아이도 병이 나려 했고, 어느 아이에게는 뭔가가 부족했으며, 또 다른 아이는 성격이 비뚤어질 조짐을 보이는 등 온갖 일이 계속되었다. 가끔씩, 아주 가끔씩만 짧은 평정의 시간이 주어지곤 했다. 그러나 그와 같은 분주함과 걱정거리들은 사실 다리야 알렉산드로브나가 누릴 수 있는 유일한 행복이었다. 그게 없다면 홀로 자신을 사랑하지 않는 남편에 대한 생각에 빠져 있을 터였다. 아이가 병이 날지 몰라 걱정되거나 실제로 병치레를 하는 것, 아이들에게서 나쁜 성정의 조짐을 보는 슬픔이 어머니로서 아무리 괴로워도, 아이들 자체가 다시 자잘한 기쁨들로 그런 고통을 보상해 주곤 했다. 물론 그러한 기쁨들은 너무나도 자잘해서 모래 속의 사금처럼 눈에 잘 띄지도 않는 데다 힘들 때면 오직 고통만이, 모래알들만이 보일 뿐이었다. 하지만 오로지 기쁨만, 오로지 사금만 보이는 좋은 순간들도 있었다.

이제 그녀는 시골의 호젓한 생활 속에서 점점 더 자주 그러한 기쁨을 자각하게 되었다. 종종 아이들을 보면서 자신이 잘못 생각하고 있다고, 어머니로서 자식들을 지나치게 편애하고 있다고 스스로를 설득시키고자 온갖 애를 쓰곤 했다. 그럼에도 불구하고 아이들이 너무나 사랑스럽고, 여섯 아이들 모두가 제각각이며, 보기 드문 아이들이라는 사실을 인정하지 않을 수가 없었다. 아이들로 인해 그녀는 행복했고 뿌듯했다.

8

모든 것이 이미 어느 정도 자리 잡혀 있던 5월 말, 돌리는 어수선한 시골 생활을 불평했던 자신의 편지에 대한 남편의 답장을 받았다. 그는 자신의 생각이 짧았던 점을 미안해하면서, 기회가 닿자마자 시골로 올 것을 약속한다고 적어 보냈다. 그러나 그런 기회는 도통 주어지질 않았고, 그리하여 6월 초가 되어서까지도 다리야 알렉산드로브나는 시골에서 혼자 지내고 있었다.

성 베드로 축일 주간이 시작되는 일요일에 다리야 알렉산드로브나는 아이들을 모두 성찬식에 참례시키고자 아침 예배를 드리러 갔다. 여동생이나 어머니, 혹은 친구들과 마음속에 담아 둔 철학적인 얘기를 나눌 때마다 다리야 알렉산드로브나는 종교에 대한 자유로운 생각으로 상대를 종종 놀라게 하곤 했다. 그녀는 자신만의 기묘한 윤회의 믿음을 갖고 있었고, 교회의 교리에 관해서는 크게 신경 쓰지 않은 채 자신만의 믿음을 고수했다. 그러면서도 가정에서는 교회가 요구하는 모든 사항들을 엄격하게 실행에 옮겼다. 이는 단지 모범을 보이려는 겉치레가 아니라 그녀의 진심에서 우러난 행동이었다. 그러던 차에 1년가량 아이들이 성찬 예배를 드리지 않아 그녀는 몹시 불안해졌고, 마트료나 필리모노브나의 전폭적인 지지와 공감에 힘입어 이번 여름에는 그 일을 실행에 옮기기로 결심했던 것이다.

다리야 알렉산드로브나는 며칠 전에 미리 각각의 아이에게 무슨 옷을 입힐지 생각해 두었고, 그리하여 아이들 옷을 새로 짓거나 수선하고 세탁하였다. 솔기와 소매 주름은 넓히고, 단추를 달고, 리본을 준비해 놓았다. 그런데 타냐를 입히려고 가정 교사인 영국 여자에게 맡겼던 옷이 다리야 알렉산드로브나의 기분을 망쳐 놓았다. 영국 여자가 속주름을 엉뚱한 곳에 잡아 놓았을 뿐 아니라 소매를 너무 내어 다는 바람에 옷이 완전히 망가지고 말았던 것이다. 타냐에게 입혀 보니 어깨 부분이 보기가 민망할 지경이었다. 다행히 마트료나 필리모노브나가 삼각 천을 덧대어 케이프를 만드는 방안을 고안해 낸 덕에 문제는 개선되었지만 영국 여자와는 거의 말다툼을 벌일 뻔했다. 어쨌든 다음 날 아침에는 모든 게 무사히 준비되었고, 9시경(신부님께는 그때까지 예배를 드리지 말고 기다려 달라고 부탁해 두었다) 곱게 차려입은 아이들이 현관 앞에 대기한 사륜마차 앞에서 즐겁고 환한 표정으로 어머니가 나오기를 기다리고 있었다.

달릴 생각은 안 하고 어물쩍대기만 하는 보론 대신에, 마트료나 필리모노브나의 주선으로 집사의 말 부리를 마차에 맸다. 몸단장을 하느라 꾸물거리던 다리야 알렉산드로브나는 흰 모슬린 드레스 차림으로 마차를 타러 밖으로 나왔다.

다리야 알렉산드로브나는 설레는 마음으로 꼼꼼하게 머리를 손질하고 옷을 차려입었다. 전에는 스스로 마음에 들 만큼 예뻐지기 위해 몸치장을 했다. 그러다가 나이가 들면 들수록 옷을 차려입기가 점점 더 싫어졌다. 자신이 얼마나 보기 싫게 변했는지 의식하고 있었던 것이다. 그러나 지금, 그녀는 다시금 설레고 흡족한 마음으로 몸단장을 했다. 이제 그녀는 자기 자신이나 아름다움을 위해서가 아니라, 저 귀여운 아이들의 어머니로서 나쁜 인상을 주지 않기 위해 옷을 차려입었다. 마지막으로 거울을 보았을 때 다리야 알렉산드로브나는 만족스러웠다. 그녀는 아름다웠다. 흔히들 무도회에서 예쁘게 보이고 싶어 하는 그런 종류의 아름다움이 아닌, 지금 염두에 두고 있는 목적에 잘 들어맞는 아름다움이었다.

교회에는 농부들과 문지기들, 그리고 그들의 아낙들 말고는 아무도 없었다. 하지만 다리야 알렉산드로브나는 사람들이 아이들과 자신의 모습에 감탄하는 것을 보았다. 혹은 본 것만 같았다. 맵시 있는 옷차림을 한 아이들은 어여뻤을 뿐만 아니라, 너무나 의젓하게 굴어서 사랑스러웠다. 사실 알료샤가 의젓하게 서 있질 못하고 자기 외투의 뒤쪽을 보려고 연신 뒤를 돌아보긴 했지만, 그럼에도 불구하고 아이는 유난히 귀여웠다. 타냐는 얌전히 서서 어른스럽게 동생들을 살폈다. 막내 릴리는 모든 것에 천진난만하게 놀라는 모습이 사랑스러웠다. 릴리가 성찬 성사를 받으며 〈Please, some more(조금만 더 주세요)〉라고 말했을 땐 그 누구도 미소를 감출 수 없었다.

집으로 돌아오는 길에 아이들은 무언가 장엄한 일이 거행되었음을 느끼고는 무척이나 경건해졌다.

집안일은 다 잘 돌아갔다. 그러나 아침 식사 때 그리샤가 휘파람을 불기 시작했고, 더 나쁘게도 영국 여자의 말을 안 듣는 바람에 파이를 못 먹는 일이 생겼다. 날이 날이니만큼 다리야 알렉산드로브나가 그 자리에 있었더라면 벌을 내리지는 않았겠지만, 영국 여자의 처분을 지지해 주어야 했기에 〈그리샤에게 파이는 없다〉는 그녀의 결정을 인정할 수밖에 없었다. 이 일이 전반적인 기쁜 분위기에 살짝 흠집을 냈다.

그리샤는 니콜렌카도 휘파람을 불었는데 개한테는 왜 벌을 안 주느냐, 자기는 파이 때문에 우는 게 아니며 그런 건 하등 상관없다, 다만 공정하지 못한 처사가 억울하다며 울어 댔다. 그 모습이 얼마나 서글펐는지, 다리야 알렉산드로브나가 그리샤를 용서해 주자고 의논할 작정으로 영국 여자에게 가던 참이었다. 그런데 홀을 지나던 순간 눈물이 솟구칠 만큼 가슴 벅찬 기쁨을 불러일으키는 장면을 목격한 그녀는 당장에 이 어린 죄인을 용서해 주고 말았다.

벌을 받은 아이는 홀 구석의 창틀에 앉아 있었고, 그 옆에서 타냐가 접시를 든 채 서 있었다. 타냐가 인형에게 밥을 주려는 것처럼 자기 몫의 파이를 방으로 가지고 내려가게 허락해 달라고 영국 여자에게 부탁하고는, 핑계와는 달리 동생에게 가져다준 것이었다. 자기가 받은 벌이 불공평하다며 계속해서 우는 와중에도 동생은 누나가 가져온 파이를 먹으면서 흐느낌 사이로 이렇게 말하고 있었다. 「누나도 먹어, 같이 먹자…… 같이.」

처음에는 그리샤에 대한 연민이 작용했지만, 나중에는 자신이 선행을 베풀었다는 자각으로 인해 타냐의 두 눈에도 눈물이 고였다. 타냐는 사양하지 않고 자기 몫의 파이를 먹었다.

어머니를 본 남매는 놀라서 겁을 먹었다가 그 얼굴을 눈여겨보고는, 자신들이 착한 일을 했다는 걸 깨닫고 곧 웃음을 터뜨렸다. 입안에 잔뜩 파이를 문 채 웃음 띤 입술을 두 손으로 문지르는 바람에 환하게 웃는 온 얼굴이 눈물과 잼 범벅이 되었다.

「아이고! 새로 지은 흰옷을 어쩜 좋아! 타냐! 그리샤!」 어머니는 소리를 지르며 옷을 깨끗하게 닦으려고 애쓰면서도 두 눈에는 눈물을 글썽인 채 행복하고 감동 어린 미소를 짓고 있었다.

아이들의 새 옷을 벗기고 여자애들에게는 블라우스를, 사내애들에게는 낡은 재킷을 입히게 한 뒤 (집사는 다시금 심란해지겠지만) 부리를 마차에 매라고 일렀다. 버섯을 따고 멱을 감으러 갈 요량이었다. 신이 난 아이들의 째질 듯한 비명이 방 안 가득 울려 퍼지더니 욕장으로 떠나기 직전까지 잦아들 줄 몰랐다.

광주리 한가득 버섯을 땄다. 릴리까지도 자작나무 버섯을 찾아냈다. 예전에는 미스 헐이 버섯을 찾아 릴리에게 보여주곤 했는데, 이제는 저 혼자서 커다란 자작나무 버섯을 찾아낸 것이다. 모두가 기쁨의 환성을 질렀다. 「릴리가 버섯을 찾았어!」

그런 다음에는 강가로 가서 자작나무 아래 마차를 세워 놓고 욕장으로 향했다. 마부 테렌티는 파리를 쫓아내려고 꼬리를 흔드는 말을 나무에 묶고서 자작나무 그림자 아래 풀을 깔고 누운 채 잎담배를 피웠다. 잦아들 줄 모르는 아이들의 깔깔대는 소리가 욕장에서 그의 귓전까지 들려왔다.

아이들을 전부 살피고 장난치지 못하게 하는 일이 성가시긴 해도, 또 제각각 주인이 다른 그 모든 양말과 바지와 장화 켤레들을 혼동하지 않도록 잘 기억하는 일, 그리고 그 모든 끈과 단추를 풀었다가 다시 묶고 채우는 일이 힘들긴 해도 다리야 알렉산드로브나 또한 늘 물놀이를 좋아했으며, 아이들에게도 이롭다고 생각했다. 아이들을 전부 데리고서 함께 물놀이를 하는 것보다 더 즐거운 일은 그녀에게 없었다. 포동포동한 다리를 하나씩 쥐고서 양말을 당겨 신기고, 아이들의 손을 잡거나 자그마한 알몸뚱이들을 두 팔에 안은 채 물에 담그고, 때로는 신이 나서 때로는 겁에 질려 터져 나오는 비명 소리를 듣고, 커다란 눈망울에 기쁨과 두려움을 가득 담은 채 헐떡거리며 물장구를 치는 자신의 천사들을 바라보는 것은 정말이지 커다란 기쁨이었다.

아이들 절반쯤이 옷을 입었을 때, 곱게 차려입고 방풍나물과 등대풀을 캐러 가던 아낙들이 조심스레 걸음을 멈추었다. 마트료나 필리모노브나가 강물에 젖은 목욕 수건과 셔츠를 말려 달라고 부탁하기 위해 한 아낙을 소리쳐 불렀고, 그 바람에 다리야 알렉산드로브나는 그들과 이야기를 나누게 되었다. 아낙들은 처음에는 손으로 입을 가리고 웃을 뿐 질문을 못 알아듣더니만 금세 거리낌 없이 그녀와 이야기를 나누었고, 곧 아이들을 아끼고 예뻐하는 진심 어린 모습으로 다리야 알렉산드로브나의 환심을 샀다.

「어머, 정말 미인이에요. 살빛이 설탕처럼 새하얗네.」 한 아낙은 타냐를 보며 감탄을 금치 못했다. 「그런데 조금 말랐구나…….」

「그렇다네. 아팠거든.」

「요것 좀 보게, 애도 멱을 감았나 봐요.」 다른 아낙이 젖먹이 아이를 보고 말했다.

「아니, 얘는 겨우 3개월 됐는걸.」 다리야 알렉산드로브나가 자랑스레 말했다.

「세상에나!」

「자네도 아이들이 있나?」

「넷을 낳았는데 둘만 남았답니다. 사내아이랑 여자아이예요. 여자아이는 지난 사육제 때 젖을 뗐지요.」

「몇 개월 됐는데?」

「두 살이나 됐어요.」

「왜 그렇게 오랫동안 젖을 먹였나?」

「저희들 관습이죠. 재계를 세 번 지낼 때까지요…….」[7]

뒤이어 다리야 알렉산드로브나로서는 가장 흥미로운 대화가 이어졌다. 출산할 때는 어땠느냐, 무슨 병을 앓았느냐, 남편은 어디서 일하느냐, 자주 오느냐 등등.

아낙들과 헤어지고 싶지 않을 정도로 이야기는 무척이나 재미있었고, 다리야 알렉산드로브나와 그들의 관심사는 완전히 일치했다. 무엇보다도 기분 좋았던 점은 자식들이 어쩌면 그리 많으며, 또 어쩌면 그리 다들 예쁘냐며 아낙들이 입을 모아 감탄하는 모습을 두 눈으로 똑똑히 본 것이었다. 아낙들은 또한 다리야 알렉산드로브나를 한바탕 웃기기도 했는데, 영국 여자는 자신이 이해할 수 없는 그 웃음의 이유가 바로 자신이라는 점에 기분이 상했다. 젊은 아낙들 중 한 명이 맨 꼴찌로 옷을 입는 영국 여자를 힐끔거리며 쳐다보다가 그녀가 치마를 세 번째 둘러 입자 마침내 참았던 말을 내뱉었던 것이다. 「에구머니나, 두르고, 또 두르고, 한없이 두르는

7 재계는 정교의 중요한 축일을 앞두고 몸과 마음을 경건하게 하기 위해 일정 기간 금식을 행하는 것을 말한다. 2월에 있는 사육제 때 젖을 뗐다고 했으니, 사육제 전까지 세 번의 재계(각각 6월, 8월, 11월에 시작되는 성 베드로 금식절, 성모 승천 금식절, 성탄 금식절)를 지내는 기간 동안 아이에게 젖을 먹였다는 얘기다.

구먼!」 그러자 모두가 폭소를 터뜨렸다.

9

머리에 두건을 두른 다리야 알렉산드로브나가 물놀이를 마친 젖은 머리의 아이들에게 둘러싸인 채 집에 가기 위해 마차를 타려는데 마부가 말했다.

「어떤 나리께서 오시는데요. 아마도 포크롭스코예의 나리 같습니다.」

앞을 내다본 다리야 알렉산드로브나는, 회색 모자에 회색 외투를 입고서 그들을 마중 나온 레빈의 낯익은 모습을 발견하고 기쁨을 감추지 못했다. 그를 볼 때마다 그녀는 반가웠지만, 아낙들에게 온갖 찬사를 들은 지금은 특별히 더 그러했다. 과연 어떤 점에서 그녀가 훌륭한지를 레빈만큼 잘 알아줄 만한 사람은 그 누구도 없을 터였다.

그녀를 본 레빈은 언젠가 자신 또한 누릴 법한 가정생활의 한 장면을 눈앞에 맞닥뜨리는 것만 같았다.

「둥지 속 어미 닭이 따로 없군요, 다리야 알렉산드로브나.」

「어머, 정말 반가워요!」 그녀가 레빈에게 손을 내밀며 말했다.

「반갑다니요, 저한테는 연락도 하지 않으셨으면서. 우리 집에는 형님이 와 계십니다. 스티바의 편지를 받고 여기 계시다는 걸 알았어요.」

「스티바한테서요?」 다리야 알렉산드로브나가 놀라서 되물었다.

「네, 여기로 오셨다면서 제가 와서 뭔가 도울 수 있지 않겠느냐고 썼더군요.」 얘기를 꺼내자마자 레빈은 갑자기 당혹스러운 기색으로 말을 멈추고는, 보리수의 새순을 뜯어 입에 넣고 씹으면서 말없이 마차 곁을 걸어갔다. 남편이 해야 마땅할 일에 남의 도움을 받는다는 사실이 다리야 알렉산드로브나로서는 불쾌하리라라 추측되어 당황한 것이었다. 실제로 다리야 알렉산드로브나는 자기 집안일에 남을 엮어 넣은 스테판 아르카디치의 행동거지가 못마땅했으며, 레빈도 그 점을 이해하고 있음을 곧장 알아차렸다. 그렇게 민감하고 세심한 이해심 때문에 다리야 알렉산드로브나는 레빈을 좋아했다.

「물론 잘 알고 있습니다.」 레빈이 말했다. 「얘긴즉슨 부인께서 저를 보고 싶어 하신다는 거죠. 그래서 저는 아주 기쁩니다. 당연히 부인 같은 도시의 안주인께는 이곳은 아주 척박할 테죠. 그러니 필요하시다면 제가 힘닿는 대로 도와 드리겠습니다.」

「어머, 아니에요!」 돌리가 말했다. 「처음에는 불편했지만, 지금은 제 늙은 유모 덕분에 모든 게 아주 잘 해결되었어요.」 그녀가 마트료나 필리모노브나를 가리켰다. 자기 얘기를 하는 걸 눈치챈 마트료나는 레빈을 향해 다정하고 환하게 미소를 지어 보였다. 그녀 역시 레빈을 잘 알았고, 그가 막내 아가씨의 좋은 신랑감이라는 점도 아는 터라 혼사가 잘 성사되기를 바라고 있었다.

「어서 마차에 타시지요, 저희가 이쪽으로 좁혀 앉을게요.」 그녀가 레빈에게 말했다.

「아닙니다, 걸어가겠습니다. 누구 나랑 같이 말이랑 달리기 시합 할 사람?」

아이들은 그를 잘 몰랐고 언제 보았는지도 기억하지 못했다. 그러나 그를 대하면서는 위선을 떠는 어른들을 대할 때 종종 보이곤 하는 이상한 수줍음과 혐오의 감정을 드러내지 않았다. 그런 태도 때문에 아이들은 호되게 벌을 받기 일쑤였다. 위선은 어떤 일에서든 간에 가장 영리하고 통찰력 있는 사람일지라도 속일 수 있는 법이다. 하지만 세상 물정을 전혀 모르는 아이라면, 아무리 교묘하게 눈속임을 할지언정 위선만큼은 알아보고 외면하기 마련이다. 다른 결점이라면 몰라도 레빈에게 위선은 눈곱만치도 없었으며, 따라서 아이들은 어머니의 표정에 나타난 것과 똑같은 다정함을 드러냈다. 그의 제안에 손위 아이들 둘이 응하여 얼른 뛰어내려서는 유모나 미스 헐, 혹은 어머니와 함께할 때처럼 거리낌 없이 달리기 시작했다. 릴리도 그에게 가겠다고 졸라서 어머니가 아이를 그에게 건네자, 레빈은 어깨 위에 릴리를 목마 태우고 아이와 함께 달려갔다.

「걱정 마세요, 걱정 마시라고요, 다리야 알렉산드로브나!」 그가 쾌활하게 웃으며 아이 어머니를 향해 말했다. 「애를 다치게 하거나 떨어뜨리는 일은 절대로 없을 겁니다.」

민첩하고 힘차면서도 조심스럽고 주의 깊으며 무척이나 긴장된 그의 동작에, 아이 어머니는 안심하고서 그에게 격려의 미소를 환하게 지어 보였다.

여기 시골에서, 아이들과, 그리고 그에게 호감을 주는 다리야 알렉산드로브나와 함께 있자니 레빈은 종종 그러듯이 어린애처럼 쾌활한 기분에 젖어 들었다. 다리야 알렉산드로브나는 그의 그런 면을 특히 좋아했다. 그는 아이들과 함께 달리면서 체조를 가르쳐 주고, 형편없는 영어를 구사하여 미스 헐을 웃기는가 하면, 자신이 시골에서 하는 일들에 대해 다리야 알렉산드로브나에게 이야기해 주기도 했다.

점심 식사를 마친 뒤 레빈과 단둘이 발코니에 앉아 있던 다리야 알렉산드로브나가 키티에 관한 이야기를 꺼냈다.

「그거 아세요? 키티가 이리로 와서 저와 함께 여름을 보낼 거예요.」

「그렇습니까?」 그가 얼굴을 붉히며 대꾸했다. 그리고는 즉시 딴 얘기를 꺼내 화제를 돌렸다. 「그러니까, 암소 두 마리를 보내 드려야겠죠? 값을 지불하고 싶으시면, 한 달에 5루블만 내십시오. 지불하는 게 마음이 편하시다면 말이죠.」

「고맙지만 괜찮아요. 이제 다 안정이 됐으니까요.」

「그러면 제가 암소들을 살펴보지요. 허락하신다면 암소들 먹이는 법도 일러 두겠습니다. 사실 모든 건 먹이에 달려 있 거든요.」

그러고서 레빈은 젖소란 여물을 우유로 가공하기 위한 기계라느니 하는 낙농 이론을 그녀에게 늘어놓았다. 오로지 화제를 돌리기 위해서였다.

하지만 그런 얘기를 하면서도 그는 키티에 관해 자세한 소식을 듣기를 열망했으며, 동시에 그 소식을 듣게 될까 봐 두려워했다. 그토록 어렵게 찾은 평정심이 그 소식으로 인해 흐트러질 것 같아서였다.

「저, 그런데 말이에요, 누군가 그런 걸 죄다 지켜봐야 할 텐데요, 대체 누가 그 일을 하죠?」 다리야 알렉산드로브나가 내키지 않는 듯 물었다.

그녀는 이제 마트료나 필리모노브나를 통해 집안일을 관리했으며, 그 상태에서 무엇도 바꾸고 싶지 않았다. 게다가 그녀로서는 농사에 관한 레빈의 지식이 통 미덥지 않았다. 젖소가 우유를 만들기 위한 기계라는 견해도 의심스러웠다. 그런 생각은 농사일에 해만 끼칠 것 같았다. 그녀에겐 모든 일이 훨씬 단순했다. 마트료나 필리모노브나가 설명해 준 대로 암소 페스트루하와 벨로파하에게 꼴과 여물을 더 주고, 요리사가 부엌에서 나오는 음식 찌꺼기를 빼돌려 세탁부의 소한테 주지 못하게만 하면 되는 것이었다. 그건 분명했다. 그에 비해 곡분이나 건초 사료에 관한 레빈의 사변들은 미심쩍고 모호하게 들렸다. 무엇보다도 그녀는 키티 얘기를 하고 싶었다.

10

「키티가 고독과 평안보다 더 바라는 건 없다고 편지에 썼더라고요.」잠시 찾아든 침묵을 깨고 돌리가 말을 꺼냈다.

「그래, 좀 어떤가요, 건강은 좀 나아졌나요?」레빈은 설레는 마음으로 물었다.

「천만다행으로 완전히 회복되었어요. 걔한테 폐 질환이 생겼을지도 모른다더니만, 애초에 난 전혀 믿질 않았거든요.」

「아아, 정말 다행입니다!」레빈이 이렇게 말하고서 말없이 돌리의 얼굴을 쳐다보았을 때, 그녀는 그의 표정에서 애잔하면서도 맥빠진 무언가를 느꼈다.

「저, 그런데 말이죠, 콘스탄틴 드미트리치…….」다리야 알렉산드로브나가 특유의 선량하고도 약간 비웃는 듯한 미소를 지으며 말했다. 「무엇 때문에 키티한테 화가 나신 거죠?」

「제가요? 저는 화나지 않았는데요.」

「아니요, 화가 나셨잖아요. 그럼 왜 모스크바에 계실 때 우리 집에도, 친정에도 들르지 않으셨나요?」

「다리야 알렉산드로브나……」 그가 귓불까지 새빨개져서는 말했다. 「부인처럼 선량하신 분이 그 일에 공감을 못 하시다니 놀라울 따름입니다. 다 알고 계시면서, 저를 안쓰럽게 여기시지 않다니요……」

「제가 뭘 알고 있는데요?」

「키티에게 청혼을 했다가 거절당한 것 말입니다.」 레빈이 내뱉듯 말했다. 그러자 방금 전까지 키티에게 품었던 그 모든 온화한 감정이 모욕에 대한 원한의 감정으로 변해 버렸다.

「어째서 제가 알고 있을 거라 생각하시죠?」

「모두가 알고 있으니까요.」

「그것 보세요, 벌써 그것부터 잘못 생각하고 계시잖아요. 저는 그 일을 몰랐어요. 짐작하긴 했지만요.」

「아! 어쨌든 지금은 아시잖습니까.」

「제가 아는 건 단지 무슨 일이 있었다는 것뿐이에요. 그게 실제로 무슨 일이었는지는 키티로부터 도무지 알아낼 수가 없더군요. 무슨 일이 있었고, 그게 그 아이를 엄청나게 괴롭혔다는 게 제가 아는 전부죠. 그리고 키티는 나에게 그 일에 대해서는 결코 이야기하지 말아 달라고 부탁했어요. 저한테 얘기하지 않았다면 그 누구한테도 안 한 거예요. 그런데 대체 두 사람 사이에 무슨 일이 있었던 거죠? 얘기 좀 해주세요.」

「무슨 일인지 말씀드렸잖습니까.」

「언제요?」

「제가 마지막으로 댁에 들렀을 때죠.」

「그렇다면 아시겠네요. 제 말은……」 다리야 알렉산드로브나가 말했다. 「그 아이가 너무나 불쌍하다는 거예요. 당신은 단지 자존심 때문에 힘들어하시지만…….」

「그럴지도 모르지요. 그래도…….」

다리야 알렉산드로브나가 레빈의 말을 가로챘다. 「그래도 키티가, 그 가엾은 아이가 나는 너무너무 안됐어요. 이젠 모든 게 이해가 돼요.」

「저, 다리야 알렉산드로브나, 죄송합니다만…….」 그가 자리에서 일어나며 말했다. 「안녕히 계십시오! 다리야 알렉산드로브나, 전 이만 가보겠습니다.」

「안 돼요, 잠시만요.」 그녀가 그의 소매를 부여잡았다. 「잠시만 더 계셔 주세요.」

「제발 그 얘긴 하지 맙시다.」 그가 자리에 앉으며 말했다. 이미 마음 깊숙이 묻혀 버린 줄만 알았던 희망이 다시 꿈틀거리며 솟아오르는 게 느껴졌다.

「제가 당신을 좋아하지 않았더라면…….」 다리야 알렉산드로브나가 눈물을 글썽이며 말했다. 「제가 지금처럼 당신을 알지 못했더라면…….」

죽은 줄로만 알았던 감정이 점점 더 되살아나 솟구쳐 오르며 레빈의 마음을 사로잡았다.

「그래요, 이제야 모든 걸 깨달았어요.」 다리야 알렉산드로브나가 말을 이었다. 「당신은 이해하지 못할 거예요. 당신들은, 자유로운 선택권이 주어진 남자들은 자신이 누구를 사랑하는지 언제나 분명하니까요. 하지만 여성만의, 처녀만의 부끄러움을 품고서 상대를 기다려야 하는 처지에 놓인 여자들은 먼발치에서만 당신네 남자들을 보고는 모든 걸 액면 그대로 받아들일 수밖에 없죠. 여자들에게는 종종 그런 느낌이 들곤 해요. 내가 누구를 사랑하는지 모르겠고, 무슨 말을 해야 할지 모르겠는 거죠.」

「그렇겠죠, 가슴에서 우러나오지 않으면…….」

「아니요, 가슴에서 우러나오긴 한답니다. 하지만 생각 좀 해보세요. 당신네 남자들은 어느 처자를 마음에 점찍으면 그녀의 집을 들락거리고, 친밀한 사이가 되고, 맘에 드는 점이 있는지 없는지 살피고 기다리다가, 마침내 사랑한다는 확신이 생기면 청혼을 하잖아요…….」

「글쎄요, 반드시 그런 것만은 아닙니다.」

「어쨌거나, 당신들은 청혼을 하잖아요. 사랑이 무르익거나, 아니면 점찍어 둔 두 처자 사이에서 저울질이 끝나면요. 그런데 정작 여자한테는 의사를 묻지 않아요. 다들 여자도 스스로 선택하길 바라지만, 여자는 선택할 수가 없어요. 그저 〈네〉 혹은 〈아니요〉라고 대답만 할 수 있을 뿐이죠.」

〈그래, 나와 브론스키 사이에서 선택한 거지.〉 레빈은 생각했다. 그의 마음속에서 되살아났던 망령이 도로 사그라들어 이제는 그의 심장을 고통스럽게 짓눌렀다.

「다리야 알렉산드로브나…….」 그가 입을 열었다. 「사람들이 그런 식으로 옷을 고르거나 뭔가를 사는지는 모르겠습니다만, 사랑은 그런 게 아닙니다. 선택은 이미 이루어졌고, 그래서 오히려 잘된 거죠……. 그걸 되풀이할 수는 없습니다.」

「어휴, 그저 자존심, 자존심뿐이군요!」 다리야 알렉산드로브나가 말했다. 여자들만 알고 있는 감정에 비하면 저급한 것이라며 경멸하는 투였다. 「당신이 청혼을 했을 때 마침 키티는 대답할 수 없는 처지였던 거예요. 그 애는 동요하고 있었어요. 당신과 브론스키 사이에서 흔들렸던 거죠. 당시 브론스

69

키와는 매일 만났고, 당신은 오랫동안 보지 못했죠. 만약 좀 더 나이가 들었더라면, 그러니까 예를 들어 내가 그 애 입장이었더라면 흔들리는 일은 없었을 거예요. 나는 항상 그 사람이 싫었는데, 역시나 결국 그렇게 끝나고 말았죠.」

레빈은 키티의 대답을 떠올렸다. 그녀는 이렇게 말했었다. 〈아뇨, 그럴 수는 없어요⋯⋯.〉

「다리야 알렉산드로브나⋯⋯.」 그가 무뚝뚝하게 말했다. 「저에 대한 부인의 신뢰를 소중하게 여기고 있습니다만, 부인께서는 지금 잘못 판단하신 것 같습니다. 옳건 그르건 간에, 부인께서 그토록 경멸하시는 그 자존심이란 게 저로 하여금 카테리나 알렉산드로브나에 대한 온갖 상념을 결코 떠올릴 수 없게 만든단 말입니다. 아시겠습니까? 완전히 불가능하게 만든다고요.」

「하나만 말씀드릴게요. 잘 아시겠지만, 저는 지금 제가 자식처럼 사랑하는 동생에 대해 얘기하고 있어요. 제 말은 그 애가 당신을 사랑한다는 둥 그런 얘기가 아니라, 그때 그 애가 거절했다는 사실이 어떤 것도 입증하지 못한다는 거예요.」

「이해할 수가 없군요!」 레빈이 자리를 박차고 일어서며 말했다. 「지금 부인이 저를 얼마나 고통스럽게 하는지 모르시나요? 마치 부인의 아이가 죽었는데 사람들이 부인한테 대고 그 아이는 이러저러한 아이였다는 둥, 어쩌면 살 수도 있었으며 그랬다면 그 아이 때문에 기뻤을 거라는 둥, 그러는 것과 매한가지 아닙니까. 아이는 죽었어요, 죽었다고요. 죽었단 말입니다⋯⋯.」

「당신 정말 우습군요.」 레빈의 흥분한 모습에도 불구하고 다리야 알렉산드로브나는 서글픈 조소를 띤 채 말을 이었다.

「그래, 이제 모든 게 이해가 되네요.」그녀는 우울한 표정으로 물었다. 「그러면 키티가 와도 우리 집에는 안 오시겠네요?」

「네, 안 올 겁니다. 물론 카테리나 알렉산드로브나를 피하지는 않을 거예요. 하지만 할 수만 있다면 제 존재로 인해 그녀가 불쾌해지는 일은 없도록 노력할 겁니다.」

「당신 참, 너무나 우스워요.」다리야 알렉산드로브나가 같은 말을 되풀이하고는 부드러운 눈길로 그의 얼굴을 응시했다. 「좋아요, 그 일에 관해서는 얘기하지 않은 걸로 치자고요. 무슨 일이니, 타냐?」다리야 알렉산드로브나가 발코니로 들어선 딸에게 프랑스어로 물었다.

「내 삽 어디 있어요, 엄마?」

「엄마가 프랑스어로 말하잖니. 너도 그렇게 해보렴.」

아이는 말하고 싶었지만, 삽을 프랑스어로 뭐라고 하는지 잊어버렸다. 어머니가 아이에게 귀띔을 해주고서 삽이 어디 있는지도 프랑스어로 일러 주었다. 그런 모습이 레빈은 못마땅했다.

아까까지와는 달리, 레빈에게는 다리야 알렉산드로브나의 집과 아이들에게서 풍기는 그 모든 것이 전혀 사랑스럽게 여겨지지 않았다.

〈무엇 때문에 아이들과 프랑스어로 말하는 거지?〉그가 생각했다. 〈이 얼마나 부자연스럽고 위선적이냔 말이야! 아이들도 그걸 느끼고 있잖아. 프랑스어를 가르친다는 건 진실함을 저버리도록 만드는 거야.〉그는 속으로 자문자답했다. 다리야 알렉산드로브나가 이 문제를 수십 번이나 되풀이해서 생각했고, 여하튼 간에 진실함이 손상되는 한이 있더라도 그런 식으로 아이들을 가르칠 수밖에 없다고 결론 내렸음을 그로서는 알 리가 없었다.

「어디 가시려고요? 좀 더 계세요.」

레빈은 차를 다 마실 때까지 앉아 있었지만, 즐거운 기분은 완전히 사라진 뒤였다. 심지어 거북함까지 느껴졌다.

차를 마신 뒤 그는 현관으로 나가 말을 준비해 두라고 일렀다. 그런데 다시 자리로 돌아와 보니 다리야 알렉산드로브나가 낙담한 표정에 눈물을 글썽인 채 몹시 흥분한 모습이었다. 레빈이 밖으로 나간 사이에, 다리야 알렉산드로브나에게는 아이들로 인해 느꼈던 그날의 모든 행복과 자부심을 단번에 무너뜨리는 끔찍한 일이 벌어졌다. 그리샤와 타냐가 서로 공을 갖겠다고 몸싸움을 벌인 것이다. 아이들 방에서 나는 고함 소리를 듣고서 냅다 달려간 그녀는 아이들의 무지막지한 행태와 맞닥뜨리고 말았다. 타냐는 그리샤의 머리칼을 움켜쥐고 있었고, 그리샤는 흉악하게 일그러진 얼굴을 하고서 누나한테 마구잡이로 주먹질을 해대는 중이었다. 그 광경을 보았을 때 다리야 알렉산드로브나의 가슴에서는 무언가 내려앉았다. 마치 그녀의 삶에 암흑이 닥쳐온 것만 같았다. 그토록 자랑스럽게 여겼던 자신의 아이들이 지극히 평범할 뿐 아니라, 심지어 불량하고 교양 없으며 난폭하고 야만적인 성향의 심술궂은 아이들이라는 사실을 깨달았던 것이다.

이제 다른 것에 대해서는 이야기를 할 수도, 생각할 수도 없었다. 그녀는 레빈에게 자신의 불행을 토로하지 않을 수 없었다.

그녀의 낙담한 모습에 레빈은 이러한 싸움이 아무런 나쁜 점도 입증하지 않을뿐더러, 아이들이란 모두 다투기 마련이라며 그녀를 위로하려고 애썼다. 하지만 그렇게 말하면서도 그는 속으로 이런 생각을 하고 있었다. 〈그래, 나는 거드름을 피우며 내 아이들과 프랑스어로 얘기하지 않을 거야. 내 아이들은 저렇게 되지 않을 거야. 아이들을 망치거나 몹쓸 인간으로 만들지만 않으면 돼. 그러면 아주 멋지게 자라겠지. 그래, 내 아이들은 저렇게 되지 않을 거야.〉

그는 작별 인사를 건넨 뒤 떠났고, 그녀도 더 이상 그를 붙잡지 않았다.

11

7월 중순에 포크롭스코예에서 20베르스타가량 떨어져 있는, 레빈의 누이가 소유한 마을의 촌장이 그곳 농사일과 풀베기의 경과를 아뢰고자 레빈을 찾아왔다. 누이네 영지의 주요 소득은 봄철에 물에 잠기는 목초지에서 나왔다. 예전에는 매년 농부들이 1데샤티나당 20루블씩 내고 초원의 풀을 모두 베어 갔다. 이곳 농지 경영을 맡게 된 레빈은 풀베기를 할 목초지를 둘러본 뒤, 가치가 더 나간다는 걸 깨닫고서 1데샤티나 당 25루블로 가격을 매겼다. 농부들은 그 가격에 응하지 않았고, 레빈이 우려한 대로 다른 구매자들마저 쫓아 버렸다. 그는 직접 그리로 가서 일부는 일꾼을 고용하여, 일부는 거둔 풀을 나누어 갖는다는 조건으로 초원의 풀을 모조리 베어 내도록 지시했다. 영지에 소속된 농부들이 온갖 수단을 써서 이 새로운 제도의 시행을 방해했음에도 불구하고, 일은 그대로 진행되어 첫해에만 목초지 대금으로 거의 두 배 가까운 수입을 올렸다. 재작년과 작년에도 농부들의 똑같은 반발이 계속되었지만, 건초 수확은 여전히 그 규칙대로 진행되었다. 올해에는 농부들이 목초지의 3분의 1에 해당하는 수확을 배당받는 조건으로 풀을 전부 베기로 했다. 그리하여 지금 촌장이 와서 풀베기가 다 끝났으며, 비가 올까 염려되어 서기를 불러다가 그가 있는 자리에서 건초를 분배했다는 것, 또 주인 몫으로 열한 더미를 쌓아 두었음을 아뢰는 것이었다. 주요 목초지에서 거둔 건초가 얼마나 되느냐는 질문에 대답하는 모양새가 애매한 데다가, 허락도 없이 건초를 분배한 촌장의 성급함과 전반적인 말투로 보아 이번 분배에 뭔가 석연찮은 점이 있음을 눈치챈 레빈은 직접 가서 확인해 보기로 마음먹었다.

그는 점심때쯤 마을에 도착하여 형의 옛 유모의 남편이자 자신과 친한 사이인 영감 집에 말을 맡겨 놓고서 양봉장으로 향했다. 벌치기 노인에게서 풀베기와 건초 수확에 관한 자세한 정황을 알아볼 요량이었다. 수다스러우면서도 풍모가 단정한 노인 파르메니치는 레빈을 반갑게 맞이하면서 일의 현황을 낱낱이 보여 주고, 꿀벌들의 상태나 올해의 번성기에 관하여 자세하게 늘어놓았다. 하지만 레빈이 던진 풀베기에 관한 질문에는 우물쭈물하며 불분명하게 대답했기에 레빈의 짐작은 한층 확고해졌다. 그는 풀베기 장소로 가서 낟가리들을 살펴보았다. 각 더미마다 쌓인 풀의 분량을 보니 수레 쉰 대분에 턱없이 모자랐다. 레빈은 농부들의 거짓 수작을 드러내기 위해, 당장에 건초를 실어 나른 수레들을 끌어와 낟가리 하나를 실어서 헛간으로 옮겨 보라고 지시했다. 그 더미에서는 겨우 서른두 대분의 건초가 나왔다. 처음엔 포동포동하던 풀이 낟가리 속에서 납작해졌다는 둥, 하느님께 맹세코 모든 건 공정했다는 둥 촌장이 이렇게저렇게 우겨 댔지만, 레빈은 건초가 자기 허락도 없이 분배되었으며 따라서 수확량이 낟가리당 수레 쉰 대분이라고 인정할 수 없다고 주장했다. 오랜 입씨름 끝에 농부들은 예의 낟가리 열한 개를 개당 쉰 대분이라고 쳐서 자신들의 배당으로 취하고, 지주 나리의 몫은 다시 할당하기로 하여 문제가 해결되었다. 이 협상과 낟가리의 분배는 한낮까지 계속되었다. 마지막 남은 건초가 분배되자 레빈은 남은 일은 서기더러 감독하라고 맡기고서 버드나무 막대로 표시해 둔 낟가리 위에 걸터앉아 농민들로 북적대는 초원을 멍하니 바라보았다.

앞에는 작은 늪지대 너머 강물이 굽이치는 곳에서 낭랑한 목소리로 즐겁게 재잘거리는 아낙들이 알록달록한 열을 이루며 나아갔고, 흩어진 건초들은 연둣빛 그루터기를 따라 구불구불한 잿빛 제방이 되어 순식간에 길게 뻗어 나갔다. 아낙네들 뒤편으로 갈퀴를 든 농부들이 걸어가고 있었다. 널따랗고 높직한 건초 더미는 점차 부풀어 오르며 제방 위로 솟았다. 왼편에서는 이미 풀베기가 끝난 초원을 따라 수레들이 삐걱대며 나아가고 있었다. 갈퀴로 한 무더기씩 쓸어 낼 때마다 풀 더미가 하나둘씩 사라지고, 향기로운 건초가 말 엉덩이를 묵직하게 누르며 달구지 가득 쌓여 갔다.

「수확하기에 참 좋은 날씨입니다요! 건초가 아주 풍성하겠는뎁쇼!」 레빈 옆에 걸터앉은 영감이 말했다. 「건초가 아니라 무슨 찻잎 같습니다! 새끼 오리가 뿌려진 알곡을 주워 먹듯이 잽싸게 거두고 있구먼요. 점심때 이후로 절반은 족히 날랐지 싶습니다요.」 그가 쌓여 올라가는 건초더미를 가리키며 덧붙였다.

75

「마지막 수레냐?」 수레의 앞자리에 서서 대마로 꼰 채찍 끝을 흔들며 곁을 지나는 젊은이를 보고 노인이 소리쳤다.

「마지막이에요, 아버지!」 젊은이가 말고삐를 당기며 외치더니 싱긋 웃으면서 수레에 앉아 역시 미소를 짓고 있는 홍안의 아낙을 돌아다보고는 이내 다시 말을 몰았다.

「저이는 누군가? 아들인가?」 레빈이 물었다.

「제 막내아들입죠.」 정감 어린 미소를 지으며 영감이 대답했다.

「아주 견실한 청년이군!」

「괜찮은 녀석입니다.」

「그래, 결혼은 했나?」

「네, 재작년 성 필립보 축일[8]에 장가갔습죠」

「그래, 그럼 아이도 있겠구먼?」

「아이는요 무슨! 꼬박 1년은 아무것도 모르던데요, 부끄러움을 탔던 거죠.」 영감이 말했다. 「저기, 저 건초 좀 보십쇼! 진짜 찻잎이 따로 없다니까요!」 그가 화제를 바꾸려고 했던 말을 되풀이했다.

레빈은 이반 파르메노프와 그의 아내를 유심히 지켜보았다. 그들은 레빈에게서 멀지 않은 곳에서 건초를 쌓아 올리고 있었다. 이반 파르메노프는 수레 위에 선 채 젊고 아름다운 아내가 처음에는 두 팔로 한 아름씩, 나중에는 갈퀴로 한 무더기씩 민첩하게 건네는 건초를 받아 고르게 펼치거나 두루 밟아 다졌다. 젊은 아낙은 힘도 별로 안 들이고 즐겁고 요령 있게 일을 했다. 굳어서 덩어리진 건초는 갈퀴로 단번에 잡히지가 않았다. 그녀는 우선 그것들을 가지런히 펼쳐 놓고 갈퀴

8 동방 정교회에서 성 필립보 축일은 11월 14일이다.

를 꽂은 다음, 탄력 있고 재빠른 동작으로 체중을 모두 실어 빨간 가죽띠로 질끈 동여맨 허리를 굽혔다가 다시 몸을 곧게 폈다. 그러고는 앞치마 밑으로 불룩한 가슴을 쑥 내밀면서 두 손으로 능숙하게 갈퀴를 쥐고 건초 더미를 수레 위로 높이 던져 올리는 것이었다. 이반은 아내가 괜한 수고를 하지 않도록 하려는 듯, 서둘러 두 팔을 활짝 벌려 건초 한 아름을 받아서는 수레 위에 가지런히 펴놓았다. 마지막 남은 건초를 쇠스랑으로 모아 건넨 아낙은 목덜미에 붙어 있던 건초 부스러기를 흔들어 털어 내고 볕에 그을지 않은 흰 이마 위로 살짝 비뚤어진 빨간 두건의 매무새를 바로잡은 뒤, 건초 더미를 묶기 위해 수레 밑으로 기어 들어갔다. 이반은 그녀에게 밧줄을 거는 법을 가르쳐 주다가 그녀가 무언가 대꾸를 하자 큰 소리로 껄껄 웃었다. 두 내외의 얼굴에는 얼마 전에 눈을 뜬, 젊고 힘찬 사랑의 표정이 역력했다.

12

건초 더미가 다 묶였다. 이반이 뛰어 내려와 순하고 살찐 말의 고삐를 쥐어 끌었다. 아낙은 건초 더미 위로 쇠스랑을 던져 올리고서 두 팔을 흔들며 활기찬 발걸음으로 한데 모여 원무를 추고 있는 아낙들 쪽으로 갔다. 이반은 길가로 나와서 다른 수레들과 함께 짐수레들의 대열에 끼어들었다. 어깨에 쇠스랑을 걸친 아낙들이 알록달록한 옷 색깔을 빛내며 쾌활하게 재잘대면서 수레들의 뒤를 따랐다. 어느 아낙이 거칠고 걸쭉한 목청을 뽑으면서 노래를 부르기 시작했고, 그녀가 한 소절을 다 부르자 거칠거나 가느다란, 쉰 종류는 족히 될 만큼 다양한 음성들이 일거에 같은 노래를 처음부터 의좋게 이어 불렀다.

아낙들이 노래를 부르며 자기 쪽으로 다가오자, 레빈은 마치 먹구름이 흥겹게 천둥을 울리며 몰려오는 것만 같은 느낌이 들었다. 먹구름이 몰려와 레빈을 사로잡았고, 그가 기대고 있던 건초 더미와 다른 낟가리들과 수레들은 물론 저 멀리 들판으로 이어지는 초원 전체가, 그 모든 것이 환호성과 휘파람과 추임새가 뒤섞인 거칠고 명랑한 노래의 장단에 맞추어 들썩이고 흔들리기 시작했다. 레빈은 그토록 건강한 쾌활함이 부러웠다. 삶의 기쁨을 그렇게 표현하는 일에 자신도 한몫 끼고 싶었다. 그러나 그는 아무것도 할 수 없었기에 그저 낟가리에 기댄 채 바라보거나 듣고만 있어야 했다. 농민들이 노랫소리와 더불어 시야와 귓전에서 사라지자 레빈은 자신의 고독과 육신의 무위, 이 세상을 향한 적대감에 잠겨 깊은 우수에 빠져들었다.

건초 때문에 그와 누구보다도 격렬하게 입씨름을 했던 이들 중 몇몇이, 그가 모욕을 주었거나 혹은 그를 속이려 했던 바로 그 농부들이 그를 향해 쾌활하게 목례를 건넸다. 보아하니 그들은 레빈에게 그 어떤 악의도 품고 있지 않으며, 품을 수도 없고, 그를 속이려 했던 것을 후회하기는커녕 기억조차 못 하는 기색이었다. 그 모든 것이 즐거운 공동 노동의 바다에 잠겨 버린 터였다. 하느님이 하루를 주었고, 하느님이 원기를 주었다. 하루와 원기가 노동에 바쳐졌으니, 그 자체가 포상이었다. 누구를 위한 노동인가? 어떠한 결실이 주어질 것인가? 그러한 것들은 부차적이고 하찮은 상념에 불과했다.

레빈은 종종 이러한 삶에 탄복하였고, 이러한 삶을 사는 사람들을 부러워하곤 했다. 그런데 오늘은, 젊은 아내를 대하는 이반 파르메노프의 모습에 각별한 인상을 받은 그에게 처음으로, 이 괴롭고 무사안일하며 인위적인 개인적 삶을 청렴하고 멋진 공동 노동의 삶으로 바꾸는 것이 다름 아닌 자기 자신에게 달려 있다는 생각이 드는 것이었다.

그와 함께 앉아 있던 노인은 한참 전에 집으로 돌아갔다. 농민들도 전부 흩어지고 없었다. 가까운 곳에 사는 사람들은 집으로 갔고, 멀리서 온 사람들은 저녁을 먹으러 초원의 간이 숙소로 모여들었다. 사람들의 눈에 띄지 않은 레빈은 건초 더미에 드러누운 채 계속해서 주변을 보고 들으며 생각에 잠겼다. 초원에서 숙영을 하려고 남은 사람들은 짧은 여름밤을 거의 뜬눈으로 지새웠다. 처음에는 저녁을 먹으며 유쾌하게 떠드는 소리와 왁자지껄한 웃음소리가 들려오더니 나중에는 또다시 노랫소리와 웃음소리가 울려 퍼졌다.

긴 노동의 하루는 그들에게 즐거움 외엔 아무런 흔적도 남기지 않았다. 아침노을이 물들기 직전 사위가 고요해졌다. 들리는 건 오로지 늪에서 그칠 줄 모르는 개구리 울음소리와 초원에 피어오른 아침 안개 속에서 말들이 콧김을 내뿜는 소리뿐이었다. 정신을 차린 레빈은 건초 더미에서 몸을 일으켜 별들을 올려다보고서야 날이 샜다는 걸 알았다.

〈그래서 대체 뭘 할 건데? 어떻게 그걸 해낼 건데?〉 그 짧은 밤 동안 수없이 고쳐 생각하고 느낀 온갖 감회를 분명하게 표현해 보려 애쓰며 그는 속으로 되뇌었다. 거듭 생각하고 느낀 모든 것은 세 가지 상념들로 나뉘었다. 첫째는 자신의 낡은 삶, 자신의 무용한 지식, 아무짝에도 쓸모없는 자신의 교양을 부정하는 것이었다. 그러한 부정은 그에게 쉽고도 간단한 일이었고, 쾌감을 안겨 주는 일이었다. 다른 상념은 이제부터 그가 살아가고자 하는 삶과 관련한 것이었다. 그는 그 삶의 소박함과 정결함과 당위성을 분명하게 느꼈으며, 그토록 안절부절못하며 결핍을 절감했던 만족과 평온과 완덕(完德)을 그 속에서 찾게 되리라 확신했다. 그러나 낡은 삶에서 새로운 삶으로의 이행을 어떻게 실천할 것인가 하는 질문 위에서 세 번째 상념이 맴돌고 있었다. 그에 대해서는 확실하게 떠오르는 것이 전혀 없었다. 〈아내를 얻을까? 직업을 가질까? 포크롭스코예를 버릴까? 땅을 살까? 조합에 가입할까? 농민 처자와 결혼을 할까? 대체 그걸 어떻게 해낼 거냐고!〉 또다시 스스로에게 질문을 던졌지만 해답을 찾을 수는 없었다. 〈하긴, 밤을 지새웠으니 명료하게 떠올릴 수가 없는 거야.〉 그는 생각했다. 〈나중에 해답을 찾아보자. 한 가지 분명한 건, 어젯밤에 내 운명이 결정되었다는 거다. 가정생활에 대한 예전의 꿈들은 모조리 헛된 망상일 뿐, 잘못된 거야. 이 모든 게 훨씬 더 단순하고 좋은걸…….〉

〈이 얼마나 아름다운가!〉 솜털 구름 사이의 은빛 조가비 같은 기이한 반점을 바라보며 그는 생각했다. 그것은 그의 머리 바로 위 하늘 한복판에 머물러 있었다. 〈이 멋진 밤에 모든 것이 얼마나 매혹적인가! 어느새 이 조가비가 생겼을까? 조금 전에도 하늘을 보았는데, 그때는 그저 두 가닥의 흰 줄무늬 말고는 아무것도 없었잖아. 그래, 삶에 대한 나의 관점도 바로 이렇게 무심결에 변해 버린 거야!〉

그는 초원을 벗어나 큰길을 따라서 마을 쪽으로 걸었다. 바람이 일더니 날이 잿빛을 띠며 어두컴컴해졌다. 여느 때처

럼 여명을 앞두고서 일순간 흐려진 것이다. 빛이 어둠을 완전
히 제압하기 직전이었다.

레빈은 추위로 몸을 웅크린 채 땅을 내려다보며 걸음을 재
촉했다. 〈누구지? 누군가 마차를 타고 오고 있는데.〉 방울 소
리를 듣고서 그는 고개를 들었다. 그로부터 40보쯤 떨어진
곳, 그가 걷는 잔풀투성이 큰길의 맞은편에서 지붕에 송아지
가죽으로 만든 여행용 가방들을 얹은 사륜마차가 말 네 마리
에 매여 달려오고 있었다. 둘씩 짝지은 말들은 궤도에서 벗어
나 끌채 쪽으로 서로 바짝 달라붙어 있었지만, 숙련된 마부가
자리에 비스듬히 앉아 끌채를 궤도에 맞추어 지탱하는 덕분
에 마차는 매끄럽게 나아갔다.

레빈은 단지 그 정도만 알아챘을 뿐 거기 누가 타고 있는
지는 생각도 않은 채 무심히 마차 안을 바라보았다.

마차 안 한구석에서는 노파가 졸고 있었고, 창가 쪽에는
방금 잠에서 깬 듯한 젊은 아가씨가 앉아서 양손으로 흰 머
리쓰개의 끈을 붙잡고 있었다. 레빈에게는 낯선, 우아하고 복
잡한 내면의 삶으로 충만하여 해맑은 얼굴로 명상에 잠긴 그
녀의 시선은 레빈 너머 일출의 여명을 향해 있었다.

그 모습이 사라지려는 바로 그 순간, 꾸밈없는 두 눈동자
가 그에게로 향했다. 그를 알아본 그녀의 얼굴에 놀라움과 반
가움이 번졌다.

그가 잘못 볼 수는 없었다. 이 세상에 그런 눈은 오직 하나
뿐이었다. 그에게 있어 세상 전부와 삶의 의미를 하나로 집중
시킬 수 있는 존재는 오직 하나뿐이었다. 그것은 바로 키티였
다. 레빈은 그녀가 기차역에서 예르구쇼보로 가는 중이라는
것을 깨달았다. 잠 못 든 지난밤 레빈을 설레게 했던 그 모든

것들, 그가 다짐했던 그 모든 결심이 일시에 사라지고 말았다. 그는 농민 처자와 결혼하려 했던 자신의 망상을 혐오스러운 심정으로 떠올렸다. 오로지 거기에, 빠른 속도로 멀어지면서 길의 반대편으로 건너가는 마차 속에, 최근 그를 그토록 모질게 괴롭혀 온 인생의 수수께끼를 풀 수 있는 가능성이 타고 있었다.

그녀는 이제 밖을 내다보지 않았다. 마차 용수철의 삐걱임도 이제 들리지 않았고 방울 소리만 아득했다. 개 짖는 소리로 짐작건대 마차는 마을을 벗어난 듯했다. 남은 건 황량한 들판과 저 앞의 마을, 그리고 모든 것으로부터 소외된 채 인적 없는 대로를 홀로 걷고 있는 고독한 레빈 자신뿐이었다.

그는 하늘을 바라보았다. 그가 넋을 잃고 바라보았던, 지난밤의 상념과 감정의 모든 흐름을 구현하였던 은빛 조가비를 다시 찾을 수 있었으면 싶었다. 그러나 하늘에 더 이상 은빛 조가비처럼 보이는 것은 없었다. 거기, 닿을 수 없는 창공에서는 벌써 신비한 변화가 일어나고 있었다. 은빛 조가비는 흔적조차 없었지만, 점점 더 잘게 흩어져 가는 솜털구름의 양탄자가 광활하고 고르게 펼쳐져 하늘의 절반을 덮고 있었다. 하늘은 담청색을 띠었고, 여전히 부드럽게 빛났다. 그러나 의문으로 가득한 그의 시선에는 여전히 닿을 수 없는 높이로 응답할 뿐이었다.

〈그래.〉 레빈은 생각했다. 〈이 소박한 노동의 삶이 아무리 좋아도 그 생활로 돌아갈 수는 없어. 나는 **그녀**를 사랑하고 있어.〉

13

알렉세이 알렉산드로비치의 최측근들을 제외하고는, 외견상 그토록 냉정하고 이성적인 이 사람이 자신의 전반적인 기질과는 모순되는 한 가지 약점을 지니고 있다는 사실을 아무도 몰랐다. 알렉세이 알렉산드로비치는 어린아이나 여자가 눈물을 흘리는 모습을 도무지 무심하게 보거나 듣고 있을 수가 없었다. 눈물을 보면 그는 당혹스러워졌으며, 이내 완전히 분별력을 잃고 마는 것이었다. 그의 사무실 주임과 비서는 그 사실을 알고 있었기에, 여자 민원 의뢰인들에게는 일을 그르치고 싶지 않으면 절대로 울지 말라고 미리 경고해 두곤 했다. 「그러면 그분은 화를 내면서 더 이상 당신의 얘기를 듣지 않을 겁니다.」 그들은 그렇게 말했다. 실제로 그러한 경우, 눈물이 알렉세이 알렉산드로비치에게 불러일으킨 정신적 혼란은 갑작스러운 역정으로 나타나곤 했다. 「나는 아무것도 해줄 수도, 할 수도 없소! 어서 썩 물러가시오!」 보통 그는 이렇게 고함을 지르곤 했다.

경마장에서 돌아오는 길에 안나가 그에게 브론스키와의 관계를 공표하고 뒤이어 두 손으로 얼굴을 가린 채 울음을 터뜨리자, 알렉세이 알렉산드로비치는 아내에 대해 치미는 노여움에도 불구하고, 눈물이 항상 그에게 불러일으키는 예의 정신적 혼란이 물밀듯 밀려오는 것을 느꼈다. 그것을 감지하고, 그 순간 자신의 감정 표현이 상황에 걸맞지 않다는 사실을 인지한 그는 자기 안에서 생명의 온갖 현상이 발현되는 것을 억제하고자 안간힘을 썼으며, 따라서 꼼짝도 않은 채 그녀 쪽은 쳐다보지도 않았다. 그 때문에 그의 얼굴에는 마치 죽은 사람과 같은 기괴한 표정이 드리웠고, 그런 그의 모습에 안나는 큰 충격을 받았다.

집에 도착하여 아내를 마차에서 내려 준 그는 자제력을 발휘하여 점잖게 그녀와 작별 인사를 나눈 뒤 그 자신에게 아무런 강제력도 지니지 않을 말을 내뱉었다. 내일 그녀에게 자신이 내린 결정을 알려 주겠다고 한 것이었다.

그가 품고 있던 최악의 의혹이 사실임을 확인해 준 아내의 말은 알렉세이 알렉산드로비치의 가슴에 가혹한 고통을 떠안겼고, 그녀의 눈물이 초래한 기이한 육체적 연민의 감정으로 인하여 그 아픔은 가일층 심해졌다. 그러나 혼자 마차에 남게 되자, 알렉세이 알렉산드로비치는 그러한 연민이나 최근 자신을 괴롭혀 온 의혹과 질투의 고통으로부터 완전히 해방된 기분을 맛보며 스스로 놀라고 기뻐하기까지 했다.

그는 오래도록 앓던 이를 뽑은 듯한 심정이었다. 무서운 고통과 자신의 머리통보다도 큰 거대한 무언가가 턱으로부터 빠져나가는 느낌이 지나가면, 병자는 별안간 황홀감에 어안이 벙벙한 채 그토록 오랫동안 그의 삶에 해악을 끼치고 모든 주의력을 앗아 갔던 것이 더 이상은 존재하지 않음을, 그리하여 이제는 다시 살 수 있고 생각할 수 있으며 이것에만 신경을 쓰지 않아도 된다고 느끼는 법이다. 그러한 심정을 알렉세이 알렉산드로비치는 몸소 체험하고 있었다. 기괴하고 무서운 고통을 겪었지만, 이제 그것은 사라졌다. 그는 다시 살 수 있고, 아내 생각만 하지 않아도 된다는 걸 느꼈다.

〈명예심도, 감정도, 신앙심도 없는 타락한 여자 같으니! 비록 그녀를 불쌍히 여기며 스스로를 속이려 들었지만, 나는 줄곧 그 사실을 알고 있었으며 목도하고 있었어.〉 그는 이렇게 되뇌었다. 그러자 정말로 그 사실을 늘 보아 왔던 것만 같았다. 그는 지나온 삶의 세세한 대목들을 곰곰이 떠올려 보았다. 예전에는 나쁘게 여겨지지 않던 것들이었건만, 이제는 그 하나하나가 아내가 줄곧 타락한 여자였음을 뚜렷하게 입증하고 있었다. 〈내 삶을 그녀와 엮다니, 실수였어. 하지만 그 실수에 악의는 전혀 없었지. 따라서 내가 불행해질 수는 없어. 잘못한 건 내가 아니라 그녀니까.〉 그는 생각했다. 〈어쨌든 내가 상관할 바는 아니지. 나에게 그녀는 이제 존재하지 않으니까······.〉

아내에 대해서와 마찬가지로 아들에 대한 감정도 변해 버린 지금, 아내와 아들에게 닥쳐올 모든 일은 더 이상 그의 관심을 끌지 못했다. 그가 이 순간 신경을 기울이는 단 한 가지는 어떻게 하면 가장 근사하고 가장 고상하며 자신한테 가장 편리한, 따라서 가장 정당한 방식으로, 그녀의 타락한 생활이 그에게 묻혀 놓은 더러운 진창을 털어 내고 사회생활을 계속하면서 명예롭고 유익한 인생 행로를 나아갈 수 있는지의 문제였다.

〈천박한 여자가 저지른 죄악 때문에 내가 불행해질 수는 없는 법. 나는 다만 그녀가 몰아세운 이 곤란한 상황에서 벗어날 최상의 돌파구를 찾으면 되는 거야. 그리고 난 그것을 찾아낼 거다.〉 그의 인상이 점점 더 험악하게 찌푸려졌다. 〈이런 일을 겪는 게 내가 처음도 아니고 마지막도 아니야.〉 알렉세이 알렉산드로비치의 머릿속에는 「아름다운 헬레네」[9]로 인해 모든 이들의 기억 속에 자리하게 된 메넬라오스를 비롯한 역사적인 예들은 말할 것도 없고, 동시대 사교계에서 아내가 부정을 저지른 온갖 실례들이 떠올랐다. 〈다리얄로

---

9 독일 출신 음악가 자크 오펜바흐가 작곡한 오페레타. 메넬라오스는 아내 헬레네에게 기만당하는 희극적인 인물로 등장한다.

프, 폴탑스키, 카리바노프 공작, 파스쿠딘 백작, 드람…… 그래, 드람도 그랬지……. 그렇게 성실하고 유능한 사람이 말이야……. 세묘노프, 차긴, 시고닌……. 설령 이 사람들에게 그 어떤 불합리한 ridicule(조롱)이 퍼부어지고 있다 해도 나는 거기서 불행 말고는 어떤 것도 본 바가 없으며, 늘 그들을 동정해 왔어.〉 알렉세이 알렉산드로비치는 이렇게 속으로 되뇌었지만, 그건 사실이 아니었다. 그런 유의 불행을 그는 결코 동정한 적이 없을 뿐 아니라, 남편을 배신한 아내의 사례들을 접할수록 스스로를 더 높이 평가하곤 했던 것이다. 〈누구한테나 닥칠 수 있는 불행이야. 그리고 그 불행이 나를 덮친 거다. 내가 할 일은 최상의 방법으로 이 상황을 타개하는 것뿐이야.〉 그는 자신과 같은 처지에 놓였던 사람들의 대처 방법을 하나하나 자세히 되짚어 보기 시작했다.

〈다리얄로프는 결투를 했지…….〉

결투는 특히 젊은 시절에 알렉세이 알렉산드로비치를 매혹시키곤 했는데, 이는 그가 육체적으로 소심한 사람이었고 그도 자신의 그러한 점을 잘 알고 있었기 때문이다. 알렉세이 알렉산드로비치는 자신에게 겨누어진 권총을 떠올리기만 해도 공포를 느끼지 않을 수 없었고, 평생 그 어떤 무기도 사용해 본 적이 없었다. 바로 그러한 공포로 인해 젊어서부터 그는 종종 결투를 상상해 보곤 했으며, 목숨을 위태롭게 만들 수밖에 없는 상황에 스스로를 대입해 보기도 했다. 성공을 거두고 인생에서 확고한 기반을 닦은 뒤로 그러한 감정은 잊은 지 오래였지만, 그럼에도 감정의 습관이 다시 고개를 든 지금 알렉세이 알렉산드로비치는 자신의 소심함에 대한 두려움에 너무나 강하게 사로잡힌 나머지, 스스로도 결코 결투를 하지 않으리라는 걸 알면서도 결투에 관한 문제를 온갖 측면에서 두루 생각하고 가늠해 보는 것이었다.

〈확실히 우리 사회는 (영국과는 달리) 아직도 너무 미개해서, 아주 많은 이들 ─ 그중에는 알렉세이 알렉산드로비치가 각별히 존중하는 견해의 소유자들도 포함되어 있었다 ─ 이 결투를 긍정적으로 바라본단 말이지. 하지만 과연 어떤 결과가 나올까? 가령 내가 결투를 신청한다고 치자⋯⋯.〉 알렉세이 알렉산드로비치는 계속해서 혼자 중얼거리며 결투를 신청한 뒤 보내게 될 밤과 자신에게 겨눠진 총을 생생하게 떠올리고는 몸을 부르르 떨었고, 자신은 결코 그런 짓을 하지 않으리라는 걸 이내 깨달았다. 〈사람들이 내게 총 쏘는 법을 가르쳐 주고는 자리에 세우겠지. 그러면 나는 방아쇠를 당기고.〉 그는 눈을 감은 채 생각을 이어 갔다. 〈그리고 내가 그를 죽였다는 사실이 드러나는 거지.〉 그러고서 알렉세이 알렉산드로비치는 이 어리석은 상념들을 몰아내고자 머리를 흔들었다. 〈간통을 저지른 아내와 아들에 대한 태도를 결정하는 일에 사람을 죽이는 게 무슨 의미가 있겠는가? 그래 봐야 여전히 아내와의 관계를 어떻게 정리할지 결단을 내려야 하겠지. 게다가 더 있을 법하고 확실한 점은, 내가 죽거나 다치리라는 것이야. 내가, 이 무고한 사람이 희생양이 되어 죽거나 다치다니, 그건 더 무의미하지 않은가. 그뿐만이 아니지. 내 편에서 결투를 신청하는 건 정당한 행동이 아니다. 친구들이 나를 결투에 절대로 내보내지 않으리라는 건 뻔한 사실 아닌가. 러시아가 필요로 하는, 뛰어난 행정가의 목숨이 위태로워지도록 그냥 내버려 두지는 않을 테니까. 과연 어떤 일이 벌어지겠는가? 결국에는 사태가 결코 위험한 지경까지 가지 않으리라는 걸 뻔히 알면서도 그저 결투 신청을 통해 나 스스로를 거짓되게 포장하는 셈일 뿐이다. 정정당당하지 못하고 가식적인 행동인 데다 다른 이들이나 나 자신에 대한 기만이지. 결투는 있을 수 없는 일이며, 나에게서 그것을 기대하는 사람은 아무도 없다. 내 목표는 내 활동을 아무런 장애 없이 지속해 나가기 위해 필요한 나 자신의 평판을 보전하는 것이다.〉 예전에도 알렉세이 알렉산드로비치에게 커다란 의의를 지녀 온 공직 활동이 지금은 특히나 중요하게 여겨졌다.

결투라는 사안을 심의하고 기각시킨 알렉세이 알렉산드로비치는 이혼으로 생각을 돌렸다. 그것은 그가 떠올린 남자들 중 몇몇이 선택한 또 다른 출구였다. 온갖 유명한 이혼 사례들(그가 익히 알고 있는 고위층 사교계에서 그런 건수들은 아주 많았다)을 하나하나 떠올려 본 알렉세이 알렉산드로비치는, 그러나 자신이 염두에 두고 있는 목적에 해당하는 경우를 단 하나도 찾지 못했다. 그 모든 경우에서 남편은 부정한 아내를 상대에게 그대로 넘겨주거나 팔아넘겼고, 그러면 잘못을 저질렀기에 결혼할 권리가 없는 아내는 새로운 반려자와 허울만 합법적인 날조된 결혼을 결행하곤 하였다. 자신의 경우, 죄지은 아내만 배척당하고 끝나는 합법적 이혼을 성사시키기란 불가능하다는 걸 알렉세이 알렉산드로비치는 알고 있었다. 그가 처한 삶의 복잡한 조건들은 아내의 죄상을 적발하기 위해 법이 요구하는 흉측한 증거들을 드러내는 일을 용납할 수 없을 것이었다. 다 알다시피, 이 세계의 우아함이 혹시라도 존재할지 모르는 그런 증거들의 활용을 허용하지 않을 것이며, 설혹 활용한다 해도 결국 아내보다는 그 자신에 대한 여론을 망치게 될 것이었다.

이혼을 시도하다가는 그의 적들, 그리고 사교계에서 그의 높은 지위를 깎아내리고 비방하려는 자들에게 횡재를 안겨 줄 추악한 스캔들로 비화될 수 있었다. 이혼을 통해서는 주된 목표, 즉 혼란을 최소화하면서 자신의 입지를 확고히 다지는 것이 불가능했다. 뿐만 아니라 이혼 과정에서, 심지어 이혼을 하려고 들자마자 아내는 남편과 관계를 끊고 자신의 정부와 살림을 차릴 게 뻔했다. 아내에 대한 완전한 무관심에도 불구하고 알렉세이 알렉산드로비치의 마음속에는 그녀를 향한 한 가지 감정이 남아 있었다. 그것은 아내가 아무런 장애 없이 브론스키와 합쳐지는 게 영 싫은 마음이었다. 그렇게 되면 아내의 죄가 그녀에게 이롭게 작용하게 되는 셈이니 말이다. 이 생각이 알렉세이 알렉산드로비치의 화를 돋우었기에 그는 쓰라린 마음으로 신음을 내뱉었다. 그러고는 엉덩이를 들어 마차의 자리를 고쳐 앉은 뒤 추위에 민감한 빼빼 마른 두 다리를 부드러운 나사 천으로 감쌌다.

〈형식적인 이혼 말고, 카리바노프와 파스쿠딘, 그리고 그 마음씨 착한 드람처럼 대처할 수도 있다. 즉 아내와 별거를 하는 거지.〉그는 마음을 가라앉히고서 생각을 이어 갔다. 그러나 이 조치 역시 치욕스럽기는 이혼과 마찬가지였다. 게다가 중요한 것은 역시 형식적 이혼과 똑같이 아내를 브론스키의 품 안에 던져 주는 꼴이 된다는 점이다. 〈아니야, 그건 있을 수 없어. 있을 수가 없는 일이야!〉다리를 감싼 천을 다시 뒤집어 덮으며, 그는 생각했다. 〈내가 불행해지는 일은 없을 거야. 그리고 그녀도, 그 작자도 행복해져서는 안 돼.〉

아직 상황을 제대로 알지 못했을 때 그를 괴롭혔던 질투심은 아내의 실토로 인해 앓던 이가 빠질 때의 고통과 함께 사라져 버리고, 이제 다른 것이 그 감정을 대체했다. 그것은 아내가 승승장구하지 못하기를, 지은 죄에 마땅한 응징을 당하기를 바라는 마음이었다. 스스로 인정하지는 않았지만, 그의 마음속 깊은 곳에서는 자신의 안녕과 명예를 깨뜨린 대가로 그녀가 고통당하기를 원하고 있었다. 거듭하여 결투, 이혼, 별거의 조건들을 차례로 심의하고 다시 거듭하여 그것들을 기각한 뒤, 알렉세이 알렉산드로비치는 출구는 단 한 가지밖에 없음을 확신하게 되었다. 즉 벌어진 사태를 세상으로부터 은폐하고 그녀를 자기 곁에 붙잡아 둔 채, 할 수 있는 모든 수단을 동원하여 둘의 관계를 끊어 놓는 것이었다. 역시 스스로는 인정하지 않았으나, 중요한 것은 그 모든 것이 아내를 응징하기 위한 조치라는 사실이었다. 〈내가 내린 결정을 선포해야 해. 그녀가 가정에 초래한 이 난국에 대해 심사숙고한 결과, 양쪽 모두를 위해 그 어떤 해결책도 외견상 status quo(현재 상황)을 유지하는 것보다 나을 게 없으며, 나는 이에 동의하되 어디까지나 그녀 쪽에서 나의 뜻을 이행한다는 엄격한 조건하에서, 즉 정부와의 관계를 끊는다는 조건하에서만 그렇다고 말이다.〉 최종적으로 이러한 결정이 승인되었을 때, 그것이 옳음을 확증해 주는 또 한 가지 중요한 생각이 알렉세이 알렉산드로비치의 머릿속에 떠올랐다. 〈오직 그러한 결정을 내릴 때에만 나는 종교에 합당하게 처신하게 된다.〉 그는 생각했다. 〈그러한 결정을 내릴 때에만 나는 죄지은 아내를 내치는 대신 그녀에게 개선의 여지를 주며, 아무리 괴로운 일일지언정 그녀의 개선과 구원을 위해 내 힘의 일부를 바칠 수 있게 되는 거다.〉 자신이 아내에게 도덕적으로 영향력을 행사할 수 없으며 그러한 모든 개선의 시도들이 결국 위선

외에는 아무런 성과도 내오지 못할 것임을 알고 있음에도 불구하고, 또 그토록 고통스러운 순간을 겪으면서도 종교에서 지침을 구할 생각은 결코 해본 적이 없음에도 불구하고, 자신의 결정이 종교가 요구하는 바에 부합하게 된 듯 보이는 지금에 와서는 이 결정에 대해 종교의 재가를 받았다는 사실이 그에게 뿌듯한 만족감과 약간의 평온함마저 안겨 주는 것이었다. 자신이 그토록 중대한 인생사와 관련해서 종교의 규범에 어긋나게 처신했다고 그 누구도 말할 수 없으리라 생각하니 내심 흐뭇하기까지 했다. 냉담함과 무관심으로 일관하는 와중에도 그는 언제나 종교의 기치를 드높이 치켜들고 있었던 것이다. 보다 세세한 사항들을 곰곰이 따져 보던 알렉세이 알렉산드로비치는 심지어 왜 아내와의 관계가 예전과 다름없이 유지될 수 없는지조차 이해할 수가 없었다. 물론 그가 아내에게 예전과 같은 존경을 표할 리는 결코 없었다. 그러나 그녀가 형편없고 부정한 아내라는 이유로 자신이 고통을 겪으며 생활을 엉망으로 만들 이유는 전혀 없으며, 그런 일은 있을 리 만무했다. 〈그래, 시간이 흐르면, 모든 것을 재정비하는 시간이 지나고 나면, 관계는 예전처럼 회복될 것이다.〉 알렉세이 알렉산드로비치는 되뇌었다. 〈살다 보면 어느새 이러한 혼돈을 느끼지 못하게 되겠지. 그녀는 불행해져야만 한다. 그러나 나는 잘못한 게 없으니 불행해질 리 없다.〉

14

페테르부르크에 거의 당도했을 즈음, 알렉세이 알렉산드

로비치는 그러한 결심을 굳혔을 뿐 아니라, 아내에게 보낼 편지까지 이미 머릿속에 써둔 참이었다. 수위실로 들어선 알렉세이 알렉산드로비치는 부처에서 가져온 서한과 서류들에 눈길을 돌리고는 자신의 서재로 가지고 오라고 일렀다.

「말은 풀어 놓고, 아무도 들이지 말게.」 수위의 질문에 그는 기분이 양호한 상태임을 나타내는 만족스러운 표정을 머금은 채 〈들이지 말게〉라는 말에 힘을 주어 대답했다.

알렉세이 알렉산드로비치는 서재 안을 두 차례 가로지르고는 널찍한 책상 앞에 멈춰 섰다. 책상에는 앞서 들어왔던 시종이 켜놓은 양초 여섯 자루가 타고 있었다. 그는 손가락 마디마디를 한차례 꺾은 뒤 자리에 앉아서 필기구를 하나씩 챙겼다. 책상에 팔꿈치를 괴고 고개를 비스듬히 기울인 채 잠시 생각에 잠겨 있던 그는 곧이어 일필휘지로 편지를 써나가기 시작했다. 호칭은 생략한 채 프랑스어로, 〈당신〉이라는 대명사를 사용하여 편지를 썼다. 러시아어라면 느껴졌을 냉담함이 프랑스어 대명사에는 드러나지 않았다.

우리가 나눈 마지막 대화에서 그 대화의 주제에 대한 나의 결정을 통보하겠다는 의사를 밝힌 바 있소. 모든 것을 면밀하게 숙고한 끝에 그 약속을 이행하고자 지금 이 편지를 쓰는 것이오. 내 결정은 다음과 같소. 당신의 행실이 어떠했든 간에, 하느님의 권한으로 맺어진 우리의 인연을 끊어 낼 권리가 나에게 있다고는 생각하지 않소. 부부 중 어느 한 사람의 변덕이나 독선, 혹은 범죄에 의해서조차 가정은 파괴되어서는 안 되며, 따라서 우리의 생활은 예전처럼 진행되어야 하오. 이는 나와 당신, 그리고 우리 아들을 위해서 필요 불가결한 사항이오. 나는 당신이 이 편지를 쓰게 된 동기를 제공한 것에 관하여 이미 후회했고 지금도 후회하고 있다고 믿으며, 우리 불화의 원인을 뿌리째 도려내고 과거는 잊고자 하는 나의 뜻에 호응해 주리라 확신하오. 그러지 않을 경우 당신과 당신의 아들에게 무슨 일이 닥칠지는 당신 자신이 예상할 수 있을 것이오. 이 모든 것에 관하여 개인적인 만남을 통해 보다 상세하게 이야기할 수 있기를 바라오. 별장 생활도 끝나 가니 가능한 한 빨리, 화요일 안에 페테르부르크로 돌아오길 바라오. 이사에 필요한 모든 조치는 이미 취해 놓았소. 이러한 나의 청을 당신이 이행하느냐의 여부에 내가 각별한 의미를 부여하고 있음을 명심하길 바라오.

A. 카레닌

추신: 각종 비용 처리에 드는 돈을 편지에 동봉하오.

편지를 쭉 훑어본 그는 그 내용이, 특히 돈을 동봉한 것을 상기시키는 대목이 만족스러웠다. 가혹한 표현도, 비난의 말도 없었으나 그렇다고 관대함이 담긴 것도 아니었다. 중요한 것은 그녀가 돌아오게끔 이끄는, 황금 다리와도 같은 명분이 제시된 것이었다. 그는 편지를 접어서 상아로 만든 크고 육중한 칼로 문지른 다음 돈과 함께 봉투에 넣은 뒤, 자신의 잘 정돈된 필기도구들을 대할 때면 늘 내면에서 솟아오르곤 하는 예의 뿌듯함을 느끼며 벨을 울렸다.

「파발꾼에게 전하게. 내일 별장에 있는 안나 아르카디예브나에게 전달하도록.」 지시를 내린 다음 그는 자리에서 일어섰다.

「알겠습니다, 각하. 서재로 차를 내올까요?」

알렉세이 알렉산드로비치는 그러라고 이르고는 육중한 페이퍼 나이프를 손으로 놀리며 안락의자로 향했다. 의자 곁에는 등불과 막 읽기 시작한, 이구비움 판[10]에 관한 프랑스 서적이 놓여 있었다. 안락의자 위쪽에는 저명한 화가가 그린 안나의 초상화가 타원형의 금빛 액자에 담긴 채 걸려 있었다. 알렉세이 알렉산드로비치는 그림을 힐끗 올려다보았다. 속을 꿰뚫어 볼 수 없는 눈동자가 두 사람이 담판을 지었던 저녁의 바로 그 마지막 순간처럼 그를 조롱하듯 뻔뻔하게 바라보고 있었다. 화가가 탁월하게 묘사한 머리 위의 검은 레이스와 검은 머리칼, 넷째 손가락에 보석 반지가 잔뜩 끼워진 희고 아름다운 손이 파렴치하고도 불손하게 알렉세이 알렉산드로비치를 자극했다. 한동안 초상화를 바라보던 그는 두 입술이 〈부르르〉 소리를 낼 정도로 치를 떨면서 고개를 돌렸다. 그러고는 서둘러 의자에 앉아서 책을 펼쳤다. 독서를 해보려 했지만, 아무리 해도 이전에 이구비움 판에 관해 느꼈던 왕성한 흥미를 돌이킬 수가 없었다. 그는 책을 보면서 딴생각을 했다. 아내에 관한 것이 아니라 얼마 전 그의 국정 활동 중 일어난 한 가지 복잡한 문제에 관한 생각으로, 요사이 그에게 업무상 중대한 이해가 걸린 사안이었다. 그는 지금 자신이 어느 때보다도 그 문제의 핵심을 간파하고 있으며, 모든 문제를 해

10 이탈리아 움브리아 지방의 이구비움(오늘날의 구비오)에서 발굴된 동판. 기원전 3세기에서 기원전 1세기경 제작된 것으로 추정되며 1444년에 발굴되었다. 고대 이탈리아의 전례 의식에 관한 규정들이 움브리아 방언으로 기록되어 있다.

결하고 자신의 입지를 더욱 드높일 수 있을 뿐만 아니라 적들의 지위를 실추시키고 국가에 어마어마한 이익을 가져다줄 중대한 아이디어가 머릿속에 잉태되었음을 느꼈다(이는 자아도취에서 나온 생각이 아니었다). 하인이 차를 날라다 내려놓고 방을 나가자마자, 알렉세이 알렉산드로비치는 자리에서 일어나 책상으로 다가갔다. 일상 업무 서류들이 담긴 가방을 책상 한가운데로 밀어 놓고는 득의 어린 미소를 살짝 머금은 채 그는 필통에서 연필을 꺼내 자신이 요청한 복잡한 문건을 숙독하였다. 그것은 목전에 놓인 문제에 관한 문건이었으니, 문제란 바로 이러한 것이었다. 정부 관료로서 알렉세이 알렉산드로비치가 지닌 특장점은 오직 그 자신에게 고유한 것이자 출세 가도를 달리는 모든 관료들이 지닌 독특한 성품으로서, 투철한 공명심과 자제력, 공정성, 자신감과 더불어 그의 입신양명을 가능케 한 것, 바로 관료주의적 허례허식에 대한 경멸과 문서 수신의 간소화, 가능한 한 실질적인 사안으로 곧장 접근하는 태도, 그리고 근검절약이었다. 그런데 그 유명한 6월 2일 위원회에서 자라이스크현 농경지의 관개 사업이 안건으로 상정되는 사태가 벌어졌다.[11] 알렉세이 알렉산드로비치 부처의 관할인 이 사안은 쓸데없는 예산 낭비와 관료주의적 업무 처리의 뚜렷한 사례였다. 이 사업의 당위성에 대해서는 알렉세이 알렉산드로비치도 잘 알고 있었다. 자라이스크현의 농경지 관개 사업은 알렉세이 알렉산드로비치의 선임자의 선임자에 의해 착수되었는데, 사실상 엄청난

11 러시아 각지에서는 1873년 대기근을 겪은 뒤 수많은 관개 사업안이 기획되었다. 이 기획들은 그것의 실질적인 의의와는 무관하게 정부로부터 보조금을 타낼 기회를 제공했고, 손쉽게 부를 축적할 수 있는 수단이 되었다.

돈이 전적으로 무익하게 소모되었으며, 지금도 여전히 소모되고 있었다. 그 모든 과정이 아무런 성과도 가져오지 못하리라는 것은 자명했다. 알렉세이 알렉산드로비치는 부임하자마자 곧바로 그러한 사태를 파악하고서 사업을 직권으로 처리하고자 했다. 그러나 자신의 입지가 아직 확고하지 않다고 느끼던 처음에는 그러한 일 처리에 아주 많은 이해관계가 맞물려 있으며 따라서 자신의 개입이 무모할 것임을 깨달았고, 이후로는 다른 일들에 골몰하느라 그 건에 관해서는 그저 잊고 있던 터였다. 모든 게 그렇듯이, 그 일 역시 타성에 의해 저절로 굴러가고 있었다(많은 사람들이 이 사업으로 먹고살았으며, 특히 도덕적 품성이 뛰어나고 음악적 교양이 풍부한 어느 가정이 그러했다. 그 집안의 모든 딸들이 현악기를 연주했다. 알렉세이 알렉산드로비치는 그 집안과 잘 알고 지내는 사이였으며, 나이 든 딸들 중 하나가 결혼할 때에는 대부가 되어 주기도 했다). 알렉세이 알렉산드로비치가 생각하기에, 적대적인 부처에서 이 사안을 들고 나선 것은 부당한 처사였다. 모든 부처에는 일종의 업무적 관례상 아무도 들먹이지 않는 그런 사안이 있기 마련이니 말이다. 이제 그에게 도전장이 던져진 이상, 그는 과감히 그것을 받아들여 자라이스크현 농경지 관개 담당 위원회의 업무 실적을 조사하고 검토하기 위한 특별 위원회의 선임을 요청해야만 했다. 하지만 그 대신 그는 상대 쪽 인사들을 가만두지 않았다. 이민족의 정착에 관한 사안[12]을 위임할 특별 위원회도 선임할 것을 요청하였다.

---

12 이민족의 정착에 관한 사안은 1860년대부터 논의되었다. 당시 러시아 정부는 〈변방의 러시아화〉라는 목적으로, 러시아 중앙 지역에서 변방으로 이주하는 이주민들에게 이민족의 점유지를 임차하도록 장려하였는데, 이때 임

이 사안은 6월 2일 위원회에서 우연히 제기된 것인데, 알렉세이 알렉산드로비치가 이민족의 비참한 상황을 고려할 때 결코 미룰 수 없는 문제라며 적극적으로 지지한 것이다. 이는 위원회의 몇몇 부처 사이에서 논쟁의 빌미가 되었다. 알렉세이 알렉산드로비치에게 적대적인 부처는 이민족들의 상황이 매우 양호하며, 의도된 개혁은 오히려 그들의 번영에 해를 끼칠 수 있다고, 혹시라도 열악한 점들이 있다 해도 그것은 법에 의해 내려진 조치들을 알렉세이 알렉산드로비치의 부처에서 시행하지 않았기 때문이라고 주장했다. 그리하여 지금 알렉세이 알렉산드로비치는 다음과 같은 사항들을 요청할 작정이었다. 첫째, 현장에서 이민족 현황을 조사할 새로운 위원회를 선임할 것. 둘째, 이민족의 상황이 위원회의 공식 자료들에 언급된 그대로라면, 그러한 암울한 상황의 원인을 정치적, 행정적, 경제적, 민속학적, 물질적, 종교적 관점에서 조사할 또 다른 새로운 학술 위원회를 선임할 것. 셋째, 이민족이 처한 불리한 여건들을 예방하기 위해 최근 10년간 상대 부처에서 취한 조치들에 관한 보고를 요청할 것. 끝으로, 위원회에 입수된 1863년 12월 5일 자 및 1864년 6월 7일 자 보고서 제17015호와 제18308호에 근거하여, 해당 부처는 어떤 연유로 근본적이고 본질적인 법률 제○○권, 18조 및 36조의 부가 조항의 정신을 정면으로 위배하는 처신을 하였는지

차된 부지들이 임의로 구획되어 땅 투기에 악용되곤 했다. 오렌부르크현 바시키르인들의 토지가 그 대표적인 사례로, 1871년 토지를 유리한 조건에 판매할 수 있는 특별법이 시행되자 바시키르인들의 토지와 국유지의 남획이 횡행하게 되었으며, 땅 투기에 직접적으로 가담한 이들은 바로 오렌부르크현 지사 사무실의 관리들이었다. 이민족 정착에 관한 사안이 공론화되며 사임한 당시 국유 재산부 장관의 면면이 카레닌의 형상에 투영되어 있다.

에 대한 해명을 요구할 것. 이러한 생각의 요지를 신속하게 써 내려갈 때 알렉세이 알렉산드로비치의 얼굴에는 생기 어린 홍조가 감돌았다. 한 페이지를 가득 메운 뒤 그는 자리에서 일어나 벨을 울리고는 사무실 주임에게 보낼 메모를 건넸다. 필요한 참고 자료의 송부를 요청하는 메모였다. 그런 다음 방 안을 한 차례 가로지른 그는 또다시 초상화를 쳐다보고는 낯을 찌푸리더니 경멸 섞인 미소를 지었다. 알렉세이 알렉산드로비치는 다시 이구비움 판에 관한 책을 읽으며 그에 대한 흥미를 되찾았고, 정각 11시에 침실로 향했다. 잠자리에 누워 아내와의 일을 떠올렸을 때, 이미 아까의 암울한 느낌은 전혀 들지 않았다.

15

브론스키가 상황이 절망적이라며 남편에게 모든 것을 털어놓으라고 설득할 때마다 안나는 그에게 불같이 화를 내며 완강하게 반발했지만, 그럼에도 마음속 깊은 곳에서는 자신의 처지가 거짓되고 부정하다는 생각이 자리 잡고 있었으며, 또한 그러한 상황을 바꿀 수 있기를 간절하게 바라고 있었다. 남편과 함께 경마장에서 돌아오는 길에, 그녀는 흥분한 나머지 그에게 모든 것을 털어놓고 말았다. 그때 그녀는 극심한 고통을 느끼면서도 자신의 행동에 희열을 느꼈다. 남편이 자신을 남겨 두고 가버리자, 이제 모든 것이 분명해졌으며 적어도 거짓과 기만은 없을 테니 기쁘다고 스스로에게 말하기도 했다. 이제 상황이 의심할 바 없이 영원히 결정된 것만 같았다. 새로운 상황은 나쁠 수도 있겠지만 어쨌든 명확하게 결론 지어질 테니, 이제 애매함이나 허위는 있을 수 없었다. 그 이 야기를 입 밖에 냄으로써 자신과 남편에게 불러일으킨 고통 은 모든 것이 매듭지어짐으로써 보상될 것이라고 그녀는 생 각했다. 그날 저녁 그녀는 브론스키와 만났다. 상황을 정리하 기 위해서라도 그에게 남편과의 사이에서 벌어진 일에 관해 서 이야기를 해야 했지만, 그녀는 아무 말도 하지 않았다.

이튿날 아침 눈을 떴을 때, 그녀의 머릿속에 가장 먼저 떠 오른 것은 자신이 남편에게 한 말이었다. 어쩌자고 그렇게 기 괴하고 무례한 말을 내뱉을 생각을 했는지, 지금으로서는 도 무지 이해할 수 없을 만큼, 또한 그로 인해 초래될 결과가 어 떠할지 상상도 할 수 없을 만큼 끔찍하게만 여겨졌다. 그러나 이미 엎질러진 물이었고, 알렉세이 알렉산드로비치는 아무 런 말도 없이 떠나 버렸다. 〈브론스키를 만났지만, 나는 그에 게 말하지 않았어. 그가 떠나려는 순간 돌려세우고 얘기하고 싶었지만 단념했지. 왜 그를 보자마자 그 얘기를 하지 않았는 지 이상하게 느껴졌기 때문이야. 무엇 때문에 나는 말하고 싶 으면서도 말하지 않았을까?〉 이 질문에 대한 응답으로 그녀 의 얼굴이 붉게 물들었다. 그녀는 무엇이 자신을 저지했는지 를 깨달았다. 수치스러웠던 것이었다. 어제저녁까지만 해도 명확해졌다고 여겨지던 자신의 처지가 지금에 와서 보니 명 확하지도 않을뿐더러 출구 없이 막막해만 보였다. 전에는 생 각해 본 적도 없던 치욕이 문득 두려워졌다. 남편이 벌일 일 들을 떠올리기만 해도 무시무시한 생각들이 엄습해 왔다. 지 금 막 관리인이 와서 그녀를 별장에서 쫓아내고 만천하에 자 신의 치욕이 공표되는 광경이 머릿속에 떠올랐다. 별장에서 쫓겨나면 어디로 가야 할지 스스로에게 물어도 답을 구할 수는 없었다.

브론스키를 떠올려 보았으나, 그가 더 이상 자신을 사랑하지 않으며 이미 부담스러워하기 시작했고, 자신 또한 그에게 스스로를 내줄 수 없을 것만 같다는 생각이 들어 그녀는 적대감에 사로잡혔다. 남편에게 했던 그 말, 늘 상상 속에서 되풀이했던 그 말을 마치 모든 사람들에게 털어놓은 것 같았고, 모든 이들이 그것을 들은 것만 같았다. 함께 살아온 식솔들의 눈을 마주 볼 엄두가 나지 않았다. 하녀를 부를 엄두도 안 났고, 아들과 가정 교사를 보러 아래층으로 내려가는 건 더더욱 못 할 짓이었다.

한참 전부터 그녀의 방문 앞에서 귀를 기울이고 있던 하녀가 마침내 자진해서 방 안으로 들어왔다. 안나는 묻는 듯한 눈초리로 그녀의 눈을 쳐다보고는 당혹감에 얼굴을 붉혔다. 하녀는 벨이 울린 줄 알았다면서 방에 들어온 것을 사죄하며 드레스와 쪽지를 건네주었다. 쪽지는 벳시가 보낸 것으로, 오늘 아침 리자 메르칼로바와 슈톨츠 남작 부인이 각자의 추종자들인 칼루시스키와 스트레모프 노인을 대동하고 크로케 게임을 하러 자기 집에 모이기로 한 일을 상기시키는 내용이었다. 〈풍속을 탐구하는 셈치고 보러 오세요. 기다릴게요〉라며 그녀는 쪽지를 끝맺었다.

쪽지를 읽은 안나는 무거운 한숨을 내쉬었다.

「아무것도 필요 없어.」화장대에 놓인 목이 긴 병과 브러시를 제자리에 고쳐 놓고 있던 안누시카에게 그녀가 말했다. 「그만 가려무나. 곧 옷 입고 나갈 테니. 아무것도, 아무것도 필요 없어.」

안누시카가 나갔지만 안나는 옷을 입으려 하지 않았다. 그녀는 고개와 두 팔을 늘어뜨린 채 미동도 없이 앉아 있었다. 간혹 어떤 몸짓을 하거나 무언가를 말하려는 듯 온몸을 떨다가도 다시 꼼짝도 않고 가만히 있었다. 그러면서 그녀는 〈아, 하느님! 나의 하느님!〉을 끊임없이 되뇌었다. 그러나 〈나의〉도 〈하느님〉도 그녀에게는 아무런 의미가 없었다. 자라면서 체득한 종교를 결코 의심해 본 적이 없음에도 불구하고, 자신이 처한 상황을 타개하기 위해 종교에서 도움을 구하려는 발상은 마치 알렉세이 알렉산드로비치에게서 도움을 구하려는 것만큼이나 그녀에게는 터무니없는 일로 여겨졌다. 지금 자기 삶의 모든 의미를 이루는 바로 그것을 버릴 때만이 종교의 도움을 구할 수 있다는 사실을 그녀는 진작에 깨닫고 있었던 것이다. 한 번도 경험해 보지 못했던 새로운 정신적 징후 앞에서 그녀는 괴로움뿐 아니라 두려움마저 느꼈다. 간혹 눈이 피로할 때 사물이 두 개로 갈라져 보이듯이 영혼 속의 모든 것이 양분되는 것만 같았다. 가끔씩은 자신이 무엇을 두려워하는지, 무엇을 바라는지 알 수가 없었다. 두려워하는 건지 욕망하는 건지, 그 대상이 과거의 일인지 미래의 일인지, 자신이 정확히 무엇을 원하는 건지 알 수가 없었다.

〈아아, 지금 내가 뭐하는 거람!〉 그녀는 머리 양쪽에 통증을 느끼고는 이렇게 중얼거렸다. 정신을 차려 보니 양손으로 관자놀이 주변의 머리카락을 움켜쥔 채 짓누르고 있었던 것이다. 이제는 자리를 박차고 일어나 방 안을 거닐기 시작했다.

「커피가 준비되었고, 마드무아젤과 세료자 도련님이 기다리고 계십니다.」 되돌아온 안누시카가 아까와 똑같은 상태로 있는 안나를 맞닥뜨리고는 이렇게 아뢰었다.

「세료자? 세료자가 뭐 어떻다고?」별안간 활기를 띠며 안나가 물었다. 아침나절이 되어서야 처음으로 아들의 존재를 기억해 낸 것이었다.

「아마도 잘못을 빌고 계신 것 같아요.」안누시카가 미소를 지으며 대답했다.

「뭘 어쨌는데 잘못을 빌어?」

「구석방에 있던 복숭아 말씀인데요, 아마도 그것을 몰래 하나 드셨나 봐요.」

방금 떠오른 아들 생각이 여태까지 처해 있던 막막한 상황으로부터 순식간에 안나를 끌어내 주었다. 그녀는 최근 몇 년 동안 자처해 온 역할, 다분히 과장되었으나 그래도 부분적으로는 진실한, 아들을 위해 살아가는 어머니의 역할을 상기해 냈다. 이와 같은 상황 속에서도 남편이나 브론스키와 밀착된 입지로부터 독립된 왕국을 소유하고 있다는 사실을 그녀는 흐뭇한 마음으로 실감했다. 그 왕국은 바로 아들이었다. 어떠한 상황에 처하더라도 아들을 버릴 수는 없었다. 남편이 모욕을 주고 내쫓거나, 브론스키가 냉담해지고 자신의 독립적인 삶을 지속한다 해도(순간 그녀는 또다시 치미는 울화와 원망을 품고서 그를 떠올렸다) 아들을 버릴 수는 없었다. 그녀에게는 삶의 목표가 있었다. 아들과의 관계를 보장받고, 아들을 빼앗기지 않으려면 행동을 취해야 했다. 아들을 빼앗기기 전에 어서 빨리, 최대한 빨리 결행해야 했다. 아들을 데리고 떠나는 것. 이것이 바로 그녀가 단행해야 할 유일한 일이었다. 마음을 가라앉히고 이 고통스러운 처지에서 벗어나야만 했다. 아들과 관련하여 결행해야 할 일과 아들을 데리고 즉시 어디론가 떠나야겠다는 생각이 그녀의 마음을 진정시켰다.

그녀는 재빨리 옷을 입고서 아래층으로 내려가 단호한 걸음걸이로 응접실에 들어섰다. 평소처럼 커피와 함께 세료자와 가정 교사가 기다리고 있었다. 온통 흰옷 차림의 세료자가 탁자 곁의 거울 아래서 등과 고개를 수그린 채 서 있었다. 안나가 익히 알고 있는, 아버지를 닮은 예의 긴장되고 주의 깊은 표정을 짓고서 자신이 꺾어 온 꽃들을 만지작거리고 있었다.

가정 교사의 태도가 유달리 근엄했다. 세료자는 종종 그러듯이 〈앗, 엄마!〉 하고 째질 듯이 소리를 지르더니 머뭇거리며 동작을 멈추었다. 꽃은 내던져 버리고 어머니에게 다가가 인사를 할지, 아니면 화관을 마저 만들어 가지고 갈지 망설이는 것이었다.

가정 교사는 인사를 하더니, 세료자가 저지른 일에 관하여 또박또박 장황하게 늘어놓기 시작했다. 그러나 안나는 그녀의 말을 듣고 있지 않았다. 가정 교사를 데리고 가야 할지를 생각하고 있었던 것이다. 〈아니야, 데리고 가지 않겠어.〉 그녀는 결정을 내렸다. 〈아들이랑 단둘이서 떠나겠어.〉

「그래요, 참 못되게 굴었네요.」 안나가 아들의 어깨를 부여잡더니, 엄하기는커녕 오히려 소심한 눈길로 바라보면서 입을 맞추었다. 그러한 어머니의 눈길에 아이는 당혹스러우면서도 기뻤다. 「아들이랑 둘만 있게 해주세요.」 그녀가 가정 교사에게 말하고는 아들의 손을 놓지 않은 채 커피가 놓여 있는 탁자 앞에 앉았다.

「엄마! 나…… 나는…… 그게…….」 복숭아 때문에 어떤 벌을 받게 될지, 어머니의 표정에서 가늠해 보려 애쓰며 소년은 더듬거렸다.

「세료자…….」 가정 교사가 응접실을 나가자마자 그녀가 운을 뗐다. 「그건 나쁜 짓이야. 하지만 앞으로는 그러지 않을 거지……? 넌 엄마를 사랑하지?」

눈물이 솟구쳐 오르는 게 느껴졌다. 〈내가 과연 이 아이를 사랑하지 않을 수 있을까?〉 어리둥절해하면서도 환희에 찬 아들의 눈을 주시하며 그녀는 생각했다. 〈이 아이가 과연 아버지와 한편이 되어 나를 응징하려 들까? 정말이지 나를 가엾이 여기지 않으려나?〉 눈물은 이미 볼을 타고 흘러내렸다. 그것을 감추기 위해 그녀는 자리를 박차고 일어나 뛰쳐나가 다시피 테라스로 향했다.

요 며칠 동안 뇌우가 몰아치더니 차갑고 청명한 날이 시작되었다. 선명한 햇살이 깨끗이 씻긴 잎사귀들을 향해 내리쬐는데도 불구하고 대기는 냉랭했다.

싸늘한 냉기로 인하여, 그리고 깨끗한 공기 속에서 새로운 위력을 발휘하며 그녀를 사로잡은 내면의 두려움으로 인하여 그녀는 온몸을 부르르 떨었다.

「어서 가보렴, 마리에트에게 가봐.」 그녀는 뒤따라 나온 세료자에게 이르고는 테라스의 밀짚 깔개 위를 거닐기 시작했다. 〈정말이지 저들은 나를 용서하지 않을까? 이 모든 게 달리 어쩔 수 없었다는 것을 이해하지 못할까?〉 그녀가 스스로에게 물었다.

안나는 걸음을 멈추고서 바람결에 흔들리는 백양나무 꼭대기를 바라보았다. 깨끗이 씻긴 잎사귀들이 차가운 햇살을 받아 선명하게 반짝였다. 저들은 용서하지 않을 것이며, 이제는 모든 것들, 모든 이들이 저 하늘과 저 푸른 나무처럼 무자비해질 것임을 그녀는 깨달았다. 또다시 영혼 속에서 분열이 일어나고 있었다. 〈그럴 것 없어, 생각할 필요가 없다니까.〉

그녀는 생각했다. 〈채비를 차려야 해. 언제, 어디로 가야 할까? 누구를 데리고 가지? 그래, 모스크바로 가자, 야간열차를 타고. 안누시카랑 세료자랑, 꼭 필요한 물건들만 챙겨서. 하지만 그 전에 양쪽 모두에게 편지를 써야 해.〉 그녀는 황급히 집 안으로 들어가 서재의 책상 앞에 앉아 남편에게 편지를 썼다.

그 일이 일어난 이상 더 이상 당신 집에 머무를 수가 없어요. 떠나겠어요. 아들을 데리고 가겠습니다. 나는 법에 관해서는 몰라요. 따라서 양친 중 누가 아들과 함께해야 하는 건지 모르겠습니다. 하지만 아들을 데려가럽니다. 왜냐하면 그 아이 없이는 살 수가 없으니까요. 넓은 아량을 베푸시어 아이를 나에게 주세요.

여기까지는 신속하게 술술 써 내려갔다. 그런데 남편한테서 전혀 찾아볼 수 없는 아량을 호소해야 하고, 편지의 말미를 무언가 감동적인 구절로 끝맺어야 한다는 부담이 글쓰기를 중단시켰다.

나의 잘못과 뉘우침에 대해선 언급할 수 없습니다. 왜냐하면…….

생각의 갈피를 잡지 못한 그녀는 또다시 펜을 멈추었다. 〈그래, 아무것도 필요 없어.〉 그녀는 이렇게 생각하고는 편지를 찢어 버린 뒤, 아량 운운하는 대목을 뺀 채 새로 써서 봉인했다.

또 다른 편지는 브론스키에게 써야 했다. 〈남편한테 모든 걸 애기했어요.〉 이렇게 적고 나서 그녀는 기력이 빠져 한참을 가만히 앉아 있었다. 이건 너무나 거칠고 여성답지 못한 표현이었다. 〈그다음엔 대체 뭐라고 쓴담?〉 그녀의 얼굴이 또다시 수치심으로 붉게 달아올랐다. 브론스키의 침착함을 떠올린 그녀는 이내 그에 대한 원망으로 첫 구절이 적힌 편지지를 갈기갈기 찢어 버렸다. 〈아무것도 필요 없어.〉 그녀는 이렇게 되뇌고는 압지첩을 내려놓고 위층으로 올라갔다. 그러고서 가정 교사와 식솔들에게 오늘 모스크바로 갈 거라고 고한 다음, 곧바로 짐을 싸기 시작했다.

16

문지기와 정원사, 하인들이 별장의 방마다 돌아다니면서 짐을 날랐다. 장롱과 서랍장 들은 활짝 열려 있었다. 노끈을 사러 상점에 두 차례나 다녀왔고, 바닥에는 신문지들이 굴러다녔다. 트렁크 두 개와 자루들, 꽁꽁 싸맨 담요들이 현관으로 내려졌다. 현관 앞에서는 사륜마차 한 대와 두 대의 짐마차가 대기 중이었다. 짐을 꾸리는 동안 불안감도 잊은 채 자기 방 책상 앞에서 여행 가방을 챙기고 있던 안나에게 안누시카가 오더니 마차 소리가 난다고 일러 주었다. 창밖을 내다보니 출입문 앞에서 초인종을 울리고 있는 것은 바로 알렉세이 알렉산드로비치의 파발꾼이었다.

「가서 무슨 일인지 알아봐.」 이렇게 이른 다음, 그녀는 안락의자에 앉아 두 손을 무릎 위에 얹고서 만반의 태세를 갖추었다. 하인이 알렉세이 알렉산드로비치의 서명이 적힌 두 툼한 봉투를 대령했다.

「파발꾼에게 답신을 받아 오라는 명을 내리셨다는데요.」 그가 말했다.

「알겠네.」 그녀는 대답하고 난 뒤 하인이 나가자마자 떨리는 손가락으로 봉투를 뜯었다. 그러자 종이띠로 묶인 빳빳한 지폐 다발이 떨어졌다. 그녀는 편지를 꺼내 맨 끝에서부터 읽어 나갔다. 〈이사에 필요한 모든 조치는 이미 취해 놓았소. 이러한 나의 청을 당신이 이행하느냐의 여부에 내가 각별한 의미를 부여하고 있음을 명심하길 바라오.〉 이 구절을 읽은 그녀는 황급히 그 앞의 내용을 밑에서부터 훑어본 다음, 모두 읽고 나서 다시 한번 처음부터 읽어 내려갔다. 편지를 다 읽자 온몸이 오싹했고, 예기치 않은 무시무시한 불행이 엄습해 오는 기분이었다.

아침나절에 그녀는 남편에게 죄다 털어놓은 것을 후회했고, 그 말을 하지 않았더라면 얼마나 좋았을까 하는 생각뿐이었다. 그런데 이 편지가 바로 그 말을 없었던 일로 치면서 그녀가 가정하고 희망했던 바를 선뜻 내주는 것이었다. 그럼에도 이 편지는 지금 그녀가 상상할 수 있는 그 무엇보다도 끔찍한 것으로 여겨졌다.

〈그가 옳아! 옳고말고!〉 그녀가 생각했다. 〈물론이지, 그는 항상 옳아. 기독교인이잖아. 관대한 사람이야! 그리고 저열하고 추악한 인간이지! 그 사실은 나 말고는 아무도 모르고, 앞으로도 모를 거야. 나도 설명을 못 하겠어. 사람들은 그러지, 경건하고 도덕적이고 정직하고 영리한 사람이라고. 하지만 그들은 내가 본 것을 보지 않잖아. 지난 8년 동안 그가 얼마나 내 삶을 질식시켜 왔는지, 내 안에서 살아 숨 쉬던 모든 것들을 얼마나 짓눌러 왔는지를 그들은 모르잖아. 내가 사랑을 필요로 하는, 살아 있는 여자라는 점을 단 한 번도 그는 생각해 본 적이 없다는 사실을 그들은 몰라. 그가 매사에 나를 모욕하고 자기만족을 맛보았다는 걸 아무도 모른다고. 나도 내 삶을 정당화할 길을 찾고자 온 힘을 다해서 애써 오지 않았겠어? 그를 사랑하려고, 이미 남편을 사랑할 수가 없게 되었을 때는 아들을 사랑하려고 노력하지 않았겠느냐고! 하지만 때가 되었고, 이제 깨달았어. 더 이상 스스로를 속일 수 없다는 걸, 나는 살아 있다는 걸, 내 탓이 아니라 하느님이 나를 이런 여자로, 사랑하면서 살아야 하는 여자로 만들었다는 걸. 그런데 대체 지금 이게 뭐냐고. 차라리 나를 죽이고 그이를 죽이라지. 그러면 모든 걸 견뎌 내고, 모든 것을 용서할 텐데. 하지만 이건 아냐. 그는…….〉

〈그가 어떤 식으로 나올지, 어쩌자고 나는 짐작도 못 한 걸까? 그는 자신의 저열한 성정에 걸맞은 짓을 할 거야. 자신은 옳은 사람으로 남고, 이미 파멸해 버린 나를 더욱 흉악하고 비열하게 파멸시키겠지.〉〈당신과 당신의 아들에게 무슨 일이 닥칠지는 당신 자신이 예상할 수 있을 것이오.〉 그녀는 이 편지의 구절을 떠올렸다. 〈이건 아들을 빼앗아 가겠다는 협박이야. 그들의 바보 같은 법에 따르면 가능한 일이겠지. 하지만, 그가 왜 이런 말을 하는지 내가 모를 턱이 있나? 그는 아들에 대한 나의 사랑을 믿지 않거나, 아니면 나의 그런 감정을 경멸하고 있는 거야(늘 비웃었듯이 말이지). 그럼에도 그는 알고 있어. 내가 아들을 버리지 않으리라는 걸, 버릴 수 없다는 걸, 사랑하는 사람과 함께한다 해도 아들이 없다면 나에게 삶이라는 것이 존재할 수 없다는 걸, 만일 아들을 버리고 그로부터 도망친다면 나는 가장 치욕스럽고 더러운 여자가 되리라는 걸. 바로 이 사실을 그는 알고 있고, 나한테 그럴 만한 배짱이 없다는 것도 알고 있는 거야.〉

〈우리의 생활은 예전처럼 진행되어야 하오.〉 그녀는 편지의 또 다른 구절을 떠올렸다. 〈그 생활은 예전에도 이미 고역이었고, 최근 들어서는 끔찍했어. 그렇다면 이제는 어찌 될까? 그는 이 모든 것을 알고 있을 뿐만 아니라, 내가 숨 쉬고 사랑한 것을 후회할 리 없다는 점도 잘 알지. 허위와 기만 외에는 이 상황으로부터 귀결될 게 아무것도 없다는 걸 이미 알고 있는 거야. 그런데도 나를 계속해서 괴롭혀야만 하겠지. 나는 그를 알아! 마치 물속의 물고기처럼 그는 허위 속을 헤엄치며 쾌감을 느낀다고. 하지만 안 돼, 그에게 그런 쾌감을 안겨 주지 않겠어. 나를 휘감으려 드는 그 허위의 거미줄을 찢어 버리고 말겠어. 될 대로 되라지. 뭐든 허위와 기만보다는 나을 테니!〉

〈하지만 어떻게? 하느님, 나의 하느님! 나처럼 이렇게 불행한 여자가 언젠가 또 있었을까요……?〉

「아니야, 찢어 버릴 테야. 찢어 버리겠어!」 그녀는 벌떡 일어나 눈물을 참으며 소리쳤다. 그러고서 그에게 또 한 통의 편지를 쓰기 위해 책상으로 다가갔다. 하지만 마음속 깊은 곳에서는 느끼고 있었다. 이미 자신에겐 그 무엇도 찢어 버릴 힘이 없으며, 아무리 거짓되고 부정직해도 예전과 다름없는 이 상황에서 벗어날 길이 없다는 것을.

그녀는 책상에 앉았지만, 편지를 쓰는 대신 책상 위에 두 손을 포개 놓고 그 위에 머리를 얹은 채 어린아이가 울듯이 가슴을 들썩이며 흐느껴 울기 시작했다. 자신의 입장을 해명하고 확실하게 매듭짓겠다는 꿈이 영원히 깨어져 버렸다는 사실이 너무나 서글펐던 것이다. 모든 것이 예전 그대로 유지될 것이며, 심지어 예전보다 훨씬 더 나빠지리라는 것을 그녀는 예상할 수 있었다. 그녀는 자신이 누려 온 세상에서의 지위, 아침나절만 해도 비천하게 여겨졌던 자신의 입지가 실은 소중한 것임을, 또한 자신에겐 남편과 아들을 버리고 정부와 살림을 차린 여자의 치욕스러운 처지와 그것을 맞바꿀 만한 배짱이 없다는 사실을 절감했다. 아무리 애를 쓴다 한들 자신이 원래 생겨 먹은 것보다 더 강해질 수는 없는 법이다. 그녀는 결코 사랑할 자유를 맛보지 못할 것이었고, 삶을 함께 영위할 수 없는 저 자유분방한 외간 남자와의 추잡한 내연 관계를 위해 매 순간 탄로 날지 모른다는 위협을 감수하며 남편을 기만하는 죄 많은 아내로 영원히 남게 될 것이었다. 일이 그렇게 되리라는 것을 그녀는 알고 있었다. 게다가 과연 어떻게 끝이 날지 상상할 수조차 없을 정도로 그런 처지가 끔찍했다. 그래서 그녀는 벌받은 어린아이처럼 주체를 못 하고 엉엉 울었던 것이다.

하인의 발소리에 그녀는 정신을 차리고는 얼굴을 가린 채 편지를 쓰는 척했다.

「파발꾼이 답신을 주시길 청하는데요.」 그가 말했다.

「답신을? 알았네. 조금만 더 기다리라고 해 줘.」 안나가 말했다. 「다 되면 벨을 울리지.」

〈내가 무슨 말을 쓸 수 있겠어?〉 그녀는 생각했다. 〈나 혼자서 뭘 결정할 수 있겠어? 내가 아는 게 뭔데? 내가 원하는 게 뭐지? 나는 어떻게 하고 싶은데?〉 또다시 영혼이 분열되는 기분이었다. 그녀는 그러한 느낌에 거듭 놀라며 스스로에 대한 상념에서 벗어나게 해줄 것만 같은, 막 머릿속에 떠오른 행동의 구실을 덥석 낚아챘다.

〈당장 알렉세이(그녀는 마음속으로 브론스키를 그렇게 불렀다)를 만나야 해. 오직 그이만이 내가 해야 할 바를 말해 줄 수 있어. 벳시 집으로 가겠어. 어쩌면 거기서 그이를 볼 수 있을지 몰라.〉어제 벳시의 집에는 가지 않을 거라고 브론스키에게 말했을 때, 그렇다면 자신도 안 가겠노라고 그가 대꾸했던 것을 까맣게 잊은 채 안나는 속으로 뇌까렸다. 그러고는 책상 앞으로 다가가 남편에게 〈당신의 편지는 잘 받았습니다. A.〉라고 쓴 뒤 벨을 울려서 하인에게 건네주었다.

「우린 떠나지 않을 거야.」방에 들어온 안누시카에게 그녀가 말했다.

「아예 안 가시는 건가요?」

「아니, 내일까지는 짐을 풀지 말고 마차도 그대로 둬. 곧 공작 부인 댁으로 갈 거야.」

「어떤 드레스를 준비할까요?」

17

트베르스카야 공작 부인이 초청한 크로케 시합에는 두 명의 귀부인과 그들의 추종자들이 참여하기로 되어 있었다. 두 귀부인은 새롭게 결성된 최정예 페테르부르크 사교계 그룹의 대표 주자들로, 무언가의 모방을 다시 모방하는 데 있어서 les sept merveilles du monde(세계 7대 불가사의)라 불릴 정도로 뛰어난 사람들이었다. 정말이지 사교계의 최상류 그룹에 속하는 부인들이었지만, 안나가 가담하던 모임에는 완전히 적대적이었다. 게다가 리자 메르칼로바의 숭배자인 스트레모프 노인은 페테르부르크에서 가장 영향력 있는 인사 중 한 사람이었는데 그는 직무상 알렉세이 알렉산드로비치의 적수이기도 한 터였다. 이러한 점들을 고려하여 안나는 모임에 가지 않으려 했고, 트베르스카야 공작 부인이 보낸 쪽지의 뉘앙스 역시 그러한 그녀의 거절을 염두에 둔 것이었다. 그런데 이제 그녀는 브론스키를 볼 수 있을 거라는 생각에 거기 갈 마음을 먹었다.

안나는 다른 손님들보다 먼저 트베르스카야 공작 부인의 집에 도착했다.

그녀가 집 안으로 들어섰을 때, 시종보 비슷한 옷차림에 볼수염을 잘 다듬은 브론스키의 하인 역시 안으로 들어서던 참이었다. 그는 문가에 멈춰 서서 챙 달린 모자를 벗고는 안나에게 길을 내주었다. 그를 보자마자 안나는 어제 브론스키가 오지 않겠다고 말했던 것을 기억해 냈다. 벳시에게 그러한 의사를 알리는 쪽지를 보내온 것이 틀림없었다.

문간방에서 웃옷을 벗는 동안 그녀는 〈r〉을 발음하는 소리마저 시종보 같은 그 하인이 누군가에게 쪽지를 건네며 〈백작님께서 공작 부인께 드리는 전갈입니다〉라고 말하는 것을 들었다.

주인 나리는 어디 있느냐고 그에게 묻고 싶었다. 도로 집으로 가서 그에게 편지를 보내 자기한테 와달라고 하든지, 아니면 직접 그에게 가고 싶었다. 그러나 이것도 저것도, 그 무엇도 단행할 수 없는 상황이었다. 이미 그녀의 도착을 고하는 벨 소리가 울렸고, 트베르스카야 공작 부인의 하인이 활짝 열린 문가에 비스듬히 선 채 그녀가 내실로 들어오기를 기다리고 있었던 것이다.

「공작 부인께서는 정원에 계십니다. 곧 아뢰겠습니다. 정원으로 가시겠습니까?」옆방에 있던 다른 하인이 물었다.

불확실하고 애매한 입장은 집에서와 마찬가지였다. 아니, 손쓸 방도가 없고, 브론스키도 볼 수 없으며, 여기 자신의 성향과는 영 안 맞는 낯선 모임에 남아 있어야 했으니 상황은 더 좋지 않은 셈이었다. 그러나 그녀의 화장과 몸치장은 그녀에게 잘 어울렸고, 그녀 또한 그 사실을 잘 알고 있었다. 게다가 이제 그녀는 혼자가 아니었다. 아주 익숙한 무사태평의 분위기가 성대하게 조성되어 있었기에 마음은 집에서보다 한층 가벼웠다. 무엇을 해야 할지 궁리할 필요가 없었다. 모든 게 저절로 되어 갔으니까. 안으로 들어서자 벳시가 온통 흰색으로 치장한 모습에 놀랄 만큼 우아한 자태로 그녀를 맞이했다. 안나는 언제나처럼 미소를 지어 보였다. 트베르스카야 공작 부인은 투시케비치와 친척 아가씨를 대동하고 왔는데, 시골에 있는 그녀의 부모는 딸이 저명한 공작 부인의 집에서 여름을 보낸다는 사실을 몹시 흐뭇하게 여기고 있었다.

벳시가 곧바로 눈치챘바, 안나에게 뭔가 심상치 않은 일이 일어난 게 틀림없었다.

「잠을 잘 못 잤어요.」맞은편에서 브론스키의 전갈을 가져온 것으로 짐작되는 하인이 걸어오는 모습을 힐끗 쳐다보며 안나가 말했다.

「와주셔서 얼마나 기쁜지 몰라요.」벳시가 말했다. 「좀 피곤해서 손님들이 오시기 전에 차를 한잔 마시려던 참이었어요. 아, 저쪽으로 가보시죠.」 그러고는 투시케비치를 향해 말했다. 「저기 잔디를 깎아 놓은 곳에서 크로케 시합을 할 만한지 마샤와 함께 살펴봐 주시면 좋겠어요. 우리는 그사이 차를 마시면서 허물없는 얘기를 좀 나눌게요. We will have a cosy chat(편안하게 수다나 떨려고요), 그렇죠?」 벳시는 미소 띤 얼굴로 양산을 든 안나의 손을 꼭 잡았다.

「안 그래도 저는 여기 오래 머물 수가 없어요. 브레데 노부인을 찾아뵈어야 하거든요. 너무 오랫동안 약속해 온 거라서요.」 안나가 말했다. 거짓말은 그녀의 성정과 거리가 멀었지만, 이제 사교계에서는 거짓말이 편하고 자연스러워졌을 뿐만 아니라 쾌감까지 안겨 주곤 했다.

단 1초도 생각해 보지 않았던 그 말을 자신이 왜 했는지, 그녀는 도무지 납득할 수가 없었다. 브론스키가 오지 않을 테니 어떻게든 그를 만날 방도를 찾아보려면 일단 자유로워져야 한다는 궁리 끝에 나온 말이었다. 하지만 찾아가 봐야 할 다른 수많은 사람들도 있는데 왜 하필이면 그 늙은 여관(女官)을 언급했는지, 도무지 설명할 길이 없었다. 하지만 나중에 밝혀진바, 브론스키와 만날 수 있는 절묘한 방도로서 이보다 더 좋은 수를 생각해 낼 수는 없었을 것이다.

「안 돼요, 절대로 보내 주지 않겠어요.」 벳시가 안나의 얼굴을 유심히 바라보며 대꾸했다. 「정말이지 내가 당신을 좋아하지 않았더라면 기분이 상했을 거예요. 우리 집 모임이 당신의 명예를 훼손할까 봐 염려하고 있는 거잖아요. 작은 응접실로 우리가 마실 차를 내주게.」 하인을 대할 때면 늘 그러듯이 두 눈을 가늘게 뜬 채 그녀가 말했다. 그러고는 하인에게서 건네받은 쪽지를 읽었다. 「알렉세이가 우리한테 공수표를 날렸군요.」 그녀가 프랑스어로 말했다. 「못 온다고 하네요.」 브론스키가 안나에게 크로케 시합 파트너 이상의 어떤 다른 의미를 지닌다는 것은 추호도 생각해 본 적이 없으며, 생각할 수도 없다는 듯 자연스럽고 범상한 말투였다.

안나 역시 벳시가 모든 것을 알고 있다는 사실을 인지하면서도, 그녀가 자기 앞에서 브론스키에 관해 말하는 것을 들을 때면 순간적으로 그녀는 아무것도 모르고 있다고 확신하곤 했다.

「아, 그렇군요!」 안나는 그 일에 별 관심이 없다는 듯 무심하게 대꾸하고는 미소를 지으며 말을 이었다. 「어떻게 당신의 사교 모임이 누군가의 명예를 훼손할 수가 있겠어요?」 모든 여자들한테 그렇듯이 그런 유의 말장난, 그런 식의 비밀 감추기에 안나는 굉장한 매력을 느꼈다. 감춰야 할 불가피성도 감추려는 목적도 아닌, 은폐 과정 자체가 그녀를 매혹했다. 「나는 교황보다 더한 가톨릭 신자가 될 수 없어요.」 그녀가 말을 이었다. 「스트레모프나 리자 메르칼로바 말이예요, 그분들은 사교계의 최고 엘리트잖아요. 게다가 어디서나 환영받지요. 나도(그녀는 **나**라는 말에 특히 힘을 주었다) 엄격하고 편협하게 굴었던 적은 결코 없어요. 그저 시간이 없었을 뿐이죠.」

「아마도 스트레모프와 대면하고 싶지 않으신 거겠죠? 그분이 위원회에서 알렉세이 알렉산드로비치랑 설전을 벌이는 건 신경 쓰지 말아요. 우리와는 상관없잖아요. 그분은 사교계에서 가장 친절한 분이시고, 내가 아는 것은 오직 그런 모습뿐이에요. 그리고 열정적인 크로케 선수죠. 이제 곧 알게 될 거예요. 리자에게 흠뻑 빠진 늙은이라는 우스꽝스러운 처지

115

에도 불구하고, 그 우스운 궁지에서 그분이 어떻게 빠져나오는지 지켜봐야 한다니까요! 정말 사랑스러운 분이에요. 참, 사포 슈톨츠를 모르시나요? 완전히 새로운 분위기를 선보이는 분인데.」

이런 얘기들을 줄줄 늘어놓는 사이 벳시의 쾌활하고 총명한 눈빛을 본 안나는 그녀가 자신의 상황을 부분적으로 이해하고 있으며, 무언가 궁리하고 있음을 감지했다. 그들은 작은 응접실에 있었다.

「그러고 보니, 알렉세이에게 편지를 써야겠네요.」 그러고서 벳시는 책상에 앉아 편지를 몇 줄 적어 봉투에 넣었다. 「식사하러 오라고 적었어요. 귀부인 한 분이 식사 시간에 남자 파트너 없이 혼자 있게 되었다고요. 더 생각해 보세요, 꼭 가셔야겠는지. 미안하지만 잠시 다녀올게요. 편지를 봉해서 좀 보내 주세요.」 그녀가 문을 나서며 말했다. 「하인들에게 일러 둘 게 있어서요.」

안나는 한순간의 망설임도 없이 벳시의 편지를 들고 책상으로 가서는 읽지도 않고 그 밑에 추가로 써 넣었다. 〈당신을 꼭 만나야 해요. 브레데 부인 댁 정원으로 와주세요. 6시에 그리로 가겠어요.〉 그러고서 편지를 봉하자, 벳시가 돌아와 안나가 보는 앞에서 편지를 급사에게 건넸다.

찻상에 받쳐 작고 서늘한 응접실로 날라 온 차를 마시는 동안 정말로 두 여인 사이에는 손님들이 오기 전까지 트베르스카야 공작 부인이 약속했던 cosy chat(편안한 수다)이 오갔다. 그들은 곧 도착할 손님들의 흉을 보았는데, 리자 메르칼로바에 관한 대목에서 이야기가 한참 이어졌다.

「그분은 참 사랑스럽고 늘 호감이 가요.」 안나가 말했다.

「틀림없이 그분을 좋아하게 될 거예요. 그분은 당신을 흠모하고 있거든요. 어제 경마가 끝난 뒤 우리 집에 와서는 당신을 못 만났다며 실의에 잠기더군요. 그녀가 그러는데, 당신보고 진짜 소설 속의 여주인공이래요. 만일 자기가 남자였다면 당신 때문에 수천 번은 바보 같은 짓을 저질렀을 거라면서요. 스트레모프는 당신이 정말 남자들을 그렇게 만들고 있다고 거들더군요.」

「저, 그런데 말씀 좀 해주세요. 전 정말이지 전혀 이해할 수가 없어서요.」 잠시 침묵하던 안나는 지금 묻는 게 실없는 소리가 아닌, 다른 어떤 것보다 자신에게 중요하다는 점을 분명하게 드러내는 어조로 말했다. 「미시카라고 불리는 칼루시스키 공작과 그녀는 대체 어떤 관계인지, 좀 알려 주세요. 저는 그분들을 만난 적이 별로 없어서요. 도대체 어떤 관계죠?」

벳시가 눈웃음을 지으며 안나를 주의 깊게 응시했다.

「새로운 방식이죠.」 그녀가 말했다. 「그들은 그 방식을 택했어요. 머리쓰개를 방앗간 너머로 내던져 버렸다니까요.[13] 하지만 그것을 내던지는 데도 방식이라는 게 있는 법이죠.」

「그렇군요. 그런데, 그녀와 칼루시스키의 관계가 도대체 어떤 건데요?」

벳시가 느닷없이 깔깔대며 웃음을 터뜨렸다. 그녀가 그렇게 웃는 것은 드문 일이었다.

「먀흐카야 공작 부인의 전문 분야를 넘보시는군요. 무서운 아이들[14]이 던질 법한 질문이에요.」 그러더니 벳시는 참고 싶

---

13 프랑스 속담으로, 사회의 통념을 무시하는 여성의 행동을 뜻한다.
14 조숙하고 도발적인 젊은 세대를 뜻하는 프랑스어 〈앙팡 테리블enfant terrible〉을 직역한 표현이다.

지만 끝내 자제하지 못하겠다는 듯, 좀처럼 웃지 않는 사람들이 웃을 때처럼 전염성 강한 웃음을 다시금 터뜨렸다. 「당사자들에게 물어보세요.」 그녀가 웃음 때문에 고인 눈물을 글썽이며 덧붙였다.

「이런, 비웃으시는군요.」 안나 또한 무심결에 전염된 웃음을 띤 채 말했다. 「하지만 저는 전혀 이해할 수가 없더라고요. 거기서 남편의 역할이 이해가 안 돼요.」

「남편요? 리자 메르칼로바의 남편은 담요를 들고 그녀를 쫓아다니며 언제나 시중들 채비를 하고 있죠. 그들 사이에서 그 이상 무슨 일이 더 일어나는지는 아무도 알려고 들지 않아요. 보세요, 훌륭한 사교계에서는 몸치장의 자잘한 부분들에 대해 언급도 하지 않고 심지어 생각조차 하지 않잖아요. 이 경우 역시 마찬가지죠.」

「롤란다키 축연에는 가실 건가요?」 화제를 바꾸려고 안나가 물었다.

「안 갈 생각이에요.」 벳시가 벗에게는 눈길을 주지 않은 채, 자그맣고 투명한 찻잔에 조심스레 향기로운 차를 따르기 시작했다. 그러고서 찻잔을 안나에게 밀어 놓더니 옥수수 잎으로 말아 만든 궐련을 꺼내 은제 담뱃대에 꽂아 피우기 시작했다.

「자, 정말이지, 나는 참 행복한 입장에 놓여 있답니다.」 그녀가 찻잔을 손에 쥐고는 웃음기 가신 목소리로 이야기를 꺼냈다. 「나는 당신을 이해하고, 리자 역시 이해해요. 리자 — 그이는 뭐가 좋고 나쁜지 모르는 아이 같은 순진한 성정을 지녔죠. 적어도 그녀가 아주 젊었던 시절에는 정말 아무것도 몰랐어요. 그런데 지금은 그렇게 세상 물정 모르는 게 자신한테 어울린다는 걸 잘 알고 있어요. 아마 이제는 일부러 이해하려 들지 않을걸요.」 벳시는 엷은 미소를 지었다. 「뭐 어쨌거나, 그 편이 그녀한테 어울리는 건 사실이니까요. 생각해보세요. 똑같은 사물이라도 비극적으로 바라보며 그 때문에 괴로워할 수 있지만 단순하게, 심지어 유쾌하게 바라볼 수도 있는 거잖아요. 당신은 사물을 너무 비극적으로 바라보는 경향이 있는 것 같아요.」

「나 자신을 알듯이 남들을 알 수 있다면 얼마나 좋을까요.」 안나가 생각에 잠겨 진지하게 말했다. 「나는 남들보다 못할까요, 아니면 더 나을까요? 제 생각에는 못났지만요.」

「무서운 아이네, 무서운 아이!」 벳시가 거듭 말했다. 「저기 손님들이 오셨군요.」

18

발소리와 남자의 목소리가 들리더니, 여자의 음성과 웃음소리도 들려왔다. 그 뒤로 기다리던 손님들, 사포 슈톨츠와 건강한 기색이 넘치는 젊은 청년 바시카가 들어왔다. 피가 흥건한 소고기와 송로 과자, 그리고 부르고뉴산 포도주로 이루어진 식사가 큰 보탬이 되었을 것이다. 바시카는 귀부인들에게 목례를 하고 그들을 쳐다보았지만, 단지 한순간뿐이었다. 사포를 따라 응접실로 들어간 그는 마치 묶여 있기라도 한양 그녀의 뒤만 쫓으며 응접실을 돌아다녔다. 반짝이는 두 눈은 금방이라도 집어삼킬 듯 그녀에게서 떠날 줄 몰랐다. 사포 슈톨츠는 검은 눈동자를 지닌 금발의 여인이었다. 그녀는 굽이 엄청나게 높은 구두를 신고 잰걸음으로 들어와서는 남자들처럼 귀부인들의 손을 굳세게 잡으며 악수를 나눴다.

이 새로운 저명인사를 처음으로 만난 안나는 그녀의 미모와 과격한 몸치장, 행동거지의 대범함에 충격을 받았다. 자기 머리카락과 남의 머리카락이 섞인 은은한 금빛 머리채를 단처럼 높이 쌓아 올렸는데, 그 크기가 앞부분이 심하게 노출된 채 매끈하게 돌출된 아름다운 가슴과 맞먹었다. 앞으로 걸어 나가는 동작은 또 어찌나 저돌적인지 매 걸음마다 드레스 아래로 무릎과 허벅지의 윤곽이 드러날 정도였다. 그리하여 자연스레, 상반신은 심하게 노출되고 뒤와 아래쪽은 꽁꽁 감춰져 있는 그녀의 저 자그맣고 늘씬한 진짜 육체는 대체 저 흔들리는 머리채의 산 뒤쪽 그 어디에서 끝나는 걸까, 하는 의문이 떠오르는 것이었다.

벳시는 서둘러 그녀에게 안나를 소개했다.

「생각해 보세요. 세상에, 우리가 병사 두 명을 거의 치어 죽일 뻔했지 뭐예요.」 그녀가 눈을 찡긋하더니 미소를 머금고, 한쪽으로 심하게 쏠려 있던 치맛자락을 뒤로 휙 넘기며 이야기를 꺼냈다. 「바시카와 마차를 타고 가던 길에……. 아, 두 분은 초면이시죠.」 그녀는 성을 부르면서 청년을 소개하고는, 초면인 여성 앞에서 바시카라고 그의 이름을 부른 실수에 얼굴을 붉히며 소리 내어 웃었다.

바시카는 안나에게 거듭 목례를 했지만 아무 말도 하지 않고 곧장 사포에게로 고개를 돌렸다.

「내기에서 지셨습니다. 우리가 먼저 도착했잖아요. 계산을 하시죠.」 그가 미소 띤 얼굴로 말했다.

사포는 한층 쾌활하게 웃었다.

「지금은 말고요.」그녀가 말했다.

「상관없습니다. 나중에 받죠.」

「좋아요, 좋아. 아, 참!」그녀가 갑자기 안주인에게로 고개를 돌렸다.「제가 칠칠치 못하게도…… 잊고 있었네요. 손님을 모시고 왔어요. 여기 계십니다.」

사포가 데려왔으면서도 잊고 있었다던 이 예기치 못한 손님은, 젊은 나이에도 불구하고 두 귀부인 모두 일어서서 맞이해야 할 만큼 중요한 인물이었다.

그는 사포의 새로운 추종자로, 최근 바시카처럼 그녀의 뒤꽁무니를 쫓아다니기 시작한 참이었다.

곧이어 칼루시스키 공작과 리자 메르칼로바가 스트레모프와 함께 도착했다. 리자 메르칼로바는 동양적인 둥그스름한 얼굴형에 사람들이 입을 모아 얘기하듯 매혹적이고 오묘한 눈을 지녔으며 몸집이 여윈 갈색 머리 여인이었다. 어두운 빛깔로 단장한 모습(안나는 곧바로 그것을 알아차리고 높이 평가했다)이 그녀의 미모에 너무나 잘 어울렸다. 사포가 박력 있으면서도 단정한 반면, 리자는 부드러우면서도 방종한 면이 있었다.

그러나 안나의 취향으로는 리자가 훨씬 더 매력적이었다. 벳시는 그녀가 세상 물정 모르는 어린아이 흉내를 낸다는 식으로 안나에게 말했지만, 직접 모습을 보자 안나는 그 말이 사실이 아님을 느꼈다. 말 그대로 철없고 방종했지만 사랑스럽고 온순한 여자였다. 사실 그녀의 품행은 사포의 그것과 똑같았다. 사포가 그렇듯이 그녀에게도 역시 매달린 듯 뒤를 쫓아다니며 두 눈으로 집어삼킬 듯 바라보는 두 명의 추종자가 있었다. 그중 한 사람은 청년이었고 다른 한 사람은 노인이었다. 그러나 그녀에게는 그녀 자신을 둘러싼 것들보다 더 고결한 무언가가 있었다. 유리 사이에서 빛나는 진짜 금강석의 광휘가 느껴졌다. 그 광휘는 그녀의 매혹적이고 참으로 오묘한 눈에서 뿜어져 나오고 있었다. 나른하면서 동시에 열정적인, 검은 윤곽으로 에워싸인 두 눈의 시선은 완벽한 순수함으로 사람들을 놀라게 했다. 그 눈을 바라본 사람들마다 그녀의 모든 것을 알아 버린 듯 느꼈으며, 그러고 나면 그녀를 사랑하지 않을 수가 없었다. 안나를 보자마자 그녀의 얼굴은 온통 기쁨의 미소로 환하게 빛났다.

「아아, 뵙게 되어 정말 기뻐요!」 안나에게 다가서며 그녀가 말했다. 「어제 경마장에서 당신이 계신 곳으로 막 가려던 참이었는데, 그만 가버리셨더군요. 바로 어제 당신을 너무나 만나고 싶었거든요. 정말이지 그 일은 너무나 끔찍했어요, 그렇지 않나요?」 그녀가 자신의 모든 영혼을 열어 보이는 듯한 눈길로 안나를 바라보았다.

「네, 저도 그 일로 그토록 흥분하게 될 줄은 정말 몰랐어요.」 안나가 얼굴을 붉히며 대답했다.

바로 그때 사람들이 정원으로 가려고 자리에서 일어났다.

「저는 안 갈래요.」 리자가 미소를 띤 채 안나 곁에 다가앉으며 말했다. 「당신도 안 가실 거죠? 크로케 시합이 대체 무슨 대수람!」

「아니요, 전 좋아해요.」 안나가 대꾸했다.

「아니, 어떻게 하면 그게 지루해지지 않을 수가 있죠? 당신을 보니 기분이 즐거워지네요. 당신은 생기가 넘치는 반면, 나는 권태로울 따름이에요.」

「권태롭다니요? 페테르부르크에서 제일 흥겨운 모임에 속해 있으시면서요.」

「우리 모임 성원이 아닌 분들이라면 어쩌면 더욱 권태로울지 모르죠. 하지만 우리는, 아마도 나는 즐겁지 않아요. 너무너무 지루해요…….」

사포는 궐련에 불을 붙이더니 두 청년들과 함께 정원으로 나갔고, 벳시와 스트레모프는 그대로 남아 차를 마셨다.

「지루하다니요?」 벳시가 대꾸했다. 「사포가 그러는데, 어제 댁에서 아주 즐거웠다면서요.」

「어휴, 얼마나 심심했는지 몰라요!」 리자 메르칼로바가 말했다. 「경마가 끝난 뒤 모두들 우리 집으로 갔어요. 그 나물에 그 밥이죠! 허구한 날, 그게 그거라고요! 저녁 내내 소파에 파묻혀 있었답니다. 즐거울 게 뭐가 있겠어요? 대체 어떻게하면 지루하지 않을 수 있을까요?」 그녀가 또다시 안나에게로 몸을 돌렸다. 「당신은 참 눈여겨볼 만해요. 당신을 보고 있으면 느껴져요. 행복한 여자일 수도 있고 불행한 여자일 수도 있지만, 어쨌든 지루해하지는 않는구나……. 어떻게 그럴 수 있는지, 좀 가르쳐 주세요.」

「딱히 하는 건 전혀 없어요.」 집요한 질문에 안나가 얼굴을 붉히며 대답했다.

「그거야말로 가장 좋은 방법이로군요.」 스트레모프가 대화에 끼어들었다.

스트레모프는 반백의 사나이임에도 여전히 혈기왕성했고, 얼굴은 아주 못생겼지만 개성 있고 총기가 넘쳤다. 리자 메르칼로바는 그의 처조카였는데, 그는 여가 시간을 몽땅 그녀와함께 보내고 있었다. 직무에 있어서는 알렉세이 알렉산드로비치의 적수였지만, 막상 안나 카레니나 부인을 대면하자 그는 적수의 아내인 그녀에게 현명한 사교계 인사로서 유달리 친절하게 대하려고 애를 썼다.

「전혀 하는 게 없다…….」 그가 묘한 미소를 지으며 그녀의 말을 이어받았다. 「최상의 방도입니다. 나도 오래전부터 말하곤 했죠.」 그가 리자 메르칼로바를 향해서 말했다. 「지루하지 않으려면, 지루할 거라는 생각 자체를 하지 말라고 말입니다. 불면증이 두렵다면 잠이 안 올까 봐 걱정하지 말라는 것과 같은 이치랍니다. 안나 아르카디예브나는 바로 이점을 일러 주신 겁니다.」

「제가 그런 얘길 한 거라면 무척 기쁠 텐데요. 왜냐하면 그건 옳은 지적일 뿐 아니라 진실이니까요.」 안나가 미소를 지으며 말했다.

「그것보다, 어째서 잠이 안 오고 지루할 수밖에 없는 건지, 그 이유를 좀 얘기해 주세요.」

「잠을 자려면 일을 해야 하듯이, 즐거워지기 위해서도 역시 일을 해야만 합니다.」

「내 노동이 아무에게도 필요치 않은데 왜 일을 하겠어요? 짐짓 하는 척 흉내만 내는 건 할 줄도 모르고, 하고 싶지도 않아요.」

「구제불능이로군요.」 그녀를 보지도 않은 채 스트레모프가 대꾸하더니 다시 안나 쪽으로 고개를 돌렸다.

안나와 만나는 일이 드물었기에 그는 범속한 얘기 말고는 아무 말도 할 수가 없었다. 그러나 그녀가 언제쯤 페테르부르크로 옮겨 갈 건지, 리디야 이바노브나가 얼마나 그녀를 좋아하는지 따위의 그렇고 그런 얘기를 주워섬기는 그의 표정에서 그녀가 자신을 좋은 사람이라 여기기를, 또 그녀에 대한 존경심과 심지어는 그 이상을 전하고자 하는 진심이 훤히 드러났다.

투시케비치가 들어오더니 다들 크로케 경기에 참여할 사람들을 기다리고 있노라고 알렸다.

「안 돼요, 제발 가지 마세요.」 안나가 떠나려 하자 리자 메르칼로바는 애원하듯 매달렸다. 스트레모프도 거들었다.

「너무나 대조적인데요.」 그가 말했다. 「이 모임에 있다가 브레데 노부인한테 가시다니요. 게다가 결국 그분에게 당신은 남의 흉이나 볼 기회나 되어 줄 게 뻔합니다. 하지만 여기서는 그와는 다른, 험담과는 정반대인 아주 선량한 감정들만을 일깨우게 될 거예요.」

안나는 잠시 머뭇거렸다. 저 현명한 사내의 아첨 섞인 말과 리자 메르칼로바가 보여 준 아이처럼 순수한 호감, 그리고 이 익숙한 사교계의 분위기. 그 모든 것이 참으로 안락한 반면, 저쪽에서는 너무나 괴로운 일이 그녀를 기다리고 있었다. 그리하여 그녀는 여기 더 남아 있을까, 그 괴로운 담판의 순간을 늦춰 볼까 싶어 순간적으로 망설였다. 하지만 아무런 결정도 내리지 못할 경우 닥쳐올 집안의 사태와 생각만 해도 무서운 그 모습, 양손으로 머리칼을 움켜쥐었던 그 순간의 자신의 몸짓을 떠올린 그녀는 작별 인사를 하고 그곳을 떠났다.

19

겉보기에는 경박한 사교계의 삶을 영위하고 있었지만, 사실 브론스키는 무질서를 몹시 혐오하는 인간이었다. 아직 젊었던 육군 유년 학교 시절, 그는 절박한 상황에 몰려 돈을 빌리려다가 거절당하는 모욕을 경험한 일이 있었다. 그 이후로는 단 한 번도 스스로를 그러한 상황에 놓이게 한 적이 없었다.

때에 따라 차이는 있지만, 1년에 다섯 번쯤 그는 주변 상황을 고려하여 자신의 모든 일들이 질서 정연하게 돌아가도록 방구석에 처박힌 채 신변을 정리하곤 했다. 그 일을 그는 결산 혹은 faire le lessive(세탁)라고 불렀다.

경주를 마친 다음 날 늦잠을 자고 일어난 브론스키는 면도도 목욕도 하지 않고, 여름 제복 차림으로 책상에 돈과 청구서들과 편지들을 펼쳐 놓은 채 작업에 착수했다. 페트리츠키는 잠에서 깨어나 책상 앞에 앉아 있는 동료를 보자 방해하지 않으려고 조용히 옷을 입고서 밖으로 나갔다. 그런 경우 대체로 그가 예민해진다는 사실을 잘 알고 있었던 것이다.

자신을 둘러싼 복잡한 상황들을 세세한 부분까지 파악하다 보면 누구나 무심결에 그러한 사정들과 그것을 이해하는 어려움이 오로지 자신에게만 개인적으로 우연히 일어나는 특별한 일이라 전제하기 마련으로, 다른 이들 역시 마찬가지로 저마다의 복잡한 사정에 둘러싸여 있다는 생각을 전혀 하지 못하는 법이다. 브론스키 역시 그러했다. 그 역시 오만함과 나름의 근거를 바탕으로, 다른 사람들이 만일 자신과 같은 곤란한 상황에 처했다면 이미 오래전에 궁지에 몰려 비행을 저질렀으리라 여겼다. 한편 궁지에 몰리지 않기 위해서는 바로 지금 자신의 상황을 명확하게 정리해 두어야 한다는 점을 그는 늘 생각했다.

가장 손쉬운 까닭에 첫 번째로 착수한 일은 금전적인 문제였다. 갚아야 할 빚의 액수를 예의 자잘한 필체로 편지지에 적은 다음 합산해 보니, 1만 7천 루블하고도 계산을 명확하게 하기 위해 빼놓은 몇백 루블이 되었다. 가진 돈과 은행 잔고의 액수를 합산한 그는 수중에 남은 돈이 1천8백 루블에 불과하며, 새해까지 수입이 들어올 가망은 전혀 없다는 사실을 알게 되었다. 부채 목록을 다시 셈한 뒤 브론스키는 그것을 세 부류로 나누어 옮겨 적었다. 첫 번째 부류에 속하는 것들은 당장 갚아야 할 빚과 적어도 청구받는 즉시 지불할 수 있도록 돈을 마련해 놓아야 하는 항목들이었다. 그런 부채들은 4천 루블가량 되었다. 말값 1천5백 루블, 그리고 자신이 동석한 자리에서 사기 카드 도박꾼에게 돈을 잃은 젊은 친구 베넵스키에 대한 보증금 2천5백 루블이었다. 당시 브론스키는 곧바로 돈을 내주려고 했지만(그땐 그만한 돈이 있었다), 베넵스키와 야시빈은 게임을 하지도 않은 브론스키가 아니라 자기들이 지불해야 한다며 고집을 피웠다. 그 뜻이야 갸륵하지만, 단지 구두로 베넵스키의 보증을 서는 정도로만 가담했을지라도, 이 더러운 사기 행각과 관련해서는 사기꾼에게 돈을 던져 주고 그와 그 어떤 말도 섞지 않기 위해 예의 2천5백 루블을 수중에 갖고 있어야만 한다는 사실을 브론스키는 잘 알고 있었다. 그리하여 이 첫 번째 항목에 대해서는 4천 루블이 필요했다. 두 번째 항목에 속한 돈은 8천 루블이었고, 비교적 덜 중요한 건들이 거기 해당되었다. 대부분 경주와 관련된 빚으로 말 귀리와 건초 납품업자, 영국인 조련사, 마구 제조업자 등등에게 지불해야 할 돈이었다. 이 부채와 관련해서도 완전히 마음을 놓으려면 2천 루블가량은 지불해야만 했다. 마지막 항목은 상점과 호텔, 재봉사에게 갚아야 하는 빚들로서 전혀 신경 쓰지 않아도 되는 건들이었다. 따라서 최소한 6천 루블이 필요했는데, 당장 융통할 수 있는 돈이라곤 1천8백 루블밖에 없는 것이었다. 다들 브론스키의 재산이 연간 10만 루블은 될 것이라고 짐작했는데, 사실 그만한 수입이 있는 사람에게야 그 정도의 부채는 골칫거리가 될 수 없는 법이지만 문제는 그가 그 10만 루블이라는 돈을 쥐어 본 적조차 전혀 없다는 사실이었다. 연간 10만에서 20만 루블에 달하는 수입을 올리는 부친의 막대한 유산은 형제들에게 아직 분배되지 않은 터였다. 게다가 형이 엄청난 빚을 진 채 재산이라곤 한 푼도 없는 데카브리스트[15]의 딸인 바랴 치르코바 공작 영애와 결혼했을 때, 알렉세이는 자기 몫으로 연간 2만 5천 루블만 할당하고 아버지의 영지에서 나오는 나머지 수입을 모두 형에게 양보했다. 당시 그는 결혼하기 전까지는 그 돈으로 충분할 뿐만 아니라, 사실 자신이 결혼하는 일은 절대 없을 것이라고 형에게 장담했었다. 가장 돈이 많이 드는 연대를 지휘하던 중 갓 결혼을 하게 된 형은 그러한 선물을 받지 않을 수가 없었다. 자신의 재산을 따로 소유하던 모친이 이 2만 5천 루블과는 별도로 알렉세이에게 매년 2만 루블가량을 줬는데, 그는 그 돈을 생활비로 남김없이 써버리곤 했다. 그러던 중 그가 내연 관계를 맺고서 모스크바를 떠나 버린 일 때문에 아들과 언쟁을 벌인 모친이 최근 들어 송금을 중단해 버린 것이었다. 이미 4만 5천 루블로 생활하는

15 입헌 군주제와 농노제 폐지를 목표로 1825년 12월에 전제 정권에 대항하여 쿠데타를 일으킨 러시아 장교 집단의 명칭. 러시아어로 12월을 뜻하는 〈데카브르dekabr〉에서 연원하며 〈12월 당원〉으로 번역되기도 한다. 데카브리스트의 봉기는 정부에 의해 순식간에 진압되어 관련자 125명이 체포되고 그중 주동자 다섯 명은 처형되었다.

데 익숙해 있던 브론스키로서는 올해 2만 5천 루블만 받게되자 곤란을 겪을 수밖에 없었다. 이 난국에서 벗어나겠다고 어머니에게 돈을 요구할 수는 없는 노릇이었다. 게다가 그 전날 받은 모친의 편지는 특히 그의 화를 돋우었으니, 자신은 아들을 도울 준비가 되어 있지만 그것은 훌륭한 사회 전체에 폐를 끼치는 삶을 위해서가 아니라, 어디까지나 사교계와 공직에서의 입신출세를 위한 것임을 암시하는 내용이었다. 아들을 매수하고자 하는 모친의 바람은 그에게 깊은 모욕감을 안겨 주었고, 모친에 대한 마음을 더욱 냉담하게 만들었다. 그렇다고 전에 형에게 내뱉은 그 관대한 말을 취소할 수도 없었다. 지금 카레니나 부인과의 관계에서 가능한 몇 가지 경우의 수를 어렴풋하게 예견해 볼 때 당시의 관대한 말은 경솔한 발언이었으며 독신인 자신에게도 10만 루블이 필요할 수 있다는 것을 절감하면서도, 그는 그 말을 물릴 수가 없었다. 저 상냥하고 멋진 형수 바랴가, 기회가 닿을 때마다 자신은 시동생의 관대한 처사를 기억하고 있으며 이를 높이 평가한다는 것을 상기시키곤 했던 사실만 떠올려 봐도 이미 저질러진 일을 되돌릴 수 없다는 점을 깨닫기엔 충분했다. 여성을 때리거나, 도둑질을 하거나, 거짓말을 할 수 없는 것과 마찬가지로 그 일을 되돌리는 것 역시 불가능했다. 그가 할 수 있으며, 반드시 해야 하는 일은 딱 한 가지뿐이었다. 브론스키는 한순간의 망설임도 없이 그 수를 택하기로 결정을 내렸다. 우선 고리대금업자에게 1만 루블을 빌리기로 했다. 그 일에 어려울 것은 전혀 없었다. 또 전반적으로 지출을 줄이며 경주마들을 처분해야 했다. 결정을 내린 즉시 그는 여러 차례 사람을 보내 말을 사겠다는 제안을 전했던 롤란다키에게 쪽지

를 썼다. 그런 다음 영국인 조련사와 고리대금업자를 불러오
도록 사람을 보내고, 수중에 있는 돈을 청구서의 액수에 맞춰
나누었다. 모든 일을 마치고서 그는 어머니에게 냉담하고 신
랄한 답장을 썼다. 그런 다음, 지갑에서 안나가 보낸 쪽지 세
장을 꺼내어 재차 읽고는 불에 태운 뒤, 그녀와 어제 나눴던
대화를 떠올리며 생각에 잠겼다.

20

해야 하는 일과 해서는 안 되는 그 모든 일들을 확실하게
규정하는 규범이 존재한다는 점에서 브론스키의 생활은 특
별히 행복했다. 규범집은 아주 좁은 분야의 조건들만 포괄하
였으되, 그 대신 확실했다. 브론스키는 한순간도 그 범위를
벗어나지 않았으며, 해야 할 일을 실행하는 데 있어서 망설인
적도 없었다. 규범은 다음과 같이 명확하게 규정하고 있었다.
가령 사기꾼에게는 돈을 갚아야 하지만 재봉사에게는 갚을
필요가 없다든지, 남자들에게 거짓말을 해서는 안 되지만 여
자들에게는 해도 된다든지, 그 누구도 속여서는 안 되지만 상
대가 남편이라면 가능하다든지, 모욕하는 이를 용서해서는
안 되지만 내가 모욕할 수는 있다든지 등등. 이 모든 규범들
은 불합리하고 온당치 못할 수는 있을지언정 확실한 것들이
었고, 그것들을 이행하면서 브론스키는 안정을 찾을 뿐 아니
라 고개를 높이 쳐들고 다닐 수 있었다. 다만 최근 들어 안나
와 관련해서는 자신의 규범이 모든 조건들을 완벽하게 규정
해 주지 못한다는 것을 느끼기 시작했다. 미래에 닥칠 온갖

곤경과 불확실한 상황들이 머릿속에 그려졌지만, 이미 그 속에서 자신을 이끌어 줄 실마리를 찾을 수는 없었다.

안나와 그녀의 남편을 대하는 지금의 태도는 그에게 있어 단순하고 명확했다. 그러한 태도는 그가 지침으로 삼는 규범 속에 분명하게 규정되어 있었다.

그녀는 정숙한 여자로서 그에게 사랑을 바쳤으며, 그는 그녀를 사랑했다. 그러니 그의 입장에서 그녀는 합법적인 아내와 똑같이, 어쩌면 그보다 더 존중받을 만한 자격이 있는 여자였다. 감히 말이나 암시로써 그녀를 모욕하거나 한 여성이 기대할 법한 존경을 표하지 않는다면, 차라리 그 전에 자신의 손모가지를 잘라 버려야 마땅했다.

사교계에 대한 태도 역시 분명했다. 모든 사람들이 그 일을 알아채거나 수상하게 여길 수도 있지만, 그 누구도 감히 발설해서는 안 된다. 그러지 않을 경우, 그는 발설한 자들에게 입단속을 단단히 시키고 사랑하는 여자의 (실은 존재하지도 않는) 명예를 존중하게끔 종용할 각오가 되어 있었다.

남편에 대한 태도는 그 무엇보다도 확실했다. 안나가 브론스키를 사랑한 순간부터 그는 그녀에 대한 자신의 권리를 절대적인 것이라 여겼다. 그녀의 남편은 그저 쓸모없고 거추장스러운 인물일 뿐이었다. 그가 불쌍한 처지에 놓였다는 점에는 의심의 여지가 없었으나, 그렇다고 해서 뭘 어쩌겠는가? 남편이 행사할 단 하나의 권리를 꼽자면 그것은 두 손에 무기를 쥐고서 결투를 신청하는 것이었으며, 브론스키는 처음부터 그에 응할 각오가 되어 있었다.

그러나 최근 그녀와의 사이에 새로운 내밀한 관계가 형성되었고, 그 관계의 애매함이 브론스키를 당혹케 했다. 어제서야 그녀는 임신 사실을 알려 왔다. 그는 그 소식과 그녀가 기대하는 바가 자신이 생활의 지침으로 삼아 온 규범집에 전혀 명시되어 있지 않다는 사실을 깨달았다. 그래서 그녀가 자신의 상태를 고백했던 순간, 그는 정말로 당황한 나머지 속마음이 시키는 대로 그녀에게 남편을 버리라고 말해 버렸던 것이다. 하지만 지금 곱씹어 보니 그러지 않는 편이 더 나았겠다는 생각이 들었다. 그러면서도 동시에 〈이건 졸렬한 짓이 아닐까?〉 하는 생각에 내심 두려움을 느꼈지만 말이다.

〈남편을 버리라고 했다면, 그건 나와 함께 살자는 뜻이다. 나는 그럴 준비가 되어 있는가? 수중에 돈이라곤 없는데 어떻게 당장 그녀를 데리고 떠난단 말인가? 설사 어찌어찌 여건을 마련한다 해도…… 군 복무 중인 내가 어떻게 떠나겠는가? 그런 말을 한 이상 그에 대한 준비가 되어 있어야만 한다. 요컨대, 돈을 구하고 전역해야 한다.〉

이윽고 그는 생각에 잠겼다. 전역과 관련된 문제는 오직 그만이 알고 있는 또 다른 은밀한 문제로 그를 이끌었다. 그것은 아주 중요하면서도 비밀스러운, 그의 삶 전체의 이해관계가 걸린 문제였다.

입신출세는 유년 시절과 청년 시절부터 품어 온 그의 오랜 야망이었다. 스스로는 인정하지 않으려 했지만, 사실 출세에 대한 그의 동경이 무척이나 강렬했기에 지금 그 욕망은 사랑의 감정과 싸움을 벌이고 있었다. 사교계와 공직에서의 첫 행보는 성공적이었다. 그러나 2년 전 그는 큰 실수를 저지르고 말았다. 독립성을 과시하고 승진하려는 욕심으로, 자신에게 들어온 어느 보직에 대한 제안을 거절한 것이다. 그럼으로써 자신의 값어치가 더 치솟길 바랐지만 이는 지나친 만용으로 판명되었고, 결국 그는 본래의 자리에 눌러앉게 되었다. 그렇게 그는 자의 반 타의 반으로 스스로에게 독립적인 인간이라는 지위를 부여하게 되었고, 매우 세련되고 영리하게 처신하면서 그러한 지위를 영위해 나갔다. 나는 아무에게도 유감이 없고, 누구에게 모욕당한 적도 없으며, 내 기분은 양호하니 조용히 혼자 내버려 두기를 바랄 뿐이라는 식이었다. 그러나 사실은 작년에 모스크바로 온 다음부터 그는 줄곧 기분이 좋지 않았다. 모든 것을 할 수 있지만 아무것도 원하지 않는 예의 독립적인 입지라는 것은 이미 밋밋해지기 시작했고, 많은 이들이 그에 대해서는 정직하고 선량한 사내가 되는 것 말고는 아무것도 할 수 없는 사람이라고 생각하는 것 같았다. 그토록 요란한 추문을 불러일으키며 모두의 이목을 끌었던 카레니나 부인과의 관계가 새로운 빛을 더해 주면서 그의 내면을 갉아먹던 출세욕이라는 벌레를 일시적으로 잠재웠지만, 일주일 전 그 벌레가 새롭게 활기를 띠면서 다시 깨어나고 말았다. 어린 시절부터의 친구인 세르푸홉스코이 때문이었다. 그는 브론스키와 출신 배경과 재력이 비슷했으며, 육군 유년 학교 동기이자 졸업 기수도 같았고, 학업이나 체력, 장난기는 물론 출세욕을 놓고도 그와 경쟁하곤 했다. 그런 세르푸홉스코이가, 그 연배의 젊은 장군으로서는 매우 드물게 두 계급 승진과 무공 훈장을 수여받고는 며칠 전 중앙아시아에서 돌아온 것이었다.

그가 페테르부르크에 도착하자마자 사람들은 마치 그가 새롭게 떠오르는 일등성이라도 되는 양 그에 대해 떠들어 댔다. 브론스키와 동갑이자 동기생인 그는 장군으로서 국정 운영에 영향을 미칠 만한 보직에 임명되기를 기대하고 있었다.

반면에 브론스키는, 비록 독립적이고 나름 화려하며 매력적인 여인의 사랑까지 받고 있다 해도, 그저 원하는 만큼 자의에 따라 행동할 권한을 부여받은 일개 기병 대위에 불과했다. 〈물론 나는 세르푸홉스코이를 질투하지 않으며, 질투할 수도 없어. 그러나 그의 진급은 내게 때를 기다려야 한다는 걸, 나 같은 사람의 출세는 순식간에 이루어질 수도 있다는 걸 보여 준다. 3년 전만 해도 그는 나와 똑같은 처지가 아니었던가. 전역을 한다는 건, 스스로 내 배를 완전히 불태워 버리는 셈이나 마찬가지야. 하지만 현직에 남아 있는다면 그 무엇도 잃을 게 없지. 게다가 그녀도 자신의 처지를 바꾸고 싶지 않다고 말하지 않았는가. 무엇보다 나에게는 그녀의 사랑이 있으니 세르푸홉스코이를 부러워할 이유가 없어.〉 그는 느긋하게 책상에서 일어나 콧수염을 꼬면서 방 안을 거닐었다. 그의 두 눈이 유난히 반짝였다. 입장을 정리하고 나면 늘 찾아오곤 하는, 확고하고 안정적이며 쾌적한 기분이 느껴졌다. 방금 전 계산을 마쳤을 때처럼 모든 것이 깔끔하고 명백했다. 그는 면도를 하고 냉수욕을 한 뒤 옷을 입고서 집을 나섰다.

21

「자네를 데리러 왔네. 오늘은 그 세탁이라는 게 아주 오래 걸렸군.」 페트리츠키가 말했다. 「그래, 다 끝났는가?」

「끝났어.」 브론스키가 눈웃음을 짓고는 콧수염을 비비 꼬면서 조심스레 대답했다. 마치 일이 잘 정리된 직후에는 뭐든 지나치게 과감하고 성급한 행동이 자칫 질서를 무너뜨릴 수 있다는 듯한 태도였다.

「자네, 그 일을 마치고 나면 꼭 사우나에서 막 나온 것 같다니까.」페트리츠키가 말했다. 「그리츠카(모두가 연대장을 이렇게 불렀다)한테서 오는 길인데, 다들 자네를 기다리고 있어.」

브론스키는 딴생각을 하느라 잠시 아무런 대꾸도 없이 동료를 바라보았다.

「아, 그럼 이건 그 댁에서 울리는 음악인가?」귓전에 들려오는 익숙한 금관 악기의 폴카 연주와 왈츠 소리에 귀를 기울이며 그가 물었다. 「무슨 축하 연회라도 열리는 모양이군.」

「세르푸홉스코이가 왔어.」

「아하!」브론스키가 말했다. 「몰랐네.」

그의 눈에 어린 미소가 한층 더 환하게 빛났다.

사랑으로 인해 자신은 행복하다고 스스로 단정하고, 사랑을 위해 공명심을 희생하기로 한 이상(적어도 그런 배역을 떠맡기로 한 이상) 브론스키는 세르푸홉스코이에게 질투심을 느껴서는 안 되며, 연대를 방문한 그가 제일 먼저 자기를 보러 오지 않은 것에 대해 유감스러워해서도 안 되었다. 세르푸홉스코이는 좋은 친구였고, 그런 친구가 잘된 것이 그는 기뻤다.

「그것참 반가운 일이군.」

연대장 데민은 지주의 커다란 저택에서 살고 있었다. 아래층의 널찍한 발코니에 사람들이 모두 모여 있었다. 뜰에서 브론스키의 눈에 가장 먼저 띈 것은 보드카가 담긴 나무통 옆에 서 있는 여름 제복 차림의 가수들과 장교들에게 에워싸인 연대장의 건강하고 쾌활한 모습이었다. 그는 지금 연주되는 오펜바흐의 카드리유를 큰 소리로 따라 부르며 발코니의 첫 번째 계단에 올라서더니 옆에 서 있던 병사들에게 손을 흔들며 무언가 지시를 내렸다. 일군의 병사들과 기병조장, 그리고 하사관 몇몇이 브론스키와 함께 발코니로 다가갔다. 탁자로 되돌아간 연대장은 술잔을 들고서 다시 현관 계단으로 나와 건배사를 외쳤다. 「우리의 옛 동료이자 용맹스러운 장군인 세르푸홉스코이 공작의 건강을 위하여, 만세!」

연대장의 뒤편에서 한 손에 술잔을 든 세르푸홉스코이가 미소를 띤 채 등장했다.

「자네는 점점 더 젊어지는군, 본다렌코.」 그가 바로 앞에 서 있는 기병조장에게 말했다. 체격이 건장하고 뺨이 불그레한 그는 두 번째 임기를 보내고 있었다.

브론스키는 지난 3년간 세르푸홉스코이를 보지 못했다. 구레나룻을 기른 그는 한층 어른스러워졌지만 그래도 여전히 늘씬했으며, 잘생긴 외모보다는 얼굴 표정과 몸가짐의 온화함과 고상함이 인상적이었다. 브론스키가 눈치챈 한 가지 달라진 점은 성공한 사람, 그리고 모두에게서 그 성공을 인정받고 있다고 확신하는 사람들의 얼굴에 깃드는 고요하고 안정적인 광채였다. 그 자신이 그러한 광채를 잘 알고 있었기에 세르푸홉스코이의 얼굴에서도 그것을 곧바로 알아차렸던 것이다.

계단을 내려가던 세르푸홉스코이가 브론스키를 알아보았다. 반가움의 미소가 그의 얼굴에 환하게 번졌다. 그는 고개를 살짝 치올리고 잔을 들어 보이며 브론스키에게 환영을 표하고는, 벌써부터 두 팔을 뻗은 채 입을 맞추려 드는 기병조장에게 먼저 가봐야 한다는 시늉을 했다.

「그래, 자네 왔구먼!」 연대장이 브론스키에게 소리쳤다. 「야시빈이 그러던데, 자네 기분이 울적하다고.」

세르푸홉스코이는 젊은 기병조장의 축축하고 생기 있는 입술에 입을 맞춘 뒤, 손수건으로 입을 닦으며 브론스키에게로 다가갔다.

「정말 반갑네!」 그가 브론스키의 손을 잡고는 끌어다 옆에 세우며 말했다.

「저 친구를 잘 보필하게.」 연대장은 브론스키를 가리키며 야시빈에게 지시한 뒤 병사들이 있는 아래편으로 내려갔다.

「어제는 왜 경마장에 오질 않았나? 거기서 자넬 만나겠거니 생각했는데.」 브론스키가 세르푸홉스코이를 유심히 살펴보며 말했다.

「갔었는데 늦었지 뭔가. 내 불찰일세.」 그가 대답하고는 부관을 향해 말했다. 「내가 주는 거라 하고 이 돈을 병사들에 공평하게 나눠 주게.」

그러더니 서둘러 지갑에서 지폐로 3백 루블을 꺼내며 얼굴을 약간 붉혔다.

「브론스키, 뭘 좀 먹든가 마시지 않겠나?」 야시빈이 물었다. 「어이, 여기 백작님께 먹을 것 좀 가져다주지! 자, 이걸 마시게.」

연대장의 거처에서 벌어진 떠들썩한 주연은 오랫동안 이어졌다.

다들 폭음을 하고는 세르푸홉스코이를 들어 올려 헹가래를 쳤다. 그다음으로는 연대장을 헹가래 쳤고, 연대장은 자청하여 가수들 앞에서 페트리츠키와 함께 춤을 추기도 했다. 그러고서 기운이 빠진 그가 정원의 벤치에 앉아 야시빈에게 러시아가 프로이센보다 우월함을, 특히 기병대의 공격력에 있어서 우월하다는 점을 논증해 보이기 시작하는 바람에 주연은 잠잠해졌다. 집 안으로 들어간 세르푸홉스코이는 손을 씻으려고 세면실에 갔다가 거기서 물을 끼얹고 있는 브론스키를 발견했다. 브론스키는 제복을 벗은 채 털이 수북한 불그레한 목덜미를 세면대의 물줄기 아래 들이밀고 목과 머리를 문질러 씻었다. 다 씻고 나서, 그는 세르푸홉스코이 곁에 다가와 앉았다. 소파에 나란히 앉은 두 사람 사이에서는 둘에게 모두 흥미진진한 대화가 시작되었다.

「자네에 대해서는 아내를 통해서 전부 들었다네.」세르푸홉스코이가 말했다. 「내 아내와 자주 본다니 잘됐지 뭔가.」

「내 형수인 바랴와 친한 사이잖나. 그 두 분은 내가 기분 좋게 만날 수 있는 페테르부르크의 유일한 여성들이지.」브론스키가 웃으면서 대꾸했다. 그가 웃은 것은 다름이 아니라 이어질 대화의 주제를 예견하였기 때문으로, 그것은 그에게 기분 좋은 주제였다.

「유일하다고?」세르푸홉스코이도 웃으면서 되물었다.

「그래, 부인한테서만 자네 소식을 들은 건 아니지만 말이야.」브론스키가 근엄한 표정으로 친구의 암시를 제지하며 말했다. 「자네가 성공을 거두어 무척이나 기쁘지만, 조금도 놀랍지는 않았네. 나는 그 이상의 것을 기대했었거든.」

세르푸홉스코이는 미소를 지었다. 자신에 대한 그러한 견해가 기분 좋게 들렸던 게 분명했다. 게다가 그로서도 굳이 그런 심정을 숨길 필요가 없었다.

「솔직히 말하자면, 자네와는 반대로 내가 스스로에게 기대한 건 그 이하였지. 하지만 나 역시 기쁘다네, 아주 기뻐. 나는 야심이 강한 사람이고, 그건 내 약점이지. 나도 인정해.」

「성공하지 못했더라면 그걸 인정하지 않았을지도 모르겠군.」브론스키가 말했다.

「그건 아닐세.」세르푸홉스코이는 거듭 미소를 지었다. 「성공하지 않는 삶은 아무런 가치도 없다고까지 말하지는 않겠네만, 아마도 지루할 테지. 물론 내 생각이 틀렸을 수도 있어. 어쨌든 내가 선택한 이 활동 영역에 걸맞은 약간의 능력이 나한테 있는 것 같고, 내 손에는 권력이 주어져 있네. 어떤 권력이든 간에 그게 내게 있다면, 내가 익히 아는 자들의 수중에 있는 것보다 나을 거라고 나는 생각해.」그는 성공에 대한 자긍심을 숨기지 않고 드러냈다. 「그래서 그것에 가까워질수록 나는 더더욱 만족스럽다네.」

「자네의 경우는 그렇겠지. 그러나 모두가 그런 건 아닐 거야. 나도 한때 똑같은 생각을 했지만, 지금 이렇게 지내고 있잖나. 오직 그것만을 위해서 살 필요는 없다는 생각이 든단말이지.」브론스키가 말했다.

「그렇지! 바로 그거야!」세르푸홉스코이가 웃으면서 말했다. 「자네에 관해서, 자네가 그 일을 거절했다는 소식을 들었다는 얘기를 하려던 참이었는데……. 물론 나도 자네 결정에 동의하네. 하지만 모든 일에는 요령이라는 게 있는 법이잖나. 자네의 행동 자체는 옳았을지 몰라도, 그 방식은 그리 옳지 않았어.」

「이미 저질러진 일은 저질러진 것이고, 자네도 알겠지만 나는 내가 한 일에 대해 결코 왈가왈부하지 않아. 게다가 지금 아주 잘 지내고 있거든.」

「잘 지내는 것도 그저 순간 아닌가. 자네는 그것으로 만족하지 못할 걸세. 자네 형님에게라면 이런 얘기는 꺼내지도 않아. 그분도 우리 연대장님처럼 사람 좋은 분이지. 아, 저기 계시는군!」 그가 〈만세〉 하고 외치는 소리에 귀를 기울이며 말을 이었다. 「저분이야 즐겁겠지만, 자네는 저런 것에 만족하지 못할걸.」

「만족한다는 얘기는 아니네.」

「그건 그렇고, 그 문제만은 아니야. 자네 같은 사람이 필요하단 말일세.」

「누구에게 말인가?」

「누구냐고? 바로 우리 사회지. 러시아에는 사람들이 필요하고, 당이 필요하네. 그게 없으면 배가 산으로 가게 될 거야.」

「그러니까 무슨 당 말인가? 러시아 공산주의자들에게 대항하는 베르테네프의 당 얘긴가?」

「아니.」 세르푸홉스코이는 얼굴을 찌푸렸다. 자신이 그런 어리석은 생각을 품고 있다는 오해를 받는 것에 기분이 상한 것이다. 「Tout ça est une blague(그런 건 죄다 헛소리야). 그런 얘긴 늘 있어 왔고, 앞으로도 있을 테지. 공산주의자들 따윈 존재하지도 않아. 하지만 간교한 자들은 늘 해롭고 위험한 당을 날조해 내야 하는 법이지. 오래된 수법일세. 내 말은 그런 게 아니라, 자네나 나처럼 독립적인 사람들의 권력을 지지하는 당이 필요하다는 얘길세.」

「하지만 어째서?」 브론스키는 몇몇 권력자를 거명했다. 「그들은 독립적인 사람들이 아니란 말인가?」

「그들에게는 타고난 재정적 독립성도 없고, 명성도 없으며, 우리처럼 태생적으로 태양과 가까운 사람들도 아니니까. 그들은 돈이나 감언이설로 매수할 수 있어. 자기 하나 살겠다고 어떤 노선을 고안해 내야 하는 사람들이지. 그들은 사태를 악화시키는 사상이나 노선을 표방하곤 하네. 자신들조차 믿지 않는 것을 말이야. 그 모든 게 관사와 봉급을 얻기 위한 수단일 뿐이라고. 그들이 쥔 패를 들여다보면, cela n'est pas plus fin que ça(딱히 간교한 것도 없다네). 그래, 어쩌면 내가 그들보다 더 어리석고 형편없을지도 모르지. 왜 내가 그들보다 모자랄 수밖에 없는지는 잘 모르겠지만 말이야. 하지만 단언컨대, 자네와 나한테는 한 가지 중요하고도 우월한 면모가 있네. 그것은 매수하기가 어렵다는 점이지. 그런 사람들이 지금 그 어느 때보다도 필요한 거야.」

브론스키는 주의 깊게 듣고 있었지만, 그의 주목을 끈 건 이야기의 내용보다도 사안에 대한 세르푸홉스코이의 태도였다. 그는 그 세계에서 이미 호불호의 확고한 입장을 가지고 권력과 맞붙어 싸울 궁리를 하는 반면, 브론스키에게 직무상 관심사는 그저 기병 연대의 일뿐이었다. 세르푸홉스코이가 유력자가 될 수 있었던 것은 사태와 관련된 면밀한 고민과 사물을 이해하는 뛰어난 능력, 그리고 자신이 속한 세계에서 보기 드문 탁월한 지력과 언변 덕분이라는 사실을 그는 깨달았다. 그리고 부끄럽지만, 그러한 친구가 부러웠다.

「여하튼 간에 그런 일을 하기에는 나에게 한 가지 중요한 것이 결여되어 있다네.」 브론스키가 대답했다. 「권력에 대한 욕망 말일세. 한때는 있었지만, 사라지고 말았지.」

「안됐지만, 그건 거짓말이야.」 미소를 머금은 채 세르푸홉스코이가 대꾸했다.

「아니, 진실이라네, 정말이라니까……! 적어도 지금은 그렇다네.」 솔직하게 말하고자 브론스키는 이렇게 덧붙였다.

「그래, **지금** 그렇다면, 문제는 달라지지. 그 **지금**이라는 게 영원한 것은 아니니까.」

「뭐, 그럴지도 모르지.」

「**그럴지도 모른다**…….」세르푸홉스코이는 자신이 그의 속내를 알아맞혔다는 듯 말을 이었다. 「장담하건대, **틀림없이** 그럴 거야. 그렇기 때문에 자네를 꼭 만나고 싶었네. 자네는 응당 해야 할 바대로 처신했어. **하지만 같은 걸 계속 반복해서는** 안 되는 법이지. 나는 단지 자네에게 carte blanche(백지 위임장)를 청하는 바이네. 자네를 비호하려는 건 아니지만…… 그렇다고 내가 자네를 비호해선 안 될 이유는 또 뭐가 있겠나? 자네는 그토록 여러 번 나를 비호해 주었는데 말이야! 나는 우리의 우정이 그 이상으로 고결한 것이기를 바라네.」그러고서 그는 여인처럼 상냥하게 미소를 띠며 덧붙였다. 「자, 나에게 carte blanche(백지 위임장)를 주게나. 연대에서 나오란 말일세. 그러면, 남몰래 자네를 끌어 주겠네.」

「하지만 이보게, 나는 아무것도 필요 없단 말일세.」브론스키가 말했다. 「모든 것이 그저 본래대로라면, 그것으로 족하다고.」

세르푸홉스코이가 자리에서 일어나 브론스키 앞에 마주 섰다.

「모든 것이 본래대로면 족하단 말이지, 그게 무슨 뜻인지는 알겠네. 하지만 내 말 좀 들어 봐. 우리는 동갑내기야. 아마도 숫자로만 따지자면 자네가 나보다 더 여자를 많이 알겠지.」이제 자신이 브론스키의 약점을 조심스럽게 살살 건드릴 테니 너무 두려워할 필요는 없다고, 세르푸홉스코이의 미소와 태도는 말하고 있었다. 「그렇지만 나는 기혼자이고, (누군가 말했듯이) 사랑하는 아내 하나만 알고 나면 1천 명의 여자들과 사귀는 것보다 뭇 여성들에 대해 더 잘 알게 된다네.」

「곧 가겠네!」방 안을 들여다보며 두 사람에게 연대장의 부름을 전하는 어느 장교에게 브론스키가 소리쳐 대답했다.

브론스키는 이제 세르푸홉스코이가 하려는 말을 끝까지 다 들어 보고 싶어졌다.

「자, 내 생각을 말해 보겠네. 여자들이란 남자의 활동에 있어서 중요한 걸림돌이야. 여자를 사랑하면서 무슨 일을 하기란 어렵단 말이지. 이 문제를 해결하는 데는 아주 편리한 한 가지 방법이 존재하네. 바로 결혼이네. 이걸 어떻게 표현하면 좋을까…….」비유를 즐기는 세르푸홉스코이가 말했다.「가만, 가만있어 봐! 그래, fardeau(무거운 짐)를 나르면서 양손으로 무언가를 하려면, 그게 등에 단단히 매여 있어야 하지 않겠나. 그게 바로 결혼이지. 결혼한 뒤로 나는 그 점을 실감했네. 갑자기 내 양손이 홀가분해졌지 뭔가. 하지만 결혼하지 않는다면, 그 fardeau(무거운 짐)를 끌고 가야만 하네. 그러면 두 손이 부자유스러워 아무것도 할 수가 없거든. 마잔코프와 크루포프를 보게나. 그 친구들은 여자 때문에 자신의 출셋길을 망쳤어.」

「정말 멋진 여자들이었지!」두 남자가 관계를 맺었던 프랑스 여인과 여배우를 떠올리며 브론스키가 말했다.

「사회적으로 여자의 입지가 공고할수록 상황은 더 안 좋아지는 법이야. 그것은 이미 fardeau(무거운 짐)를 두 손으로 끌고 가는 게 아니라, 남에게서 잡아채 오는 거나 마찬가지니까.」

「자네는 사랑을 해본 적이 전혀 없군.」브론스키가 정면에 시선을 고정한 채 안나를 떠올리며 조용히 물었다.

「어쩌면 그럴지도 모르지. 하지만 내가 한 말을 기억하게나. 그리고 한 가지 더 지적하자면, 여자들은 언제나 남자들보다 물질적이라네. 우리는 사랑을 가지고 무언가 위대한 일을 해내지만, 그들은 언제나 terre-à-terre(세속적이야).」

「이제 곧 가네!」 방에 들어온 하인을 향해 그가 다시금 말했다. 그러나 그의 생각과 달리 하인은 두 사람을 재촉하러 온 것이 아니었다. 그는 브론스키에게 건넬 쪽지를 가지고 있었다.

「트베르스카야 공작 부인 댁에서 전갈을 보내셨습니다.」

편지의 봉인을 뜯어낸 브론스키가 갑자기 얼굴을 붉혔다.

「머리가 아파서 이만 집에 가봐야겠네.」

「그럼 잘 가게나. carte blanche(백지 위임장)는 주는 거지?」

「나중에 얘기하자고. 페테르부르크에 들러서 자네를 찾아가겠네.」

22

시간은 벌써 5시를 지나고 있었다. 브론스키는 서둘러서 제때 당도하도록, 그리고 누구나 다 알아볼 만한 자신의 말을 타지 않고자, 야시빈의 삯마차에 올라타서 최대한 빨리 가달라고 일렀다. 낡은 4인승 사륜마차의 실내는 널찍했다. 구석자리에 앉은 그는 앞좌석에 발을 뻗어 올린 채 생각에 잠겼다. 주변 정리를 할 때의 또렷했던 정신에 대한 어렴풋한 느낌,

자신을 요긴한 인물로 여기는 세르푸홉스코이의 우정과 입발림에 대한 흐릿한 기억, 무엇보다도 밀회에 대한 기대감 ― 이 모든 것이 한데 어우러져 생의 희열이라는 전반적인 인상으로 모아졌다. 이는 무심코 웃음이 나올 정도로 강렬한 것이었다. 그는 두 발을 내려놓고는 한쪽 다리를 다른 쪽 무릎 위에 올린 뒤 한 손으로 잡고서, 어제 낙마할 때 타박상을 입었던 탄력 있는 장딴지를 매만졌다. 그러고는 몸을 뒤로 젖힌 채 몇 차례 가슴 한가득 심호흡을 하였다.

〈좋아, 아주 좋아!〉 전에도 종종 자신의 육체를 아주 기분 좋게 느껴 보곤 했지만, 그가 지금처럼 자기 자신과 자기 육신을 사랑했던 적은 없었다. 힘센 다리에서 가벼운 통증을 느끼는 게 썩 좋았고, 심호흡을 할 때 움직이는 가슴 근육의 느낌도 흐뭇했다. 안나에게는 그토록 절망적으로 다가왔던 화창하고 서늘한 8월의 날씨가 그에게는 생기를 불어넣어 주는 듯, 냉수를 끼얹어 달아오른 얼굴과 목을 상쾌하게 해주었다. 공기 중에 풍기는 콧수염의 포마드 향기가 유달리 기분 좋게 느껴졌다. 마차의 창밖으로 보이는 것들, 이 시원하고 깨끗한 공기 속에 부유하는 모든 것들이 저 창백한 석양 속에서 자신처럼 신선하고 쾌활하며 강인하게 여겨졌다. 저무는 태양 빛에 반짝이는 지붕들도, 건물 담장과 모퉁이의 또렷한 윤곽들도, 간간이 마주치는 행인과 마차의 형상들도, 나무와 풀과 고랑이 곧게 파인 감자밭의 고요한 녹음도, 집과 나무와 관목들, 그리고 감자밭 고랑에 드리운 비스듬한 그림자들도 그러했다. 그 모든 것이 방금 완성되어 래커 칠을 마친 한 폭의 근사한 풍경화처럼 아름다웠다.

「어서 가세, 어서!」 그가 창밖으로 고개를 내밀어 마부에게 이르고는 주머니에서 3루블짜리 지폐를 꺼내서 돌아보는 마부의 손에 쥐어 주었다. 마부의 손이 초롱불가에서 무언가를 매만지는가 싶더니 날카로운 채찍 소리가 들려왔고, 마차는 평평한 대로를 따라 빠른 속도로 달음질쳤다.

〈이 행복 말고는 아무것도, 아무것도 필요 없어.〉 창문 사이에 매달린 종의 상아 방울을 바라보며, 그는 마지막으로 보았던 모습 그대로의 안나를 마음속에 그렸다. 〈갈수록 더욱더 그녀를 사랑하게 되는걸. 아, 여기가 브레데 부인 댁 관용 별장의 정원이로군. 그녀는 대체 어디 있는 걸까? 어디에? 어쩌다가? 왜 밀회 장소를 여기로 정했으며, 어째서 벳시의 편지에다 적어 보냈을까?〉 그제야 그런 의문이 들었지만, 이미 생각할 겨를이 없었다. 그는 오솔길에 다다르기 전에 마부에게 마차를 세우도록 이르고는 달리는 마차에서 뛰어내려 별장으로 이어진 오솔길에 들어섰다. 길에는 아무도 없었다. 그때 오른쪽으로 돌아보자 그녀의 모습이 보였다. 얼굴이 베일로 가려져 있었지만, 그의 기쁨 어린 시선은 오직 그녀만의 특이한 걸음걸이와 어깨선과 고갯짓을 포착할 수 있었다. 즉시 그의 온몸에 전류가 흘렀다. 새롭게 활력을 얻은 그는 두다리의 탄력적인 움직임에서부터 숨 쉬는 순간 폐의 움직임에 이르기까지 자기 자신을 실감했다. 무언가 그의 입술을 간질이는 것만 같았다.

브론스키와 마주 선 그녀는 그의 손을 꼭 잡았다.

「내가 불러내서 화난 건 아니죠? 당신을 꼭 만나야만 했어요.」 그녀가 말했다. 베일 안쪽으로 보이는 진지하고 근엄한 입술 모양이 곧바로 그의 기분을 바꿔 놓았다.

「화가 나다뇨? 그런데, 어쩌다가 이리로 오게 된 겁니까?」

「그런 건 아무래도 상관없어요.」그녀가 그의 손 위에 자신의 손을 얹으며 말했다.「가요, 당신과 할 얘기가 있어요.」

그는 깨달았다. 무슨 일이 생겼으며, 이 밀회는 즐겁지 못할 것이었다. 그녀와 있을 때면 그의 의지는 사라지곤 했다. 그녀가 불안해하는 원인은 모르지만, 이미 똑같은 불안이 자신에게 전해지는 것을 그는 무심결에 느꼈다.

「대체 무슨 일인가요?」팔꿈치로 그녀의 손을 꼭 조인 채, 얼굴 표정에서 그녀의 생각을 읽으려 애쓰면서 그가 물었다.

그녀는 정신을 가다듬으며 말없이 몇 발짝을 옮기더니 갑자기 멈춰 섰다.

「어제는 말하지 않았는데…….」무거운 숨을 빠르게 내쉬며 그녀가 운을 뗐다.「알렉세이 알렉산드로비치와 함께 집으로 돌아가는 길에 그에게 모든 것을 고했어요……. 더 이상 그의 아내가 될 수 없다고요……. 모든 것을 털어놓았어요.」

안나의 말을 듣는 동안 브론스키는 그녀의 괴로움을 덜어 주고 싶다는 듯 자기도 모르게 그녀 쪽으로 온몸을 기울였다. 그러나 이야기를 마치자마자, 그는 갑자기 몸을 곧추세우고는 오만하고 딱딱한 표정을 짓는 것이었다.

「그래요, 그래. 그게 훨씬 나아요. 천배는 낫습니다! 얼마나 힘들었을지 잘 알아요.」그가 말했다.

하지만 그녀는 듣지 않은 채 브론스키의 얼굴을 바라보며 그의 생각을 읽고 있었다. 얼굴에 나타난 그 표정이 그에게 가장 먼저 떠오른 생각 때문이라는 것을 그녀는 알 턱이 없었다. 그것은 바로 이제 결투는 불가피하다는 생각이었다. 결투에 대해서 결코 생각해 본 적이 없는 안나로서는 순간적으로 떠오른 그 딱딱한 표정을 달리 해석하였다.

남편의 편지를 받은 뒤로 그녀는 이미 마음속 깊은 곳에서 모든 것이 예전대로 유지될 것이며, 자신의 처지를 돌아보지 않은 채 아들을 버리고 정부와 합칠 만한 배짱이 자신에게 없다는 것을 깨닫고 있었다. 트베르스카야 공작 부인의 집에서 보낸 아침이 그러한 점을 한층 더 확고하게 인지시켜 주었다. 그럼에도 불구하고 이 만남은 그녀에게 너무나도 중요했다. 이 만남이 자신의 처지를 변화시키고, 자신을 구원해 주기를 바라고 있었던 것이다. 만일 소식을 들은 그가 한순간의 망설임도 없이 단호하고도 열정적으로 〈모든 것을 버리고 나와 함께 도망치자〉고 말한다면, 그녀는 아들을 버리고 그와 함께 떠날 참이었다. 그러나 그녀가 기대했던 일은 일어나지 않았다. 오히려 그는 무언가로 인해 기분이 상한 것만 같았다.

「하나도 힘들지 않았어요. 일이 저절로 그렇게 되어 버린 거니까요.」 그녀가 초조하게 말했다. 「그리고 여기…….」 그녀는 장갑 속에서 남편이 보낸 편지를 꺼냈다.

「그래, 알아요, 이해해요.」 그는 편지를 손에 쥐었지만 읽지는 않고 그녀를 진정시키려 애썼다. 「내가 바라는 건 단 하나, 당신에게 요구하는 건 단 하나뿐이에요. 바로 당신의 행복에 나의 인생을 바칠 수 있도록 이 상황에서 벗어나라는 겁니다.」

「대체 왜 그런 말을 하는 건가요?」 그녀가 물었다. 「내가 그걸 의심할 리가 있겠어요? 만일 그랬다면 —」

「저게 누구죠?」 순간 맞은편에서 다가오는 두 명의 귀부인을 가리키며 브론스키가 말했다. 「우리를 알지도 몰라요.」 그는 그녀를 끌고서 황급히 옆길로 향했다.

「아아, 아무래도 상관없어요!」 그녀의 입술이 떨렸다. 베일 안에서 알 수 없는 악의에 찬 두 눈이 그를 노려보고 있는 것만 같았다. 「그러니까, 문제는 그게 아니라는 거예요. 내가 그걸 의심할 수는 없다고요. 하지만 자, 여기 그이가 나에게 보낸 편지예요. 읽어 봐요.」 그녀는 다시 걸음을 멈추었다.

편지를 읽으면서 브론스키는 그녀와 남편 사이에 벌어진 파탄의 소식을 처음 접한 순간처럼, 자신도 모르게 모욕당한 남편과 자신과의 관계가 불러일으키는 자연스러운 감정에 다시금 휩싸였다. 그의 편지를 손에 쥔 지금, 그는 분명 오늘 혹은 내일 집으로 날아들 결투장과 실제 결투의 모습을 은연중에 머릿속으로 그려 보고 있었다. 결투의 순간 그는 바로 지금처럼 극도로 냉혹하고 오만한 표정으로 허공을 향해 총을 쏜 뒤, 모욕당한 남편의 총알받이가 되어 서 있을 것이다. 그런데 문득 아까 세르푸홉스코이가 했던 말과 아침나절에 떠오른 생각, 즉 스스로를 얽매지 않는 게 좋겠다는 생각이 번개처럼 그의 머릿속을 스쳐 갔다.

편지를 다 읽은 뒤 그는 그녀에게로 눈길을 돌렸다. 시선에서 결연함이라곤 엿보이지 않았다. 순간 안나는 브론스키가 이미 이런 사태를 예상하고 있었다는 걸 눈치챘다. 무슨 말을 하건, 그는 자신의 생각을 다 털어놓지 않을 터였다. 그녀는 자신의 마지막 희망이 꺾여 버렸음을 깨달았다. 고대하던 바와는 전혀 다른 결과였다.

「그이가 어떤 사람인지 이제 똑똑히 알겠죠.」 떨리는 목소리로 그녀가 말했다. 「그이는 ──」

「안됐지만, 일이 이렇게 된 것이 나로서는 오히려 기쁘군요.」 그가 말을 가로챘다. 「자, 내 얘기를 끝까지 들어 줘요.」

자신의 이야기가 무슨 뜻인지 설명할 시간을 달라고 애원하는 듯한 눈초리로 그가 덧붙였다. 「내가 기뻐하는 까닭은, 결코 그분이 제안했듯이 상황을 지금 이대로 둘 수는 없기 때문이죠.」

「왜 그렇다는 거죠?」 안나가 솟구치는 눈물을 억누르며 말했다. 이제 그가 하는 말에 그 어떤 의미도 부여하지 않는 것이 틀림없었다. 그녀는 자신의 운명이 이미 결정되었다고 느끼고 있었다.

브론스키는 결코 피할 수 없을 것만 같은 이 결투 이후로는 지금과 같은 상황이 지속될 수 없으리라고 말하고 싶었지만, 정작 입에서 나온 것은 다른 얘기였다.

「이대로 지속될 수는 없어요. 나는 당신이 이제 그를 버렸으면 해요. 내가 바라는 건……」 그가 곤혹스러워하며 얼굴을 붉혔다. 「내가 우리의 삶을 심사숙고해서 꾸려 나가도록 허락해 달라는 겁니다. 내일 —」

그가 얘기를 본격적으로 꺼내려 했지만 안나는 그가 끝까지 말하도록 두지 않았다.

「그럼 아들은요?」 그녀가 소리를 질렀다. 「그이가 뭐라고 썼는지 봤잖아요! 아들을 버려야 한다잖아요. 하지만 나는 그럴 수 없고, 그러고 싶지도 않다고요.」

「제발 생각 좀 해봐요. 뭐가 더 나은가요? 아들을 버리는 건가요, 아니면 이런 굴욕적인 상태를 계속 끌고 가는 건가요?」

「누구한테 굴욕적인데요?」

「모두에게요, 그리고 그 누구보다도 당신한테요.」

「굴욕적이라…… 그런 말 마세요. 그런 말은 나에게 아무 의미도 없어요.」 그녀가 떨리는 목소리로 말했다. 지금 이 순간 그가 말하는 것이 거짓이 아니기를 바랐다. 그녀에게 남은 거라곤 그의 사랑뿐이었으며, 그녀 또한 그를 사랑하고 싶었다. 「당신을 사랑하게 된 그날부터 모든 게, 모든 게 변했다는 걸 알아줘요. 나에겐 단 하나, 당신의 사랑밖에 없어요. 당신의 사랑이 나의 것이기만 하다면, 나는 나 자신을 아주 고귀한 존재로 여기고 그 무엇도 나에게 굴욕감을 안겨 줄 수 없다고 확신하게 돼요. 심지어 내 처지에 자긍심마저 느끼게 되죠. 왜냐하면…… 그러니까…….」 무엇 때문에 자긍심을 느끼는지는 끝내 말하지 못했다. 수치심과 절망감에 솟구치는 눈물로 인해 목이 메었던 것이다. 그녀는 하던 말을 멈추고 흐느껴 울기 시작했다.

그 역시 무언가가 목구멍에서 북받쳐 오르고 콧속이 찌르르한 느낌이 들었다. 생전 처음으로 울음을 터뜨릴 것만 같은 기분이었다. 무엇이 그토록 심금을 울리는지, 명확하게 꼬집어 말할 수는 없었다. 그저 그녀가 불쌍했고, 자신은 그녀를 도울 수는 없다는 느낌이었다. 그와 더불어 그녀의 불행이 자기 탓이며, 무언가 나쁜 짓을 저질렀음을 인식했던 것이다.

「정말이지 이혼은 불가능한가요?」 그가 힘없이 묻자, 그녀는 대답 없이 고개만 끄덕였다. 「정말로 아들을 데리고서 그의 곁을 떠날 수는 없는 겁니까?」

「그래요, 모든 건 그이에게 달렸어요. 이제 난 그이한테 가 봐야 해요.」 그녀가 건조한 음성으로 말했다. 모든 게 예전 그대로 남게 되리라는 예감은 틀리지 않았다.

「화요일에 페테르부르크로 갈 겁니다. 그때 전부 결정되겠죠.」

「그래요.」 그녀가 말했다. 「하지만 이 문제는 더 이상 거론하지 말기로 해요.」

아까 멀리 보내면서 브레데 부인 댁 정원의 철제 울타리 쪽으로 오라고 일러 두었던 사륜마차가 다가오고 있었다. 안나는 브론스키와 작별 인사를 나눈 뒤 집으로 향했다.

23

월요일에 6월 2일 위원회의 정례 회의가 열렸다. 회의장으로 들어선 알렉세이 알렉산드로비치는 여느 때처럼 위원들 및 위원장과 인사를 나눈 뒤 지정된 자리에 앉아 앞에 놓인 서류 위에 두 손을 얹었다. 서류들 중에는 그에게 필요한 참고 자료와 함께 그가 제출하려는 청원서의 초안도 끼워져 있었다. 사실 그러한 자료들은 그에게 필요 없었다. 그는 모든 것을 기억하고 있었으며, 자신이 발언할 내용을 다시 되짚어 볼 필요성조차 느끼지 않았다. 때가 되어 무심한 표정을 지으려 갖은 애를 쓰는 적수의 얼굴이 눈앞에 나타나면, 지금 준비할 수 있는 것보다 더 훌륭한 연설이 저절로 쏟아져 나올 터였다. 각각의 단어 하나하나가 의미를 지닐 만큼 자신의 발언 내용이 중대하다고 그는 생각하고 있었다. 그러나 여느 때와 다를 것 없는 보고를 들으면서 그는 겉보기엔 악의 없고 천진무구한 기색을 띠었다. 앞에 놓인 서류의 양쪽 끄트머리를 만지작거리는 길고 유연한 손가락과 핏줄이 도드라진 하얀 손등, 피곤한 표정으로 고개를 약간 기울인 그의 모습을 보면서, 무시무시한 소요를 불러일으키고 의원들로 하여금 서로의 말을 가로채며 고성을 지르게 하고, 위원장으로 하여금 장내 질서를 준수하라고 부르짖게 만들 엄청난 발언이 이 제 곧 저 입에서 쏟아져 나오리라고는 그 누구도 예상치 못 했다. 보고가 끝나자 알렉세이 알렉산드로비치는 예의 조용 하고 가느다란 목소리로 이주민 정착 사업에 관하여 몇 가지 의견을 피력하겠노라고 공표했다. 모두가 그를 주목했다. 알 렉세이 알렉산드로비치는 헛기침을 한 다음 자신의 적수 쪽 으로는 눈길도 주지 않고, 연설을 할 때면 언제나 그러듯이 자기 바로 앞에 앉아 있는 인물 — 위원회에서 아무런 정견 도 가지지 않는 몸집이 작고 조용한 노인이었다 — 에게 시 선을 고정한 채 의견을 개진하기 시작했다. 이야기가 근본적 이고 본질적인 법률의 문제에 다다르자 그의 적수는 자리를 박차고 일어나 반론을 펴기 시작했다. 마찬가지로 허를 찔린 스트레모프가 자신의 무고함을 강변하기 시작하여 장내 전 체는 아수라장이 되었다. 그러나 알렉세이 알렉산드로비치 는 결국 승리의 개가를 울렸다. 그의 제안이 채택되었으며, 세 개의 새로운 위원회가 구성된 것이다. 다음 날 페테르부르 크의 어느 유명한 회합에서는 온통 그날의 회의에 대한 얘기 들만 오갔다. 알렉세이 알렉산드로비치가 거둔 성공은 그가 기대했던 것보다도 컸다.

이튿날 아침, 즉 화요일에 잠에서 깨어난 알렉세이 알렉산 드로비치는 흡족한 마음으로 어제의 승리를 떠올렸다. 사무 실 주임이 아첨을 떨며 어제의 회의에 대한 입소문을 전해 주자, 그는 태연한 척하려 애썼지만 웃음을 참을 수 없었다.

사무실 주임과 업무를 보는 동안, 알렉세이 알렉산드로비 치는 바로 오늘이 자신이 지정해 놓은 안나 아르카디예브나 의 도착 날짜인 화요일이라는 사실도 까맣게 잊고 있었다. 따라서 하인이 들어와 그녀가 왔다고 고했을 때 그는 놀라움과 충격으로 불쾌해졌다.

안나는 이른 아침에 페테르부르크에 당도했다. 그녀가 전보로 그에게 요청한 대로 미리 사륜마차를 보냈었기에 알렉세이 알렉산드로비치도 그녀의 도착 시점을 짐작할 수 있었을 텐데, 집에 왔을 때도 그는 밖으로 나와 맞아 주지 않았다. 그가 아직 서재에 있으며 사무실 주임과 얘기 중이라고 하인이 그녀에게 아뢰었다. 그녀는 잘 도착했다고 알리라고 이르고는 방으로 가서 물건들을 정리하며 남편이 오기를 기다렸다. 그러나 한 시간이 흘러도 그는 오지 않았다. 그녀는 식당으로 가서 집안일을 지시하는 척 일부러 큰 소리로 떠들며 남편이 오기를 기다렸다. 하지만 주임을 배웅하러 문가로 나왔다 들어가는 소리가 난 뒤에도 그는 오지 않았다. 남편이 곧 여느 때와 같이 집무실로 출근하리라는 것을 알고 있었기에, 그녀는 그 전에 그를 만나 둘의 관계를 매듭짓고 싶었다.

거실을 한차례 거닌 뒤, 그녀는 단호하게 남편의 서재로 향했다. 방 안에 들어서니 그는 출근을 위한 제복 차림으로 작은 탁자 앞에 팔꿈치를 괴고 앉아 눈앞의 허공을 음울하게 응시하고 있었다. 남편이 자신을 보기 전에 먼저 그의 모습을 본 그녀는, 그가 자신에 대해 생각하고 있다는 사실을 알 수 있었다.

그는 아내를 보고 자리에서 일어나려다 그만두었다. 별안간 그의 얼굴이 벌겋게 달아올랐다. 안나로서는 처음 보는 남편의 모습이었다. 이윽고 그는 자리에서 벌떡 일어나 안나의 눈이 아니라 그보다 좀 더 높은 곳, 이마와 머리채를 바라보며 그녀에게 다가가서는 손을 잡으며 자리에 앉으라고 청했다.

「당신이 와서 매우 기쁘군.」옆자리에 앉으며 그가 말했다. 뭔가 얘기하고 싶으면서도 갈피를 못 잡는 기색이 역력했다. 몇 차례 말을 꺼내려다가 결국 입을 다물곤 했다. 안나 또한 이 만남에 대비하여 남편을 경멸하고 비난하는 연습까지 해 왔음에도 불구하고 그에게 무슨 말을 해야 할지 몰랐고, 심지어 안쓰러운 마음까지 들었다. 그렇게 꽤나 오랫동안 침묵이 지속되었다. 「세료자는 건강한가?」그가 질문은 던지더니 대답을 기다리지도 않고 덧붙였다. 「오늘 저녁 식사 땐 집에 못 올 거요. 이제 나가 봐야겠소.」

「모스크바로 떠나려고 했어요.」그녀가 말했다.

「됐소. 집으로 오기를 정말, 정말 잘한 거요.」한마디 하고 나서 그는 다시 침묵했다.

먼저 이야기를 꺼내기에는 남편이 요령부득임을 알아채고, 그녀는 자기 쪽에서 먼저 시작했다.

「알렉세이 알렉산드로비치…….」자신의 머리채만 응시하는 남편의 시선에도 불구하고 안나는 눈을 내리깔기는커녕 그를 똑바로 마주 보며 말했다. 「나는 죄를 지은 여자예요. 못된 여자죠. 하지만 그때 당신에게 그런 말을 하던 나와 예전의 나, 그리고 지금의 나는 똑같아요. 그러니까 나는 하나도 달라질 수 없다는 말을 하러 온 거예요.」

「당신에게 그런 건 묻지 않았소.」갑자기 증오가 서린 눈빛으로 결연하게 그녀를 응시하며 그가 내뱉었다. 「그러리라 예측은 했지.」분노에 자극을 받아 타고난 능력을 다시 완전히 체득한 게 분명했다. 날카롭고 가느다란 목소리로 그는 말을 이어 가기 시작했다. 「하지만 그때 당신한테 말했고 편지에도 쓴 것처럼, 그리고 지금 다시 반복하건대, 그러한 사실을 알아야 할 이유가 내겐 없소. 그런 건 무시하겠단 말이오. 모든 아내들이 당신처럼 그렇게 **유쾌한** 소식을 서둘러 남편에게 전할 만큼 친절하진 않겠지.」그는 〈유쾌한〉이라는 단어에 특히 힘을 주었다.「세상이 그 일을 알게 되기 전까지, 그래서 내 이름이 더럽혀지기 전까지는 그 일을 무시할 작정이오. 따라서 한 가지만 경고하는데, 우리의 관계는 늘 있던 그대로 현상 유지가 되어야 하오. 다만 당신이 당신 자신을 **위태롭게 할** 경우에는 나는 스스로의 명예를 지키고자 반드시 조치를 취할 것이오.」

「그렇지만 우리의 관계는 예전처럼 될 수 없는걸요.」안나가 놀란 눈으로 남편을 쳐다보며 겁먹은 듯 대꾸했다.

다시금 남편의 예의 그 침착한 거동을 보고 유치하되 자극적인 조롱조의 음성을 듣자 그녀의 마음속에 조금 전 자리 잡았던 연민의 감정은 그에 대한 혐오감으로 말끔히 지워져버렸고, 이제는 그저 두려울 따름이었다. 하지만 일이 어찌 되든 그녀는 자신의 입장을 분명히 밝히고 싶었다.

「나는 당신의 아내가 될 수 없어요. 내가 이렇게 ─」그녀가 운을 떼려 했다.

그는 악의 어린 냉소를 지었다.

「응당 당신이 선택한 종류의 삶이 당신의 관념 속에도 반영되겠지. 그것을 나는 존경하는 만큼 경멸하기도 하오. 둘 다…… 과거 당신의 관념을 존경하고, 지금 당신의 관념을 경멸하오……. 그러니까 당신이 내 말에 부여한 그러한 해석은 내 견해와는 아주 거리가 먼 것이오.」

안나는 한숨을 내쉬고는 고개를 떨구었다.

「하지만 나는 이해할 수가 없소.」그가 열을 올리며 말했다. 「당신처럼 독립적인 인간이 자신의 부정함을 남편에게 직접 공표하고, 그런 행실이 비난받아 마땅하다는 건 전혀 모르면서, 어찌 남편에 대한 아내의 의무를 이행하는 것을 비난받을 일로 여긴단 말이오?」

「알렉세이 알렉산드로비치! 나한테서 대체 뭘 원하세요?」

「내가 원하는 건 여기서 그 인간과 마주치지 않는 것, 당신이 **사교계**나 **하인들**로부터 비난받지 않도록 처신하는 것……그리고 당신이 그 작자와 만나지 않는 것이오. 이게 많은 요구는 아닐 테지. 그 대가로 당신은 아내의 의무를 이행하지 않으면서도 정숙한 아내에게 주어지는 모든 권리를 누리게 될 것이오. 내가 하려던 얘긴 이게 다요. 이제 나가 봐야겠소. 식사는 집에서 하지 않을 거요.」

그는 자리에서 일어나 문으로 향했다. 안나 또한 일어섰다. 그는 말없이 목례를 하고서 그녀를 내보냈다.

24

레빈이 건초 더미 위에서 지새운 밤은 헛되지 않았다. 그가 지금껏 일궈 온 농사일이 꺼림칙하게 여겨졌을 뿐 아니라 그에 대한 모든 흥미가 사라져 버렸다. 엄청난 풍작을 거두었음에도 불구하고 올해처럼 농민들과의 관계에 실패를 거듭하고 불화가 잦았던 적이 없었다고, 적어도 그는 그렇게 느끼고 있었다. 그리고 그러한 실패와 적대적 관계의 원인을 그는 확실하게 알 수 있었다. 노동을 하며 그 매력을 맛보면서 농부들과 친밀해지고, 그들과 그들의 생활을 부러워하며 그러한 생활 속으로 투신하고 싶어진 것, 그리고 그날 밤 한갓 공상이 아닌 버젓한 계획으로서 그러한 소망의 구체적인 실행 방법을 구상했던 것, 이 모든 것이 농사일에 대한 그의 시각을 완전히 바꾸어 놓았기에 그는 이제 농사일에 대해 예전과 같은 흥미를 느낄 수가 없었으며, 모든 문제의 밑바탕에 깔려 있던 일꾼들과의 불편한 관계 또한 직시하지 않을 수가 없었던 것이다. 파바 같은 우량종 암소들, 거름을 뿌리고 쟁기질한 땅, 버드나무 가지로 울타리를 친 아홉 구역의 평지, 90데샤티나에 걸쳐서 깊게 갈아엎은 거름, 이랑 파종기 등, 이 모든 것이 그 자신에 의해서, 혹은 그와 그에게 공감하는 동료들에 의해 이루어졌더라면 얼마나 멋졌겠는가. 그러나 이제 그는 분명하게 깨달았다(노동자를 농업의 주된 요소로 보는 그의 저술 작업이 이 점에 있어서 많은 도움이 되었다). 지금까지 그가 해온 농사일이라는 것은 단지 그와 일꾼들 사이의 잔혹하고 끈질긴 투쟁일 뿐이었으며 그 싸움의 한쪽 편, 즉 그의 편에는 모든 것을 이상적이라 여겨지는 기준에 맞추어 개조하고자 하는 열렬한 지향이, 다른 편에는 사물들의 자연스러운 질서가 버티고 있었던 것이다. 이 투쟁 속에서 그가 깨달은 바는, 한쪽 편에서 아무리 집요하게 힘을 쏟는다 해도 다른 편에서 무위와 무계획으로 일관하는 한, 농사일은 주인 없이 굴러가고 훌륭한 농기구와 가축과 토지는 무용지물이 될 뿐이라는 사실이었다. 중요한 것은 일에 쏟은 정력이 헛수고로 돌아갔을 뿐 아니라, 그가 해온 농사일의 의미가 스스로에게 분명해진 지금에 와서는 정력을 쏟아부었던 목표 자체가 완전히 무가치한 것이었음을 인정하지 않을 수 없다는 사실이었다. 본질적으로 그것은 무엇을 위한 투쟁이었던가? 그는 단 한 푼이라도 이익을 내려고 분투한 반면(안 그럴 수가 없는 것이, 노력을 덜 쏟으면 노동자들에게 지불할 돈이 모자랄 수도 있기 때문이었다) 농부들은 평온하고 쾌적하게, 즉 몸에 밴 대로 일하기를 고집했다. 그의 주된 관심사는 노동자들 각자가 최대한의 성과를 내고, 키와 써레와 탈곡기를 망가뜨리지 않고, 각자 자신이 하는 일을 꼼꼼히 살피도록 주의를 잃지 않는 것이었다. 반면에 노동자들은 최대한 쾌적하게, 쉬어 가면서, 그리고 무엇보다도 걱정 근심 없이, 마음 편하게, 아무 생각 없이 일하고자 했다. 올여름 레빈은 모든 과정에서 그 사실을 절감했다. 파종에 도움이 안 되는 잡초와 쑥이 무성한 질 나쁜 초지를 골라 건초용 토끼풀을 베어 오도록 사람들을 보낸 일이 있었다. 그러자 농부들은 양질의 종자용 초지를 줄줄이 베어 놓고는 감독관이 그렇게 시켰다고 변명을 하면서, 그래도 건초는 아주 잘될 거라며 그를 위로하는 것이었다. 그러나 일이 그렇게 된 건 그쪽이 풀을 베기에 더 수월하기 때문이라는 사실을 그는 잘 알고 있었다. 건초를 털어 말리도록 건조기를 보냈을 때는 일을 시작하자마자 이미 망가뜨리고 말았는데, 건조기가 휘두르는 날개 밑 운전석에 멀거니 앉아 있는 게 지루했기 때문이다. 그래 놓고는 말하기를, 〈걱정 마십쇼, 아낙네들이 끝내주게 털어 낼 것입니다〉라는 것이었다. 쟁기들도 쓸모라곤 없었으니, 치켜 올라간 쟁기 날을 도무지 낮출 생각을 못 하는 농부들이 무리하게 그것을 휘저어 말들을 괴롭히고 땅은 못쓰게 만들더니 레빈더러는 걱정할 것 없다고 했다. 말들은 밀밭에 방치되었는데, 어느 한 사람도 야간에 보초를 서려 하지 않았기 때문이다. 그러지 말라고 일렀음에도 일꾼들은 교대로 야간 보초를 서더니 하루 종일 일을 한 반카가 결국 잠들어 버렸고, 자신의 잘못을 뉘우친답시고 한다는 말이 〈뜻대로 처분하시라〉는 것이었다. 세 마리의 우량종 새끼 암소를 잘못 먹여서 병이 들게 만든 적도 있었는데, 물터도 마련해 주지 않고 새로 자란 토끼풀밭에 풀어놓은 탓이었다. 그러고는 토끼풀 때문에 송아지들이 부어올랐다는 건 절대로 인정하려 들지 않은 채, 그를 안심시킬 요량으로 이웃집에서는 112마리를 사흘씩이나 풀어놓았다는 얘기를 늘어놓았다. 이 모든 사건은 누군가 레빈과 그의 농사일에 악감정을 품은 탓에 일어난 것이 아니었다. 오히려 레빈도 잘 알고 있는바, 다들 그를 좋아했고 〈순박한 나리〉라고 여겼다(그것은 대단한 찬사였다). 일이 그렇게 된 건 그저 그들이 즐겁고 마음 편하게 일하고 싶었기 때문이며, 레빈의 관심사가 그들에게는 낯설고 납득할 수 없는 것일 뿐만 아니라 자신들의 정당한 이익에 어쩔 수 없이 반하는 것이기 때문이었다. 이미 오래전부터 레빈은 농사일에 대한 스스로의 태도에 불만을 느끼던 터였다. 그는 보트에 물이 차는 것을 알면서도 구멍을 찾으려 들지 않았고, 어쩌면 의도적으로 자기 자신을 기만하고 있는지도 몰랐다. 그러나 이제는 스스로를 속일 수 없었다. 지금껏 꾸려 온 농사일에 흥미를 잃었을 뿐만 아니라 혐오감마저 들었으며, 따라서 더 이상은 그 일을 해나갈 수가 없었다.

엎친 데 덮친 격으로 마주치고 싶지 않은 키티 셰르바츠카야가 30베르스타 떨어진 곳에 와 있었다. 다리야 알렉산드로브나 오블론스카야의 집을 방문했을 때 그녀는 레빈더러 자기네 집으로 와달라고 청했었다. 여동생에게 다시 청혼하러 오라는 얘기였는데, 그러면서 넌지시 동생이 이제 그의 청혼을 받아들일 거라는 눈치를 주는 것이었다. 키티 셰르바츠카야와 우연히 마주쳤을 때 레빈 또한 그녀에 대한 자신의 사랑이 끝난 게 아니라는 사실을 깨달았지만, 그녀가 있다는 것을 알면서 오블론스카야의 집으로 찾아갈 수는 없는 노릇이었다. 그녀에게 청혼을 하고 그녀가 그를 거절한 사건이 두 사람 사이에 극복할 수 없는 장애물을 쌓아 놓았기 때문이다. 〈그녀가 스스로 원했던 사람의 아내가 될 수 없다는 이유만으로 내가 그녀더러 내 아내가 되어 달라고 할 수는 없어.〉 그는 생각했고, 그러한 생각이 그로 하여금 그녀를 냉담하고 적대적으로 대하도록 만들어 버렸다. 〈원망의 감정 없이는 도저히 이야기를 나눌 수 없을 거야. 악의 없이 그녀를 쳐다볼 수는 없단 말이다. 그렇다면 그녀 쪽에서도 당연히 나를 더욱 증오할 수밖에 없겠지. 게다가 다리야 알렉산드로브나한테서 그런 말을 들은 마당에 내가 어떻게 거길 찾아가겠어? 과연 내가 그녀에게서 들은 얘기를 모르는 체할 수 있겠어? 넓은 아량으로 찾아가서 그녀를 용서하고 자비를 베푼다고? 그녀 앞에서 용서를 베풀고 내 사랑을 받을 자격이 있다고 인정해 주는 배역을 연기한단 말이지! 다리야 알렉산드로브나는 도대체 왜 나한테 그 얘기를 한 걸까? 그녀를 우연히 만난다면야, 그땐 모든 게 저절로 굴러가겠지. 하지만 지금은 불가능해, 불가능하다고!〉

다리야 알렉산드로브나는 그에게 키티가 사용할 여성용 안장을 빌려 달라는 전갈을 보내기까지 했다. 〈댁에 여성용 안장을 갖고 계시다면서요? 바라건대, 직접 가져다주셨으면 합니다.〉

그런 식의 언행을 레빈은 더 이상 참을 수가 없었다. 어떻게 그토록 영리하고 섬세한 여자가 자기 동생을 그런 식으로 멸시할 수 있단 말인가? 그는 열 통이나 편지를 썼다가 모두 찢어 버렸다. 그러고는 아무런 답신도 없이 안장만 보냈다. 가겠노라고 쓰는 건 절대로 안 될 일이었는데, 왜냐하면 갈 수가 없기 때문이었다. 갈 수 없다고, 혹은 출타할 예정이라고 쓰는 건 더더욱 안 될 말이었다. 그는 무언가 부끄러운 짓을 저지르고 있다는 자괴감을 안고서 답신 없이 안장만 보낸 다음, 이튿날 싫증이 난 농사일을 모조리 영지 관리인에게 떠넘기고는 멀리 떨어진 군에 사는 친구 스비야시스키의 집으로 향했다. 그의 집 근처에는 도요새가 서식하는 근사한 늪지가 있었는데, 얼마 전 그가 자기 집에 와서 머물다 가겠다는 오랜 약속을 지키라고 편지를 보내왔던 것이다. 수롭스키군의 도요새 늪지는 오래전부터 레빈의 마음을 끌었지만, 그는 매번 농사일 때문에 여행을 미루곤 했다. 그러나 이제는 기쁜 마음으로 떠날 수 있었다. 이웃해 있는 셰르바츠키 일가의 여인들로부터, 무엇보다도 농사일로부터 벗어나 그 어떤 슬픔 속에서도 최고의 위안을 안겨 주는 것, 바로 사냥을 하러 그는 떠났다.

25

수롭스키군까지는 철로도, 역마차 길도 없었기에 레빈은 자신의 말들이 모는 유개 여행 마차를 타고 갔다.

절반쯤 이르렀을 때, 그는 말에게 꼴을 먹이고자 어느 부유한 농가에 잠시 머물렀다. 양쪽 뺨에 새치가 돋고 붉은 턱수염이 더부룩한 혈색 좋은 대머리 노인이 대문을 활짝 열고는 문기둥을 꼭 잡은 채 삼두마차를 들여보내 주었다. 노인은 볕에 그을린 구식 쟁기들이 놓인 깨끗하게 정돈된 너른 마당 한 편의 처마 밑 자리를 마부에게 안내하고는 레빈에게 농가로 들기를 청했다. 정갈하게 차려입고 맨발에 덧신을 신은 젊은 아낙이 허리를 굽힌 채 처마 밑의 바닥을 닦고 있었다. 그녀는 레빈을 뒤따라 들어온 개를 보고서는 놀라 소리를 질렀지만, 곧바로 개가 물지 않을 것임을 알아채고는 놀란 게 부끄럽다는 듯 웃음을 터뜨렸다. 소매를 걷어 올린 손으로 레빈에게 농가의 출입문을 가리킨 그녀는 다시금 허리를 숙여 새빨개진 얼굴을 감춘 채 바닥 닦는 일을 계속했다.

「사모바르를 내올까요?」 그녀가 물었다.

「그래 주면 좋겠소.」

농가는 널찍했고, 네덜란드식 벽난로와 칸막이가 놓여 있었다. 성상 아래쪽으로 색색으로 당초무늬가 그려진 탁자와 긴 의자와 두 개의 등받이 의자가, 출입문 옆에는 그릇장이 보였다. 창의 덧문들은 닫힌 채였고 파리도 별로 없었다. 방이 어찌나 깨끗한지, 레빈은 길바닥에서 마구 달리고 물웅덩이에서 멱을 감았던 라스카가 흙발로 바닥을 더럽힐까 염려되어 녀석에게 문가의 구석진 자리를 지정해 주었다. 그는 농가를 둘러본 후 뒤꼍으로 나갔다. 덧신을 신은 단아한 외모의 젊은 아낙이 두레박에 매달린 빈 물통을 흔들며 그를 앞질러 우물가로 달려갔다.

「잘한다, 아가야!」 노인이 그녀를 향해 즐겁게 소리치고는 레빈에게 다가왔다. 「저, 그러니까 나리, 니콜라이 이바노비치 스비아시스키 댁으로 가시는 길이라고요? 그 댁 분들도 저희 집에 들르시곤 하지요.」노인이 현관 난간에 팔꿈치를 괴고는 수다스럽게 말을 건넸다.

　노인이 스비야시스키와의 친분에 대해 한창 이야기하는 중 또다시 대문이 삐걱거리는 소리가 들리더니 들에서 일하던 일꾼들이 구식 쟁기와 써레를 끌고서 마당으로 들어섰다. 쟁기와 써레는 살이 찌고 덩치가 커다란 말들에 매여 있었다. 틀림없이 집안 식솔들 같았다. 둘은 젊은 축이었는데, 사라사 셔츠에 챙이 좁은 모자를 썼고, 나머지 두 사람은 고용 인부들로 대마로 지은 옷을 입고 있었다. 인부 중 한 사람은 노인, 다른 한 사람은 젊은 청년이었다. 현관에 있던 노인이 내려가더니 말에게 다가가서 멍에를 풀기 시작했다.

　「뭘 경작하였소?」레빈이 그에게 물었다.

　「감자밭을 갈았습죠. 저희도 땅뙈기를 갖고 있거든요. 얘, 페도트, 거세한 말들은 밖에 내놓지 말고 구유로 데려가거라. 다른 말은 우리가 맬 테니.」

　「저, 아버지, 파종기 보습을 갖다 달라고 했는데요, 가져왔나요?」키가 크고 덩치 좋은 청년이 물었다. 노인의 아들일 성싶었다.

　「그게…… 썰매 안에 있다.」노인이 풀어 놓은 고삐를 둥글게 말아서 바닥에 내던지며 대답했다. 「점심 먹을 동안 정리해 놓으렴.」

　예의 단아하게 생긴 젊은 아낙이 가득 찬 물통을 매고 오느라 어깨를 잔뜩 늘어뜨린 채 집 안으로 들어섰다. 어디선가 또 다른 아낙들이 나타났다. 젊고 예쁘장한 처자들과 못생긴 중년 여인네들, 늙은 아낙들이 아이들을 데리고, 혹은 아이 없이 나와 있었다.

사모바르의 연통에서 둔탁한 소리가 났다. 말들을 다 거둔 일꾼들과 식솔들은 점심을 먹으러 갔다. 레빈도 마차에서 음식을 가져와 노인더러 함께 차를 마시자고 청했다.

「별말씀을요, 저희는 벌써 마셨습니다만……」 말은 그렇게 하면서도 노인은 레빈의 제안을 흔쾌히 받아들이는 기색이었다. 「정 그러시다면 함께 들지요.」

차를 마시는 동안 레빈은 노인이 일구는 농사일에 대해 전부 알게 되었다. 그는 10년 전에 여지주로부터 120데샤티나의 땅을 임차했다가 작년에 그 땅을 매입하고 이웃의 지주에게 3백 데샤티나를 추가로 임차하였다. 토질이 제일 안 좋은 약간의 땅은 소작을 주고, 40데샤티나가량의 밭을 가족들과 두 명의 고용 인부들과 함께 경작하고 있었다. 노인은 농사일이 신통치 않다고 푸념을 늘어놨지만, 레빈은 그것이 그냥 하는 말일 뿐 실은 그의 일이 번창하고 있다는 걸 알 수 있었다. 만일 농사가 잘 안 되었더라면 1데샤티나당 105루블씩이나 주고 땅을 사지도 않았을뿐더러 세 아들과 조카를 장가보내지도 못했을 것이고, 불이 난 뒤로 집을 두 번이나, 그것도 점점 더 근사하게 다시 짓지도 못했을 터였다. 푸념을 하면서도 자신의 부(富)와 자식들과 조카와 며느리들은 물론 말과 암소들, 그리고 무엇보다 농사일을 전부 스스로 관장한다는 사실을 자랑스레 여기고 있는 게 틀림없었다. 이야기를 나누어보니 노인은 새로운 방식의 도입을 꺼려하지 않는 사람 같았다. 그는 감자를 많이 심었는데, 레빈이 마차를 타고 지나가며 보았던 그의 감자밭에는 벌써 꽃이 지고 열매가 맺혀 있었다. 레빈의 감자밭은 이제 막 꽃을 피우는 참이었는데 말이다. 노인은 그가 〈플루크〉라고 부르는, 지주한테서 빌린 신식

165

쟁기로 감자밭을 일구고 있었다. 그는 밀도 심었다. 호밀밭에 김을 매면서 솎아 낸 호밀로 말을 먹였다는 사소한 대목이 레빈을 특히 놀라게 했다. 그 훌륭한 사료가 헛되이 버려지는 것을 보면서 레빈은 얼마나 그것들을 모으고 싶어 했던가. 하지만 그 일은 매번 불가능했다. 그런데 이 농부는 그 일을 해냈을 뿐 아니라 이 사료를 입이 마르도록 예찬하는 것이었다.

「젊고 팔팔한 처자들을 뒀다 뭐하나요? 낟가리들을 길가에 내놓게 하면 짐마차가 와서 나르는 거죠.」

「그런데 우리 지주들은 늘 일꾼들과 티격태격한단 말이오.」 레빈이 노인에게 찻잔을 건네면서 말했다.

「고맙습니다.」 노인은 인사를 하고 찻잔을 받았지만, 먹다 남은 설탕 조각을 가리키며 새 설탕은 사양했다. 「일꾼들이랑 무슨 일을 도모하겠습니까? 하나같이 일을 망칠 뿐이죠. 스비야시스키 댁만 해도 그렇습니다. 저희도 잘 압니다만, 그 땅이 얼마나 기막힌지요. 양귀비 씨처럼 새까만 게 말입니다. 그런데도 수확은 신통치 않습니다. 그게 죄다 부주의한 탓입니다.」

「하지만 당신도 일꾼들을 부리지 않소?」

「저희들 일이야 농부들 일입죠. 저희는 하나부터 열까지 저희 손으로 합니다. 일꾼들이 일솜씨가 서투르면 당장 내친다고요. 그러고는 식구들끼리 일궈 나가는 겁니다.」

「아버님, 피노겐이 타르를 가져다 달라는데요.」 덧신을 신은 아낙이 집 안으로 들어와 말했다.

「그럼 나리, 저는 이만!」 노인이 자리에서 일어나 레빈에게 천천히 성호를 그으며 감사 인사를 하고서 밖으로 나갔다.

마부를 부르러 굴뚝 없는 곁채로 들어간 레빈은 집안 남자들이 모두 식탁에 둘러앉아 있는 모습을 보았다. 아낙들은 선 채로 시중을 들고 있었다. 젊고 건장한 아들이 입안 가득 메밀죽을 문 채 무언가 우스운 얘기를 하자 모두들 껄껄대며 웃었는데, 양배추 수프를 그릇에 따르던 덧신 신은 아낙이 특히 즐거워했다.

아마 덧신을 신은 아낙의 단아한 얼굴이 농가의 정갈함을 한층 더 고조시킨 탓이기도 했겠지만, 레빈이 받은 인상은 도무지 떨쳐 버릴 수 없을 정도로 강렬한 것이었다. 노인의 집을 떠나 스비야시스키에게로 가는 중에도 그는 내내 이 농가를 떠올렸다. 어쩐지 이 집의 인상 가운데 무언가가 그에게 특별히 주의를 기울이기를 요구하는 것만 같았다.

26

스비야시스키는 군의 귀족단장이었다. 그는 레빈보다 다섯 살 위였고, 결혼한 지도 오래되었다. 젊은 처제가 그의 집에서 함께 살고 있었는데, 그녀는 레빈에게 큰 호감을 가지고 있었다. 레빈은 스비야시스키와 그의 아내가 이 처녀를 자신에게 시집보내고 싶어 한다는 것을 잘 아는 터였다. 그 누구에게도 결코 말하지 않을 작정이었지만, 소위 신랑감이라는 청년들이 으레 그러듯이 그는 의심할 바 없이 확실하게 그 사실을 알고 있었다. 또한 그는 비록 그 자신이 결혼하길 원하며 어느 모로 보나 대단히 매력적인 그 아가씨라면 틀림없이 훌륭한 아내가 될 것임에도 불구하고, 자신이 그녀와 결혼할 리는 만무하다는 사실 또한 잘 알고 있었다. 설사 키티 셰르바츠카야를 사랑하지 않았다 해도, 그녀와 결혼한다는 것은 하늘을 날 수 없는 것과 마찬가지로 있을 수 없는 일이었다. 그리고 이와 같은 사정은 그가 스비야시스키의 영지로 여행을 떠나며 만끽하고자 했던 쾌감을 망쳐 놓고 말았다.

사냥하러 오라는 스비야시스키의 편지를 받고서 레빈은 곧바로 그러한 정황을 떠올렸지만, 자신에 대한 스비야시스키의 계획은 그저 아무런 근거 없는 혼자만의 억측에 불과했기에 어쨌거나 떠나기로 마음먹었던 것이다. 뿐만 아니라 마음속 깊은 곳에서는 혹시 그 아가씨와 잘 맞는지, 자기 자신을 시험해 보고자 하는 바람도 있었다. 스비야시스키의 가정생활은 그지없이 단란했으며, 그가 생각하기에 가장 바람직한 유형의 젬스트보 활동가인 스비야시스키 자신 또한 레빈에게는 대단히 흥미로운 사람이었다.

스비야시스키는 레빈에게 늘 불가사의하게 여겨지는 그런 부류 중 하나였다. 그리 독창적이지는 않지만 대단히 논리 정연하게 자기 완결적으로 개진되는 사고에 반해, 지나치게 확고부동하고 일률적인 생활은 그 자체로 거의 언제나 사고와 모순되는 별도의 방향으로 나아가는 그런 사람들 말이다. 스비야시스키는 지나치게 자유주의적인 사람이었다. 그는 귀족 계층을 경멸했고, 소심해서 표현을 안 할 뿐 대다수의 귀족들은 마음속으로 농노제를 지지한다고 여겼다. 그에게 러시아는 터키처럼 이미 몰락한 나라이며, 정부 역시 그 활동을 진지하게 비판할 수조차 없을 정도로 형편없었다. 그러면서도 동시에 그는 공직에 복무했고, 모범적인 귀족단장이었으며, 외출할 때면 언제나 휘장을 달고 붉은 테를 두른 제모를 착용하곤 했다. 인간다운 삶이란 오직 외국에서만 가능하다며 틈만 나면 해외로 나가 지내면서도, 한편으로는 러시아에서 매우 복잡하고 개량된 형태의 농사일을 벌였고, 러시아에서 일어나는 일이라면 뭐든지 엄청난 관심을 가지고 주시할 뿐 아니라 모든 사안들을 훤히 꿰고 있었다. 러시아의 농부들은 발달 단계상 원숭이에서 인간으로 진화해 가는 과도기에 놓여 있다고 보면서도, 지방 의회 선거철이면 누구보다도 적극적으로 농부들과 악수를 나누고 그들의 의견을 경청하였다. 그는 귀신이고 죽음이고 뭐고 아무것도 믿지 않았지만, 성직자들의 생활 개선과 교구 축소 문제에 극도로 신경을 썼으며 자신이 사는 마을에 교회를 존속시키기 위해서 무척이나 애를 썼다.

여성 문제에 있어서 그는 여성의 완전한 자유, 특히 일할 권리를 극단적으로 지지하는 축에 속했다. 그러나 막상 자신은 아이도 없이 아내와 함께, 모두가 감탄할 정도로 우애 넘치는 가정생활을 영위하며, 〈어떻게 하면 시간을 더 즐겁게 보낼 수 있을까〉라는 남편과의 공통된 관심사 외에는 아내가 그 어떤 일도 하지 않고 할 수도 없게끔 유도했다.

만일 레빈이 사람들을 최대한 좋은 쪽으로 이해하려 드는 습관을 가지고 있지 않더라면, 스비야시스키의 성품은 그에게 어떤 곤란이나 의문도 야기하지 않았을 것이다. 아마 속으로 〈바보 아니면 허접쓰레기〉라고 말했을 테고, 그것으로 모든 게 명확해졌을 테니까 말이다. 그러나 그를 가리켜 결코 **바보**라고 할 수는 없었으니, 왜냐하면 스비야시스키는 의심할 바 없이 매우 영리한 사람일 뿐만 아니라 학식이 풍부했고, 그러면서도 유달리 소박하고 겸손했기 때문이다. 아마 그가 모르는 분야란 없을 테지만 그는 꼭 필요한 경우에만 자신의 학식을 드러냈다. 더군다나 스비야시스키를 허접쓰레기라고 볼 수 없는 이유는, 그가 의심할 나위 없이 정직하고 선량하며 총명한 사람이었기 때문이다. 그는 주변 사람들 모두가 높이 평가하는 일을 즐겁고 활기차게, 지속적으로 해나갔다. 게다가 그 어떤 나쁜 짓도 결코 의도적으로는 저지르지 않았으며, 저지를 수도 없는 사람임이 틀림없었다.

레빈은 그를 이해하고자 애썼지만 결국 이해할 수 없었고, 오묘한 수수께끼를 대하듯이 그와 그의 삶을 바라보곤 했다.

서로 친밀한 사이였으므로 그에게 이것저것 꼬치꼬치 캐묻고 그의 인생관을 맨 밑바탕까지 알아내고자 했으나 번번이 허탕을 치곤 했다. 레빈은 자신이 스비야시스키의 지성이라는, 모두에게 개방된 접견실의 출입문 안쪽으로 침입하려할 때마다 그가 살짝 당황하는 것을 알아챘다. 레빈이 자신을 간파할까 봐 두려워하는 듯 그의 눈빛에는 당혹스러워하는 내심이 알 듯 말 듯 내비쳤고, 그렇게 그는 정답고 쾌활한 투로 침입에 저항하곤 하는 것이었다.

농사일에 환멸을 맛본 지금, 레빈은 스비야시스키의 집에서 머물게 된 것이 특히 반가웠다. 스스로에게는 물론 그 모든 것에 만족스러워하는 이 행복한 원앙과 그들의 안락한 보금자리가 그에게 그저 유쾌한 기분을 불러일으킨다는 점은 말할 것도 없었다. 게다가 자신의 생활이 이토록 불만족스러운 이때, 스비야시스키에게서 삶을 그토록 명료하고 확고하며 유쾌하게 만들어 주는 비밀을 알아내고 싶기도 했다. 더하여 스비야시스키의 집에서는 이웃의 지주들도 만나게 되리라는 걸 레빈은 잘 알고 있었으니, 마침 그는 곡물의 수확이나 일꾼들의 고용 등 농사일에 관하여 이야기를 나누고 싶고,

듣고도 싶던 터였다. 레빈도 잘 알다시피 그런 유의 대화는 어쩐지 아주 저급한 것으로 치부되곤 했지만, 지금의 그에게 는 더없이 중요하게만 여겨졌다. 〈농노제하에서나 영국에서 는 어쩌면 그런 게 중요하지 않았을지도 몰라. 양쪽 모두 조 건 자체가 고정적이었으니까. 하지만 모든 것이 급변하고 새 롭게 조성되어 가는 지금의 러시아에서 그러한 조건들이 어 떻게 안착될 것이냐는 굉장히 중요한 문제야.〉

사냥은 레빈이 기대했던 것보다 신통치 않았다. 늪지가 바 짝 말라 도요새는 좀처럼 보이지 않았다. 하루 종일 헤매다가 겨우 세 마리만 잡아 왔다. 그렇지만 사냥에서 돌아올 때면 늘 그러듯이 왕성한 식욕과 그지없이 상쾌한 기분, 그리고 강 도 높은 육체적 움직임이 언제나 동반하는 각성된 정신 상태 를 느낄 수 있었다. 사냥터에서 아무런 생각도 없다고 느껴질 때마다, 레빈에게는 노인과 그 가족들이 또다시 떠오르곤 했 다. 그러한 인상은 그의 주의를 끌 뿐만 아니라, 마치 그와 관 련된 무언가를 해결하기를 그에게 요구하는 것만 같았다.

저녁때 후견에 관한 용무로 찾아온 두 지주와 동석하여 함 께 차를 마시는 동안, 레빈이 기대했던 예의 흥미진진한 대화 가 시작되었다.

레빈은 티 테이블에서 안주인 바로 옆자리에 앉아 있던 탓 에, 그녀와 또 그 맞은편에 앉은 그녀의 여동생과도 이야기를 나눌 수밖에 없었다. 안주인은 얼굴이 둥그스름하고 키가 작 은 금발의 여인으로, 온 얼굴에 보조개와 미소를 환하게 띠고 있었다. 그녀를 통해 레빈은 그녀의 남편이 내놓은 중대한 수 수께끼의 해답을 캐내려고 애썼다. 그러나 자리가 너무나도 거북하여 도무지 자유롭게 생각할 수가 없었다. 그가 그토록 거북했던 까닭은 안주인의 여동생이 가슴팍이 사다리꼴로 깊이 파인 옷을 입고 하얀 젖가슴을 드러낸 채 그의 맞은편에 앉아 있었기 때문이다. 그가 생각하기에는 자신 때문에 일부러 그 드레스를 고른 것 같았다. 그녀의 젖가슴이 무척이나 새하얬음에도 불구하고, 아니 너무나 하얬던 바로 그 탓에, 이 깊숙한 사다리꼴이 레빈에게서 생각의 자유를 앗아가 버렸다. 틀림없이, 혹은 착각일지도 모르지만, 레빈은 자신을 염두에 두고 그녀가 그렇게 가슴팍을 드러냈으리라 짐작했으며, 자신한테는 그 부분을 쳐다볼 권리가 없다고 여겼기에 그쪽을 보지 않으려고 무진 애를 썼다. 그러나 그렇게 가슴 부분이 파였다는 사실만으로도 그는 죄책감이 들었다. 마치 자신이 누군가를 기만하고 있으며 무언가를 해명해야 할 것만 같았다. 그렇다고 정말로 그것을 해명할 수는 없는 노릇이라 그는 쉴 새 없이 얼굴을 붉힌 채 좌불안석이었던 것이다. 그의 거북함은 어여쁜 여동생에게도 전달되었지만, 안주인은 눈치를 못 챘는지 동생을 짐짓 대화에 끌어들이곤 했다.

「그러니까, 그 말씀은…….」 안주인이 시작된 대화를 이어 갔다. 「저희 남편이 러시아적인 것 일체에 관심이 없다는 거로군요. 하지만 정반대예요. 그이가 외국에서 즐겁게 지내는 건 사실이지만 여기서만큼은 아니랍니다. 여기서 그이는 자신의 고유한 영역에 머문다고 느끼죠. 그이가 하는 일이 얼마나 많은데요. 그만큼 그이는 온갖 일에 대한 관심을 타고났어요. 참, 저희 학교에 안 가보셨지요?」

「본 적은 있습니다만……. 담쟁이로 뒤덮인 건물 말씀이시죠?」

「네, 거긴 나스탸가 담당하고 있어요.」 그녀가 동생을 가리켰다.

「직접 가르치시나요?」 레빈은 그녀의 가슴팍을 외면하려 애쓰며 물었지만 어느 쪽으로 시선을 돌리더라도 그 부분이 보이는 것만 같았다.

「네, 제가 직접 가르쳤고 지금도 가르치고 있지만, 따로 훌륭한 여성 교사도 있어요. 체조 수업도 개설했고요.」

「아, 고맙습니다만 차는 이제 그만 마시겠습니다.」 레빈은 얼굴을 붉히며 자리에서 일어섰다. 무례를 범하고 있다고 느꼈지만 더 이상은 대화를 지속할 수가 없었다. 「아주 흥미로운 얘기가 들려서 말이죠.」 이렇게 덧붙이고서 그는 주인과 두 명의 지주가 앉아 있는 탁자의 반대편 끄트머리로 다가갔다. 스비야시스키는 탁자 쪽을 향해 비스듬히 앉은 채 팔꿈치를 괸 한쪽 손으로 찻잔을 돌렸고, 다른 손으로는 턱수염을 한 아름 쥐고서 냄새라도 맡으려는 듯 코에 가져가곤 하였다. 검은 눈동자를 반짝이며 콧수염이 희끗희끗한 지주가 열을 올리는 모습을 바라보고 있었는데, 그의 말에서 무언가 재미난 점을 발견한 모양이었다. 지주는 농민들에 대한 불만을 토로하고 있었다. 레빈이 보기에 스비야시스키는 지주의 불평에 대해 그가 하는 말의 의미를 모조리 뒤엎을 만한 답변을 알고 있으면서도, 자신이 처한 입장 때문에 입 밖에 내지 못한 채 상대의 우스꽝스러운 장광설을 나름 흥미롭게 듣고 있는 게 분명했다.

희끗한 콧수염을 기른 지주는 완고한 농노제 지지자이며 시골 토박이이자 열성적인 영지 경영자임이 틀림없었다. 레빈은 그의 옷차림, 즉 어색해 보이는 후줄근한 구식 프록코트에서도, 미간을 찌푸린 총기 어린 눈에서도, 유창한 러시아어와 연륜이 묻어나는 명령조의 말투에서도, 약지에 낀 결혼반지 하나만 낀 커다랗고 아름다우며 햇볕에 그을린 손의 단호한 동작에서도 그러한 징후를 발견할 수 있었다.

27

「공을 많이 들였는데 말이지⋯⋯. 일궈 놓은 걸 버리는 게 아깝지만 않다면야 모든 걸 단념하고 내다 팔아 버린 뒤, 니콜라이 이바니치처럼 〈헬레네〉[16]나 감상할 텐데.」 총기 넘치는 늙수그레한 얼굴에 환한 웃음을 지은 채 지주가 말했다.

「그래도 버리지는 않으시잖습니까.」 니콜라이 이바노비치 스비야시스키가 말했다. 「그러니까 이득이 남는다는 얘기지요.」

「이득이라면 오로지 집에서 생활하는 것뿐이지. 돈 주고 산 것도 아니고, 빌린 것도 아닌 내 집 말이오. 그나저나, 여전히 농민들이 계몽되길 바라고들 있겠지. 하지만 참말이지, 허구한날 술타령에 방탕이나 일삼잖소! 모든 게 재분배된 뒤로는 소 한 마리, 말 한 마리 없소. 다들 굶어 죽게 생겼는데, 어디 한번 데려다가 일꾼으로 고용해 보시오. 농사일을 망쳐 놓을 기회만 노릴걸. 심지어 치안 판사한테까지 찾아갈 테지.」

「그러면 어르신도 치안 판사한테 가서 고소하시면 되잖습니까.」 스비야시스키가 반문했다.

「내가 고소를 한다고? 대체 뭣 때문에 그런 짓을 한단 말이오! 그런 얘기라도 돌아 봐요. 고소를 했다가 큰 코 다치는 게

16 오페레타 「아름다운 헬레네」를 말한다.

지! 얼마 전에는 공장에서 선금만 챙기고는 냅다 도망갔던 일이 있었잖소. 치안 판사가 뭘 했겠소? 무죄 판결이나 내리겠지. 그나마 면 재판소나 촌장들 손으로 처리하니 일이 굴러가는 거라오. 그치들은 옛날식으로 호되게 매질을 하거든. 그거라도 없으면 다 버리는 수밖에! 그러고는 세상 저편으로 줄행랑을 치는 거야!」

지주는 스비야시스키의 약을 올리고 있는 게 분명했는데, 스비야시스키는 화를 내기는커녕 오히려 즐기는 기색이었다.

「자, 보십시오, 저희들은 그런 방식을 취하지 않고도 농사 일을 꾸려 가고 있지 않습니까.」 그가 웃으면서 말했다. 「저와 레빈, 그리고 저분도요.」

그는 또 다른 지주를 가리켰다.

「그래, 미하일 페트로비치 댁에서도 일이 잘되어 가고 있긴 하지. 한데 어떻게 해서 그런지 한번 물어보시겠소? 그게 과연 합리적인 경영이냔 말이오.」〈합리적인〉이라는 단어를 입에 올리며 지주가 으스대듯 말했다.

「우리 집 농사는 소박합니다.」 미하일 페트로비치가 말했다. 「하느님께 감사할 따름이지요. 내 일이야 가을철에 인두세를 낼 돈을 미리 마련해 두는 게 전부니까요. 그럼 농부들이 찾아와서는 주인님, 나리, 살려 주십시오, 하며 난리를 칩니다! 이웃 사람들이라는 게 죄다 농부들이니 항시 가엾단 말이지요. 그러니 세금의 3분의 1을 빌려주는 겁니다. 그러고는 이렇게 말하는 거죠.〈모두들 내가 도와준 걸 잊지 말고, 필요할 때 자네들도 나를 도와주게. 귀리를 파종하거나, 풀을 베거나, 추수할 때 말일세.〉그러면서 두당 얼마씩이라고 말해 두는 겁니다. 개중에는 역시나 양심 없는 작자들이 있기 마련이니까요, 암 그렇고말고요.」

오래전부터 이 가부장적인 방식을 익히 알고 있던 레빈은 스비야시스키와 눈짓을 주고받은 뒤 미하일 페트로비치의 말을 끊고서 다시금 희끗한 콧수염을 기른 지주에게 말을 걸었다.

「어르신은 어떻게 생각하십니까? 그렇다면 이제 농사일을 어떻게 해나가야 할까요?」

「미하일 페트로비치처럼 할 수도 있겠지. 아니면 수확을 농부들과 절반씩 나누거나 농부들에게 임대를 줄 수도 있겠고. 가능한 방법이지만, 그렇게 되면 국가의 전체적인 부는 소멸하고 말 것이오. 농노제하에서는 경영을 잘했을 땐 우리 영지에서 아홉 배의 수확을 거두어들였는데, 반반씩 나눴을 경우엔 세 배의 수확만 거두었거든. 농노 해방이 러시아를 망쳐 놓은 게지!」

스비야시스키는 미소를 머금은 눈으로 레빈을 쳐다보았고, 심지어는 살짝 비웃는 티를 내기도 했다. 그러나 레빈은 노인의 말을 우습게 여기지 않았다. 그는 스비야시스키를 이해하는 이상으로 지주를 이해하고 있었다. 뒤이어 지주가 왜 농노 해방이 러시아를 몰락하게 만들었는지를 입증하기 위해 늘어놓은 대부분의 얘기들 또한 타당하게 들렸고, 참신하고 반박하기 어려운 견해로 여겨지기까지 했다. 지주는 자신만의 고유한 생각을 피력한 게 분명했으니, 이는 흔치 않은 경우였다. 이는 한가한 두뇌에 무언가 소일거리를 제공하려는 욕망에서 비롯된 생각이 아니었다. 고독한 시골에 처박혀 오랜 세월에 걸쳐 일궈 온 삶의 조건으로부터 자연스레 우러나온 것이자, 여러 방면에서 심사숙고해 온 결과였다.

「문제는 모든 진보가 오로지 권력에 의해서만 실현된다는 점이오.」자신도 나름의 식자임을 내보이려는 듯 그가 말했다.「표트르, 예카테리나, 알렉산드르의 개혁을 들어 봅시다. 유럽 역사도 마찬가지요. 더군다나 농사일의 관행에 있어서는 말할 것도 없지. 감자만 해도 그렇소. 강압에 의해 우리 나라에 들어왔잖소. 쟁기로 경작하는 것도 원래부터 그랬던 건 아니지. 그것도 밖에서 들여왔으니. 아마도 공후령 시절이었을 텐데, 강제로 도입한 게 분명할 거요. 현대에 들어 우리 지주들은 농노제하에서 영농법을 부단히 개량하며 농사를 지어 왔소. 건조기, 키, 거름 달구지, 그 밖의 농기구들, 그 모든 것을 우리 힘으로 들여왔단 말이오. 농부들은 처음엔 반대하다가도 결국에는 우리를 따라 하곤 했지. 그런데 농노제가 폐지된 지금 우리는 그 힘을, 권력을 박탈당했소.[17] 농업이 높은 수준에 도달한 시점에서 이제 가장 야만적이고 원시적인 상태로 곤두박질칠 수밖에 없게 됐단 말이오. 내 생각은 그렇소.」

「아니, 어째서 그렇습니까? 그것이 합리적인 일이라면, 노동자를 고용해서 경영하실 수도 있을 텐데요.」스비야시스키가 말했다.

「권력이 없잖소. 내가 누구를 데리고 경영을 한단 말이오? 한번 물어봅시다.」

〈바로 그거야! 노동력. 농업의 주된 요소.〉순간 레빈은 이런 생각에 잠겼다.

「노동자들이 있잖습니까.」

「노동자들은 일을 잘하려 들질 않고, 좋은 농기구로 일하

17 러시아에서 1861년 3월에 농노 해방령이 선포되었다.

기도 싫어한단 말이오. 우리 나라 노동자가 알고 있는 건 딱 하나뿐이라오. 돼지처럼 잔뜩 마시고 취하는 거지. 술에 취해서는 당신이 내준 모든 것을 망가뜨리는 거요. 말한테는 물을 너무 많이 먹이고, 좋은 마구는 잡아 떼 버리질 않나, 철제 바퀴까지 뜯어다가 팔아 술을 마시고, 망가뜨릴 작정으로 탈곡기에 바퀴 연결축을 쑤셔 넣고, 자기네들식이 아닌 건 뭐든지 싫다 이거요. 바로 그 때문에 농업의 전반적인 수준이 내려앉아 버렸소. 토지는 버려진 채 잡초만 무성하고, 아니면 농부들한테 쪼개서 불하해 버렸으니, 1백만 섬이 나던 곳에서 수십만 섬밖에는 소출이 안 날 수밖에. 전체적인 부가 줄어들었소. 같은 일을 한다고 쳐도 이런 점을 고려하면……」

이윽고 그는 언급된 곤경들을 피할 수 있는, 자신만의 독특한 농노 해방 구상을 설명하기 시작했다.

그 얘기에는 별 관심이 없었기에, 레빈은 그가 말을 마치자마자 맨 처음의 화제로 돌아가 스비야시스키가 자신의 진지한 견해를 털어놓도록 부추길 심산으로 그에게 말을 걸었다.

「농업의 수준이 저하되고 있다는 것, 우리와 노동자들의 관계가 지금과 같다면 합리적이고 유리한 경영을 하기란 불가능하다는 것, 이는 전적으로 타당한 지적 아닌가.」

「나는 그렇게 생각하지 않네.」 스비야시스키가 당장에 진지한 어조로 반박했다. 「내가 보기에, 우리는 농사를 제대로 경영할 줄 모르네. 그리고 농노제하에서 우리가 일궈 온 농업은 그리 수준이 높지 않을 뿐 아니라, 오히려 저급하다네. 우리한테는 농기계도, 훌륭한 농업용 가축도, 제대로 된 영농법도 없으며, 심지어 우리는 계산도 제대로 할 줄 모르네. 지주들한테 한번 물어보게나. 뭐가 이롭고, 뭐가 불리한지도 모를 테니.」

「이탈리아식 부기로구먼.」지주가 비아냥거렸다.「그 식으로 하면 아무리 셈을 해도 모든 게 다 엉망이 돼버리고, 이득이라고는 하나도 안 남는 법이지.」

「어째서 엉망이 돼버린단 말입니까? 허접한 고물 탈곡기나 어르신네의 그 러시아식 탈곡기[18]는 망가질지 모르지만, 우리 증기식 탈곡기는 끄떡없습니다. 말은 또 어떻습니까? 꼬리를 잡아끌어야 겨우 움직이는 고삐 풀린 잡종이니 죄다 엉망이 되겠지요. 페르슈롱[19]이나 하다못해 비튜크[20]라도 데려와 보십시오. 그러면 망칠 리는 없을 겁니다. 요는 그겁니다. 우리는 농업의 수준을 더 높이 끌어올려야 한다는 것이지요.」

「어디서 그런 여유가 생기겠소, 니콜라이 이바니치! 당신네야 형편이 넉넉하겠지만, 나는 큰아들을 대학에 보내고, 작은아들들은 중학교에서 가르쳐야 하오. 그러니 페르슈롱을 살 여력이 없단 말이오.」

「그런 경우를 위해 은행이 있는 것이죠.」

「곡식 한 톨까지 다 경매에 내놓게? 천만에, 사양하겠소!」

「농업의 수준을 더 향상시켜야 하고, 그럴 수 있다는 의견에 나는 동의하지 않네.」레빈이 말했다.「지금껏 그 일을 해왔고 지금도 있지만, 난 아무 성과도 내지 못했지. 은행은 누구 좋으라고 있는 건지 모르겠고, 적어도 농사일에는 돈을 아

---

18 말이 밟아서 돌리는 탈곡기.
19 프랑스 페르슈 지방의 말.
20 돈강 지류인 비튜크강 유역에서 나는 말의 종자. 덩치가 크고 힘이 세서 주로 무거운 짐을 나르는 데 쓰인다.

낌없이 썼는데, 죄다 밑지는 장사였단 말이네. 가축도 손해를 보고, 기계도 손해를 봤지.」

「거참, 옳은 말씀이오.」 콧수염을 기른 지주가 만족에 겨운 듯 웃음을 지으며 맞장구를 쳤다.

「나뿐만이 아니야.」 레빈이 말을 이었다. 「합리적으로 농사를 경영하는 여러 지주들의 입장에서 하는 얘기일세. 드물게 예외적인 경우를 제외하고는 모두가 손해를 보고 있어. 어디, 얘기 좀 해보게. 자네의 경우 수익이 남는가?」 이렇게 묻자마자 레빈은 순간적으로 스비야시스키의 눈에서 당황한 기색이 스쳐 지나가는 것을 감지했다. 바로 그 지성의 접견실로 들어가려 할 때마다 엿보이곤 하던 기색이었다.

사실, 레빈의 입장에서도 그 질문은 그리 떳떳한 것이 못되었다. 차를 마시는 동안 안주인이 그에게 전해 준 바로는, 올여름 그가 모스크바에서 불러온 부기에 능한 독일인이 5백 루블을 받고 영지 경영의 회계 정산을 해주었는데, 3천 루블 남짓 적자가 났음이 밝혀졌다는 것이었다. 그녀로서는 정확히 기억할 수 없지만, 아무튼 독일인은 4분의 1코페이카까지 계산해 냈다고 했다.

스비야시스키 영지의 수익이 도마에 오르자, 지주는 이 귀족단장과 이웃 지주의 영지 수익이야 빤하다는 투로 미소를 지었다.

「어쩌면 적자일지도 모르지.」 스비야시스키가 대답했다. 「하지만 그것은 내가 무능한 경영주거나, 혹은 내가 지대의 비중을 늘리는 데 투자한다는 사실만을 말해 줄 뿐이네.」

「오호라, 지대라니!」 레빈이 불쾌한 어조로 소리쳤다. 「유럽에는 지대가 존재하겠지. 거기서는 개간 사업 덕분에 토질이 좋아졌으니까. 하지만 우리 나라에서는 개간 탓에 오히려 토양이 더 나빠지고 있네. 즉, 비료도 없이 연속으로 경작을 해서 땅이 척박해지고 있단 말이지. 그러니 지대라는 게 있을 턱이 없네.」

「지대가 있을 턱이 없다니? 그건 법으로 정해진 건데.」

「그러니까 법은 딴 세상 얘기라는 걸세. 지대는 우리한테 아무것도 설명해 주지 못할뿐더러, 반대로 혼란스럽게 만들 뿐이야. 어디 한번 설명해 보게. 지대론이라는 게 어떻게 ──」

「여러분, 요구르트 좀 드시겠습니까? 마샤, 요구르트나 산딸기 좀 내와요.」 그가 아내에게 말했다. 「올해는 산딸기가 아주 늦도록 열리더군요.」

그러더니 스비야시스키는 아주 유쾌한 기분으로 일어나서 자리에서 물러났다. 레빈으로서는 이제 막 얘기가 시작된 참인데, 그는 이미 대화가 끝났다고 짐작했던 것이다.

말상대를 잃은 레빈은 지주와 계속해서 대화를 이어 가면서, 모든 어려움이 러시아 노동자의 습성을 알려고 들지 않는 데서 비롯된다는 점을 입증하고자 했다. 하지만 외따로 떨어져 자기식으로만 사고하는 사람들이 그러듯이, 지주는 남을 이해하는 데 둔했고 자기 생각에만 집착했다. 그는 러시아의 농부들이란 돼지 같은 놈들이며 추잡한 짓을 일삼는다면서, 그들을 그런 짓거리에서 끄집어내려면 권력이 필요한데 그것이 없으니 필요한 것은 단지 몽둥이뿐이라고 고집했다. 그런데 우리가 자유주의자들이 되는 바람에 1천 년이 넘도록 이어져 온 몽둥이를 그 무슨 변호사라든가 금고형으로 바꾸어 놓았으며, 그 결과 쓸모없고 악취 풍기는 농부들한테 양질의 수프를 먹이고, 몇 평방미터의 공기를 배당해 주고 있다는 것이었다.

「어째서 그렇게 생각하십니까?」 레빈이 본래의 문제로 말머리를 돌릴 요량으로 물었다. 「작업을 생산적인 것으로 만들어 주는 관계, 노동력과 그러한 관계를 찾는 게 어째서 불가능하다고 생각하시는지요?」

「러시아 농민들에 한해서는, 몽둥이 없이 그런 관계란 절대 있을 수 없소! 권력이 없으니까.」 지주가 대답했다.

「대체 어떤 새로운 조건이 모색될 수 있다는 건가?」 요구르트를 다 먹은 뒤 궐련에 불을 붙이고 논객들 곁으로 다시 다가오던 스비야시스키가 말문을 열었다. 「노동력과 가능한 모든 관계는 이미 규명되고 연구되었네. 야만의 잔재인 연대 보증 체제로 움직이는 원시 공동체는 저절로 소멸되었고, 농노제는 폐지되었으며, 남은 것은 자유로운 노동이란 말일세. 그리고 그 형태는 이미 결정되어 마련돼 있으니 그것을 수용해야만 하네. 머슴, 품팔이, 소작농 — 이들로부터 벗어날 수는 없는 거라고.」

「하지만 유럽은 그런 형태에 불만을 품고 있네.」

「그래서 새로운 것을 찾고 있지. 그리고 틀림없이 찾아낼 걸세.」

「내 말이 바로 그 얘기라니까.」 레빈이 대꾸했다. 「왜 우리는 우리 나름대로 찾을 수 없다는 건가?」

「왜냐고? 철로를 놓는 기술이 이미 나와 있는데 그걸 또다시 궁리해 내봤자 매한가지 아닌가. 그것들은 이미 다 나와 있고, 고안되어 있단 말일세.」

「하지만 그게 우리한테는 안 맞다면? 부조리하다면?」

그 순간 레빈은 스비야시스키의 눈에서 예의 당황한 낌새를 또다시 포착했다.

「그러니까 얘긴즉슨, 유럽에서 찾던 바로 그것을 우리가 찾아냈다면서 모자를 던져 올리며 우쭐대겠다는 거지! 나도 그런 건 잘 알고 있네. 그런데 자네, 미안하지만, 노동력을 조직하는 문제와 관련하여 유럽에서 실행된 것들을 다 알고 있는 건가?」

「아니, 잘 모르네.」

「그 문제에 관해서는 현재 유럽 최고의 지성들이 연구하고 있다네. 슐체델리치[21] 학파라든가……. 그다음으로는 가장 자유주의적인 라살레[22] 학파의 노동 문제에 대한 저 방대한 강령적 문헌들이며…… 뮐하우젠[23] 기구며 ─ 자네도 잘 알겠지만, 이런 것들은 이미 기정사실 아닌가.」

「대충은 파악하고 있지만, 아주 어렴풋하게 알 뿐이야.」

「아니, 그저 말만 그렇지, 자네는 이 모든 것을 나 못지않

21 Franz Hermann Schulze-Delitzsch(1808~1883). 독일의 경제학자이자 정치가. 1850년대 초 작센 지방 판사로 근무하던 중 대기근으로 궁핍에 빠진 지역 주민들의 자활을 돕기 위해 독립적인 금융 협동조합 설립을 추진하였다. 1865년 러시아에는 슐체델리치의 금융 협동조합을 모델로 한 대부 금고가 처음으로 소개되었다.

22 Ferdinand Gottlieb Lassalle(1825~1864). 독일의 정치 활동가이자 노동 운동 지도자로 전 독일 노동자 연합의 창시자이기도 하다. 슐체델리치의 협동조합에 맞서 국가로부터 지원을 받는 생산 연합을 주창하였다. 노동조합과 파업 운동을 부정하며 노동 수익에 대한 국가의 원조를 철칙으로 삼는 라살레의 노선은 결국 프로이센의 군주제와 노골적으로 연대하게 된다.

23 독일 알자스 지방의 뮐하우젠시에서 당시 공장주였던 돌푸스에 의해 설립된 노동자 생활 개선 지원 조합. 주로 주택을 지어 보급하였는데, 노동자들은 장기간에 걸쳐 집값을 분할 상환하는 소선으로 수택을 소유할 수 있었다. 돌푸스의 조합은 본질적으로는 복지를 목적으로 한 영리적 기업이었으며, 〈뮐하우젠 기구〉를 통한 노동 문제 해결에는 실패했다.

게 잘 알고 있는 게 분명해. 물론 사회학 교수는 아니지만, 나도 이 문제에는 관심을 갖고 있네. 자네도 관심이 있다면 한번 연구해 보게.」

「그런데 그것들이 결국 어찌 되었나?」

「난 이만 실례하겠소……」

지주가 자리에서 일어나자, 스비야시스키는 자신만의 지적 접견실의 배후를 들여다보려는 레빈의 그 불쾌한 버릇을 저지시키고는 손님들을 배웅하러 나섰다.

28

부인들과 함께 보내는 그날 저녁 시간은 레빈에게 견딜 수 없이 지루했다. 지금 절감하고 있는 농사에 대한 불만이 자신만의 예외적인 상황이 아니라 러시아 농업이 처한 전반적인 조건이며, 노동자들이 어디서 일을 하든 그들을 오는 길에 보았던 농가의 사람들처럼 조직해 내는 일이 한갓 꿈이 아닌, 반드시 해결해야 할 과제라는 생각이 그 어느 때보다도 그를 흥분시켰다. 더욱이 그 과제는 해결이 가능해 보였으며, 따라서 이를 위해 노력해야 할 것만 같았다.

부인들과 밤 인사를 나누면서 내일 종일토록 머물며 말을 타고 근처 국유림에 있는 흥미로운 절벽을 구경하러 다녀오기로 약속한 레빈은, 잠자리에 들기에 앞서 스비야시스키가 권한 노동 문제에 관한 책을 가지러 그의 서재에 들렀다. 스비야시스키의 널찍한 서재에는 사방이 책장으로 둘러싸인 가운데 테이블 두 개가 놓여 있었다. 하나는 방 한가운데 자리한 큼직한 책상이었으며 다른 하나는 둥근 탁자였는데, 거기 놓인 램프 주변에 각종 외국 잡지와 신문의 최근 호들이 별 모양으로 늘어서 있었다. 책상 옆에 있는 서랍장에는 세목별로 금빛 라벨이 달려 있었다.

스비야시스키는 책들을 꺼내 들고서 흔들의자에 앉았다.

「뭘 보고 있나?」 그가 둥근 탁자 앞에 서서 잡지들을 뒤적이고 있는 레빈에게 물었다.

「아, 그래, 거기 아주 흥미로운 논문이 실려 있지.」 레빈이 들고 있는 잡지에 관해 한마디 하더니 그는 쾌활한 말투로 덧붙였다. 「결론적으로 말이야, 폴란드 분할의 책임자는 프리드리히가 아니라는 거야.[24] 사실인즉슨······.」

그는 특유의 명쾌한 언변으로 새롭고도 매우 중요하며 흥미로운 이 발견에 관하여 짤막하게 소개했다. 지금 레빈은 무엇보다도 농사일에 관한 생각에 사로잡혀 있었지만, 그래도 주인의 이야기를 듣고서 스스로에게 질문을 던졌다. 〈저 인간 속에는 대체 뭐가 들어앉아 있는 걸까? 도대체 왜 폴란드의 분할이 흥미롭다는 거지?〉 스비야시스키가 이야기를 마치자, 레빈은 저도 모르게 물었다. 「그래서 뭐가 어찌 됐다는 건가?」 하지만 아무런 결론도 없었다. 단지 〈새로운 사실이 발견되었다는 점〉이 흥미롭다는 얘기뿐이었다. 그러나 스비야시스키는 그것이 자신에게 왜 흥미로운지를 설명하지 않았으며, 그럴 필요도 느끼지 못했다.

---

24 폴란드는 18세기 말 세 차례에 걸쳐 주변 강대국인 프로이센, 러시아, 오스트리아 제국에 분할·합병되었으며, 그 후 제1차 세계 대전이 종결될 때까지 독립 국가로서의 주권을 상실하게 된다. 폴란드의 분할은 1772년 프로이센의 왕 프리드리히 2세에 의해 최초로 제안되었다.

「그런데 말이지, 나는 그 성마른 지주가 흥미롭더군.」레빈이 한숨을 내쉬고는 말했다. 「영리한 분이던데, 옳은 말씀을 많이 하시더라고.」

「에잇, 됐네, 이 사람아! 다 그렇고 그렇듯이, 완고하고 음흉한 농노제 지지자라니까.」

「자넨 바로 그런 사람들을 선도하는 귀족단장 아닌가?」

「그래, 하지만 그들을 다른 쪽으로 선도할 따름이지.」스비야시스키가 웃으면서 대꾸했다.

「내 흥미를 끄는 건 이런 점이네.」레빈이 말했다. 「그분이 옳게 지적하셨듯이, 우리 나라 농업은, 요컨대 합리적인 영농이 제대로 되질 않고, 그 조용한 지주의 경우처럼 지극히 단순한 고리대금업 같은 농사가 이루어진다는 거지. 이게 과연 누구 탓이겠나?」

「물론 우리 자신 탓이지. 그리고 말이야, 경영이 제대로 안 되고 있다는 건 사실이 아니네. 바실치코프의 사업은 잘되고 있어.」

「그건 공장이고…….」

「그런데 자네는 뭐가 그리 놀랍다는 건지, 아무래도 이해가 안 가는구먼. 농민들은 물질적이고 정신적인 발전 수준이 저급해서, 낯선 거라면 뭐든 저항할 수밖에 없는 게 당연하네. 유럽에서 합리적인 경영이 이루어지는 이유는 농민들이 교육을 받았기 때문이지. 요컨대, 우리 나라 농민들을 교육시켜야 한다는 걸세. 그게 해답의 전부야.」

「하지만 어떻게 농민들을 교육시킨단 말인가?」

「농민들을 교육시키려면 세 가지가 필요하지. 그건 첫째도 학교, 둘째도 학교, 셋째도 학교라네.」

「하지만 방금 농민들의 물질적 발전 수준이 저급하다고 말하잖나. 그런 상황에서 학교가 무슨 도움이 되겠나?」

「이보게, 환자에게 조언하는 내용의 그 우스갯소리가 떠오르는구먼. 〈설사약을 복용해 보시는 게 좋겠습니다.〉 〈먹었는데 더 나빠졌습니다.〉 〈거머리를 써보십시오.〉 〈써봤는데 더 나빠졌습니다.〉 〈그러면 하느님께 기도드리는 수밖에요.〉 〈해봤는데 더 나빠졌습니다.〉 자네와 나 또한 그런 식이란 말일세. 내가 정치 경제학을 거론하면 자네는 더 나쁘다고 하고, 사회주의를 얘기하면 더 나쁘다고 하고, 교육을 언급하면 더 나쁘다고 하잖나.」

「아니, 학교가 대체 무슨 도움이 된단 말인가?」

「그들에게 다른 종류의 욕구를 일깨워 주지.」

「바로 그 점을 나는 도무지 납득할 수가 없네.」 레빈이 열을 올렸다. 「도대체 학교가 어떤 식으로 농민들이 자기네 물질적 상황을 개선하는 데 도움을 준단 말인가? 학교가 그들에게 새로운 욕구를 일깨워 준다고? 그건 더 나쁘네. 왜냐하면 그들에게는 그런 욕구를 만족시킬 능력이 없으니까. 덧셈이나 뺄셈, 교리 문답 같은 지식이 그들의 물질적인 상황을 개선시키는 데 어떤 식으로 보탬이 된다는 건지, 도무지 이해할 수가 없군. 그저께 저녁에 젖먹이를 안고 가는 아낙과 마주쳤는데, 내가 어딜 가는 길이냐고 묻자 이렇게 말하더군. 〈무당한테 다녀오는 길입니다. 아이한테 울음병이 들어앉았거든요. 고치려고 데리고 다닌답니다.〉 그래서 다시 물었지, 무당이 어떻게 고치더냐고. 그랬더니, 〈닭장으로 데려다가 홰에 앉혀 놓고는 뭔가 중얼거리던데요〉 하더군.」

「그것 보라고, 자네 입으로 말하고 있잖나!」 스비야시스키

187

가 유쾌하게 웃으며 말했다. 「울음병을 고치겠다고 닭장에 데리고 다니지 않게 하려면, 그러려면 ─」

「에잇, 그게 아니라니까!」 레빈이 짜증스럽다는 투로 말을 끊었다. 「그 치료법이야말로 내가 보기엔 학교를 통해서 농민들을 고치려 드는 것과 유사하단 말이네. 농민들은 가난하고 무식하다고. 아이가 우니까 무당이 울음병이 들어앉았다고 확신하듯이, 그건 우리에게 명백한 사실이야. 울음병을 고치는 데 홰에 앉은 닭들이 어떤 소용이 있는 건지 도통 알 수 없는 것과 마찬가지로, 가난과 무지라는 불행에서 벗어나는 데 학교가 어떻게 도움이 된다는 건지 나는 이해가 안 간다는 거네. 고쳐야 할 것은 가난하게 된 원인, 바로 그건데 말이지.」

「글쎄, 그 점에 있어서 자네는 적어도 자네가 그토록 좋아하는 스펜서[25]의 견해와 일치하는군. 그 또한 말하길, 교육은 막대한 부와 생활의 편의, 그리고 잦은 목욕의 결과이지, 읽고 셈하는 능력의 결과는 아니라고…….」

「스펜서와 의견이 일치했다니, 무척 기쁘기도 하고 반대로 기분이 나쁘기도 하군. 내가 오래전부터 알고 있던 건 단지 이런 거야. 학교는 도움이 안 된다, 도움이 되는 건 농민들이 더 부유해지고 여가를 더 누릴 수 있게 해주는 경제적인 구조다, 학교는 그다음이다.」

「하지만 유럽 전역에서 학교는 필수적인 기관이라네.」

「그런데 말이지, 이 문제에 있어서 자네는 스펜서의 견해

---

25 Herbert Spencer(1820~1903). 영국의 철학자이자 사회학자. 여기서 스비야시스키는 스펜서의 교육론을 염두에 두고 있다. 스펜서의 교육론은 러시아에서 큰 관심을 불러일으켰고, 1874년 러시아 잡지 『즈나니예』는 그의 논문을 번역하여 싣기도 했다. 스펜서는 해당 논문에서 교육이 민중의 부를 창출하는 게 아니라, 부가 교육의 발전을 위한 필수 조건이라고 주장하였다.

에 동의하는 건가?」레빈이 물었다.

순간 스비아시스키의 눈에서 놀라는 기색이 스쳐 지나갔지만, 그는 이내 웃으면서 말머리를 돌렸다.

「그것참, 그 울음병 얘기는 정말 기가 막히는군! 정말로 직접 그 얘기를 들었단 말인가?」

레빈은 이 인물에게서 삶과 사상 간의 연관 관계는 아무래도 찾아낼 수 없으리라는 걸 깨달았다. 자신의 사고가 무엇으로 귀결되든 아무 상관도 없을 게 분명했다. 그에게 필요한 것은 그저 사고의 과정일 뿐이었다. 그러다 사고가 교착 상태에 빠지면 불쾌해지고, 바로 그래서 그는 무언가 즐겁고 유쾌한 화젯거리로 말머리를 돌림으로써 그런 상황을 회피하는 것이었다.

오는 길에 만난 농부의 기억을 비롯하여, 그날 받은 모든 인상들이 레빈을 몹시 흥분케 했다. 오로지 사교의 쓰임새로만 사상을 붙잡고 있으며 레빈에게는 숨겨진, 모종의 다른 삶의 토대를 갖고 있는, 동시에 자신과는 무관한 사상들로 여론을 주도하는 무수한 사람들과 한통속인 저 다정한 스비아시스키. 삶 속에서 힘겹게 얻어 낸 사상에 있어서는 전적으로 정당하지만, 계급 전체, 그것도 러시아에서 가장 훌륭한 계급에 대한 악의에 있어서는 부당한 저 악에 받친 지주. 자신의 활동에 대한 개인적인 불만과 그 모든 것을 바로잡을 수 있으리라는 어렴풋한 희망 — 이 모든 것이 내면의 불안과 머지않은 해결에 대한 기대감 속에서 하나로 합쳐졌다.

배정된 방에 혼자 남은 레빈은, 몸을 움직일 때마다 갑작스럽게 팔과 다리가 출렁이는 스프링 매트에 누운 채 오래도록 잠을 이루지 못했다. 비록 스비아시스키가 나름의 현명한 얘기를 많이 하긴 했지만, 그럼에도 불구하고 그와 나눈 그 어떤 대화도 레빈의 흥미를 끌지는 못했다. 반면에 지주의 논리는 검토해 볼 필요가 있었다. 레빈은 무심결에 그가 했던 말들 전부를 떠올리면서 머릿속으로 자신이 대꾸했던 말을 바로잡았다.

〈그래, 그분에게 이렇게 말했어야 했어. 어르신은 우리 나라의 농사가 제대로 되지 않는 이유가 농부들이 개량이라면 뭐든 싫어하기 때문이며, 따라서 그들은 권력으로 다스려야 한다고 말씀하셨습니다. 그런데 그러한 개량이 없이는 농사가 전혀 안 된다면 어르신 말씀이 옳습니다만, 농사일은 이루어져 가고 있지요. 바로 여기 오는 길에 만난 그 노인의 집에서처럼 농부들이 자신의 습성에 따라 일을 하는 곳에서는 그렇습니다. 농사에 대한 어르신과 제가 갖고 있는 전반적인 불만은, 우리들 아니면 농부들이 잘못하고 있다는 사실을 입증합니다. 우리는 오래전부터 노동력의 본성에 대해서는 고려하지 않은 채 자기 식대로 혹은 유럽식으로 밀어붙여 왔습니다. 노동력이란 것을 이상적인 노동 **능력**이 아니라, 고유한 본능을 지닌 **러시아의 농부**라고 인정해 봅시다. 그리고 그것에 맞춰서 농사일을 조직해 봅시다. 한번 상상해 보십시오 — 바로 이렇게 말했어야 했는데 — 댁의 농사일이 그 노인의 집에서처럼 이루어지고, 농부들로 하여금 일의 성과에 흥미를 갖게 만드는 방법과 농부들도 인정하는 개량의 절충점을 찾았다고 말입니다. 그러면 토양을 피폐하게 하는 일 없이 예전과는 달리 두 배, 세 배의 수확을 거둘 겁니다. 그걸 반으로 나눠서 절반은 노동자들에게 건네주십시오. 어르신께 남을 이득은 더 클 것이고, 노동자들도 더 많이 얻게 될 것입니다. 일이 그렇게 되게끔 하려면 영농의 수준은 낮추되 일의 성과에 대한 노동자들의 관심을 불러일으켜 줘야 합니다. 어떻게 이 일을 해낼 것인가, 그것은 세부적인 문제입니다. 하지만 그 일이 가능하다는 것은 의심의 여지가 없습니다.〉

이러한 생각으로 레빈은 흥분에 잠겼다. 자신의 생각을 실행에 옮기기 위한 세부적인 사항들을 곰곰이 따져 보느라 그는 밤새 자는 둥 마는 둥 했다. 이튿날 떠날 예정이 아니었지만, 그는 아침 일찍 집으로 가기로 마음먹었다. 뿐만 아니라 가슴팍이 깊이 파인 드레스를 입은 그 아가씨가, 그의 마음속에 마치 자신이 몹쓸 짓을 저지른 것 같은 수치심과 회한 비슷한 감정을 불러일으켰다. 중요한 건, 지체 없이 떠나야 한다는 것이었다. 가을 파종에 앞서서 늦지 않게 농부들에게 새로운 방안을 제안해야만 했다. 그래야만 새로운 기반 위에서 파종을 할 수가 있었다. 그는 예전의 농사 방식을 모조리 바꿔 버리기로 작정했다.

29

레빈의 계획을 실행에 옮기는 일에는 수많은 어려움이 수반되었다. 그러나 레빈은 전력을 다했으며, 바라던 만큼은 아니지만 스스로를 속이는 일 없이, 노력할 가치가 있다고 믿을 수 있을 만큼은 성과를 얻었다. 주된 난관 중 하나는, 농사가 이미 진행 중인 터라 일을 모두 중단시키고 처음부터 시작할 수는 없는 노릇이었으므로 도중에 기계를 수리해야 한다는 점이었다.

그날 저녁 집에 당도하자마자 그는 영지 관리인에게 자신의 계획을 전했다. 지금까지 해온 일은 죄다 엉터리에다 득이 될 게 없었다고 언급하는 대목에서 영지 관리인은 대놓고 흡족해하며 동의를 표했다. 오래전부터 자신이 그렇게 말해 왔지만, 사람들이 도통 자기 말을 귀담아듣지 않았다는 것이었다. 하지만 모든 사업에 마치 공동 출자자처럼 농부들과 함께 참여하겠다는 레빈의 안에 대해서는 몹시 침울한 표정만 지을 뿐 가타부타 말이 없었다. 그러더니 곧바로 내일은 남은 호밀 곡단을 나르고 일꾼들을 보내 두벌갈이를 시켜야 한다고 말하는 그의 품으로 보아, 아직은 그 얘길 꺼낼 때가 아닌 것 같다고 레빈은 생각했다.

농부들에게 이야기를 꺼내고 새로운 토지 임대 조건에 대한 제안을 하면서 그는 똑같은 난관에 부딪혔다. 즉 그날그날의 주어진 일을 처리하기에 바쁜 농부들로서는 새로운 농사 방식이 득이 되는지 아닌지 깊이 생각해 볼 여유가 없던 것이다.

순진한 농부인 가축지기 이반은 가축을 쳐서 소득을 내는 일에 가족들과 함께 참여해 보라는 레빈의 제안을 완벽하게 이해하고 그 사업안에 전적으로 공감하는 듯이 보였다. 그러나 레빈이 예상 소득에 관해 설명하자, 그의 얼굴에 불안한 표정이 일면서 얘기를 끝까지 들을 수 없다는 듯한 유감의 빛이 번져 갔다. 그러고는 쇠스랑을 들고 외양간의 건초를 치워야 한다느니, 물을 부어야 한다느니, 두엄을 치워야 한다느니 하면서 무언가 당장 해야 할 일들을 서둘러 떠올리는 것이었다.

또 다른 난관은 자기네들의 고혈을 짜내어 최대한의 이득을 챙기는 것 말고는 지주의 목적이 딴 데 있을 리가 없다는, 농부들의 가실 줄 모르는 불신이었다. 그들은 지주의 진짜 목적은 (그가 뭐라고 말하든 간에) 언제나 그가 말하지 않은 대목 속에 감춰져 있다고 굳게 믿고 있었다. 또한 그들 자신도 자기네 의사를 표명할 때 많은 말을 하지만 진짜 목적이 무엇인지는 결코 입 밖에 내지 않았다. 뿐만 아니라 (레빈은 그 성마른 지주가 옳았다는 것을 절감했는데) 농부들은 어떤 합의를 하든 새로운 영농 기법의 도입과 새로운 농기구의 사용을 강요당하지 않는 것을 변치 않는 첫 번째 조건으로 내세웠다. 신식 쟁기가 더 잘 갈리고, 속경구(速耕具)가 더 효율적이라는 사실에 동의하면서도, 이도저도 다 사용해서는 안 되는 수백 수천 가지 이유를 찾아내는 것이었다. 레빈으로서는 영농의 수준을 낮춰야 한다고 확신하면서도 명백하게 이득을 볼 수 있는 개량 농법을 포기해야만 하는 게 안타까웠다. 그러나 그 모든 어려움에도 불구하고 그는 뜻한 바를 달성해 냈으며, 가을 무렵에는 일이 제 궤도에 올랐다. 아니면 적어도 그에게는 그렇게 여겨졌다.

처음에 레빈은 새로운 협력 관계를 바탕으로 농사일을 전부 농부들과 일꾼들 그리고 영지 관리인에게 넘기고자 했다. 그러나 그것이 불가능하다는 것을 금세 깨닫고서 일을 분담하기로 결정했다. 축사, 과수원, 채소밭, 풀베기, 몇 개의 구역으로 나뉜 경작지가 각각의 종목을 이루도록 했다. 레빈이 보기에 사업 계획을 가장 잘 이해한 순진한 가축지기 이반은 자기 가족들을 주된 구성원으로 하여 협동조합을 꾸리고는 축사의 주주가 되었다. 멀리 떨어져 8년 동안 휴경지로 방치되어 있던 들판은 영리한 목수 표도르 레주노프의 도움으로 여섯 가구가 새로운 집단 경작의 원칙하에 도맡기로 했다. 농부 슈라예프는 같은 조건하에 채소밭을 모두 임차했다. 나머지는 아직 예전 방식 그대로 유지되고 있었지만, 이 세 가지 종목이 새로운 체계의 시작이었으며, 레빈은 온 신경을 거기에 쏟았다.

사실 축사의 일은 그때까지 전보다 나아진 게 없었다. 이반은 암소를 찬 데 둬야 사료가 덜 들고 발효 크림이 소득을 올리는 데 더 유리하다고 주장하며 암소들을 따뜻한 곳에 두거나 버터를 생산하는 일에 강하게 반발했다. 또한 자신이 받는 돈이 급료가 아니라 소득의 지분을 선불로 당겨 받는 것이라는 사실에 일말의 관심도 두지 않은 채 전처럼 급료를 요구했다.

표도르 레주노프의 조합은 시간이 촉박하다는 변명을 늘어놓으며 파종 전에 신식 쟁기로 두벌갈이를 하기로 한 합의 내용을 이행하지 않았다. 이 조합의 농부들은 새로운 원칙대로 일을 하기로 약속해 놓고도 주어진 땅을 공유지라고 부르는 대신 반타작 땅이라고 불렀으며, 조합의 농부들도 레주노프 자신도 〈지대를 받으시지요, 그러면 나리도 좀 더 안심이 되시고, 저희도 맘이 편할 텐데 말입니다〉라고 말하곤 했다. 뿐만 아니라 그들은 온갖 구실을 대며 그 땅에 짓기로 약속한 축사와 곳간 건축을 계속해서 미루더니 결국 겨울이 올 때까지 늦추었다.

슈라예프도 자신이 임차한 채소밭을 농부들에게 잘게 쪼개서 소작을 주려고 했다. 그는 밭을 임차할 때의 계약 조건을 완전히, 그것도 고의로 왜곡시켜 이해한 게 분명했다.

농부들과 대화하고 새로운 사업의 온갖 이점에 관하여 설명하는 과정에서 레빈이 종종 느낀 바는, 농부들이 그의 얘기를 건성으로 흘려들을 뿐이며 그가 뭐라고 말을 하든 절대로 속아 넘어가지 않겠노라는 확고한 생각을 품고 있다는 것이었다. 그 점을 그는 농부들 중에서 가장 영리한 레주노프와 얘기를 나눴을 때 특히 절감했다. 레빈에 대한 조소를 뚜렷하게 내비치는 장난기와, 누군가 속아 넘어간다 해도 그건 레주노프 자신은 절대로 아닐 거라는 굳은 확신을 그의 눈에서 읽을 수 있었던 것이다.

이 모든 난관에도 불구하고 레빈은 일이 진척되고 있다고, 철저하게 계산하고 계획을 밀고 나아가 앞으로 새로운 체계가 가져다줄 이익을 농부들에게 입증해 보일 거라고, 그때 가서는 농사일이 저절로 굴러갈 거라고 생각했다.

그해 여름 꼬박 그러한 일들과 더불어 손수 처리해야 할 나머지 농사일, 그리고 서재에서의 저술 작업에 전념하느라 그는 사냥도 거의 나가지 않았다. 8월 말에야 레빈은 안장을 돌려주러 온 하인을 통해 오블론스키 일가가 모스크바로 떠났다는 사실을 알게 되었다. 다리야 알렉산드로브나의 편지에 답신을 보내지 않은 것, 수치심으로 얼굴을 붉히지 않고는 결코 떠올릴 수 없는 그 무지막지한 무례함으로 인해 그 집안으로 갈 수 있는 배를 제 손으로 불태우고 말았으며, 따라서 이제는 그곳에 결코 발을 디딜 수 없으리라고 그는 생각했다. 작별 인사도 하지 않고 떠남으로써 그는 스비야시스키에게도 똑같은 짓을 저질렀다. 하지만 그에게도 역시 다시는 찾아가지 않을 터였다. 이제 그런 일 따위는 아무래도 상관없었다. 새로운 체계 속에서 돌아가는 농사일만이, 평생 그런 적이 단 한 번도 없었을 정도로 그의 온 신경을 사로잡고 있었다. 그는 스비야시스키가 빌려준 책들을 모조리 읽으며 미처 생각지 못했던 부분들을 발췌하고 그 문제에 대한 정치 경제학 서적들과 사회주의 서적들을 독파했는데, 예상했던 대로 자신이 착수한 사업과 관련된 대목들은 전혀 발견하지 못했다. 가령 그가 처음으로 엄청난 열의를 갖고 연구했던 밀[26]의 저술 같은 정치 경제학 서적들 속에서도, 매 순간 현재 골몰하고 있는 문제들의 해결책을 찾고자 했지만 결국에는 유럽의 농업 현황에서 도출된 내용들만을 발견하곤 했다. 러시아에는 적용할 수 없는 그러한 내용들이 어째서 일반적인 법칙이 되어야 하는지 그는 이해할 수가 없었다. 똑같은 점이 사회주의 관련 서적에서도 발견되었다. 아직 대학생이던 시절에나 심취했던 응용 불가능한 근사한 환상 아니면 러시아의 농업과는 아무런 공통점도 없는, 유럽이 처한 정황의 개선안이나 수정안들뿐이었다. 정치 경제학은 유럽의 부를 발전시켜 왔으며 현재도 발전시키고 있는 법칙이 보편 타당하고 의심할 바 없는 법칙이라고 말하고 있었다. 반면 사회주의적 교의는 그러한 법칙에 따른 발전은 파멸에 이르고 말 거라고 주장했다. 그러나 그 어느 쪽도 레빈과 모든 러시아의 농부들 및 지주들이 공공의 부를 위해 최대한 생산성을 발휘하려면 수백만의 일손들과 땅을 가지고서 무엇을 해야 하는지에 대해서는, 해답은커녕 일말의 암시조차 제시해 주지 않았다.

이와 관련된 책들을 모두 독파한 그는, 일에 착수한 이상

26 John Stuart Mill(1806~1873). 영국의 철학자이자 사회학자. 1874년 러시아에서 발행되던 잡지 『유럽 통보』에 발표된 「존 스튜어트 밀과 그의 학파」라는 논문에는 다음과 같은 구절이 나온다. 〈영국의 경제학자들은 노동자, 자본가, 토지 소유주라는 생산의 세 가지 요소를 대하는 것이 습관이 되었다. 따라서 그들의 결론은 이러한 요소들이 존재하는 나라에만 적용될 수 있다.〉

그동안 여러 문제들에 있어서 자신이 종종 겪었던 경우가 이 문제에 있어서만큼은 일어나지 않도록 가을에는 외국으로 나가 현장에서 직접 탐구해 보기로 마음먹었다. 그가 상대방의 생각을 이해하고서 자신의 의견을 개진하기 시작하면 사람들은 항상 갑자기 이렇게 말하곤 했다. 〈카우프만은? 존스는? 뒤부아는? 미첼리는?[27] 아직 안 읽으셨군. 읽어 보시게나. 그들이 그 문제를 연구했으니까.〉

그는 이제 카우프만과 미첼리가 자신에게 아무것도 얘기해 줄 수 없다는 점을 분명히 깨닫고 있었다. 자신이 무엇을 원하는지는 그 자신이 알고 있었다. 러시아는 훌륭한 땅과 훌륭한 노동자들을 갖고 있다는 것, 어떤 경우에는 길에서 만난 그 농부의 사례처럼 노동자와 토지가 많은 것을 생산해 내기도 한다는 것, 그러나 유럽식으로 자본이 투입되는 대부분의 경우에는 생산량이 적다는 것, 그리고 그런 일이 발생하는 이유는 오직 노동자들이 자신들의 고유한 방식으로만 일하려 들며 그런 방식으로만 일을 잘하기 때문인데, 그들의 저항은 우연한 것이 아니라 항구적인 것으로 바로 그들 자신, 농민들의 영혼에 근거를 두고 있다는 사실도 그는 알고 있었다. 주인 없는 광대한 땅에 의식적으로 거주하고 그것을 개간해야 할 소명을 지닌 러시아 농민들은 그 땅을 다 점유할 때까지 그 소명을 이행하는 데 필요한 기술들을 고수할 것이며, 그러한 기술들은 사람들이 보통 생각하듯이 형편없는 것이 아니라는 게 그의 판단이었다. 그리고 그러한 생각을 이론적으로는 자신의 저술을 통해서, 실제적으로는 농사일을 통해서 입

27 열거된 이름들은 톨스토이가 지어낸 것들이다. 그는 이 가상의 인물들을 통해서 확인되지 않은 권위에 의존하려 드는 사람들을 풍자하고 있다.

증해 보이고 싶었다.

30

9월 말에 조합에서 맡은 땅에 축사를 짓는 데 필요한 목재를 날라 왔고, 우유로 만든 버터를 팔아 남은 이득을 분배하였다. 농사일은 실질적으로 아주 잘 진척되고 있었으며, 적어도 레빈에게는 그렇게 느껴졌다. 한편 그는 모든 일을 이론적으로 규명해 내고, 또한 그 자신이 희망하는바 정치 경제학에 있어서 일대 전기를 마련할 뿐만 아니라 그 학문 자체를 폐기해 버리고 농민과 토지의 관계에 대한 새로운 학문의 기초를 정립해 낼 저술 작업을 완료하고자 했는데, 그러기 위해서는 외국으로 나가 이 문제와 관련하여 그곳에서 진행되는 모든 것들을 현장에서 고찰하고, 거기서 이루어지는 모든 일들이 필수적인 사항이 아니라는 점을 확실하게 입증할 근거들을 찾기만 하면 될 터였다. 레빈은 수금을 한 뒤 외국으로 갈 마음으로 밀의 출하만 기다리고 있었다. 그러나 비가 내리기 시작하자 들에 남아 있던 곡식들과 감자를 거두기가 여의치 않게 되어 밀의 출하를 비롯한 모든 일이 중단되고 말았다. 길은 발을 뺄 수 없을 정도로 진창이 되었고 방앗간 두 곳이 물에 휩쓸려 떠내려갔으며, 날씨는 점점 더 나빠졌다.

9월 30일에는 아침부터 해가 비치기에 레빈은 날이 갤 거라 생각하여 서슴없이 떠날 채비에 나섰다. 밀을 부대에 담으라고 이르고는, 영지 관리인을 상인에게 보내 돈을 빌려 오게 했다. 그리고 그 자신은 출발에 앞서서 마지막으로 지시를 내리고자 영지를 두루 돌아다녔다.

　일을 다 마친 저녁 무렵, 레빈은 외투를 타고 목 뒤나 장화 목으로 흘러 들어온 물줄기에 흠뻑 젖은 모습으로, 그럼에도 생기 넘치고 기분 좋은 상태로 집으로 돌아왔다. 저녁이 되자 날씨는 악화되었다. 물에 푹 젖어 두 귀와 머리를 흔들어 대던 말은 세차게 내리치는 싸락눈을 맞으며 옆으로 비스듬히 달렸다. 반면에 방한용 두건을 쓴 덕에 그런대로 괜찮았던 레빈은 주변의 풍경을 흥겹게 둘러보았다. 마차 바퀴를 따라 흐르는 탁한 물줄기, 잎을 떨군 나뭇가지마다 매달려 있는 물방울들, 나무다리 널판 위에 녹지 않은 채로 남아 있는 싸락눈의 흰 얼룩, 헐벗은 나무 주위로 두터운 층을 이루며 쌓인 아직은 도톰하고 즙이 많은 느릅나무 잎사귀 등이 눈에 들어왔다. 주변의 자연이 어두침침함에도 그는 유달리 정신이 맑아지는 듯한 느낌이었다. 멀리 떨어진 마을에서 농부들과 나누었던 대화가 그들이 새로운 관계에 익숙해지기 시작했음을 알려 주었던 것이다. 몸을 말리려고 잠시 찾아갔던 문지기 노인 역시 레빈의 계획에 찬성하는 기색이 역력했고, 가축 구매 조합에 가입하겠다고 먼저 나서기까지 했다.

　〈목표를 향해 부단히 전진하는 수밖에 없어. 그러면 원하던 바를 달성하게 될 거야.〉레빈은 생각했다. 〈고생하면서 일하는 건 그럴 만한 까닭이 있기 때문이야. 이건 나 개인만이 아니라 공공의 복지에 관한 문제가 걸린 일이야. 농업 전체가, 보다 중요하게는 농민 전체의 입지가 완전히 바뀌어야 해. 빈곤 대신 공공의 부와 만족이, 적의 대신 이해의 연계와 조화가 이루어져야 해. 한마디로 혁명이지. 무혈의 혁명, 가장 위대한 혁명이 처음에는 우리 군의 작은 구역 안에서, 그

다음에는 현에서, 그리고 러시아에서, 마침내 전 세계에서 전개되는 거야. 왜냐하면 온당한 사상은 결실이 없을 수가 없으니까. 그래, 이게 바로 일할 이유가 되는 목표인 거야. 그리고 이게 바로 나라는 것, 검은 넥타이를 매고 무도회에 갔다가 셰르바츠카야 양에게 거절을 당했으며, 스스로에게 안쓰럽고 보잘것없는 이 사람이 바로 코스탸 레빈이라는 것 — 이 사실이 증명하는 건 아무것도 없어. 확신컨대 프랭클린[28] 또한 스스로를 하찮게 여겼으며, 자신의 전부를 돌이켜 보면서 스스로를 신뢰하지 않았을 거야. 그러나 그건 아무런 의미도 없어. 그리고 그에게도 자신의 계획을 믿고 얘기할 자신만의 아가피야 미하일로브나가 있었을 테지.〉

이와 같은 생각을 하면서 레빈은 어두워져서야 집에 당도했다.

상인에게 갔었던 영지 관리인은 밀 판매 금액의 일부를 받아 왔다. 문지기와의 계약도 성사되었고, 관리인이 도중에 본 바로는 온 들판마다 곡식이 널려 있으며, 따라서 거두지 못한 자기네의 160가마는 다른 집과 비교하면 아무것도 아니라는 것이었다.

저녁 식사를 마친 뒤 레빈은 평소처럼 안락의자에 앉아 책을 읽으면서, 목전에 다가온 저술과 관련된 여행에 관하여 계속해서 생각했다. 오늘 그에게는 자기 사업의 모든 의미가 유달리 또렷하게 떠올랐고, 사상의 본질을 표현하는 일련의 구문들이 머릿속에 저절로 작성되어 가고 있었다. 〈이걸 적어 두어야겠군.〉 그는 생각했다. 〈전에는 불필요하다고 여겼던

---

28 Benjamin Franklin(1706~1790). 미국의 정치가. 톨스토이는 그의 일기를 매우 높이 평가했다.

짧은 서문을 이걸로 작성할 수 있을 거야.〉 그는 책상으로 가려고 자리에서 일어섰다. 그러자 그의 발치에 엎드려 있던 라스카가 기지개를 켜고는 마찬가지로 벌떡 일어나서 마치 어디로 가느냐고 묻는 듯이 그를 살폈다. 그러나 그는 그것을 적을 틈이 없었는데, 왜냐하면 그때 조합장들이 그에게서 지시 사항을 전달받기 위해 집으로 찾아왔기 때문이다. 레빈은 그들을 만나러 현관으로 나갔다.

지시 사항을 전달한 뒤, 즉 이튿날 해야 할 일들을 죄다 일러 주고 그에게 용무가 있어 찾아온 농부들과의 면담을 모두 마친 뒤, 레빈은 서재로 가서 저술 작업에 착수했다. 라스카는 책상 밑에 엎드렸고, 아가피야 미하일로브나는 손뜨개질 중이던 양말을 쥔 채 자기 자리에 편안한 자세로 앉았다.

얼마간 글을 쓰던 레빈의 머릿속에 갑자기 키티가, 그녀의 거절과 그녀와의 마지막 만남이 너무도 생생하게 떠올랐다. 그는 자리에서 벌떡 일어나 서재를 서성이기 시작했다.

「아니, 그리 무료해하실 게 뭐 있어요.」 아가피야 미하일로브나가 그에게 말했다. 「왜 집 안에 틀어박혀 계세요? 온천이라도 다녀오시면 좋으련만. 돈도 많이 모으셨는데요.」

「내일모레 떠날 거야, 아가피야 미하일로브나. 하던 일은 마쳐야 하니까.」

「일은 무슨 일이랍니까! 농부들한테 그만큼 잘해 주셨으면 된 거죠! 사람들이 말하기를, 당신네 나리는 황제 폐하께 총애를 받을 거랍니다. 거참 별스럽단 말이죠. 왜 나리께서는 그토록 농부들을 배려하시는 건지 모르겠어요.」

「그들을 배려하는 게 아니라 나 자신을 위해서 그러는 거라고.」

아가피야 미하일로브나는 레빈의 영농 계획을 그 세부적인 사항까지 모두 다 알고 있었다. 레빈이 그녀에게 자신의 생각을 자세히 설명하고, 종종 그녀와 논쟁하면서 그녀의 견해에 반박하곤 했던 것이다. 그러나 지금 그녀는 그가 자신에게 해준 모든 얘기를 영 다른 쪽으로 이해하고 있었다.

「본래 사람은 자기 자신의 영혼에 대해 깊이 생각해야 하는 법이죠.」 그녀가 한숨을 쉬면서 말했다. 「파르펜 데니시치를 보세요. 무식한 사람이었지만 모두가 바라 마지않는 편안한 죽음을 맞이했잖아요.」 그녀는 얼마 전에 죽은 머슴에 관해 이야기했다. 「성찬식도 베풀어 주고, 도유식도 해주고요.」

「그런 얘기가 아니란 말일세.」 그가 말했다. 「내 말은, 나는 나 자신의 이익을 위해서 일한다는 거야. 농부들이 일을 더 잘하면 나한테 더 이로우니까.」

「나리께서 어떻게 하시든, 일꾼이 게으름뱅이면 모든 일이 굼뜨고 서투를 수밖에요. 양심이 있다면 일을 할 테고, 그렇지 않다면 아무것도 안 하겠지요.」

「아니, 유모도 자기 입으로 말하지 않았나, 이반이 축사를 더 잘 관리하게 됐다고.」

「제가 한 말씀만 드리지요.」 아가피야 미하일로브나가 대답했다. 어쩌다가 내뱉는 말이 아니라 확고하고 논리 정연한 생각에서 비롯된 이야기임이 분명했다. 「나리는 결혼을 하셔야만 합니다. 암, 그렇고말고요!」

방금 전까지 자신이 생각하고 있던 바를 아가피야 미하일로브나가 꼭 집어내는 바람에 그는 대단히 불쾌했고, 자존심이 몹시 상했다. 레빈은 얼굴을 찌푸리고는 아무 대꾸도 하지 않은 채 자리에 앉아 조금 전까지 생각했던 자기 사업의 의의를 모두 돌이켜 보면서 다시 책을 쓰기 시작했다. 다만 가끔씩 정적 속에서 들려오는 아가피야 미하일로브나의 뜨개바늘 소리에 귀를 기울이곤 했으며, 떠올리고 싶지 않은 것이 떠오를 때마다 또다시 인상을 찌푸리곤 했다.

9시가 되자 종소리와 함께 진창길에서 마차가 삐그덕거리며 흔들리는 소리가 들렸다.

「자, 나리께 손님이 오셨군요. 이제 무료하시지는 않겠어요.」아가피야 미하일로브나가 이렇게 말하고는 자리에서 일어나 문 쪽으로 향했다. 그러자 레빈이 그녀를 앞질러 갔다. 일이 손에 잘 잡히지 않았던 것이다. 어떤 손님이든, 손님이 왔다는 사실 자체가 그는 반가웠다.

31

레빈이 계단을 절반쯤 내려갔을 때, 현관 쪽에서 귀에 익은 기침 소리가 들렸다. 그러나 자신의 발소리 때문에 분명치가 않았기에, 그는 내심 자신이 잘못 들었기를 바랐다. 그런데 곧이어 예의 기다랗고 뼈만 앙상한 낯익은 형상이 보이자 이미 스스로를 속일 수는 없다는 생각이 들었다. 그러면서도 여전히 그는 자신이 잘못 보았기를, 모피 외투를 벗으면서 기침을 내뱉는 이 키다리 사내가 니콜라이 형이 아니기를 바라고 있었다.

레빈은 형을 사랑했다. 그러나 그와 함께 있는 것은 언제나 고통스러웠다. 게다가 하필이면 지금, 머릿속에 떠오른 상념과 아가피야 미하일로브나의 지적으로 정신이 산란하고 착잡한 이 시점에 형과 곧 마주해야 한다는 건 특히 더 곤혹스럽게 여겨졌다. 쾌활하고 건강하고 낯선 인물, 바라건대 맑은 정신을 되돌려 줄 손님 대신에, 자신을 훤히 꿰뚫어 보고 마음속 가장 깊은 곳에 묻어 둔 사상들을 일깨우며 그것을 모조리 쏟아 내게 만드는 형과 조우해야만 하는 것이다. 그는 그러고 싶지 않았다.

이런 추악한 감정을 품는 자기 자신에게 화를 내면서 레빈은 현관으로 내달렸다. 형을 가까이서 보자마자 조금 전의 개인적인 환멸은 곧바로 사라지고 연민의 감정이 그를 사로잡았다. 예전에 니콜라이 형의 수척한 몸과 짙은 병색이 얼마나 끔찍했든 간에, 지금 그는 더욱더 수척하고 더욱더 기력이 쇠한 모습이었다. 흡사 가죽을 뒤집어쓴 해골이나 다름없었다.

그는 현관에 선 채, 경련이 이는 기다랗고 야윈 목에서 목도리를 벗겨 내며 안쓰럽고도 기묘하게 미소 짓고 있었다. 그 겸허하고 온순한 미소를 본 순간, 레빈은 목구멍이 콱 막히는 것만 같았다.

「자, 이렇게 내가 너를 찾아왔구나.」 니콜라이는 쉰 목소리로 말하며 한순간도 동생의 얼굴에서 눈을 떼지 않았다. 「오래전부터 오고 싶었지만 늘 건강이 안 좋았단다. 하지만 지금은 아주 괜찮아졌어.」 커다랗고 빼빼 마른 손으로 턱수염을 문지르면서 그가 말했다.

「네, 네, 그러셨군요!」 레빈이 대답했다. 그러고서는 입을 맞추다가, 형의 몸이 얼마나 메말랐는지를 입술로 느끼고 기이하게 빛나는 형의 커다란 눈동자를 가까이서 본 그는 한층 더 두려운 감정에 휩싸였다.

그보다 몇 주 전 레빈은 형제들 간에 분배되지 않은 채 남아 있던 유산의 일부를 처분한 결과 형이 그의 몫으로 대략 2천 루블을 받을 수 있게 되었다는 소식을 편지로 전했었다.

니콜라이는 바로 그 돈을 받으러 왔노라고, 더 중요하게는 고향집에 머무르며 흙을 만지면서 곧 개시할 활동을 위해 고대의 용사처럼 힘을 비축하고자 왔노라고 말했다. 등이 엄청나게 굽고 예의 큰 키 때문에 더 충격적으로 보일만큼 여위었음에도 불구하고, 그의 동작은 언제나처럼 재빠르고 돌발적이었다. 레빈은 그런 형을 서재로 안내했다.

형은 전에 없이 공을 들여 옷을 갈아입더니 곧고 듬성듬성한 머리칼을 빗고서 웃음 띤 얼굴로 위층으로 올라갔다.

형은 레빈이 종종 추억하는 어린 시절의 모습처럼 다정하고 쾌활했다. 심지어 아무런 악의도 없이 세르게이 이바노비치의 얘기를 꺼내기도 했다. 아가피야 미하일로브나와는 농담을 주고받고 그녀에게 나이 든 하인들의 근황을 묻기도 했다. 파르펜 데니시치의 소식은 그에게 좋지 않은 영향을 미쳤다. 얼굴에 놀라는 기색이 역력했다. 그러나 그는 곧바로 본래의 기분으로 돌아왔다.

「뭐, 워낙에 늙긴 했지.」그가 이렇게 말하고는 화제를 바꾸었다. 「네 집에 두 달 정도 머물다가 모스크바로 갈 작정이다. 너도 알다시피, 먀흐코프가 일자리를 주선해 주기로 약속했거든. 공직에서 근무하게 될 거다. 이제 내 삶을 완전히 다르게 꾸려 갈 작정이야.」그가 말을 계속했다.「그리고 말이다, 그 여자는 내쫓았다.」

「마리야 니콜라예브나 말인가요? 아니, 도대체 무엇 때문에요?」

「아아, 정말이지 몹쓸 여자야! 나한테 수도 없이 나쁜 짓들을 저질렀지.」 그러나 그는 그 불쾌한 짓이 무엇인지는 이야기하지 않았다. 차 맛이 싱겁다는 이유로, 무엇보다 그녀가 자신을 환자 돌보듯 대했기 때문에 내쫓았다는 말을 할 수는 없었다. 「이제 생활을 완전히 바꿔 버리고 싶구나. 여느 사람들처럼 나도 물론 어리석은 짓들을 저질렀지만, 재산은 맨 마지막 문제다. 그쯤은 아깝지 않아. 건강만 바랄 뿐이지. 그런데 다행히도, 건강이 조금 회복되었단다.」

레빈은 형의 이야기를 들으면서 뭐라 대꾸할지 생각해 보았지만 도무지 떠오르는 게 없었다. 니콜라이 역시 똑같은 심정인 게 분명했다. 그는 동생의 사업에 대해서 이것저것 물었다. 레빈은 자기 얘기를 하게 되어 기뻤는데, 꾸며 대지 않고 얘기할 수 있기 때문이었다. 그는 자신의 계획과 활동을 형에게 들려주었다.

형은 듣고는 있었지만 별 관심이 없어 보였다.

두 사람은 서로 너무나도 가깝고 친근한 사이였기에, 아주 미세한 움직임이나 목소리의 음색 따위가 말로 할 수 있는 그 모든 것보다 그들에게는 더 많은 것을 전달해 주었다.

지금 두 사람에게는 오직 한 가지 생각뿐이었으니, 나머지 모든 것들을 압도하고 있는 그 생각은 바로 니콜라이의 병환과 임박한 죽음에 관한 것이었다. 어느 쪽도 감히 그 문제를 입 밖에 내지 못했다. 따라서 그들을 사로잡고 있는 그 한 가지에 관해 함구하는 한, 둘이서 무슨 말을 하건 그것은 모두 거짓이었다. 레빈은 밤이 깊어 잠자리에 들 시간이 되었다는 게 그토록 기뻤던 적이 없었다. 그 아무리 낯선 사람과의 만남이나 공식적인 회합의 자리라 해도, 그가 오늘처럼 부자연스럽고 위선적이었던 적은 없었다. 그러한 부자연스러움을 의식하거나 뉘우치는 것 모두 그를 더욱더 부자연스럽게 만들 뿐이었다. 죽어 가는 형 때문에 울고 싶은 마음이 간절한데도, 정작 앞으로 어떻게 살아갈지에 대한 형의 얘기를 들어주고 지지해 주어야만 했던 것이다.

집 안이 눅눅하고 방 하나에만 난방을 땐 터였기에 레빈은 형을 자신의 침실에 칸막이를 치고서 재우기로 했다.

잠자리에 누운 형은 잠이 들었는지 안 들었는지 알 수 없었으나, 병자가 으레 그러하듯 몸을 뒤척이거나 기침을 하곤 했다. 기침을 해서 가래를 뱉을 수가 없을 때면 무언가를 중얼거렸다. 때로 무거운 숨을 몰아쉬며 〈아이고, 하느님!〉이라고 내뱉기도 했다. 가래 때문에 숨이 막히면 짜증을 내면서 〈아이고! 빌어먹을!〉이라고 뇌까렸다. 그 소리를 듣느라 레빈은 한참 동안 잠을 이루지 못했다. 가지각색의 상념들이 떠올랐지만, 그 모든 상념들의 종착점은 오직 하나 — 죽음이었다.

죽음, 모든 것의 끝인 죽음이 처음으로 그에게 거역할 수 없는 힘으로 다가왔다. 비몽사몽간에 신음하면서 버릇대로 무심결에 〈하느님〉 혹은 〈빌어먹을〉을 뇌까리는 이 사랑하는 형에게 깃든 죽음은 예전에 생각했던 것처럼 그렇게 멀리 있지 않았다. 그것이 바로 그 자신 속에 깃들어 있음을 그는 느낄 수 있었다. 지금이 아니라면 내일, 내일이 아니라면 30년 뒤, 결국 이도 저도 다 마찬가지 아닌가? 이 불가피한 죽음이란 대체 무엇인가? 그는 그것을 모를 뿐만 아니라, 단 한 번도 생각해 본 적조차 없었다. 심지어 그에 대해 생각할 능력도 용기도 없었다.

〈나는 일하고 있고, 무언가를 해내고 싶다. 하지만 그러면

서 모든 게 결국은 끝난다는 걸, 죽음이라는 걸 잊고 있었어.〉

그는 침대 위에 앉아 어둠 속에서 무릎을 끌어안고 몸을 웅크린 채 긴장과 함께 숨을 죽이고서 생각에 잠겼다. 그러나 생각을 집중할수록 분명해지는 것은 한 가지 의심할 바 없는 사실이었다. 바로 자신이 삶에 있어서 하나의 작은 조건을 잊고 있었다는 것 — 즉, 죽음이 닥쳐와 모든 게 끝나리라는 사실, 따라서 아무것도 시작할 가치가 없고 어찌해도 이를 해결할 수는 없다는 사실을 잊고 있었으며, 지금에서야 그것을 통찰했다는 점이었다. 그렇다, 정말 끔찍하지만, 사실이 그러했다.

〈하지만 나는 아직 살아 있지 않은가. 그렇다면 이제 무엇을, 무엇을 해야 한단 말인가?〉 레빈은 절박한 심정으로 자문했다. 그는 촛불을 켜고 조심스레 일어나 거울로 다가가서 자신의 얼굴과 머리칼을 살펴보기 시작했다. 관자놀이에 새치가 보였다. 입을 벌리니 어금니가 상하기 시작한 것이 눈에 띄었다. 근육질의 팔뚝을 걷어 보았다. 힘이 넘쳤다. 그러나 저쪽에서 얼마 남지 않은 폐로 숨을 쉬고 있는 니콜렌카[29]도 전에는 건강한 신체를 갖고 있었다. 그 순간, 어릴 적에 형과 함께 잠자리에 들어 표도르 보그다니치가 문밖으로 나가기만을 기다렸다가 서로에게 베개를 던지면서 자지러지게 웃던 기억이 느닷없이 떠올랐다. 표도르 보그다니치에 대한 두려움조차도 그처럼 끓어넘치던 삶의 행복감을 멈추지는 못했었다. 〈그런데 지금은 저 일그러진 텅 빈 가슴……. 그리고 스스로에게 무슨 일이, 왜 생길지 전혀 모르는 나는…….〉

「콜록! 콜록! 에잇, 빌어먹을! 왜 그리 안 자고 뒤척이는 거

29 니콜라이의 애칭.

208

냐?」형이 그에게 소리쳤다.

「글쎄, 모르겠어요. 불면증인가 봐요.」

「나는 잘 잤다. 이제는 식은땀도 안 흘리지 뭐냐. 자, 이것 봐라, 셔츠 좀 만져 보라니까. 땀에 안 젖었잖니?」

레빈은 셔츠를 만져 보고는 칸막이 너머로 가서 촛불을 껐다. 그러나 여전히 한참 동안 잠을 이루지 못했다. 어떻게 살 것인가 하는 문제가 조금 풀리자마자, 죽음이라는 새롭고도 불가해한 문제가 제기된 것이다.

〈형은 죽어 가고 있어. 어쩌면 봄이 오기 전에 죽을지도 몰라. 그런데 뭘 어떻게 도와준단 말인가? 내가 무슨 말을 해줄 수 있지? 죽음에 대해서 내가 뭘 알고 있는데? 그것이 있다는 것조차 잊고 있었는데.〉

32

지나치게 겸손하고 공손해서 함께 지내기가 거북한 사람은, 머지않아 지나치게 까다롭고 편벽하게 굴어서 견디기 힘들어지기 마련이라는 생각을 레빈은 오래전부터 품어 왔다. 그런데 그러한 일이 형과의 사이에서도 일어날 거라는 예감이 들었다. 실제로, 니콜라이 형의 온순함은 오래가지 않았다. 그는 이튿날 아침부터 짜증을 내기 시작했고, 동생의 가장 아픈 곳을 건드리면서 집요하게 트집을 잡았다.

레빈 또한 자신에게도 잘못이 있다고 느꼈지만 그럼에도 어쩔 수가 없었다. 만일 그 두 사람이 가식 없이 진심에서 우러나오는 말, 즉 오로지 생각하고 느낀 것만을 말하게 된다면, 아마 서로의 눈을 노려보면서 콘스탄틴은 〈형은 죽을 거야, 죽을 거라고, 죽을 거라니까!〉라고만 외쳤을 테고, 니콜라이는 〈내가 죽을 거라는 건 나도 알아. 하지만 두려워, 두렵다고, 두렵단 말이야!〉라고만 대답했으리라. 그렇게 진심 어린 말을 내뱉고 나서 두 사람은 더이상 아무 말도 하지 않았을 것이다. 그러나 그런 식으로 살 수는 없는 법이다. 따라서 콘스탄틴은 평생 시도해 보았지만 결국에는 할 수 없었던 것, 그가 보기에는 많은 사람들이 잘 하고 있으며 그들이 살아가는 데 없어서는 안 되는 그것을 해보려고 노력하는 중이었다. 그는 생각하지도 않은 것을 말하려고 애를 썼고, 결국 그것은 허위에 불과하다는 것을 끊임없이 절감했다. 형은 바로 그 점을 알아차리고는 화를 내는 것이었다.

사흘째 되던 날 니콜라이는 동생을 부추겨 그의 계획을 다시 말하게 하더니, 그를 비난하고 나아가 공산주의와 연결시키면서 고의적으로 조롱하기 시작했다.

「너는 남의 사상을 도용할 뿐만 아니라 그것을 왜곡하고, 가당치도 않은 것에 적용하려 들고 있어.」

「분명히 말하지만, 이 일은 공산주의와 아무런 공통점이 없어요. 그들은 사유 재산, 자본, 유산 상속의 정당성을 부정하지만 나는 그러한 주요 **자극제**[30](레빈은 이런 단어를 쓰는 게 거슬렸지만, 자신의 일에 몰두해 온 이래 무심결에 자꾸만 외래어를 사용하게 된 터였다)를 부정하지 않아요. 다만 노동을 조직화하려는 것뿐입니다.」

「바로 그게 문제라니까. 너는 남의 사상을 가져다가 그것

30 여기서 레빈은 〈자극〉 혹은 〈자극제〉를 뜻하는 라틴어 〈stimulus〉의 러시아식 표현을 사용하고 있다.

의 원동력이 되는 것을 모조리 잘라 버리고는, 그게 무언가 새로운 것인 양 믿게 만들려 든단 말이다.」 니콜라이가 넥타이를 두른 목을 신경질적으로 씰룩거리며 말했다.

「아니, 그건 내 사상과 아무런 공통점이 없다니까요……」

「거기에는……」 악의에 찬 눈동자를 번득이며 비웃음을 띤 채 니콜라이가 대꾸했다. 「적어도 거기에는, 이를테면 기하학적 매력이랄까, 명료함과 확실성 같은 게 있지. 아마도 그건 유토피아겠지. 하지만 가령 일체의 과거의 것들을 tabula rasa(백지)[31]로 만들어 버릴 수 있다면, 즉 사유 재산도 없고, 가족도 없다면, 그러면 노동이 정비될 거다. 하지만 너에게는 아무것도 —」

「도대체 왜 분간을 못 하는 겁니까? 나는 결코 공산주의자인 적이 없단 말입니다.」

「나는 그런 적이 있었지. 난 그게 시기상조긴 하지만 합리적이고 장래성이 있다고 본다. 초기의 그리스도교가 그랬던 것처럼.」

「내 생각은 다만 노동력을 자연 과학적 관점에서 고찰해야 한다는 겁니다. 즉 그것을 연구하고 그것의 본성을 인정하고, 그래서 —」

「그건 전혀 소용없는 짓이야. 그 힘은 자신의 발전 정도에 따라서 일정한 활동 형태를 스스로 찾기 마련이니까. 처음에는 세상에 노예들 천지였고, 그다음엔 널린 게 metayers(소작인들)였지. 우리 나라에는 병작농도 있고, 소작농도 있고, 날품팔이도 있다. 그런데 네가 찾는 건 대체 뭐냐?」

31 아무것도 씌어 있지 않은 종이라는 의미로, 즉 감각적인 경험을 하기 이전의 마음의 상태를 가리킨다.

이 말을 들은 레빈은 갑자기 발끈했다. 그의 마음속 깊은 곳에서는 그것이 진실일까 봐 두려워하는 마음이 있었기 때문이다. 사실 자신은 공산주의와 다른 형식들 사이에서 균형을 찾으려고 했던 것인지도 모른다고, 그리고 그런 것이 가능할 리는 없다고 말이다.

「내가 찾는 것은 나 자신이나 노동자 모두에게 있어서 생산적으로 노동을 할 수 있는 방안입니다.」 그가 열을 올리며 대답했다. 「내가 정립하고 싶은 것은 ―」

「너는 아무것도 정립하고 싶어 하지 않아. 그저 일평생 그랬던 것처럼 유별나게 굴고 싶은 거지. 네가 단순히 농부들을 착취하는 것이 아니라, 이상을 갖고 그러는 거라면서 과시하고 싶은 거라고.」

「그래요, 그렇게 생각한다면, 날 좀 내버려 두세요!」 왼쪽 뺨의 근육이 주체할 수 없이 떨리는 것을 느끼며 레빈이 대꾸했다.

「너는 확신을 품은 적도 없고, 지금도 확신하고 있지 않아. 단지 스스로의 자존심을 달래고 싶을 뿐이지.」

「그래요, 아주 훌륭해요. 그러니 이제 나를 좀 내버려 두란 말입니다!」

「그래 널 놓아주마! 이미 한참 전에 그랬어야 했어. 너도 어서 지옥으로 꺼져 버려! 내가 여길 온 게 후회막급이다!」

나중에 레빈이 아무리 형을 진정시키려고 해도, 니콜라이는 아무 말도 들으려 하지 않은 채 떠나는 게 훨씬 낫다는 말만 되풀이했다. 형에게 이제 삶이란 견딜 수 없는 것이 되어 버렸음을 콘스탄틴은 깨달았다.

콘스탄틴이 다시 형에게 가서 자기 때문에 기분이 상했다면 용서해 달라고 겸연쩍게 사과를 했을 때 이미 니콜라이는 떠날 채비를 다 마친 뒤였다.

「참으로 너그러우시군!」형은 이렇게 내뱉더니 씩 웃었다. 「네가 옳기를 원한다면, 내가 그걸 만족시켜 줄 수도 있지. 그래, 너는 옳다. 하지만 그래도 나는 떠나련다.」

출발하기 직전에 니콜라이는 동생과 입을 맞추고는 기묘하게 진지한 눈빛으로 그를 바라보며 말했다.

「그래도 나를 나쁘게 생각하진 말아 다오, 코스탸!」순간 그의 목소리가 떨렸다.

이는 그가 진심으로 내뱉은 유일한 말이었다. 레빈은 이 말 속에 〈알다시피, 내 상태가 안 좋아. 어쩌면 우리는 더 이상 못 만날지도 모른다〉는 뜻이 담겨 있음을 알아챘다. 이를 감지한 레빈의 눈에서 눈물이 솟구쳤다. 그는 형에게 다시 한 번 입을 맞추었다. 하지만 아무 말도 할 수가 없었고, 뭐라 말해야 할지도 몰랐다.

형이 떠난 지 사흘째 되던 날 레빈은 외국 여행길에 올랐다. 기차간에서 레빈은 키티의 사촌인 셰르바츠키를 만났는데, 그는 레빈의 몹시 침울한 모습에 크게 놀랐다.

「자네 무슨 일 있나?」셰르바츠키가 그에게 물었다.

「아니, 아무 일 없네. 그저 세상에 즐거운 일이 별로 없을 뿐이야.」

「별로 없긴? 뮐루즈 같은 데 말고 나랑 같이 파리에나 가세. 세상이 얼마나 즐거운지 보게 될 테니!」

「아닐세, 나는 이미 끝났네. 죽을 때가 다 됐어.」

「무슨 그런 농담을!」셰르바츠키가 웃으면서 말했다. 「나는 이제 막 시작할 준비가 됐는데 말이야.」

「그래, 나 역시 얼마 전까지 그렇게 생각했었네. 하지만 지금은 내가 곧 죽을 거라는 걸 알아.」

레빈은 최근에 떠올린 솔직한 생각을 털어놓았다. 그에게는 만사가 죽음으로, 혹은 죽음에 가까워지는 것으로 여겨졌다. 그러나 그만큼 더 자신이 시작한 일에도 신경이 쓰였다. 죽음이 오기 전까지는 어떻게든 삶을 마저 살아 내야만 했다. 어둠이 그의 모든 것을 덮어 버리고 있었지만, 다름 아닌 그 어둠으로 인하여 그는 그 속에서 자신을 이끌어 주는 유일한 끈이 바로 자신의 일이라는 점을 깨달았다. 따라서 그는 있는 힘을 다해 그것을 붙잡고 거기에 매달렸다.

제4부

1

카레닌 부부는 남편과 아내로서 계속해서 한집에 살면서 매일같이 마주치고 있었지만 사실상 서로가 완전히 남남이었다. 알렉세이 알렉산드로비치는 하인들이 제멋대로 추측하지 못하도록 매일 아내와 대면하는 것을 규칙으로 삼되, 집에서 식사하는 건 피하고 있었다. 브론스키는 알렉세이 알렉산드로비치의 집에 일체 발을 들여놓지 않았지만 안나는 집 밖에서 그와 만났으며, 남편도 그 사실을 알고 있었다.

세 사람 모두에게 고통스럽기 짝이 없는 상황이었다. 그런 상황이 돌변할 것이며 곧 지나가게 될 일시적인 고난일 뿐이라는 기대가 없었다면, 셋 중 어느 누구도 그러한 상태에서 단 하루도 버티지 못했을 것이다. 알렉세이 알렉산드로비치는 모든 게 지나가듯이 이 열정도 지나가기를, 그리하여 모두가 이 일에 대해 잊어버리고 자신의 이름이 더럽혀지지 않기를 고대했다. 이러한 상황의 근본 원인이자 그로 인해 누구보다도 고통스러운 안나는 이 모든 게 곧 끝장나고 결판이 나

217

리라 고대할 뿐 아니라 굳게 확신했기에 그 상태를 견디고 있었다. 무엇이 이 상황을 해결해 줄 것인지는 전혀 알 수 없었지만, 그 무엇인가 곧 닥쳐오리라고 그녀는 철썩같이 믿었다. 무심결에 그녀의 생각에 물들어 버린 브론스키 역시, 자기 자신과는 무관하지만 모든 난관을 해결해 줄 그 무언가를 고대하고 있었다.

겨울의 중턱에서 브론스키는 몹시 무료한 한 주를 보냈다. 그는 페테르부르크를 방문한 외국 왕자[1]를 접대하는 소임을 맡게 되어 수도의 명소를 안내해 주어야만 했다. 브론스키 자신이 풍채가 좋은 데다, 위풍 있고 정중하게 처신하는 법을 그는 터득하고 있었으며 그러한 인물들을 대하는 데도 익숙했으므로, 그가 왕자를 접대하게 된 것이었다. 하지만 이 소임이 그에게는 너무도 괴로운 일이었다. 왕자는 고향에 돌아갔을 때 사람들이 〈러시아에서 그건 봤어?〉라고 물을 만한 것이라면 어느 하나도 놓치지 않으려 했고, 동시에 최대한 러시아적인 유흥을 누리기를 원했다. 브론스키는 양쪽 방면에서 모두 그를 안내해야만 했다. 아침마다 그들은 명승지를 구경하러 다녔고, 저녁에는 전통적인 향락을 맛보았다. 이 왕자는 왕자들 중에서도 특히 유별난 건강의 소유자였다. 과도하게 쾌락에 몰두하는데도 불구하고 체조와 성실한 몸 관리로 정력을 키워 온 결과 그는 초록빛의 윤기 나는 큼직한 네덜란드산 오이처럼 싱싱해 보였다. 여행을 많이 다녀 본 왕자는 현대적 교통 수단의 편리함이 가져다주는 주된 이점 중 하나

1 독일, 영국, 덴마크의 왕자가 1874년에 러시아의 황제 알렉산드르 2세의 딸 마리야 알렉산드로브나와 앨프리드 에든버러 영국 왕자와의 결혼식 초청을 받고 페테르부르크를 방문하였다.

가 나라별로 고유한 유흥을 접하기가 수월해진 것임을 알게 되었다. 스페인에 방문했을 때 그는 세레나데를 몇 곡 부르다가 만돌린을 연주하던 스페인 여자와 사귀었다. 스위스에서는 **알프스 산양**을 쏘아 죽였다. 영국에서는 붉은색 연미복을 입고서 경주마에 올라 울짱을 넘었으며, 내기 사냥에서 꿩 2백 마리를 쏘아 죽였다. 터키에서는 하렘에 가보았고, 인도에서는 코끼리를 타고 다녔다. 이제 러시아에 왔으니 러시아만의 특별한 향락을 죄다 맛보아야 했다.

왕자의 의전을 담당한 브론스키에게 가장 고된 일은 여러 인사들이 왕자에게 제공하는 온갖 러시아식 유흥을 적절하게 안배하는 것이었다. 승마도 있었고, 블린[2] 시식도 있었으며, 곰 사냥과 트로이카[3] 시승, 그리고 롬인들과의 여흥에다 러시아식으로 술잔을 깨부수며 즐기는 주연도 있었다. 너무나 쉽게 러시아의 기운을 습득한 왕자는 잔이 놓인 쟁반들까지 깨부쉈고, 롬인 여자를 무릎에 앉히기도 했다. 그러고는 〈뭔가 더 있소? 아니면, 러시아의 기운은 겨우 이게 다요?〉라고 묻는 것만 같았다.

사실, 러시아의 온갖 향락 중에서 가장 왕자의 마음에 든 것은 프랑스 여배우와 발레리나, 그리고 하얀 라벨이 붙은 샴페인이었다. 브론스키는 왕자들을 대하는 일에 익숙했지만, 최근 들어 그 자신이 변한 탓인지, 아니면 이 왕자와 너무 가까이 지낸 탓인지, 그 한 주간은 지독한 고역으로 느껴졌다.

2 러시아식 팬케이크. 기름에 얇게 부쳐서 버섯, 허브, 치즈 등 갖가지 소를 넣어 먹는다.

3 세 필의 말이 끄는 러시아 특유의 마차. 보통 때는 마차로 이용하다가 겨울이 되면 바퀴를 떼어 내서 차체를 큰 썰매 위에 싣고 달린다.

일주일 내내, 그는 마치 위험한 미치광이를 곁에서 보좌하는 사람이 그 미치광이를 두려워하는 동시에 그와 가까워질수록 자신의 정신까지 어찌 될까 봐 걱정스러워하는 심정과 유사한 심정을 쉴 새 없이 느꼈다. 모욕당하지 않으려면 엄중하게 격식을 갖춘 경의를 표함에 있어서 단 한 순간도 그 강도를 늦춰서는 안 된다는 생각이 줄곧 브론스키의 머릿속을 채우고 있었다. 러시아식 향응을 제공하겠다며 브론스키로서는 깜짝 놀랄 정도로 안달복달하는 인사들을 왕자는 멸시하는 투로 대했다. 또한 그는 러시아 여인들을 탐구하고자 했는데, 이 여인들에 대한 그의 견해는 브론스키로 하여금 여러 차례 분노로 얼굴을 붉히게끔 만들기도 했다. 하지만 브론스키에게 왕자를 상대하는 일이 특히나 힘들었던 주요 원인은 뜻밖에도 그에게서 자기 자신의 모습을 보았기 때문이며, 더군다나 그 거울 속에서 본 모습이 그의 자존심을 만족시켜 주지 못한 까닭이었다. 그것은 무척 어리석고 자신만만하며 아주 건강하고 깔끔한 인간의 모습일 뿐, 그 이상은 아무것도 아니었다. 그는 신사였다. 그것은 의심할 바 없는 사실이었고, 브론스키도 그 점을 부인할 수는 없었다. 윗사람을 대할 때 알랑대는 기색 없이 의연했고, 대등한 이들을 대할 때는 거리낌 없고 소탈했으며, 아랫사람에게는 멸시 섞인 친절함을 드러냈다. 브론스키 자신이 바로 그런 사람이었고, 그러한 점을 스스로 커다란 장점이라 여긴 터였다. 그러나 왕자에게 그는 아랫사람이었다. 예의 멸시 섞인 선량함에 그는 심한 불쾌감을 느꼈다.

〈아둔한 고깃덩어리! 정말이지 내가 저런 인간이란 말인가?〉 그가 속으로 내뱉었다.

어쨌거나 이레째 되던 날 모스크바로 떠나는 왕자로부터 감사 인사를 받고서 그와 헤어졌을 때, 브론스키는 그토록 거북스러운 상황과 불쾌한 거울로부터 해방되어 행복했다. 그는 곰 사냥에서 돌아오던 길에 기차역에서 왕자와 헤어졌다. 사냥터에서 그들은 밤새도록 러시아식 용맹함의 시범을 보인 터였다.

2

집으로 돌아온 브론스키는 방에서 안나가 보낸 쪽지를 발견했다. 거기에는 이렇게 적혀 있었다. 〈나는 몸이 아프고 불행해요. 외출도 못 하겠어요. 하지만 더 이상 당신을 안 보고 견딜 수는 없어요. 저녁에 와주세요. 알렉세이 알렉산드로비치는 7시에 회의에 갔다가 10시까지는 거기 있을 거예요.〉 집에 들이지 말라는 남편의 요구에도 불구하고 그녀가 집으로 자신을 부르는 게 이상하다는 생각이 한순간 스쳐 갔지만, 그는 가기로 마음먹었다.

올겨울 대령으로 승진한 브론스키는 연대에서 나와 혼자 지내고 있었다. 그는 아침 식사를 마치자마자 소파 위에 드러누웠다. 요 며칠 목격했던 추잡한 장면들이 5분가량 뒤죽박죽 혼란스레 떠오르더니 안나에 대한 인상과 곰 사냥에서 중요한 역할을 했던 몰이꾼 사내의 이미지와 뒤섞였다. 그러다가 이내 브론스키는 잠이 들었다. 어둠 속에서 공포에 떨며 잠에서 깨어난 그는 황급히 촛불을 켰다. 〈그게 뭐지? 뭐더라? 꿈에서 본 그 무서운 게 대체 뭐지? 그래, 맞아, 몰이꾼 사내였어. 몸집이 작고 지저분하고 뻣뻣한 턱수염이 났던 것 같아. 그가 허리를 굽힌 채 뭔가를 하다가 갑자기 프랑스어로 이상한 말을 지껄이기 시작했지. 그래, 거기까지가 꿈에서 본 전부였어.〉 그가 생각했다. 〈그런데 그게 왜 그렇게 끔찍했을까?〉 그는 그 사내와 그가 지껄였던 알아들을 수 없는 프랑스어를 다시 한번 생생하게 떠올렸다. 그러자 싸늘한 공포가 등줄기를 훑고 지나갔다.

〈이 무슨 얼토당토않은 망상이냐!〉 브론스키는 속으로 이렇게 뇌까리고는 시계를 들여다보았다.

벌써 8시 30분이었다. 그는 벨을 울려 하인을 부른 다음 꿈에 관해서는 까맣게 잊은 채 늦을까 봐 안달하며 서둘러 옷을 입고 현관으로 나섰다. 카레닌가의 현관에 당도하여 시계를 보니 9시 10분 전이었다. 회색 말 한 쌍이 매인, 천장이 높고 폭이 좁은 사륜마차가 현관 입구에 서 있었다. 그는 그것이 안나의 마차임을 한눈에 알아보았다. 〈나한테 오려고 했군.〉 브론스키는 생각했다. 〈그게 더 나았을 텐데. 도무지 이 집에는 발을 들이기가 싫단 말이야. 하지만 아무래도 상관없다. 숨어 있을 수는 없는 노릇이니까.〉 그가 속으로 중얼거리고는 어릴 적부터 몸에 밴 당당한 자세로 썰매에서 내려 출입문으로 다가갔다. 그러자 문이 열리더니 모포를 손에 든 수위가 손짓으로 사륜마차를 불렀다. 세세한 것들에는 둔감한 편이었던 브론스키였지만 그 순간만큼은 자신을 쳐다보는 수위의 놀란 표정을 알아차렸다. 곧이어 바로 그 문가에서 브론스키는 알렉세이 알렉산드로비치와 정면으로 부딪칠 뻔했다. 원추형의 가스등 불빛이 검은 모자 밑의 창백하고 해쓱한 얼굴과 비버 털가죽 외투 깃 사이로 반짝이는 하얀 넥타이를 곧장 비추었다. 카레닌의 흔들림 없는 흐릿한 시선이 브론스키의 얼굴에 내리꽂혔다. 브론스키가 목례를 하자, 알렉세이 알렉산드로비치는 입을 꽉 다문 채 모자 위로 손을 올리고는 그대로 지나쳐 갔다. 그는 주변을 돌아보지도 않고 곧장 사륜마차에 오르더니 창문으로 모포와 쌍안경을 건네받고는 마차 안으로 사라졌다. 브론스키는 대기실로 들어갔다. 그의 눈썹은 일그러져 있었고, 두 눈은 오만과 독기가 서린 빛을 뿜고 있었다.

〈꼴좋게 됐군!〉 그는 생각했다. 〈그가 결투를 해서 자신의 명예를 지키려 한다면, 나 역시 거기에 응하며 내 감정을 표현할 수 있을 텐데. 저건 나약하거나 아니면 비열한 거야……. 그가 나를 비겁한 인간으로 몰아가고 있지만, 나는 그런 인간이 되고 싶지 않았고 지금도 그럴 마음은 없어.〉

브레데 부인의 별장 정원에서 안나와 속 얘기를 서로 털어놓은 뒤 브론스키의 생각은 많이 달라져 있었다. 그는 그에게 모든 것을 내맡긴 채 오로지 그의 결단에 자신의 운명을 걸고 있는 안나의 나약함에 자신도 모르게 굴종하였고, 지레 앞서서 모든 것에 굴복해 버렸으며, 그 무렵 그에게 들었던 생각, 즉 이런 식으로 지속되는 관계가 끝날 수도 있을 거라는 기대는 버린 지 오래였다. 그의 야심 찬 계획은 또다시 뒤로 물러났다. 그는 모든 것이 규정되어 있는 행동 범위를 벗어나 버렸다고 느끼면서도 자신의 감정에 스스로를 통째로 내맡겼으며, 그러한 감정은 그를 점점 더 강하게 그녀에게 얽어맸다.

대기실에서 그는 멀어져 가는 안나의 발소리를 들었다. 그는 그녀가 자신을 기다리다가 인기척을 느끼고는 이내 응접실로 돌아갔음을 알아챘다.

「안 돼요!」 그를 보자마자 안나가 소리쳤다. 그 외마디 소리와 함께 그녀의 눈에서 눈물이 솟구쳤다. 「이렇게는 안 돼요, 이 상태가 계속된다면, 훨씬, 훨씬 더 빨리 그 일이 일어날 거예요!」

「뭐가 말입니까?」

「뭐냐고요? 나는 괴로워하면서 기다리고 있었어요, 한 시간, 두 시간을…… 아니요, 더 말하지 않을래요! 당신과 싸울 수는 없어요. 그래요, 당신도 어쩔 수가 없었던 거예요. 됐어요, 그만 말할래요!」

그녀는 그의 어깨에 두 손을 얹고서 그윽하고 환희에 찬 눈빛으로 한참 동안 유심히 그를 바라보았다. 그를 보지 못한 동안 그의 얼굴을 하나하나 자세히 떠올려 곱씹은 터였다. 모든 남녀의 만남에서 그러듯이, 그녀는 있는 그대로의 그의 모습을 자신이 상상한(비할 데 없이 멋진, 그러나 현실적으로는 있을 수 없는) 하나의 이미지와 합쳐 놓곤 했다.

3

「그이와 마주쳤죠?」 두 사람이 램프 아래 놓인 탁자 앞에 앉았을 때 그녀가 물었다. 「늦게 온 벌이에요.」

「그런데, 어찌 된 겁니까? 회의장에 가 있어야 하는 거 아닙니까?」

「거기 갔다가 돌아와서는 다시 어디론가 외출한 거예요. 하지만 상관없어요. 그 얘기는 그만두죠. 어디에 있었어요? 줄곧 왕자와 함께 있었던 거예요?」

그녀는 브론스키의 일거수일투족을 속속들이 알고 있었다. 그는 밤새 잠을 못 잔 탓에 그만 잠들어 버렸다고 말하고 싶었지만, 행복에 겨워 흥분된 그녀의 얼굴을 보고는 부끄러운 마음이 들었다. 그래서 왕자가 출발했다고 보고하러 가야만 했다고 말했다.

「그럼 이제 다 끝난 거죠? 그분은 떠난 거죠?」

「다행히도 끝났어요. 그 일이 얼마나 견디기 힘들었는지 모를 겁니다.」

「아니, 어째서요? 그건 당신네들 젊은 남자들이 모두 다 늘 겪는 일상이잖아요.」 그녀가 눈썹을 찌푸리며 말했다. 그러고는 이내 탁자 위에 놓여 있던 뜨개질감을 집어 들고서 브론스키에게서 눈길을 거둔 채 바늘 코를 빼내는 시늉을 했다.

「나는 그런 생활을 청산한 지 오래입니다.」 안나가 표정을 바꾸자 놀란 그가 그 의미를 파악하려 애쓰면서 말했다. 「그리고 고백하건대…….」 그는 하얗고 가지런한 이를 드러내며 미소 지었다. 「이번 주 내내 그 생활을 지켜보면서 거울을 들여다보는 것만 같았어요. 불쾌했답니다.」

그녀는 뜨개질은 하지도 않으면서 그저 뜨개질감을 손에 쥔 채, 기묘하게 반짝이는 적의 어린 눈초리로 브론스키를 바라보았다.

「오늘 아침 리자가 들렀어요. 리디야 이바노브나 백작 부인이 버티고 있는데도, 아직 사람들은 나를 보러 오는 걸 꺼려하지 않더군요.」 곧이어 그녀가 덧붙였다. 「당신네들의 그 음탕한 주연에 관해서 들었어요. 정말이지 추잡해요!」

「막 그 얘길 하려던 참이었는데 ―」

그녀가 말을 가로챘다.

225

「당신이 예전에 알고 지내던 그 테레즈인가 하는 여자도 있었다면서요?」

「그러니까 내 말은 ──」

「당신네들, 남자들이란 정말 추잡하기 짝이 없어요! 여자는 그런 일을 잊지 못한다는 생각을 왜 못 하느냐 말이에요.」 그녀는 점점 더 열을 올렸고, 그럼으로써 자신이 화가 난 이유를 드러내고 있었다. 「당신의 생활에 대해 알 수가 없는 여자는 특히 더 그렇다고요. 내가 뭘 알고 있죠? 내가 뭘 알고 있었냐고요? 당신이 나에게 얘기해 준 것뿐이죠. 그런데 그 얘기가 진실인지, 내가 어찌 알겠어요……..」

「안나! 당신은 지금 나를 모욕하고 있어요. 정말이지 나를 못 믿는단 말입니까? 당신에게 털어놓지 못할 생각 따위는 없다고 내가 말하지 않았던가요?」

「알겠어요, 알겠어.」 그녀가 질투 어린 생각을 쫓아 버리려 애쓰는 투로 대답했다. 「내가 얼마나 괴로웠는지 당신이 안다면! 당신을 믿어요, 믿고말고요……. 그런데, 무슨 얘기를 하려던 거였죠?」

그는 자신이 뭘 얘기하고자 했는지 얼른 생각해 낼 수가 없었다. 최근 들어 점점 더 자주 안나를 사로잡는 폭발적인 질투심은 브론스키를 섬뜩하게 만들었다. 아무리 감추려 해도, 그리고 그녀의 질투가 자신에 대한 사랑에서 비롯된 것임을 알고 있음에도 불구하고, 그로 인해 그녀에 대한 마음이 조금씩 식어 갔다. 그는 자신을 향한 그녀의 사랑이 곧 행복이라고 수없이 스스로에게 각인시켰다. 그리고 그녀 역시 삶에서 주어지는 모든 축복 가운데 가장 중요한 건 사랑이라 여기는, 그런 여자만이 할 수 있는 방식으로 그를 사랑해 주었다. 그런데도 그는 그녀를 뒤쫓아 모스크바를 떠나왔을 때보다 훨씬 더 행복으로부터 멀어져 있었다. 당시 그는 자신이 불행하다고, 행복은 미래에 찾아올 거라고 생각했다. 반면 지금의 그는 진정한 행복이 이미 지나가 버렸다고 느끼고 있었다. 안나는 그가 처음 보았을 때의 그 모습과 전혀 달라져 있었다. 육체적으로도 정신적으로도 더 나쁜 쪽으로 변해 버렸다. 몸매는 전체적으로 펑퍼짐해졌고, 여배우에 관해 얘기할 때면 얼굴이 흉악하게 일그러지곤 했다. 그는 자신이 꺾은 꽃이 시들어 가는 모습을 바라보는 사람의 심정으로 그녀를 바라보곤 했다. 애초에 그로 하여금 그것을 꺾어 망가뜨리게 만든 아름다움은 이제 찾아보기 힘들었다. 그럼에도 불구하고, 자신의 사랑이 더 강렬했던 당시에는 진정으로 원한다면 그 사랑을 자신의 심장에서 떼어내 버릴 수 있을 거라 여겼던 반면, 그녀에 대한 사랑의 감정이 별로 느껴지지 않는 지금에 와서는 오히려 그녀와의 관계를 끊어 버릴 수 없게 되었다는 사실을 그는 알고 있었다.

「왕자에 관해서 뭔가 말하려 했던 거 아녜요? 악령은 쫓아 버렸어요, 쫓아 버렸다니까요.」 그녀가 덧붙였다. 둘 사이에서 질투는 악령이라 불렸다. 「그래요, 왕자에 관해 뭔가 얘기를 꺼냈었잖아요. 왜 그렇게 괴로웠는데요?」

「어휴, 정말이지 견딜 수가 없었어요!」 그가 놓쳐 버린 실마리를 다시 붙잡으려 애쓰며 말했다. 「그는 가까워질수록 호감을 잃게 만드는 사람이에요. 한마디로 정의하자면, 잘 사육된 짐승 같아요. 가축 전시장에서 1등 메달을 딸 만한 그런 종류 말입니다. 그 이상은 아무것도 아니에요.」 그는 불쾌한 어조로 이야기하며 그녀의 흥미를 끌었다.

「아니, 어떻게 그럴 수가 있죠?」 그녀가 되받아쳤다. 「어쨌거나 견문이 넓고 교양 있는 분이잖아요.」

「그건 전혀 다른 종류의 교양이에요. 그들만의 교양이죠. 오로지 교양을 경멸할 권리를 갖기 위해서 교육을 받은 게 분명해요. 그런 부류의 사람들이 동물적인 향락을 제외하고는 모든 것을 경멸하는 것처럼 말입니다.」

「아니, 당신네들 모두가 그런 동물적인 향락을 좋아하지 않나요?」 그녀가 말했다. 그는 또다시 그를 피해 달아나는 음울한 시선을 알아챘다.

「왜 그를 옹호하는 겁니까?」 그가 웃으면서 물었다.

「옹호하는 게 아니에요. 나랑은 뭐 전혀 상관없으니까. 하지만 내 생각에는, 당신 자신이 그런 향락을 싫어한다면 거절할 수도 있었을 텐데요. 그런데도 당신은 이브의 의상을 차려입은 테레즈를 음미하며 쾌감을 느끼고…….」

「또다시 그놈의 악령이군요!」 브론스키가 탁자 위에 놓인 안나의 손을 붙잡아 입을 맞추며 말했다.

「그래요, 어쩔 수가 없어요! 당신을 기다리는 동안 내가 얼마나 괴로웠는지 당신은 모를 거예요! 나는 질투심 강한 여자가 아니에요, 그런 여자가 아니란 말이에요. 당신이 여기, 나와 함께 있을 때는 당신을 믿어요. 하지만 당신이 어디선가 혼자서 나는 모르는 당신만의 생활을 꾸려 갈 때면…….」

안나는 그에게서 몸을 떼고 뜨개질감에서 코바늘을 마침내 빼내더니, 검지를 놀려 램프 아래 빛나는 하얀 털실의 뜨개코를 하나씩 떠나갔다. 자수가 놓인 소매 아래서 가녀린 손목이 빠르게 신경질적으로 움직였다.

「그래, 어땠나요? 어디서 알렉세이 알렉산드로비치와 마주친 건가요?」돌연 그녀의 음성이 부자연스럽게 울렸다.

「출입문에서 마주쳤어요.」

「당신에게 이렇게 인사했죠?」

그녀가 얼굴을 쑥 내밀더니 눈을 반쯤 감고는 재빨리 표정을 바꾸며 두 손을 모아 쥐었다. 순간 브론스키는 그녀의 아름다운 얼굴에서 아까 자신에게 인사하던 때의 알렉세이 알렉산드로비치의 얼굴 표정과 똑같은 모습을 읽었다. 그가 미소를 짓자, 안나는 그녀의 커다란 매력 가운데 하나인 예의 가슴에서 울려 나오는 사랑스러운 웃음을 터뜨리며 쾌활하게 웃었다.

「정말이지 그를 이해할 수가 없어요.」브론스키가 말했다. 「별장에서 당신의 속 얘기를 들은 뒤에 당신과 헤어졌더라면, 아니면 나에게 결투라도 신청했더라면…… 하지만 이런 경우는 도무지 이해할 수가 없어요. 이런 상태를 그는 어떻게 견딜 수 있는 거죠? 괴로워하고 있는 게 뻔히 보이던데.」

「그이가요?」그녀가 비웃는 투로 말했다. 「그는 전적으로 만족스러워하고 있어요.」

「모든 게 다 잘될 수 있는데, 대체 왜 우리 모두 이렇게 고통받는 겁니까?」

「그이만은 그렇지 않아요. 내가 그 사람을, 그 사람이 흠뻑 젖어 사는 그 허위를 모르겠어요? 만일 그이가 무언가를 느낀다면, 나랑 이런 식으로 살아갈 수가 있겠어요? 그이는 아무것도 이해하지 못하고, 아무것도 못 느껴요. 무언가 느끼는 사람이라면, **부정한** 아내와 한집에서 살 수가 있겠어요? 그런 아내와 말을 섞을 수 있겠어요? **여보,** 하고 부를 수나 있겠느냐고요.」

229

무심결에 그녀는 또 그를 흉내 냈다. 「여보, ma chère(여보), 안나!」

「그이는 남자가 아니에요, 인간이 아니에요. 그이는 인형이에요! 아무도 모를 테지만, 나는 알아요. 오, 내가 만일 그의 입장에 놓였더라면, 누구라도 그의 입장에 놓였더라면! 만일 내가 그 입장에 섰더라면, 나 같은 여자는 진작 죽었을 거예요, 갈기갈기 찢어 버렸을 거라고요. 그리고 ma chère(여보), 안나, 따위의 말은 입 밖에 내지도 않았겠죠. 그이는 사람이 아니라 관청의 기계예요. 그이는 내가 당신의 아내라는 걸, 자신은 남이며 군더더기라는 걸 이해하지 못해요. 이제 더 이상 이 얘기는 하지 말아요, 하지 말자고요!」

「그런 말은 **옳지 못합니다, 옳지 못해요.**」브론스키가 그녀를 진정시키고자 애쓰며 말했다. 「하지만 어찌 됐든 그 사람 얘기는 하지 맙시다. 뭘 하고 지냈는지 얘기해 주세요. 무슨 일이 있었나요? 대체 무슨 병이 났다는 겁니까? 의사가 뭐라고 하던가요?」

안나는 조롱기가 역력한 눈초리로 브론스키를 바라보았다. 남편에게서 또 다른 우스꽝스럽고 흉한 면을 찾아내어 그걸 이야기하려고 뜸을 들이는 듯했다.

브론스키가 말을 이었다.

「병이 난 게 아니라 당신의 몸 상태 때문이 아닐까 짐작했어요. 그건 언제쯤이죠?」

그녀의 눈에서 조롱기가 사라지고 다른 종류의 미소가, 그가 모르는 무언가를 알고 있는 듯한 기색과 잔잔한 우수가 조금 전의 표정을 대체했다.

「머지않았어요, 금방이에요. 당신은 우리의 처지가 고통스럽다고, 그걸 해결해야만 한다고 말했죠. 그것 때문에 내가 얼마나 괴로운지 알기나 한다면! 자유롭게 마음 놓고 당신을 사랑할 수만 있다면, 나는 뭐든지 다 내놓을 텐데요! 질투심 때문에 괴로워하지도, 당신을 괴롭히지도 않을 텐데요……. 머지않았어요. 하지만 우리가 생각하는 것처럼 그렇게 되지는 않을 거예요.」

그 일을 생각하니 그녀는 스스로가 너무나도 불쌍하게 여겨지고 눈물이 솟구치는 바람에 하던 얘기를 계속할 수가 없었다. 그녀는 램프 아래서 반짝이는 반지와 흰 살결을 드러내고 있던 손을 브론스키의 소매 위에 얹었다.

「그 일은 우리가 생각하는 것처럼 되지 않을 거예요. 이 얘기는 하고 싶지 않았지만 당신이 털어놓게 만들었어요. 머지않아, 곧 모든 게 해결될 거예요. 그리고 우리 모두가 편안해지고 더 이상은 괴로워하지 않게 될 거예요.」

「무슨 말인지 모르겠군요.」 무슨 뜻인지 알면서도 그는 이렇게 대꾸했다.

「언제쯤이냐고 물었죠? 곧 닥칠 거예요. 그리고 나는 그걸 견뎌 내지 못할 거예요. 내 말을 가로막지 말아요!」 그녀가 서둘러 말을 이었다. 「나는 알아요, 확실하게 알고 있단 말이에요. 나는 죽을 거예요. 죽음으로 나 자신과 당신을 해방시켜 줄 수 있을 테니 정말 기뻐요.」

그녀의 눈에서 눈물이 흘렀다. 브론스키가 몸을 숙여 안나의 손에 입을 맞추었다. 그는 아무런 근거도 없다는 걸 잘 알면서도 떨쳐 버릴 수 없는 불안을 애써 감추고 있었다.

「그렇게 될 거예요, 그렇게 되는 게 더 나아요.」 그녀가 그의 손을 꼭 쥐면서 말했다. 「그게 우리에게 남은 유일한 거

231

예요.」

그가 정신을 차리고서 고개를 들었다.

「무슨 얼토당토않은 얘깁니까! 정말이지 터무니없는 소리를 하고 있군요!」

「아니요, 그건 진실이에요.」

「뭐가, 대체 뭐가 진실이란 말입니까?」

「내가 죽으리라는 거 말이에요. 꿈을 꿨거든요.」

「꿈이라고요?」 브론스키가 되물었다. 그 순간 그의 꿈에 나타났던 사내가 떠올랐다.

「네, 꿈요.」 그녀가 말했다. 「벌써 오래전부터 그 꿈을 꾸곤 했어요. 내가 침실로 뛰어 들어가는 거예요, 거기서 뭔가를 가져가거나 뭔가를 알아내야만 하거든요. 알다시피, 꿈에서는 그런 일이 종종 일어나잖아요.」 그녀는 공포에 잠긴 눈을 크게 뜨고서 말을 이었다. 「그런데 침실에, 거기 한구석에 무언가 서 있는 거예요.」

「에잇, 무슨 말도 안 되는 얘깁니까? 그런 걸 믿다니…….」

그러나 그녀는 도중에 끼어들도록 내버려 두지 않았다. 지금 하는 말은 그녀 자신에게 너무나도 중요한 것이었다.

「그때 그 무언가가 뒤돌아서요. 알고 보니 그건 몸집이 작고 뻣뻣한 턱수염을 기른 무시무시한 농부예요. 나는 달아나고 싶은데, 그 사내가 자루 위로 몸을 숙인 채 두 손으로 무언가를 뒤적거리는 거예요…….」

그녀는 농부가 꿈지럭대며 자루 속을 뒤적이는 모습을 흉내 냈다. 그 얼굴에는 공포가 드리워 있었다. 브론스키 또한 자신의 꿈을 떠올리면서 똑같은 공포가 자신의 영혼을 가득 채우는 것을 느꼈다.

「그가 꿈지럭대면서 프랑스어로 재빠르게 뇌까리지 뭐에요. 〈r〉을 파리식으로 발음하면서 말이에요. 〈Il faut le battre le fer, le broyer, le pétrir(쇠를 벼려야 해, 두드리고 주물러야 해)……〉라고 말이죠. 나는 두려움에 잠에서 깨어나고 싶지만, 깨어나도 여전히 꿈속이에요. 그러면서 이게 무슨 뜻일까, 자문하기 시작해요. 그러면 코르네이가 나한테 이렇게 말하죠. 〈출산 중에 돌아가실 겁니다, 출산 중에요, 마님…….〉 그리고 나서야 잠에서 깨어나는 거예요.」

「정말이지 말도 안 돼요, 쓸데없는 망상이라고요!」 브론스키가 말했다. 하지만 그 목소리에 설득력이라곤 전혀 실려 있지 않다는 것을 그 자신이 느끼고 있었다.

「그 얘긴 이제 그만하죠. 벨을 울려 주세요. 차를 내오라고 하겠어요. 잠시만 기다려 주세요, 잠깐 동안 나는…….」

갑자기 그녀가 하던 말을 멈추었다. 그녀의 표정이 일순 돌변했다. 공포에 휩싸인 격정이, 침착하고 진지하며, 행복하고 신중한 표정으로 뒤바뀌었다. 그는 그러한 변화의 의미를 이해할 수가 없었다. 그녀는 자신의 내부에서 새로운 생명이 움직이는 소리를 들었던 것이다.

4

알렉세이 알렉산드로비치는 자기 집 현관에서 브론스키와 맞닥뜨린 뒤 예정대로 이탈리아 오페라를 관람하러 갔다. 거기서 2막까지 내리 앉아 있다가 만나야 할 인사들을 모조리 대면하였다. 집으로 돌아온 그는 옷걸이를 유심히 살피며 군용 외투가 없다는 걸 확인하고는 평소대로 자기 방으로 갔다. 그러나 여느 때와는 달리 잠자리에 들지 않은 채 새벽 3시까지 방 안을 서성였다. 예의를 지키려 들지 않고, 정부를 집 안에 들이지 말라는 자신이 제시한 단 한 가지 조건조차 이행하지 않는 아내에 대한 분노가 그에게서 안정감을 앗아가 버렸다. 아내가 그의 요구를 이행하지 않았으니 그녀를 벌하기 위해 이혼을 청구하고 아들을 빼앗아 버리겠다고 협박했던 바를 실행에 옮겨야만 했다. 그 일이 수반하는 온갖 골치 아픈 사안들에 대해 그는 잘 알고 있었지만, 그렇게 하겠노라고 엄포를 놓은 이상 이제 실행에 옮기지 않을 수 없었다. 리디야 이바노브나 백작 부인은 그 길만이 지금의 처지에서 벗어날 수 있는 최선의 돌파구이며, 최근 이혼에 관한 실무 절차가 개선되어 알렉산드르 알렉산드로비치로서는 형식상의 난항들을 극복할 방안을 찾을 수 있을 거라고 언질을 주기도 했었다. 마침 엎친 데 덮친 격으로 이민족 정착에 관한 사안과 자라이스크현 농경지 관개 사업이 알렉세이 알렉산드로비치에게 업무상 지독한 불쾌감을 안겨 주는 바람에, 요 근래 그는 내내 극도로 신경이 날카로워져 있던 참이었다.

밤새 잠이 오질 않았다. 곱절에서 곱절로 늘어 가던 그의 분노가 아침 녘에는 극한에 이르고 말았다. 아내가 깨어난 기척을 느끼자마자 그는 황급히 옷을 입고는 분노로 가득 찬 잔을 혹여 엎지를까 봐, 그리고 분노와 함께 아내와 담판을 짓는 데 필요한 정력마저 쏟아 버릴까 봐 초조해하는 듯한 기색으로 그녀의 방으로 들어갔다.

남편에 대해 그토록 잘 알고 있다고 자부해 온 안나이지만, 방으로 들어왔을 때의 그 모습에 그녀는 충격을 받았다. 이마는 잔뜩 주름져 있었고, 두 눈은 그녀의 시선을 피한 채 음울하게 정면을 응시하고 있었으며, 경멸을 머금은 입은 굳게 닫혀 있었다. 걸음걸이나 몸짓, 목소리에는 안나가 여태까지 본 적 없는 단호함과 결연함이 배어 있었다. 방에 들어온 그는 아내에게 인사도 하지 않고 곧장 그녀의 책상으로 가서 열쇠로 서랍을 열었다.

「뭘 원하는 거죠?」 그녀가 소리를 질렀다.

「당신 정부가 보낸 편지들.」 그가 대답했다.

「그건 여기 없어요.」 안나가 서랍을 닫으며 말했다. 그러나 바로 그 행동으로 그는 자신의 추측이 옳았음을 깨닫고는 아내의 손을 거칠게 밀어내고서 그녀가 가장 긴요한 문서들을 담아 두는 서류 가방을 잽싸게 낚아챘다.[4] 안나가 서류 가방을 빼앗으려 했으나, 알렉세이 알렉산드로비치는 그런 그녀를 밀쳐 냈다.

「자리에 앉아요! 당신과 얘기를 좀 해야겠소.」 그가 서류 가방을 겨드랑이에 끼우고 어깨가 올라갈 정도로 팔꿈치로 단단히 누른 다음 말했다.

충격을 받고 겁을 먹은 그녀는 아무런 말도 못 한 채 남편을 바라볼 뿐이었다.

「당신 정부를 집으로 불러들이는 건 허락하지 않겠노라고 말했잖소.」

「그를 만나야만 했어요, 왜냐하면…….」

그녀는 아무 구실도 떠올리지 못하고 중간에 말을 멈췄다.

「무엇 때문에 여자가 정부를 만나야만 하는지, 자세히 알

4 당시의 법률에 따라 카레닌은 한 집안의 가장으로서 아내와 가정의 모든 통신문을 읽을 권리가 있다.

235

아볼 생각은 없소.」

「나는 단지…….」 그녀가 발끈했다. 그의 거친 행동으로 울컥 화가 치밀자 갑자기 용기가 솟았다. 「당신이 얼마나 함부로 나를 모욕하는지, 정말 모르는 건가요?」 그녀가 말했다.

「모욕이란 순결한 사람, 순결한 여자한테나 쓸 수 있는 말이오. 도둑에게 도둑이라고 말하는 건 la constatation d'un fait(사실의 확인)일 뿐이지.」

「당신에게 이런 새로운 면이, 이토록 잔혹한 면이 있는 줄 몰랐네요.」

「오로지 예의를 지키는 조건으로 남편이 아내에게 명예로운 은신처를 제공해 주고 자유를 허락하는 것을 잔혹함이라고 부르는군. 그게 잔혹한 거란 말이오?」

「잔혹한 것보다 더 나쁘죠. 그게 뭔지 정말 알고 싶나요? 그건 비열한 거예요!」 안나는 악에 받쳐 고함을 지르고는 자리를 박차고 일어나 밖으로 나가려 했다.

「안 돼!」 그가 평소보다 한 음계 더 높은 특유의 날카로운 음성으로 소리쳤다. 그러고는 예의 커다란 손으로 그녀의 손목을 팔찌 자국이 남을 정도로 세게 움켜쥐고서 강제로 자리에 앉혔다. 「비열하다고? 그런 표현을 쓸 생각이라면 내가 알려 주지. 비열함이란 이런 거요, 정부 때문에 남편과 아들을 버리고서도 남편이 벌어 오는 밥을 먹는 것 말이오!」

안나는 고개를 떨구었다. 어제 정부에게 했던 말, **당신**이야말로 나의 남편이며 그이는 군더더기라는 말은 입 밖에 내지 않았을 뿐만 아니라, 그럴 생각조차 할 수 없었다. 남편의 말이 전부 정당하다고 느꼈기에 다만 조용히 이렇게 대꾸했을 뿐이다.

「내 처지에 대해서 내가 어떻게 느끼는지는, 당신도 그보다 더 나쁘게 묘사하지 못해요. 그런데 도대체 왜 그런 말을 하는 거죠?」

「왜 내가 그런 말을 하느냐고? 왜냐고?」 그가 여전히 격앙된 어조로 말을 이었다. 「예의를 지켜 달라는 내 뜻을 당신이 이행하지 않았으니, 이 상태를 끝장내기 위한 조치를 취하겠다는 걸 알려 주기 위해서요.」

「곧, 곧 끝장날 거예요.」 그녀가 속엣말을 털어놓았다. 그러자 곧 다가올, 이제는 바라는 바인 죽음이 떠올라 또다시두 눈에 눈물이 맺혔다.

「당신과 당신의 정부가 예상한 것보다는 더 빨리 끝날 거요! 당신들에게 필요한 건 동물적 욕구의 충족이니…….」

「알렉세이 알렉산드로비치! 관대하지 못하다는 말은 않겠어요. 하지만 이건 점잖지 못하잖아요. 쓰러진 사람을 때리다니요.」

「그래, 당신은 오직 자기 자신만을 생각할 뿐, 한때 당신의 남편이었던 사람의 고통 따위는 안중에도 없지. 남편의 삶이 통째로 무너져 버렸는데도, 당신은 아무 상관도 없는 거야, 그가 심히…… 심히…… 고통스러…… 한다는 것도.」

너무 황급히 말하다가 혀가 꼬여 버린 알렉세이 알렉산드로비치는 마지막 단어를 도무지 제대로 발음할 수가 없었다. 그리하여 결국에는 **고통스러버**라고 내뱉고 말았다. 안나는 내심 우스웠지만, 이런 순간에 뭔가를 우스워할 수 있다는 사실이 이내 부끄럽게 느껴졌다. 동시에 처음으로 남편이 짠하게 여겨져 그의 입장에 서보았다. 그러자 그가 가련해졌다. 하지만 그렇다고 해서 무슨 말을 하며, 무엇을 할 수 있단 말인가?

그녀는 고개를 숙인 채 아무 말도 하지 않았다. 알렉세이 알 렉산드로비치 역시 잠시 침묵을 지키더니 아까보다는 덜 날 카로운, 그러나 여전히 차가운 목소리로, 특별한 의미라곤 전 혀 없이 생각나는 대로 튀어나오는 단어들을 힘주어 강조하 면서 이야기를 시작했다.

「내가 온 건 당신한테 할 말이 있어서요…….」 그가 입을 열 었다.

그녀는 남편의 얼굴을 쳐다보았다. 〈그래, 그건 내 착각이 었어…….〉 그가 **고통스러버**라고 말했을 때의 표정을 떠올리며 그녀는 생각했다. 〈이렇게 눈빛이 흐리고 자기만족을 위해 냉 정함을 고수하는 사람이 과연 무언가를 느낄 수가 있겠어?〉

「나는 어떤 점에서도 달라질 수가 없어요.」 그녀가 조그만 소리로 말했다.

「내일 나는 모스크바로 떠나 더 이상 이 집으로 돌아오지 않을 거라는 얘기를 하러 왔소. 당신은 이혼 실무를 맡게 될 변호사를 통해 내가 내린 결정들을 전해 듣게 될 거요. 내 아 들은 누이에게 보낼 작정이오.」 아들 얘기를 하려 했던 것을 간신히 떠올리고 알렉세이 알렉산드로비치는 이렇게 말을 맺었다.

「당신한테 세료자는 나를 괴롭히기 위해서 필요한 거죠.」 그녀가 남편을 노려보면서 내뱉었다. 「당신은 그 애를 사랑 하지 않아요……. 세료자는 그냥 놔두세요!」

「그렇소, 나는 아들에 대한 사랑마저 잃었소. 왜냐하면 당 신에 대한 나의 혐오감이 그 아이에게까지 연결되어 있기 때 문이오. 하지만, 그럼에도 불구하고 그 애를 데려가겠소. 그 럼 이만!」

그러고서 그는 나가려 했지만, 이번에는 그녀가 그를 붙잡았다.

「알렉세이 알렉산드로비치, 세료자는 두고 가주세요!」 그녀가 다시 한번 속삭이듯 말했다. 「더 이상은 할 말이 없어요. 세료자는 그냥 두세요, 그때까지만……. 곧 출산하게 될 거예요. 그 애는 두고 가세요!」

순간 발끈한 알렉세이 알렉산드로비치는 그녀의 손을 뿌리치고는 말없이 방을 나갔다.

5

페테르부르크의 저명한 변호사의 접견실로 알렉세이 알렉산드로비치가 들어섰을 때, 그곳은 사람들로 붐비고 있었다. 노파와 젊은 처자, 상인의 아내를 포함한 세 명의 숙녀와 세 명의 신사가 있었는데, 한 사람은 손에 보석 반지를 낀 독일인 은행가였고 다른 이는 턱수염을 기른 상인, 나머지 한 명은 십자가를 목에 건 채 잔뜩 화가 나 있는 제복 차림의 관리였다. 한참 전부터 대기하고 있던 게 분명해 보였다. 두 조수가 책상에 앉아 펜촉을 삐걱대면서 뭔가를 쓰고 있었다. 필기구는 유난히 좋은 것들로 갖춰져 있었는데, 필기 용품 애호가인 알렉세이 알렉산드로비치가 그 점을 놓칠 리가 없었다. 조수 중 하나가 앉은 채로 눈을 가늘게 뜨고서 알렉세이 알렉산드로비치에게 퉁명스럽게 말을 걸었다.

「무슨 일로 오셨죠?」

「변호사에게 볼일이 있어서 왔소.」

「변호사님은 바쁘십니다.」 조수가 기다리는 손님들을 펜으로 가리키며 깐깐하게 대답하고는 필기를 계속했다.

「잠시 시간을 내주실 수 없겠소?」 알렉세이 알렉산드로비치가 말했다.

「한가할 틈이 없으십니다. 항상 바쁘시거든요. 좀 기다리십시오.」

「수고스럽겠지만 내 명함을 좀 건네주시오.」 본명을 밝힐 수밖에 없겠다고 판단한 알렉세이 알렉산드로비치가 위엄 있게 말했다.

명함을 건네받은 조수는 거기 적힌 것이 믿기지 않는다는 기색을 드러내며 문 안쪽으로 사라졌다.

알렉세이 알렉산드로비치는 공개 재판 제도에 원칙적으로 동의했지만, 그것을 러시아에서 적용하는 데 있어 몇 가지 세부적인 사항들과 관련해서는 자신에게 매우 익숙한 고위 공직상의 이해관계로 인하여 전적으로 동의하지는 않았다. 최고위급에서 승인된 무언가를 비판할 수 있는 범위 안에서 그것들을 비난하곤 하였다. 그는 일평생을 행정 일을 하며 보냈다. 때문에 그가 무언가에 동의하지 않을 때는, 모든 일에는 불가피한 오류가 있기 마련이며 개선될 가능성도 있다는 사실을 인정함으로써 그 반발심을 누그러뜨리곤 했다. 새로운 재판 제도에서도, 그는 다름 아닌 변호사 제도 도입과 관련된 사항들에 대해 반대하였다.[5] 그렇다고는 해도 지금까지는 변호사와 아무런 볼일이 없었으므로 단지 이론적으로만 그 제도에 반대해 왔는데, 변호사 사무실에서 받은 불쾌한 인상 때

5 변호사 제도는 1864년 사법 개혁 당시 공개 재판 제도와 함께 도입되었다. 이를 계기로 변호사직은 매우 수익이 높고 인기 있는 직종이 되었다.

문에 그의 반발심은 더욱더 커졌다.

「곧 나오실 겁니다.」조수가 말했다. 그러자 정말로 약 2분 뒤, 변호사와 뭔가 논의 중인 키 크고 호리호리한 늙은 법률가가 문가에 모습을 드러내더니 마침내 변호사가 나타났다.

변호사는 땅딸막하고 몸집이 다부진 대머리의 사내로 검붉은 턱수염과 기다란 금빛 눈썹, 툭 튀어나온 이마를 지니고 있었다. 넥타이와 두 줄의 체인에서부터 에나멜 부츠에 이르기까지 마치 새신랑처럼 성장(盛裝)한 모습이었다. 얼굴은 영리해 보였지만 촌티가 흘렀고, 한껏 멋을 낸 옷차림은 저급한 취향을 드러내고 있었다.

「어서 이쪽으로 드시지요.」변호사가 알렉세이 알렉산드로비치를 향해 말했다. 그러고는 침울한 표정으로 카레닌을 자기 방으로 들여보낸 뒤 문을 닫았다.

「앉으시겠습니까?」그가 서류들이 차곡차곡 쌓여 있는 책상 옆의 안락의자를 가리키더니 그 자신은 좌장 자리에 앉아 고개를 옆으로 비스듬히 숙인 채 짤막한 손가락에 하얀 솜털이 덮인 자그마한 두 손을 비벼 댔다. 그러나 그런 자세로 자리를 잡자마자 책상 위로 나방이 날아들었고, 그러자 변호사는 결코 예상할 수 없었던 날쌘 동작으로 두 손을 벌려 날벌레를 후려잡고는 다시 좀 전의 자세를 취하는 것이었다.

「내 용건을 얘기하기 전에……」 변호사의 행동을 놀란 눈으로 주시하던 알렉세이 알렉산드로비치가 이야기를 꺼냈다. 「한 가지 짚고 넘어가야 할 게 있는데, 당신과 논의하게 될 사안은 비밀에 부쳐져야만 하오.」

눈에 띌까 말까 한 희미한 미소로 인해 변호사의 늘어진 붉은 콧수염이 살짝 벌어졌다.

「위임된 비밀들을 지키지 못한다면 변호사라고 할 수도 없겠죠. 그렇지만 확실하게 해두고 싶으시다면……」

그의 얼굴을 본 알렉세이 알렉산드로비치는 총기 어린 잿빛 눈동자가 웃음을 머금고 있으며, 이미 그가 모든 것을 훤히 알고 있음을 눈치챘다.

「내 이름을 아시오?」 알렉세이 알렉산드로비치가 말을 이었다.

「선생님에 대해 잘 알고 있습니다. 그리고 선생님의 유익한……」 그가 또다시 나방을 잡았다. 「활동에 대해서도요. 러시아 사람들 모두가 그렇듯이 말입니다.」 변호사가 몸을 수그리며 말을 맺었다.

알렉세이 알렉산드로비치는 용기를 내고자 깊이 숨을 들이쉬었다. 그렇게 한번 마음을 굳게 먹은 다음부터는 우물쭈물하거나 더듬거리는 일 없이, 몇몇 단어들을 강조하면서 특유의 날카로운 목소리로 이야기를 계속해 나갔다.

「불행하게도……」 알렉세이 알렉산드로비치가 이야기를 시작했다. 「나는 남편으로서 기만당했고, 따라서 아내와의 관계를 법적으로 정리하려 하오. 요컨대 이혼을 하려는데, 다만 한 가지, 아들은 엄마한테 내주지 않았으면 하오.」

웃음 짓지 않으려 애를 썼음에도 불구하고 변호사의 잿빛 눈동자는 기쁨을 주체하지 못하고 번득였다. 알렉세이 알렉산드로비치는 그 눈에 어린 것이 단지 짭짤한 건수를 수임하게 된 사람의 기쁨만이 아님을 알아챘다. 거기에는 승리의 환희가 담겨 있었고, 언젠가 아내의 눈에서 보았던 것과 유사한 사악한 광채가 번득이고 있었다.

「이혼을 성사시키는 데 제가 도움을 드리기를 바라신단 말씀이시죠?」

「바로 그거요. 하지만 한 가지 경고해 두겠는데…….」알렉세이 알렉산드로비치가 말했다.「내가 당신의 배려를 악용할지도 모른다는 점이오. 나는 당신과 단지 사전 논의를 하기 위해 찾아온 거요. 이혼을 원하지만, 나에게는 이혼을 가능케 하는 형식들이 중요하오. 만일 그 형식들이 내 요구에 부응하지 않는다면 법적인 절차를 포기할 가능성이 크오.」

「오, 그거야 늘 그렇습니다.」변호사가 말했다.「그거야 항상 선생님의 뜻에 달려 있는 것이죠.」

변호사는 자신의 눈에서 발하는 가눌 수 없는 기쁨이 고객의 기분을 상하게 할지도 모른다는 생각에 알렉세이 알렉산드로비치의 발치를 향해 시선을 떨구었다. 그러고는 코앞을 날아가는 나방을 발견하고서 손을 움찔하기는 했으나, 알렉세이 알렉산드로비치의 처지를 존중하는 차원에서 나방을 잡지는 않았다.

「이 문제에 대한 국내 법규의 전반적인 윤곽은 나도 알고 있소만…….」알렉세이 알렉산드로비치가 말을 이었다.「이런 종류의 사건들이 실제적으로 처리되는 형식에 관해서 전체적으로 좀 확인했으면 하오.」

「그러니까 원하시는 게…….」변호사가 눈을 내리깐 채 고객의 말투를 흉내 내어 득의만만하게 대답했다.「선생님의 희망 사항을 실현해 낼 방도에 대해 설명을 듣고 싶으신 거로군요.」

긍정의 표시로 고개를 끄덕이자 그는 군데군데 붉어진 알렉세이 알렉산드로비치의 얼굴을 힐끗힐끗 곁눈질하며 이야기를 시작했다.

「우리 나라 법에 따르면……」 나라의 법에 찬동하지 않는다는 뉘앙스를 살짝 풍기며 그가 설명을 시작했다. 「이혼은, 아시다시피 다음과 같은 경우에만 가능한데요……[6] 잠시 기다리게!」 그가 문틈으로 고개를 쑥 내민 조수를 향해 말하고는, 그러고도 못내 일어나서 몇 마디 이른 뒤 다시 자리에 앉았다. 「다음과 같은 경우에 한합니다. 배우자에게 신체적 결함이 있을 때, 5년간 행방불명일 때……」 털이 수북이 덮인 짤막한 손가락을 꼽으며 그가 말했다. 「그다음은 간통을 했을 경우입니다(〈간통〉이라는 단어를 발음하는 그는 흡족한 기색이 역력했다). 세분하면 다음과 같습니다(앞서 말한 세 경우와 세부 사항은 함께 분류될 수 없음에도 불구하고, 그는 통통한 손가락을 꼽으며 말을 이었다). 남편 혹은 아내의 신체적 결함, 그다음으로는 남편 혹은 아내의 간통이지요.」 손가락을 전부 꼽아 버렸기에, 그는 손가락을 전부 펴고 이야기를 계속했다. 「그런데 이건 이론적인 견해이고, 선생님께서는 그것이 실제적으로 어떻게 응용되는지 알아보시고자 영광스럽게도 저를 찾아오신 거라 사료됩니다. 따라서 저로서는 선례에 의거하여, 이혼하게 되는 경우란 대부분 다음의 사항에 해당한다고 말씀드리는 바입니다. 제 추측입니다만, 신체적 결함은 없으시죠? 행방불명 또한 아니시죠?」

알렉세이 알렉산드로비치가 긍정의 표시로 고개를 끄덕

6 당시 러시아 법은 사실상 입수하기 어려운 유죄 증명이 이루어질 경우에만 이혼을 허용하였기에 보통은 부부 가운데 이혼을 원하는 쪽이 자신의 부정을 스스로 인정함으로써 이혼을 허락받곤 했다. 그러나 그럴 경우 부정한 쪽은 법률에 따라 참회를 해야 했을 뿐만 아니라, 재혼의 권리를 박탈당했다. 따라서 만일 안나 카레니나가 스스로의 부정을 인정할 경우 그는 브론스키와 재혼할 수가 없는 것이다.

였다.

「그렇다면 다음으로 귀결됩니다. 부부 중 한쪽이 간통을 하여 쌍방 합의하에 죄행을 증명하는 경우 내지는 쌍방 합의 와는 별개로 뜻하지 않게 죄행이 증명되는 경우입니다. 후자 의 경우는 실제로는 드물다는 점을 말씀드려야겠군요.」 말을 마친 변호사가 알렉세이 알렉산드로비치를 곁눈질로 쳐다보 고는 입을 다물었다. 마치 총포상 주인이 이런저런 무기들의 이점들을 설명한 뒤 고객의 선택을 기다리고 있는 듯한 형국 이었다. 하지만 알렉세이 알렉산드로비치 쪽에서 아무 말이 없기에 변호사는 다시금 설명을 해나갔다. 「제 생각에 가장 흔하고 간단하고 합리적인 경우는 쌍방의 합의하에 간통을 증명하는 것입니다. 지능이 떨어지는 사람을 대할 때는 이런 표현은 절대로 입에 담지 않습니다만…….」 변호사가 말했다. 「선생님께서는 이해하실 거라 생각합니다.」

그러나 알렉세이 알렉산드로비치는 너무나 혼란스러운 나 머지 쌍방의 합의하에 간통을 증명하는 게 합리적이라는 말 을 곧바로 이해하지 못한 채 눈빛으로 의혹을 내비치고 있었 다. 그러자 변호사가 당장 그를 거들어 주었다.

「부부가 더 이상 함께 살 수가 없다, 이게 하나의 사실입니 다. 만일 쌍방이 그 점에 동의한다면, 세부적인 형식들이야 아무래도 상관없습니다. 게다가 그게 가장 간단하고 확실한 방법이지요.」

그제야 알렉세이 알렉산드로비치는 모든 걸 이해했다. 하 지만 그에게는 그러한 방식을 채택할 수 없게 만드는 종교적 인 요구 사항이 있었다.

「이 경우에 그런 방식은 불가능하오.」 그가 말했다. 「여기서는 오직 한 가지 경우만 가능하오. 즉 뜻하지 않은 죄행의 적발 말이오. 내가 소지하고 있는 편지들이 그걸 확증해 줄 거요.」

편지 얘기를 들은 변호사는 입을 꽉 다물더니, 동정하는 동시에 멸시하는 듯한 가느다란 음성으로 말했다.

「제 말씀 좀 들어 보십시오.」 그가 이야기를 시작했다. 「이런 종류의 사건은 선생님께서도 아시다시피 종교 기관에서 해결하곤 합니다. 신부들과 사제장들은 이런 일이라면 아주 자잘한 사항들까지 캐내려 들지요.」 그가 사제장들의 취향에 공감하는 듯한 미소를 머금고서 말을 이어 갔다. 「편지들이 물론 부분적으로 죄상을 확인해 줄 수야 있겠지요. 하지만 유죄 증거는 직접적인 방식으로, 즉 증인들에 의해서 입수되어야만 합니다. 결론적으로 말씀드리자면, 선생님께서 저를 신뢰하신다면 어떠한 방도를 취해야 할지는 제가 선택하게 해주십시오. 결과를 얻고자 하는 자가 방법도 택하는 법이니까요.」

「만일 그렇다면…….」 갑자기 얼굴이 창백해진 알렉세이 알렉산드로비치가 입을 열었다. 그러나 그 순간 변호사가 자리에서 일어나 또다시 문가에서 그를 방해하는 조수 쪽으로 갔다.

「그 부인에게 전하게, 우리는 싸구려 사건은 맡지 않는다고!」 그는 이렇게 이르고 알렉세이 알렉산드로비치에게 돌아왔다.

자리로 돌아오면서 그는 눈에 띄지 않게 나방을 또 한 마리 잡았다. 〈여름이 올 때쯤 멋진 우단 커버가 생기겠군!〉 그가 눈썹을 찌푸리며 속으로 중얼거렸다.

「그러니까 선생님 말씀은…….」 그가 말했다.

「내 결정은 서면으로 알려 드리겠소.」 알렉세이 알렉산드로비치가 자리에서 일어나면서 이렇게 말하고 책상을 붙잡았다. 그러고는 잠시 말없이 서 있다가 다시 입을 열었다. 「당신의 말을 종합하여 내가 내릴 수 있는 결론은, 이혼이 가능하다는 거요. 당신의 수임 조건 역시 내게 알려 주시오.」

「저에게 전적으로 권한을 일임해 주신다면 뭐든지 가능합니다만.」 변호사가 질문에는 답하지 않고 이렇게 말했다. 「언제쯤 선생님으로부터 통보를 받을 수 있을까요?」 변호사가 문 쪽으로 걸음을 옮기며 눈동자와 에나멜 부츠를 반짝였다.

「일주일 안에 알려 주겠소. 그럼 당신도 이 일을 맡을 건지, 맡는다면 어떤 조건으로 할 건지 알려 주기 바라오.」

「여부가 있겠습니까.」

깍듯이 인사하고 고객을 문밖으로 내보낸 변호사는 홀로 남게 되자 기쁨에 흠뻑 젖어들었다. 너무나 신이 난 나머지 자신의 원칙을 어기고 수임료를 흥정하던 부인에게 값을 깎아 주기까지 했으며, 나방을 잡는 일도 그만두었다. 그러고는 올겨울 시고닌네처럼 가구들을 우단으로 갈아 씌우기로 마침내 결정을 내렸다.

6

8월 17일 위원회 회의 때 알렉세이 알렉산드로비치는 눈부신 승리를 거두었다. 그러나 그 승리의 후과가 그를 쓰러뜨리고 말았다. 이민족의 생활상을 전면적으로 연구할 새로운

위원회가 구성되어 알렉세이 알렉산드로비치의 주도하에 이
례적으로 신속하고도 정력적으로 현장에 투입되었고, 석 달
뒤에 보고서가 제출되었다. 이민족들의 생활이 정치적, 행정
적, 경제적, 민속학적 측면과 물질적이고 종교적인 측면에서
연구되었다. 모든 문제들에 대한 답변이 훌륭하게 기술되었
고 그러한 답변들은 의심할 여지가 없었는데, 왜냐하면 그것
들은 늘 오류를 범하곤 하는 관념의 산물이 아니라 전부 공
무 활동의 산물이었기 때문이다. 답변들은 모두 군수들과 관
구장들의 보고에 기초하여 현 지사와 고위 성직자들이 올린
보고문과 공식적인 자료들의 결과였다. 군수들과 관구장의
보고 역시 면의 관리들과 교구 사제들의 보고에 의거한 것이
었기에, 그 모든 답변들은 의심할 바 없이 확실했다. 가령 왜
흉작이 발생하는지, 왜 주민들이 자신들의 신앙을 고수하는
지 등등과 관련된 모든 문제들, 공무 기관에서 제공하는 설비
들 없이는 해결되지 않으며 수 세기가 흘러도 해결될 수 없
는 문제들이 명료하고 확실한 해결책을 얻은 것이었다. 그리
고 해결책은 알렉세이 알렉산드로비치에게 유리한 결과를
가져오게 되어 있었다. 하지만 지난번 회의에서 몹시 자존심
이 상한 스트레모프가 위원회의 보고를 받을 때 알렉세이 알
렉산드로비치로서는 미처 예기치 못한 전술을 구사했다. 몇
몇 다른 위원들을 자기 쪽으로 끌어들인 스트레모프가 갑자
기 알렉세이 알렉산드로비치 편이 되어서는 그가 제안한 조
치들을 실행에 옮기는 안을 열렬히 옹호했을 뿐 아니라 동일
한 취지하에 다른 극단적인 방안들마저 제안한 것이었다. 알
렉세이 알렉산드로비치의 기본 구상과는 어긋나는 방향으로
강화된 그 조치들은 결국 채택되었으며, 그러자 스트레모프

의 전술의 전모가 드러났다. 극단으로 치달은 그 방안들이 곧바로 황당무계한 것으로 판명 나면서, 정부 관료들과 사회 여론 및 똑똑한 귀부인들과 일간지들이 일제히 그 방안 자체는 물론 그것의 공인된 원흉인 알렉세이 알렉산드로비치에 대해 공분을 표하며 비난을 퍼부어 댔던 것이다. 반면 스트레모프는 그저 카레닌의 계획을 맹목적으로 추종했을 뿐이라는 듯, 벌어진 일에 대해서 그제야 놀라고 당황하는 척하며 한발 물러섰다. 그 일이 알렉세이 알렉산드로비치에게 일격을 가했다. 그러나 건강이 악화되어 감에도 불구하고, 또 가정사로 인한 마음고생에도 불구하고 알렉세이 알렉산드로비치는 굴하지 않았다. 위원회는 분열되었다. 스트레모프를 수장으로 삼는 일군의 위원들은 알렉세이 알렉산드로비치의 지도하에 보고서를 제출한 조사 위원회를 신뢰했을 뿐이라고 자신들의 오류를 정당화하며, 해당 위원회의 보고서는 엉터리에다 단지 글자만 가득 적힌 종잇장에 불과하다고 말했다. 알렉산드르 알렉산드로비치는 공문서에 대한 그처럼 극단적인 태도의 위험성을 감지한 분파 사람들과 함께 조사 위원회가 작성한 자료들을 계속해서 지지하였다. 그 결과 고위층에서뿐만 아니라 사회 전체적으로 일대 혼란이 일었다. 그 사건이 모든 사람들에게 첨예한 관심을 불러일으켰음에도 불구하고 실제로 이민족들이 가난에 찌들어 몰락하고 있는지, 아니면 번창하고 있는지는 그 누구도 알 수가 없었다. 그 사건의 결과와 더불어, 부분적으로는 아내의 부정으로 인한 멸시 때문에 알렉세이 알렉산드로비치의 입지는 매우 불안해졌다. 이러한 정황 속에서 알렉세이 알렉산드로비치는 중대한 결정을 내렸다. 그는 본인이 직접 사안의 조사를 위해 현장으로 갈 수 있도록 허락해 줄 것을 요청하노라고 공표하여 위원회를 충격에 빠뜨렸다. 그리하여 허락을 받아 낸 알렉세이 알렉산드로비치는 멀리 떨어져 있는 현으로 출발했다.

알렉세이 알렉산드로비치의 행차는 세상을 떠들썩하게 했다. 더군다나 출발에 앞서 그가 목적지까지 여비로 지급된 역마 열두 필 치의 비용을 서면을 통해 공식적으로 반납한 터였다.

「그건 참으로 고결한 행동이라고 생각해요.」 벳시도 그 일에 관해서 먀흐카야 공작 부인과 이야기를 나누었다. 「지금은 어디나 철로가 깔려 있다는 걸 만인이 알고 있는 판에 역마 삯은 뭣하러 지급한답니까?」

하지만 먀흐카야 공작 부인은 동의하지 않았으며, 심지어 트베르스카야 공작 부인의 견해에 화가 치밀어 올랐다.

「부인께서는 그렇게 말하실 수 있겠죠. 몇 백만인지도 모를 재산을 갖고 계시니까요. 하지만 난 여름에 남편이 감찰하러 다니는 게 참 좋은걸요. 그이도 여행 다니는 걸 아주 좋아할뿐더러, 나한테는 마차랑 마부를 부릴 돈도 들어오니까요.」

알렉세이 알렉산드로비치는 먼 곳에 있는 현으로 가는 도중에 모스크바에 사흘간 머물렀다.

모스크바에 도착한 다음 날 총독을 알현하러 나선 그는, 마차들과 삯마차들로 늘 붐비는 가제트니 골목[7]의 교차로에서 우렁차고 쾌활하게 자신의 이름을 부르는 소리를 듣고는 문득 돌아보지 않을 수 없었다. 인도 모퉁이에 최신 스타일의 짧은 외투 차림에 역시 최신식 작달막한 모자를 비스듬히 쓰고서 붉은 입술 사이로 하얀 이를 드러낸 채 환한 미소를 짓

7 모스크바 시내의 중심가.

고 있는, 젊고 명랑하며 화색이 도는 스테판 아르카디치가 서서 카레닌의 마차를 멈춰 세우려고 있는 힘껏 줄기차게 소리치고 있었다. 그는 모퉁이에 멈춰 서 있는 사륜마차의 창문을 한 손으로 붙들고서 웃으며 손짓으로 매제를 부르고 있었고, 그 창문 밖으로 벨벳 모자를 쓴 부인과 두 아이의 머리가 불쑥 나왔다. 부인 역시 선량한 미소를 지으며 알렉세이 알렉산드로비치에게 손을 흔들었다. 아이들과 함께 있는 돌리였다.

알렉세이 알렉산드로비치는 모스크바에서 아무도 만나고 싶지 않았고, 처남은 더더욱 그러했다. 그는 모자를 살짝 들어 올리고 지나가려 했지만, 스테판 아르카디치가 마부에게 멈추라고 이르더니 쌓인 눈을 밟으며 그에게로 달려왔다.

「아무런 전갈도 없다니, 이러기요! 온 지 오래되었소? 어제 뒤소 호텔에 갔다가 거기 흑판에 〈카레닌〉이라고 적힌 걸 봤었지. 그런데 그게 매제인 줄은 생각을 못 했어!」 스테판 아르카디치가 창문으로 고개를 들이밀고는 말했다. 「그런 줄 알았으면 방에 들렀을 텐데. 만나서 반갑구먼!」 그러고는 한쪽 발로 다른 쪽 발을 툭툭 쳐 눈을 털어 냈다. 「연락도 없다니, 너무했소!」

「짬이 없었소. 무척 바빴던 탓에.」 알렉세이 알렉산드로비치가 무뚝뚝하게 대답했다.

「집사람한테 갑시다. 집사람이 매제를 얼마나 보고 싶어 했는지 모른다니까.」

알렉세이 알렉산드로비치는 추위를 잘 타는 두 다리에 감싸두었던 담요를 걷어 내고는 마차에서 내려 눈을 간신히 헤치며 다리야 알렉산드로브나에게로 다가갔다.

「어쩜, 알렉세이 알렉산드로비치, 이렇게 우리를 외면하시다니요?」돌리가 서운함이 깃든 미소를 지으며 말했다.

「무척 바빴습니다. 정말 반갑습니다.」일이 이렇게 되어 유감스러운 마음을 분명히 드러내는 말투로 그가 말했다. 「건강은 어떠신지요?」

「그보다 우리 안나 아가씨는 어떻게 지내나요?」

알렉세이 알렉산드로비치는 무언가를 중얼거리더니 돌아가려고 했다. 하지만 스테판 아르카디치가 그를 멈춰 세웠다.

「자, 그럼 내일 이렇게 합시다. 돌리, 매제를 식사에 초대해요! 모스크바의 인텔리겐치아들이 손님 대접을 할 수 있도록 코즈니셰프와 페스초프도 부릅시다.」

「부디 저희 집에 와주세요.」돌리가 말했다. 「5시나, 원하신다면 6시에 기다리고 있을게요. 그런데 우리 안나 아가씨는 어떻게 지내나요? 본 지가 너무 오래돼서…….」

「건강하게 잘 지내고 있습니다.」알렉세이 알렉산드로비치가 인상을 찌푸린 채 중얼거렸다. 「뵙게 되어 반가웠습니다!」그러고서 그는 자신의 마차로 향했다.

「오실 거죠?」돌리가 소리쳤다.

알렉세이 알렉산드로비치가 무언가를 중얼거렸으나, 돌리는 지나가는 마차들의 소음 때문에 알아듣지 못했다.

「내가 내일 들르겠소!」스테판 아르카디치가 그에게 소리쳤다.

마차에 올라탄 알렉세이 알렉산드로비치는 아무것도 보지 않으려고, 그리고 자기 모습도 보이지 않도록 안쪽 깊숙이 자리를 잡았다.

「괴짜라니까!」스테판 아르카디치는 아내에게 이렇게 한마디 던진 뒤 시계를 흘낏 보고는, 얼굴 앞에서 손짓으로 아내와 아이들에게 애정을 표하고서 씩씩하게 인도를 따라 걸어갔다.

「스티바! 스티바!」돌리가 얼굴을 붉히며 소리쳤다.

그가 뒤를 돌아보았다.

「그리샤에게 외투를 사줘야 한단 말이에요, 타냐한테도요. 돈 좀 주고 가요!」

「괜찮아, 내가 나중에 계산할 거라고 전해.」그는 마차를 타고 지나가던 지인을 향해 쾌활하게 고개를 끄덕여 보이더니 이윽고 시야에서 사라졌다.

7

이튿날은 일요일이었다. 스테판 아르카디치는 발레 시연이 열리는 볼쇼이 극장에 들러서 무용수들에 대한 자신의 후원으로 새롭게 입단하게 된 미녀 마샤 치비소바에게 전날 밤 약속했던 산호 목걸이를 전해 주고, 대낮에도 어두운 극장 무대 뒤편에서 그의 선물 덕택에 환하게 빛나는 그녀의 자그마한 얼굴에 입을 맞추기까지 하였다. 산호 목걸이를 건네는 일 말고도 그녀와 발레 공연 후에 만나자는 약속을 해야만 했다. 그는 공연이 시작될 때는 올 수가 없다고 사정을 설명하고는, 막이 끝날 즈음 와서 저녁 식사 자리에 그녀를 데리고 가겠노라 약속했다. 극장을 나선 스테판 아르카디치는 오호트니 라트[8]로 가서 만찬용 생선과 아스파라거스를 손수 골랐고,

8 크렘린과 붉은 광장에서 곧바로 이어지는 모스크바의 중심가. 주요 정부 청사들이 위치하고 있으며 볼쇼이 극장이 그 근방에 있다.

12시에는 이미 뒤소 호텔에 당도해 있었다. 거기서 그는 세 사람을 만나야 했는데, 운 좋게도 셋이 모두 같은 호텔에 투숙하고 있던 터였다. 얼마 전에 외국 여행에서 돌아와 여기에 묵고 있는 레빈, 고위직에 막 임관하여 모스크바 감찰을 나온 신임 상관, 그리고 반드시 만찬에 데리고 가야 하는 매제 카레닌이 바로 그들이었다.

스테판 아르카디치는 만찬을 즐겼지만, 그중에서도 특히 음식과 음료, 그리고 손님들을 엄선하여 소규모로 연회를 베푸는 일이 좋았다. 오늘의 구성이 그는 무척 마음에 들었다. 우선 음식과 음료로는 살아 있는 민물 농어와 아스파라거스, 그리고 la pièce de résistance(주방장 특선)로 근사하면서도 단순한 로스트비프와 그것에 적절하게 어울리는 포도주들이 나올 예정이었다. 손님으로는 키티와 레빈이 올 텐데, 그들의 만남이 눈에 띄지 않도록 사촌 누이와 셰르바츠키 일가의 젊은 친구도 불렀고, la pièce de résistance(주방장 특선)로 세르게이 코즈니셰프와 알렉세이 알렉산드로비치 카레닌이 참석하기로 되어 있었다. 세르게이 이바노비치 코즈니셰프는 모스크바에서 온 철학자, 알렉세이 알렉산드로비치는 페테르부르크에서 온 실무가였다. 여기에 추가로 이름난 괴짜이자 열성분자이며, 자유주의자, 수다쟁이, 음악가, 역사가인, 쉰 살짜리 귀여운 청년 페스초프를 부를 생각이었다. 코즈니셰프와 카레닌에게는 양념이나 곁들인 음식 같은 존재로서 그들의 활기를 북돋아 주거나 싸움을 부추길 인물이었다.

상인으로부터 2차로 받은 삼림 대금이 아직 탕진되지 않은 채 남아 있었고 돌리는 최근 들어서 아주 다정하고 순하게 구는 데다 오늘 만찬에 대한 구상이 여러 면에서 스테판 아르카디치를 흡족하게 해주었다. 기분이 더할 나위 없이 좋았다. 약간 불쾌한 사안 두 가지가 있기는 했지만, 모두 스테판 아르카디치의 마음에 일렁이는 호인다운 쾌활함의 바다 밑으로 가라앉아 버렸다. 그 두 가지 사안이란 이러한 것이었다. 첫째는, 어제 길거리에서 알렉세이 알렉산드로비치를 만났을 때 눈치챘바 자신을 대하는 그의 태도가 냉담하고 고압적이었으며, 그때 알렉세이 알렉산드로비치의 표정과 그가 집으로 찾아오지도 않고 왔다는 소식조차 전하지 않았다는 점을 안나와 브론스키에 관해서 들려오는 소문들과 연결 지어 본 결과, 그들 부부 사이에 뭔가 문제가 있는 것만 같았다.

그것이 불쾌한 사안 중 하나였고 또 다른 약간 불쾌한 사안은, 신임 상관이 다른 모든 신임 상관들과 마찬가지로 아침 6시에 일어나서 소처럼 일하고 아랫사람들한테도 자기와 똑같이 일할 것을 요구하는 무서운 사람이라는 평판이었다. 그뿐 아니라 이 신임 상관은 사람들을 대하는 데 있어서 곰처럼 답답하게 구는 데다, 소문에 따르면 전임 상관이 지켜 왔고 지금까지 스테판 아르카디치 자신이 고수해 온 입장과는 정반대되는 노선을 견지한다는 것이었다. 어제 스테판 아르카디치가 제복 차림으로 출근했을 때, 신임 상관은 마치 지인을 대하듯이 그를 친근하게 대하고 그와 서슴없이 담소도 나누었었다. 그래서 스테판 아르카디치는 프록코트를 차려입고 그를 방문하는 것이 자신의 의무라고 여겼다. 그런데 신임 상관이 그런 자신을 홀대할지도 모른다는 생각, 바로 그것이 또 하나의 불쾌한 점이었다. 그러면서도 한편으로 그는 모든 게 다 **잘 수습될 거라고** 본능적으로 예감하고 있었다. 〈모든 사람들, 모든 인간들은 매한가지로 죄인인 법이야. 그런데 서로 아귀다툼을 해야 할 이유가 뭐가 있냐고.〉호텔 안으로 들어서며 그가 생각했다.

「잘 있었는가, 바실리.」모자를 비뚜름하게 쓰고서 복도를 지나가던 그가 안면이 있는 급사에게 말을 걸었다. 「자네, 구레나룻을 길렀구면? 레빈은 7호실에 있는 게지? 어서 안내해 주게. 그리고 아니치긴 백작(이 사람이 신임 상관이었다)을 좀 뵐 수 있는지 알아봐 주게.」

「예, 알겠습니다.」바실리가 미소 띤 얼굴로 대답했다. 「오랜만에 찾아 주셨군요.」

「어제도 왔었네. 다른 출입구로 들어왔었지. 여기가 7호실인가?」

스테판 아르카디치가 방 안으로 들어섰을 때, 레빈은 트베리에서 온 농부와 함께 방 한가운데 선 채 갓 사냥한 곰의 가죽을 자로 재고 있었다.

「어이구, 자네가 잡았나?」스테판 아르카디치가 소리쳤다. 「아주 좋은 가죽이로군! 암컷인가? 잘 있었나, 아르히프!」

그가 농부와 악수를 하고서 외투와 모자도 벗지 않은 채 의자에 앉았다.

「외투는 좀 벗고서 앉아 있게!」그의 모자를 벗기면서 레빈이 말했다.

「아닐세, 시간이 없어. 잠깐만 있다 가려고.」스테판 아르카디치가 대답했다. 하지만 그는 이내 외투 자락을 펼치더니 아예 벗어 버리고는 한 시간을 내리 앉아서 레빈과 사냥 얘기라든가 다른 정겨운 얘기들을 나누었다.

「얘기 좀 해보게, 외국에서는 무얼 했나? 어딜 갔었어?」농부가 나가자 스테판 아르카디치가 물었다.

「독일이랑 프로이센, 프랑스, 영국에 갔었네. 수도에 갔던 건 아니고, 공업 도시를 방문했지. 새로운 것들을 많이 봤어. 만족스러운 여행이었네.」

「그래, 노동자 조직에 대한 자네 생각을 잘 알지.」

「전혀 아닐세. 러시아에 노동자 문제는 있을 수가 없어. 러시아가 안고 있는 문제는 노동 대중과 토지의 관계라네. 외국에도 이 문제는 존재하지만, 거기서는 망가진 것을 수리하는 식인 반면, 우리 나라에서는······.」

스테판 아르카디치는 레빈의 얘기를 주의 깊게 들었다.

「그래, 맞아!」 그가 말했다. 「분명 자네 말이 옳을 거야. 뭣보다 자네가 활기차 보여서 좋구먼. 곰 사냥도 하고, 일도 하고, 문젯거리에 열중하고, 세르바츠키가 그러더군. 자네와 마주쳤다면서? 그런데 어쩐지 우울해 보였다던데, 내내 죽음에 관해서 얘기하질 않나······.」

「정말 그렇다네, 끊임없이 죽음에 대한 생각을 하고 있지.」 레빈이 말했다. 「죽을 때가 됐지 뭔가. 그러니 모든 게 무의미하네. 진실을 말하는 걸세. 나는 내 일과 사상을 아주 소중히 여기네. 하지만 생각 좀 해보게. 본질적으로 이 세상은 아주 작은 행성에서 자라난 미미한 곰팡이에 불과하지 않느냐는 말이야. 우리는 우리 자신에게 뭔가 대단한 게 있다고 생각하지, 사상도 있고 과업도 있다고! 하지만 그런 건 다 모래알에 불과해.」

「이 친구야, 그런 건 이 세상만큼이나 낡아 빠진 얘기라고!」

「낡은 얘기지. 하지만 그걸 분명히 깨닫게 되면 모든 게 하찮아진다네. 오늘이나 내일 죽어서 아무것도 남지 않는다면 모든 건 하찮을 뿐이지! 나는 내 사상을 무척이나 중요하게 생각하지만, 그것 또한 하찮다는 말일세. 저 곰을 잡듯이 그것을 실현한다 해도 말이야. 그러니 삶을 살아가고 사냥도 즐기고 일을 하지만, 그게 다 죽음에 대한 생각을 지워 버리기 위한 거라고.」

레빈의 이야기를 듣는 스테판 아르카디치의 얼굴에 희미하게 온화한 미소가 떠올랐다.

「그럼, 물론이지! 이제야 자네가 내 편이 되었군. 기억하나? 삶에서 쾌락만을 찾는다고 자네가 나를 나무라지 않았나?

오, 도덕주의자여, 그렇게 엄격하게 굴지 마시오!」[9]

「아니야, 그럼에도 불구하고 삶 속에 좋은 게 있긴 해…….」 레빈은 갈팡질팡했다. 「아니, 나도 모르겠네. 다만 내가 아는 건 곧 죽을 거라는 거야.」

「어째서 곧 죽는다는 건가?」

「그게 말이지, 죽음에 대해 생각하면 살맛이 떨어지기는 하지만 마음은 더 편해지거든.」

「그 반대로, 끝이 다가올수록 더 신나는 법일세. 어쨌거나 이제 가봐야겠네.」 벌써 열 번째로 자리에서 일어나면서 스테판 아르카디치가 말했다.

「무슨 소린가, 더 있다 가게!」 레빈이 그를 만류했다. 「안 그러면 언제 또 보겠나? 나는 내일 떠날 걸세.」

「내 정신 좀 보게! 그래서 내가 온 건데 말이지. 오늘 꼭 우

---

9 러시아의 시인 A. A. 페트의 번역 시 「하피즈의 시 중에서」의 첫 행을 잘못 인용한 것. 원작의 시행은 다음과 같다. 〈오, 신학자여, 그렇게 엄격하게 굴지 마시오! 도덕주의자여, 만인에게 화내지 마시오!〉

리 집에 저녁 식사 하러 오게! 자네 형님도 오실 거고, 매제 카레닌도 올 거라네.」

「그가 여기 있단 말인가?」 레빈이 말했다. 실은 그는 키티에 관해 묻고 싶었다. 초겨울에 그녀가 페테르부르크에 사는 외교관 부인인 언니 집에서 지낸다는 소식을 듣기는 했지만, 그 뒤로 돌아왔는지 안 왔는지는 모르는 채였다. 하지만 그는 물어볼 생각을 접었다. 〈왔건 안 왔건, 상관없어.〉

「올 거지?」

「음, 물론이지.」

「5시에, 프록코트를 입고 오게.」

그러고서 스테판 아르카디치는 자리에서 일어나 아래층에 묵고 있는 신임 상관에게 갔다. 그의 예감은 빗나가지 않았다. 무섭다는 신임 상관은 알고 보니 아주 온화한 사람이었다. 스테판 아르카디치는 그와 오찬을 함께한 뒤 한참을 더 앉아 있다가 3시가 되어서야 알렉세이 알렉산드로비치의 방으로 갔다.

8

아침 예배에 참례하고 돌아온 알렉세이 알렉산드로비치는 오전 내내 방 안에만 있었다. 이날 오전 중에 그는 두 가지 일을 처리해야만 했다. 첫째로는 페테르부르크로 이주하는 도중에 마침 모스크바에 머물고 있는 이민족 대표단을 접견하고 그들에게 지침을 내려 주는 일이요, 둘째로는 변호사에게 보내기로 약속한 편지를 써야 하는 것이었다. 대표단은 알렉세이 알렉산드로비치 자신이 발의해서 소환된 것이긴 했지만 여러 가지 난처하고 심지어 위험한 상황마저 불러일으켰으므로, 그는 모스크바에서 그들을 접견하게 된 것을 다행스럽게 여겼다. 대표단의 구성원들은 자신들의 역할과 임무에 대해 아무런 자각이 없었다. 순진하게도 자신들에게 필요한 것들과 작금의 상황에 대해 설명하고 정부의 지원을 요청하는 게 임무라고 믿을 뿐, 자신들이 올린 몇몇 청원이 오히려 반대파를 도와주는 바람에 모든 일을 망치고 있다는 건 전혀 깨닫지 못하고 있었다. 알렉세이 알렉산드로비치는 그들과 오랫동안 씨름한 뒤 그들이 결코 어겨서는 안 되는 강령을 써주고 그들을 보낸 다음, 페테르부르크로 대표단의 지도를 부탁하는 편지를 썼다. 이 일에 중요한 조력자가 되어 줄 사람은 리디야 이바노브나 백작 부인이었다. 대표단에 관해서라면 그녀는 전문가였고, 그녀만큼 대표단을 선전해 주고 그들에게 진정한 지침을 내려 줄 사람은 그 누구도 없었다. 그 일을 끝내고서 알렉세이 알렉산드로비치는 변호사에게 보낼 편지를 썼다. 그는 추호의 망설임도 없이 변호사가 재량껏 조치를 취할 것을 허락했다. 편지에는 자신이 가로챈 안나의 서류철 속에 들어 있던 것들, 즉 브론스키가 안나에게 보낸 석장의 쪽지를 동봉했다.

알렉세이 알렉산드로비치가 가족에게 돌아가지 않을 작정을 하고 집을 나온 이후로, 그리고 변호사에게 들러 비록 단한 사람에게나마 자신의 결심을 털어놓은 이후로, 특히 일생일대의 문제를 서류상의 문제로 전환시킨 이후로 그는 자신의 결심에 더욱더 애착을 느끼게 되었으며, 이제는 그것의 실행이 가능하다고 분명하게 느끼고 있었다.

그가 변호사에게 보낼 편지를 봉할 때 스테판 아르카디치가 내지르는 고함 소리가 들려왔다. 알렉세이 알렉산드로비치의 시종과 언쟁을 하면서 자신이 온 것을 아뢰라고 다그치는 소리였다.

〈아무려면 어때.〉 알렉세이 알렉산드로비치가 생각했다. 〈차라리 더 잘된 걸지도 몰라. 그의 누이에 대한 내 입장을 지금 알리고, 자기 집에서 열리는 만찬에 왜 갈 수 없는지 설명해야겠군.〉

「들어오시라고 하게!」 그가 종이들을 모아 압지첩에 끼워 넣으면서 큰 소리로 말했다.

「자, 보게, 자네가 거짓말을 했잖은가, 여기 이렇게 계시는데!」 스테판 아르카디치가 안으로 들여보내 주지 않던 시종에게 대꾸하고는 외투를 벗으면서 방에 들어섰다. 「만나서 반갑소! 자, 그럼……」 스테판 아르카디치가 쾌활하게 이야기를 꺼냈다.

「나는 갈 수 없소.」 알렉세이 알렉산드로비치가 선 채로, 손님에게 앉으라고 권지지도 않고서 냉담하게 말했다.

그는 이제 막 착수한 이혼 소송 상대인 아내의 오라비에게 응당한 냉담한 태도를 취할 작정이었다. 그러나 그는 스테판 아르카디치의 영혼으로부터 바닷물처럼 밀려드는 온화함의 물결을 미처 고려하지 못했다.

스테판 아르카디치는 해맑게 반짝이는 두 눈을 커다랗게 치떴다.

「왜 못 온다는 거요? 무슨 얘길 하려는 건데?」 그가 의아하다는 듯이 프랑스어로 말했다. 「그건 안 되지, 이미 약속했잖소? 우리 모두 매제가 오는 걸로 알고 있는걸.」

「내 말인즉, 우리 사이에 있었던 친족 관계가 이제 끝장날 거라서 갈 수가 없다는 거요.」

「그게 무슨 소리요? 그런 일이 어떻게 있을 수 있단 말이오? 뭣 때문에?」 스테판 아르카디치가 미소를 거두지 않은 채 물었다.

「왜냐하면 내가 당신의 누이, 즉 내 아내와의 이혼 소송을 시작했기 때문이오. 나는 응당 ─」

그러나 알렉세이 알렉산드로비치가 얘기를 다 마치기도 전에 스테판 아르카디치는 전혀 예상치 못했던 반응을 보였다. 한숨을 내쉬고는 안락의자에 풀썩 주저앉은 것이다.

「아니, 알렉세이 알렉산드로비치, 지금 무슨 말을 하는 거요!」 오블론스키가 소리쳤다. 그의 얼굴에는 고통스러운 기색이 역력했다.

「사실 그대로요.」

「미안하지만, 그런 얘기는 도저히 믿지 못하겠소……」

알렉세이 알렉산드로비치는 자리에 앉았다. 그는 자신의 얘기가 기대했던 효과를 불러일으키지 못했으며 정황 설명을 해야만 한다는 것, 그리고 어떻게 설명하든 처남과의 관계는 그대로 유지되리라는 사실을 직감했다.

「그렇소, 나는 이혼을 요구할 수밖에 없는 힘든 상황에 처하게 되었소.」 그가 말했다.

「한 가지만 얘기하겠소, 알렉세이 알렉산드로비치. 나는 매제를 훌륭하고 공정한 사람이라 생각하고, 안나 역시 마찬가지라오. 미안하지만, 누이에 대한 내 생각을 바꿀 수가 없구려. 그 애 역시 훌륭하고 멋진 여자라고 나는 알고 있으니 말이오. 따라서 미안하지만, 그 말을 믿을 수가 없소. 뭔가 오해가 있나 보오.」그가 말했다.

「정말이지, 단지 오해일 뿐이라면 ─」

「잠깐만, 나는 이해하오.」스테판 아르카디치가 그의 말을 가로챘다. 「하지만, 물론…… 한 가지만 얘기하자면, 서두를 필요는 없다는 거요. 서두를 필요는 없단 말이지, 그럴 필요는 없다고!」

「서두르지 않았소.」알렉세이 알렉산드로비치가 차갑게 말했다. 「게다가 이런 일은 그 누구와도 의논할 수 없는 노릇이니까. 나는 굳게 마음먹었소.」

「정말이지 끔찍하군!」스테판 아르카디치가 무겁게 한숨을 내쉬며 말했다. 「한 가지 부탁이 있소, 알렉세이 알렉산드로비치. 제발 이 청은 들어 주시오!」그가 말했다. 「내가 보기에 아직 소송이 시작된 건 아닌 것 같은데, 시작되기 전에 내 아내와 만나서 얘기를 좀 나눠 보길 바라오. 아내는 안나를 친자매처럼 사랑하고 매제도 좋아하오. 게다가 아내는 정말 비범한 여자요. 제발 부탁이니, 그녀와 이야기를 좀 나눠 보시오! 이 우정만은 꼭 베풀어 주길, 제발 부탁이오!」

알렉세이 알렉산드로비치는 생각에 잠겼다. 스테판 아르카디치는 침묵을 깨뜨리지 않고 연민을 품은 채 그를 바라보았다.

「아내를 만나러 가겠소?」

「잘 모르겠소. 사정이 그러해서 처남에게 찾아가지 않았던 거요. 우리의 관계는 달라져야 한다고 생각하니까.」

「왜 그래야 하지? 그래야 하는 까닭을 나는 도통 모르겠소. 내가 생각하기엔, 사돈 간이라는 것과 별개로 매제는 나에 대해 비록 부분적일지언정 우정 어린 감정을 품고 있었고, 나 역시 매제에 대해 항상 같은 감정을 품어 왔는데……. 그리고 진심 어린 존경심도 말이오.」 스테판 아르카디치가 그의 손을 잡으며 말했다. 「심지어 매제가 품고 있는 최악의 가정이 사실이라 해도 나는 그 어느 쪽도 옳다 그르다 판단하지 않을 거고, 앞으로도 결코 그럴 일은 없을 것이며, 우리의 관계가 변해야만 하는 이유도 납득하지 못하겠소. 어쨌든 지금은 내가 청한 대로 아내한테 가주시오.」

「우리는 이 일을 서로 다르게 보고 있군.」 알렉세이 알렉산드로비치가 냉정하게 대꾸했다. 「하지만 이 이야기는 그만둡시다.」

「아니, 왜 올 수 없다는 거요? 오늘 만찬조차 안 된단 말이오? 집사람이 기다리고 있단 말이오. 제발 와주시오. 그리고 중요한 건, 집사람과 얘길 나눠 보라는 거요. 그녀는 비범한 여자라니까. 제발 부탁이오, 무릎 꿇고 빌겠소!」

「그토록 원한다면, 가겠소.」 알렉세이 알렉산드로비치가 한숨을 내쉬며 말했다.

그러고는 화제를 돌리고자 두 사람의 공통 관심사인 스테판 아르카디치의 신임 상관에 대해 물었다. 그는 아직 그럴 만한 연배가 아닌데도 갑자기 고위직에 오른 터였다.

예전에도 아니치킨 백작을 좋아하지 않았고 늘 그와는 의견을 달리하였던 알렉세이 알렉산드로비치는, 이제 공직에서 패배를 겪은 사람이 승진하는 사람에 대해 느끼는, 관료들이라면 이해할 만한 증오심을 억누를 수가 없었다.

「그래, 그분은 만나 보셨소?」 알렉세이 알렉산드로비치가 독기 어린 미소를 머금고서 물었다.

「당연하지, 어제 우리 사무실에 들르셨는걸. 보아하니 업무를 훤히 파악하고 계시고 활동적인 분인 것 같소.」

「그렇군. 그런데 그분의 활동은 대체 무얼 지향하는 것이오?」알렉세이 알렉산드로비치가 물었다. 「일이 되게끔 하는 쪽이오? 아니면 이미 다 된 일을 변경하는 쪽이오? 우리 나라의 불행은 관료주의적 행정이고, 그분은 그 대표 격이라 할 수 있소.」

「정말이지 나는 그분에게서 비난할 만한 구석이 뭐가 있는지 잘 모르겠소. 그분이 지향하는 바는 모르겠지만 한 가지 분명한 건, 그가 아주 멋진 사람이라는 거요.」스테판 아르카디치가 대꾸했다. 「방금 전에 그분 방에 있었는데, 정말이지 멋진 분입디다. 함께 아침 식사를 하면서 내가 바로 그 음료, 그러니까 포도주에 오렌지를 곁들여 마시는 법을 가르쳐 드렸지. 그걸 마시면 기분이 아주 상쾌해지니까. 놀랍게도, 그걸 아직 모르고 계셨지 뭐요. 아주 좋아하시더군. 정말 멋진 분이오.」

그러면서 스테판 아르카디치는 시계를 힐끗 보았다.

「아이고 맙소사, 벌써 4시로군. 돌고부신한테 마저 들러야 하는데! 자, 그럼 우리 집 만찬에 부디 와주시오. 안 오면 나랑 집사람이 얼마나 낙담할지 상상도 못 할 거요.」

알렉세이 알렉산드로비치는 아까 그를 맞이할 때와는 완전히 다른 태도로 처남을 배웅했다.

「약속했으니 가겠소.」그가 음울한 어조로 말했다.

「진심으로 고맙게 생각하오. 그리고 매제도 후회하지 않을 거요.」스테판 아르카디치가 미소를 지으며 말했다.

걸어 나가면서 외투를 입던 그는 시종의 머리를 손으로 툭 치고는 씩 웃어 보이고서 방을 나섰다.

「5시에, 프록코트를 입고 오시게, 꼭!」 그가 문 쪽을 돌아보며 다시 한번 소리쳤다.

9

집주인이 귀가했을 때는 벌써 5시가 지난 시각이었고, 몇몇 손님들은 이미 와 있었다. 그는 현관에서 마주친 세르게이 이바노비치 코즈니셰프와 페스초프와 함께 집 안으로 들어섰다. 그들은 오블론스키가 일컫듯이 모스크바 지성계의 주요 대표자들로 두 사람 모두 성품이나 지식에 있어서 존경받는 인물들이었다. 그들 역시 서로를 존경했지만, 거의 모든 사안에 있어서 가망이 없다 할 정도로 전적으로 의견을 달리했다. 그러나 그것은 그들이 대립적인 유파에 속했기 때문이 아니라, 같은 진영에 속해 있으면서도(반대파들은 그들을 같은 사람인 줄 혼동하곤 했다) 그 안에서 각자의 색깔을 지니고 있기 때문이었다. 절반쯤 추상적인 문제들에 대한 의견 차 이처럼 일치시키기 어려운 것은 없었기에 그들은 의견을 같이한 적이 결코 없었으며, 그뿐 아니라 어쩔 도리가 없는 서로의 오해에 대해 화내지 않고 그저 웃어 넘기는 데 익숙해진 지도 이미 오래였다.

스테판 아르카디치가 뒤쫓아 왔을 때, 그들은 날씨에 관해 이야기를 주고받으며 현관문으로 들어서고 있었다. 응접실에는 이미 오블론스키의 장인 알렉산드르 드미트리예비치 공작과 젊은 셰르바츠키, 투롭친, 키티 그리고 카레닌이 앉아 있었다.

스테판 아르카디치는 자신이 없는 사이 응접실 분위기가 영 말이 아니었음을 금세 알아차렸다. 화려한 잿빛 실크 드레스 차림의 다리야 알렉산드로브나는 아이들 방에서 저희들끼리 밥을 먹어야 하는 아이들 때문에도, 아직 오지 않은 남편 때문에도 신경이 곤두선 기색이 역력했고, 워낙에 남편 없이 혼자서 사람들을 잘 융화시킬 줄 모르기도 했다. 모두들 (노공작의 표현대로) 남의 집을 방문한 사제의 딸처럼 앉아서 자신들이 대체 왜 여기에 와 있는지 모르겠다는 투로 다만 침묵을 면하고자 억지로 이야기를 꺼내고 있었다. 성격 좋은 투롭친도 불편해하는 기색이 역력했는데, 그가 스테판 아르카디치를 보고서 두툼한 입술에 드리운 미소는 〈이보게, 아주 똑똑한 양반들 속에 나를 앉혀 놨구먼! Château des Fleurs(꽃들의 성)에서 한잔하는 게 나한테는 어울리는 데 말이야〉라고 말하는 것만 같았다. 노공작은 말없이 앉아서 반짝이는 조그만 두 눈으로 카레닌을 힐끔거리고 있었다. 스테판 아르카디치는 노공작이 이미 손님들의 철갑상어 요리로 초대된 저 관료의 기를 죽일 만한 경구를 생각해 냈음을 눈치챘다. 키티는 콘스탄틴 레빈이 들어올 때 얼굴을 붉히지 않으려고 안간힘을 쓰면서 문 쪽만 바라보고 있었고, 아무도 소개를 해주지 않아서 카레닌과 인사를 나누지 못한 젊은 세르바츠키는 이 상황이 전혀 거북하지 않은 척하려 애썼다. 카레닌은 페테르부르크의 관습대로 귀부인들과 함께하는 만찬에 참석할 때 으레 그렇듯이 프록코트와 흰 넥타이 차림이었는데, 그의 표정을 본 스테판 아르카디치는 그가 단지 약속을 지키기 위해서 왔을 뿐이며, 이 모임에서 자리를 지키며 힘겨운 의무를 이행하고 있음을 알아차렸다. 스테판 아르카디치가 오기 전까지 모든 방문객을 얼어붙게 만든 냉기의 근원이 바로 그였다.

스테판 아르카디치는 응접실로 들어서면서 손님들에게 사죄를 하고, 그가 지각하거나 외출할 때면 늘 구실이 되어 주던 어느 공작의 이름을 들먹이며 그 때문에 지체되었다고 변명했다. 그는 단숨에 모두를 소개한 뒤, 알렉세이 알렉산드로비치와 세르게이 코즈니셰프를 함께 앉히더니 폴란드의 러시아화[10]라는 주제를 슬쩍 꺼냈고, 그러자 두 사람은 페스초프와 함께 곧바로 그 얘기에 달려들었다. 이어 그는 투롭친의 어깨를 잡아 흔들며 무언가 우스갯소리를 속삭인 다음, 그를 아내와 공작 곁에 앉혔다. 그런 다음에는 키티에게 오늘따라 아주 예쁘다고 칭찬을 해주고서, 셰르바츠키를 카레닌에게 소개해 주었다. 그런 식으로 그가 이 사교계의 밀가루 반죽을 단번에 주물러 이겨 놓은 덕택에 응접실 분위기는 나무랄 데 없이 좋아졌고, 사람들의 말소리가 활기 있게 울려 퍼지기 시작했다. 단 한 사람, 콘스탄틴 레빈만 오지 않았다. 그러나 그건 오히려 잘된 일이었다. 스테판 아르카디치가 식당으로 들어가 보니 포트와인과 셰리주가 레비 상점이 아닌 데프레 상점에서 가져온 것이었기 때문이다. 그래서 그는 최대한 빨리 마부를 레비 상점으로 보내라고 이른 다음 다시 응접실로 발길을 돌렸다.

식당에서 그는 콘스탄틴 레빈과 마주쳤다.

10 러시아 제국은 18세기 후반에 세 차례에 걸쳐서(1772년, 1793년, 1795년) 프로이센 및 오스트리아와 손을 잡고 폴란드를 분할 합병하였다. 합병 이후 폴란드인들의 독립을 쟁취하기 위한 무장봉기가 여러 차례 지속적으로 전개되었는데, 1863년 1월에도 러시아에 저항하는 무력 투쟁이 대대적으로 벌어졌다.

「내가 늦지는 않았나?」

「자네가 안 늦을 리가 있나!」스테판 아르카디치가 그의 팔을 잡고서 말했다.

「손님들은 많이 오셨고? 누가 왔나?」레빈이 장갑으로 모자 위의 눈을 털면서 저도 모르게 얼굴을 붉히고 물었다.

「다 친한 분들일세. 키티도 왔고. 가세, 카레닌에게 자네를 소개해 주겠네.」

특유의 자유주의적 성향에도 불구하고 스테판 아르카디치는 카레닌과의 통성명은 영광스러운 일이 아닐 수 없다고 내심 생각했기에 친한 친구들을 그렇게 대접했다. 그러나 그 순간 콘스탄틴 레빈은 새로운 만남이 주는 기쁨을 제대로 느낄 만한 상태가 아니었다. 전에 대로변에서 잠깐 마주쳤던 그 순간을 제외하면, 그는 브론스키와 대면했던 잊지 못할 그날 밤 이후로 키티를 만난 적이 없었다. 내심 오늘 여기서 그녀를 보게 되리라는 것을 감지했으면서도 자신의 생각이 제멋대로 나래를 펼치지 못하도록 제어하며 그러한 사실을 모르고 있다고 애써 스스로를 설득하던 터였다. 그런데 그녀가 여기 있다는 얘기를 들은 지금, 갑자기 기쁨과 동시에 공포가 느껴져 숨이 막히는 바람에 그는 하려던 말을 내뱉을 수가 없었다.

〈그녀는 어떤 모습일까? 예전 같을까, 아니면 마차를 타고 가던 그때 같을까? 다리야 알렉산드로브나가 한 말이 사실이라면 어쩌지? 아니 대체 뭣 때문에 진실이 아닌 얘기를 하겠어?〉그가 생각했다.

「아, 그래, 카레닌을 소개해 주게.」그는 간신히 말을 내뱉고서 필사적이고도 단호한 걸음으로 응접실로 들어서서 그녀를 보았다.

그녀는 예전 같지 않았고, 마차를 타고 가던 때의 모습과도 달랐다.

그녀는 완전히 다른 사람 같았다. 겁먹은 채 두려워하고 부끄러워하는 듯 보였는데 그래서 더욱 매력적이었다. 응접실로 들어선 바로 그 순간 그녀도 레빈을 보았다. 그를 기다리고 있었던 것이다. 그녀는 기뻐하면서도 자신이 느끼는 기쁨으로 인해 얼마나 당황했는지, 레빈이 안주인에게 다가와 그녀를 다시 쳐다보았을 때 그녀 자신은 물론 레빈도, 또 모든 걸 보고 있던 돌리도, 한순간 그녀가 견디지 못하고서 울음을 터뜨리는 것이 아닌가 생각할 정도였다. 키티는 그가 다가오기를 기다리는 동안 얼굴을 붉히는가 싶다가 파리해졌고, 다시 얼굴을 붉히더니, 입술을 떨면서 거의 자지러질 지경이었다. 레빈은 그녀에게 다가와 고개 숙여 인사하고는 말없이 손을 내밀었다. 입술의 미세한 떨림과 두 눈에 어린 반짝이는 물기만 아니라면, 입을 열었을 때 그녀의 미소는 평온해 보였을 것이다.

「참으로 오랜만에 뵙네요!」 그녀는 있는 힘을 다해 단호한 태도를 보이며 자신의 차가운 손으로 그의 손을 잡았다.

「당신은 못 보셨겠지만, 저는 당신을 봤습니다.」 레빈이 행복에 겨워 환한 미소를 지으며 말했다. 「기차역에서 예르구쇼보로 가실 때 말이죠.」

「언제요?」 그녀가 놀라서 물었다.

「마차를 타고 예르구쇼보로 가고 계셨죠?」 레빈이 영혼을 가득 채우는 행복으로 숨이 막힐 듯한 기분을 느끼며 말했다. 〈어찌 감히 내가 그런 불순한 생각을 이 감동적인 존재와 연결시킬 수 있었단 말인가! 다리야 알렉산드로브나가 말한 게

270

진실이었나 보다.〉 그는 생각했다.

스테판 아르카디치가 그의 손을 잡고서 카레닌 쪽으로 데려갔다.

「서로 인사하시죠.」그가 두 사람의 이름을 말해 주었다.

「다시 뵙게 되어 반갑습니다.」 알렉세이 알렉산드로비치가 레빈과 악수하며 냉담하게 말했다.

「서로 구면이신가?」 스테판 아르카디치가 놀라서 물었다.

「기차간에서 세 시간을 함께 있었지.」 레빈이 웃으면서 말했다. 「가면무도회에 있다가 나올 때처럼 호기심을 잔뜩 품고 기차에서 내렸었네. 적어도 나는 말이야.」

「저런, 그랬군! 자, 여러분, 어서 가시지요.」 스테판 아르카디치가 식당 쪽을 가리켰다.

남자들은 식당으로 가서 전채 요리가 놓인 식탁으로 다가갔다. 거기에는 여섯 종류의 보드카와 그만큼 다양한 치즈가 은수저와 함께 혹은 수저 없이 놓여 있었고, 어란, 청어, 각종 통조림과 프랑스 빵이 담긴 접시가 차려져 있었다.

남자들이 향이 좋은 보드카와 전채 요리 곁에 섰다. 세르게이 이바노비치 코즈니셰프와 카레닌, 페스초프 사이에서 오가던 폴란드의 러시아화에 대한 대화는 만찬을 기다리는 중에 잦아들었다.

몹시 추상적이고 심각한 논쟁을 느닷없이 아티카의 소금을 뿌림으로써[11] 끝내고 대화의 분위기를 바꾸는 데 그 누구보다 능숙한 세르게이 이바노비치가 이번에도 능력을 발휘했다.

알렉세이 알렉산드로비치는 폴란드의 러시아화가 러시아

11 라틴어 경구 〈Cum grano salis(소금을 약간 뿌려서)〉에서 비롯한 표현으로, 기지 넘치는 우스갯소리를 뜻한다.

행정 당국이 도입해야 할 차원 높은 원칙에 의해서만 완수될 수 있음을 논증하려 했다.

페스초프는 하나의 민족이 다른 민족을 자신에게 동화시키려면 인구 밀도가 더 높아야만 한다고 주장했다.

코즈니셰프는 양쪽 견해를 다 인정했으나 몇 가지 단서를 달았다. 그들이 응접실에서 나오던 중에 그는 대화의 결론을 맺고자 웃으면서 말했다.

「따라서 이민족을 러시아화하는 데는 한 가지 방도가 있습니다. 할 수 있는 한 아이를 많이 낳는 것이죠. 동생과 내가 남들보다 무능한 점이 바로 그겁니다. 기혼자이신 여러분들은, 특히 당신, 스테판 아르카디치는 철저하게 애국을 행하고 계시지요. 아이가 몇이시죠?」 그가 고개를 돌리고는 주인에게 조그만 술잔을 내밀며 정겨운 미소를 지어 보였다.

모두가 웃음을 터뜨렸고, 특히 스테판 아르카디치는 아주 유쾌하게 웃었다.

「맞습니다, 그게 가장 좋은 방법이지요!」 그가 치즈를 씹으며 내민 술잔에 뭔가 특별한 종류의 보드카를 따르면서 말했고, 사실상 대화는 정말로 농담으로 끝난 셈이었다.

「이 치즈는 나쁘지 않군요. 좀 드시겠습니까?」 주인이 말하고는 왼손으로 레빈의 근육을 더듬으며 그에게 말을 걸었다. 「자네 설마 다시 근력 운동을 하는 건 아니겠지?」 레빈이 웃으면서 팔에 힘을 주자 스테판 아르카디치의 손 아래, 프록코트의 얇은 나사 천에서 무쇠처럼 단단한 알통이 둥근 치즈처럼 올라왔다.

「이 이두박근 좀 보게! 삼손이 따로 없군!」

「곰 사냥을 하려면 대단한 힘이 필요할 테죠.」 사냥에 관해서는 아주 막연하게 알고 있을 뿐인 알렉세이 알렉산드로비치가 빵의 연한 부분에 치즈를 발라 거미줄처럼 얇게 뜯어내며 말했다.

레빈이 미소를 지었다.

「전혀 그렇지 않습니다. 오히려 어린아이도 곰을 잡을 수 있지요.」 안주인과 함께 전채 요리가 놓인 식탁 쪽으로 다가오는 귀부인들을 위해 뒤로 물러서서 가볍게 목례를 하며 그가 말했다.

「얘기 들었는데, 곰을 잡으셨다면서요?」 키티가 하얀 팔이 내비치는 레이스 소매를 흔들면서 자꾸 미끄러지는 버섯을 포크로 집으려 헛되이 애를 쓰며 말했다. 「정말 영지에 곰이 있나요?」 그녀는 귀여운 머리를 그를 향해 비스듬히 돌리고는 미소를 지으며 덧붙였다.

그녀의 말에 특별한 것이라곤 없어 보였다. 그러나 레빈에게는 그 말 한 마디 한 마디에, 그녀의 입술이며 눈이며 손의 모든 움직임 속에 말로써 표현할 수 없는 그 얼마나 많은 의미가 담겨 있는 것만 같았는지! 거기에는 용서를 구하는 마음과 그에 대한 신뢰, 그리고 부드럽고 수줍은 애무와 약속과 희망, 믿지 않을 수가 없으며, 그를 행복으로 숨 막히게 하는 그에 대한 사랑이 담겨 있었다.

「영지는 아니고, 트베리현에 다녀왔답니다. 거기서 돌아오는 기차 안에서 당신의 형부, 아니, 형부의 매제와 만났지 뭡니까.」 그가 웃으면서 말했다. 「재미있는 만남이었죠.」

그러고서 그는 밤새 한잠도 못 자고서 반코트 차림으로 알렉세이 알렉산드로비치가 타고 있던 기차간에 뛰어든 얘기를 신나고 재미있게 들려주었다.

「격언과는 달리, 차장이 복장만 보고서 나를 끌어내리려고 하더군요. 그래서 내가 고상한 말투로 설명하기 시작했죠. 그리고…… 선생님께서도 역시…….」 카레닌의 이름을 잊은 레빈이 그를 향해서 말했다. 「처음에는 반코트를 보고 쫓아내려 하셨지만, 나중에는 고맙게도 저를 두둔해 주셨지요.」

「대체로 승객이 자리를 선택할 권리라는 게 아주 애매해서요.」 알렉세이 알렉산드로비치가 손수건으로 손가락 끝을 닦으며 말했다.

「저를 믿지 못하시는 것처럼 보였습니다.」 레빈이 호인다운 미소를 머금었다. 「제 반코트의 죄과를 씻어 내기 위해 서둘러 기지 넘치는 대화를 시도하려 했지요.」

세르게이 이바노비치는 안주인과 대화를 이어 가면서도 한쪽 귀로는 동생이 하는 말을 들으며 곁눈질로 그를 쳐다보았다. 〈쟤가 오늘 웬일이지? 기세등등하네.〉 그는 생각했다. 레빈이 날개를 단 듯한 기분을 느끼고 있다는 걸 그로서는 알 리가 없었다. 레빈은 자신이 하는 말을 그녀가 듣고 있다는 것, 자신의 얘기를 들으며 그녀가 즐거워한다는 것을 의식했고, 오직 그 사실 하나에 사로잡혀 있었다. 이 방만이 아니라 세상 전체를 통틀어 그에게 존재하는 것은, 스스로에게 커다란 의미와 중요성을 띠게 된 그 자신과 그녀뿐이었다. 머리가 핑핑 돌 정도로 높은 곳에 있는 기분이 들었고, 저 아래 멀리 어딘가 선량하고 멋진 카레닌들과 오블론스키들, 그리고 세상 전체가 있는 것만 같았다.

스테판 아르카디치는 전혀 눈에 띄지 않게, 두 사람 쪽은 쳐다보지도 않고, 마치 다른 데는 앉힐 자리가 없다는 듯이 레빈과 키티를 나란히 앉혔다.

「여기라도 앉게.」그가 레빈에게 말했다.

만찬은 스테판 아르카디치의 취향이 드러나는 식기만큼이나 훌륭했다. 마리루이즈수프는 훌륭했으며, 입에서 살살 녹는 작은 피로조크도 흠잡을 데가 없었다. 흰 넥타이를 맨 두 하인과 마트베이는 아무도 모르게, 조용하고 날렵하게 요리와 포도주를 챙겼다. 만찬은 물질적인 면에서 성공적이었으며, 비물질적인 면에서도 못지않게 성공적이었다. 때론 전체가, 때론 일부가 참여하던 대화는 잦아들 줄 모르다가 만찬 말미에는 무척 활기가 넘쳐서 남자들은 식탁에서 일어나면서도 얘기를 멈추지 않았고, 심지어 알렉세이 알렉산드로비치마저 생기를 띠었다.

10

논의를 끝까지 끌고 가기를 원했던 페스초프는 세르게이 이바노비치의 발언에 불만을 품고 있었다. 게다가 자신의 견해가 그릇되었음을 느끼던 터였다.

「내 생각은 결코…….」수프를 먹으면서 그가 알렉세이 알렉산드로비치에게 말했다. 「인구 밀도만 높으면 된다는 얘기가 아닙니다. 그것은 근본적인 토대와 결부된 문제입니다, 원칙이 아니라요.」

「내가 보기에는…….」알렉세이 알렉산드로비치가 나른한 어투로 느긋하게 대답했다. 「같은 얘기라고 생각됩니다만. 제 소견상 다른 민족에게 영향을 미칠 수 있는 민족은 오로지 더 높은 수준의 발전을 이루었으며, 또 —」

「바로 그 점에 문제가 있습니다.」자기 얘기를 얼른 하고 싶어서 늘 조바심을 내고, 자신이 하는 말에 온 신경을 쏟는 페스초프가 특유의 낮은 목소리로 그의 말을 가로챘다. 「어떤 점에서 더 높은 수준으로 발전했다고 볼 수 있을까요? 영국인들, 프랑스인들, 독일인들, 그들 가운데 누가 더 발전 수준이 높습니까? 누가 누구를 자민족화하겠느냐고요? 알다시피 라인 지방은 프랑스화되었지만, 독일인들이 더 저급한 건 아닙니다!」그가 소리쳤다. 「여기에는 다른 법칙이 존재한단 말입니다!」

「제 생각에, 영향을 미치는 쪽은 언제나 참된 교육이 이루어지는 쪽인 것 같습니다.」알렉세이 알렉산드로비치가 눈썹을 살짝 치올리며 대꾸했다.

「하지만 대체 어떤 점들을 참된 교육의 징후로 볼 수 있을까요?」페스초프가 물었다.

「그 징후들은 잘 알려져 있다고 봅니다만.」알렉세이 알렉산드로비치가 대답했다.

「그것들이 전부 다 알려져 있을까요?」세르게이 이바노비치가 옅은 미소를 지으며 대화에 끼어들었다. 「오늘날 인정되는 바로는 진정한 교육이란 순수하게 고전적인 교육일 수밖에 없다고 하지만,[12] 알다시피 양편에서 치열한 논쟁이 벌

---

12 러시아 인민 계몽부의 기획에 따라 1871년 실무 교육 전문 학교와 고전 교육 중학교가 분리되어 설립되었다. 이러한 두 교육 기관은 무신론과 유물론이라는 〈위험한〉 이념의 원천으로 간주되던 자연 과학의 강의 여부에 의해 구분되었다. 고전 교육 중학교의 프로그램에서는 청년들을 혁명적 분위기로부터 벗어날 수 있게 해주리라는 희망에 따라 고전 어문학(그리스어와 라틴어)이 우세하게 배치되었다. 톨스토이는 이러한 학교 개혁을 조롱조로 대했고, 그 속에는 정치적인 의미가 명백하게 내포되어 있다고 보았다.

어지고 있습니다. 게다가 부정해서는 안 될 것이 있으니, 반대편 진영 역시 자기들에게 유리한 유력한 근거를 갖고 있다는 점입니다.」

「선생님은 고전주의자이시군요, 세르게이 이바노비치? 적포도주 한잔 드시겠습니까?」 스테판 아르카디치가 말했다.

「이런저런 교육에 대한 내 견해를 피력하려는 게 아닙니다.」 어린아이를 대할 때처럼 관대한 미소를 머금은 채 세르게이 이바노비치가 잔을 내밀면서 대꾸했다. 「다만 내가 하려는 말은, 양쪽 모두 유력한 논거를 갖고 있다는 것입니다.」 그는 알렉세이 알렉산드로비치에게 고개를 돌리고서 말을 이어 갔다. 「나도 교육받은 바로는 고전주의자입니다만, 이 논쟁에서만큼은 개인적으로 설 자리를 찾지 못하겠습니다. 왜 실제적인 학문에 비해서 고전주의적 학문이 우월하다는 건지, 명백한 근거가 보이질 않아요.」

「자연 과학도 그만큼 교육적이고 발전적인 영향을 미칠 수 있지요.」 페스초프가 그의 말을 받아 이었다. 「천문학만 해도 그렇고, 식물학이나 보편적인 법칙들의 체계를 갖춘 동물학을 보십시오!」

「그 견해에 전적으로 동의할 수는 없습니다.」 알렉세이 알렉산드로비치가 응수했다. 「제 소견으로는, 언어의 형태를 탐구하는 과정 자체가 정신적 발전에 특히 유익한 영향을 끼친다는 사실을 인정해야만 한다고 봅니다. 그뿐 아니라, 고전주의적 작가들이 미치는 영향이 고도로 윤리적인 것임을 부정해서는 안 됩니다. 반면에 불행하게도 자연 과학 강의는 우리 시대의 종양을 이루는 해롭고 거짓된 학설들과 결부되어 있지요.」 세르게이 이바노비치가 무언가 얘기하려 했지만,

277

페스초프가 굵직한 저음으로 그의 말을 가로채더니 알렉세이 알렉산드로비치의 견해가 왜 부당한지에 대해 열을 내며 논증하기 시작했다.

세르게이 이바노비치는 말을 마치기를 잠자코 기다렸는데, 상대편을 확실히 이길 수 있는 반박을 준비해 둔 게 분명했다.

「하지만……」 세르게이 이바노비치가 엷은 미소를 지으며 카레닌을 향해 말했다. 「내가 동의하지 않을 수 없는 점은, 양쪽 학문의 모든 이점과 단점들을 모조리 완벽하게 저울질하기는 어려우며, 어느 학문을 선호하느냐의 문제도 선생님이 방금 지적하신 것처럼 고전주의적 교육에 그 윤리적인 우월성이 없다면, 그러니까 disons le mot(직설적으로 말해서) 반(反)니힐리즘적인 영향력이 없다면, 빠른 시일 내에 최종적으로 해결이 나지는 않으리라는 것입니다.」

「여부가 있겠습니까.」

「만일 고전주의적 학문 쪽에 반니힐리즘적 영향력이라는 그 우월성이 없었다면, 우리는 좀 더 고민했을 테고, 쌍방의 논거들을 더 저울질해 보았을 겁니다.」 엷은 미소를 띤 채 세르게이 이바노비치가 말을 이었다. 「양쪽 유파 모두에 여지를 좀 더 주었겠지요. 하지만 지금 우리는 고전주의적 교육이라는 알약에 반니힐리즘이라는 치유력이 있다는 걸 알고 있으니, 그것을 우리의 환자들에게 대담하게 처방하는 겁니다……. 그런데 치유력이 없으면 어떡하지요?」 그가 〈아티카의 소금〉을 뿌리며 결론을 맺었다.

세르게이 이바노비치의 알약 이야기에 모두가 웃음을 터뜨렸다. 대화를 들으면서 우스운 얘기가 나오기만을 기다리고 있던 참에 마침내 그것을 듣게 된 투롭친은 유달리 큰 소리로 유쾌하게 웃었다.

스테판 아르카디치가 페스초프를 초청하며 예상했던 바는 틀리지 않았다. 그가 있으니 기지 넘치는 대화가 단 한 순간도 그칠 줄을 몰랐다. 세르게이 이바노비치가 방금 전 농담으로 대화를 끝맺자마자, 페스초프는 새로운 주제를 꺼냈다.

「이런 견해에도 동의할 수 없습니다.」 그가 말했다. 「정부가 그러한 목표를 갖고 있다는 견해 말입니다. 정부는 채택된 방안이 지니는 영향력에 대해서는 무관심한 채 일반적인 생각에 이끌리고 있는 게 틀림없습니다. 가령 여성 교육의 문제는 유해한 것으로 간주되어야 하는데도, 정부는 여학교와 여자 대학을 설립하고 있단 말입니다.」

그 순간 대화는 갑자기 여성 교육이라는 새로운 주제로 옮겨 갔다.[13]

알렉세이 알렉산드로비치는 여성의 교육은 보통 여성의 자유라는 문제와 혼동되기 마련이며, 오로지 그 이유만으로도 유해한 것으로 간주될 법하다는 입장을 피력하였다.

「그와 반대로, 나는 그 두 가지 문제가 불가분적으로 연결

13 러시아에서는 1869~1870년에 여성 해방을 지지하는 존 스튜어트 밀의 책 『여성의 예속』이 세 차례나 번역되어 출간되었고, 이를 주된 계기로 민주주의적이고 급진주의적 성향의 모든 책들이 평등의 근간으로서 여성의 교육을 옹호하기 시작했다. 또한 1870년대에 들어서 정신적이고 사회적인 삶속에서 자립하고자 하는 여성들의 지향이 사회적으로 뚜렷해졌다. 톨스토이와 가까운 사이였던 N. I. 스트라호프 같은 인사는 서구에서 유입되는 여성 해방에 관한 담론이 러시아의 현실과는 전혀 상관없다는 보수적인 입장을 취했는데, 톨스토이는 그에게 보내는 편지를 통해 당시 우체국이나 전신국에서 자신의 자주적인 능력을 경주하는 여성들에 대해 회의적인 태도를 보이며 여성의 보다 고급한 능력은 가정을 돌보는 데서 발휘된다는 견해를 피력한다.

되어 있다고 봅니다.」 페스초프가 말했다. 「이건 악순환이에요. 여성은 교육이 부족해서 권리를 박탈당하는데, 교육의 부족은 또한 권리의 부재에 의해서 비롯됩니다. 잊지 말아야 할 것은, 여성의 예속은 너무나 방대하고 오래된 일이라 우리는 종종 그들을 우리와 구분하는 저 깊은 어둠을 이해하려 들지 않는다는 점입니다.」 그가 말했다.

「권리라고 하셨는데,」 세르게이 이바노비치는 페스초프가 입을 다물기를 기다렸다가 얘길 꺼냈다. 「그게 배심원직이나 지방 자치회 의원직, 지방 관청장직에 오를 권리, 공직자나 국회 의원이 될 권리를 뜻하는 ─」

「당연하지요.」

「하지만 여성이 예외적이고 드문 경우로서 그러한 직위를 맡을 수가 있다고 칩시다. 그렇다면 당신은 〈권리〉라는 표현을 잘못 사용하신 겁니다. 의무라고 해야 더 옳을 겁니다. 누구나 동의하겠지만, 배심원이나 지방 자치회 의원, 전신국 관리 같은 직무를 수행하면서 우리는 의무를 수행한다고 느낍니다. 따라서 여성들은 의무를 찾고 있다고 해야 옳을 테고, 또한 그래야 전적으로 합법적일 겁니다. 또한 남성 일반의 일을 돕고자 하는 그들의 그러한 바람에도 공감할 수밖에 없지요.」

「전적으로 옳으신 말씀입니다.」 알렉세이 알렉산드로비치가 말했다. 「문제는 여성들에게 그러한 의무를 수행할 능력이 있느냐 하는 점이겠지요.」

「틀림없이 있을 겁니다.」 스테판 아르카디치가 끼어들었다. 「그들에게 교육이 널리 제공되면 말입니다. 그걸 우리는 지금 확인하고 ─」

「그런데 속담이 있잖소?」 한참 전부터 대화에 귀를 기울이고 있던 노공작이 예의 조롱기 어린 작은 눈을 반짝이며 말했다. 「딸들 앞이지만 얘기하자면, 여자의 머리카락은 길지만—」[14]

「흑인들에 대해서도 그들이 해방되기 전까지는 똑같이 그렇게 생각했단 말입니다!」 페스초프가 성을 냈다.

「나로서는 다만 여성이 새로운 의무를 찾고 있는 게 이상할 뿐입니다.」 세르게이 이바노비치가 말했다. 「보다시피, 불행하게도 우리 남자들은 보통 의무를 회피하는데 말이지요.」

「의무는 권리와 결부되어 있는 법이니까요. 권력, 돈, 명예, 바로 이것들을 여성들은 원하는 것입니다.」 페스초프가 말했다.

「그러니까 내가 유모가 될 권리를 얻으려 하는 것과 똑같군. 여자들한테는 보수를 주는데, 나한테는 줄 생각이 없다고 화를 내는 격이라니까.」 노공작이 말했다.

투롭친이 박장대소를 터뜨렸고, 세르게이 이바노비치는 그 말을 자신이 하지 못했다는 것에 안타까워했다. 심지어 알렉세이 알렉산드로비치마저 미소를 지었다.

「하지만 남자는 젖을 먹일 수가 없지요.」 페스초프가 말했다. 「반면 여자는—」

「아니요, 어느 영국 남자는 배에서 자기 애를 길렀답니다.」 늙은 공작은 딸들 앞에서도 이런 대화에 자유롭게 끼어들 수 있는 특권을 마구 누리며 말했다.

「그런 영국 남자들의 머릿수만큼, 딱 그만큼의 여자들이

14 언급되는 러시아 속담의 전문은 다음과 같다. 〈여자의 머리카락은 길지만, 지혜는 짧다.〉

관리가 되겠군요.」 세르게이 이바노비치가 응수했다.

「그렇다면, 가정이 없는 여자는 대체 어떡하란 말입니까?」 내내 치비소바를 염두에 둔 채 페스초프에게 공감하며 그의 입장을 지지하던 스테판 아르카디치가 대화에 끼어들었다.

「개인사를 잘 캐보면, 그 아가씨가 자기 가정을 버렸거나 아니면 언니의 가정을 버렸다는 걸 알게 될 거예요. 거기서 여자가 할 일을 찾을 수 있었는데도 말이에요.」 다리야 알렉 산드로브나가 예기치 않게 대화에 뛰어들어 신경질적으로 내뱉었다. 스테판 아르카디치가 어떤 여자를 염두에 두었는지 짐작하고 있는 게 틀림없었다.

「우리는 원칙과 이상을 옹호하고 있단 말입니다!」 낭랑하게 울리는 저음으로 페스초프가 반론을 폈다. 「여성들은 자립할 수 있고, 교육을 받을 수 있는 권리를 갖고 싶어 합니다. 그러면서도 그것이 불가능하다는 생각에 억눌려서 주저하고 있습니다.」

「그렇다면 나는 보육원에서 나를 유모로 받아들여 주지 않을 거라서 기가 죽어 있는 게로군.」 노공작의 한마디가 또다시 투롭친에게 큰 기쁨을 안겨 주었다. 그는 웃다가 아스파라거스의 굵직한 끝부분을 소스 속에 떨어뜨리고 말았다.

11

모든 이들이 공통의 대화에 가담하였으나, 키티와 레빈만은 예외였다. 처음에 어느 민족이 다른 민족에 미치는 영향력에 관한 대화가 오갈 때, 그 주제에 관해서라면 자기한테도 할 애기가 있다는 생각이 레빈에게 떠올랐었다. 그러나 예전에 그에게 무척이나 중요했던 그 생각은 마치 꿈속인 양 머릿속을 스치고 지나갔을 뿐, 지금은 눈곱만큼의 흥미도 불러일으키지 못했다. 심지어 그는 아무에게도 소용이 없는 것을 왜 저렇게 열심히 떠들고 있는지 의아스럽기까지 했다. 키티도 매한가지로 여성의 교육과 권리에 대한 사람들의 대화에 응당 흥미를 느껴야만 했다. 외국에서 만난 친구 바렌카, 그녀의 예속된 처지를 떠올리며 얼마나 많이 이 문제를 생각했던가! 만일 결혼을 하지 않는다면 어떻게 될지, 자기 자신에 관해 얼마나 많이 생각했으며 그 문제를 두고서 언니와 얼마나 많이 말다툼을 했던가! 하지만 지금 그런 것들은 전혀 그녀의 흥미를 끌지 못했다. 그녀와 레빈 사이에서는 두 사람만의 대화가 오가고 있었는데, 그것은 대화라기보다 일종의 신비한 소통으로서 매 순간 그들을 더욱더 가까이 묶어 주었으며, 그들이 들어선 미지의 세계에 대한 희열과 두려움을 쌍방 모두에게 불러일으켰다.

먼저 작년에 어떻게 자기를 보게 되었느냐는 키티의 질문에, 레빈은 풀베기를 마치고서 큰길을 걸어가다가 그녀를 보았던 일을 들려주었다.

「아주 이른 아침이었습니다. 당신은 잠에서 막 깨어난 것 같았어요. 당신의 maman(어머니)은 구석에서 주무시고 계셨죠. 경이로운 아침이었습니다. 나는 걸으면서 〈저 사륜마차에 탄 사람은 누굴까?〉 생각했습니다. 작은 방울들이 달린 멋진 사륜마차였죠. 그런데 순간적으로 당신이 어른거렸어요. 그래서 마차 안을 바라보니, 당신이 양손으로 머리쓰개의 끈을 붙잡고서 무언가를 골똘히 생각하고 있더군요.」 그가 미소를 지었다. 「그때 당신이 무슨 생각을 했는지 얼마나 궁금했는지 몰라요. 뭔가 중요한 것이었나요?」

〈내 꼴이 흉하진 않았으려나?〉 그녀는 생각했다. 그러나 세세한 사항들을 떠올리는 그의 얼굴에 기쁨의 미소가 번지는 것을 보고는, 반대로 자신이 아주 좋은 인상을 불러일으켰음을 직감했다. 그녀는 얼굴을 붉히고서 기쁨에 겨워 웃음을 터뜨렸다.

「정말이지 기억이 안 나요.」

「투롭친은 참 흥겹게 웃는군요!」 레빈이 투롭친의 눈물에 젖은 두 눈과 마구 흔들리는 몸을 홀린 듯 바라보며 말했다.

「저분을 안 지 오래됐나요?」 키티가 물었다.

「저 친구를 모르는 사람이 누가 있겠어요!」

「보아하니, 당신은 저분을 형편없는 인간이라고 여기는군요?」

「형편없는 게 아니라, 하찮은 인간이라 생각합니다.」

「그러지 마세요! 그런 생각일랑 얼른 그만두세요!」 키티가 말했다. 「나 역시 저분이 아주 저열한 사람이라고 생각했었어요. 하지만 저분은 너무도 친절하고, 놀라울 정도로 착한 사람이에요. 마음씨가 황금 같아요.」

「아니, 어떻게 당신이 저 사람 마음에 대해서 알 수 있었답니까?」

「막역한 친구 사이예요. 저분을 아주 잘 알지요. 지난겨울에…… 당신이 우리 집에 다녀가시고 얼마 안 돼서…….」 그녀가 미안해하면서도 신뢰가 담긴 미소를 지으며 말을 이었다. 「돌리 언니의 아이들이 모조리 성홍열에 걸렸었는데, 그때 어쩌다가 저분이 언니를 찾아온 거예요. 그런데 어떻게 됐는지 아세요?」 그녀가 속삭였다. 「저분은 언니를 너무나 가엾이 여기고는 집에 그대로 남아 아이들을 돌보는 일을 도와주었답니다. 그렇게 3주를 언니 집에서 지내면서 마치 유모처럼 아이들을 돌봐 줬지 뭐예요.」

「콘스탄틴 드미트리치에게 아이들이 성홍열에 걸렸을 때 투롭친이 도와준 얘길 해주고 있어.」 그녀가 언니 쪽으로 몸을 굽히며 말했다.

「그래, 놀라웠지. 정말 멋졌어!」 돌리가 자기 얘기를 하고 있다는 걸 알아챈 투롭친에게 눈길을 주고는 온화한 미소를 지어 보였다. 레빈은 다시 한번 그를 힐끗 보며 자신은 어째서 저 사람의 그런 엄청난 매력을 느끼지 못했는지 의아하게 생각했다.

「잘못했습니다, 잘못했어요. 앞으로는 절대로 사람들을 나쁘게 생각하지 않겠어요!」 그가 지금 막 느낀 생각을 정직하게 털어놓으며 쾌활하게 이야기했다.

12

여성의 권리에 대해서 시작된 대화 중에는 부인들이 있는 자리에서 얘기하기가 좀 껄끄러운, 결혼 생활에 있어서 권리의 불평등에 관한 문제도 포함되어 있었다. 페스초프는 만찬 중에 몇 차례 이 문제에 달려들었지만, 세르게이 이바노비치와 스테판 아르카디치가 조심스레 그를 제지하였다.

모두가 식탁에서 일어서고 부인들이 밖으로 나갔을 때, 페스초프는 그들을 따라나서지 않고 알렉세이 알렉산드로비치를 향해 불평등의 주된 이유에 관해 논하기 시작했다. 그의 견해에 따르면, 부부지간의 불평등은 아내의 부정과 남편의 부정이 법과 여론에 의해 불평등하게 심판받는다는 데 있었다.

스테판 아르카디치가 재빨리 알렉세이 알렉산드로비치에게 다가가 담배를 피우자고 권했다.

「아니요, 나는 담배를 피우지 않소.」 알렉세이 알렉산드로비치는 태연하게 대답하고는, 마치 자신이 그런 대화를 두려워하지 않는다는 점을 일부러 보여 주려는 듯 차가운 미소를 지으며 페스초프 쪽으로 고개를 돌렸다.

「제 소견으로는, 그러한 관점의 근거는 문제의 본질 자체에 있는 것 같군요.」 말을 마친 뒤 그는 응접실로 가려고 했다. 그러나 그 순간 갑자기 투롭친이 알렉세이 알렉산드로비치에게 뜻밖의 이야기를 전했다.

「프랴치니코프에 관한 소식을 들으셨습니까?」 샴페인을 잔뜩 마셔서 생기가 오른 투롭친이 말했다. 그는 한참 전부터 자신을 괴롭혀 온 알렉세이 알렉산드로비치의 오랜 침묵을 깨뜨릴 기회를 노리고 있던 터였다. 「바샤 프랴치니코프 말입니다.」 그는 축축한 붉은 입술에 특유의 선량한 웃음을 드리운 채 주빈인 알렉세이 알렉산드로비치를 겨냥하고는 말을 이었다. 「오늘 들었는데, 그가 트베리에서 크비츠키와 결투를 하다가 결국 그를 죽였답니다.」

때릴 때는 마치 일부러 그러는 양 꼭 상대의 아픈 곳을 때리기 마련이듯이, 스테판 아르카디치가 느끼기에 오늘의 대화는 운수 사납게도 매번 알렉세이 알렉산드로비치의 아픈 곳을 건드리는 것만 같았다. 그는 매제를 다시 다른 곳으로 데려가려 했으나, 알렉세이 알렉산드로비치 본인은 흥미롭다는 듯이 되물었다.

「무엇 때문에 프랴치니코프가 결투를 했답니까?」

「아내 때문이지요. 아주 용감한 처사지 뭡니까! 결투를 신청해서 죽여 버렸으니 말이죠!」

「아하!」알렉세이 알렉산드로비치는 무심하게 대꾸한 다음, 눈썹을 치올리고는 응접실로 향했다.

「와주셔서 정말 기뻐요.」응접실로 향하는 통로에서 돌리가 그를 맞이하며 겁먹은 듯한 미소를 지은 채 말했다. 「얘기를 좀 나눴으면 해요. 이쪽으로 앉으시지요.」

알렉세이 알렉산드로비치는 치오른 눈썹 덕분에 더 두드러져 보이는 예의 무심한 표정으로 다리야 알렉산드로브나의 옆자리에 앉아 억지 미소를 지었다.

「안 그래도 부인께 양해를 구하고 이제 막 가보려던 참이었습니다. 내일 떠나야만 해서요.」

다리야 알렉산드로브나는 안나의 결백을 굳게 믿고 있었기에, 이토록 태연하게 자신의 무고한 친구를 파멸시키리라 작정한 이 냉혹하고 비정한 사람에 대한 분노로 얼굴이 파리해지고 입술이 떨리는 것을 느꼈다.

「알렉세이 알렉산드로비치……」그녀가 안간힘을 쓰며 단호하게 그의 눈을 쳐다보며 말했다. 「안나의 안부를 물었는데, 대답을 안 해주셨네요. 잘 지내고 있나요?」

「잘 지내는 것 같습니다, 다리야 알렉산드로브나.」알렉세이 알렉산드로비치는 그녀를 보지도 않은 채 대답했다.

「알렉세이 알렉산드로비치, 죄송합니다, 이럴 권한이 저에겐 없지만……. 하지만 저는 안나를 친자매처럼 사랑하고 존경합니다. 제발 부탁드려요. 두 분 사이에 무슨 일이 있는지 제게 말씀해 주세요. 무슨 일로 안나를 질책하시는 건가요?」

알렉세이 알렉산드로비치는 찌푸린 얼굴로 눈을 감다시피 하고는 고개를 숙였다.

「내가 왜 안나 아르카디예브나와의 관계를 변화시켜야만 한다고 생각하는지, 그 이유는 남편분한테서 전해 들으셨을 텐데요.」 그가 돌리의 시선을 외면한 채, 응접실을 지나가는 셰르바츠키를 불만스럽게 쳐다보면서 대꾸했다.

「저는 믿기지가 않아요. 못 믿겠어요. 그런 얘긴 믿을 수가 없어요!」 돌리는 뼈마디가 앙상한 손을 맞잡으며 격렬하게 몸을 움직이고는 재빨리 자리에서 일어나 한 손을 알렉세이 알렉산드로비치의 손 위에 얹었다. 「여기는 방해꾼이 많아서 안 되겠어요. 저쪽으로 가시지요.」

다리야 알렉산드로브나의 흥분이 알렉세이 알렉산드로비치에게까지 전해져 왔다. 그는 자리에서 일어나 얌전히 그녀의 뒤를 따라 공부방으로 갔다. 그들은 여기저기 주머니칼로 베인 자국투성이인 방수포에 덮여 있는 책상 앞에 앉았다.

「못 믿겠어요, 그럴 리가 없어요!」 돌리가 자신의 시선을 피하는 그의 눈길을 붙잡으려 애쓰며 말했다.

「사실을 믿지 않으면 안 됩니다, 다리야 알렉산드로브나.」 그가 사실이라는 단어에 힘을 주며 말했다.

「그녀가 뭘 했다는 거죠? 대체 무슨 일을 저질렀는데요?」 다리야 알렉산드로브나가 물었다. 「그러니까 그녀가 저지른 일이 정확히 뭔가요?」

「자신의 의무를 소홀히 하고 남편을 배신했습니다. 그게 바로 그녀가 저지른 일입니다.」 그가 대답했다.

「아니, 아니에요, 그럴 리가 없어요! 아니에요, 분명 오해하신 걸 거예요!」 돌리가 관자놀이에 두 손을 얹으며 눈을 감았다.

알렉세이 알렉산드로비치는 그녀와 자기 자신에게 확고한 입장을 보여 주려는 듯 입술로만 차가운 미소를 드러냈다. 이러한 열렬한 변호가 그의 마음을 흔들어 놓지는 못했지만, 그의 상처를 자극하긴 했다. 그는 자못 활기 있게 얘기하기 시작했다.

「아내 스스로가 남편에게 공표하는데, 그걸 오해하기란 힘들지 않겠습니까. 8년간의 결혼 생활과 아들, 그 모든 게 실수였으며 처음부터 다시 삶을 시작하고 싶다더군요.」 그가 코를 씩씩거리며 말했다.

「안나와 죄악이라니, 저로서는 이 두 가지를 결부시킬 수가 없네요. 믿을 수가 없어요.」

「다리야 알렉산드로브나!」 이제는 선량함과 홍분이 뒤섞인 돌리의 얼굴을 똑바로 쳐다보면서, 말문이 저절로 터지는 것을 느끼며 그가 말했다. 「아직도 의심하는 게 가능하다면, 전 아무리 비싼 대가라도 치를 겁니다. 의심을 했던 때도 괴로웠습니다만 지금보다는 괜찮았어요. 그때만 해도 희망이 있었으니까요. 하지만 지금은 희망이 없습니다. 그럼에도 불구하고, 전 여전히 모든 걸 의심하고 있습니다. 모든 게 의심스럽고, 아들이 밉습니다. 때로는 그 아이가 제 아들이라는 것도 못 믿겠어요. 저는 아주 불행합니다.」

이 말은 할 필요도 없었다. 다리야 알렉산드로브나는 그가 자신의 얼굴을 쳐다보자마자 사태를 알아차린 터였다. 그러자 그녀는 그가 가엾어졌고, 친구가 결백하다는 믿음 또한 마음속에서 잠시 흔들렸다.

「아아! 끔찍해요, 끔찍한 일이에요! 그게 정말인가요? 이혼하기로 결심하셨다는 거 말이에요.」

「최후의 조치를 취하기로 했습니다. 그것 말고는 할 수 있는 게 없습니다.」

「할 수 있는 게 없다, 할 수 있는 게…….」 그녀가 눈물을 글썽이며 중얼거렸다. 「아니에요, 아무것도 없지는 않아요!」 그녀가 말했다.

「이런 종류의 재앙을 겪을 때 끔찍한 것은, 다른 경우들, 상실이나 죽음의 경우처럼 십자가를 짊어지는 것만으로는 안 되고, 행동에 나서야 한다는 점이지요.」 그가 마치 그녀의 생각을 알아맞힌 듯 말했다. 「자신이 처한 모욕적인 상황에서 벗어나야만 합니다. 셋이 같이 살아서는 안 되는 것이죠.」

「저는 이해해요, 그런 상황을 너무나도 잘 이해합니다.」 돌리가 말하고는 고개를 떨구었다. 그녀는 말없이 자기 가정의 불행을 떠올렸다. 그러더니 갑자기 힘차게 고개를 들고서 애원하듯이 두 손을 포갰다. 「잠시만요! 당신은 그리스도교 신자이시잖아요. 그녀 생각을 좀 해보세요! 당신이 안나를 버리면 그녀는 어떻게 되겠어요?」

「저도 생각해 봤습니다, 다리야 알렉산드로브나, 많이 생각해 봤어요.」 알렉세이 알렉산드로비치가 대꾸했다. 그의 얼굴은 군데군데 불그스레해졌고, 흐릿한 두 눈은 돌리를 똑바로 쳐다보고 있었다. 다리야 알렉산드로브나는 이제 온 마음을 다해서 그에게 연민을 느꼈다. 「그녀가 저의 치욕을 공표한 직후에 바로 그렇게 했습니다. 모든 걸 예전 그대로 놔두고 개선의 여지를 주었지요. 그녀를 구하려고 노력했습니다. 그런데 어찌 되었겠습니까? 그녀는 예의를 지켜 달라는 가장 간단한 요구조차 이행하지 않았습니다.」그가 열을 올렸다.「파멸을 원치 않는 사람만 구할 수 있는 법이죠. 하지만 파멸 자체가 구원처럼 여겨질 정도로 본성이 전부 망가지고 타락했을 때는, 뭘 어쩌겠습니까?」

「다른 건 몰라도, 이혼만은 안 돼요!」다리야 알렉산드로브나가 대꾸했다.

「하지만 다른 게 뭐가 있겠습니까?」

「안 돼요, 그건 끔찍해요. 그녀는 그 누구의 아내도 되지 못할 거예요, 파멸하고 말 거예요!」

「제가 대체 뭘 할 수 있단 말입니까?」알렉세이 알렉산드로비치가 어깨와 눈썹을 치올리며 다시 물었다. 아내의 마지막 행동을 떠올리자 화가 치밀어 그는 대화를 시작했을 때처럼 다시 냉담해지고 말았다.「관심 가져 주셔서 고맙습니다만, 이제 가봐야겠습니다.」그가 자리에서 일어서며 말했다.

「아니, 잠시만요! 그녀를 파멸시켜서는 안 돼요. 잠시만요, 제 얘기를 해드릴게요. 결혼한 후에 남편은 저를 기만했어요. 저는 분노와 질투에 사로잡혀서 모든 걸 버리려고 했지요. 저 자신마저……. 하지만 생각을 고쳐먹었어요. 누구 덕분인지 아세요? 안나가 저를 구해 줬어요. 그래서 지금 이렇게 살아 있답니다. 아이들은 커가고, 남편은 가정으로 돌아오고, 자기 잘못을 느끼면서 더 깨끗해지고, 더 나아지고 있어요. 그래서 제가 살아가고 있는 거예요……. 저는 용서했어요. 당신도 용서해야만 해요!」

그녀의 말을 듣고는 있었지만, 그 말은 이미 알렉세이 알렉산드로비치에게 영향을 미치지 못했다. 이혼을 결심했던 그날의 노여움이 그의 마음속에서 다시 솟구쳐 올라왔다. 그는 몸을 부르르 떨면서 크고 날카로운 목소리로 말했다.

「미안합니다만 저는 그럴 수 없고, 그러고 싶지 않습니다. 그건 부당하다고 생각합니다. 나는 그 여자를 위해서 모든 걸 다 했습니다만, 그녀는 전부 자신의 본질인 그 진흙탕 속에 짓밟아 버렸어요. 저는 악한 사람이 아니며 그 누구도 결코 증오해 본 적이 없습니다. 그러나 그녀만은 온 마음으로 증오합니다. 그녀가 나한테 저지른 그 모든 악행이 너무나도 증오스럽기 때문에 그녀를 용서할 수가 없습니다.」 그가 악에 받쳐 울먹이는 목소리로 뇌까렸다.

「너를 증오하는 자들을 사랑하라는 말도……」 다리야 알렉산드로브나가 수줍은 음성으로 속삭였다.

알렉세이 알렉산드로비치는 경멸스럽다는 듯이 코웃음을 쳤다. 이 경구를 그는 오래전부터 알고 있었지만 자신의 경우에는 적용할 수 없었다.

「자기를 증오하는 사람들을 사랑하라는 것이지, 나 자신이 증오하는 자들을 사랑할 수는 없는 법입니다. 실망시켜 드려 죄송합니다. 각자의 고통만으로 충분한데 말입니다!」 이윽고 알렉세이 알렉산드로비치는 마음을 추슬러 침착하게 작별 인사를 하고는 길을 나섰다.

13

사람들이 식탁에서 일어났을 때 레빈은 키티를 따라서 응접실로 가고 싶었다. 하지만 너무나 노골적으로 그녀의 꽁무니를 쫓는 것만 같아서 그녀가 혹시 불쾌해하지는 않을까 염려스러웠다. 남자들 편에 남아 공통의 대화에 끼어든 그는 키티에게 눈길을 주지 않으면서도 그녀의 움직임과 그녀의 시선, 응접실에서 그녀가 머무는 자리가 어딘지를 감지하고 있었다.

모든 사람들을 항상 좋게 생각하고 모든 이들을 사랑하겠다는 그녀와의 약속을 그는 지금 조금의 노력도 들이지 않고 이행하고 있었다. 대화는 농촌 공동체에 관한 얘기로 접어들었는데 페스초프는 거기서 모종의 특수한 원리, 그가 명명하기로는 〈합창의 원리〉를 발견했다고 하였다.[15] 레빈은 페스초프의 의견에도, 그리고 러시아 농촌 공동체의 의의에 대해 나름대로 인정하다가도 부인하는 형의 의견에도 동의하지 않았지만 그들을 화해시키거나 반박을 누그러뜨리면서 대화를 나누고 있었다. 그는 자신이 하는 말에 전혀 관심이 없었고, 그들이 하는 얘기에는 더더욱 관심이 없었으며, 단 한 가지, 그들과 모든 사람들이 기분 좋고 유쾌하기만을 바랄 뿐이었다. 그는 이제 중요한 단 하나만을 알고 있었다. 그 하나는 처음에는 거기, 응접실에 있다가 움직이기 시작하더니 문가에 멈춰 섰다. 그는 돌아보지 않았음에도 불구하고 자신을 향한 시선과 미소를 느꼈으며, 그래서 돌아보지 않을 수 없었다. 그녀가 셰르바츠키와 함께 문가에 서서 그를 바라보고 있었다.

「피아노를 치러 가시는 줄 알았는데요.」 그녀에게 다가가

---

15 전통적인 농촌 공동체를 〈정서적인 합창〉으로 간주하는 것은 근대 러시아의 주된 사상적 조류인 슬라브주의의 입장이었다. 여기서 페스초프는 〈농촌 공동체의 합창적 원리〉를 강조했던 슬라브주의의 대표자인 K. S. 악사코프의 진술을 그대로 반복한다.

며 그가 말했다. 「그게 바로 시골에는 없는 것이죠.」

「아니에요, 당신을 부르러 가던 중이었어요. 그리고 고마워요.」 그녀가 마치 선물인 양 미소로써 그에게 보답했다. 「이렇게 와주신 것 말이에요. 뭣 때문에 저리도 논쟁을 하는 걸까요? 정말이지 결코 한 사람이 다른 사람을 설복시킬 수는 없는 법이잖아요.」

「네, 맞습니다.」 레빈이 말했다. 「대부분의 경우 열띠게 논쟁을 하는 이유는 단지 상대편이 무엇을 입증하려고 하는지를 이해하지 못하기 때문이죠.」

레빈이 종종 목도한 바로는 아주 똑똑하다는 사람들 사이에서 논쟁이 벌어지는 경우, 엄청난 정력을 들이고 엄청난 논리적 섬세함을 발휘하고 수많은 말들을 쏟아 낸 다음, 논쟁의 당사자들은 마침내 다음과 같은 깨달음에 도달하곤 했다. 즉, 그들이 한참을 싸우면서 서로에게 논증해 보이려고 했던 것은 이미 한참 전부터, 논쟁이 시작될 때부터 그들이 잘 알고 있던 내용이고, 그들은 서로 다른 것을 좋아할 뿐이라는 사실 말이다. 하지만 그들은 논쟁에서 지고 싶지 않기에 자신이 좋아하는 그것을 결코 입 밖에 내지 않는 것이다. 레빈은 가끔씩 논쟁 중에 상대편이 좋아하는 것이 뭔지 깨닫고 갑자기 그것을 자신도 좋아하게 됨으로써 그 즉시 그것에 동의하게 되는 경우를 종종 경험했으며, 그럴 때면 모든 논거들이 효력을 잃고서 쓸모없는 것이 되어 버렸다. 반면에 가끔씩은 그 반대의 경우를 경험하곤 했다. 즉 논거를 대면서 자기가 좋아하는 것을 이야기하던 중, 어쩌다가 조리 있고 진실한 설명이 나오면 갑자기 상대방이 그에 동의하고 논쟁을 그만두는 것이었다. 그는 바로 이런 얘기를 하고 싶었다.

이마를 잔뜩 찌푸린 채 그의 말을 이해하려 애쓰던 키티는, 그러나 설명을 듣자마자 곧바로 그의 뜻을 알아차렸다.

「무슨 말인지 알겠어요. 무엇 때문에 논쟁을 하는 건지, 무엇을 상대가 좋아하는지 알아내야 한다는 거죠, 그러면…….」

그녀가 난삽하게 표현된 레빈의 생각을 전부 알고 표현해 내자 레빈은 기쁨이 가득한 미소를 지어 보였다. 페스초프와 형과 벌이던 어지럽고 장황한 논쟁에서 벗어나 복잡한 생각들이 이토록 간단명료하게, 말조차 필요 없이 전달되는 국면으로 이행하게 된 것이 그는 너무나 놀라웠다.

셰르바츠키가 그들 곁에서 물러난 뒤, 키티는 거기 놓여 있던 카드놀이용 탁자에 다가가 앉았더니 분필을 쥐고서 새로 깐 녹색 나사 천 여기저기에 동그라미를 그리기 시작했다.

그들은 만찬 때 오갔던 여성의 자유와 일에 대한 대화를 다시 이어 갔다. 레빈은 결혼하지 않은 여자는 가정에서 여성이 할 일을 찾아야 한다는 다리야 알렉산드로브나의 의견에 동의했다. 그는 그 근거로서 어떤 가정도 도와주는 여자 없이는 유지될 수 없으며, 가난하건 부유하건 간에 모든 가정에는 고용된 혹은 친척인 유모가 있어야만 한다는 점을 들었다.

「그렇지만은 않아요.」 키티가 얼굴을 붉힌 채, 그러나 그만큼 대담하게, 진심 어린 눈으로 그를 쳐다보면서 말했다. 「미혼 여성은 치욕스러움을 느끼지 않고서는 가정생활을 할 수 없게끔 되어 있는지도 몰라요. 그렇지만 그 자신은…….」

이에 그는 그녀가 암시하는 바를 곧장 이해했다.

「아, 맞아요! 그래요, 그래, 당신이 옳아요, 당신이 옳습니다!」

키티가 마음속에 미혼 여성으로서의 두려움과 굴욕감을

품고 있었다는 걸 깨닫게 된 것만으로, 그는 페스초프가 만찬 때 여성의 자유에 대해서 논했던 모든 내용을 이해하게 되었다. 그리고 그녀를 사랑했기에, 그 두려움과 굴욕감을 느끼자마자 그는 곧바로 자신의 논거를 내던져 버렸다.

침묵이 드리웠다. 그녀는 여전히 탁자 위에 분필로 그림을 그리고 있었다. 그녀의 두 눈은 고요한 빛을 뿜으며 반짝였다. 그 분위기에 매료된 레빈은 점점 더 강렬해지는, 행복에 겨운 긴장감을 온몸으로 느끼고 있었다.

「어머나, 내가 탁자 한가득 낙서를 해버렸네요!」 그녀가 이렇게 말하고는 일어설 듯 엉거주춤한 자세를 취했다.

〈키티 없이…… 나 혼자 남게 되면 어떡하지?〉 문득 두려운 생각에 사로잡힌 그가 분필을 쥐었다. 「잠깐만요.」 그가 탁자 쪽으로 다가앉으며 말했다. 「전부터 한 가지 물어보고 싶은 게 있었습니다.」

그는 놀라움이 어려 있는 키티의 다정한 눈을 똑바로 쳐다보았다.

「물어보세요.」

「자, 이겁니다.」 그가 말하고는 〈당, 나, 그, 없, 수, 대, 때, 그, 절, 안, 된, 건, 아, 그, 그, 건〉이라고 단어의 첫 글자만을 적었다. 이 글자들은 다음을 의미했다. 〈당신이 나에게 **그럴 수는 없다**고 대답했을 때, 그것은 절대로 안 된다는 건가요, 아니면 그때만 그랬던 건가요?〉 그녀가 이 복잡한 어구들을 이해할 리는 전혀 없었다. 그러나 그는 그녀가 이 말을 이해하느냐 못 하느냐에 자신의 일생이 달려 있는 듯한 표정으로 그녀를 바라보았다.

키티는 그를 진지하게 응시한 다음, 찌푸린 이마를 손으로 받치고서 글자를 읽기 시작했다. 가끔씩 그녀는 〈이게 내가 생각하는 그건가요?〉라고 묻는 듯한 눈빛으로 그를 쳐다보았다.

「알겠어요.」그녀가 얼굴을 붉히며 말했다.

「이게 무슨 단어죠?」레빈이 **절대로**를 뜻하는 **절**을 가리키며 물었다.

「그건 **절대로**를 뜻해요.」그녀가 대답했다.「하지만, 그건 사실이 아니에요!」

레빈은 적어 놓은 글자들을 재빨리 지운 다음 그녀에게 분필을 건네고서 자리에서 일어섰다. 그녀가 〈그, 내, 달, 대, 수, 없〉이라고 적었다.

알렉세이 알렉산드로비치와 나눈 대화로 인해 수심에 잠겨 있던 돌리는 이 두 사람의 모습을 보고서 마음이 완전히 편안해졌다. 키티는 수줍고도 행복한 미소를 머금은 채 분필을 손에 쥐고는 탁자 위로 몸을 숙인 레빈의 아름다운 모습을 올려다보았고, 그의 타는 듯한 두 눈은 탁자와 그녀를 번갈아 가며 주시하고 있었다. 그의 얼굴이 갑자기 환해졌다. 알아맞힌 것이다. 그것은 다음을 의미했다. 〈그때는 내가 달리 대답할 수가 없었어요.〉

그가 궁금해하는 눈초리로 수줍게 그녀를 바라보았다.

「그때만 그랬던 건가요?」

「네.」그녀가 미소로 대답했다.

「그렇다면, 지금…… 지금은요?」그가 물었다.

「자, 이걸 읽어 보세요. 내가 원하던 걸 얘기할게요. 간절히 원하던 것을요!」그녀가 〈그, 일, 잊, 용, 바〉라고 적었다. 〈그날 일은 잊고 용서하길 바라요〉라는 뜻이었다.

그가 긴장하여 떨리는 손가락으로 분필을 쥐다가 부러뜨리고는 첫 글자만으로 다음과 같이 썼다. 〈잊어야 할 것도 용서해야 할 것도 없습니다. 나는 당신에 대한 사랑을 그만둔 적이 없었으니까요.〉

그녀는 가실 줄 모르는 미소를 머금은 채 그를 바라보았다. 「알겠어요.」그녀가 속삭이듯 말했다.

그가 자리에 앉아서 긴 문구를 적었다. 모든 걸 파악한 그녀는 〈이런 뜻인가요?〉라고 묻지도 않고 분필을 쥐더니 곧바로 대답을 적었다.

그는 그녀가 쓴 것을 한참 동안 이해하지 못한 채, 그녀의 눈만 자꾸 쳐다보았다. 너무 행복한 탓에 정신이 혼미했다. 그녀가 염두에 둔 말을 도저히 알아맞힐 수 없었다. 그러나 행복으로 빛나는 그녀의 사랑스러운 눈빛에서 그는 알아내야 할 모든 것을 이해할 수 있었다. 그가 글자 세 개를 적었다. 끝까지 다 적기도 전에, 그의 손만 보고서 이미 글자를 읽어낸 그녀는 자신이 직접 그 문장을 끝내고는 〈네〉라고 대답을 적었다.

「서기 흉내 내기를 하는 겐가?」공작이 다가와서 말했다. 「극장에 늦고 싶지 않으면 어서 가자꾸나.」

레빈은 자리에서 일어나 문까지 키티를 배웅했다.

이 대화 속에서 모든 이야기가 오고 갔다. 그녀가 그를 사랑하고 있다는 것, 그리고 내일 아침 그가 집으로 올 거라고 아버지와 어머니에게 말씀드리겠노라는 얘기였다.

14

키티가 떠난 뒤 홀로 남은 레빈은 그녀가 없다는 사실에 엄청난 불안감을 느꼈고, 그녀를 다시 만나 영원히 함께하게 될 내일 아침이 어서 빨리 오기를 초조한 마음으로 고대하였다. 그녀 없이 보내야 하는 열네 시간이 마치 죽음인 양 두려웠다. 혼자 남지 않기 위해, 그리고 시간을 의식하지 않기 위해 누군가와 이야기를 나눠야만 했다. 스테판 아르카디치가 그에게는 가장 좋은 말벗이지만, 그는 연회에 가려는 참이라고 했다. 실제로는 발레 공연을 보러 가는 것이었지만 말이다. 레빈은 그에게 자신은 행복하며 그를 사랑하고 있다고, 그가 자신을 위해 해준 일을 절대로 잊지 않겠노라는 말만 가까스로 전할 수 있었다. 스테판 아르카디치의 눈빛과 미소는 레빈이 느끼는 감정이 어떤 것인지 그 역시 잘 알고 있음을 말해 주었다.

「그래, 어떤가? 아직 죽을 때는 아니지?」 스테판 아르카디치가 레빈의 손을 잡으며 감격스럽게 말했다.

「아니고말고!」 레빈이 대답했다.

다리야 알렉산드로브나 역시 레빈과 작별 인사를 나누며 축하한다는 듯이 이렇게 말했다.

「키티와 다시 만나셔서 얼마나 기쁜지 몰라요. 오래된 우정이니 소중히 여기셔야죠.」

그러나 다리야 알렉산드로브나의 이 말은 레빈에게 그리 유쾌하게 들리지 않았다. 다리야 알렉산드로브나는 이 모든 게 얼마나 고결하고 그녀로서는 범접할 수 없는 것인지를 모르고 있었으며, 따라서 그것에 관해 감히 언급해서는 안 되는 것이었다.

레빈은 그들과 헤어진 뒤 혼자 남기 싫어서 형에게 들러붙었다.

「형은 어디로 가세요?」

「회의하러 간다.」

「나도 같이 갈래요. 그래도 되죠?」

「왜 그러는데? 그래, 같이 가자꾸나.」 세르게이 이바노비치가 웃으면서 말했다. 「너 오늘 무슨 일이 있었던 게냐?」

「저요? 행복해서요. 행복이 찾아왔거든요.」 레빈이 형과 함께 탄 마차의 창문을 내리며 말했다. 「괜찮으세요? 좀 답답해서요. 행복하거든요! 형은 왜 결혼을 안 하셨어요?」

세르게이 이바노비치가 살며시 웃었다.

「아주 기쁘구나. 그 아가씨는 참 매력적인 처자인 것 같더라……」 세르게이 이바노비치가 이야기를 꺼냈다.

「말하지 마세요, 말하지 마시라고요!」 레빈이 두 손으로 형의 외투 깃을 잡고 여며 주면서 소리쳤다. 〈참 매력적인 처자〉라는 말은 그가 느끼는 감정에 어울리는 않는, 너무나 단순하고 저속한 표현이었다.

세르게이 이바노비치는 유쾌하게 웃음을 터뜨렸는데, 그로서는 보기 드문 일이었다.

「그래도 내가 아주 기쁘다는 말은 해도 되겠지.」

「내일은 해도 돼요, 내일요. 더 이상은 안 돼요! 안 된다고요, 이제 그만, 조용!」 레빈은 이렇게 말하고 나서, 다시 한번 형의 외투를 여며 주고는 이렇게 덧붙였다. 「형을 너무나 사랑해요. 그런데, 내가 회의에 같이 가도 될까요?」

「물론 되고말고.」

「오늘 안건은 뭔가요?」레빈이 여전히 미소 띤 얼굴로 물었다.

그들은 회의장에 도착했다. 레빈은 서기가 더듬거리면서 스스로도 이해하지 못하는 회의록을 낭독하는 소리를 들었다. 그러나 서기의 얼굴을 보고서 곧 그가 얼마나 사랑스럽고 착하고 좋은 사람인지를 알아챘다. 회의록을 읽으면서 머뭇거리고 당황하는 모습에서 그 점을 분명하게 알 수 있었다. 이제 발언이 시작되었다. 일정한 금액을 공제하는 문제와 어떤 관(管)을 부설하는 안에 대해서 논의가 이루어졌다. 세르게이 이바노비치는 두 명의 의원을 공격하여 기분을 상하게 했고, 무언가에 대해 한참 동안 의기양양하게 떠들었다. 종이에 무언가를 적고 있던 또 다른 의원은 처음에는 기가 죽어 있더니, 나중에는 그에게 독설을 퍼부으며 멋지게 응수했다. 그다음에는 스비야시스키(그도 거기에 있었다) 역시 뭔가 아주 멋들어지고 우아한 이야기를 했다. 그들이 하는 말을 들으면서 레빈은 공제된 액수나 관 따위는 아무것도 아님을, 저들은 지금 화를 내고 있는 것이 전혀 아니며 죄다 아주 선량하고 훌륭한 사람들임을, 저들 사이에서 모든 일이 순조롭게 잘 진행되고 있음을 분명하게 느꼈다. 그들은 그 누구도 방해하지 않았고, 모두가 흡족해했다. 레빈에게 놀라웠던 점은, 지금 그들 모두가 속까지 훤히 들여다보인다는 것이었다. 예전에는 눈에 띄지 않았던 작은 징후를 통해서 그는 사람들 각각의 영혼을 알아보게 되었으며, 모두가 착한 사람들이라는 것을 분명히 깨닫게 되었다. 특히 오늘은 그를, 레빈을 모든 이들이 너무나도 사랑해 주었다. 그와 대화를 나누는 사람들의 모습에서, 심지어 모르는 사람들마저 죄다 그를 사랑스럽게,

301

다정하게 바라보는 것에서 그 점을 분명히 알 수 있었다.

「그래, 어떠냐, 만족스러웠느냐?」세르게이 이바노비치가
물었다.

「무척요. 이렇게 재미있는 줄은 정말 몰랐어요! 멋져요, 훌
륭합니다!」

스비야시스키가 레빈에게 다가와 자기 집에 차를 마시러
가자고 권했다. 레빈은 자기가 스비야시스키의 어떤 점을 못
마땅하게 여겼었는지, 그에게서 뭘 찾아내려고 했었는지 이
해할 수도 기억할 수도 없었다. 그는 지혜롭고 놀라울 정도로
선량한 사람이었다.

「아, 좋고말고.」레빈은 대답하고는 그의 아내와 처제의 안
부를 물었다. 그의 머릿속에서 스비야시스키의 처제에 대한
생각은 이상한 연상 작용에 의해서 결혼과 관련되어 있었기
에, 자신의 행복에 관해 얘기하는 데 스비야시스키의 아내와
처제보다 더 좋은 상대는 없을 것 같았다. 그래서 그들을 만
나러 가는 게 참으로 기뻤다.

스비야시스키는 그에게 시골 영지의 농사에 관해 물었으
며, 언제나 그렇듯이 유럽에서 볼 수 없는 무언가를 거기서
발견할 가능성은 전혀 염두에 두지 않았다. 그러나 지금 레빈
에게 그런 것쯤은 전혀 불쾌하지 않았다. 오히려 반대로 스비
야시스키의 생각이 옳으며, 농사일이고 뭐고 다 하찮게 느껴
지는 것이었다. 게다가 스비야시스키가 자신의 정당성을 입
증하려는 발언을 놀라울 만치 점잖고 온화한 태도로 자제하
고 있다는 사실을 그는 알아차렸다. 스비야시스키의 아내와
처제 또한 아주 상냥했다. 레빈은 그들이 모든 걸 이미 다 알
고서 자신에게 공감하고 있으면서도 조심하느라 얘길 꺼내

지 않는 거라고 생각했다. 그는 한 시간, 두 시간, 세 시간을
내리 앉아서 온갖 것에 대해 떠들었지만 그것들이 오직 자신
의 영혼을 가득 채우고 있는 그 한 가지만을 암시했으며, 그
들이 자신에게 몹시 싫증이 났고, 잠자리에 들 시간이 지나도
한참 지났다는 사실조차 눈치채지 못했다. 스비야시스키는
하품을 하면서, 친구의 상태가 참으로 이상하다고 여기며 그
를 현관까지 배웅해 주었다. 1시가 넘은 시각이었다. 호텔로
돌아온 레빈은 아직도 남아 있는 열 시간을 이제 혼자서 초
조하게 보내야 한다는 생각에 겁을 먹었다. 불침번을 도는 하
인이 그의 방에 촛불을 켜주고 나가려는 걸 레빈이 멈춰 세
웠다. 예고르라는 이름의 그 하인을 전에는 눈여겨보지 않았
는데, 알고 보니 아주 영리하고 성격 좋고, 무엇보다 선량한
사람이었다.

「어떤가, 예고르, 잠을 못 자서 힘들지?」

「뭐 어쩌겠습니까! 제 직무가 그런 건데요. 주인 나리 댁에
서 일하면 더 편하겠지만, 그 대신 여기 있으면 수입이 더 들
어오니까요.」

예고르에게는 가족이 있었다. 아들 셋과 재봉사 딸 하나를
두었는데, 딸은 마구상 점원에게 시집보낼 작정이라고 했다.

그 참에 레빈은 예고르에게 결혼에서 중요한 것은 사랑이
며, 사랑만 있다면 항상 행복할 것이라고, 왜냐하면 행복은 자
신의 내면에 있는 것이기 때문이라고 자신의 생각을 전했다.

레빈이 하는 말을 주의 깊게 들은 예고르는 그의 생각을
완전히 이해한 게 분명했고, 레빈으로서는 느닷없는 언급으
로 그것을 확인시켜 주었다. 얘기인즉, 그는 좋은 주인을 모
시고 살 때면 항상 주인 나리에게 만족했으며, 지금도 비록

주인이 프랑스인이긴 하지만 그에게 전적으로 만족하고 있다는 것이었다.

〈정말로 착한 사람이야.〉 레빈은 생각했다.

「그런데, 예고르, 자네는 결혼할 때 아내를 사랑하고 있었나?」

「어떻게 사랑하지 않을 수가 있겠습니까?」 예고르가 대답했다.

레빈이 보기에는 예고르 역시 가슴이 벅차올라서 자신의 감정을 털어놓고 싶어 하는 것 같았다.

「제 인생도 참 희한했답니다. 저는 어릴 적부터…….」 그가 눈동자를 빛내며 자기 얘기를 시작했다. 사람들이 하품에 전염되듯이, 레빈의 환희가 그에게도 전염된 게 틀림없었다.

그러나 바로 그때 초인종이 울리는 바람에 예고르는 가버리고 레빈 혼자 남았다. 만찬 때 아무것도 안 먹다시피 한 데다 스비야시스키 집에서도 차와 저녁 식사를 사양했음에도, 레빈은 저녁밥 생각이 나질 않았다. 간밤에도 잠을 못 잤지만, 잘잘 생각 역시 나질 않았다. 선선한 방 안에서도 그는 열기 때문에 답답했다. 레빈은 양쪽 통풍창을 모두 열고서 창문 맞은편의 탁자 옆에 앉았다. 눈 덮인 지붕 너머 사슬 무늬가 돋아 있는 십자가가 보였고, 그 위로는 노랗게 빛나는 카펠라 성과 세모꼴의 마부좌가 드높이 솟아올라 있었다. 그는 십자가와 별자리를 번갈아 바라보며 방 안으로 고르게 들어오는 냉랭하고 신선한 공기를 들이마셨고, 마치 꿈속인 양 머릿속에 떠오르는 이미지와 기억들을 좇았다. 3시경 그는 복도를 지나가는 발소리를 듣고서 문틈으로 밖을 내다보았다. 그와 안면이 있는 도박꾼 먀스킨이 클럽에서 돌아오는 길이었다.

그는 침울한 표정으로 이맛살을 찌푸리고 기침을 내뱉으며 걷고 있었다. 〈가여워라, 불쌍한 사람 같으니라고!〉 레빈은 생각했다. 그 사람에 대한 사랑과 연민으로 눈에 눈물이 고였다. 그와 이야기를 나누고 그를 위로해 주고 싶었다. 하지만 자신이 달랑 루바시카만 걸치고 있다는 것을 상기하고는 마음을 돌렸고, 차가운 공기에 멱을 감기 위해, 말이 없으되 그에게는 의미로 충만한 저 신기한 모양의 십자가와 높이 떠올라 노랗게 반짝이는 별을 바라보기 위해 다시 창가에 앉았다. 6시가 되자 청소부들의 웅성거림과 함께 예배를 알리는 종소리가 울렸다. 레빈은 온몸에 스며드는 한기를 느꼈다. 그는 통풍창을 닫고서 세수를 한 다음 옷을 입고 거리로 나섰다.

15

거리는 아직 황량했다. 레빈은 걸어서 셰르바츠키 일가의 저택으로 갔다. 출입문은 잠겨 있었고, 아직 모두가 잠들어 있었다. 그는 다시 호텔 방으로 되돌아가서는 커피를 주문했다. 이제 예고르가 아닌 당직 하인이 커피를 날라 왔다. 레빈은 그와 얘기를 나누고 싶었지만, 벨이 울리는 바람에 그는 나가 버렸다. 레빈은 커피를 한 모금 마시고서 흰 빵을 입에 넣었으나, 입은 도무지 그 흰 빵을 가지고서 뭘 해야 할지를 모르는 것 같았다. 레빈은 빵을 뱉어 내고는 외투를 입고서 다시 나가 거리를 거닐었다. 그가 두 번째로 셰르바츠키 저택의 현관에 도착했을 때는 9시가 지나 있었다. 집 안에서는 사람들이 이제 막 잠자리에서 일어난 참이었고, 요리사는 식료

품을 사러 가는 중이었다.

적어도 두 시간은 더 있어야 했다. 그 전날 밤과 당일 오전 내내 레빈은 완전히 무의식 속에서 지냈고, 물질적인 삶으로부터 완전히 벗어난 것 같은 기분이었다. 하루 종일 아무것도 먹지 않은 데다 이틀 밤을 꼬박 새우고 옷도 제대로 입지 않은 채 영하의 추위 속에서 몇 시간을 보냈는데도 그는 자신이 그 어느 때보다 생기 있고 건강하다고 생각했으며, 그러면서도 육신으로부터 완벽하게 해방된 듯한 느낌이 들었다. 근육에 힘을 들이지 않고도 움직일 수가 있었고, 모든 것을 다 할 수 있을 것만 같았다. 필요하다면 공중으로 날아오르거나 건물 한구석을 옮겨 놓을 수도 있으리라는 확신이 들었다. 그는 끊임없이 시계를 들여다보거나 주위를 둘러보면서 거리를 거닐며 남은 시간을 보냈다.

그리고 그때 그는, 그 후로 다시는 보지 못할 것들을 보았다. 등교하는 아이들과 지붕에서 보도로 날아드는 회청색 비둘기들, 보이지 않는 손이 진열해 놓은 밀가루가 뿌려진 둥그런 흰 빵이 특히 그를 감동시켰다. 그 흰 빵과 비둘기들, 두 명의 사내아이는 이 세상의 존재가 아니었다. 그 모든 일이 동시에 일어났다. 한 소년이 비둘기를 향해 달려왔고, 미소를 지은 채 레빈을 쳐다보았다. 비둘기는 날개를 퍼덕이더니 햇빛을 받아 반짝이며 대기를 떠다니는 눈먼지 속으로 날아올랐다. 조그만 창문에서는 구운 빵 냄새가 풍기더니 흰 빵들이 놓여졌다. 한꺼번에 벌어진 이 모든 일이 너무나 좋아서 레빈은 웃었고, 또 기쁨에 겨워 울었다. 그는 가제트니 골목과 키슬롭카 거리를 따라 한참을 우회하여 다시 호텔로 돌아와서는 시계를 앞에 놓고 앉아 12시가 되기를 기다렸다. 옆방에서 사람들이 무슨 기계와 속임수에 관해 뭔가 얘기를 나누면서 아침결의 마른기침 소리를 냈다. 그들은 시곗바늘이 벌써 12시를 향하고 있다는 것도 모르고 있었다. 마침내 시곗바늘이 12시를 가리켰다. 레빈은 현관으로 나왔다. 마부들도 모든 걸 알고 있는 듯했다. 그들은 흐뭇한 표정을 지은 채 레빈을 에워싸고는 서로 말다툼을 하면서 자기 마차를 타라고 권했다. 레빈은 남은 마부들의 기분이 상하지 않도록 신경을 쓰면서 나중에 그들 것도 타겠노라고 약속한 뒤 그중 한 사람을 불러다가 셰르바츠키 댁으로 가자고 일렀다. 마부의 모습은, 카프탄 바깥으로 나온 셔츠 깃이 굵고 다부진 불그레한 목 주변에 빳빳하게 세워져 있는 게 꽤 멋졌다. 이 마부의 썰매는 높다랗고 편안했는데, 레빈은 그 뒤로는 두 번 다시 그런 것을 타볼 수 없었다. 말도 멋졌다. 말은 달리려고 기를 쓰면서도 제자리에서 움직이지 않는 것만 같았다. 셰르바츠키가의 저택을 잘 알고 있던 마부는 승객에 대한 예의로서 유달리 정중하게 양쪽 팔꿈치를 약간 굽히고서 〈프루!〉 하고 외치고는 현관 앞에 말을 멈춰 세웠다. 셰르바츠키 저택의 문지기도 모든 사정을 파악하고 있는 것 같았다. 두 눈에 머금은 미소와 그가 하는 말에서 그것을 느낄 수 있었다.

「오랜만에 오셨군요, 콘스탄틴 드미트리치!」

그는 모든 걸 알고 있을 뿐만 아니라, 레빈에게 확연히 느껴지는바 기쁨으로 벅차 있었으며 그런 기색을 감추려 애쓰는 것 같았다. 늙은이의 정다운 두 눈을 바라보면서 레빈은 자신의 행복에 무언가 새로운 점이 또 있었다는 걸 깨달았다.

「다들 일어나셨는가?」

「어서 드시지요! 이건 여기 두시고요.」 레빈이 모자를 가지러 되돌아오려고 하자 그가 빙그레 웃으면서 말했다. 무언가를 의미하는 미소였다.

「어느 분께 아뢸까요?」 하인이 물었다.

나이 어린 신출내기로, 멋을 잔뜩 부렸지만 아주 착하고 좋은 사람이었다. 그 역시 모든 걸 파악하고 있었다.

「공작 부인께…… 공작님께…… 아가씨에게도…….」 레빈이 말했다.

그가 처음으로 마주친 사람은 마드무아젤 리농이었다. 그녀는 홀을 가로질러 걸어왔는데, 말아 올린 머리채와 얼굴이 환히 빛나고 있었다. 레빈이 그녀와 막 대화를 시작했을 때, 갑자기 문 뒤에서 발소리와 옷자락이 사각거리는 소리가 들렸다. 그러자 마드무아젤 리농은 레빈 곁에서 사라져 버리고, 자신의 행복이 가까이 있다는 기쁨에 찬 두려움이 그의 온몸에 퍼졌다. 마드무아젤 리농은 그를 남겨 둔 채 서둘러 다른 쪽 문으로 향했다. 그녀가 막 나갔을 때 가벼운 종종걸음 소리가 마룻바닥을 따라 울렸다. 그의 행복이자 그의 삶이며 그 자신, 그가 그토록 오랫동안 찾고 원했던, 자기 자신보다 더 훌륭한 존재가 그를 향해 전속력으로 다가오고 있었다. 그녀는 걷고 있는 게 아니라, 어떤 보이지 않는 힘에 의해 그에게로 향하고 있었다.

레빈의 눈에 보이는 것이라고는 오직 그의 마음을 가득 채운 것과 똑같은 사랑의 기쁨으로 두려워하는 그녀의 맑고 진실한 눈동자뿐이었다. 그 눈동자는 점점 더 가까이서 반짝이며 눈부신 사랑의 빛으로 그의 눈을 멀게 했다. 그녀가 레빈에게 기대며 그의 곁에 멈춰 섰다. 그러고는 팔을 올려 그의 어깨 위에 얹었다.

그녀는 할 수 있는 모든 것을 했다. 그에게 다가와, 두려움 속에서도 기뻐하며 온몸을 내맡겼다. 그는 그녀를 안고서 그의 입맞춤을 갈구하는 그녀의 입술에 자기 입술을 포갰다.

그녀 또한 밤새 잠을 못 이루었고, 오전 내내 그를 기다렸다. 어머니와 아버지는 두말할 것도 없이 찬성이었으며, 그녀의 행복으로 자신들도 행복해했다. 그녀는 레빈을 기다리고 있었다. 자신이 먼저 그를 만나 자신과 그의 행복을 고하고 싶었던 것이다. 혼자서 그를 맞이할 작정이었고, 그런 생각에 흐뭇해하면서도 겁을 내기도 하고, 부끄러워하기도 했으며, 무엇을 해야 할지 스스로도 알 수 없어 갈팡질팡했다. 그녀는 그의 발소리와 목소리를 듣고서 문 뒤에 선 채 마드무아젤 리농이 물러가기만을 기다리고 있었다. 마드무아젤 리농이 떠났고, 그러자 그녀는 무엇을 어떻게 할 것인지 자문하지도, 생각하지도 않고서, 그에게 다가가 방금 전의 일을 해낸 것이다.

「어머니를 뵈러 가요!」 그녀가 그의 손을 잡고 말했다. 그는 한참 동안 아무 말도 할 수가 없었다. 말을 함으로써 자신의 고귀한 감정을 망쳐 버릴까 염려했다기보다는, 뭔가 말하려고 할 때마다 매번 말 대신 행복의 눈물이 쏟아질 것 같았기 때문이었다. 그는 그녀의 손을 잡고서 입을 맞췄다.

「이게 정말 사실입니까?」 그가 마침내 꽉 잠긴 목소리로 말했다. 「당신이 나를 사랑한다는 게 믿기지가 않아요!」

〈당신〉이라는 말과, 자신을 쳐다보는 그의 눈에 어린 수줍음에 그녀는 미소를 지었다.

「사실이에요!」 그녀가 천천히, 의미심장하게 말을 이었다. 「나는 너무나 행복해요!」

그녀는 그의 손을 놓지 않은 채 응접실로 들어섰다. 그들을 본 공작 부인이 잦은 숨을 들이쉬더니 울음을 터뜨리고는 다시 활짝 웃었다. 그러고는 레빈으로서는 예기치 못한 힘찬 발걸음으로 다가와 그의 얼굴을 부여잡고는 입을 맞추며 그의 뺨을 눈물로 적셨다.

「이제 다 됐구나! 나는 기쁘다네. 이 아이를 사랑해 주게. 엄마는 기쁘단다, 키티!」

「일이 빨리도 풀렸구먼!」 공작이 무심한 척하려 애를 쓰며 말했다. 그러나 레빈은 자신을 돌아보는 그의 두 눈이 젖어 있는 것을 알아챘다.

「오래전부터 늘 이렇게 되기를 바랐었네!」 그가 레빈의 손을 잡고서 자기 쪽으로 끌어당기며 말했다. 「저 바람기 많은 딸애가 갑자기 그런 생각을 했을 때도 나는—」

「아빠!」 키티가 소리를 지르고는 얼른 공작의 입을 손으로 막았다.

「그래, 그만하마!」 그가 말했다. 「나는 너무, 너무, 기쁘……허! 참! 내가 이토록 바보같이…….」

그는 키티를 품에 안고서 그녀의 얼굴과 손에, 그리고 다시 얼굴에 입을 맞추고는 성호를 그어 주었다.

레빈은 키티가 아버지의 통통한 손에 한참을 다정하게 입맞추는 것을 보고서, 이제껏 낯설기만 했던 이 사람, 노공작에 대한 새로운 애정에 사로잡혔다.

16

공작 부인은 안락의자에 앉아 말없이 웃고만 있었다. 공작도 그녀 곁에 앉았다. 키티는 여전히 공작의 손을 놓지 않은 채 그의 의자 옆에 서 있었다. 모두가 말이 없었다.

공작 부인이 먼저 나서서 온갖 것을 주워섬기며 생각과 감정을 온통 현실의 문제로 돌려놓았다. 처음에 그것은 모두에게 똑같이 이상하고, 심지어 고통스러운 것으로 느껴졌다.

「언제 하죠? 축복도 해주고 모두에게 알려야 하잖아요. 결혼식은 언제 할까요? 당신 생각은 어때요, 알렉산드르?」

「여기 이 친구가 있잖소.」 노공작이 레빈을 가리키며 말했다. 「이제 이 사람이 주인공이오.」

「언제 하냐고요?」 레빈이 얼굴을 붉히며 말했다. 「내일요. 만약 제 의견을 물으신다면, 제 생각으로는 오늘 축복을 받고 내일 결혼식을 올리는 게 좋겠습니다.」

「됐네, mon cher(이 사람아), 터무니없는 소리!」

「그럼, 일주일 뒤에 하죠.」

「확실히 제정신이 아니군.」

「아니, 왜 그러십니까?」

「아이고, 그만하게!」 그토록 서두르는 모습에 공작 부인이 흐뭇하게 웃으며 말했다. 「지참금은 어떻게 할까?」

〈정말로 지참금이니 뭐니 하는 그 온갖 것들을 다 챙겨야 하나?〉 레빈은 속으로 경악했다. 〈하지만 그렇다고 지참금이니 축복이니 하는 것들이 과연 나의 행복을 망칠 수 있을까? 그 무엇도 망칠 수 없어!〉 키티를 힐끔 쳐다본 그는 지참금에 대한 생각이 그녀의 기분을 전혀 상하게 하지 않았음을 알아챘다. 〈그러니까, 이건 필요한 거야.〉

「저는 아무것도 모릅니다. 다만 제 바람을 말씀드렸을 뿐이에요.」 그가 사죄하듯 말했다.

「그러면 우리가 알아서 정하겠네. 이제 축복해 주고 사람들에게 알려도 되겠군. 그러면 되겠어.」

공작 부인은 남편에게 다가가 입을 맞추고는 자리를 뜨려했다. 하지만 공작이 그녀를 붙잡아 끌어안고는 사랑에 빠진 청년처럼 다정하게 미소 띤 얼굴로 그녀에게 여러 차례 입을 맞추었다. 자기들이 다시 사랑에 빠진 것인지, 아니면 자기네 딸이 그런 것인지, 노부부가 순간적으로 제대로 인지하지 못하고 헷갈린 게 틀림없었다. 공작과 공작 부인이 나가자 레빈은 다시 자신의 신부에게 다가가 손을 잡았다. 그는 이제 스스로를 제어하고, 말도 할 수 있었다. 그는 키티에게 많은 얘기를 해야 했다. 그러나 정작 해야 할 말이 아닌 다른 이야기가 입에서 튀어나왔다.

「이렇게 될 줄 알았어요! 결코 희망을 가진 적은 없었지만, 마음속으로는 항상 확신하고 있었어요.」그가 말했다. 「이건 예정되어 있었다고 믿어요.」

「나는 어떤 줄 아세요?」그녀가 입을 열었다. 「심지어 그때도…….」그녀가 하던 말을 멈추고서 특유의 진심 가득한 눈으로 그를 단호하게 쳐다보더니 다시 말을 이었다. 「심지어 내가 나 자신에게서 행복을 밀어냈을 때조차도 나는 믿고 있었어요. 나는 늘 당신 한 사람만을 사랑했지만, 정신이 팔렸던 거예요. 이 말은 해야겠어요……. 그 일을 잊어 줄 수 있나요?」

「아마도 전화위복인 것 같습니다. 당신이야말로 저의 많은 것들을 용서해야 해요. 당신에게 해야 할 말이 있는데…….」

그것은 그가 키티에게 털어놓기로 결심한 것 중 한 가지였다. 그는 그녀에게 첫날부터 두 가지 사실을 고백하기로 결심한 터였다. 하나는 그가 키티처럼 순결하지 않다는 사실이었고, 다른 하나는 그가 신자가 아니라는 점이었다. 괴로운 일이었지만 그는 두 가지 모두 얘기해야 한다고 생각했다.

「아니, 지금은 아닙니다. 나중에 하죠!」 그가 말했다.

「좋아요, 나중에 하세요. 하지만 꼭 얘기해 줘야 해요. 나는 아무것도 두렵지 않아요. 나는 모든 걸 알아야 해요. 이제 다 정해졌으니까요.」

그가 마저 덧붙였다.

「내가 어떤 사람이든, 당신은 나를 받아 주기로, 나를 거부하지 않기로 정해진 거죠? 그렇죠?」

「네, 그래요.」

그들의 대화는 마드무아젤 리농에 의해 중단되었다. 그녀는 가식적이긴 하지만 어쨌거나 정다운 미소를 지은 채 와서 자신의 사랑하는 제자를 축하해 주었다. 그녀가 나가기도 전에 이번에는 하인들이 축하 인사를 전하러 왔다. 그다음으로는 친척들이 찾아와 행복으로 가득한 북새통을 이루었고, 레빈은 결혼식 다음 날까지 그런 난리법석에서 벗어날 수가 없었다. 내내 거북하고 무료했지만 행복한 긴장감은 점점 커져만 갔다. 그로서는 알지 못하는 많은 것들이 자신에게 요구되고 있다는 것을 그는 끊임없이 실감하면서도 사람들이 요구하는 온갖 것들을 그는 다 해냈으며, 그 모든 것이 그에게 행복감을 안겨 주었다. 자신의 혼사는 다른 경우들과 비슷한 점이 전혀 없을 것이며, 혼사의 흔한 조건들은 자신의 행복을 망쳐 버릴 뿐이라고 생각해 온 그였다. 그러나 결국에는 그역시 다른 사람들이 하는 것과 똑같이 하였는데, 그로 인해 오히려 행복은 점점 커지기만 할 뿐 다른 경우와 비슷한 점이라곤 전혀 없고 앞으로도 없을 특별한 것이 되어 갔다.

「이제 당과를 좀 먹읍시다.」 마드무아젤 리농이 말하자, 레빈은 썰매를 타고 당과를 사러 갔다.

「참으로 기쁘네.」 스비야시스키는 이렇게 말했다. 「부케는 포민의 가게에서 사게나.」

「그래야 하나요?」 그래서 그는 포민의 가게로 갔다.

형은 선물이니 뭐니 하여 지출이 많아질 테니 돈을 빌려야 한다고 일러 주었다.

「선물을 사야 하나요?」 그래서 그는 풀데의 가게로 갔다.

과자 가게, 포민의 가게, 풀데의 가게 모두에서 사람들이 그를 기다리고 있었으며, 최근 그와 용무가 있었던 다른 모든 이들과 마찬가지로 그를 반기며 행복을 축하해 주었다. 기묘했던 건, 모든 사람들이 그를 좋아해 줄 뿐만 아니라 전에는 그에게 냉담하고 차갑고 무관심했던 사람들이 그를 보고 감탄하면서 매사에 그의 뜻을 따르고, 그의 감정을 조심스럽게 대하고, 신붓감이 너무나 완벽하기 때문에 자신이 세상에서 가장 행복한 사람이라는 그의 확신에 공감해 주는 것이었다. 키티 역시 똑같은 감정을 느꼈다. 노드스톤 백작 부인이 자신은 좀 더 나은 상대를 바랐다는 암시를 주었을 때, 키티는 화를 벌컥 내면서 레빈보다 더 나은 상대는 이 세상에 결코 있을 수 없다고 단호하게 말했다. 그리하여 노드스톤 백작 부인은 그 사실을 인정해야만 했으며, 이제 키티 앞에서 기쁨의 미소를 짓지 않고서 레빈을 맞이하는 일은 없었다.

그가 약속했던 고백이 그 시절에 벌어진 단 하나의 비통한 사건이었다. 그는 노공작과 의논하고 그의 허락을 받아, 자신을 괴롭혀 온 사연이 적혀 있는 일기장을 키티에게 건네주었다. 미래의 신붓감을 염두에 두고서 썼던 일기였다. 두 가지 사실, 즉 자신이 순결하지 못하다는 점과 신앙이 없다는 점이 그를 괴롭혔다. 신자가 아니라는 사실은 별다른 일 없이 넘어 갔다. 그녀는 종교적인 사람이었고 종교의 진리를 한 치도 의심한 적이 없었지만, 그의 외면적인 불신앙은 그녀에게 전혀 문제 될 것이 없었다. 그녀는 사랑으로 그의 영혼을 샅샅이 알고 있었으며 그의 영혼 속에서 자신이 원하던 바를 발견하곤 했기에, 그러한 영혼의 상태가 불신자라고 일컬어진다는 것은 그녀에게 아무 상관 없는 일이었다. 하지만 또 다른 고백은 그녀로 하여금 쓰디쓴 눈물을 흘리게 했다.

레빈이 내면의 갈등 없이 그녀에게 자신의 일기장을 건넨 것은 아니었다. 그는 자신과 그녀 사이에는 비밀이 있을 수 없으며 있어서도 안 된다고 알고 있었고, 따라서 응당 그렇게 해야만 한다고 판단을 내렸던 것이다. 하지만 그러한 처사가 어떤 영향을 미칠 것인지에 대해서는 제대로 이해하지 못했으며, 그녀의 입장에 서보지도 못했다. 다만 그날 저녁 극장 공연을 보러 가기 전에 집으로 와서 그녀의 방으로 들어가 자신이 초래한 돌이킬 수 없는 고통으로 눈물범벅이 된 불행하고 가엾고 사랑스러운 그 얼굴을 보았을 때에야, 그는 자신의 치욕스러운 과거를 그녀의 비둘기 같은 순결함으로부터 갈라놓는 그 수렁의 존재를 이해하였고, 자신이 저지른 짓에 대해 경악하였다.

「이 끔찍한 공책들을 가져가세요, 가져가라고요!」그녀가 책상 위에 놓인 공책들을 밀쳐 내면서 말했다. 「왜 나에게 저 것들을 줬나요! ……아니에요, 그럼에도 불구하고 이러는 편이 더 나아요.」절망에 잠긴 그의 얼굴을 보고서 연민을 느낀 그녀가 덧붙였다. 「하지만 이건 끔찍해요, 끔찍하단 말예요!」

그는 고개를 떨군 채 말이 없었다. 아무 말도 할 수 없었다.

「나를 용서해 주지 않을 테죠.」그가 속삭이듯 말했다.

「아니에요, 용서했어요. 하지만 끔찍해요!」

그러나 행복이 너무나 컸기에, 그 고백조차 그것을 깨뜨리지 못했고 단지 새로운 뉘앙스를 더해 줄 뿐이었다. 그녀는 그를 용서했다. 하지만 그때부터 그는 더욱더 자신을 그녀보다 못한 존재로 여기게 되었으며, 그녀 앞에서 도덕적으로 스스로를 더욱 낮추고 자신의 과분한 행복을 한층 더 귀하게 여기게 되었다.

17

만찬 때와 그 후에 나누었던 대화에서 받은 인상들을 하나씩 음미하듯 무심결에 떠올리며, 알렉세이 알렉산드로비치는 자신의 쓸쓸한 호텔 방으로 돌아왔다. 용서하라는 다리야 알렉산드로브나의 말은 그에게서 노여움만을 불러일으켰다. 자신이 겪은 일에 그리스도교적 규범을 적용할 것이냐 말 것이냐는 쉽게 논할 수 없는 너무나 어려운 문제였으며, 이미 오래전에 알렉세이 알렉산드로비치에 의해서 부정적인 방향으로 매듭지어진 터였다. 그날의 발언들 가운데 그의 머릿속에 가장 인상 깊게 박힌 것은 우둔하지만 선량한 투롭친의 말이었다. 〈아주 **용감한 처사다. 결투를 신청해서 죽여 버렸으니.**〉예의를 차리느라 말은 하지 않았지만, 모두가 그 말에 공감하고 있는 게 틀림없었다.

〈하지만 이미 끝난 일이니 이걸 가지고서 더 이상 고민할 건 없어.〉 알렉세이 알렉산드로비치는 생각했다. 그러고는 목전에 다가온 출장과 감찰 업무에 대해서 생각했다. 그는 호텔 방으로 가서 그를 안내해 준 수위에게 자신의 시종은 어디 있느냐고 물었다. 시종은 방금 전에 나갔다고 수위가 전했다. 알렉세이 알렉산드로비치는 차를 시킨 다음 탁자에 앉아 프롬[16]을 집어 들고 여행 경로를 따져 보기 시작했다.

「전보가 두 통 왔습니다.」 호텔로 돌아온 시종이 방으로 들어오면서 말했다. 「죄송합니다, 각하. 방금 전에 나갔다가 들어오는 길입니다.」

알렉세이 알렉산드로비치는 전보를 받아 들고서 봉투를 뜯었다. 첫 번째 것은 그가 오르고자 했던 자리에 스트레모프가 임명되었다는 소식이었다. 그는 전보를 내던지고는 얼굴을 붉힌 채 자리에서 일어나 방을 서성이기 시작했다. 그는 〈Quos vult perdere dementat(신은 자신이 파멸시키고자 하는 사람들에게서 이성을 앗아가 버린다)〉라고 중얼거렸는데, 여기서 quos(사람들)는 이 인사에 협력한 자들을 염두에 둔 표현이었다. 그 자리를 얻지 못한 것이나, 자신이 틀림없이 배제되었으리라는 점은 억울하지 않았다. 하지만 수다쟁이에다 허풍쟁이인 스트레모프가 그 누구보다도 그 자리에 부적합하다는 사실을 사람들이 몰랐다는 건 도무지 납득이 가지 않고 놀라울 뿐이었다. 이런 인사가 자기 자신을, 자신의 prestige(위신)를 망쳐 버린다는 걸 어떻게 그들은 모른단 말인가!

16 페테르부르크에서 1870년 F. B. 프룸이 출간한 『러시아 철도 안내』의 줄임말. 러시아어로 출간되었으나 표제에는 영어가 병기되어 있었다. 러시아 주요 역에서 구입할 수 있었다.

「또 이런 유의 소식이겠지.」 그가 두 번째 전보를 뜯으면서 신경질적으로 뇌까렸다. 전보는 아내에게서 온 것이었다. 파란색 연필로 적힌 〈안나〉라는 서명이 가장 먼저 그의 눈에 띄었다. 〈나는 죽어 가고 있어요. 제발 부탁이에요, 돌아와 주세요. 용서를 받으면 더 편하게 눈감을 수 있을 거예요.〉 그는 경멸에 찬 미소를 지으며 전보를 내던졌다. 처음 든 생각은, 의심의 여지가 전혀 없는 교활한 속임수라는 추측이었다.

〈그녀가 저지르지 못할 속임수는 없어. 분명 아이를 낳았을 테지. 어쩌면 산증(酸症)일지도 몰라. 한데, 저들의 목적이 대체 뭘까? 아이를 호적에 올려서 내 명예를 훼손하고 이혼을 방해하려는 건가.〉 그가 생각했다. 〈그런데 무슨 얘기더라……. 죽어 간다고 했나…….〉 그는 전보를 다시 읽었다. 그러자 갑자기 거기 적힌 말의 문자 그대로의 의미가 그에게 충격을 가했다. 〈이게 만일 사실이라면?〉 그가 자문했다. 〈만약 정말로 그녀가 고통과 임박한 죽음 앞에서 진심으로 회개하고 있는 거라면, 그런데도 내가 그걸 속임수라 여기고 돌아오라는 청을 거절한다면? 그건 단지 잔인한 처사에 그치지 않아. 모두가 나를 비난할 테고, 내 입장에서도 어리석은 짓이 될 거라고.〉

「표트르, 마차를 잡게. 페테르부르크로 가겠네.」 그가 시종에게 말했다.

알렉세이 알렉산드로비치는 페테르부르크로 가서 아내를 만나 보기로 결심하였다. 만일 그녀의 병이 속임수라면, 그는 아무 말도 없이 떠날 것이었다. 그녀가 정말로 병을 얻어 죽음을 앞두고서 그를 보고 싶어 하는 거라면, 그는 그녀를 용서할 참이었다. 아직 살아 있을 때 보게 된다면 말이다. 만에 하나 너무 늦게 도착하게 된다면 영결식에라도 참석할 작정이었다.

길을 가는 내내 그는 무엇을 해야 할지에 대해서는 더 이상 생각하지 않았다.

한밤중의 기차간에서 몰려드는 피로감과 씻지 못해 꺼림칙한 느낌을 품은 채, 페테르부르크의 새벽안개를 뚫고서 텅 빈 넵스키 대로를 지나던 알렉세이 알렉산드로비치는 무엇이 자신을 기다리고 있을지 생각하지 않은 채 그저 앞만 바라보았다. 자신을 기다리는 것을 떠올리면 아내의 죽음이 이 힘든 상황을 단번에 타개해 주리라는 기대를 떨쳐 버릴 수가 없었기에, 그는 그런 생각을 할 수가 없었다. 빵집들, 문이 닫힌 상점들, 밤거리의 마부들, 보도를 쓸고 있는 문지기들이 눈에 아른거렸다. 그는 자신을 기다리고 있는 것, 감히 바라서는 안 되는 것이지만 그럼에도 불구하고 내심 갈망하고 있는 것을 마음속에서 지워 버리려 애쓰면서 그 모든 것을 관찰하였다. 그가 탄 마차가 현관 앞에 당도했다. 삯마차와 잠든 마부가 타고 있는 유개 마차가 현관 앞에 서 있었다. 현관 안으로 들어서면서 알렉세이 알렉산드로비치는 머릿속 귀퉁이에서 결심을 꺼내듯 다시 확인해 보았다. 그것은 다음과 같은 내용이었다. 〈만일 속임수라면 조용히 경멸을 표하고 떠날 것. 만일 사실이라면, 예의를 지키는 거다.〉

알렉세이 알렉산드로비치가 초인종을 울리기도 전에 수위가 문을 활짝 열었다. 페트로프 혹은 카피토니치라고 불리는 수위는 넥타이도 없이 낡은 프록코트를 입고 단화를 신은 기묘한 차림이었다.

「마님은 어찌 되셨는가?」

「어제 무사히 해산하셨습니다.」

그 자리에 멈춰 선 알렉세이 알렉산드로비치의 낯빛이 창백해졌다. 자신이 얼마나 그녀의 죽음을 바랐는지 그는 이제야 분명히 깨달았다.

「건강은 어떠신가?」

코르네이가 앞치마 차림으로 계단을 뛰어 내려왔다.

「아주 안 좋으십니다.」그가 대답했다. 「어제 의사가 왕진을 다녀갔고, 지금도 와 있습니다.」

「짐을 들여놓게.」그래도 어쩌면 죽을 수도 있다는 희망적인 소식에 한결 마음을 놓으며 그가 수위에게 일렀다.

현관 안으로 들어서니 옷걸이에 군용 외투가 걸려 있었다. 그것을 본 알렉세이 알렉산드로비치가 물었다.

「집에 누가 와 있나?」

「의사와 산파, 그리고 브론스키 백작님이 계십니다.」

알렉세이 알렉산드로비치는 집 안으로 들어섰다.

응접실에는 아무도 없었다. 그의 발소리를 듣고서 보라색 리본이 달린 머리쓰개를 쓴 산파가 안나의 방에서 나왔다.

그녀는 임박한 임종에 익숙한 태도로 알렉세이 알렉산드로비치에게 다가가 그의 팔을 잡고서 침실로 데려갔다.

「천만다행으로 오셨군요! 시종일관 나리 얘기만, 나리 얘기만 하셨지 뭡니까.」그녀가 말했다.

「얼음을 가져오게, 얼른!」의사가 명령조로 말하는 음성이 침실에서 들려왔다.

알렉세이 알렉산드로비치는 아내의 방으로 들어갔다. 그녀의 책상 옆 나지막한 의자에 브론스키가 옆구리를 등판 쪽으로 향한 채 걸터앉아서 얼굴을 두 손으로 가리고 울고 있었다. 의사의 목소리에 두 손을 거두고 자리에서 벌떡 일어난 그는 알렉세이 알렉산드로비치를 발견하더니 당황하여 다시 제자리에 앉아 마치 어디론가 사라져 버리길 바라는 듯 목을 어깨 쪽으로 깊숙이 움츠렸다. 그러나 이윽고 스스로를 제어하고는 자리에서 일어나서 말했다.

「안나는 죽어 가고 있습니다. 의사 말로는 희망이 없다는 군요. 당신 뜻에 달려 있습니다만, 제가 여기 있도록 허락해 주십시오……. 하지만 당신 뜻에 달려 있습니다. 저는…….」

브론스키의 눈물을 본 알렉세이 알렉산드로비치는 남들이 고통스러워하는 모습을 볼 때마다 그러듯 정신적 혼란이 밀려드는 것을 느끼며 고개를 돌리고는, 그의 말을 다 듣기도 전에 서둘러 문 쪽으로 걸어갔다. 침실에서 무언가 말하는 안나의 음성이 들려왔다. 생기 있고 활달했으며, 억양이 너무나도 또렷한 목소리였다. 알렉세이 알렉산드로비치는 침실로 들어가 침대 곁으로 다가갔다. 안나는 그가 있는 쪽으로 고개를 돌린 채 누워 있었다. 뺨은 홍조를 띠었고 눈은 빛났으며 웃옷 소매 밖으로 나온 하얗고 조그만 손은 장난치듯 이불 귀퉁이를 돌돌 말고 있었다. 건강하고 생기 있을 뿐만 아니라, 기분도 최고로 좋아 보였다. 그녀는 유달리 또렷하고 감정이 절절하게 묻어나는 어조로 빠르고 낭랑하게 말했다.

「왜냐하면, 알렉세이가 — 내가 말하는 건 알렉세이 알렉산드로비치랍니다(둘 다 알렉세이라니 이 얼마나 기이하고 끔찍한 운명인가) — 내 청을 거절하지는 않을 테니까요. 나는 잊을 테고, 그이는 용서해 줄 거예요……. 그런데 왜 안 오는 거죠? 그이는 착한 사람이에요, 자기가 얼마나 착한지 그이 자신이 모를 뿐이죠. 아아, 하느님, 너무나 갑갑해요! 어서

나에게 물을 가져다주세요, 어서요! 아아, 그건 아기에게, 내 딸아이에게 해로울 거예요! 그래, 좋아요, 아기에게 유모를 붙여 주세요. 그래요, 동의해요, 그게 더 나을 거예요. 그이가 올 텐데, 아기를 보는 게 괴로울 거예요. 아기를 이리 주세요.」

「안나 아르카디예브나, 남편께서 오셨답니다. 자, 여기 계시잖아요!」산파가 알렉세이 알렉산드로비치 쪽으로 안나의 주의를 돌리려 애쓰며 말했다.

「아아, 이 무슨 허튼소리람!」안나가 남편은 보지도 않은 채 계속해서 말했다. 「아기를, 딸아이를 나에게 줘요, 달라니까요! 그이는 아직 오지 않았어요. 당신은 그이가 용서하지 않을 거라고 하지만, 그건 그이를 잘 몰라서 하는 소리예요. 아무도 몰라요. 나 혼자만 알죠. 그래서 힘들어졌어요. 그이의 눈 말이에요. 그걸 알아야만 해요. 세료자의 눈도 그이 것과 똑같아요. 그래서 나는 그 아이의 눈을 쳐다볼 수가 없어요. 세료자에게 밥은 먹였나요? 정말이지 나는 알아요. 모두가 잊을 거예요. 그이는 잊지 않겠죠. 세료자를 구석방으로 데려가서, 마리에트에게 개랑 같이 자달라고 해야 돼요.」

그녀가 갑자기 몸을 움츠리고 조용해지더니 놀란 표정을 하고서, 마치 타격이 가해질 것을 기다리며 스스로를 방어하듯 두 팔을 얼굴을 향해 들어 올렸다. 남편을 알아본 것이다.

「아니야, 아니야……」그녀가 입을 열었다. 「나는 그이를 두려워하지 않아. 내가 두려워하는 건 죽음이야. 알렉세이, 이리로 다가와요. 마음이 급해요. 나는 시간이 없거든요. 살아 있을 시간이 조금밖에 남지 않았어요. 곧 열이 나기 시작할 거예요. 그러면 아무것도 이해하지 못할 거예요. 지금은 이해해요. 다 이해하고, 다 보고 있어요.」

알렉세이 알렉산드로비치의 주름진 얼굴이 고통에 찬 표정으로 뒤덮였다. 안나의 손을 잡고 무언가를 말하려 해봐도, 도무지 말이 입 밖으로 나오질 않고 아랫입술만 덜덜 떨렸다. 그렇게 그는 자신의 격정과 여전히 싸우며 가끔씩 그녀를 바라볼 뿐이었다. 그리고 그럴 때마다 매번 그의 시선은 전에는 결코 본 적이 없는, 환희에 차 감격스럽게 자신을 바라보는 그녀의 다정한 눈과 마주쳤다.

「잠시만요, 당신은 몰라요……. 잠시만, 잠시만요…….」그녀가 생각을 모으려는 듯 말을 멈추었다. 「그래요…….」그녀는 다시 이야기를 시작했다. 「그래, 그래요, 맞아요. 내가 말하려는 건 이런 거예요. 나를 보고 놀라지 마세요. 나는 여전히 그대로예요…… 하지만 내 안에는 또 다른 여자가 있어요. 나는 그 여자가 무서워요. 그 여자가 그 사람을 사랑했고, 그래서 나는 당신을 증오하려 했죠. 그런데 나는 예전의 나를 잊을 수가 없었어요. 그 여자는 내가 아니에요. 이제 나는 진정한 나, 온전한 나예요. 지금 나는 죽어 가고 있어요. 내가 죽을 거라는 걸 나는 알아요. 저 사람에게 물어보세요. 지금 내 두 손에, 두 발에, 손가락에 몇 푸드가 들려 있는 게 느껴져요. 이 손가락 좀 보세요, 이렇게 커다랗잖아요! 하지만 이제 곧 끝날 거예요……. 나한테 필요한 건 딱 한 가지예요. 나를 용서해 주세요. 깨끗이 용서해 주세요! 나는 끔찍한 여자예요. 하지만 유모가 말했어요. 성스러운 수난자, 이름이 뭐였더라? 아무튼 그녀는 더 형편없었대요. 나는 로마로 갈 거예요. 거기에는 사막이 있어요. 그러면 나는 아무도 방해하지 않게 될 거예요. 다만 세료자랑 딸아이는 데려가겠어요……. 아니에요, 당신은 용서하지 못할 거예요! 나는 알아요, 그건 용서할 수가 없다는 걸! 아니요, 아니에요, 가세요. 당신은 너무나 좋은 사람이에요.」 그녀는 뜨겁게 달아오른 한 손으로는 그의 손을 잡고 있었고, 다른 손으로는 그를 밀쳐 내고 있었다.

알렉세이 알렉산드로비치의 혼란은 점점 더 심해져서 이제 그는 그것과 씨름하길 그만둘 지경에 다다랐다. 그러다 문득, 정신적 혼란이라 여겼던 것이 실은 그 반대로 여태껏 한 번도 경험하지 못했던 새로운 행복을 느닷없이 안겨 주는 지극히 행복한 정신 상태라는 사실을 그는 느꼈다. 평생 따르고자 했던 그리스도교의 율법이 원수를 용서하고 사랑하라고 자신에게 명하고 있다고 생각한 것은 아니었다. 하지만 원수들에 대한 사랑과 용서의 기쁜 감정이 그의 영혼을 가득 채웠다. 그는 무릎을 꿇고 앉은 채, 그녀의 팔꿈치에 머리를 얹고서 어린애처럼 엉엉 울었다. 그녀의 팔꿈치에서 윗옷을 투과하며 뿜어져 나오는 열기가 그를 태울 듯했다. 그녀는 숱이 앙상한 그의 머리를 끌어안고서 그에게로 바짝 다가붙어 오만하고도 도전적으로 두 눈을 치떴다.

「이게 그이예요. 나는 알아요. 이제 모두들 안녕, 잘 있어요! ……또다시 저 사람들이 왔군요. 왜 저 사람들은 나가지 않는 거죠? ……이 모피 코트 좀 벗겨 주세요!」

의사가 그녀의 팔을 떼어 내어 조심스레 그녀를 베개에 눕히고는 어깨까지 이불을 덮어 주었다. 그녀는 얌전히 똑바로 누운 채 반짝이는 눈으로 정면을 응시했다.

「이거 하나만 기억해 줘요. 나에게 필요한 건 용서뿐이라는 것, 그 이상은 아무것도 원하지 않는다는 걸요……. 대체 왜 그이는 오지 않는 거죠?」 그녀가 브론스키가 있는 문 쪽을 돌아보며 말했다.

「이리 와요, 가까이 오라고요! 이이에게 손을 내미세요.」

브론스키가 침대 가장자리로 다가가서 그녀를 보고는 또다시 두 손으로 얼굴을 가렸다.

「얼굴에서 손을 떼고, 이이를 보세요. 이이는 성자예요.」 그녀가 말했다. 「자, 얼굴을 열어 보이라니까요!」 그녀가 성을 냈다. 「알렉세이 알렉산드로비치, 저이의 얼굴을 열어 보여 주세요! 저이를 보고 싶어요.」

알렉세이 알렉산드로비치가 브론스키의 손을 잡아 얼굴에서 떼어 냈다. 내면에 담긴 고통과 수치심으로 그의 얼굴은 흉측했다.

「저이에게 손을 내미세요. 저이를 용서해 주세요.」 알렉세이 알렉산드로비치는 흐르는 눈물을 주체하지 못한 채 그에게 손을 내밀었다.

「다행이에요, 다행이에요…….」 그녀가 말을 꺼냈다. 「이제 준비가 다 됐어요. 다리만 좀 펴면 되겠어요. 그래, 이렇게요, 그래요, 아주 좋아요. 이 꽃들은 정말이지 멋이 없게 생겼네요. 제비꽃이랑 하나도 안 닮았잖아요.」 그녀가 벽지를 가리키며 말했다. 「하느님, 하느님! 이게 언제 끝이 날까요? 모르핀을 좀 놔주세요. 의사 선생님! 모르핀을 놔주세요. 하느님, 하느님!」

그러고서 그녀는 침상 위에서 몸부림치기 시작했다.

주치의와 의사들은 말하기를, 이것은 산욕열이며 1백 명 중 아흔아홉이 죽음을 맞이하게 된다고 했다. 하루 종일 고열과 헛소리, 실신이 이어졌다. 자정쯤에 환자는 감각도 맥박도 거의 없이 늘어져 있었다.

　매 순간 사람들은 임종을 기다렸다.

　브론스키는 집으로 돌아갔지만, 아침에 어찌 되었는지 알아보러 다시 왔다. 현관 대기실에서 그와 마주친 알렉세이 알렉산드로비치가 말했다.

　「남아 있어 주시오, 아내가 당신을 찾을지도 모르니.」 그러고서 직접 그를 아내의 방으로 데리고 갔다.

　아침 녘에, 안나는 다시 흥분하며 활기를 띠기 시작했고 생각과 말이 빨라졌다가 또다시 실신으로 끝이 났다. 사흘째 되는 날도 마찬가지였는데, 의사는 희망이 있다고 했다. 그날 알렉세이 알렉산드로비치는 브론스키가 앉아 있는 서재로 들어가 문을 잠그고는 그의 맞은편에 앉았다.

　「알렉세이 알렉산드로비치……」 담판을 지을 순간이 다가온 것을 느끼며 브론스키가 말했다. 「저로서는 말도 못 하겠고, 아무것도 모르겠습니다. 저를 용서해 주십시오! 당신이 아무리 힘들다 해도, 믿어 주십시오, 저는 더 괴롭습니다.」

　그는 자리를 뜨려 했지만 알렉세이 알렉산드로비치가 그의 손을 잡았다.

　「내 얘기를 들어 주길 바라오. 이건 꼭 해야 할 말이오. 나를 이끌어 주었던, 그리고 앞으로 이끌어 줄 나 자신의 감정을 당신에게 설명해야겠소. 당신이 나에 대해 오해하지 않도록 말이오. 당신도 알다시피, 나는 이혼을 결심했고 심지어 절차를 밟기 시작했소. 숨기지 않겠소. 그 일에 착수하면서 나는 망설이게 되었고, 고통스러웠소. 고백하건대, 당신과 아내에게 복수하고 싶은 욕망이 나를 집요하게 따라다녔소. 전보를 받고서도 같은 감정을 품은 채 이리로 왔고, 그 이상을 이야기하자면, 나는 그녀가 죽길 바랐소. 하지만……」 그는 입을 다물고서 자신의 감정을 털어놓을지 망설였다. 「하지만 그녀를 보고서 나는 용서했소. 용서함으로써 얻은 행복감이 나에게 나의 의무에 대해 알려 줬소. 나는 깨끗이 용서했소. 심지어 다른 쪽 뺨도 내밀고 싶소. 내 겉옷을 채 간다면 속옷까지 내주고 싶소. 그리고 하느님께 오로지 용서함의 행복을 거둬 가시지 말라고 기도할 뿐이요!」 눈물이 맺힌, 밝고 고요한 그의 시선이 브론스키를 놀라게 했다. 「내 입장은 그러하오. 당신은 나를 진흙탕에 짓밟아도 되고, 세상의 웃음거리로 만들어도 괜찮소. 하지만 나는 그녀를 버리지 않을 거고, 당신을 비난하지도 않을 거요.」 그가 이야기를 계속했다. 「나의 의무는 분명하게 예정되었소. 나는 그녀와 함께해야만 하고 그렇게 할 것이오. 그녀가 당신을 만나길 원한다면, 당신에게 알려 주겠소. 하지만 지금 생각으로는 그녀에게서 떨어져 있는 편이 좋을 것 같소.」

그는 자리에서 일어났고, 이야기는 흐느낌으로 인해 중단되었다. 브론스키 또한 자리에서 일어나 몸을 엉거주춤하게 숙인 상태로 의아스럽게 그를 바라보았다. 그는 주눅 들어 있었다. 알렉세이 알렉산드로비치의 감정을 이해하지 못했지만, 그것이 무언가 고결한 것이며, 심지어 자신의 세계관으로는 도달 불가능한 경지임을 느꼈던 것이다.

18

알렉세이 알렉산드로비치와 대화를 나눈 뒤 브론스키는

카레닌가의 현관으로 나와 멈춰 선 채 자신이 어디에 있으며 어디로 가야 하는지, 걸어서 가야 하는지 아니면 마차를 타고 가야 하는지조차 간신히 생각해 냈다. 그는 창피당하고 모욕당한 기분, 그리고 죄스러운 기분이었으며, 자신의 굴욕을 씻어 낼 기회마저 박탈당한 느낌이었다. 지금까지 그토록 당당하고 아무렇지 않게 다니던 궤도에서 내동댕이쳐진 것만 같았다. 그토록 굳건해 보였던 모든 습관과 생활의 규칙들이 갑자기 거짓되고 쓸모없는 것으로 여겨졌다. 지금까지 가엾은 존재이자 그의 행복을 우연히 가로막은 약간 희극적인 방해물로만 보였던 그 남편, 기만당한 남편이 갑자기 그녀에 의해 호출되어 사람들의 마음에 굴종을 불러일으키는 저 높은 경지로 들려 올라간 것이다. 저 높은 곳에서 그러한 남편의 모습은 사악하고 위선적이고 우스꽝스럽기는커녕 선량하고 소탈하며 위풍당당했으니, 그 점을 브론스키는 느끼지 않을 수가 없었다. 역할이 갑자기 뒤바뀌었다. 브론스키는 그의 높은 경지와 자신의 굴욕, 그의 공정함과 자신의 허위를 절감했다. 남편은 비애 속에서도 관대하며, 자신은 스스로의 기만 속에서 저열하고 치졸하다는 사실을 절감했다. 그러나 자신이 부당하게 경멸했던 인간 앞에서 스스로의 저열함을 자각하는 것은 슬픔의 작은 일부일 뿐이었다. 그는 지금 자신이 형언할 수 없이 불행하다고 느꼈다. 그 이유는 최근 들어 식어 가는 듯했던 안나에 대한 열정이, 그녀를 영원히 잃고 말았음을 알게 된 지금 그 어느 때보다도 강렬해졌기 때문이었다. 병을 앓는 내내 그녀를 보면서 그녀의 영혼을 알게 되자 이제까지 자신은 그녀를 사랑한 적도 없었던 것만 같았다. 그런데 그녀에 대해 알게 되고 그에 마땅한 사랑을 하게 된 지금, 그는 그녀 앞에서 굴욕을 겪고, 그녀에게 자신에 대한 수치스러운 기억 하나만을 남긴 채 그녀를 영원히 잃고 만 것이다. 무엇보다 끔찍한 것은 알렉세이 알렉산드로비치가 자신의 양손을 겸연쩍은 얼굴에서 떼어 냈을 때의 그 수치스러운 형국이었다. 그는 어찌할 바를 모른 채 카레닌가의 현관에 넋이 나간 듯 서 있었다.

「삯마차를 불러올까요?」수위가 물었다.

「그래, 불러 주게.」

사흘 밤을 뜬눈으로 지새우고 집으로 돌아온 브론스키는 옷도 벗지 않은 채 소파에 엎드려서 엇갈린 양팔 위에 머리를 얹었다. 머리가 무거웠다. 기이하기 짝이 없는 잔상들, 기억들, 상념들이 너무나도 빠르고 또렷하게 차례로 교차했다. 그것은 그가 병자에게 따라서 숟가락으로 떠먹여 준 약이었다가, 산파의 흰 손이기도 했고, 침대 앞 바닥을 딛고 선 알렉세이 알렉산드로비치의 기묘한 자세이기도 했다.

「잠이나 자자! 잊어버리자!」지쳐서 자고 싶으면 곧바로 잠들 거라고 믿는 건강한 사람의 확신에 찬 태연한 어조로 그가 중얼거렸다. 그러자 정말로 바로 그 순간 그의 머릿속에 혼돈이 일었고, 그는 망각의 심연 속으로 빠져들었다. 무의식이 벌써 바다의 물결처럼 그의 머리 위로 밀려왔다. 그때, 마치 아주 강력한 전하(電荷)가 내면에 갑자기 흘러들기라도 한 양, 그는 소파의 용수철 위에서 온몸이 펄떡거릴 정도로 흠칫 몸을 떨더니 화들짝 놀라 두 손을 짚고 무릎을 꿇은 채 벌떡 일어났다. 마치 전혀 잠을 자지 않은 듯 두 눈이 휘둥그렇다. 조금 전에 느꼈던 머리의 무거움과 사지의 나른함이 별안간 싹 가셨다.

〈당신은 나를 진흙탕에 짓밟아도 되오.〉알렉세이 알렉산드로비치의 말소리가 들렸고, 눈앞에 그가 보였다. 이어 고열로 인해 홍조를 띤 채 두 눈을 반짝이는 안나의 얼굴이 나타났다. 그녀는 온유하고 애정 어린 표정으로 그가 아니라 알렉세이 알렉산드로비치를 바라보고 있었다. 그다음에는 알렉세이 알렉산드로비치가 그의 얼굴에서 손을 떼어 냈을 때의 자신의 모습, 그의 생각에 어리석고 우스꽝스럽기 짝이 없는 모습이 보였다. 그는 다시 다리를 펴고 조금 전의 자세로 소파에 몸을 내던져 두 눈을 감았다.

〈자자, 자자!〉그가 속으로 되뇌었다. 그러나 눈을 감자 경마가 있던 날, 그 잊지 못할 저녁에 본 안나의 얼굴이 더욱더 또렷하게 떠올랐다.

「그 일은 없었던 거고, 앞으로도 없을 거야. 게다가 그녀는 자신의 기억 속에서 그 일을 지워 버리고 싶어 해. 하지만 나는 그것 없이 살 수가 없어. 도대체 어떻게 하면 우리가 화해할 수 있을까, 어떻게 하면 우리가 화해를 할 수 있겠냐고!」그가 소리 내어 내뱉고는 무의식중에 같은 말을 되뇌었다. 그렇게 되풀이해 이야기하자 머릿속에서 무리 지어 있는 듯한 새로운 형상들과 기억들이 떠오르지 않고 억제되는 것 같았다. 그러나 반복해서 말함으로써 생각을 제어하는 것도 그리 오래가지는 못했다. 또다시 좋았던 순간들과 얼마 전에 겪은 굴욕이 빠르게 연이어서 떠올랐다. 〈손을 떼세요〉라고 안나의 음성이 말한다. 그는 손을 떼어 내고는 자신의 얼굴에 드리운 겸연쩍고 바보 같은 표정을 절감한다.

그는 한 가닥 희망도 없다고 느끼면서도 여전히 누운 채 잠들려고 애를 썼고, 아무 상념이든 거기서 비롯한 우연한 단어들을 반복하여 속삭임으로써 새로운 이미지들이 떠오르는 것을 막고자 했다. 귀를 기울이니 광인의 기이한 속삭임이 반복적으로 들렸다. 〈소중히 여길 줄도 몰랐고, 이용할 줄도 몰랐다. 소중히 여길 줄도 몰랐고, 이용할 줄도 몰랐다.〉

〈이게 뭐지? 혹시 내가 미쳐 가는 걸까?〉 그가 생각했다. 〈그럴지도 모르지. 왜 사람들은 미치는 걸까, 왜 사람들은 권총 자살을 하는 걸까?〉 스스로 묻고 답하다가 눈을 뜬 그는 머리맡에 바랴 형수가 수놓아 만들어 준 베개가 놓여 있는 것을 보고는 깜짝 놀랐다. 그는 베개의 술을 만지작거리면서 바랴를, 그녀를 마지막으로 봤을 때를 떠올렸다. 그러나 무언가 다른 일을 생각하는 건 고통스러웠다. 〈그래, 자야 해!〉 그는 베개를 끌어다가 머리를 파묻었다. 하지만 눈을 감고 있는 것 역시 고역이었다. 그는 자리를 박차고 일어나 앉았다. 〈나에게 이 일은 끝장난 거다.〉 그가 되뇌었다. 〈뭘 할 건지 생각해야 한다. 뭐가 남아 있지?〉 그는 머릿속으로 안나에 대한 사랑을 제외한 생활을 재빠르게 훑었다.

〈야심? 세르푸홉스코이? 사교계? 궁정?〉 그 어떤 것에도 그는 미련이 없었다. 예전에는 그 모든 것이 의미를 지녔었지만, 이제 그런 것들일랑 안중에도 없었다. 그는 소파에서 일어나 프록코트를 벗고 혁대를 푼 뒤, 좀 더 편하게 숨을 쉬기 위해 털이 무성한 가슴팍을 풀어 헤치고는 방 안을 서성였다. 〈이런 식으로 사람들은 미치는 거야.〉 그가 되뇌이고는 천천히 덧붙였다. 〈그리고 이러다가 자살하는 거고⋯⋯. 수치심을 느끼지 않으려고 말이지.〉

그는 문 쪽으로 다가가 방문을 잠갔다. 그러고서 흔들림 없는 눈초리로 이를 악다물고 책상으로 가 리볼버를 꺼내 들어 살핀 다음 탄창을 장전된 쪽으로 돌려놓고는 생각에 잠겼다. 2분가량 그는 권총을 두 손에 쥐고 골똘한 표정으로 고개를 떨군 채 가만히 서서 생각했다. 〈물론이지.〉 마치 논리적이고 지속적이며 명료한 사고의 행보가 그를 의심할 바 없는 결론으로 이끌어 주기라도 한 듯 그가 속으로 되뇌었다. 사실 확신에 찬 이 〈물론이지〉는 한 시간 동안 벌써 수십 번을 되풀이한 똑같은 기억과 상념의 결과일 뿐이었다. 영원히 잃어버린 행복에 대한 회상도, 삶에서 닥쳐올 모든 것들의 무의미함에 대한 상념도, 자신의 굴욕에 대한 자각도 똑같았다. 그리고 그러한 상념과 감정들의 순서 역시 똑같았다.

〈물론이지.〉 그가 되뇌었다. 그의 생각은 또다시 예의 마법에 걸린 회상과 상념의 원을 따라 세 번째로 돌고 있었다. 그는 리볼버를 왼쪽 가슴에 겨누고는 갑자기 주먹을 쥐려는 듯 손 전체에 심하게 경련을 일으키다가 방아쇠를 당겼다. 총알이 발사되는 소리는 듣지 못했으나, 가슴에 가해진 강한 일격에 그는 넘어지고 말았다. 책상 끄트머리를 잡고서 간신히 서있던 그가 리볼버를 떨어뜨렸다. 이어 잠시 비틀거리더니 바닥에 주저앉아서는 놀란 듯 주변을 둘러보았다. 자신의 방을 알아보지 못한 채 휘어진 책상다리와 서류함, 그리고 호랑이 가죽을 아래로부터 바라보았다. 응접실을 허겁지겁 지나쳐 오는 하인의 삐걱거리는 발소리에 그는 정신을 차렸다. 간신히 생각을 집중하여 자신이 바닥에 주저앉아 있음을 깨달았고, 호랑이 가죽과 손에 묻은 피를 보고서 스스로에게 총을 쐈다는 사실을 자각했다.

「바보 같으니! 명중시키지 못했군.」 손을 더듬어 리볼버를 찾으며 그가 중얼거렸다. 권총은 바로 옆에 있었지만, 그는 멀리서 그걸 찾고 있었다. 계속해서 권총을 찾던 그는 다른 쪽으로 몸을 뻗었고, 이윽고 균형을 유지할 힘을 잃고서 피를 흘리며 쓰러지고 말았다.

자신의 섬약한 신경에 관해서 지인들에게 수차례 하소연 하곤 했던, 구레나룻을 기르고 차림새가 우아한 하인은 바닥에 드러누운 주인 나리를 보고 너무나 놀라 피를 흘리는 그를 그대로 내버려 둔 채 도움을 청하러 뛰쳐나갔다. 한 시간 뒤 바랴 형수가 세 명의 의사들을 대동하고 들어왔다. 그녀는 백방으로 사람을 보내 의사들을 찾아냈는데, 그들이 동시에 도착한 것이었다. 그녀는 부상당한 브론스키를 침상에 눕히고 그를 돌보기 위해 그의 집에 남았다.

19

알렉세이 알렉산드로비치가 저지른 실수는, 아내와 만날 채비를 하면서 그녀의 참회가 진실하여 자신이 그녀를 용서하는 경우, 그리고 그녀가 죽지 않는 경우에 대해 생각하지 못했다는 점이었다. 그러한 실수는 모스크바에서 돌아온 지두 달이 되었을 때 위력을 발휘하며 그의 눈앞에 전모를 드러냈다. 그러나 이는 그가 모든 경우를 고려하지 못했다는 것뿐만 아니라, 죽어 가는 아내와 조우하던 날까지 스스로의 속마음조차 모르고 있었다는 점에서 비롯한 것이었다. 병든 아내의 침상 곁에서, 그는 생전 처음으로 타인의 고통이 불러일으키곤 했던 바로 그 측은지심에 몸과 마음을 모두 내맡겼다. 예전에는 그러한 감정을 이롭지 못한 나약함이라 생각하고 부끄럽게 여기던 그였다. 아내에 대한 연민도, 그녀가 죽기를 바란 마음에 대한 회오도, 중요하게는 용서의 기쁨 자체도 그에게 갑작스러운 고통의 경감뿐 아니라 예전에는 단 한 번도 경험해 보지 못한 마음의 평화를 가져다주었다. 그는 고통의 원천이었던 것이 갑자기 정신적 기쁨의 원천으로 변모하는 것을 느꼈으며, 비난하고 질책하며 증오할 때는 해결될 수 없다고 여겨지던 것이 용서하며 사랑하고 나니 간단명료해지는 것을 느꼈다.

그는 아내를 용서했고, 그녀의 고통과 참회를 가엾이 여겼다. 그는 브론스키를 용서했고, 특히 그의 절망적인 행동에 대한 소문을 접한 뒤로는 불쌍히 여기기까지 했다. 그는 예전보다 더 아들을 가엾게 생각했으며, 아들에게 너무도 신경을 쓰지 않았던 스스로를 책망했다. 그러나 갓 태어난 어린 여자아이에게 느껴지는 것은, 단지 연민뿐 아니라 애틋함에 가까운 어떤 특별한 감정이었다. 자신의 딸도 아니며, 산모가 병치레를 하는 동안 방치된 채 아마도 그 자신이 보살피지 않았더라면 죽고 말았을 갓 태어난 연약한 여자아이를 처음에는 오로지 연민의 감정에 의해 돌보았다. 자신이 그 아이를 사랑하게 되었다는 것도 알아채지 못했다. 그는 하루에도 몇 차례나 아기방에 찾아가서는 한참 동안 앉아 있었다. 그리하여 한동안은 그 앞에서 겁을 먹고 우물쭈물하던 유모와 보모도 그에게 익숙해졌다. 간혹 잠든 아이의 노르스름하고 불그레한 얼굴을, 주름지고 솜털이 난 조그만 얼굴을 반 시간가량 말없이 바라보면서, 찌푸린 이마의 움직임과 손가락을 오므린 채 손등으로 양미간을 매끄럽게 문지르곤 하는 그 자그맣고 통통한 손을 관찰하였다. 특히 그런 순간에 알렉세이 알렉산드로비치는 완전한 내면의 평정과 조화로움을 느꼈다. 자신의 처지에서 어떤 이상한 점이나 바꿔야겠다 싶은 그 무엇도 전혀 발견하지 못했다.

그러나 시간이 흐를수록, 이러한 상황이 지금 자신에게 아무리 자연스러울지언정 사람들이 자신을 이 상태로 있게끔 용납해 주지 않으리라는 것을 그는 점점 분명하게 깨닫게 되었다. 자신의 영혼을 이끄는 선한 영적 힘 외에, 그만큼 혹은 그보다 더 강력하게 자신의 삶을 주도하는 또 다른 난폭한 힘이 존재하며, 그 힘이 그가 바라는 겸허한 마음의 평화를 허락하지 않는다는 것을 그는 느꼈다. 모두가 자신을 의아스럽게 바라보고 아무것도 이해하지 못한 채 자신에게서 무언가를 고대하고 있음을 깨닫게 된 것이다. 특히 그는 아내와의 관계가 견고하지 못하며 부자연스럽다는 사실을 절감하고 있었다.

죽음을 앞두고서 아내의 내면에서 우러나오던 그 온유함이 사라지자 알렉세이 알렉산드로비치는 안나가 자신을 두려워한다는 것을, 자신으로 인해 중압감을 느끼고 똑바로 쳐다보지도 못한다는 것을 알아챘다. 그녀는 무언가 말하고 싶으면서도 이야기를 꺼낼 용단을 내리지 못하는 듯했으며, 역시나 그들의 관계가 지속될 수 없음을 느끼면서 그에게 무언가를 기대하고 있는 것 같았다.

2월 말, 역시 안나라고 이름을 지어 준 그녀의 갓난 딸아이가 병이 났다. 아침에 아기방을 들여다본 알렉세이 알렉산드로비치는 의사를 불러오라고 지시를 내린 뒤 부처로 출근했다. 일을 마치고서 그는 오후 3시가 넘어서 귀가하였다. 현관에 들어서자 금줄이 박힌 정복 차림에 곰 털 망토를 걸치고서 미국산 개털로 지은 흰 부인복을 들고 있는 잘생긴 하인이 눈에 띄었다.

「누가 오셨는가?」 알렉세이 알렉산드로비치가 물었다.

「엘리자베타 표도로브나 트베르스카야 공작 부인께서 와 계십니다.」 알렉세이 알렉산드로비치가 보기에 하인은 얼굴에 미소를 띠고 있는 것 같았다.

그 힘겨웠던 시절 내내 알렉세이 알렉산드로비치는 사교계의 지인들, 특히 여성들이 자신과 아내의 삶에 유달리 참견하고 있음을 느끼던 터였다. 그 모든 지인들에게서 그는 간신히 감춰진 모종의 기쁨을 발견했으니, 예의 변호사의 눈에서, 그리고 방금 하인의 눈에서 발견한 바로 그 기쁨이었다. 마치 누군가를 시집이라도 보내는 양 모두가 환희에 들떠 있었고, 그와 마주칠 때면 애써 희색을 감추며 안나의 건강에 대해 묻는 것이었다.

트베르스카야 공작 부인의 방문은, 그녀와 관련한 기억들도 그렇고 전반적으로 그녀를 좋아하지 않았던 알렉세이 알렉산드로비치에게는 불쾌한 일이었으며, 따라서 그는 곧장 아이들 방으로 향했다. 첫 번째 방에서는 세료자가 책상에 가슴을 대고 엎드린 채 의자 위에 두 다리를 올려놓고는 쾌활하게 조잘대면서 무언가를 그리고 있었다. 안나의 병중에 프랑스 출신 여교사를 대신하여 들어온 영국인 여교사가 세료자 옆에 앉아서 손뜨개로 레이스를 뜨고 있다가 황급히 자리에서 일어나더니 무릎을 굽혀 인사하고는 세료자를 끌어당겼다.

알렉세이 알렉산드로비치는 아들의 머리칼을 쓰다듬고는 아내의 안부를 묻는 가정 교사의 질문에 대답한 다음 baby(아기)에 관해서 의사가 뭐라고 했는지 물었다.

「위험한 건 전혀 없다고 합니다. 그러고는 목욕 처방을 내려 주었습니다, 나리.」

「그런데 아기는 여전히 고통스러워하는군.」 옆방에서 아기가 울부짖는 소리에 귀를 기울이며 알렉세이 알렉산드로비치가 말했다.

「제 생각에 유모는 도움이 안 되는 것 같습니다, 나리.」 영국 여자가 단호하게 말했다.

「어째서 그렇게 생각하시오?」 그가 발걸음을 멈추고서 물었다.

「폴 백작 부인 댁에서도 그랬거든요. 의사가 아기를 치료하긴 했는데, 알고 보니 아기는 그저 배를 곯았던 것이었죠. 유모한테 젖이 부족했던 것입니다, 나리.」

알렉세이 알렉산드로비치는 몇 초 동안 선 채로 곰곰이 생각에 잠겼다가 옆문으로 들어갔다. 아기는 찌푸린 얼굴로 고개를 젖힌 채 몸을 꿈틀거리며 유모의 팔 위에 누워 있었다. 풍만한 젖가슴을 권하는데도 그것을 쥐려 하지 않았고, 유모와 그녀 위에서 몸을 숙이고 있던 보모가 두 번이나 〈쉬 — 쉬 —〉 하며 어르는데도 울음을 그치지 않았다.

「여전히 차도가 없소?」 알렉세이 알렉산드로비치가 그녀에게 물었다.

「심히 걱정스럽습니다.」 보모가 속삭이듯 말했다.

「에드워드 양이 그러는데, 어쩌면 유모한테 젖이 없을지도 모른다더군.」

「저 또한 그렇게 생각합니다, 알렉세이 알렉산드로비치.」

「그런데 왜 얘길 하지 않았나?」

「누구한테 얘길 합니까? 안나 아르카디예브나는 여전히 편찮으신걸요.」 보모가 불만스러운 투로 대꾸했다.

보모는 집안에서 오래도록 일해 온 하인이었다. 그래서 그녀의 이 단순한 몇 마디는 알렉세이 알렉산드로비치에게 자신의 처지에 대한 암시로 들렸다.

아기는 목 쉰 소리로 자지러지듯 더 크게 울어 댔다. 보모는 한 손을 내젓더니 아기에게 다가가 유모에게서 아기를 받아 안고 서성이며 흔들어 달래기 시작했다.

「의사에게 유모를 살펴봐 달라고 해야겠군.」 알렉세이 알렉산드로비치가 말했다.

잘 차려입은 차림에 겉으로는 건강해 보이는 유모는 해고당할까 겁이 나 무언가 혼잣말을 웅얼거리더니 커다란 젖가슴을 가리고는 자신에게 젖이 없다는 의심을 향해 경멸 어린 웃음을 흘렸다. 그 웃음 속에서도 알렉세이 알렉산드로비치는 스스로의 처지에 대한 조소를 발견하였다.

「가엾은 아가!」 보모가 아기에게 〈쉬 — 쉬!〉 하면서 계속해서 걸음을 이리저리 옮기고 있었다.

알렉세이 알렉산드로비치는 탁자에 앉아 고통에 잠긴 침울한 얼굴로 앞뒤로 서성이는 보모를 쳐다보았다.

마침내 잠잠해진 아기를 깊숙한 침대에 내려놓고 베개 매무새를 가다듬은 뒤 보모가 아기 곁에서 물러나자, 알렉세이 알렉산드로비치는 자리에서 일어나 힘겹게 까치발로 아기에게 다가갔다. 잠시 그는 여전히 침울한 표정으로 말없이 아기를 바라보았지만 갑자기 그의 머리칼과 이맛살이 움찔하더니 미소가 얼굴에 번져 갔고, 이윽고 그는 여전히 조용하게 방을 나섰다.

식당에서 그는 벨을 울리고는 하인이 들어오자 사람을 보내 의사를 다시 불러오도록 일렀다. 저토록 귀여운 아기를 보살피지 않는 아내에게 그는 화가 났다. 이렇게 화가 난 기분으로는 그녀에게 가고 싶지 않았고, 공작 부인 벳시 역시 만나고 싶지 않았다. 그러나 왜 평소처럼 자기 방으로 오지 않는지 아내가 이상하게 여길 수도 있었기에, 결국은 스스로를 다잡고서 침실로 향했다. 부드러운 양탄자를 밟으며 문 쪽으로 걸어가던 그는 무심결에 듣고 싶지 않은 대화를 듣게 되었다.

「그가 떠나는 것만 아니라면, 당신의 거절과 그이의 거절도 이해하겠어요. 하지만 당신의 남편은 분명 그런 건 초월한 분이잖아요.」 벳시의 목소리였다.

「남편을 위해서가 아니라 나를 위해서 원치 않아요. 그 얘기는 하지 마세요!」 안나가 흥분한 목소리로 대꾸했다.

「그래요, 하지만 당신 때문에 자살까지 시도한 사람과 작별 인사를 하기조차 원치 않다니 그럴 수가 있나요…….」

「바로 그래서 싫은 거예요.」

알렉세이 알렉산드로비치는 잘못이라도 저지른 듯한 표정으로 멈춰 서 있다가 살그머니 되돌아가려고 했다. 그러나 그런 행동은 위신에 걸맞지 않다고 생각하고는 다시 몸을 돌려 한차례 헛기침을 하고는 침실로 향했다. 대화가 멎었고, 그는 방 안으로 들어섰다.

안나는 잿빛 실내 가운 차림으로, 짧게 자른 둥근 머리에는 솔이 빽빽한 브러시처럼 검은 머리털이 자라나 있었다. 그녀는 침대 겸 소파에 앉아 있었다. 언제나 그렇듯이 남편이 나타나자 그녀의 얼굴에서 일순 생기가 사라졌다. 그녀는 고개를 떨구고는 불안한 눈초리로 벳시를 살폈다. 벳시는 최신 스타일로 차려입은 모습이었다. 머리 위 어딘가에 높이 떠 있는 고깔 모양의 램프 갓 같은 모자를 썼고, 몸통과 치맛자락에 서로 반대 방향으로 비스듬하고 가느다란 줄무늬가 들어간 회청색 드레스 차림이었다. 그녀는 납작하고 긴 상반신을 곧게 펴고서 고개를 옆으로 기울인 채 조소 띤 얼굴로 알렉세이 알렉산드로비치를 맞이했다.

「어머나!」 그녀가 깜짝 놀란 듯이 말했다. 「댁에 계시다니 무척 반가워요. 아무 데도 안 나타나셔서 안나가 병석에 누운 뒤로는 통 못 뵈었네요. 걱정하신다는 얘기는 늘 듣고 있습니다. 정말이지 훌륭한 남편이세요!」 마치 아내를 대하는 그의 행동에 대해 아량 넘치는 훈장이라도 하사하는 양 의미심장하면서도 상냥한 태도로 그녀가 말했다.

알렉세이 알렉산드로비치는 차갑게 목례를 한 뒤 아내의 손에 입을 맞추고는 건강 상태를 물었다.

「좀 나아진 것 같아요.」 안나가 남편의 시선을 피하며 대답했다.

「하지만 얼굴색은 열이 있는 듯하구려.」 그가 〈열〉이라는 단어에 힘을 주며 말했다.

「저희가 너무 수다를 떨었네요.」 벳시가 말했다. 「너무 제 생각만 했나 봐요. 이제 가봐야겠어요.」

그녀가 자리에서 일어나자 안나가 갑자기 얼굴을 붉히더니 황급히 그녀의 손을 잡았다.

「안 돼요, 조금만 더 있어 줘요, 제발. 당신에게 할 얘기가 — 아니, 그러니까 당신에게요.」 그녀가 알렉세이 알렉산드로비치를 향해 눈길을 돌렸다. 홍조가 그녀의 목과 이마를 뒤

덮었다. 「당신에게 나는 아무것도 숨기고 싶지 않고, 숨길 수도 없어요.」 그녀가 말했다.

알렉세이 알렉산드로비치는 손가락 마디를 꺾으며 고개를 숙였다.

「벳시가 그러는데, 브론스키 백작이 타슈켄트로 떠나기 전에 작별 인사를 하러 우리 집에 오고 싶어 한대요.」 그녀는 남편을 쳐다보지 않았다. 힘들지언정 얼른 전부 말하려고 서두르는 기색이 역력했다. 「나는 그를 받아들일 수 없다고 말했어요.」

「이봐요, 나한테는 그 일이 알렉세이 알렉산드로비치에게 달려 있다고 말했잖아요.」 벳시가 그녀의 말을 바로잡았다.

「아니에요, 나는 그를 받아들일 수 없어요. 그리고 그건 아무런 도움도 되지 않을……」 갑자기 그녀가 말을 멈추고는 의문스러운 눈길로 남편을 바라보았다(그는 그녀를 보지 않고 있었다). 「한마디로 말해서, 나는 원치 않아요…….」

알렉세이 알렉산드로비치가 다가서서 그녀의 손을 잡았다.

처음에 그녀는 자신의 손을 찾고 있는, 굵은 힘줄이 튀어나온 축축한 남편의 손에서 자신의 손을 떼어 내려 했다. 하지만 아마도 스스로를 제어했는지 마침내는 그의 손을 쥐었다.

「나를 신뢰해 줘서 감사하오. 하지만……,」 그가 입을 열었다. 당혹감과 울화가 치미는 가운데, 독자적으로 쉽고 명료하게 결정을 내릴 수 있는 사안인데도 트베르스카야 공작 부인이 있는 자리에서는 쉽사리 판단을 내릴 수가 없다는 사실을 그는 깨달았다. 그에게 트베르스카야 공작 부인은, 사교계가 주시하는 그의 삶을 주관하고 사랑과 용서의 감정에 스스로를 내맡기는 그를 방해하는 예의 난폭한 힘의 화신인 양 여겨졌던 것이다. 그는 트베르스카야 공작 부인을 바라보며 하던 말을 멈췄다.

「그럼, 잘 있어요, 내 사랑스러운 친구.」 벳시가 자리에서 일어나며 말하고는 안나에게 입을 맞춘 뒤 방을 나섰다. 알렉세이 알렉산드로비치는 그녀를 배웅했다.

「알렉세이 알렉산드로비치! 저는 당신이 진정으로 관대한 분이라고 알고 있어요.」 그녀가 작은 응접실에서 멈춰 서더니 다시 한번 그의 손을 각별히 꼭 잡으면서 입을 열었다. 「저야 제삼자이지만, 그래도 전 그녀를 너무나 사랑하고 당신을 존경한답니다. 그래서 감히 조언을 드리는 거예요. 그를 받아들여 주세요. 알렉세이는 명예의 화신이에요. 게다가 타슈켄트로 떠날 거고요.」

「관심과 조언에 감사드립니다, 공작 부인. 하지만 아내가 누군가를 집에 들일 수 있는지 없는지는 그녀 자신이 결정할 겁니다.」

그는 습관대로 눈썹을 치올리고서 당당하게 얘기했지만, 어떤 말을 하든 자신의 처지에서 당당함이란 있을 수 없다는 생각이 곧바로 떠올랐다. 방금 자신이 한 말을 듣고는 사악함과 조소가 어린 절제의 미소를 짓고 있는 벳시의 표정을 보고서 깨달은 사실이었다.

20

알렉세이 알렉산드로비치는 응접실에서 벳시에게 목례를 한 뒤 아내에게 돌아왔다. 그녀는 누워 있다가 그의 발소리를 듣고는 황급히 조금 전의 자세로 앉아서 겁먹은 표정으로 그를 쳐다보았다. 아내가 울고 있었다는 걸 그는 알아챘다.

「나를 신뢰해 줘서 무척 고맙소.」 그가 벳시에게 프랑스어로 했던 말을 러시아어로 온화하게 되풀이한 다음 그녀 곁에 앉았다. 그가 러시아어로 얘기하거나 그녀에게 〈당신〉이라고 말할 때마다, 그 〈당신〉 소리는 안나를 견딜 수 없을 정도로 짜증 나게 했다. 「그리고 당신의 결정에 무척 감사하오. 나 역시 브론스키 백작이 떠날 거라면, 여기 올 이유가 전혀 없다고 생각하오. 하지만 ─」

「내가 이미 말했잖아요. 왜 그걸 반복하는 거죠?」 안나가 미처 억누르지 못한 화를 내지르면서 그의 말을 끊었다.

〈올 이유가 전혀 없다고.〉 그녀가 생각했다. 〈자신이 사랑하는 여자와 작별 인사를 하려는데, 그녀를 위해 죽으려 했었고 자살 시도까지 했는데, 자신이 없으면 못 사는 여자인데, 그래도 올 이유가 전혀 없단 말이지!〉 그녀는 입술을 앙다물고는 남편의 힘줄 솟은 손 위로 반짝이는 두 눈을 떨구었다. 그는 한 손으로 다른 손을 천천히 문지르고 있었다.

「그 얘기는 더 이상 하지 말기로 해요.」 그녀가 한결 침착해진 어조로 덧붙였다.

「나는 그 문제의 해결을 당신에게 맡겼고, 무척 기쁘게 생각하오…….」 알렉세이 알렉산드로비치가 말문을 열었다.

「나의 바람이 당신의 바람과 일치해서 말이죠.」 그녀가 재빨리 끝을 맺었다. 남편이 뭐라 말할지 이미 모두 알고 있는 마당에 그가 천천히 말을 잇자 짜증이 치밀었다.

「그렇소.」 그가 확실하게 인정했다. 「그리고 트베르스카야 공작 부인은 심히 복잡 미묘한 가정사에 너무도 부적절하게 개입하고 있소. 특히 그녀는——」

「사람들이 그녀에 관해서 하는 말들, 난 전혀 믿지 않아요.」 안나가 재빠르게 말했다. 「그녀가 나를 진심으로 좋아한다는 걸 난 알아요.」

알렉세이 알렉산드로비치는 한숨을 내쉬고는 입을 다물어 버렸다. 그녀는 남편에 대한 육체적인 혐오의 감정을 고통스럽게 품은 채 그를 바라보면서 실내 가운에 달린 술을 불안스레 만지작거렸다. 그러한 감정을 느끼는 스스로를 질책하곤 했지만, 그것을 극복할 수는 없었다. 그녀가 지금 바라는 건 단 한 가지, 역겨운 남편의 존재로부터 해방되는 것뿐이었다.

「의사를 부르러 사람을 보냈소.」 알렉세이 알렉산드로비치가 말했다.

「나는 건강한데 뭣하러 의사를 부르나요?」

「그게 아니라, 아기가 울고 있소. 유모한테 젖이 부족하다는구려.」

「내가 그토록 간청했는데, 왜 내가 젖을 먹이는 걸 허락하지 않은 거죠? 어차피(알렉세이 알렉산드로비치는 이 〈어차피〉라는 말의 뜻을 알아차렸다) 걔는 갓난아이잖아요. 사람들이 걔를 죽이고 말 거예요.」 그녀는 벨을 울려서 아기를 데려오라고 일렀다. 「젖을 먹이게 해달라고 간청했는데, 다들 허락하지 않았어요. 그래 놓고 지금에 와서는 나를 책망하고 있죠.」

「나는 책망하지 않——」

「아니에요, 당신은 나를 책망하고 있어요! 하느님 맙소사! 나는 왜 죽지 않은 걸까!」 그녀가 흐느껴 울기 시작했다. 「미

안해요, 내가 신경이 날카로워요. 내가 잘못했어요.」제정신
을 차리고서 그녀가 말했다.「어쨌든 이제 가보세요.」

〈그래, 이 상태로 둘 수는 없어.〉아내의 방을 나서면서 알
렉세이 알렉산드로비치는 스스로에게 단호히 되뇌었다.

세상이 눈여겨보는 한 현상 유지는 불가능하다는 사실, 자
신에 대한 아내의 증오심, 그리고 자신의 마음과는 반대 방향
으로 삶을 이끌며 자기 의지의 실행이나 아내와의 관계에 변
화를 요구하는 예의 난폭하고 비밀스러운 힘의 막강한 위력
이 지금처럼 그에게 분명하게 현시된 적은 없었다. 그는 온
세상과 아내가 자신에게 무언가를 요구하고 있다는 것을 똑
똑히 깨달았지만, 꼭 집어서 무얼 요구하는지는 알 수가 없었
다. 그로 인해 평온함은 물론 모든 공로와 위업을 자신의 마
음속에서 파괴해 버리는 사악한 감정이 솟구치는 것 같았다.
그는 안나를 위해서는 브론스키와의 관계를 끊어 버리는 게
좋다고 생각했으나, 두 사람 모두 그게 불가능하다고 여긴다
면 또다시 그 관계를 허용할 각오가 되어 있었다. 다만 아이
들에게 망신을 줘서는 안 되며, 아이들을 빼앗겨서도 안 되
고, 자신의 입지에 변화가 생겨도 안 된다는 전제하에 말이
다. 그게 아무리 꼴사납다 해도, 결별보다는 나았다. 결별할
경우 그녀는 헤어날 길 없는 치욕스러운 처지에 놓이고, 그
자신은 사랑하는 모든 것을 잃게 될 터였다. 그러나 그는 자
신이 무력하다는 사실을 절감했다. 그는 모두가 자신의 뜻에
반대할 것임을, 지금 자신의 눈에는 이토록 자연스럽고 좋게
만 보이는 일을 실행하도록 사람들이 놔두지 않을 것임을, 모
두가 나쁘지만 응당 그래야 한다고 여겨지는 일을 실행하도
록 종용할 것임을 훤히 내다보고 있었다.

21

벳시는 미처 응접실을 나서기도 전에 문가에서 스테판 아르카디치와 맞닥뜨렸다. 그는 생굴을 들여온 옐리세예프의 가게에 들렀다가 오는 길이었다.

「앗! 공작 부인! 이렇게 뵙게 되다니 반갑습니다!」그가 말문을 열었다. 「댁에 갔었거든요.」

「아쉬운 만남이네요. 제가 이제 떠나는 길이라.」벳시가 미소 띤 얼굴로 장갑을 끼면서 말했다.

「잠시만요, 공작 부인. 장갑을 잠시 거두시고 손에 입 맞출 수 있도록 허락해 주시지요. 손에 입 맞추는 것만큼 해묵은 유행이 되살아나서 고마운 경우도 없지요.」그가 벳시의 손에 입을 맞췄다. 「그럼 언제 뵐 수 있을까요?」

「별 볼 일 없는 분이라.」벳시가 웃으며 말했다.

「별 볼 일 많을 겁니다, 왜냐하면 제가 엄청나게 진지한 사람이 되었거든요. 제 집안일뿐만 아니라 남의 가정사까지 돌본답니다.」그가 의미심장한 표정으로 대꾸했다.

「어머나, 반가운 소리네요!」그것이 안나를 겨냥한 얘기임을 곧바로 알아챈 벳시가 말했다. 그들은 응접실로 되돌아와 한쪽 구석으로 갔다. 「그가 안나를 죽이고 말 거예요.」벳시가 의미심장하게 속삭였다. 「이건 있을 수 없는 일이에요. 정말이지 있을 수 없는 일이라고요.」

「그렇게 생각해 주시니 기쁩니다.」스테판 아르카디치가 연민의 정이 담긴, 괴롭고 심각한 표정으로 고개를 저으며 말했다. 「사실 그 일 때문에 페테르부르크에 왔답니다.」

「온 도시가 이 일에 대해 떠들어 대고 있어요.」그녀가 말했다. 「정말이지 참을 수 없는 상황이에요. 그녀는 바짝바짝 말라만 가고요. 그녀가 자신의 감정을 소홀히 여길 수 없는 여자라는 것을 그는 이해하지 못하죠. 둘 중 하나예요. 그녀를 데리고 가서 단호하게 대처하든가, 아니면 이혼을 해주든가. 지금의 상황은 그녀를 질식시킬 뿐이에요.」

「그래요, 그래, 바로 그겁니다…….」 오블론스키가 한숨을 내쉬었다. 「바로 그 때문에 제가 온 겁니다. 그러니까 단지 그 때문만은 아니고……. 제가 시종관 자리에 오르게 됐거든요. 그래서 감사의 뜻을 표해야 해서요. 어쨌거나 중요한 건 이 일을 처리하는 겁니다.」

「하느님이 도와주시길 빌어요!」 벳시가 말했다.

현관까지 벳시를 배웅한 스테판 아르카디치는 다시 한번 그녀의 손에, 장갑 위쪽 맥박이 뛰는 자리에 입을 맞추고는 그녀로서는 화를 내야 할지 웃어야 할지 모를 점잖지 못한 허튼소리를 뇌까린 뒤에 누이에게로 갔다. 그가 갔을 때 누이는 눈물을 흘리고 있었다.

스테판 아르카디치의 기분은 아주 즐겁고 신이 난 상태였지만, 그는 즉시 누이의 기분에 맞추어 연민과 시적인 감흥에 젖은 분위기로 자연스레 옮겨 갔다. 그는 건강 상태가 어떤지, 오전은 어찌 보냈는지 그녀에게 물었다.

「아주, 아주 안 좋아요. 낮이나 아침이나, 지난 모든 날들이나 앞으로 다가올 날들 모두요.」 그녀가 말했다.

「내 생각에 너는 우울한 기분에 빠져든 것 같아. 털어 버려야 해. 인생을 똑바로 응시해야 한다고. 힘들다는 거 알아, 하지만—」

「여자들은 상대방이 지닌 결함 때문에도 상대방을 사랑한다는 얘기를 들었어요.」안나가 문득 말문을 열었다. 「하지만 나는 그이가 베푼 선행 때문에 그이를 증오해요. 그이와 함께 못 살겠어요. 그거 아세요? 그이의 모습은 나한테 물리적으로 영향을 미쳐요. 그래서 난 자제력을 잃고 마는 거예요. 못 살겠어요, 그이랑은 못 살겠다고요. 어쩌면 좋죠? 나는 불행했고, 더 불행해질 수는 없다고 생각했어요. 지금 겪고 있는 이런 끔찍한 상황은 상상조차 할 수 없었으니까요. 아마 믿지 못하실걸요. 그이가 선량하고 훌륭한 사람이라는 걸 알면서도, 내가 그이의 발끝에도 못 미친다는 걸 알면서도, 그럼에도 불구하고 그이를 증오한단 말이에요. 그이가 관대한 사람이라 그이를 증오하는 거예요. 나에게 남은 거라곤 아무것도 없어요, 다만 ─」

그녀는 죽음을 언급하려 했지만, 스테판 아르카디치가 끝까지 말하도록 내버려 두지 않았다.

「병이 나서 신경이 예민해진 게야.」그가 말했다. 「너는 지금 정말이지 상황을 엄청나게 과장하고 있어. 그렇게까지 끔찍할 건 전혀 없다고.」

그러고서 스테판 아르카디치는 미소를 지었다. 그 누구도 스테판 아르카디치의 입장에 서서 그토록 절망적인 이야기를 듣게 된다면 감히 미소를 짓지는 못할 터이지만(미소는 무례하게 보일 수도 있으니 말이다), 그의 미소에는 넘치는 선량함과 거의 여성적인 상냥함마저 담겨 있었으며, 따라서 상대에게 모욕감을 안겨 주기는커녕 기분을 완화시키고 안정시켜 주곤 했다. 마음을 진정시키는 그의 조용한 화술과 미소는 아몬드기름처럼 진정 작용과 완화 작용을 했으니, 안나 또한 이내 그 점을 느꼈다.

「아니에요, 스티바.」 그녀가 말했다. 「나는 글렀어요, 파멸했다고요! 파멸한 것보다 더 나빠요. 아니, 아직 파멸하지 않았어요, 모든 게 끝장났다고는 할 수는 없어요. 오히려 아직 끝장나지 않았다는 걸 느껴요. 나는 마치 팽팽하게 당겨진 줄 같아요. 필시 끊어지고 말겠죠. 아직은 끝나지 않았지만…… 끔찍하게 끝나고 말 거예요.」

「괜찮아, 줄은 조금씩 늦출 수 있잖아. 출구 없는 상황은 없는 법이야.」

「생각하고 또 생각했어요. 오직 한 가지뿐이에요…….」

그녀가 생각하는 그 한 가지 출구란 곧 죽음임을 그녀의 겁먹은 눈초리에서 또다시 읽어 낸 그가 그녀의 말을 가로막았다.

「전혀 그렇지 않아.」 그가 말했다. 「내 말 좀 들어 봐. 너는 너 자신의 상황을 나처럼 볼 수가 없어. 내 의견을 솔직하게 얘기하마.」 그는 또다시 조심스럽게 예의 아몬드 기름 같은 미소를 지어 보였다. 「처음부터 시작할게. 너는 너보다 스무 살이나 많은 사람과 결혼을 했어. 애정도 없이, 혹은 사랑이란 걸 모른 채 결혼을 한 거지. 그게 말하자면 실수였어.」

「끔찍한 실수였죠!」 안나가 말했다.

「하지만 거듭 말하건대, 그건 이미 기정사실이야. 그다음에는, 말하자면 남편이 아닌 사람을 사랑하게 되는 불행에 처한 거야. 그건 불행이야. 하지만 그 또한 기정사실이지. 그리고 네 남편은 그 사실을 인정하고 용서했어.」 한 문장이 끝날 때마다 그는 반박을 기다리며 잠깐씩 뜸을 들였지만, 그녀는 아무런 대꾸도 하지 않았다. 「일이 그렇게 된 거야. 이제 문제는 네가 네 남편이랑 계속해서 살 수 있느냐, 바로 그거야. 너는 그러길 원하니? 그러길 원해?」

「나는 아무것도, 아무것도 모르겠어요.」

「하지만 조금 전에 네 입으로 말했잖니, 그를 견딜 수가 없다고 말이야.」

「아니요, 나는 말하지 않았어요. 취소하겠어요. 나는 아무것도 모르겠고, 아무것도 이해가 안 돼요.」

「그래, 하지만 있잖니 —」

「오라버니는 나를 이해하지 못해요. 나는 고개를 거꾸로 처박고서 어떤 수렁으로 추락하는 기분이에요. 하지만 거기서 빠져나와서는 안 되는 거예요. 그럴 수도 없고요.」

「괜찮아, 우리가 담요를 깔아 두고 너를 받아 낼 테니까. 너를 이해한다. 네가 감히 자신의 바람을, 자신의 감정을 털어놓지 못하는 걸 이해한다고.」

「나는 아무것도, 아무것도 원하는 게 없어요……. 그저 모든 게 끝나기를 바랄 뿐이에요.」

「한데 그 사람도 이런 상황을 잘 알고 있잖니. 그가 이 문제로 너보다 덜 괴로울 거라고 생각하는 건 아니겠지? 너도 괴롭고 그도 괴로운데, 과연 이 상황에서 뭘 얻을 수 있겠니? 반면에 이혼은 만사를 해결해 줄 거다.」 스테판 아르카디치가 어렵사리 자신의 의견을 밝히고서 의미심장하게 그녀를 바라보았다.

그녀는 아무 대답도 없이 부정의 뜻으로 짧게 깎은 머리를 내저었다. 그러나 갑자기 전과 같은 미모로 환히 빛나는 누이의 얼굴 표정을 보고서, 그는 그녀가 이혼을 바라지 않는 이유가 오로지 그것을 불가능한 행복으로 여기기 때문임을 눈치챘다.

「너희 부부가 너무나 가엾구나! 내가 이 문제를 해결하면 얼마나 행복할까!」 스테판 아르카디치가 어느덧 아까보다 더 과감하게 미소를 지으며 말했다. 「아무 말 말아라, 아무 말도! 하느님이 내 심정을 있는 그대로 표현할 수 있게 해주신다면 얼마나 좋을까. 이제 그 사람한테 가봐야겠다.」

안나는 생각에 잠긴 형형한 두 눈으로 그를 바라볼 뿐 아무 말도 하지 않았다.

22

스테판 아르카디치는 자기 사무실의 좌장 자리에 앉아 있을 때처럼 다소 엄숙한 표정을 하고서 알렉세이 알렉산드로비치의 서재에 들어섰다. 알렉세이 알렉산드로비치는 뒷짐을 진 채 방 안을 거닐며 스테판 아르카디치와 안나가 나누었던 바로 그 문제에 대해 생각하고 있었다.

「내가 방해한 건 아닌지?」 매제를 본 스테판 아르카디치는 평소와는 달리 문득 당혹감을 느꼈다. 그런 마음을 감추기 위해 그는 방금 전에 구입한, 여는 방식이 색다른 담뱃갑을 꺼내서 가죽 향을 맡아 보고는 궐련 한 개비를 집어 들었다.

「아니요, 무슨 용건이라도 있소?」 알렉세이 알렉산드로비치가 마지못해 대꾸했다.

「있잖소……. 그게 말이오……. 그러니까, 얘기를 좀 했으면 싶소.」 평소와는 달리 소심한 자신의 태도에 내심 놀라며 스테판 아르카디치가 말문을 열었다.

그러한 감정은 너무나 뜻밖이고 생소해서, 이것이 지금 그가 하려는 일에 대해 경종을 울리는 양심의 소리라는 사실을 스테판 아르카디치는 믿을 수가 없었다. 그는 자제력을 발휘하여 갑자기 밀어닥치는 두려움을 이겨 냈다.

「바라건대 누이에 대한 내 사랑, 그리고 매제에 대한 진심 어린 애정과 존경을 믿어 주었으면 하오.」 그가 얼굴을 붉히며 말했다.

알렉세이 알렉산드로비치는 가만히 선 채로 아무 대답도 하지 않았다. 그러나 그의 얼굴에 드리운 온순한 희생양 같은 표정을 보고 스테판 아르카디치는 적이 놀랐다.

「그러니까…… 누이에 대해서, 그리고 두 사람의 처지에 대해서 얘기를 좀 하고 싶소.」 스테판 아르카디치가 여전히 전에 없던 수줍음과 씨름하며 말을 이었다.

알렉세이 알렉산드로비치는 음울한 미소를 띠고 처남을 바라보았다. 그러고는 아무 대꾸도 없이 탁자로 다가가서 쓰다 만 편지를 집어다가 처남에게 건넸다.

「나 역시 같은 문제를 끊임없이 생각하고 있소. 자, 내가 막 쓰기 시작한 편지요. 내 존재가 그녀를 언짢게 하기에 글로 얘기하는 게 낫겠다 싶었소.」 그가 편지를 건네며 말했다.

편지를 받아든 스테판 아르카디치는 자신을 가만히 응시하는 흐릿한 눈동자를 의아스럽게 바라보고는 읽기 시작했다.

내 존재가 당신을 힘들게 한다는 걸 알고 있소. 나로서는 그 사실을 믿기가 무척 어렵지만 실제로 그러하며 상황은 달라질 수 없다는 것도 알고 있소. 나는 당신을 비난하지 않소. 그리고 하느님이 입증해 주실 터, 병석에 누워 있는 당신을 보고서 우리 사이에 있었던 모든 일을 잊고 새로운 삶을 시작하기로 진심으로 결심했소. 나는 내가 행한 일에 대해 후회하지 않으며, 앞으로도 결코 후회하지 않을 것이오. 어쨌든 내가 바라 온 것은 단 하나, 당신의 행복, 당신 영혼의 행복이오. 그리고 지금 나는 그것을 달성하지 못했다는 걸 잘 알고 있소. 무엇이 당신에게 진정한 행복과 마음의 평화를 가져다줄 수 있는지 당신 스스로 말해 주시오. 내 모든 것을 당신의 의지와 공명정대한 감정에 의탁하겠소.

스테판 아르카디치는 편지를 돌려주고는 할 말을 잊은 채 아까와 같은 의아한 눈초리로 매제를 바라보았다. 그러한 침묵은 양쪽 모두에게 몹시 거북스러운 것이어서, 입을 꼭 닫고 카레닌의 얼굴에서 눈을 떼지 못하던 스테판 아르카디치의 입술에 경련이 일기까지 했다.

「이게 내가 그녀에게 하고 싶었던 얘기요.」 알렉세이 알렉산드로비치가 그의 눈길을 외면하며 말했다.

「그, 그래…….」 스테판 아르카디치는 눈물로 목이 메어 대답을 할 수가 없었다. 「그래요, 그래, 이해하오.」 마침내 그가 이렇게 내뱉었다.

「그녀가 뭘 원하는지 알고 싶소.」 알렉세이 알렉산드로비치가 말했다.

「아무래도 누이는 자신의 처지를 이해하지 못하고 있는 것 같소. 걔는 판관이 아니니까.」 마음을 가라앉히며 스테판 아르카디치가 말했다. 「누이는 위축되어 있소. 다름 아닌 매제의 관대함에 위축되어 있단 말이오. 누이가 이 편지를 읽는다면 아무 말도 못 하고 고개만 푹 숙일 거요.」

「하지만 그렇다면 어떻게 해야겠소? 그녀의 처지를 어떻게…… 그녀가 원하는 바를 어떻게 알아내면 좋겠소?」

「내 의견을 말해 보라면, 이러한 상황을 종식시키기 위해 매제가 필요하다고 생각하는 방안을 허심탄회하게 밝히는 건 매제 자신한테 달려 있다고 생각하오.」

「그러니까 이 상황을 종식시켜야 한다는 거로군?」 알렉세이 알렉산드로비치가 그의 말을 가로챘다. 「하지만 어떻게?」 그가 눈앞에 대고 익숙지 않은 손짓을 하면서 덧붙였다. 「그 어떤 돌파구도 보이지가 않는데 말이오.」

「어떤 상황이든 돌파구는 있는 법이오.」 스테판 아르카디치는 자리에서 일어나 활기를 띠며 말했다. 「매제가 결별을 원했던 때가 있었지……. 만일 부부간의 행복을 이룰 수 없다고 지금도 확신한다면 ─」

「행복은 생각하기 나름이오. 하지만 내가 모든 것에 동의하고, 아무것도 원치 않는다고 칩시다. 그렇다고 해서 우리가 처한 상황에 도대체 어떤 출구가 있단 말이오?」

「내 의견을 말하자면…….」 스테판 아르카디치의 얼굴에 안나와 얘기할 때 보였던, 아몬드기름처럼 부드럽고 긴장을 누그러뜨리는 미소가 떠올랐다. 그 선량한 미소는 알렉세이 알렉산드로비치로 하여금 무심결에 스스로의 나약함을 느끼고 그것에 자신을 내맡긴 채 스테판 아르카디치가 하는 말을 믿으려 들게끔 만들 정도로 설득력이 있었다. 「누이는 결코 이 얘길 입 밖에 내지 않을 거요. 하지만 한 가지 가능한 게, 걔가 바랄 수 있는 게 딱 한 가지 있소.」 스테판 아르카디치가 말을 이었다. 「그건 인연을 끝내는 것이오. 인연과 거기 엮인 모든 추억도 말이오. 내 생각에, 두 사람이 처한 상황에서는 새로운 관계의 정립이 불가피하오. 그리고 그러한 관계는 오직 쌍방이 자유로워짐으로써 정립될 수 있소.」

「이혼 말씀이군.」 알렉세이 알렉산드로비치가 불쾌감을 드러내며 말을 가로막았다.

「그렇소, 내가 말하는 건 이혼이오. 그래, 이혼 말이오.」 스테판 아르카디치가 상기된 표정으로 되풀이했다. 「두 사람과 같은 그런 관계에 놓인 부부에게는 그게 모든 면에서 가장 합리적인 돌파구란 말이오. 부부가 함께 생활하는 게 불가능하다는 걸 깨달은 이상 뭘 더 할 수 있겠소? 그런 일은 언제든 일어날 수 있는 법이오.」 알렉세이 알렉산드로비치는 무거운 한숨을 내쉬고는 눈을 감았다. 「여기서 고려해야 하는 건 단 하나, 부부 중 한쪽이 다른 사람과 결혼하기를 원하는가, 그 것뿐이오. 원하지 않는다면 문제는 아주 간단하오.」 소심함을 점점 떨쳐 내면서 스테판 아르카디치가 말을 이어 갔다.

알렉세이 알렉산드로비치는 흥분하여 얼굴을 찌푸린 채무언가 혼잣말을 중얼거릴 뿐 아무런 대꾸도 하지 않았다. 스테판 아르카디치에게는 그토록 간단해 보이는 그 일을 알렉세이 알렉산드로비치는 수천 번 심사숙고했었다. 그 모든 게 그에게는 그리 간단하지 않을 뿐만 아니라 오히려 전적으로 불가능해 보였다. 상세한 절차를 이미 알아보기까지 했던 이혼이 이제는 있을 수 없는 일로 여겨졌던 것이다. 자존심과 종교에 대한 경외심이 그로 하여금 허구적인 간통에 대한 비난을 감수하도록 허용하지 않았으며, 그가 이미 용서했고 사랑하는 아내의 죄상이 세상에 폭로되어 망신을 겪는 일은 더더욱 용납하지 않기 때문이다. 그리고 또 다른 이유, 더욱더 중요한 이유로 이혼은 그에게 불가능한 것이 되었다.

이혼을 하게 되면 아들은 어떻게 되겠는가? 아이를 엄마한 테 맡길 수는 없었다. 이혼한 엄마는 합법적이지 못한 가정을 갖게 될 것이고, 의붓아들의 처지와 양육은 필시 형편없으리라. 그렇다면 자신이 아이를 맡는다? 자기 쪽에서는 그게 복수가 되리라는 걸 알고 있었지만, 그는 그러길 원치 않았다. 그러나 그 외에도 알렉세이 알렉산드로비치에게 이혼이 다른 모든 방안들보다도 불가능한 것으로 여겨진 이유는, 그가 이혼에 동의할 경우 바로 그 때문에 안나는 파멸하게 될 것이기 때문이었다. 모스크바에서 다리야 알렉산드로브나가 이혼하기로 결정을 내리려는 그에게 했던 말, 자기 자신만을 생각할 뿐 돌이킬 수 없는 파멸을 맞이할 안나에 대해서는 생각하지 않는다고 했던 그 얘기가 그의 마음속에 깊은 인상을 남겨 놓은 터였다. 그리고 그는 그 말을 자신이 베푼 용서와 아이들에 대한 애착과 결부시켜 이제 자기 나름대로 해석하고 있었다. 이혼에 동의함으로써 그녀를 자유롭게 해주는 것은 그의 관념으로는 마지막 생명 줄이나 마찬가지인 사랑하는 아이들을 스스로에게서 앗아 가는 짓이며, 그녀에게서는 선으로 향할 수 있게 해주는 마지막 버팀목을 앗아 가 결국은 그녀를 파멸로 몰아넣는 짓을 의미했다. 이혼을 하면 그녀는 브론스키와 같이 살 게 뻔한데, 그 관계는 불법적일 뿐 아니라 죄악이 될 것이다. 교회의 법에 따르면 남편이 살아 있는 한 아내에게 재혼이란 허용되지 않는 일이니 말이다. 〈아내가 그와 같이 살게 되면, 한두 해 지나서 그가 아내를 버리거나 아니면 그녀가 새로운 내연관계에 빠져들겠지.〉 알렉세이 알렉산드로비치는 생각했다. 〈그러니까 나는 비합법적인 이혼에 동의함으로써 그녀를 파멸시키는 장본인이 되는 셈이다.〉 이런 생각을 수백 번 거듭한 그였으니, 이혼이 처남의 말처럼 그리 간단한 일이 아님은 물론 심지어 전혀 불가능한 일이라고 확신할 수밖에 없었다. 그는 스테판 아르카디치가 한 말 중 한 마디도 신뢰하지 않았으며, 그의 말 한 마디한 마디마다 수천 가지 논박할 근거를 갖고 있었다. 그러나 처남의 말을 통해, 자신의 삶을 이끌며 자신의 순종을 요구하는 예의 강력하고 난폭한 힘이 드러나는 것을 느꼈기에 그의 얘기에 귀를 기울였던 것이다.

「문제는 단지 매제가 어떤 조건하에서 이혼에 동의할 것인지에 달려 있소. 누이는 아무것도 원하지 않고, 감히 요구하지도 않을 것이오. 그 애는 모든 것을 매제의 아량에 맡기고 있다오.」

〈하느님 맙소사! 하느님 맙소사! 대체 뭘 위해서 그런단 말인가?〉 알렉세이 알렉산드로비치는 남편 쪽에서 그 책임을 떠안게 되는 이혼의 세부 절차를 떠올리고는 속으로 생각했다. 그러고는 얼굴을 가리던 브론스키의 모습처럼, 수치스러움에 두 손으로 얼굴을 가렸다.

「심란한 모양이군. 이해하오. 하지만 말이오, 깊이 생각해 본다면…….」

〈오른쪽 뺨을 때린 자에게 왼쪽 뺨도 내밀어라. 겉옷을 가로채 간 자에게 속옷까지 내주어라.〉 알렉세이 알렉산드로비치가 생각했다.

「그래, 좋소!」 그가 새된 소리로 외쳤다. 「내가 치욕을 감수하고 심지어 아들까지 내주겠소. 하지만…… 하지만 이대로 두는 게 낫지 않겠소? 아니, 원하는 대로 하라지.」

그러고서 알렉세이 알렉산드로비치는 처남이 자신을 보지

못하도록 몸을 돌려 창가에 놓인 탁자 앞에 앉았다. 그는 슬펐고, 수치스러웠다. 그러나 그러한 슬픔이나 수치심과 더불어, 스스로의 고결한 겸허 앞에서 희열과 감동 또한 느꼈다.

스테판 아르카디치 역시 감동을 받았다. 그는 잠시 침묵을 지켰다.

「알렉세이, 정말이지 누이는 처남의 관대함을 높이 평가할 거요.」 그가 입을 열었다. 「하지만 아마도 이건 신의 뜻이겠지.」 그는 자기가 덧붙인 말이 어리석었다는 걸 깨닫고 자조의 웃음이 나오려는 걸 간신히 참았다.

알렉세이 알렉산드로비치는 무언가 대답을 하려 했지만 눈물이 그의 말을 가로막았다.

「이건 어쩔 수 없는 불행이오. 그러니 그것을 인정해야만 하지. 나는 이 불행을 기정사실로 인정하고 처남과 누이를 돕고자 애쓰고 있소.」 스테판 아르카디치가 말했다.

매제의 방을 나왔을 때 스테판 아르카디치는 감동에 젖어 있었지만, 그러한 감동도 일을 성공적으로 완수했다는 만족감을 느끼는 데는 아무 거리낌이 없었다. 왜냐하면 그는 알렉세이 알렉산드로비치가 자신이 한 말을 철회하지 않으리라 확신했기 때문이다. 그리고 그의 만족감에 또 하나의 생각이 더해졌으니, 그는 이 일이 수습되면 아내와 가까운 지인들에게 이러한 질문을 던질 심산이었다. 〈나와 국왕 사이에 무슨 차이가 있을까? 왕이 라즈보드[17]를 행할 경우 그로 인해 형편

17 러시아어 〈라즈보드razvod〉는 〈각자의 위치에 배치하는 것〉과 〈서로 떼어 놓는 것(이혼)〉이라는 두 가지 의미를 지닌 추상 명사다. 여기서 국왕이 행하는 라즈보드는 군사 용어로서 보초병을 제 위치에 배치하는 것을 말한다. 스테판 아르카디치는 이러한 중의적인 의미를 활용하여 재미난 수수께끼를 지어내려는 것이다.

이 더 좋아지는 사람은 아무도 없는 반면, 내가 라즈보드를 추진했더니만 셋이 더 좋아졌다는 거 아니겠나……. 아니면, 나와 왕 사이에 어떤 유사점이 있을까? 가령…… 아니야, 더 괜찮은 걸 궁리해 낼 테야.〉 그가 미소 띤 얼굴로 생각했다.

23

　심장을 비껴 가긴 했지만 브론스키의 부상은 위험한 것이어서, 그는 며칠 동안이나 생사의 기로에 놓여 있었다. 처음으로 다시 말을 할 수 있게 되었을 때 그의 방에는 형수인 바랴밖에 없었다.

　「바랴!」 그가 그녀를 엄숙한 눈빛으로 쳐다보며 말했다. 「본의 아니게 나 자신을 쏘았어요. 그러니 제발 이 일에 대해 절대로 얘기하지 말아 주세요. 모두에게도 그렇게 일러 주시고요. 그러지 않으면 일이 아주 우스꽝스럽게 될 거예요.」

　바랴는 아무 대답도 없이 몸을 숙이고는 기쁨의 미소를 지으며 그의 얼굴을 바라보았다. 그의 눈빛은 해맑았고 열이 오르지도 않았지만, 표정만은 엄숙했다.

　「천만다행이에요!」 그녀가 말했다. 「아프지는 않아요?」

　「여기가 약간.」 그가 가슴을 가리켰다.

　「붕대를 다시 감아 줄게요.」

　자신의 몸에 붕대를 새로 감는 동안 그는 넓적한 광대뼈에 힘을 꽉 주고서 말없이 형수를 쳐다보았다. 그러고는 그녀가 일을 마치자 입을 열었다.

　「허투루 하는 소리가 아니에요. 제발, 내가 자살 기도를 했다는 얘기가 나오지 않게끔 해주세요.」

「아무도 그런 말 안 해요. 단지 앞으로는 본의 아니게 총을 쏘지 않기를 바랄 뿐이에요.」 그녀가 의혹의 기색이 어린 미소를 지었다.

「당연히 그래야죠. 다시는 그런 일 없을 겁니다. 하지만 차라리⋯⋯.」

이어 그의 얼굴에는 음울한 미소가 떠올랐다.

바랴로서는 무척이나 염려스러웠던 그 말과 미소에도 불구하고, 염증이 사라지고 회복되자 그는 자신에게 주어진 고통의 일부분으로부터 완전히 해방되었음을 느꼈다. 마치 그러한 처신을 통해 지금껏 겪은 수치심과 굴욕감을 모두 씻어 버린 것만 같았다. 이제 알렉세이 알렉산드로비치에 대해서도 편안하게 생각할 수 있었다. 그의 관대함을 인정했지만, 자신이 굴욕을 당했다는 느낌은 이미 사라졌다. 뿐만 아니라 그는 예전의 생활 패턴을 되찾았다. 수치심 없이 사람들을 똑바로 바라보며 자신의 습성에 따라 살아갈 수 있다는 걸 그는 실감했다. 그러나 끊임없이 감정과 씨름을 하면서도 마음속에서 털어 버릴 수가 없었던 단 한 가지가 있었으니, 그것은 바로 그녀를 영원히 잃었다는 사실에 대한 절망에 가까운 회한이었다. 그녀의 남편 앞에서 자신의 잘못을 속죄한 지금 그녀와 절연해야만 하며, 앞으로는 참회한 그녀와 그녀의 남편 사이에 결코 끼어들어서는 안 된다는 생각이 마음속에 굳게 자리하고 있는 것은 사실이었다. 그럼에도 그녀의 사랑을 잃은 데 대한 상실감을 도무지 마음 한구석에서 털어 낼 수가 없었으며, 그녀와 함께하며 알게 된, 당시에는 소중히 여길 줄 몰랐으나 지금에 와서는 온갖 매력을 띠고 그를 집요

360

하게 따라다니는 그 행복했던 순간들에 대한 추억을 그는 지워 버릴 수가 없었다.

세르푸홉스코이가 그를 위해 타슈켄트로 부임하는 방법을 궁리해 냈고, 브론스키는 일말의 망설임도 없이 그의 제안을 받아들였다. 하지만 떠날 때가 다가올수록 그래야 마땅하다고 여기며 치르는 희생은 점점 더 괴로워졌다.

상처가 아물었고, 그는 이미 밖을 나다니며 타슈켄트행을 준비하고 있었다.

〈그녀를 딱 한 번만 볼 수 있다면 어딘가에 파묻혀 살든 죽든, 아무려면 어떠리.〉 그는 이런 생각을 했고, 작별 인사를 하러 간 자리에서 벳시에게 그 생각을 털어놓았다. 그의 의사를 전달하러 안나에게 갔던 벳시는 부정적인 답변을 가지고 그에게 왔다.

〈차라리 이게 나을지도 몰라.〉 소식을 접한 브론스키가 생각했다. 〈그건 나의 마지막 남은 힘을 거세해 버릴지도 모를 나약함이었어.〉

다음 날 아침 벳시는 몸소 브론스키를 찾아와 오블론스키로부터 긍정적인 소식을 전해 들었다고 공표했다. 얘긴즉슨, 알렉세이 알렉산드로비치가 이혼을 하기로 했으며 따라서 안나를 만날 수 있다는 것이었다.

브론스키는 벳시를 배웅할 생각조차 못 하고, 자신이 결심한 바도 모조리 잊어버린 채, 언제 만날 수 있는지, 그녀의 남편은 어디 있는지 묻지도 않고서 그 즉시 카레닌가로 갔다. 계단을 내달리면서 그는 아무도, 아무것도 보지 않았고, 달음질을 간신히 자제하며 재빠른 걸음으로 그녀의 방에 들어섰다. 그러고는 방에 누가 있는지 없는지 생각하지도, 알아채지도 못한 채 그녀를 껴안고서 얼굴과 두 손과 목덜미에 입맞춤 세례를 퍼부었다.

안나는 이 만남을 준비하면서 그에게 할 말을 생각하고 있었으나, 그중 한 마디도 할 틈이 없었다. 그의 열정에 그녀 또한 사로잡혔던 것이다. 그를 진정시키고 자기 자신도 진정시키려 하였지만, 이미 때는 늦고 말았다. 그의 감정이 그녀에게 고스란히 전달되었다. 입술이 너무 떨려서 한참 동안 그녀는 아무 말도 할 수 없었다.

「그래요, 당신이 나를 사로잡았어요. 나는 당신 거예요.」 그의 손을 자신의 가슴에 얹으며 그녀가 마침내 내뱉었다.

「그렇게 되었어야 했어요!」 그가 말했다. 「우리가 살아 있는 한 반드시 그렇게 될 겁니다. 이제야 그걸 알겠어요.」

「맞아요.」 그녀가 말했다. 점점 더 파리해져 가는 낯빛으로 그녀가 그의 머리를 얼싸안았다. 「그럼에도 불구하고 모든 일이 벌어진 뒤에야 이렇게 되었다니, 무언가 무서운 면이 있는 것 같아요.」

「모든 게 지나갈 겁니다, 다 지나갈 거라고요. 우리는 아주 행복해질 겁니다! 만일 우리의 사랑이 더 강렬해진다면, 바로 그 속에 무언가 무서운 면이 있기 때문일 거예요.」 그가 고개를 들고서 예의 단단한 치아를 드러내며 웃었다.

그러자 그녀 또한, 그의 말이 아니라 사랑에 빠진 그의 눈동자에 미소로써 화답하지 않을 수 없었다. 그녀는 그의 손을 집어다가 자신의 차가워진 두 뺨과 짧게 깎은 머리털을 쓰다듬었다.

「이렇게 머리를 짧게 깎다니 몰라보겠습니다. 참 예뻐졌군요. 소년 같아요. 하지만 너무나 창백해요!」

「네, 무척 쇠약해졌어요.」그녀가 미소를 머금은 채 말했다. 입술이 또다시 떨리기 시작했다.

「우리 이탈리아로 갑시다. 그러면 당신도 회복될 거예요.」그가 말했다.

「정말로 그게 가능할까요? 우리가 남편과 아내처럼 단둘이서, 당신과 내가 한 가족처럼 될 수 있을까요?」그녀가 그의 눈을 가까이 응시하며 물었다.

「나로서는 지금까지 그렇게 되지 않았다는 사실이 희한할 뿐입니다.」

「스티바가 그러더군요, 그이가 모든 것에 동의했다고요. 하지만 나는 그이의 관용을 받아들일 수 없어요.」그녀는 생각에 잠겨 브론스키의 얼굴을 외면한 채 입을 열었다. 「나는 이혼을 원치 않아요. 이제는 아무래도 상관없어요. 다만 그이가 세료자에 대해 어떻게 결정을 내릴지 모르겠어요.」

이렇게 조우하게 된 이 순간 어떻게 아들과 이혼 문제를 떠올리고 생각할 수 있는지, 그로서는 도무지 이해할 수가 없었다. 정말이지 아무래도 상관없지 않은가?

「그 얘긴 하지도 말고 생각하지도 말아요.」그는 그녀의 손을 돌려 잡고 관심을 자신에게로 집중시키려 애썼다. 그러나 그녀는 여전히 그를 외면했다.

「아아, 왜 나는 죽지 않은 걸까요, 죽었으면 좋았으련만!」이 말에 이어 흐느낌도 없이 눈물만 그녀의 두 뺨 위로 흘러내렸다. 그러면서도 그녀는 브론스키의 애를 태우지 않도록 미소를 지어 보이려 했다.

과분하고도 위험한 타슈켄트로의 임관을 고사하는 것은 과거 브론스키의 관념으로는 있을 수 없는 수치스러운 일이었다. 하지만 지금의 그는 한 치의 망설임도 없이 그 자리를 거절하였으며, 고위층에서 자신의 처신에 대한 비난이 오간 다는 걸 눈치채고는 곧바로 퇴역해 버렸다.

한 달 뒤, 알렉세이 알렉산드로비치는 아들과 함께 자신의 집에 남았고, 안나와 브론스키는 이혼을 받아들이기는커녕 단호하게 거부한 채 외국으로 떠났다.

제5부

1

셰르바츠카야 공작 부인은 5주밖에 남지 않은 사순절 전에 혼례를 치르는 것은 불가능하다고 판단하였다. 왜냐하면 그때까지는 혼수품의 절반밖에 마련할 수가 없기 때문이었다. 하지만 사순절 이후에는 너무 늦을 거라는 레빈의 의견에도 동의하지 않을 수가 없었는데, 다름이 아니라 셰르바츠키 공작의 연로한 고모가 병환이 매우 깊어 곧 돌아가실지도 모르며, 그렇게 되면 장례 때문에 혼례가 더더욱 지체될 수밖에 없기 때문이었다. 따라서 공작 부인은 혼수품을 큰 것과 자잘한 것, 두 부류로 나누기로 하고는 사순절 전에 혼례를 치르기로 동의하였다. 자잘한 혼수품은 모두 지금 당장 마련하고 큼직한 것은 나중에 보내기로 했는데, 레빈이 그러한 결정에 대해 가타부타 진지한 응답이 전혀 없어 그녀는 엄청나게 화가 나 있었다. 사실 그러한 판단이 적절한 조처였던 것이, 혼례를 치른 직후 신혼부부는 곧장 시골로 갈 예정이었고, 거기서 큼직한 혼수품은 필요치 않기 때문이었다.

여전히 넋이 나가 있던 레빈으로서는 자신과 자신의 행복이 모든 존재의 유일하고 중요한 목표였으니, 지금 자신은 그 어떤 것도 고민하거나 신경 쓸 필요가 없을뿐더러, 그를 위해 모든 일을 남들이 해주고 앞으로도 해줄 것만 같았다. 심지어 그는 미래의 삶을 위한 계획이나 목표도 전혀 세우지 않았다. 모든 일이 다 잘될 거라 여기고는, 그런 결정같은 건 남들에게 내맡겨 버린 것이었다. 형 세르게이 이바노비치와 스테판 아르카디치, 그리고 공작 부인이 그가 해야 할 일들에 관해 지침을 내려 주었고, 사람들의 권유에 그는 전적으로 따르기만 했다. 형은 그를 위해 돈을 빌렸고, 공작 부인은 결혼식을 치른 뒤 모스크바를 떠나라고 조언해 주었다. 스테판 아르카디치의 조언은 해외로 가라는 것이었다. 레빈은 그 제안들을 죄다 받아들였다. 〈그러는 게 여러분에게 즐겁다면 원하는 대로 하십시오. 나는 행복하며, 여러분이 뭘 하든 내 행복은 늘지도 줄지도 않을 테니까.〉 그는 속으로 뇌까렸다. 외국으로 가라는 스테판 아르카디치의 조언을 키티에게 전했을 때, 그는 깜짝 놀랐다. 그녀는 그러한 권유에 동의하지 않을 뿐만 아니라 앞으로의 생활과 관련하여 나름의 요구 사항을 품고 있었던 것이다. 레빈이 시골에 애착을 느끼는 일이 있다는 걸 키티는 알고 있었다. 레빈이 보기에 그녀는 그 일을 이해하지 못할 뿐만 아니라 이해하려 들지도 않았지만, 그렇다고 해서 그녀가 그 일을 매우 중요하게 여기지 않는 건 아니었다. 그러한 연유로 그녀는 그들이 살 집이 시골에 마련되리라는 걸 알고 있었으며, 앞으로 살지도 않을 해외로 가느니 살 집이 있게 될 곳으로 가고 싶었다. 그와 같은 그녀의 분명한 의사 표명에 레빈은 적이 놀랐다. 그러나 어찌하든 그는 상관없었기에 곧장 스테판 아르카디치를 찾아가 마치 그게 그의 의무라도 되는 양, 시골로 가서 그가 아는 모든 것을 예의 다채로운 취향대로 장만해 달라고 청했다.

「그런데 이보게…….」신혼부부의 입주를 위해 시골에 일체의 것을 정비해 놓고 돌아온 스테판 아르카디치가 한번은 레빈에게 물었다. 「자네 영성체를 받았다는 증명서는 갖고 있나?」

「아니. 그건 왜?」

「그게 없으면 결혼식을 올릴 수가 없단 말이야.」

「뭐!」 레빈이 소리쳤다. 「난 이미 9년가량 성찬식에 참례하지 않았단 말일세. 그런 건 생각도 못 했네.」

「잘났군그래!」 스테판 아르카디치가 웃으면서 말했다. 「그래 놓고 나보고 니힐리스트[2]라는 둥 지껄이다니! 어쨌든 간에 그거 없이는 안 되네. 성찬식에 참석해야만 해.」

「언제 그걸 한단 말인가? 이제 나흘밖에 안 남았는데.」

스테판 아르카디치가 그 일 또한 주선해 주어 레빈은 성찬식에 참석하게 되었다. 신을 믿지는 않으면서도 다른 사람들의 신앙은 존중하는 사람이 으레 그렇게 느끼듯이, 교회의 온갖 의식에 출석하고 참례하는 것은 레빈으로서 무척이나 괴로운 일이었다. 모든 것에 대해 민감해져 있고 순화되어 있는 지금 같은 정신 상태에서 신자인 척할 수밖에 없는 그 불가피한 상황은 단지 괴로움을 넘어 완전히 있을 수 없는 일로

---

1 당시 정교회에서 결혼식을 올리려면 신랑과 신부 모두 고해 성사와 영성체를 필수적으로 행해야 했다.

2 당시에 널리 퍼진, 무신론에 기반을 둔 급진적 혁명 사상의 동조자를 일컫는 말.

여겨졌다. 지금, 이 영예와 절정의 상태에서, 거짓을 말하거나 신성을 모독해야만 하는 것이었다. 그는 둘 중 어떤 것도 못 할 것 같았다. 성찬식에 가지 않고 증명서를 받을 길이 없느냐고 스테판 아르카디치에게 아무리 물어도 그는 불가능하다고 단언했다.

「대체 뭐 그리 대단한 일이라고 그러는가, 고작 이틀 아닌가? 그분은 아주 친절하고 영리한 노인이라네. 순식간에 자네의 앓던 이를 뽑아 줄 걸세.」

첫 아침 예배에 참석한 레빈은 열여섯에서 열일곱 살 무렵 체험했던 강렬한 종교적 신심을 젊은 날의 추억처럼 되살려 보고자 했으나, 곧바로 그건 전혀 불가능하다는 확신이 들었다. 그래서 모든 것을 공식적인 방문인 양 아무 의미 없는 공허한 관례로 간주하려 들었지만, 그것 또한 도저히 못 할 짓 같았다. 대다수의 동시대인들처럼 레빈은 종교에 대해 아주 모호한 입장을 취하고 있었다. 믿을 수는 없지만, 그러면서도 그 모든 게 옳지 않다고 확신하지는 않았던 것이다. 그렇기 때문에 자신이 행하는 일의 중요성을 믿을 수는 없었으되, 마치 허례허식을 대하듯 무심하게 넘길 수도 없었다. 성찬식에 참례하는 내내 그는 스스로도 이해하지 못하는 것, 따라서 그의 내면의 음성이 일러 주듯이 무언가 거짓되고 불순한 것을 행하는 것 같아 불편함과 부끄러움을 느꼈다.

예배 시간에 그는 때론 기도문을 들으며 거기에 자신의 세계관에 어긋나지 않는 의미를 부여하려고 애를 썼으며, 때론 그 뜻을 이해할 수 없고 비난할 수밖에 없기에 기도문을 듣지 않으려 애썼다. 대신 자신만의 생각이나 관찰에 전념하거나, 교회에 서 있는 이 한가한 시간에 그의 머릿속을 떠다니는 너무나도 생생한 기억들에 몰입하곤 했다.

그는 아침 예배와 철야 예배, 저녁 기도에 끝까지 참례했고, 이튿날에는 평소보다 일찍 일어나서 차도 안 마신 채 아침 기도와 참회 기도를 경청하기 위해 8시에 교회로 왔다.

교회에는 거지 병사와 두 명의 노파, 그리고 하급 사제들 외에는 아무도 없었다.

얇고 긴 사제복 아래 양쪽으로 갈라진 기다란 등판이 도드라져 보이는 젊은 부제(副祭)가 그를 맞이해 주고는 곧바로 벽 옆에 놓인 작은 탁자로 가서 기도문을 읽기 시작했다. 그가 기도문을 읽을수록, 특히 〈자비베푸소, 자비베푸소〉라는 것처럼 들리는 〈주여, 자비를 베푸소서〉라는 동일 어구가 재빠르게 반복될 때마다 레빈은 자신의 생각이 봉쇄되고 봉인되는 기분이었다. 그것을 건드리거나 뒤적거려서는 안 되며, 그러지 않을 경우 혼돈이 빚어질 것만 같았다. 따라서 그는 부제 뒤에 서서 귀를 기울이지도 곱씹지도 않은 채 계속해서 혼자만의 생각을 이어 갔다. 〈키티의 손은 참으로 수많은 표정을 지니고 있어.〉 어제 둘이서 구석 자리의 탁자에 앉아 있던 것을 떠올리며 그가 생각했다. 언제나처럼 그 시간이면 딱히 할 말이 없었기에 그녀는 한 손을 탁자 위에 올려놓고는 쥐었다 폈다를 반복하였고, 그런 동작을 보며 제풀에 웃음을 터뜨리곤 했다. 그 손에 입을 맞추고서 분홍빛 손바닥의 손금을 살펴봤던 일을 레빈은 떠올렸다. 〈또 《자비 자비베푸소》로군.〉 절을 하는 부제의 등이 유연하게 움직이는 모습을 바라보며 성호를 긋고 절을 하던 레빈이 생각했다. 〈그녀가 내 손을 잡고서 손금을 살폈지. 《손이 참 멋져요》라고 말했어.〉 그는 자신의 손과 마디가 짧은 부제의 손을 번갈아 바라보았다. 〈자, 이제 곧 끝나겠군…… 아니야, 다시 처음부터 하려나 봐.〉 기도문에 귀를 기울이며 그가 생각했다. 〈아니군, 막판 이야. 저것 봐, 벌써 땅바닥에 절을 하잖아. 저건 항상 끝나기 직전에 하던 거야.〉

벨벳 소맷부리에 감싸인 손으로 3루블짜리 지폐를 슬쩍 받아 쥔 부제가 기록해 두겠노라고 말하고는 텅 빈 교회의 바닥에 새 장화의 굽 소리를 씩씩하게 울리면서 제단 뒤편으로 갔다. 몇 분 뒤 그는 제단 쪽에서 고개를 내밀고 내다보며 눈짓으로 레빈을 불렀다. 그때까지 막혀 있던 생각이 레빈의 머릿속에서 꿈틀거리기 시작했지만 그는 황급히 그것을 떨쳐 버렸다. 〈어떻게든 되겠지.〉 그는 속으로 뇌까리고서 설교대 쪽으로 갔다. 층계 위로 올라가 오른쪽으로 돌아서니 사제가 보였다. 반백의 성긴 턱수염에 피로한 기색이 어린 선량한 눈을 지닌 사제 영감이 제단 앞에 선 채 기도서의 책장을 넘기고 있었다. 그는 레빈에게 가볍게 목례를 하고 곧바로 습관적인 음성으로 기도문을 읽기 시작했다. 낭독을 마치고는 땅바닥을 향해 절을 하더니 레빈 쪽으로 얼굴을 돌렸다.

「그리스도께서 이곳에 보이지 않게 임하시어 당신의 고백을 듣고 계십니다.」 그가 십자가상을 가리키며 말했다. 「성 사도들의 교회가 우리에게 가르쳐 준 바를 모두 믿으십니까?」 사제가 레빈에게서 눈을 돌리고서 견대 밑에 손을 넣으며 말을 이었다.

「저는 모든 것을 의심해 왔으며, 지금도 의심하고 있습니다.」 레빈은 자기가 듣기에도 불쾌한 목소리로 뇌까린 다음 입을 다물었다.

사제는 그가 뭔가 더 얘기하지 않을까 싶어 몇 초간 기다

리다가 눈을 감고서 〈o〉 발음에 강세를 주는 블라디미르 지역 억양으로 빠르게 말했다.[3]

「의심은 인간 본연의 약점이지요. 하지만 우리는 자비로우신 주님께서 우리를 굳건하게 해주십사 기도해야만 합니다. 개인적으로 지은 죄가 있나요?」 시간을 허비하지 않으려는 듯, 사제는 잠시도 틈을 두지 않았다.

「제가 지은 가장 큰 죄는 의심입니다. 저는 모든 것을 의심하며 대체로 의심에 잠긴 채 살고 있습니다.」

「의심은 인간 본연의 약점이지요.」 사제가 똑같은 말을 되풀이했다. 「어떤 것을 주로 의심하십니까?」

「모든 것을 의심합니다. 심지어는, 간혹 가다 하느님의 존재마저 의심하지요.」 무심결에 대답한 레빈은 자신이 내뱉은 말의 무례함에 적이 놀랐다. 그러나 사제에게는 레빈의 말이 별다른 인상을 불러일으키지 못한 것 같았다.

「하느님의 존재에 대해 도대체 어떠한 의심이 있을 수 있겠습니까?」 그가 희미하게 미소를 지으며 재빠르게 말했다.

레빈은 대답이 없었다.

「창조주가 지으신 피조물을 보고 있으면서 그분에 대해 무슨 의심을 품으신단 말입니까?」 사제가 입에 밴 억양으로 재빠르게 이야기를 이어 갔다. 「천체들로 천궁을 장식하신 분이 누구겠습니까? 누가 대지에 그 아름다움을 입히셨겠습니까? 창조주가 없다면 그게 어찌 가능했겠습니까?」 그가 묻는 기색으로 레빈을 응시했다.

---

3 표준 러시아어에서 강세가 주어지지 않는 모음은 발음이 약화된다. 명사 〈의심somnenie〉의 경우 첫 모음인 〈o〉에 강세가 오지 않으므로 〈오〉보다는 〈아〉에 가깝게 발음된다.

사제와 철학적인 토론을 벌이는 것은 무례한 짓 같았기에, 레빈은 답변으로 질문에 직접 관련되는 것만 말했다.

「모르겠습니다.」 그가 말했다.

「모른다고요? 그렇다면 신이 모든 것을 창조했다는 사실을 어떻게 의심할 수가 있단 말입니까?」 사제가 의아스러워하면서도 쾌활하게 물었다.

「저는 아무것도 모르겠습니다.」 레빈이 얼굴을 붉혔다. 자신의 말이 어리석긴 하지만 이런 상황에서 그러지 않을 수도 없으리라 그는 생각했다.

「하느님께 기도하고 간청하십시오. 성스러운 교부(敎父)들조차 의심을 품었으며 하느님에게 자신의 믿음을 굳건하게 해달라고 빌었습니다. 악마는 커다란 힘을 갖고 있지만 우리는 악마에 굴복해서는 안 됩니다. 하느님께 기도하고 간청하십시오. 그분께 기도하십시오.」 그가 빠르게 되풀이했다.

그러고서 사제는 상념에 잠긴 듯이 잠시 침묵하였다.

「듣기로는 내 교구의 신도이자 참회자인 셰르바츠키 공작의 따님과 결혼하실 거라지요?」 그가 웃음 띤 얼굴로 덧붙였다. 「훌륭한 아가씨죠!」

「네, 그렇습니다.」 레빈이 사제의 말에 얼굴을 붉히며 대답하고는 생각했다. 〈고해 성사 중에 왜 그걸 묻는 거지?〉

그러자 마치 그의 생각에 응답하듯 사제가 말했다.

「결혼을 하실 테니, 하느님께서 아마도 후손을 상으로 내려 주시겠지요. 그렇지 않습니까? 그런데 불신으로 유혹하는 악마의 꼬임을 마음속에서 이겨 내지 못한다면 아이들에게 무엇을 가르쳐 줄 수 있겠습니까?」 그는 부드러운 어투로 질책하듯이 말을 이었다. 「아이들을 사랑한다면 선량한 아버지로서 아이를 위해 단지 부와 호사, 명예만을 바라지는 않겠지요. 아이의 구원을 바라고, 진리의 빛으로 아이의 영혼이 깨어나기를 바라겠지요. 그렇지 않습니까? 순진무구한 아이가 〈아빠, 이 세상에서 내 마음에 드는 모든 것들, 땅과 물, 태양과 꽃, 풀을 누가 만드셨나요?〉라고 묻는다면 뭐라 답하시겠습니까? 아이에게 〈나는 모른다〉고 대답하시렵니까? 주 하느님께서 크나큰 자비로움으로 당신에게 계시해 주셨는데, 당신이 그걸 모를 리가 없습니다. 혹은 당신의 아이가 〈저세상에서는 뭐가 나를 기다리고 있죠?〉라고 물어볼 때, 아무것도 모른다면 뭐라 말하실 건가요? 아이에게 어찌 대답하시겠습니까? 아이를 세상과 악마의 유혹에 내맡기시겠습니까? 그것은 좋지 않습니다!」 그가 말을 멈추더니 고개를 옆으로 비스듬히 숙이고는 선량하고 온순한 눈빛으로 레빈을 바라보았다.

레빈은 이제 아무런 대꾸도 하지 않았다. 사제와 논쟁하기 싫어서가 아니라 누구도 그런 질문을 자신에게 던진 적이 없었기 때문이었다. 아이가 그런 질문을 던질 때 뭐라 답할지, 아직은 생각할 시간이 있었다.

「당신은 인생의 절정기에 들어서고 있습니다.」 사제가 계속해서 말했다. 「길을 선택하고 그 길을 견지해야 할 때입니다. 하느님께서 그분의 인자하심으로 당신을 도와주시고 은총을 베풀어 주십사 기도하십시오.」 그가 말을 맺었다. 「우리의 주 하느님이신 예수 그리스도께서 인자하심과 인간에 대한 너그러우신 사랑으로 이 아들을 용서하시기를……」 죄 사함의 기도를 마친 사제는 레빈을 축복한 다음 보내 주었다.

그날 집으로 돌아온 뒤 레빈은 거북스러운 상황이 끝났고,

특히 거짓말을 안 해도 되게끔 끝났다는 점에서 기쁨을 느꼈다. 뿐만 아니라 그 선량하고 친절한 노인이 했던 말이 처음에 생각했던 것처럼 그리 어리석지 않았으며, 거기에는 규명해야만 하는 무언가가 내포되어 있다는 인상 또한 어렴풋하게 남았다.

〈물론 지금은 때가 아니야.〉 레빈은 생각했다. 〈하지만 나중에 언젠가는 이해해야겠지.〉 그는 불명료하고 어지러운 어떤 것이 자기 마음속에 존재함을, 종교에 관해서만큼은 자신 또한 남들에게서 똑똑히 봐오며 못마땅해 했던 것과 똑같은 입장에 서 있음을 예전보다 지금 더 강하게 느꼈다. 그러한 입장을 이유로 그는 친구인 스비야시스키를 비난하기도 한 터였다.

그날 저녁을 신부와 함께 돌리의 집에서 보내면서, 레빈은 유달리 쾌활한 모습이었다. 그가 스테판 아르카디치에게 자신의 흥분된 상태에 대해 설명한 바에 의하면, 마치 테를 뛰어넘는 법을 배우던 개가 마침내 자신에게 요구되는 바를 깨닫고 완수한 다음 기쁨에 겨워 꼬리를 흔들며 마구 짖어 대면서 탁자나 창문으로 펄쩍펄쩍 뛸 때처럼 기분이 좋다는 것이었다.

2

결혼식 날 레빈은 관례대로(공작 부인과 다리야 알렉산드로브나가 모든 관례를 이행해야 한다고 완고하게 고집하였다) 신부를 만나지 않고, 자신의 호텔 방에 우연히 모이게 된

세 명의 독신자들과 식사를 했다. 세르게이 이바노비치와 현재 자연 과학 교수로 재직 중인 대학 동기 카타바소프(레빈은 거리에서 마주친 그를 자기 방으로 끌고 왔다), 그리고 결혼식 들러리를 설 곰 사냥 동무인 모스크바의 치안 판사 치리코프가 그들이었다. 식사 자리는 매우 흥겨웠다. 기분이 더할 나위 없이 좋았던 세르게이 이바노비치는 카타바소프의 독특한 화법에 재미를 느꼈다. 카타바소프는 자신의 독특함이 제대로 된 평가와 이해를 받고 있음을 감지하고는 거드름을 피웠다. 치리코프는 호인다운 쾌활함으로 모든 대화에 맞장구를 쳐주었다.

「정말이지……」카타바소프가 강단에서 익힌 습관대로 말꼬리를 길게 늘이며 이야기를 늘어놓았다. 「우리의 젊은 친구 콘스탄틴 드미트리치는 정말 재능이 넘쳤지요. 저는 지금 이 자리에 없는 사람에 대해 말하는 겁니다. 왜냐하면 그 친구는 이미 존재하지 않으니까요. 대학을 졸업할 때만 해도 그는 학문을 사랑했고 인간적인 관심사도 갖고 있었어요. 지금으로 말할 것 같으면, 이 친구가 지닌 능력의 절반은 스스로를 기만하는 데 쓰이고, 나머지 절반은 그런 기만을 정당화하는 데 소모된답니다.」

「당신처럼 단호한 결혼 반대자는 본 적이 없소이다.」세르게이 이바노비치가 말했다.

「아닙니다. 저는 반대자가 아닙니다. 저는 노동 분담의 지지자이지요. 아무것도 할 줄 모르는 사람들은 사람을 생산해야 하고, 나머지 사람들은 그들의 계몽과 행복을 도모해야만 합니다. 제 생각은 그렇습니다. 이 두 가지 직분을 뒤섞으려드는 수많은 사람들이 있지만 저는 그런 축에 속하는 사람이 아닙니다.」[4]

「자네가 사랑에 빠졌다는 걸 알게 되면 내가 얼마나 행복할까!」레빈이 말했다. 「부디 결혼식에 꼭 불러 주게.」

「나는 이미 사랑에 빠졌다네.」

「그래, 오징어하고 말이지. 형님도 아시잖아요.」레빈은 형에게로 시선을 돌렸다. 「미하일 세묘니치는 책을 쓰고 있는데요, 뭐냐 하면 영양과 ──」

「제발, 얘기를 좀 뒤죽박죽으로 만들지 말게! 뭐에 대해 쓰건 무슨 상관인가. 중요한 건, 내가 정말로 오징어를 좋아한다는 사실이야.」

「하지만 오징어는 자네가 아내를 사랑하는 걸 방해하지 않을 텐데.」

「오징어는 방해하지 않겠지만, 아내 쪽에서 방해하겠지.」

「아니, 어째서 그런가?」

「곧 알게 될 거야. 자네는 영지 경영이랑 사냥을 좋아하잖나. 그러니 어디 두고 봄세!」

「오늘 아르히프가 다녀갔는데, 프루드노에 사슴 떼가 있고 곰도 두 마리나 살고 있다더군.」 치리코프가 말했다.

「그럼 나 없이 잡으러 가게나.」

「암, 그래야지.」 세르게이 이바노비치가 말했다. 「곰 사냥과는 미리 작별을 고하려무나. 아내가 보내 주지 않을 테니!」

레빈이 씩 웃었다. 그를 놓아주지 않는 아내의 모습을 상

---

4 알렉산드르 그리보예도프의 희곡 「지혜의 슬픔」 중 주인공 차츠키의 대사를 차용한 것. 원작의 대사는 다음과 같다. 〈일을 할 때면 나는 신이 나서 숨어 버립니다. 바보짓을 해야 할 때면 바보짓을 하지요. / 이 두 가지 작업을 뒤섞으려는 / 수많은 능수능란한 자들이 있습니다만, 저는 그런 축에 속하지 않습니다.〉

상하니 영원히 곰을 보는 기쁨을 포기할 마음이 생길 만큼 흐뭇했다.

「그래도 자네 없이 그 두 마리 곰을 잡을 생각을 하니 아쉽구먼. 일전에 하필로보에서의 일을 기억하나? 이번 사냥도 정말 멋질 텐데 말이야.」치리코프가 말했다.

레빈은 사냥 없이도 어딘가에 무언가 다른 좋은 게 있을 수 있다는 사실로 그를 실망시키고 싶지 않았기에 아무 말도 하지 않았다.

「독신 생활을 청산하는 이런 풍습도 다 이유가 있지.」세르게이 이바니치가 말했다. 「아무리 행복해진다 해도 자유는 아쉬운 법이니까.」

「자, 인정하게. 내심 고골의 신랑처럼 창문으로 뛰어내리고 싶은 마음도 있지 않은가?」[5]

「분명 그런 마음이 있겠지만 인정하지 않겠지!」카타바소프가 말하고는 큰 소리로 껄껄 웃었다.

「자, 그럼, 창문은 열려 있으니…… 지금 당장 트베리로 가세! 암곰이 한 마리 있어. 굴에 들어가 볼 수도 있고. 그래, 5시 열차를 타고 가자고! 여기 일은 알아서들 하겠지.」치리코프가 웃으면서 말했다.

「하늘에 맹세코…….」레빈도 웃으며 대답했다. 「자유가 아깝다는 느낌은 내 마음속에서 찾을 수가 없는걸!」

「지금 자네의 마음속은 온통 뒤죽박죽이라 아무것도 찾을 수가 없을 걸세.」카타바소프가 말했다. 「조금만 기다려 보게, 정신을 좀 차리면 금방 찾게 될 테니!」

---

5 니콜라이 고골의 희곡 「결혼」을 염두에 둔 말. 이 희곡의 남자 주인공은 결혼식을 올리기 직전 창문으로 뛰어내려 달아나 버린다.

「아닐세, 나 자신의…… 감정과(레빈은 카타바소프가 있는 자리에서 〈사랑〉이라는 말은 하고 싶지 않았다) 행복 말고도 자유를 잃는다는 아쉬움을 조금이나마 느낄 법도 하건만…… 그 반대로 나는 자유를 잃는 게 기쁘다네.」

「글렀군! 가망 없는 위인 같으니!」카타바소프가 말했다. 「자, 이 친구의 회복을 위해서 건배합시다. 아니면 이 친구의 망상 가운데 1백분의 1이라도 이루어지기를 바라자고요. 그러면 정말이지 지상에서 유례없는 엄청난 행복이 이루어지겠군요!」

식사가 끝나자 손님들은 결혼식에 늦지 않게 옷을 갈아입기 위해서 곧바로 떠났다.

홀로 남아 독신자들과 나눈 대화를 돌이켜 보던 레빈은 다시 한번 자문했다. 그들이 얘기했던 자유를 아쉬워하는 감정이 자신의 마음속에 정말 있는가? 그 질문 앞에서 그는 씩 웃었다. 〈자유라고? 자유가 왜 필요한데? 행복은 오로지 그녀의 바람과 그녀의 생각대로 사랑하고 소망하고 생각하는 데 있을 뿐인걸. 그러니까 그 어떤 자유도 없는 거야. 바로 그게 행복이라고!〉

〈한데 난 그녀의 생각과 그녀의 소망, 그녀의 감정을 알고 있기나 한 건가?〉 문득 어떤 목소리가 그에게 속삭였다. 얼굴에서 웃음기가 사라졌고, 그는 생각에 잠겼다. 갑자기 이상한 느낌이 들었다. 두려움과 의혹이, 모든 것에 대한 의혹이 그를 엄습했다.

〈그녀가 나를 사랑하지 않는다면 어쩌지? 그녀가 단지 결혼이란 걸 하기 위해서 나에게 오는 거라면? 그런데도 자신이 뭘 하고 있는지를 그녀 스스로도 모른다면 어쩐다?〉 그가 스스로에게 물었다. 〈그녀가 제정신을 차릴 수도 있어. 그러면 결혼하자마자 나를 사랑하지 않으며, 사랑할 수 없다는 걸 깨닫게 될 거야.〉 그러자 그녀에 대해 너무도 기괴하고 어처구니없는 생각들이 떠오르기 시작했다. 1년 전과 같이 브론스키에 대한 질투심이 느껴졌고, 그녀가 그와 함께 있는 걸 보았던 그날 밤이 마치 어제인 것만 같았다. 그녀가 자신에게 모든 걸 털어놓지 않았을지도 모른다는 의심마저 들었다.

그는 자리에서 벌떡 일어났다. 〈아니야, 이래서는 안 돼.〉 그가 절망적으로 생각했다. 〈그녀한테 가서 물어보고, 마지막으로 얘기하자. 우리는 자유로우니까 여기서 중단하는 게 더 낫지 않겠냐고. 그게 무엇이든 영원한 불행과 수모와 불신보다는 낫지 않겠냐고!〉 그는 가슴속에 절망을 품은 채, 그리고 자기 자신과 그녀를 비롯한 모든 사람들을 향해 악의를 품고서는 호텔을 나와 그녀에게로 갔다.

아무도 그가 오리라고 예상하지 못했다. 그는 내실에서 그녀를 발견했다. 트렁크 위에 앉아 의자 등받이와 바닥에 널려 있는 한 무더기 다양한 빛깔의 드레스들을 가려내면서 하녀에게 무언가 지시를 내리던 참이었다.

「어머나!」 레빈을 본 그녀가 만면에 희색을 띠고 소리쳤다. 「자기가 어떻게, 당신이 어쩐 일로 왔어요? (이 마지막 날까지 그녀는 그를 때론 정중한 호칭으로, 때론 친근한 호칭으로 부르곤 했다.) 정말 뜻밖이에요! 처녀 적 입던 드레스를 정리하던 중이에요. 누구한테 어떤 걸 줄지 말이에요.」

「아! 그것 참 좋은 일이군요!」 레빈이 음울한 눈길로 하녀를 바라보며 대답했다.

「나가 있으렴, 두냐샤. 내가 다시 부를게.」 키티가 말했다.

「자기, 무슨 일이에요?」하녀가 나가자마자 그녀가 분명하게 〈자기〉라고 부르며 물었다. 그의 흥분되고 어두운, 이상스러운 낯빛을 눈치챈 그녀는 두려움에 사로잡혔다.

「키티! 나는 괴로워요. 혼자서만 끙끙 앓을 수는 없습니다.」그는 그녀 앞에 선 채 애원하듯 그녀의 눈을 바라보며 절망에 잠긴 목소리로 말했다. 그녀의 진실하고 정다운 얼굴을 보자 자신이 하려던 말 가운데 아무것도 꺼낼 수 없다는 걸 그는 깨달았다. 하지만 그럼에도 불구하고 그녀 쪽에서 그의 의심을 털어 내줄 필요가 있었다. 「아직 때를 놓치지 않았다는 말을 하려고 왔습니다. 이 모든 걸 다 없던 일로 하고 바로잡을 수 있단 말입니다.」

「뭐라고요? 무슨 말인지 하나도 못 알아듣겠어요. 대체 무슨 일이에요?」

「내가 수천 번 말해 온 것, 도무지 떨쳐 버릴 수가 없는 것은…… 내가 당신을 얻을 자격이 없다는 겁니다. 당신이 나와 결혼할 생각을 하다니요. 생각해 보세요. 당신은 실수한 겁니다. 잘 생각해 보세요. 당신이 나를 사랑할 리가 없어요……. 만일…… 차라리 말해 줘요.」그가 그녀를 외면한 채 말했다. 「나는 불행해질 겁니다. 다들 제멋대로 떠들라고 하죠. 뭐든 불행해지는 것보다는 나으니까요. 아직 시간이 있으니 지금이 더 낫습니다.」

「무슨 소린지 모르겠어요.」그녀가 겁먹은 표정으로 말했다. 「그러니까 당신은 취소하고 싶다……. 결혼할 필요가 없다는 건가요?」

「그래요, 만일 당신이 나를 사랑하지 않는다면.」

「정신이 나갔군요!」화가 나서 얼굴이 빨개진 그녀가 소리를 질렀다.

그러나 그의 표정이 너무나 안쓰러웠기에, 그녀는 화를 참고서 의자에 걸쳐 놓았던 드레스를 치워 버리고는 레빈 가까이로 자리를 바꿔 앉았다.

「무슨 생각을 하고 있는 거예요? 뭔지 말해 봐요.」

「당신이 나를 사랑할 리가 없다는 생각이 들어요. 당신이 뭣 때문에 나를 사랑합니까?」

「맙소사, 어쩜 좋아?」 이렇게 말하고서 그녀는 울음을 터뜨렸다.

「아아, 내가 무슨 짓을 한 거람!」 그가 소리치고는 키티 앞에 무릎을 꿇고 그녀의 두 손에 입을 맞추기 시작했다.

5분 뒤에 공작 부인이 방으로 들어왔을 때, 두 사람은 완전히 화해한 상태였다. 키티는 자신의 사랑을 확인해 주었을 뿐만 아니라, 자기를 왜 사랑하느냐는 그의 질문에 대해 그 이유까지 설명해 주었다. 자신이 그의 전부를 이해하기 때문에, 그리고 그는 사랑을 해야만 하며, 그가 사랑하는 것은 전부 다 좋은 것들이라는 걸 알고 있기 때문에 그를 사랑한다고 말이다. 그리고 그 말은 그에게 너무나 확실한 이유로 여겨졌다. 공작 부인이 방에 들어섰을 때 두 사람은 트렁크 위에 나란히 앉아 드레스를 정리하면서 입씨름을 벌이는 중이었다. 레빈이 청혼할 때 입고 있던 갈색 드레스를 키티는 두냐샤에게 줄 생각이었는데, 그가 그 옷은 아무에게도 주면 안 되니 두냐샤에게는 하늘색 드레스를 주라고 우겼던 것이다.

「어쩜 그렇게 이해를 못 해요? 그 아이의 머리는 검단 말이에요. 어울리지 않을 거라고요……. 내가 다 생각해 둔 건데.」

레빈이 온 까닭을 알게 된 공작 부인은 농담 반 진담 반으로 화를 내고는, 곧 샤를이 올 테니 키티의 머리 손질을 방해하지 말고 가서 옷을 갈아입으라며 그를 호텔로 보냈다.

「애가 요즘 아무것도 먹질 않아서 가뜩이나 보기 흉해졌는데, 자네가 바보 같은 짓을 해서 애를 더 못살게 굴고 있구먼.」 공작 부인이 그에게 말했다. 「어서 가게, 어서 가, 이 사람아.」

죄스럽고 무안한, 그러나 한편으로 안심한 레빈은 호텔 방으로 돌아왔다. 그의 형과 다리야 알렉산드로브나, 그리고 스테판 아르카디치가 이미 몸단장을 다 마치고서 성화(聖畵)로 그를 축복하기 위해 기다리고 있었다. 지체할 시간이 없었다. 다리야 알렉산드로브나는 신부와 함께 성화를 나르기로 되어 있는, 머리를 말고 포마드를 잔뜩 바른 아들을 데리고 가기 위해 집에도 들러야 했다. 그런 뒤에는 혼례식 들러리를 태우러 마차 한 대를 보내야 했고, 세르게이 이바노비치를 태우고 갈 또 한 대는 되돌려 보내야 했고…… 아주 복잡한, 신경 써야 할 일들이 엄청나게 많았다. 한 가지 분명한 것은 벌써 6시 30분이니 우물쭈물해서는 안 된다는 것이었다.

성화로 축복하는 일은 무사히 끝났다. 스테판 아르카디치가 우스꽝스러우면서도 장엄한 자세로 아내와 함께 나란히 선 채 성화를 들고는 레빈에게 땅을 향해 절하라고 이른 뒤, 조롱기 어린 선량한 미소를 띤 얼굴로 축복해 주고서 세 번 입을 맞추었다. 다리야 알렉산드로브나 역시 똑같이 한 다음 떠나려고 허둥대다가 미리 정해 놓은 마차의 동선을 또다시 헷갈리기 시작했다.

「자, 이렇게 합시다. 당신은 우리 마차를 타고 아이를 데리러 가요. 세르게이 이바노비치는 선심을 베푸셔서 먼저 출발하신 후 도착하시거든 마차를 돌려보내 주시지요.」

「물론이지, 기꺼이 그렇게 함세.」

「나는 이 친구와 곧 가지요. 짐은 보냈나?」 스테판 아르카
디치가 레빈을 향해 물었다.

「보냈네.」 레빈은 대답한 뒤 쿠지마에게 갈아입을 옷을 달
라고 일렀다.

3

떼 지어 모여든 사람들, 특히 여자들이, 결혼식을 위해 불
을 밝혀 놓은 교회 주변을 에워싸고 있었다. 미처 안으로 들
어가지 못한 사람들은 창가에 무리를 이루어 창살 사이로 들
여다보고 서로 밀치며 갑론을박을 해댔다.

이미 스무 대도 넘는 마차들이 헌병들의 지휘하에 길을 따
라 줄지어 서 있었다. 경찰관은 혹한에도 아랑곳없이 제복을
빛내며 출입구를 지켰다. 또 다른 마차들이 쉴 새 없이 당도
했으며, 꽃단장을 한 부인들은 치맛자락을 가볍게 들어 올리
면서, 남자들은 군모나 검은색 중절모를 벗으면서 교회로 들
어섰다. 교회 안에는 벌써 양쪽 상들리에의 불이 밝혀져 있었
고, 구석에 놓인 성화 곁의 촛불들도 죄다 켜져 있었다. 성화
벽[6]의 붉은 배경 위로 퍼져 가는 금빛 광휘, 성화 테두리의 금
빛 세공, 성상 앞의 큰 촛대들과 작은 촛대들의 은빛, 바닥의
마루판, 양탄자, 성가대 위에 걸린 성화 깃발, 설교대의 계단,

---

6 정교 교회 안에서 성소와 지성소를 가르는, 성화가 그려진 벽. 평신도는
성화 벽 너머의 지성소에 출입할 수 없다. 러시아 교회의 성화 벽은 동방 교회
에 비해 높고 화려하다.

오래되어 시커메진 서적들, 사제의 평상복과 미사복, 이 모든 것들이 빛에 휩싸여 있었다. 온기가 감도는 교회의 우측에서는 연미복과 흰 넥타이, 제복과 비단, 벨벳, 공단, 머리카락, 꽃, 드러난 어깨와 팔, 긴 장갑 등으로 어우러진 군중 사이로 점잖으면서도 생기 넘치는 이야기 소리가 오가며 둥근 천장에 미묘한 메아리를 퍼뜨렸다. 삐걱거리며 문 열리는 소리가 날 때마다 사람들 사이의 말소리는 잦아들었고, 모두가 신랑과 신부의 입장을 기대하며 뒤를 돌아보곤 했다. 그러나 이미 열 번도 넘게 문이 열렸건만, 그때마다 들어서는 건 늦게 도착한 남자 하객이나 오른편의 초청객 무리에 합류하는 여자 하객, 혹은 경찰관을 속이거나 그의 동정심을 사서 왼편의 연고 없는 사람들 무리에 합류하는 구경꾼이었다. 친척들도 일반 하객들도 이미 기다릴 만큼 기다린 참이었다.

처음에는 이제 곧 신랑 신부가 오겠거니 생각할 뿐 식이 지체되는 데 아무런 의미를 두지 않던 사람들도 시간이 갈수록 자꾸만 문 쪽을 흘깃거리며 무슨 일이 생긴 건 아닌지 수군거리기 시작했다. 그러고도 더 지나자, 친척들도 하객들도 모두 내심 언짢아져 애써 신랑에 대해서는 신경 쓰지 않은 채 자기네들 대화에만 열중하려 했다.

부제장(副祭長)은 자신의 시간이 귀중하다는 점을 상기시키려는 듯, 창문의 유리가 떨릴 만치 초조하게 헛기침을 해댔다. 성가대석에서는 지루해진 성가대원들이 목소리를 가다듬거나 코를 푸는 소리가 들리곤 했다. 사제는 집사나 부제를 쉴 새 없이 내보내 신랑이 왔는지 알아보도록 했으며, 그 자신 또한 신랑이 왔을지도 모른다는 생각에 허리띠에 수를 놓은 보랏빛 예복 차림으로 자꾸만 옆문으로 나가 보는 것이었다. 마침내 부인들 사이에서 누군가 시계를 들여다보고는 〈그래도 이건 좀 이상한데!〉라고 말하자 하객들은 너 나 할 것 없이 불안해하며 큰 소리로 놀라움과 불만의 소리를 터뜨리기 시작했다. 들러리 한 명이 어찌 된 사정인지 알아보러 마차를 타고 갔다. 한편 키티는 이미 오래전에 채비를 다 마치고서 흰색 드레스와 긴 면사포, 등자나무 꽃 화환을 쓴 채 혼례식 대모인 친언니 리보바 부인과 함께 셰르바츠키 일가 저택의 홀에 서서는, 신랑이 교회에 도착했다는 소식을 자기 쪽 들러리가 전해 오기를 벌써 반 시간이 넘도록 헛되이 기다리고 있었다.

그 시각, 레빈은 조끼도 연미복도 없이 바지만 달랑 입은 차림으로 호텔 방 안에서 앞뒤로 서성이며 방문 사이로 수도 없이 고개를 내밀고는 복도를 살피는 중이었다. 하지만 그가 기다리는 사람은 도통 나타나질 않았으며, 그러면 그는 낙담한 채 되돌아와 두 손을 내저으며 차분히 담배를 피우고 있는 스테판 아르카디치에게 이렇게 말을 거는 것이었다.

「이렇게 어처구니없는 상황에 처한 사람이 또 있었을까!」 그가 말했다.

「그래, 어처구니없긴 해.」 스테판 아르카디치가 기분을 달래 주는 미소와 함께 맞장구를 쳤다. 「진정하게, 곧 가져올 테니.」

「됐네, 어림도 없지!」 레빈이 치밀어 오르는 분노를 억누르며 말했다. 「앞이 훤히 트인 이 거지 같은 조끼는 또 뭐람! 기가 막혀서!」 그는 자신의 꾸깃꾸깃한 루바시카 앞자락을 쳐다보았다. 「짐을 벌써 기차역에 보냈으면 어쩌지?」 그가 절망적인 어조로 소리쳤다.

「그러면 내 걸 입게.」

「진즉에 그랬어야 했어.」

「그래도 우스꽝스럽게 보이는 건 좋지 않잖나……. 가만 좀 있어 보게! 다 잘 수습될 테니.」

문제가 생긴 것은 다름이 아니라 레빈이 자신의 늙은 시종인 쿠지마에게 갈아입을 옷을 달라고 하고, 그가 연미복과 조끼와 그 밖의 필요한 모든 것들을 다 대령했을 때였다.

「그런데 루바시카는?」 레빈이 소리쳤다.

「루바시카는 지금 입고 계시잖습니까.」 태연자약한 미소를 지으며 쿠지마가 대답했다.

모든 짐을 꾸려서 그날 저녁 신혼부부가 출발할 곳, 즉 셰르바츠키 댁으로 날라 놓으라는 명을 받았을 때, 세탁된 새 루바시카를 남겨 둘 생각을 쿠지마는 미처 하지 못했다. 그래서 연미복 상하의를 제외한 모든 짐을 챙겨서 지시한 대로 처리했던 것이다. 하지만 아침에 입었던 레빈의 루바시카는 구김이 심한 터라 앞이 트인 조끼 스타일과는 전혀 어울리지가 않았다. 사람을 보내기에는 셰르바츠키가 너무 멀어 하는 수 없이 루바시카를 사 오게 했는데, 하인이 다녀와서 말하기를 일요일이라 모든 가게가 문을 닫았다는 것이었다. 스테판 아르카디치 집으로 사람을 보내 루바시카를 가져오게 했지만 그 루바시카는 품이 넓고 기장이 짧아 도저히 입을 수가 없었다. 결국에는 셰르바츠키가로 가서 짐을 풀도록 했다. 그리하여 사람들이 교회에서 신랑을 기다리는 동안 신랑은 우리에 갇힌 짐승처럼 방 안을 오락가락하고 있었던 것이다. 그는 자신이 키티에게 지껄였던 말과 그녀가 지금 하고 있을 생각을 떠올리며 절망과 두려움 속에서 복도를 내다보곤 했다.

마침내 실수를 저지른 쿠지마가 루바시카를 들고서 숨을 헐떡이며 방 안으로 쏜살같이 들어왔다.

「가까스로 맞닥뜨렸습니다. 벌써 짐마차에 올리고 있지 뭡니까.」

3분 뒤에 레빈은 아픈 곳을 자극하지 않기 위해 시계도 보지 않은 채 복도를 내달렸다.

「그런다고 나아질 거 없네.」 미소를 지은 채 여유 있는 속보로 그의 뒤를 따르며 스테판 아르카디치가 말했다. 「자네에게 내가 이르노니, **다 잘 수습될 걸세, 수습될 거라고.**」

4

「왔어요!」「저기 왔군요!」「누구 말이에요?」「저 젊어 보이는 사람인가요?」「에구머니, 신부는 거의 초주검이에요!」 레빈이 현관에서 마주친 신부와 함께 교회 안으로 들어서자 사람들이 수군거리기 시작했다.

스테판 아르카디치가 아내에게 지체된 까닭을 이야기하자 하객들은 웃으면서 자기네들끼리 귀엣말을 주고받았다. 레빈은 아무것도, 그 누구도 알아보지 못했다. 그는 잠시도 한눈을 팔지 않고 자신의 신부만을 바라보았다.

모두가 요 며칠 새 그녀가 보기 흉해졌으며 화환을 쓴 모습이 평소만큼 예쁘지 않다고들 말했지만, 레빈은 그런 점을 전혀 발견할 수 없었다. 그는 긴 면사포와 흰 꽃이 달린 그녀의 높이 솟은 머리채를, 그 긴 목을 옆으로는 특별히 청아하게 가려 주고 앞쪽으로는 드러내 주는 높다랗게 주름 잡힌 옷깃을, 그리고 놀라울 정도로 가느다란 그녀의 허리를 바라보았다. 그에게 그녀는 그 어느 때보다도 예뻐 보였는데, 이는 꽃이라든가 면사포라든가 파리에서 주문해 온 드레스가 미모에 뭔가를 더해 주었기 때문이 아니라, 인위적인 화려한 차림새에도 불구하고 그녀의 사랑스러운 얼굴과 시선, 그 입술의 표정이 여전히 똑같은, 그녀만의 순진무구한 진실함을 표현하고 있기 때문이었다.

「당신이 도망치려는 줄로만 알았어요.」 키티는 이렇게 말하고 살포시 웃었다.

「정말이지 어이없는 일이 일어났지 뭡니까. 말하기조차 창피해요!」 그가 얼굴을 붉히며 대답했다. 그러나 그는 그 순간 자기 곁으로 다가온 세르게이 이바노비치에게로 눈길을 돌려야만 했다.

「그 루바시카 사건은 참으로 대단하더구나!」 세르게이 이바노비치가 웃으면서 고개를 절레절레 내저었다.

「네, 네.」 사람들이 형에게 뭐라 말했는지도 모른 채 레빈은 그저 그렇게 대꾸했다.

「자, 코스챠, 이제 결정을 내려야 하네.」 스테판 아르카디치가 짐짓 겁먹은 듯한 표정으로 말했다. 「중요한 문제야. 지금이야말로 자네는 이 문제의 중차대함을 제대로 판단할 수 있을 걸세. 사람들이 나한테 쓰던 초를 켤 건지, 아니면 새 초를 켤 건지 물어보지 뭔가. 둘의 차이는 10루블이라네.」 그가 입술을 모아 미소를 지어 보이며 덧붙였다. 「나는 결정을 내렸는데, 자네가 동의하지 않을까 봐서.」

그 말이 농담임을 알았지만, 레빈은 웃을 수가 없었다.

「자, 어찌할 건가? 태우다 만 것이냐, 새것이냐? 이것이 문제로다.」

「알겠네, 알겠어! 새것으로 하겠네.」

「좋았어. 문제가 해결되었구먼!」 스테판 아르카디치가 웃고는, 얼빠진 표정으로 자신을 쳐다보던 레빈이 신부에게로 다가서자 치리코프에게 이렇게 덧붙였다. 「사람들은 이런 상황에서 아주 아둔해지기 마련이거든.」

「키티, 명심해, 네가 먼저 주단을 밟는 거야.」[7] 노드스톤 백작 부인이 다가와 언질을 주고는 레빈을 향해 말했다. 「멋져요!」

「그래 어때, 겁나지 않아?」 연로한 숙모 마리야 드미트리예브나가 물었다.

「너 좀 추운 거 아니야? 얼굴이 창백해. 잠깐만, 고개 좀 숙여 봐!」 키티의 큰언니 리보바 부인이었다. 그녀는 아름답고 통통한 두 팔을 둥글게 모아 동생의 머리 위에 얹힌 꽃을 바로잡아 주었다.

다가와 무언가 말하려던 돌리는 차마 입을 열지 못한 채 울음을 터뜨리더니 이내 멋쩍은 웃음을 지어 보였다.

키티는 레빈과 마찬가지로 모든 이들을 하나같이 넋 나간 눈으로 바라보았다. 그녀는 사람들이 건네는 모든 말에, 지금 그녀에게 너무나도 자연스러운 행복의 미소로만 답할 수 있었다.

그사이 하급 성직자들은 법복으로 갈아입었고, 사제는 부

---

7 혼인 서약을 마친 뒤 교회 중앙의 제단 앞에 부부가 서게 될 주단이 깔리는데, 속설에 따르면 신랑과 신부 중에서 그 주단을 먼저 밟는 쪽이 결혼 생활의 주도권을 갖게 된다고 한다.

제를 대동하고서 교회의 현관 계단 앞에 세워진 제단으로 다가갔다.[8] 사제가 뭔가를 말하고서 레빈을 향해 고개를 돌렸으나, 레빈은 아무 말도 알아들을 수 없었다.

「신부의 손을 잡고 인도하세요.」 들러리가 레빈에게 일러 주었다.

레빈은 자기더러 뭘 하라는 건지 한참 동안 이해하지 못했다. 사람들도 한참이나 그의 동작을 바로잡아 주다가 급기야는 그냥 포기할 태세였다. 그가 계속해서 엉뚱한 쪽 손을 내밀거나, 아니면 신부의 엉뚱한 쪽 손을 잡으려 들었기 때문이다. 마침내 그는 위치를 바꾸지 않은 채 오른손으로 그녀의 오른손을 잡아야 한다는 것을 깨달았다. 마침내 격식에 맞게 신부의 손을 잡자, 사제가 그들 앞으로 몇 발자국 걸어와 제단 앞에 멈춰 섰다. 친척들과 친지들이 웅성대고 옷자락을 사각거리면서 그들 뒤로 다가갔다. 누군가 몸을 숙여 신부의 치맛자락을 매만져 주었다. 교회 안은 촛농이 떨어지는 소리까지 들릴 정도로 조용해졌다.

법관[9]을 쓴 사제가 은빛으로 빛나는 두 갈래의 백발 머리채를 양쪽 귀 뒤로 넘긴 채, 등 위에 금빛 십자가가 달린 묵직한 예복 자락 밖으로 조그맣고 늙수그레한 손을 꺼내어 제단 앞에서 뭔지 모를 책을 뒤적거렸다.

스테판 아르카디치가 그에게 조심스레 다가가 무언가를 속삭이더니 레빈에게 눈짓을 하고는 제자리로 되돌아갔다.

8 정교회 결혼식은 혼인 서약과 대관식으로 구성된다. 혼인 서약은 교회 현관에서, 대관식은 예배당 안에서 진행된다.

9 사제들이 쓰는 원통형 모자. 위쪽으로 갈수록 통이 넓어진다. 고위 사제는 보라색 법관을, 하급 사제나 수도사는 검은색 법관을 착용한다.

사제는 꽃으로 장식된 두 자루의 초에 불을 붙인 뒤 왼손으로 비스듬히 쥐어 촛농이 천천히 떨어지게 하고는 신랑 신부를 향해 고개를 돌렸다. 레빈의 고해 성사를 집전한 바로 그 사제였다. 그는 피로와 우수에 젖은 눈길로 신랑과 신부를 쳐다보며 한숨을 내쉬었다. 그런 다음 예복 자락 밑에서 오른손을 내밀어 신랑을 축복하고는 똑같이, 그러나 조심스럽고 부드러운 자세로 고개를 조아린 키티의 머리 위에 오므린 손가락을 얹었다. 그러고서 마침내 그는 두 사람에게 초를 건네고는 향로를 든 채 그들에게서 천천히 물러났다.[10]

〈이게 정말 생시일까?〉 신부를 돌아보며 레빈이 생각했다. 그녀의 옆얼굴이 약간 위로부터 내려다보였다. 보일락 말락한 입술과 속눈썹의 움직임으로 보아 자신의 시선을 느끼고 있는 듯했다. 돌아보지는 않았지만, 그녀의 높다란 옷깃이 자그마한 분홍빛 귀를 향해 살짝 들썩였다. 그녀의 가슴에서 숨이 멎고, 긴 장갑을 낀 채 초를 쥐고 있는 조그만 손이 떨리기 시작하는 것을 그는 보았다.

루바시카 소동과 지각, 친지들과의 대화, 그들의 불만과 자신의 우스꽝스러운 처지, 이 모든 것이 갑자기 사라지고 기쁨과 두려움이 그를 엄습했다.

은빛 미사복을 입고 둥글게 만 고수머리를 양쪽으로 빗어 넘긴, 키가 크고 잘생긴 부제장이 씩씩한 걸음으로 앞으로 나오더니 익숙한 몸짓으로 두 손가락 위에 걸친 성대(聖帶)[11]를 살짝 들어 올리고는 사제 맞은편에 멈춰 섰다.

---

10 정교회 결혼식 내내 신랑 신부는 초를 한 자루씩 들고 있어야 한다.
11 정교회의 부제나 부집사가 미사복을 입을 때 두르는 띠. 한쪽 끝은 가슴으로 다른 쪽 끝은 등으로 내려오도록 왼쪽 어깨에 두른다.

「주여, 축복하-소-서!」 장엄한 음성이 공중에 파동을 일으키며 꼬리를 물고 퍼져 나갔다.

「우리의 하느님께서 언제나, 지금도, 이후로도, 영원히 찬양받으시는도다.」 사제 영감이 여전히 제단 위에 놓인 무언가를 뒤적이며 겸허하게 노래하듯 응수했다. 그러자 보이지 않는 성가대의 충만한 화음이 창문에서 천장까지 교회 전체를 가득 메우며 가지런하고 드넓게 퍼지면서 점점 높아지고 커지다가 한순간 멎은 뒤 아득히 잦아들었다.

언제나처럼 모두가 하늘나라와 구원, 종무원[12]과 황제를 위한 기도를 올렸고, 오늘 결혼하는 하느님의 종 콘스탄틴과 예카테리나를 위한 기도를 올렸다.

「오, 하느님, 이들에게 더욱더 완전하고 더욱더 평화로운 사랑과 도움을 베풀어 주소서, 주님께 기도하나이다.」 마치 교회 전체가 부제장의 음성으로 호흡하는 것만 같았다.

기도 소리를 경청하던 레빈은 그 말에 적이 놀랐다. 〈도움이, 다른 것도 아닌 도움이 필요하다는 것을 저들은 어떻게 알았을까?〉 불과 얼마 전에 느꼈던 두려움과 의심을 떠올리며 그가 생각했다. 〈내가 뭘 알겠어? 이 두려운 일을 겪으며 도움 없이 내가 뭘 할 수 있겠냐고! 지금 나에게는 다름 아닌 도움이 필요해요.〉

부제가 호칭 기도[13]를 마치자 사제는 기도서를 들고서 혼

---

12 표트르 대제가 1721년 실시한 개혁의 일환으로 정교회의 총주교제가 폐지되고 교회 행정 및 종교 문제를 담당하는 정부 기관인 종무원이 설립되었다. 종무원의 설립 이후로 세속 권력에 대한 교회의 예속은 점차 심화되었다.

13 정교와 가톨릭 교회의 예배 중에 다 함께 행하는 기도. 부제가 기원의 말을 읊조릴 때마다, 매번 신도들이 〈주여, 자비를 베푸소서〉 혹은 〈주여, 도와주소서〉라고 합창한다.

인을 갓 서약한 두 사람을 향해 시선을 돌렸다.

「따로 떨어진 자들을 하나로 모아 주시며…….」 그가 부드럽고도 낭랑한 음성으로 기도문을 읽었다. 「이들에게 굳건한 사랑의 결합을 예정하신 영원한 하느님, 이사악과 리브가를 축복하시고 그들의 후손들에게 당신의 서약을 증명해 주신 주님, 주님의 종 콘스탄틴과 예카테리나를 축복해 주시옵고, 모든 일에서 이들을 선의 길로 인도해 주시옵소서. 자비로우시고 인간을 사랑하시는 주 하느님께 영광 있도다! 성부와 성자와 성령이 지금도, 이후로도, 영원히 임하시옵기를 기원하나이다.」

「아멘.」 그리고 또다시 보이지 않는 합창 소리가 허공에 울려 퍼졌다.

〈따로 떨어진 자들을 하나로 모아 주시며, 굳건한 사랑의 결합을 예정하신……. 이 얼마나 심오하며, 이 순간의 느낌과 얼마나 기막히게 어울리는 말인가!〉 레빈은 생각했다. 〈그녀도 내가 느끼는 걸 똑같이 느끼고 있을까?〉

그 순간 옆을 돌아본 그는 그녀의 시선과 마주쳤다.

그리고 그 눈에 담긴 표정을 본 그는 그녀 역시 자신과 같은 것을 느끼고 있다고 결론 내렸다. 그러나 실은 그렇지 않았다. 그녀는 예배와 기도의 말을 전혀 알아듣지 못했으며, 결혼식이 거행되는 동안에도 그 소리가 들리지 않았다. 그녀는 그런 말들을 경청할 수도 이해할 수도 없었다. 그녀의 마음을 가득 채우고 점차 더 강력해져 가는 단 하나의 감정 때문이었다. 이미 한 달 반가량 그녀의 마음속에서 이루어지고 있던 일, 최근 여섯 주 동안 지속적으로 기쁨과 고통을 번갈아 안겨 주었던 바로 그 일이 마침내 온전하게 완성되었다는 기쁨의 감정이었다. 아르바트 거리[14]에 있는 저택의 홀에서 갈색 드레스 차림으로 말없이 그에게 다가가 몸과 마음을 모두 내맡겼던 그날, 그녀의 마음속에서는 지나간 모든 삶과의 완전한 결별이 이루어졌고, 완전히 다르고 전적으로 새로운 미지의 삶이 시작되었다. 그러나 현실에서는 과거의 삶이 지속되고 있었으니, 그 여섯 주는 그녀에게 가장 행복하고도 가장 고통스러운 시간이었다. 그녀의 모든 생활, 모든 욕망과 소망이 그녀로서는 아직 다 이해할 수 없는 한 사람에게 집중되었으며, 사람 자체보다도 더 이해할 수 없는, 때론 밀착시켜 주고 때론 소원하게 만드는 감정이 그녀를 그 사람과 묶어 놓는 것이었다. 그러면서도 그녀는 예전과 같은 삶의 조건 속에서 계속해서 살아가고 있었다. 예전의 방식대로 생활하던 중 그녀는 자기 자신에게, 자신의 과거에 대한 무관심을 전혀 극복할 수 없는 스스로에게 경악하였다. 그것은 물건들, 습관들, 그녀를 사랑해 줬고 사랑해 주는 사람들, 자신의 무관심 때문에 마음 상한 어머니, 그리고 무엇보다도 전에는 세상 누구보다 더 사랑했던 사랑스럽고 다정한 아버지에 대한 무관심이었다. 그러한 무관심에 그녀는 두려웠고, 다른 한편으로는 자신을 그렇게 무심하게 만드는 것에 대해 희열을 느끼기도 했다. 바로 그 사람과의 삶을 떠나서는 아무것도 생각할 수도, 바랄 수도 없었던 것이다. 그 새로운 삶은 아직 주어지지 않았으며 머릿속에서 또렷하게 그려 볼 수조차 없었기에 오직 하나의 기대, 새로운 것, 미지의 것에 대한 두려움과 기쁨이 있을 뿐이었다. 그런데 그 모든 기대와 미지의 세계도, 과거의 삶과 결별하는 것에 대한 회오도 이제 이렇게 다

14 모스크바 시내 중심부에 있는 거리.

끝이 나고, 마침내 새로운 것이 시작될 참이었다. 이 또한 미지의 것이므로 두렵지 않을 수가 없었다. 하지만 두렵거나 말거나 그것은 이미 여섯 주 전에 그녀의 마음속에서 이루어진 일인바, 오래전에 이루어진 것이 지금 이렇게 성화(聖化)되고 있을 뿐이었다.

다시 제단으로 돌아온 사제는 키티의 조그만 손에서 반지를 간신히 빼낸 다음 레빈의 손을 청하여 그의 손가락 첫 마디에 끼워 주었다. 「하느님의 종 콘스탄틴과 하느님의 종 예카테리나가 혼인을 합니다.」 그런 다음에는 안쓰러울 정도로 가녀린 키티의 조그만 분홍빛 손가락에 커다란 반지를 끼워 주고는 같은 말을 되풀이했다.

신랑 신부는 몇 차례나 뭘 해야 하는지 어림짐작해 보았으나 매번 어긋났고, 그러면 사제가 귀엣말로 바로잡아 주곤 했다. 마침내 해야 할 일을 다 마친 사제는 두 사람에게 반지로 성호를 그어 준 다음 다시 키티에게는 큰 반지를, 레빈에게는 작은 반지를 건네주었다. 그러자 또다시 혼동한 두 사람은 자기 손에서 상대방의 손으로 두 번이나 반지를 다시 건넸고, 그럼에도 불구하고 일은 제대로 진행되지 않았다.

돌리와 치리코프, 스테판 아르카디치가 잘못을 바로잡아 주려고 그들 앞으로 다가왔다. 주변에 소요가 일고 소곤거리는 소리와 웃음이 번져 갔지만, 신랑 신부의 얼굴에 드리운 엄숙하고 감동에 찬 표정은 변함이 없었다. 오히려 손이 뒤엉키면서 그들은 더욱 심각하고 엄숙하게 서로를 바라보았으며, 그 때문에 이제는 각자 자신의 반지를 끼라고 속삭이며 웃음 짓던 스테판 아르카디치마저 무심결에 표정을 굳히고 말았다. 여하한 웃음이라도 그 두 사람에게는 모욕적으로 느꺼질 것 같았던 터였다.

「태초에 당신께서 남자를 지으시고 뒤이어 여자를 지으셨
으니…….」 반지 교환에 이어 사제가 낭독을 시작했다. 「당신
의 뜻에 따라 서로 돕고 인류의 자손이 번창하도록 아내가
남편과 결합하옵니다. 진리의 유산을 내려보내 주시며, 당신
의 종인 우리의 아버지들, 당신의 선택받은 민족의 후손들에
게 대대로 성약을 내려 주시는 우리 주 하느님, 당신의 종 콘
스탄틴과 당신의 종 예카테리나를 굽어살펴 주시옵고, 저들
이 결혼과 신앙 속에서, 일치된 생각과 진리와 사랑 속에서
굳건해질 수 있도록 해주소서…….」

레빈은 결혼에 대한 자신의 생각이나 삶을 어떻게 꾸려 갈
것인지에 대한 자신의 공상이 전부 어린애 장난 같은 것이었
음을, 그것은 지금까지 자신이 파악하지 못한 그 무엇이며,
눈앞에서 지금 막 이루어지고 있음에도 불구하고 이제는 더
욱더 이해할 수 없는 어떤 것임을 점점 절실하게 느꼈다. 그
의 가슴에서 전율의 파동이 갈수록 높게 일었고, 주체할 수
없는 눈물이 두 눈에 솟구쳤다.

5

교회에는 모스크바에 있는 친척과 지인이 모조리 모여 있
었다. 결혼식이 거행되는 동안 불빛 찬란한 교회 안에는 성장
(盛裝)을 한 부인들과 여자들, 흰 넥타이에 연미복과 제복 차
림의 남자들이 끼리끼리 모인 곳마다 점잖고 조용한 이야기
소리가 쉬지 않고 흘러나왔다. 이야기는 주로 남자들이 꺼냈

고, 여자들은 언제나 자신들을 감동시키는 성스러운 예배 의식의 온갖 세세한 면들을 관찰하는 데 매료되어 있었다.

신부와 가장 가까운 곳에 모여 있던 사람들 중에는 그녀의 두 언니, 돌리와 외국에서 온 차분한 성격의 미녀 리보바 부인이 있었다.

「저기 저 보라색 옷을 입고 있는 마리는 뭐죠? 결혼식인데 꼭 검은색처럼 보이잖아요?」 코르순스카야 부인이 말했다.

「얼굴색이랑 어울리려면 그러는 수밖에요.」 드루베츠카야 부인이 대꾸했다. 「저녁때 결혼식을 올리는 게 좀 황당하네요. 상인들이나 하는…….」

「더 아름다운걸요. 저도 저녁때 결혼식을 올렸어요.」 코르순스카야 부인이 대꾸했다. 그녀는 결혼식 날 무척이나 예뻤던 자기 자신과 우스울 정도로 자신에게 흠뻑 빠져 있던 남편, 그리고 모든 게 달라진 지금의 상황을 떠올리며 한숨을 내쉬었다.

「열 번 넘게 들러리를 서는 사람은 장가를 못 간다더군요. 보험에 드는 셈 치고 열 번째를 채우려 했지만, 자리가 꽉 찼지 뭡니까.」 시냐빈 백작이 그를 이성으로서 마음에 두고 있는 아리따운 차르스카야 공작 영애에게 말했다.

차르스카야는 그에게 미소로만 대꾸했다. 키티를 바라보던 그녀는 자신이 언제, 어떤 모습으로 키티와 같은 입장에서 시냐빈 백작과 나란히 서게 될지, 그리고 그때 자신이 백작에게 지금 그가 한 농담을 어떤 식으로 상기시켜 줄지를 생각하고 있었다.

셰르바츠키는 연로한 궁녀 니콜라예브나에게 키티가 행복해지도록 그녀의 장식용 가발 위에 왕관을 얹어 줄 작정이라

고 말했다.[15]

「가발까지 쓸 필요는 없었는데 말이죠.」 오래전부터 자신이 점찍어 둔 홀아비랑 결혼을 하게 되면 결혼식은 아주 간소하게 치르리라 마음먹고 있던 니콜라예브나가 대답했다. 「나는 그런 호화로운 장식이 싫더라고요.」

세르게이 이바노비치는 다리야 드미트리예브나에게 농담을 건네면서 결혼식 후에 여행을 떠나는 관습이 널리 퍼진 이유는, 신혼부부라면 어느 정도는 부끄러움을 타기 때문이라고 단언했다.

「동생분은 자랑스러울 거예요. 신부가 저토록 아름다우니까요. 제 생각엔, 형님도 동생분을 부러워하실 것 같은데요?」

「그런 건 저도 이미 다 겪었습니다, 다리야 드미트리예브나.」 그가 이렇게 대답한 뒤 예상 외로 우수에 젖은 진지한 표정을 지었다.

스테판 아르카디치는 처형에게 이혼에 관한 말장난을 건네고 있었다.

「화관을 바로잡아 줘야겠어요.」 그녀가 그의 말은 듣지도 않고 대꾸했다.

「키티 모습이 저렇게 상하다니, 너무나 안됐어요.」 노드스톤 백작 부인은 리보바 부인에게 말했다. 「그래도 신랑이 키티의 발끝도 못 쫓아오는군요, 그렇지 않아요?」

「아니요, 저는 신랑이 아주 맘에 들어요. 저의 beau-frère (제부)가 될 사람이라서 그러는 게 아니에요.」 리보바 부인이

15 결혼 서약을 한 뒤 신랑과 신부의 들러리는 그들 뒤에서 각자의 머리 위에 금속 왕관을 들고 서 있게 되는데, 신랑이나 신부가 왕관을 아예 머리에 쓰면 행운이 깃든다는 속설이 있다.

대꾸했다. 「얼마나 처신을 잘합니까! 이러한 상황에서 저렇게 처신하기란 힘들거든요. 우습게 보이면 안 되잖아요. 그런데 저 사람은 우스워 보이지도 않고, 경직되지도 않았어요. 보아하니, 감동받은 게 분명해요.」

「그러니까, 당신은 이렇게 되기를 바랐던 건가요?」

「그런 셈이죠. 키티는 항상 저 사람을 사랑했으니까요.」

「글쎄요, 둘 중 누가 먼저 양탄자를 밟는지 어디 한번 두고 봅시다. 내가 키티에게 일러 줬거든요.」

「상관없어요.」 리보바 부인이 대답했다. 「우리는 하나같이 양순한 아내랍니다. 집안 내력이죠.」

「나는 바실리랑 결혼할 때 작정하고 앞장섰어요. 당신은 어땠어요, 돌리?」

돌리는 그들 곁에 선 채 두 사람이 하는 말을 듣고 있었지만, 대꾸는 하지 않았다. 감격에 겨웠던 것이다. 두 눈에 눈물을 머금고 있던 그녀는 울음을 터뜨릴 것 같아 아무 말도 할 수가 없었다. 그녀는 키티와 레빈으로 인해 기뻤다. 자신의 결혼식에 대한 기억을 돌이켜 보면서 환하게 빛나는 스테판 아르카디치를 바라보았고, 현재의 모든 것을 잊은 채 순진무구했던 첫사랑만을 추억했다. 그녀는 또한 자기 자신만이 아니라 가깝고 친분이 있는 모든 여자들의 과거까지 회상했다. 그들 인생에서 유일하고 엄숙했던 순간을, 그들이 키티와 똑같이 사랑과 소망과 두려움을 품은 채 관을 쓰고서 과거와 결별하고 비밀스러운 미래로 들어서던 때를 떠올렸다. 머릿속에 떠오른 그 모든 신부들 중에는 그녀가 사랑하는 안나도 포함되어 있었다. 얼마 전에 안나의 이혼에 관한 자세한 얘기를 들은 터였다. 그녀 역시 순결한 신부로서 등자나무 꽃

화관과 면사포를 쓰고서 서 있지 않았던가. 그런데 지금은 어떤가?

「너무나 이상한 일이야.」 그녀가 중얼거렸다.

예배 의식을 속속들이 지켜보는 것은 언니들과 친구들, 친척들뿐만이 아니었다. 낯선 여인들, 구경하러 온 여자들도 숨을 죽이고는 떨리는 마음으로 신랑과 신부의 동작 하나하나, 표정 하나하나를 놓칠세라 면밀히 살피는 한편, 우스갯소리나 별 관련 없는 언급을 일삼는 무심한 남자들의 얘기에는 언짢아하며 대꾸도 하지 않았고 대개는 듣지도 않았다.

「왜 저렇게 울었대요? 혹시 억지로 시집가는 거 아냐?」

「저런 멋진 신랑한테 억지로 시집을 가다니? 공작이라나, 뭐 그렇다던데요?」

「저기 흰 공단 옷을 입은 여자가 신부의 언니죠? 저기, 저 소리 좀 들어 봐요. 부제가 〈남편을 두려워하라〉라고 고함을 치네요.」

「추돕스키 합창단인가?」

「아뇨, 종무원 소속이에요.」

「내가 하인한테 물어봤거든요. 영지에 있는 자기네 집으로 데리고 간대요. 엄청난 부자라네요. 그래서 시집보내는 거겠죠.」

「아닐 거예요, 아주 잘 어울리는 한 쌍인걸요.」

「마리야 블라시예브나, 크리놀린[16]을 다들 옆으로 입는다고 말씀하셨잖아요. 저기 저 암갈색 옷을 입은 여자 좀 보세요. 사람들이 그러는데, 대사 부인이래요. 어떻게 입고 있는

16 여성의 치마를 부풀리기 위해 입는, 말총 등으로 짠 빳빳한 속옷.

지 좀 보시라고요……. 역시 또 저렇게 입었잖아요.」

「신부가 어쩜 저리도 고울까. 꽃단장을 한 새끼 양 같아요!
뭐니 뭐니 해도, 우리 자매님이 아깝네요.」

용케 교회 문을 통과한 여자 구경꾼들 사이에서는 이런 얘
기들이 오갔다.

6

혼인 서약식이 끝나자 교회의 심부름꾼이 회당 중앙에 놓
인 제단 앞에 분홍빛 주단을 깔고, 성가대는 능숙한 솜씨로
베이스와 테너 파트가 서로 화답하는 오묘하고 복잡한 시편
찬송가를 부르기 시작했다. 사제가 돌아서서 신랑과 신부에
게 바닥에 깔린 분홍빛 주단을 가리켰다. 먼저 양탄자를 밟는
쪽이 가정을 주도하게 된다는 속설에 대해 두 사람 모두 수
없이 들어 왔지만, 그 몇 발자국을 떼는 동안 레빈도 키티도
그 이야기를 기억해 내지 못했다. 신랑이 먼저 밟았다는 둥,
둘이 같이 밟았다는 둥, 사람들이 벌이는 요란한 입씨름에도
그들은 귀 기울이지 않았다.

결혼을 원하느냐, 다른 사람과 결혼을 약속하지는 않았느
냐는 관례적인 질문과 그들 자신에게도 이상하게 울리는 대
답이 오간 뒤 새로운 의식이 시작되었다. 키티는 기도 소리에
귀를 기울이며 그 의미를 이해하고 싶었지만, 그럴 수가 없었
다. 의식이 진행되어 갈수록 숭엄함과 해맑은 환희의 감정이
그녀의 마음을 점점 더 충만하게 채움으로써 주의력을 앗아
가 버린 것이다.

〈저들에게 순결과 배 속의 태아를 베풀어 주시옵고, 저들이 아들과 딸을 보고 기뻐할 수 있게 해주시옵소서〉라는 기도가 낭독되었다. 하느님께서 아담의 갈비뼈로 여자를 만드셨고, 〈그러니 남자는 부모를 떠나 아내와 합하여 한 몸을 이루리니, 이는 참으로 신비롭도다〉라는 말에 이어 하느님께서 이사악과 리브가, 요셉, 모세와 시뽀라에게 하셨듯이 이 부부에게 다산과 축복을 내려 주시고, 저들이 아들의 아들을 볼 수 있게 해달라는 기원이 이어졌다. 〈모든 게 훌륭하구나.〉기도 소리를 들으며 키티가 생각했다. 〈모든 게 틀림없이 그대로 될 거야.〉그 해맑은 얼굴에서 환하게 빛나는 기쁨의 미소가 그녀를 바라보고 있는 모든 이들에게 무심결에 전해졌다.

「왕관을 완전히 씌우세요!」사제가 그들의 머리 위에 왕관을 올리자 이런 소리가 들렸다. 셰르바츠키는 키티의 머리 위에 왕관을 높이 든 채, 세 개의 단추가 달린 장갑을 낀 손을 바들바들 떨고 있었다.

「씌워 주세요!」키티도 웃으며 속삭였다.

키티를 돌아본 레빈은 그녀의 얼굴에 퍼진 환한 기쁨의 표정을 보고 놀랐다. 그러한 감정은 부지불식간에 그에게 옮아갔고, 그 역시 키티처럼 밝고 명랑해졌다.

「사도행전」을 낭독하는 소리도, 낯선 구경꾼들이 조급증을 내며 기다리던 마지막 구절을 낭독하는 부제장의 우렁찬 목소리도 그들은 즐겁게 들었다. 넓적한 잔에 따른 따뜻한 적포도주를 물과 함께 마시는 것도 즐거웠고, 찬송가 「이사야여, 기뻐하라」를 선창하는 베이스의 음성이 울려 퍼지는 가운데 사제가 제의 자락을 젖히고는 그들의 손을 맞잡아

이끌며 제단 주변을 돌 때는 한층 더 즐거웠다. 왕관을 들고 가던 셰르바츠키와 치리코프는 신부의 치맛자락에 발이 뒤엉키면서도 역시 웃으면서 무언가에 기뻐했으며, 때로는 뒤처지다가도 사제가 걸음을 멈출 때면 신랑 신부와 맞부딪치곤 했다. 키티의 내면에서 타오르는 기쁨의 불꽃이 교회 안에 있는 모든 사람들에게 옮아간 듯했다. 레빈이 보기에는 사제도 부제도 자기처럼 벙실벙실 웃고 싶은 심정인 것 같았다.

사제가 그들의 머리에서 왕관을 거둔 뒤 마지막 기도문을 낭독하고는 젊은 부부를 축복했다. 레빈은 키티를 흘낏 보았는데, 그녀의 그런 모습을 그는 한 번도 본 적이 없었다. 만면에 가득한 새로운 행복의 광채로 인해 그녀는 너무나 매력적이었다. 레빈은 무언가 말을 건네고 싶었지만, 예식이 끝난 건지 알 수가 없었다. 그를 곤경에서 구해 준 것은 사제였다. 그는 특유의 선량해 보이는 입술에 미소를 머금고는 조용히 말했다.

「아내에게 입 맞추세요, 아내도 남편에게 입을 맞추세요.」 그런 뒤 그가 그들의 손에서 촛불을 거두었다.

레빈은 조심스럽게 키티의 미소 띤 입술에 입을 맞추고 그녀에게 손을 내밀었다. 그렇게 그는 새롭고 미묘한 친밀감을 느끼며 교회 밖으로 나왔다. 이것이 생시라는 게 믿기지 않았고, 믿을 수도 없었다. 두 사람의 어리둥절하고 수줍은 듯한 시선이 마주쳤을 때 비로소 그는 이것이 생시임을 믿었으니, 그 순간 두 사람이 이미 하나임을 느꼈기 때문이었다.

그날 밤 저녁 식사 후에 신혼부부는 시골로 떠났다.

7

브론스키와 안나는 벌써 석 달째 함께 유럽 여행을 하고 있었다. 그들은 베네치아와 로마, 나폴리를 둘러본 뒤, 이탈리아의 어느 소도시에 지금 막 도착한 참이었고, 거기서 한동안 체류할 생각이었다.

포마드를 잔뜩 바른 머리카락을 목덜미에서부터 가르마를 타 넘기고, 가슴팍이 희고 넓은 목면으로 된 셔츠에다 연미복을 걸친 차림에, 볼록한 배 위로 장식 줄을 잔뜩 늘어뜨린 잘생긴 급사장이, 주머니에 손을 넣고는 경멸하듯이 실눈을 뜬채 앞에 선 신사에게 고압적으로 뭐라고 대꾸하고 있었다. 그러다 현관의 다른 쪽에서 계단을 오르는 발소리가 들리자, 급사장은 뒤로 돌아서서 자기네 호텔에서 제일 좋은 방에 묵는 러시아 백작을 발견하고는 주머니에서 손을 꺼낸 뒤 공손하게 인사했다. 그는 급사가 다녀갔으며, 저택을 빌리는 일이 성사되었다고 전했다. 총지배인이 계약서에 서명할 준비를 마쳤다는 것이었다.

「오호라! 그것 참 잘됐군.」 브론스키가 말했다. 「부인은 방에 계신가, 아니면 출타 중이신가?」

「산책하러 나가셨다가 방금 돌아오셨습니다.」 급사장이 대답했다.

브론스키가 부드러운 재질의 챙 넓은 모자를 벗고는 땀에 젖은 이마와 대머리를 가리려고 귀까지 뒤로 내려 넘긴 머리카락을 손수건으로 닦았다. 그러고서 여전히 선 채 자신을 주시하고 있는 신사를 멍한 눈초리로 힐끗 쳐다본 후 그냥 지나치려 했다.

「저 신사분도 러시아인인데, 손님에 관해 묻더군요.」급사장이 말했다.

도대체가 지인들로부터 벗어날 길이 없다는 언짢은 기분과 뭐가 됐든 생활의 단조로움을 달랠 만한 건수를 찾고 싶다는 욕망이 뒤섞인 심정으로 브론스키는 거기서 한 발 물러서 있는 신사를 다시 한번 뒤돌아보았다. 그러자 두 사람의 눈이 동시에 반짝였다.

「골레니셰프!」

「브론스키!」

브론스키의 파제스키 사관 학교 동기생인 골레니셰프였다. 파제스키 사관 학교에서 골레니셰프는 자유주의 당파에 속해 있었는데, 문관 신분으로 학교를 졸업한 이후로 공직 생활은 전혀 하지 않았다. 졸업한 뒤 두 동기생은 완전히 멀어졌고, 그 후로 딱 한 번 만났을 뿐이었다.

당시의 만남에서 브론스키는 골레니셰프가 꽤나 지적으로 여겨질 법한 자유주의 계열의 활동을 선택했으며, 그러므로 자신의 활동이나 직위를 얕잡아 보려 한다는 느낌을 받았다. 따라서 골레니셰프와 마주하는 동안, 그는 사람들에게 능히 그러듯 냉담하고 오만한 태도로 반격을 가했다. 그것은 이런 의미였다. 〈내 생활 방식이 당신의 마음에 들 수도 있고 아닐 수도 있소만, 그런 건 나에게 하등의 상관도 없소. 단지 당신이 나를 알고 싶다면 당신은 나를 존중해야만 하오.〉 한편 골레니셰프는 브론스키의 행동거지를 깔보듯이 무심한 태도로 일관했으니, 그 만남은 응당 두 사람을 한층 더 갈라놓았을 터였다. 그런데 지금 그들은 서로를 알아보고는 환호성을 지르며 만면에 희색을 띠는 것이었다. 브론스키는 자신이 골레니세프로 인하여 그토록 기뻐할 줄은 전혀 예상치 못했다. 필시 스스로 얼마나 권태로웠는지 자각하지 못하고 있었던 것이다. 그는 마지막 만남에서 받은 불쾌한 인상을 까맣게 잊고는 반가움이 역력한 기색으로 옛 동료에게 악수를 청했고, 그러한 모습이 좀 전까지 골레니셰프의 얼굴에 감돌던 불안한 표정을 싹 바꿔 놓았다.

「자네를 만나게 되다니 정말 반갑군!」 브론스키가 예의 희고 튼튼한 이를 드러내며 호의적인 미소를 지어 보였다.

「브론스키라는 이름은 들었네만, 어느 브론스키인지는 몰랐지 뭔가. 정말 반갑군!」

「자, 들어가세. 그래, 뭘 하며 지내나?」

「여기서 지낸 지 벌써 2년째야. 일하고 있네.」

「아하!」 브론스키가 관심을 보였다. 「어서 들어가세.」

하인에게 감추고 싶은 일에 대해 이야기할 때 러시아인들이 으레 그러듯이 그는 러시아어 대신 프랑스어로 얘기를 꺼냈다.

「자네 카레니나 부인과 안면이 있나? 우리는 같이 여행하는 중이거든. 지금 그녀한테 가는 길이라네.」

그가 골레니셰프의 얼굴을 주의 깊게 응시하며 프랑스어로 말을 이었다.

「엇! 난 몰랐네(하지만 그는 알고 있었다).」 골레니셰프가 무심하게 대답했다. 「온 지 오래되었나?」 그가 덧붙였다.

「나? 오늘로 나흘째야.」 브론스키가 한 번 더 동료의 표정을 주의 깊게 살피며 대답했다.

〈그래, 이 친구는 점잖은 사람이야. 상황을 도리에 맞게 대하는 걸 보면 말이지.〉 골레니셰프의 표정에 담긴 의미와 그가 화제를 바꾼 의도를 눈치채고는 브론스키는 생각했다. 〈안나에게 소개해도 괜찮을 것 같아, 도리에 맞게 처신하는 친구니까.〉

브론스키는 안나와 외국에서 함께 보낸 석 달 동안 새로운 사람들과 어울릴 때마다 그 새로운 인물이 자신과 안나의 관계를 어떻게 대할지 자문해 보곤 했으며, 대부분의 남자들에게서 **도리에 맞는** 이해심을 발견했다. 그러나 누군가 그에게, 그리고 〈도리에 맞게〉 이해하는 예의 남자들에게 대체 그게 어떠한 이해심이냐고 묻는다면, 그도 그들도 퍽이나 난감할 터였다.

사실 브론스키가 생각하기에 〈도리에 맞게〉 이해한 사람들은 상황을 전혀 이해하지 못하였으며, 교양 있는 사람들이 삶을 에워싼 사방의 모든 복잡하고 난해한 문제를 대할 때와 마찬가지로 처신했을 뿐이었다. 즉 예의를 지키고, 뭔가를 암시한다든가 불쾌한 질문을 던지는 일을 삼가는 것 말이다. 그들은 상황의 취지와 의미를 완전히 이해할 뿐 아니라 심지어 그것을 승인하고 찬동하지만, 그에 대해 일일이 해명하는 것은 부적절하고 쓸데없는 짓이라는 듯 행동했다.

브론스키는 골레니셰프가 바로 그런 사람들 중 하나일 거라 생각했고, 따라서 그를 만난 것이 더더욱 기뻤다. 실제로 안나의 방으로 안내받은 골레니셰프는 브론스키가 바라던 대로 처신해 주었다. 보아하니 그는 전혀 힘들이지 않으면서 분위기를 거북하게 만들 만한 대화는 삼가는 듯했다.

안나를 몰랐던 골레니셰프는 그녀의 미모에 놀랐고, 그녀가 스스로의 처지를 받아들이는 소박한 태도에 더욱 놀랐다. 브론스키가 골레니셰프를 데리고 들어오자 안나의 얼굴이 새빨개졌는데, 그녀의 정직하고 아름다운 얼굴에 번진 어린애 같은 홍조가 그는 무척이나 마음에 들었다. 그러나 특히 그의 마음을 사로잡은 것은 그녀가 그 즉시, 마치 일부러 그러듯, 낯선 사람 앞에서 오해가 생기지 않도록 브론스키를 그저 〈알렉세이〉라고 부르면서, 그와 함께 그 지역에서는 〈팔라초〉[17]라 부르는 세낸 저택으로 다시 옮겨 갈 예정이라고 말하는 모습이었다. 자신의 처지에 대한 그와 같이 솔직하고 소박한 태도에 골레니셰프는 호감을 느꼈다. 알렉세이 알렉산드로비치와 브론스키를 모두 알고 있는 그는 안나의 상냥하고 쾌활하며 정력적인 태도에 그녀를 완전히 이해할 수 있을 것만 같았고, 심지어 그녀 자신은 전혀 자각하지 못하고 있는 것마저 알 듯한 기분이었다. 그것은 남편을 불행 속에 빠뜨리고 남편과 아들을 버림으로써 자신의 훌륭한 명성을 포기한 결과 그녀 스스로가 활기 있고 행복해졌음을 느끼게 되었다는 사실이었다.

「여행 안내서에 나와 있더군요.」 골레니셰프는 브론스키가 세낸 저택에 대해 언급했다. 「거기에 틴토레토[18]의 훌륭한 작품이 있답니다. 말년의 유작이지요.」

「이러면 어떨까요? 날씨가 아주 좋으니 거기나 가봅시다. 가서 한 번 더 보는 거예요.」 브론스키가 안나에게 말했다.

「그래요, 좋아요, 바로 가서 모자를 쓰고 오겠어요. 그러니까 날이 덥다는 얘기죠?」 그녀가 문가에 멈춰 선 채 호기심

17 본래 중세 이탈리아의 왕궁이나 궁전을 일컫는 말이었으나, 르네상스 시대에 이르러서는 귀족이나 부유한 시민의 대저택을 뜻했다.
18 Tintoretto(1518~1594). 베네치아 출신의 이탈리아의 화가. 주요 작품으로 「천국」, 「최후의 만찬」 등이 있다. 19세기 후반에 와서야 화가로서의 기량을 인정받았다.

가득한 눈길로 브론스키를 바라보았다. 새빨간 홍조가 그녀의 얼굴에 또다시 피어올랐다.

그 눈빛을 본 브론스키는, 자신이 골레니셰프를 어떻게 대하길 바라는지 몰라 원하는 대로 잘 처신하고 있는 건지 염려하는 그녀의 마음을 알아차렸다.

그는 그녀를 온화한 눈길로 지그시 바라보았다.

「아뇨, 그리 덥지 않아요.」 그가 말했다.

그러자 그녀는 모든 것을 이해한 기분이었다. 중요한 건 자신에 대해 그가 흡족해하고 있다는 사실이었다. 그녀는 브론스키에게 미소를 지어 보이고는 재빠른 걸음으로 문밖으로 나섰다.

두 친구는 서로를 바라보았는데, 그들의 얼굴에서 당혹스러운 기색이 일었다. 안나로부터 감명을 받은 게 분명한 골레니셰프는 그녀에 대해 무언가 말하고 싶었지만 딱히 할 말을 찾지 못했고, 브론스키는 그의 얘기를 듣기를 바라면서도 한편으로 두려웠다.

「그러니까 말이야…….」 브론스키가 어떻게든 대화를 시작해 보려고 말을 꺼냈다. 「자네가 여기에 정착했단 말이지? 여전히 같은 일을 하고 있는 건가?」 골레니셰프가 뭔가를 쓰고 있다는 소리를 들었던 기억을 떠올리며 그가 물었다.

「맞아, 『두 가지 원리』의 2부를 쓰고 있지.」 질문이 반가워서 불그레하게 상기된 얼굴로 골레니셰프가 대답했다. 「정확히 말하자면 아직 쓰는 건 아니고, 준비 중이야. 자료를 모으고 있지. 2부는 훨씬 더 광범위해질 걸세. 거의 모든 문제들을 포괄하게 될 거라고. 우리 나라, 러시아에서는 우리가 비잔티움의 계승자라는 사실을 알려 들질 않아.」[19] 그가 열을 올리며 장황하게 설명하기 시작했다.

처음에 브론스키는 자신이 『두 가지 원리』의 1부를 모른다는 게 마음에 걸렸다. 저자는 뭔가 유명한 것을 들먹이듯이 그에게 설명하고 있었으니 말이다. 그러나 나중에 골레니셰프가 자신의 사상을 개진하기 시작하고 그 맥락을 따라갈 수 있게 되자, 『두 가지 원리』를 모르면서도 그의 얘기를 흥미롭게 경청하게 되었다. 골레니셰프가 워낙 달변인 탓이었다. 그러나 자신이 골몰하는 문제에 대해 얘기할 때 그가 내비친 울분에 못 이긴 태도는 브론스키에게 충격과 실망을 안겨 주었다. 이야기를 할수록 그의 두 눈은 점점 더 불타올랐고, 점점 더 조급하게 가상의 적들에게 반격을 가했으며, 얼굴에는 불안하고 굴욕적인 표정이 점점 더 짙어져 갔다. 호리호리하고 생기 넘치며 친절하고 우아한 소년이자 사관 학교에서 늘 1등을 차지하는 학생이었던 골레니셰프를 기억하는 브론스키로서는 그가 그렇게 격분하는 이유를 도무지 이해할 수가 없었고 그의 입장에 찬동할 수도 없었다. 특히나 못마땅했던 점은, 골레니셰프같이 출신 배경이 좋은 사람이 자신의 성질을 돋우는 글쟁이들과 동렬에 서서 그들에게 화를 낸다는 사실이었다. 과연 그럴 만한 가치가 있을까? 그런 점이 브론스키의 마음에 들지 않았지만, 그럼에도 불구하고 그는 골레니셰프가 불행하다고 느꼈고, 이윽고 그가 안쓰러워졌다. 심지어 안나가 돌아온 것도 알아채지 못할 정도로 그가 조급하게

19 골레니셰프의 기본 사상은 러시아가 비잔티움의 후예라는 것이며, 이는 슬라브주의 철학과 관련된다. 가톨릭과 정교, 합리주의와 영성, 서구와 동방이라는 이원적 원리에 대해서 슬라브주의자인 이반 키레옙스키 역시 「유럽 계몽의 특징 및 러시아 계몽과의 관계에 대하여」라는 논문에서 논한 바 있다.

열을 내며 자기 생각을 토로하고 있을 때, 그토록 표정이 다채로우며 잘생긴 그의 얼굴에는 불행과 광증에 가까운 징후가 역력했다.

모자와 망토를 걸치고 온 안나가 예쁜 손으로 양산을 날렵하게 돌려 가며 브론스키의 곁에 서자, 그는 자신을 뚫어져라 쳐다보는 골레니셰프의 하소연하는 듯한 시선에서 눈을 떼어 새로운 애정을 품은 채 생기와 기쁨이 넘치는 자신의 매력적인 연인을 바라보았다. 어렵사리 정신을 차린 골레니셰프는 처음에는 침울하고 어두웠다. 그러나 모든 것을 다정하게 대하는 안나가(이즈음 그녀의 성향은 그러했다) 특유의 소박하고 명랑한 태도로 그에게 활기를 불어넣어 주었다. 그녀는 여러 이야기들을 주워섬기다가, 마침 골레니셰프가 설명을 아주 잘하는 회화 분야로 화제를 돌리고는 그의 말에 주의를 기울였다. 그들은 세 들어 살 집까지 걸어가서 그 주변을 눈여겨 살펴보았다.

「기쁜 일이 한 가지 있답니다.」 돌아오는 길에 안나가 골레니셰프에게 말했다. 「알렉세이에게 멋진 아틀리에가 생길 거예요. 꼭 그 방으로 정하세요.」 그녀가 브론스키에게 **자기**라고 부르면서 러시아어로 말했다. 골레니셰프가 고립된 생활을 하는 자신들과 가까운 사람이 될 것이므로, 그의 앞에서는 숨길 필요가 없다고 생각했던 것이다.

「자네가 정말 그림을 그린단 말인가?」 골레니셰프가 황급히 브론스키를 돌아보며 물었다.

「그래, 오래전에 그렸지. 요즘 다시 조금씩 시작하는 중일세.」 브론스키가 얼굴을 붉히며 대답했다.

「이이한테는 대단한 재능이 있어요.」 안나는 기쁨에 찬 미

소를 지었다. 「저는 물론 감식가가 아니랍니다! 하지만 식견
있는 감식가들도 같은 말을 했어요.」

8

자유로워진 몸으로 속히 건강을 회복하던 그 첫 시기에,
안나는 죄스러울 정도로 행복했고 삶의 기쁨으로 충만했다.
남편의 불행에 대한 반추도 그녀의 행복을 망치지는 못했다.
한편으로 그러한 기억은 생각하기에도 너무나 끔찍한 것이
었다. 그러나 다른 한편 남편의 불행은, 그로 인해 뉘우치기
에는 너무나 크나큰 행복을 그녀에게 가져다주었다. 병이 난
뒤로 그녀에게 벌어졌던 모든 일들, 남편과의 화해와 불화,
결렬, 브론스키의 소식, 그의 출현, 이혼 준비, 가출, 아들과
의 이별까지 그 모든 기억이 열에 들떠서 꾼 꿈만 같았고, 브
론스키와 외국으로 왔을 때에야 비로소 깨어난 것 같았다. 남
편을 향해 치미는 악의는 그녀 안에서 일종의 혐오감을 불러
일으켰는데, 그것은 물에 빠진 사람이 자신에게 매달려 있는
사람을 뿌리쳐 버릴 때 느끼는 심정과 비슷한 것이었다. 그
사람은 물속에 가라앉고 말았다. 물론 이는 잘못된 행동이었
지만 유일한 구원책이었으며, 그 무시무시한 세부 사항에 대
해서는 떠올리지 않는 게 상책이었다.

자신의 행동에 대해서 위안을 삼을 만한 생각이 결별 직후
그녀의 머릿속에 떠올랐다. 요즘 들어 지난 일을 전체적으로
돌이켜 볼 때마다 그녀가 떠올리는 유일한 생각이기도 했다.
〈나는 어쩔 수 없이 그 사람을 불행하게 만들었어. 하지만 그

불행을 이용하고 싶지는 않아. 나 역시 고통받고 있고, 고통받게 될 거야. 소중했던 모든 것을 잃었잖아. 내 명예와 아들을 잃었다고. 나쁜 짓을 저질렀으니 난 행복도 이혼도 원하지 않아. 그저 치욕으로 인해, 아들과의 이별로 인해 고통을 겪게 될 뿐이야.〉 그러나 아무리 진심으로 고통받기를 원해도, 안나는 도무지 고통스럽지가 않았다. 치욕스러운 일도 전혀 없었다. 그들 두 사람은 타고난 풍부한 기지를 발휘하였으니, 외국에 있는 동안 러시아 귀부인들을 피해 다님으로써 거짓되게 행동해야 하는 상황에 처한 적이 한 번도 없었고, 가는 곳에서마다 그들의 입장을 그들 자신보다도 더 사려 깊고 완벽하게 이해하는 척하는 사람들을 만나곤 했다. 사랑하는 아들과의 이별, 그것마저도 처음에는 고통스럽지 않았다. 브론스키의 자식인 딸아이가 안나 곁에 남아 그녀에게 너무나 사랑스럽게 굴며 몹시 애착을 갖게 만들었기에 아들 생각을 하는 일도 드물어졌다.

건강이 회복되면서 삶에 대한 욕구는 너무나 강렬해졌고, 삶의 조건은 너무나 새롭고 흡족하여 안나는 죄스러울 정도로 행복했다. 브론스키를 알아 갈수록 그녀는 그를 더욱더 사랑하게 되었다. 브론스키라는 사람 자체로 인해, 그리고 자신을 향한 그의 사랑으로 인해 그녀는 그를 사랑했다. 그를 완전하게 소유했다는 사실이 그녀에게 항구적인 기쁨을 안겨 주었다. 그가 가까이 있는 게 즐거웠고, 갈수록 새롭게 드러나는 그의 성격과 기질이 형언할 수 없이 사랑스러웠다. 평복으로 탈바꿈한 그의 외모 또한 사랑에 빠진 젊은 여자에게 느껴지듯이 매력적으로 다가왔다. 그의 말과 생각, 행동, 그 모든 것에서 그녀는 특별히 고결하고 고상한 무언가를 발견하곤 했다. 그에게서 느끼는 황홀한 감정은 종종 그녀 자신을 불안하게 만들 정도였다. 그에게서 뭔가 좋지 못한 것을 찾아보려 했지만 아무것도 찾아낼 수가 없었다. 브론스키에 비하면 자신은 하찮은 존재라고 생각하면서도 그녀는 감히 티를 내지 못했다. 그가 그 사실을 알게 되면 곧바로 자신을 싫어하게 될 것만 같았다. 그럴 만한 어떤 동기도 없었음에도, 그의 사랑을 잃는 것만큼 두려운 것은 그녀에게 없었다. 하지만 그녀는 자신을 대하는 그의 태도에 감사하지 않을 수 없었고, 자신이 그를 얼마나 소중히 여기는지 내색하지 않을 수 없었다. 그녀가 생각하기에 브론스키는 공직자로서의 천품을 타고났으며, 그것을 통해 남다른 역할을 수행해야 할 사람이었다. 그러나 그런 그가 자신을 위해 공명심을 포기했을 뿐 아니라, 그럼에도 불구하고 일말의 애석함도 내비친 적이 없었다. 그는 예전보다 그녀를 더 정중하고 극진하게 대해 주었고, 그의 머릿속에서는 그녀가 자신의 처지를 거북하게 느끼지 않도록 해야 한다는 생각이 한순간도 떠난 적이 없었다. 그토록 남자다운 사내임에도 그녀의 의사에 반한 적이 단 한 번도 없었으며, 자신의 의지는 뒤로한 채 오로지 그녀의 바람을 헤아리는 일에만 전념하는 것 같았다. 그러니 그녀로서는 그런 점을 귀하게 여기지 않을 수가 없었다. 이따금씩 그토록 긴장된 그의 주의 깊은 관심과 주변에 둘러쳐친 염려의 분위기가 그녀를 부담스럽게 만들기는 했지만 말이다.

한편 브론스키는, 그토록 오랫동안 바라던 것이 온전히 실현되었음에도 불구하고 온전히 행복하지가 않았다. 소망했던 바의 실현이 기대했던 행복 가운데 겨우 빙산의 일각이었을 뿐임을 그는 이내 절감하였다. 이러한 과정은 행복을 소망의 실현이라 착각하는 사람들이 범하는 영원한 과오를 그에게 적나라하게 보여 주었다. 처음에 그녀와 생활을 함께하고 평복을 입었을 때는 전에는 몰랐던 자유와 또한 사랑의 자유가 지닌 매력을 만끽하며 만족했지만, 그것은 오래가지 않았다. 이내 마음속에서 욕망에 대한 욕망이, 권태가 치밀어 오르는 것이 느껴졌다. 그는 자신의 의지와는 상관없이 매 순간 뒤바뀌는 기분을 소망이자 목표라고 여기며 그것들에 매달렸다. 무슨 일이든 하면서 하루 중 열여섯 시간가량을 보내야 했다. 페테르부르크에서 소일거리를 제공해 주던 사교계의 관습적 틀을 벗어나 외국에서 완전히 자유로운 생활을 하고 있었기 때문이다. 예전에 외국 여행을 다닐 때 탐닉했던 독신 생활의 향락은 생각조차 못 할 일이었다. 한번 그런 얘기를 꺼냈다가 지인들과의 늦은 저녁 식사 자리에 어울리지 못하는 안나의 우울증만 불러일으키고 말았던 것이다. 지역의 사교 모임이나 러시아인들의 회합에 드나드는 것도 그들의 처지가 애매한 관계로 삼갈 수밖에 없었다. 명소를 구경하는 일도, 이미 볼만한 건 다 봤다는 점은 차치하더라도, 영리한 러시아인인 그로서는 영국인들이 으레 갖다 붙이는 형언할 수 없는 의미 따위는 발견할 수가 없었다.

그리하여 굶주린 짐승이 먹을거리가 있기를 바라며 굴러들어오는 건 뭐든지 붙잡고 늘어지듯, 브론스키 역시 완전히 무의식적으로 때론 정치에, 때론 신간 서적에, 때론 그림에 매달리는 것이었다.

젊어서부터 미술에 재능이 있었던 그는 가진 돈을 어디에 써야 할지 몰라 판화를 수집하기 시작하다가 그림에 뜻을 두고 배우게 되었고, 충족을 요하는 여분의 욕망을 그렇게 해소하였다.

미술에 대한 이해력, 정확히 말하자면 미술 작품을 모방하는 취미를 가진 그는 스스로에게 화가로서의 자질이 보인다고 생각하여, 종교화나 역사화 혹은 사실주의 회화 중 어떤 종류를 선택할지 한동안 망설인 뒤 그림 그리기에 착수했다. 그는 모든 종류의 회화를 이해했고 어떤 그림에서든 영감을 받곤 했다. 그러나 어떤 종류의 회화가 있는지도 모르고 자신이 그리는 것이 기존의 어떤 유파에 속할지도 유념하지 않은 채 마음으로부터 직접 영감을 얻을 수 있다는 사실은 상상할 수가 없었다. 그런 쪽으로는 감이 없는 데다 직접적인 삶 대신 이미 미술로 구현된 삶에 의해 간접적으로 영감을 얻었으므로 그 과정은 아주 빠르고 쉬웠으며, 따라서 그는 자신이 그린 그림이 모방하고 싶은 화풍과 매우 흡사해지는 경지에 쉽게 도달하였다.

다른 무엇보다 그의 마음에 들었던 것은 프랑스의 우아하고 인상적인 화풍이었다. 그리하여 그는 그런 화풍으로 이탈리아식 의상을 차려입은 안나의 초상화를 그리기 시작했다. 브론스키 자신은 물론 그 초상화를 본 모든 사람이 그것을 성공적인 작품이라 생각했다.

9

방치되어 있던 고택은 부조로 장식된 천장이며 프레스코화가 그려진 벽면, 모자이크 장식이 깔린 바닥, 높다란 창문을 가린 노란색의 두터운 비단 커튼, 화병이 놓인 콘솔과 벽난로, 세공된 문, 그림들이 잔뜩 걸린 어둠침침한 홀을 갖추고 있었다. 그들이 이사한 뒤로 그 저택이 브론스키가 내심 품고 있던 기분 좋은 망상의 버팀목이 되어 준 것은 바로 그와 같은 외관 덕택이었다. 그는 자신이 러시아의 지주이자 관직을 떠난 기병대 장교라기보다는 교양 있는 예술 애호가이자 비호자이며, 사랑하는 여인을 위하여 사교계와 인간관계와 공명심을 모두 버린 겸허한 예술가라고 착각하고 있었던 것이다.

저택으로 이사를 오면서 브론스키가 택한 배역은 완벽한 성공을 거두었다. 처음에 그는 골레니셰프의 소개로 몇몇 흥미로운 인물들과 안면을 트고는 얌전히 지냈다. 이탈리아인 교수의 지도하에 모델을 스케치하고 중세 이탈리아의 풍속을 공부하기도 했다. 최근 브론스키는 중세 이탈리아의 풍속에 매료되어 모자와 숄마저 중세식으로 입고 다닐 정도였는데, 그러한 스타일이 그에게 아주 잘 어울리기도 했다.

「우리는 여기서 살면서도 아무것도 모르고 있었어.」한번은 브론스키가 아침 일찍 찾아온 골레니셰프에게 말했다. 「자네는 미하일로프의 그림을 본 적이 있나?」그는 조금 전 아침에 받아 본 러시아 신문을 그에게 건네며 같은 도시에 살고 있는 러시아 출신 화가에 관한 기사를 가리켰다. 오래전부터 소문이 돌던 그의 그림이 완성되었다는 소식이었는데, 그 그림은 이미 팔린 상태였다. 기사에는 뛰어난 화가가 격려금이나 보조금을 전혀 받지 못한다며 정부와 예술 아카데미를 비난하는 내용이 담겨 있었다.

「봤지.」골레니셰프가 대답했다. 「물론 재능이 없는 건 아니지만, 완전히 날조된 방향으로 나아가고 있더군. 그리스도와 종교화에 대한 이바노프-슈트라우스-르낭 유파[20]의 입장과 거기서 거기야.」

「뭘 그렸는데요?」 안나가 물었다.

「빌라도 앞에 선 그리스도를 그렸습니다. 그리스도가 새로운 유파의 철저한 사실주의 화풍에 의해서 유대인으로 그려졌더군요.」

그림의 내용을 묻는 질문 덕분에 자신이 가장 좋아하는 주제로 말머리를 돌리게 된 골레니셰프는 장황하게 의견을 개진하기 시작했다.

「어떻게 그렇게 무지막지한 오류를 범할 수 있는지 이해가 안 갑니다. 그리스도는 위대한 선인들의 작품 속에 이미 일정하게 구현되어 있단 말입니다. 따라서 신이 아니라 혁명가나 현자를 그리고 싶다면 소크라테스나 프랭클린, 샤를로트 코르데[21] 같은 인물들을 역사 속에서 고르면 되는 거지, 그리스도는 안 될 말이지요. 그들은 미술이 골라서는 안 되는, 딱 그런 인물을 고른 겁니다. 게다가—」

「그런데, 그 미하일로프라는 사람이 그렇게 가난하다는 게

20 페테르부르크에서 1858년에 화가 알렉산드르 이바노프의 작품 「군중 앞에 나타나신 그리스도」가 전시된 이후로 일련의 화가들이 그리스도의 형상을 이바노프와 유사한 관점에서 묘사한 작품을 발표하였다. 이로써 전통적인 종교적 테마를 새롭게 해석하고 보다 인간적인 그리스도의 이념을 표현하는 〈역사적 유파〉가 탄생하였는데, 톨스토이는 이 유파에 『예수의 생애』의 저자인 독일 철학자 다비트 슈트라우스와 『그리스도교 기원사』의 저자인 프랑스 비평가 에르네스트 르낭을 포함시켰다. 1870년대에 〈이바노프-슈트라우스-르낭 유파〉에 대한 톨스토이의 입장은 부정적이었으나, 나중에는 높이 평가한다.

21 Charlotte Corday(1768~1793). 프랑스 혁명 당시 산악파의 독재에 반대하여 산악파 수장인 마라를 살해한 인물. 살해 직후 체포되어 단두대에서 처형되었다.

사실인가?」 러시아의 마이케나스[22]로서, 그림이 좋건 나쁘건 화가를 지원해 줘야 한다는 생각으로 브론스키가 물었다.

「그럴 리가, 그는 탁월한 초상화가인걸. 그가 그린 바실치코바 부인의 초상화를 보셨는지요? 하긴, 더 이상 초상화는 그리지 않을 모양이더군요. 어쩌면 그래서 궁한지도 모르겠네요. 그러니까 ―」

「안나 아르카디예브나의 초상화를 그려 달라고 하면 안 될까?」 브론스키가 물었다.

「왜 나예요?」 안나가 말했다. 「나는 당신이 그려 준 것 말고는 다른 어떤 초상화도 싫어요. 아니(그녀는 딸아이를 이렇게 불렀다)를 그려 달라고 하는 게 낫죠. 바로 저기 있네요.」 그녀가 정원으로 아이를 데리고 나온 아름다운 이탈리아 유모를 창밖으로 내다보고는 곧바로 브론스키를 살며시 돌아보았다. 브론스키가 자기 그림에서 머리 부분을 그리기 위해 모델로 삼았던 미녀 유모는 안나의 삶에 숨겨진 유일한 고통이었다. 브론스키는 유모를 그리면서 그녀의 미모와 중세적인 풍모에 탄복했고, 안나는 그런 유모를 질투할까 봐 두려워하는 자신의 속마음을 인정할 엄두가 나질 않아 유모와 그녀의 어린 아들을 특별히 정답게 대해 주고 응석을 받아 주고 있었다.

브론스키 역시 창밖을 바라보고는 안나의 눈을 힐끗 곁눈질하더니 곧바로 골레니셰프를 향해 고개를 돌리며 말했다.

「자넨 그 미하일로프라는 사람을 아나?」

22 Gaius Maecenas(B.C. 70~B.C. 8). 고대 로마의 초대 황제 아우구스투스의 친구이자 고문이었으며 많은 시인들을 후원했다. 오늘날 〈문예 후원자〉를 뜻하는 영어식 보통 명사 〈메세나mecenat〉의 어원이 되었다.

「만난 적이 있지. 한데 괴짜에다가 교양 머리라곤 전혀 없
는 자라니까. 요즘 종종 볼 수 있는 미개한 신인류 중 한 사람
이야. 불신과 부정, 유물론적 관념을 d'emblée(단번에) 익힌
자유사상가들 중 하나라고. 예전에는 말이지……」안나와 브
론스키가 뭔가 말하고 싶어 한다는 걸 알아채지 못하는 건지,
아니면 알려고 들지도 않는 건지, 두 사람에겐 도통 아랑곳없
이 골레니셰프가 말을 이었다. 「예전에는 자유사상가라고 하
면 종교나 법, 윤리의 개념을 함양하고서 스스로 싸우고 노력
해서 자유사상에 도달한 사람이었지. 한데 지금은 타고난 자
유사상가라는 새로운 유형이 출현해서는 도덕이나 종교 같
은 법이 있다거나 권위라는 게 존재한다는 사실을 무시한 채
성장한다니까. 곧바로 일체의 것을 부정하는 관념 속에서 커
간단 말이지. 한마디로 야만인이 되는 거야. 그가 바로 그런
사람이네. 모스크바 궁정 시종의 자식인가 본데, 아무런 교육
도 받지 못한 것 같아. 그가 예술 아카데미에 입학하고 명성
을 얻었을 때 나름 영리한 사람으로서 교육을 받고 싶어 했
나 봐. 그래서 교양의 원천이라 생각한 것, 바로 잡지에 주목
한 거야. 생각 좀 해보게. 옛날엔 교육받고 싶은 사람이면, 가
령 프랑스인이라면 온갖 고전들을 탐독했겠지. 신학자, 비극
작가, 역사학자, 철학자 들의 책들 말이야. 눈앞에 보이는 지
적인 산물은 죄다 섭렵했을 거라고. 하지만 요즘에는 곧바로
부정적인 문헌들을 접하여 부정적인 학문의 요지들을 모조
리 순식간에 습득하고는, 그걸로 됐다 이거야. 그뿐 아니라
고. 20년 전 같으면 그런 문헌들에서 권위라든가 해묵은 견
해와 싸우는 징후들을 발견하고서 그런 투쟁으로부터 무언
가 다른 게 존재한다는 걸 깨달았을 테지만, 지금은 해묵은

견해들은 논할 가치조차 없다고 여기는 그런 학문에 곧장 달려드는 걸세. 그러고서 이렇게 말하는 거지. 〈아무것도 없다. évolution(진화), 자연 도태, 생존 투쟁, 그게 전부다.〉 나는 그 기사에서 말이야—」

「있잖아요…….」 벌써 한참 전부터 브론스키와 눈길을 주고받던 안나가 입을 열었다. 브론스키가 그 화가의 교육에 관해서는 관심이 없으며, 오로지 그를 도와주고자 초상화를 주문할 생각에만 빠져 있다는 사실을 그녀는 알고 있었던 것이다. 「무슨 생각이 들었는지 아세요?」 그녀가 신나게 떠들던 골레니셰프를 단호하게 가로막았다. 「우리 그분한테 가요!」

골레니셰프는 정신을 차리고 기꺼이 동의했다. 화가가 멀리 떨어진 구역에 살고 있어서 마차를 부르기로 했다.

한 시간 뒤 안나는 골레니셰프와 브론스키와 나란히 마차의 앞 좌석에 앉아 먼 구역의 외관이 흉한 새 건물에 당도했다. 방문객을 맞이하러 나온 수위의 아내로부터 미하일로프가 보통은 화실로 사람들을 들이지만 지금은 코앞에 있는 자기 집에 있다는 사실을 알아낸 그들은 명함과 함께 그림을 보길 청한다는 의사를 전하도록 수위의 아내를 미하일로프에게로 보냈다.

10

브론스키 백작과 골레니셰프의 명함을 가져왔을 때, 화가 미하일로프는 언제나와 마찬가지로 작업 중이었다. 아침에 그는 화실에서 대형 그림을 그렸고, 집에 와서는 돈을 요구하는 집주인에게 제대로 대응할 줄 모른다고 아내를 향해 화를 쏟아 냈다.

「변명하지 말라고 스무 번도 더 얘기했잖아. 그렇게 멍청한 사람이 이탈리아어로 변명을 하려 드니까 더더욱 멍청해질 수밖에.」길게 이어진 말싸움 끝에 그가 말했다.

「그렇게 나 몰라라 하지 말아요. 나는 잘못한 거 없다고요. 돈만 있었어도──」

「제발 나 좀 조용히 내버려 둬!」미하일로프가 울먹이는 목소리로 고함을 치더니 귀를 막고서 칸막이 너머에 있는 자신의 작업실로 들어가 문을 잠가 버렸다. 〈미련한 여자 같으니!〉그는 속으로 중얼거리며 탁자 앞에 앉아 화첩을 열고 막 그리기 시작한 그림을 지체 없이, 유달리 열정적으로 이어 가기 시작했다.

생활 형편이 어려울 때, 특히 아내와 싸웠을 때만큼 그가 열과 성을 다해서 일을 하는 적은 없었다. 〈어딘가로 사라져 버리고 싶다!〉작업을 계속하면서 그는 생각했다. 분노를 터뜨리는 인물을 그리는 중이었다. 예전에 이미 그려 놓았지만 만족스럽지가 않았다. 〈아니야, 저번 게 나아……. 그게 어디에 있더라?〉그는 찌푸린 얼굴로 아내한테로 가서 그녀에게는 눈길도 주지 않은 채, 자신이 큰딸에게 줬던 종이가 어디 있는지 물었다. 내버린 그림을 찾긴 했으나 종이가 촛농으로 얼룩지고 더럽혀져 있었다. 그래도 그는 그림을 집어다가 탁자 위에 놓은 다음 멀찌감치 떨어져 실눈을 뜨고 살펴보았다. 갑자기 그가 미소를 짓더니 기쁨에 겨워 두 팔을 흔들었다.

「이거야, 이거!」그는 이렇게 뇌까리더니 연필을 쥐고 민첩하게 그림을 그리기 시작했다. 촛농 얼룩이 그림 속 인물에게 새로운 자세를 더해 주었던 것이다.

그 새로운 자세를 그리던 그는 문득 여송연을 샀던 가게 주인의 불거진 턱과 활력 넘치는 얼굴을 떠올리고 그 얼굴과 턱을 그림 속 인물에 그려 넣었다. 그러고는 기쁨에 못 이겨 웃음을 터뜨렸다. 죽어 있던 인위적인 형상이 이제는 더 이상 바꿀 것이 없는 생기를 띠고 있었다. 그것은 살아 있었으며, 분명하고 확실한 모습을 갖추고 있었다. 그 형상에 맞추어 그림을 고칠 수도 있었고, 심지어 다리의 자세를 달리하거나 왼팔의 위치를 완전히 바꾸고 머리카락을 뒤로 넘길 수도 있었을 뿐 아니라, 그렇게 해야만 했다. 그렇게 고치면서도 그는 인물의 형상은 바꾸지 않았고, 단지 그 형상을 가리고 있던 것들을 걷어 낼 뿐이었다. 마치 형상을 덮어 전부 가리고 있었던 덮개를 벗겨 내는 것만 같았다. 새로 긋는 선들마다, 촛농 얼룩 덕분에 별안간 발현된 넘치는 활력과 더불어 그 형상을 더욱더 드러내 보였다. 명함을 가져다주었을 때 그는 조심스럽게 인물 형상을 마무리 짓던 참이었다.

「지금 갈게, 간다고!」

그가 아내에게 왔다.

「이제 그만해, 사샤, 화내지 말라니까!」 그가 부드러운 미소를 지으며 수줍게 말했다. 「당신이 잘못했잖아. 나도 잘못했고. 내가 다 알아서 할게.」 이윽고 아내와 화해한 그는 벨벳 옷깃이 달린 올리브색 외투 차림으로 모자를 쓰고 화실로 향했다. 성공적으로 마무리한 인물 형상은 이미 잊은 뒤였다. 이제 그를 기쁨으로 들뜨게 하는 것은, 마차를 타고 온 지체 높은 러시아인들이 자신의 화실을 방문하리라는 사실이었다.

지금 이젤 위에 놓여 있는 그림에 대해서는 마음속 깊이 한 가지 생각을 품고 있었으니, 바로 그와 같은 그림은 지금까지 그 누구도 그린 적이 없다는 판단이었다. 자신의 그림이 라파엘로의 작품들보다 더 낫다고 생각하지는 않았지만, 그 그림을 통해 자신이 전달하고자 했고 실제로 전달한 것을 그 누구도 전달한 적이 없다는 것만큼은 알 수 있었다. 그는 이미 오래전, 그림을 그리기 시작할 때부터 그러한 사실을 확신하고 있었다. 그러나 사람들의 판단은, 그게 어떠하든지 간에 그에게 너무나 중요하게 여겨졌고, 마음속 깊은 곳까지 그를 흥분시키곤 했다. 자신이 그 그림에서 본 것 가운데 아주 작은 일부라 할지라도 심판관들 또한 보고 있음을 드러내는 논평이라면 아무리 하찮은 것일지언정 그의 영혼 깊은 곳까지 전율케 했다. 그는 항상 자기가 가진 것보다 더 크고 심오한 이해력이 자신의 심판관들에게 있다고 여겼으며, 자기 그림에서 그 자신은 보지 못한 어떤 것을 그들이 보기를 고대했다. 그리고 종종 관람객의 의견에서 그런 경우를 발견했다는 느낌이 들기도 했다.

　발걸음을 재촉하여 화실 문으로 다가간 그는, 흥분한 상태였음에도 불구하고 현관 그늘 아래 선 채 온후하게 빛을 발하는 안나의 자태를 보고 깜짝 놀랐다. 그녀는 열을 올리며 떠드는 골레니셰프의 얘기를 듣고 있으면서도 그리로 다가오는 화가를 돌아보고 싶어 하는 기색이 역력했다. 그는 손님들에게 다가가면서 자기도 모르게, 여송연을 팔던 상인의 턱을 보고 그랬듯이, 그 인상을 포착하여 집어삼킨 뒤 필요할 때 꺼낼 수 있도록 어딘가에 숨겨 놓았다. 반면 화가에 대한 골레니셰프의 얘기를 듣고 일찌감치 실망했던 방문객들은 그의 외모를 보고 더더욱 실망했다. 중키에 살이 찌고 걸음걸이가 경박한 미하일로프는 갈색 모자와 올리브색 외투에 이미 오래전부터 통이 넓은 바지가 유행하고 있는데도 통이 좁은 바지를 입고 있었으며, 특히 넓적한 얼굴의 평범한 생김새와 수줍어하면서도 위엄 있게 구는 태도가 불쾌한 인상을 불러일으켰다.

「들어가시지요.」 그가 태연한 척 애쓰며 현관으로 들어서서 주머니에서 열쇠를 꺼내 문을 열었다.

11

화실로 들어서면서 화가 미하일로프는 손님들을 다시 한번 살펴보고는 브론스키의 얼굴 표정, 특히 그의 광대뼈를 머릿속에 아로새겨 놓았다. 그의 예술적 감각은 쉬지 않고 일하며 자료를 모았고, 작품 품평의 순간이 임박하여 점점 흥분이 커지는 와중에도, 기민하고 섬세하게 눈에 띄지 않는 특징들을 관찰함으로써 세 인물에 대한 나름의 개념을 구축하고 있었다. 저이(골레니셰프)는 이곳에 사는 러시아인이다. 미하일로프는 그가 누구인지, 그의 이름은 물론 언제 그를 만나 무슨 얘기를 했는지도 기억하지 못했다. 언제가 본 적이 있는 얼굴은 죄다 기억하는 버릇대로, 오로지 그의 얼굴만 기억할 뿐이었다. 그러나 그는 그 얼굴이 의미심장한 척할 뿐 표정이 빈곤하여 자기 머릿속의 거대한 서랍 속에 내팽개쳐 버린 얼굴들 중 하나라는 것 또한 기억하고 있었다. 풍성한 머리카락과 무척이나 넓은 이마가 얼굴에 외견상의 의미심장함을 가

미해 주긴 했지만, 단지 어린애처럼 불안해하는 왜소한 인상만이 좁은 양미간에 몰려 있을 뿐이었다. 미하일로프가 보기에 브론스키와 카레니나 부인은 지체 높고 부유한 러시아인으로서, 부유한 러시아인들이 다 그렇듯이 예술을 전혀 이해하지 못하면서 예술 애호가이자 감정가인 양 구는 인물들임이 분명했다. 〈틀림없이, 옛날 것들은 다 둘러봤으니 이제는 독일 사기꾼이나 라파엘 전파[23] 추종자인 영국 머저리 같은 새 인물들의 화실을 구경하러 다니는 중이겠지. 그러다가 그저 교양을 더 보충하겠다는 요량으로 나를 찾아왔을 테고.〉 그가 생각했다. 그는 예술 애호가들의 습성(그들은 똑똑할수록 더 문제가 많았다)을 아주 잘 알고 있었다. 그들은 오로지 예술이 타락했으며, 새로운 것을 보면 볼수록 위대한 고대의 거장을 모방할 수는 없다는 사실을 더 확실하게 알게 될 뿐이라고 말하기 위해서 현대 화가들의 화실을 둘러보는 자들이었다. 그는 이 모든 것을 예견할 수 있었고, 자기들끼리 이야기하거나 마네킹이나 흉상들을 쳐다보고 그림의 덮개를 열어 보여 주기를 기다리며 자유롭게 거니는 그들의 얼굴에서 풍기는 무성의한 무관심을 통해 그 모든 것을 보았다. 그럼에도 불구하고 자신의 습작을 한 장씩 넘기거나 커튼을 걷어 올리고 천으로 된 덮개를 벗길 때 그는 몹시 떨렸으며, 지체 높고 부유한 러시아인들은 모조리 비열하고 멍청한 놈들임이 틀림없다는 선입견에도 불구하고 브론스키와 특히 안

---

23 영국에서 19세기 중반 결성된 미술 유파. 르네상스 전성기를 대표하는 라파엘로와 미켈란젤로의 미술을 추종하는 아카데미적인 전통을 비판하고 그 이전의 미술, 즉 중세와 고딕, 르네상스 초기 화풍으로 돌아갈 것을 주창하였다.

나가 마음에 들었기 때문에 더더욱 마음을 졸였다.

「이 그림 좀 보시겠습니까?」 그가 경박한 발걸음으로 옆으로 물러나더니 그림을 가리켰다. 「빌라도의 심문 장면입니다. 〈마태오의 복음서〉 27장에 나오죠.」 흥분되어 입술이 떨리기 시작하는 걸 느끼며 그가 말했다. 그는 몇 발짝 물러서서 손님들 뒤에 섰다.

그들이 말없이 그림을 보는 짧은 사이, 미하일로프 역시 무심한 제삼자의 시선으로 그림을 바라보았다. 그 몇 초 동안 그는 지극히 고매하고 정당한 판단이 이 방문객들, 자신이 몇 분 전까지 경멸했던 바로 그들에 의해서 내려지리라 지레 확신하고 있었다. 그 그림을 그리던 3년 동안 품었던 생각들은 깡그리 잊고 말았다. 의심할 바 없이 확실하다고 여겼던 모든 장점이 머릿속에서 사라져 버린 것이다. 손님들과 마찬가지로 공평무사한 새로운 시선으로 그림을 바라보니 거기서 그 어떤 좋은 점도 보이지 않았다. 전면에는 빌라도의 유감스러워하는 얼굴과 그리스도의 평온한 얼굴이, 후면에는 빌라도의 심복들의 모습과 사태를 주시하고 있는 요한의 얼굴이 보였다. 지난했던 탐색과 수많은 오류와 수정을 거쳐 자신만의 고유한 특징을 갖게 된 그 얼굴들, 무수한 고통과 기쁨을 안겨 주었던 그 각각의 얼굴들, 전체적인 조화를 위해서 수없이 재배치했던 그 하나하나, 그토록 어렵사리 이루어 낸 온갖 색조와 음영이며 그 모든 것이 지금 제삼자의 눈으로 바라보니 수천 번 반복되어 온 범속한 그림처럼 여겨졌다. 처음 발견했을 때 그토록 큰 희열을 그에게 안겨 주었던, 그에게 가장 소중한 얼굴이자 그림의 중심인 그리스도의 얼굴이 제삼자의 눈으로 바라본 순간 의미를 모조리 잃고 말았다. 티치아노풍,

429

라파엘로풍, 루벤스풍의 무수한 그리스도 형상과 맨 거기서 거기인 병사들과 빌라도 형상을 잘 베낀(심지어 잘 베낀 것도 아닌 게, 이제 보니 결점들이 수두룩하게 눈에 띄었다) 모사화로 보일 뿐이었다. 그 모든 게 범속하고 볼품없고 구식이었으며, 심지어 엉망으로 그려져 있었다. 어지럽고 힘이 없었다. 손님들이 옳을 터였다. 그들은 화가가 있는 자리에서는 위선을 떨며 정중한 말을 내뱉겠지만, 자기들끼리만 남게 되면 그를 동정하고 조롱할 것이었다.

그는 그 침묵이(비록 1분도 채 안 되었지만) 너무나 고통스러웠다. 침묵을 깨고 자신이 떨지 않는 것처럼 보이기 위해, 그는 자제력을 발휘하며 골레니셰프에게 말을 걸었다.

「언젠가 뵌 적이 있었던 것 같습니다만.」 그러면서 그는 브론스키와 안나의 표정을 하나도 놓치지 않으려고 걱정스레 그들을 번갈아 살폈다.

「물론이죠! 로시 집에서 만났었잖아요. 기억하실지 모르겠지만, 왜 그 새로운 라셸이라는 이탈리아 아가씨가 시를 낭송하던 연회에서 말이죠.」 골레니셰프가 일말의 아쉬움도 없이 그림에서 눈을 떼고는 화가를 바라보며 거리낌 없이 말문을 열었다.

그러나 미하일로프가 그림에 대한 논평을 기다리고 있다는 걸 눈치채고서 그는 이렇게 덧붙였다.

「제가 마지막으로 봤을 때보다 당신의 그림이 아주 많이 진전된 것 같군요. 그때도 그랬지만 지금도 유달리 나를 놀라게 하는 건 빌라도의 형상입니다. 사람들은 이 인물을 선량하고 멋진 호인이지만 자신이 무슨 일을 저지르는지 모르고 있는, 뼛속까지 관료인 사람으로 이해하지요. 하지만 제 생각엔…….」

표정이 풍부한 미하일로프의 얼굴이 갑자기 환해지며 두 눈이 반짝였다. 그는 무언가 말하고자 했으나 떨려서 말이 나오지 않았기에 기침을 하며 목청을 가다듬는 척했다. 골레니셰프의 예술에 대한 이해력을 아무리 낮게 평가할지언정, 관료 빌라도의 얼굴 표정에 드러난 진정성에 대한 옳은 지적이 아무리 하찮은 것일지언정, 더 중요한 것들에 대해서는 언급조차 없는 참에 처음으로 행해진 그러한 논평이 몹시 불쾌하게 들릴 수도 있을지언정, 미하일로프는 그 논평으로 인해 감격스러웠다. 그 자신도 빌라도의 형상에 대해서 골레니셰프가 얘기한 것과 똑같은 것을 생각했던 터였다. 미하일로프가 확실하게 알고 있는바 그것이 하나같이 지당한 여타의 수백만 가지 생각들 중 하나일 뿐이라는 사실도, 골레니셰프의 언급이 그에게 지니는 의미를 축소시키지는 않았다. 바로 그 언급으로 인하여 그는 골레니셰프가 좋아졌으며, 우울한 기분도 갑자기 황홀감으로 뒤바뀌었다. 그러자 곧 그의 그림 전체가 눈앞에서 온전한 생명체의 형언할 수 없는 복잡함을 띠면서 되살아나는 것이었다. 미하일로프는 다시금 입을 열어 자신도 빌라도를 그렇게 이해하고 있다고 말하고자 했지만 입술이 부르르 떨리는 바람에 말을 할 수가 없었다. 브론스키와 안나 역시 무언가를 조용히 속삭이고 있었는데, 그 이유는 한편으로 화가의 비위를 상하지 않게 하기 위함이었고, 다른 한편으로 예술에 관해서 이야기할 때 흔히들 내뱉는, 가령 미술 전시회에서 떠들어 대곤 하는 예의 얼토당토않은 말을 큰 소리로 지껄이지 않기 위함이었다. 미하일로프가 보기에 그들 역시 그림을 인상 깊게 느낀 것 같았다. 그는 두 사람에게 다가갔다.

「그리스도의 표정이 정말이지 놀라워요!」안나가 말했다. 자신이 본 것들 중에서 바로 그 표정이 가장 그녀의 마음에 들었던 것이다. 그리고 그것이 그림의 중심이라 느껴졌기에, 그녀는 그에 대한 칭찬이 화가에게 기분 좋게 들릴 것이라 생각했다. 「빌라도를 가엾게 여기는 것 같군요.」

이 역시 그의 그림과 그리스도의 형상에서 발견할 수 있는 수백만 가지 온당한 지적들 가운데 하나였다. 그녀는 그리스도가 빌라도를 가엾게 여기는 것 같다고 했는데, 사실상 그리스도의 표정에는 반드시 연민이 담겨 있어야 하는바, 왜냐하면 그 속에는 사랑과 하늘나라의 평화, 죽음에의 각오, 말의 덧없음에 대한 자각이 어려 있기 때문이었다. 빌라도에게 관료의 표정이, 예수에게 연민의 표정이 나타나 있는 것은 당연했다. 한 사람은 육체적인 삶의 화신이고, 다른 한 사람은 영적인 삶의 화신이니 말이다. 이 모든 것과 다른 많은 것들이 미하일로프의 머릿속에서 어른거렸고, 또다시 그의 얼굴이 기쁨으로 환히 빛났다.

「자, 이 인물이 어떻게 그려졌는지 좀 보세요. 저 광활한 분위기 좀 보시라고요. 사방으로 돌아다닐 수 있을 것 같네요.」골레니셰프가 말했다. 이러한 언급을 통해서 그는 인물이 뜻하는 바나 그의 생각에 자신이 찬동하지 않는다는 점을 분명하게 드러냈다.

「정말이지 놀라운 솜씨입니다!」브론스키가 입을 열었다. 「저 인물들은 후경에 있으면서도 너무나 뚜렷하게 부각되는군요! 바로 이런 게 기술이지.」골레니셰프쪽으로 고개를 돌리며 이렇게 말함으로써, 브론스키는 일전에 자신이 그러한 기술을 습득하지 못해 낙담하곤 한다면서 그와 나누었던 대화를 암시했다.

「그래그래, 놀랍군!」 골레니셰프와 안나도 수긍했다. 흥분에 빠져 있었음에도 불구하고 기술에 대한 언급은 미하일로프의 심장을 아프게 후벼 팠고, 그래서 그는 성난 표정으로 브론스키를 쳐다보며 갑자기 이맛살을 찌푸렸다. **기술**이라는 말을 종종 듣곤 했지만, 그게 과연 무엇을 뜻하는지 그는 결코 이해할 수가 없었다. 사람들이 그 말을 하면서 내용과는 완전히 무관한, 그림을 그리는 기계적인 능력을 염두에 둔다는 점은 알고 있었다. 지금 들은 칭찬과 마찬가지로, 마치 나쁜 것도 좋게 그릴 수 있다는 듯 사람들은 종종 내면적인 장점과 기술을 대립시키곤 했다. 그가 아는바 외피를 벗겨 내면서 작품 자체에 해를 입히지 않게 하려면, 그리고 외피를 모조리 벗겨 내기 위해서는 많은 주의력과 세심함이 요구되었다. 그림이라는 예술, 거기에는 그 어떤 기술도 관계하지 않았다. 만일 어린아이나 혹은 그의 집 식모에게 그가 본 것이 똑같이 계시된다면 그들 역시 자신이 본 것의 외피를 벗겨 낼 수 있을 터였다. 그러나 제아무리 노련하고 숙달된 화가 — 기술자 — 라 할지라도, 내용의 윤곽이 먼저 계시되지 않는다면 기계적인 능력 하나만으로는 아무것도 그릴 수 없는 법이었다. 그뿐 아니라 기술에 관해서 논한다 치면, 기술 때문에 자신을 칭찬해서는 안 될 일이라고 그는 생각했다. 그의 눈에는 자신이 그리고 있거나 그려 놓은 모든 것에서, 외피를 벗겨 낼 때의 부주의함에서 생긴, 자신의 눈을 찌르는 듯한 결함들이 보였다. 이제는 이미 작품 전체를 망치지 않고서는 그것들을 바로잡을 수 없었다. 완전히 제거되지 못한 채 그림

433

을 망쳐 놓는 외피의 잔여들은 거의 모든 형상들과 인물들에서 드러났다.

「괜찮다면, 한 가지 말씀드릴 수 있겠습니다만…….」골레니셰프가 입을 열었다.

「아, 얼마든지요, 어서 말씀하시지요.」미하일로프가 억지 미소를 지으며 대꾸했다.

「그건 당신이 그린 그리스도는 인신(人神)이지 신인(神人)이 아니라는 점입니다. 그런데 당신은 바로 그걸 바랐던 것 같군요.」

「저로서는 제 마음속에 존재하지 않는 그리스도는 그릴 수가 없었습니다.」미하일로프가 음울하게 말했다.

「네, 그렇다고 한다면 제 소견을 말씀드리지요……. 당신의 그림은 너무나 훌륭해서 저의 지적 때문에 손상을 입지는 않을 겁니다. 그리고 이건 제 개인적인 의견입니다. 당신은 다르게 생각하시겠지요. 모티프 자체가 다르니까요. 하지만 이바노프를 예로 들어 보죠. 제 생각에는, 만일 그리스도가 역사적 인물의 수준으로 끌어내려질 거라면 차라리 이바노프는 다른 역사적 주제를, 이를테면 더 신선하고 아무도 다루지 않은 주제를 고르는 편이 더 나았을 겁니다.」

「하지만 그게 예술 앞에 제시된 가장 위대한 주제라면요?」

「찾아보기만 한다면 다른 것들이 있겠죠. 문제는 예술이 논쟁이나 추론을 허용하지 않는 겁니다. 그런데 이바노프의 그림을 보고 있으면 신자든 불신자든 〈이 사람은 신인가, 신이 아닌가?〉라는 의문을 품게 되거든요. 그래서 통일된 인상이 깨지고 말죠.」

「어째서죠? 그런 건 교양 있는 사람들에게는 이미 논의의 여지가 없다고 봅니다만.」미하일로프가 대꾸했다.

골레니셰프는 그 말에 동의하지 않았기에, 예술에는 통일된 인상이 필수적이라는 처음의 입장을 고수하며 미하일로프에게 반박했다.

미하일로프는 흥분했지만 자신의 견해를 옹호할 만한 그 어떤 말도 하지 못했다.

12

안나와 브론스키는 한참 전부터 서로 눈길을 주고받으면서 유식하기 짝이 없는 친구의 수다를 유감스럽게 여기고 있었다. 마침내 브론스키가, 주인이 나서길 기다리다 못해 크기가 작은 다른 그림 쪽으로 발길을 옮겼다.

「와, 너무 멋져요, 이렇게 멋질 수가! 놀라워요! 정말 근사해요!」두 사람이 한목소리로 말했다.

〈뭐가 그렇게 마음에 들었을까?〉미하일로프가 생각했다. 3년 전에 그린 그 그림을 그는 까맣게 잊고 있었다. 그 그림이 몇 달 동안 밤이고 낮이고 집요하게 그를 사로잡던 시절에 그것과 더불어 겪었던 모든 고통과 기쁨을 깡그리 잊고 있었으니, 작업을 끝낸 그림에 대해서는 언제나 그러하듯 망각해 버렸던 것이다. 심지어 그림을 쳐다보는 것조차 싫었고, 그것을 내놓은 것도 오로지 그림을 구입하고자 하는 영국인을 기다리고 있었기 때문이었다.

「그건 말이죠, 오래전에 그린 습작입니다.」그가 말했다.

「정말 좋네요!」골레니셰프 역시 진심으로 그림의 매력에 푹 빠진 기색이 역력했다.

두 소년이 버드나무 그늘 아래서 낚싯대로 물고기를 잡고 있는 그림이었다. 나이가 더 많은 소년은 막 낚싯줄을 던지고서 덤불숲에서 열심히 찌를 끌어당기는 그 일에 완전히 몰입해 있고, 어려 보이는 다른 소년은 풀밭에 엎드려 헝클어진 금발을 두 팔에 괸 채 사색에 잠긴 파란 눈으로 물을 바라보고 있었다. 그는 무슨 생각을 하는 걸까?

그 그림 앞에서 사람들이 내지른 탄성은 미하일로프에게 아까와 같은 흥분을 불러일으켰다. 그러나 그는 지난 것에 대한 쓸데없는 감정을 좋아하지 않았으며, 따라서 그러한 찬탄이 기뻤음에도 세 번째 그림으로 손님들의 주의를 돌리려고 애썼다.

그때 브론스키가 그 그림을 팔 것인지 물었다. 방문객 때문에 흥분한 미하일로프에게 이 순간 돈 문제와 관련된 얘기는 매우 불쾌하게 여겨졌다.

「팔려고 내놓은 겁니다.」 그가 이맛살을 찌푸린 채 음울하게 대답했다.

손님들이 돌아가자 미하일로프는 빌라도와 그리스도 그림 앞에 앉아서 아까 나온 얘기들, 그리고 입 밖으로 나오지는 않았지만 손님들이 염두에 두었을 것들을 곱씹어 보았다. 그러자 이상하게도, 그들이 거기 있었고 자신도 그들의 입장이 되었을 때는 그토록 큰 비중을 지녔던 것이 별안간 모든 의미를 잃고 마는 것이었다. 자신의 그림을 온전히 예술적 관점으로 보기 시작한 그는 완벽함에 대한 확신에, 따라서 자기 그림의 중요성에 대한 확신에 도달하였다. 그것은 다른 모든 관심사를 배제하는 긴장 상태를 위해 그에게 필요한 일이었고, 오로지 그러한 상태에서만 그는 작업을 할 수 있었다.

그리스도의 발은 원근법상 여전히 완벽하지 못했다. 그는 팔레트를 집어 들고서 작업에 착수했다. 발을 고치면서는 끊임없이 후면에 있는 요한의 형상을 주시했다. 방문객들은 요한의 형상을 알아보지 못했지만 그는 그것이 최고로 완벽하다는 걸 알고 있었다. 발을 다 그린 뒤 그 형상을 손보고자 했으나 그러기에는 자신이 너무 흥분한 상태인 것 같았다. 냉랭할 때도, 너무 온화해져 모든 게 훤히 보일 때도 그는 마찬가지로 작업을 할 수가 없었다. 작업이 가능해지는 단 하나의 단계는 그러한 냉랭함과 영감 사이에 존재했다. 어쨌든 지금은 너무 흥분한 상태였다. 그는 그림을 덮으려다가 동작을 멈추고서 덮개를 손에 쥔 채 행복한 미소를 지으며 한참 동안 요한의 형상을 바라보았다. 마침내 그림에서 눈을 떼기가 애석하다는 듯한 표정으로 천을 덮은 그는 피곤한 몸과 행복한 마음으로 집으로 향했다.

브론스키와 안나, 골레니셰프는 집으로 돌아가는 길에 유달리 활기차고 명랑했다. 미하일로프와 그의 그림들에 대해서 이야기를 나누는 동안, 그들은 **재능**이라는 단어를 통해서 지성이나 감성과는 상관없는, 거의 육체적인 천부적 능력을 염두에 둔 채 예술가가 체험하는 모든 것을 지칭하려 했다. 그 단어는 그들의 대화 속에 특히 자주 등장하였으니, 전혀 이해하지 못하고 있음에도 불구하고 얘기는 하고 싶은 뭔가를 지칭하기 위해서는 그 단어가 꼭 필요했기 때문이다. 그들의 얘긴즉슨, 미하일로프에게 재능이 있다는 사실은 부정할 수 없지만 교육의 부족으로 그 재능은 발전할 수 없었으며, 그런 점이 러시아 예술가들의 전반적인 불행이라는 것이었다. 그러나 소년들을 그린 그림이 기억에 깊숙이 각인되었기에 이따금 그들은 그 그림에 대한 얘기로 돌아오곤 했다.

「아주 아름답더군! 정말이지 제대로 그렸어. 너무나 소박해! 정작 그는 그 그림이 얼마나 훌륭한지 모르고 있다니까. 그래, 그걸 남에게 넘겨줄 수는 없지. 내가 사야겠어.」브론스키가 말했다.

13

미하일로프는 브론스키에게 그 그림을 팔았으며, 안나의 초상화를 그리기로 했다. 그는 예정된 날에 와서 작업을 시작했다.

다섯 번째 작업부터 초상화는 모든 이들, 특히 브론스키를 깜짝 놀라게 했는데, 단지 모델과 닮아서만이 아니라 그것이 지닌 독특한 아름다움 때문이었다. 미하일로프가 어떻게 그녀의 독특한 아름다움을 발견할 수 있었는지 그는 의아스러웠다. 〈그녀의 가장 사랑스러운 저 내면의 표정을 발견하려면 내가 사랑하듯이 그녀를 사랑하고 알아야만 할 텐데.〉브론스키가 생각했다. 실은 그 역시 초상화를 보고서야 사랑스러운 내면의 표정을 알아차린 터였으나, 그것이 너무나 진실해서 자신과 더불어 다른 이들도 오래전부터 알고 있었던 듯 여겨질 정도였다.

「나는 그토록 오랜 시간 동안 겁을 내면서 아무것도 못 했는데…….」브론스키가 자신이 그린 초상화에 대해 말했다. 「하지만 그는 딱 보고서 그냥 그리잖아. 저런 게 바로 기술인 거지.」

「자네한테도 그런 게 생길 거야.」골레니셰프가 그를 위로했다. 그가 생각하기에 브론스키는 재능도 있고, 무엇보다 예술에 대한 고상한 안목을 갖게 해주는 교육을 받은 인물이었다. 브론스키의 재능에 대한 골레니셰프의 확신은 또한 그 자신의 논문과 사상에 대한 브론스키의 공감과 찬사가 필요하기 때문에 지탱되기도 했으며, 칭찬과 지지란 상호적이어야 한다고 그는 느끼고 있었다.

남의 집에서, 특히 브론스키의 저택에서 미하일로프는 자기 화실에 있을 때와는 완전히 다른 사람이 되었다. 마치 존경하지 않는 사람들과 친해지기를 꺼리는 것처럼 적대적인 태도로 점잔을 떨었다. 그는 브론스키를 〈각하〉라고 불렀고, 안나와 브론스키가 식사에 초대해도 절대로 남아 밥을 먹는 법이 없었으며, 작업이 아닌 다른 목적으로 오는 일도 없었다. 안나는 그를 다른 사람들보다 더 다정하게 대했고 자신의 초상화를 그려 준 것에 대해서도 고마워했다. 브론스키 또한 그에게 더할 나위 없이 정중하게 굴었는데, 자신의 그림에 대한 화가의 평가가 궁금한 게 틀림없었다. 골레니셰프는 기회만 닿으면 미하일로프에게 예술에 대한 진정한 개념을 깨우쳐 주려 들었다. 그러나 미하일로프는 그들 모두를 한결같이 냉랭하게 대했다. 그의 시선을 통해 안나는 그가 자신을 바라보길 좋아한다는 사실을 감지했지만, 그는 안나와의 대화를 피했다. 브론스키와 그의 그림에 관해 이야기를 나누게 될 경우에도 완강하게 침묵을 지켰고, 사람들이 그에게 브론스키의 그림을 보여 줬을 때도 여전히 침묵으로 일관했다. 그리고 골레니셰프와의 대화가 고역스러운 게 분명한데도 그에게 반박하는 일은 없었다.

미하일로프를 더 가까이서 알게 될수록, 그들은 예의 점잖으면서도 흡사 적대적인 듯한 기분 나쁜 그의 태도로 인해 몹시 못마땅했다. 그래서 작업이 끝나 자기들 손에 훌륭한 초상화가 주어지고 그가 더 이상 오지 않게 되었을 땐 다들 몹시 기뻤다.

모두가 품고 있던 생각을 가장 먼저 토로한 것은 골레니셰프였다. 다름이 아니라, 미하일로프는 단지 브론스키를 질투할 뿐이라는 얘기였다.

「그에게는 **재능**이 있으니 그걸 부러워하진 않는다 치자고. 하지만 궁정 출신의 부자에다가 백작이기까지 한 사람이(그런 사람들은 정말이지 이런 모든 걸 증오하지) 특별한 노력도 없이 자신은 평생을 바쳐 온 그 일을 더 잘해 내거나 아니면 똑같이 하잖나. 중요한 건 교육인데, 그는 그걸 못 받았단 말일세.」

브론스키는 미하일로프를 변호했지만, 마음속 깊은 곳에서는 그럴 거라고 믿고 있었다. 왜냐하면 그가 생각하기에 다른 세계, 즉 하층 세계 출신이라면 자신을 부러워할 수밖에 없기 때문이었다.

브론스키와 미하일로프가 똑같이 실물을 보고 그린 안나의 초상화에는 틀림없이 그와 미하일로프 사이에 존재하는 차이가 드러나 있었을 터였다. 그러나 그는 그것을 보지 않았다. 그는 다만 미하일로프가 작업을 마친 뒤 이제는 더 이상 그리는 것이 쓸데없다고 단정하고서 안나의 초상화를 그리는 일을 그만두었을 뿐이다. 반면에 중세의 풍속을 소재로 한 그림은 계속해서 그려 나갔다. 그 자신은 물론 골레니셰프도,

그리고 안나는 특히 그 그림이 아주 훌륭하다고 느꼈는데, 왜냐하면 그것이 미하일로프의 그림보다 훨씬 더 유명한 걸작들과 비슷하기 때문이었다.

한편 미하일로프는 안나의 초상화 작업에 무척이나 매료되긴 했지만, 작업이 끝나 골레니셰프의 예술에 대한 강론을 더 이상 들을 필요가 없게 되고 브론스키의 그림에 대해서도 잊을 수 있게 되자 그들보다 더 기뻤다. 그는 브론스키가 심심풀이로 그림을 그리는 일을 막아서는 안 된다는 점을 잘 알고 있었다. 브론스키를 포함한 모든 예술 애호가들이 뭐든 그릴 권리를 갖고 있다는 걸 그는 알았지만, 그럼에도 못마땅한 마음을 억누를 수가 없었다. 어떤 사람이 밀랍으로 커다란 인형을 만들어서 거기다 입 맞추는 것을 금할 수는 없는 일이었다. 그러나 그 사람이 한창 열애 중인 사람 앞에 인형을 갖고 와서 자리에 앉고는 마치 열애 중인 사람이 사랑하는 여자를 애무하듯이 인형을 어루만지기 시작한다면 열애 중인 사람은 불쾌할 게 뻔하지 않겠는가. 그와 똑같은 불쾌감을 미하일로프는 브론스키의 그림을 보면서 느꼈다. 우습기도 하고, 화가 나기도 하고, 안쓰럽기도 하고, 모욕적이기도 했다.

그림과 중세에 대한 브론스키의 몰입은 오래 지속되지 않았다. 미술에 대한 그의 취미는 끝까지 완성시키지도 못하는, 딱 그 정도에 불과했다. 그림은 중단되었다. 처음에는 별로 눈에 띄지 않던 자기 그림의 결함이 작업을 계속하면 현저하게 드러나리라는 사실을 그는 어렴풋이 느끼던 차였다. 골레니셰프와 똑같은 일이 그에게 벌어졌던 것이다. 그러나 자신에게 아무런 할 말이 없다고 느끼면서도, 생각이 아직 여물지 않은 거라고, 생각을 키우고 자료들을 준비하는 중이라고 끊임없이 자기 자신을 속이는 그런 처신이 골레니셰프를 악에 받치고 고통에 시달리는 사람으로 만들었던 반면, 브론스키는 스스로를 기만하거나 괴롭힐 줄은 몰랐고, 특히 격분하는 법이 없었다. 그는 특유의 단호한 성품을 발휘하여 아무런 설명이나 변명도 없이 그림 공부를 그만두었다.

그렇지만 그림 공부가 사라지자 브론스키에게도, 그의 실의에 깜짝 놀란 안나에게도 이탈리아 도시에서의 생활이 너무나도 무료하게 느껴졌다. 그들이 지내던 저택의 풍모가 별안간 확연히 낡고 지저분하게 변했고, 커튼의 얼룩과 바닥의 갈라진 틈, 창문턱의 떨어져 나간 회칠까지 몹시도 흉해 보였으며, 늘 매한가지인 골레니셰프도, 이탈리아인 교수와 독일인 여행객도 참을 수 없이 권태로운 존재가 되어 버렸다. 요컨대 생활을 바꿔야만 했다. 그들은 러시아로, 시골로 가기로 결정했다. 페테르부르크에서 브론스키는 형과 재산을 분할할 계획이었고, 안나는 아들을 만나 볼 예정이었다. 여름은 브론스키의 드넓은 가족 영지에서 보내기로 했다.

14

레빈이 결혼한 지 석 달이 되었다. 그는 행복했지만 기대했던 것과는 완전히 다른 행복이었다. 그는 매번 부서지는 과거의 바람에 낙담하는 한편, 예기치 않은 새로운 매혹을 느꼈다. 행복을 느끼면서도, 가정생활의 시작과 함께 매 순간 그것이 자신이 상상해 왔던 것과는 전혀 다르다는 것을 깨달았다. 호수를 떠다니는 보트의 유연하고 행복한 운행에 감탄하던 사람이 그 보트에 타고 나서 겪게 되는 일들을 매번 체감했다. 그는 흔들림 없이 균형을 잡고 앉아 있는 것만으로는 부족하다는 사실을 깨달았다. 그 이상을 생각해야 했다. 어디로 가는지 한순간도 잊지 말아야 하고, 발아래는 물이니 노를 저어야 하며, 능숙하지 않은 팔로 그 일을 하면 아프다는 것, 그래도 가벼운 마음으로 그 일을 대해야 한다는 것, 그 일을 해내기란 매우 기쁘면서도 무척 힘들다는 것을 유념해야만 했다.

독신이었을 때는 남들의 부부 생활, 즉 자잘한 걱정거리나 언쟁과 질투 등을 보며 내심 경멸의 미소를 짓곤 했었다. 확신컨대 미래에 꾸려질 자신의 부부 생활에서 그런 것들은 있을 수 없으며 외적인 형태조차도 남들의 생활과는 모든 면에서 완전히 다를 수밖에 없으리라 생각했었다. 그런데 막상 닥치고 보니 어림도 없는 생각이었다. 아내와의 생활은 특별하지도 않았고, 심지어 예전에는 그토록 경멸했던, 그러나 이제는 자신의 의지에 반하여 논박할 수 없는 대단한 중요성을 갖게 된 예의 자잘한 일들로 꾸려지는 것이었다. 게다가 그 모든 자잘한 일들을 처리하는 것이 예전에 생각했던 것과 달리 전혀 쉬운 게 아님을 레빈은 깨달았다. 스스로 가정생활에 대해 아주 정확한 생각을 갖고 있다고 간주해 왔음에도 불구하고, 남자들이 죄다 그러듯이 무심결에 그것을 그저 사랑의 향유로만 그려 왔던 것이다. 그는 사랑이란 어떤 것으로도 방해받을 수 없으며, 자잘한 걱정거리 때문에 그로부터 한눈을 파는 일도 있을 수 없다고 생각해 왔다. 그가 생각하기에, 자신은 자신의 일을 하고 사랑의 행복 속에서 휴식을 취해야만 했다. 아내는 사랑을 받아야 하며, 오로지 그걸로 족했다. 역시 남자들이 모두 그러듯이, 그는 아내 역시 일을 해야 한다는 사실을 잊곤 했다. 또한 그토록 시적이고 아리따운 키티가 처음 몇 주도 아니고 단 며칠 사이에 식탁보와 가구, 손님용 요, 쟁반, 요리사, 식사 등등에 대해 그렇게 고민하고 기억하고 부산을 떨 수 있다는 사실에 깜짝 놀랐다. 아직 약혼자였던 시절 그는 뭐가 뭔지, 뭐가 필요한지 다 알고 있으며 사랑이 아닌 다른 일들도 생각할 줄 안다는 듯 외국 여행을 거절하고 시골로 가기로 결정하는 키티의 그 똑 부러진 면에 충격을 받았다. 그때는 그런 일이 그저 기분에 거슬리는 정도였는데, 지금은 자잘한 일에 신경을 쓰고 집안일로 걱정하는 그녀의 모습이 몇 차례나 그의 비위를 상하게 했다. 그러나 곧 그는 그런 일이 아내에게 불가피하다는 사실을 깨달았다. 또한 그녀를 사랑했기에, 왜 그래야 하는지 이해할 수 없을지언정, 그리고 그런 집안일들을 비웃을지언정, 그 모습을 보고 감동하지 않을 수 없었다. 그는 아내가 모스크바에서 배송된 가구들을 배치하는 모습이라든지, 자신과 남편의 방을 새롭게 정리하는 모습, 커튼을 다는 모습, 앞으로 손님들과 돌리가 묵을 방을 지정하거나 새로 들인 몸종이 묵을 방을 마련하는 모습, 요리사 영감에게 식사 준비를 지시하거나 식재료를 다루고 있던 아가피야 미하일로브나를 옆으로 떼어 놓고서 말다툼에 돌입하는 모습을 보며 우습게 생각하곤 했다. 서투르고 얼토당토않은 지시를 내리는 그녀를 바라보며 놀라서 미소를 짓는 요리사 영감과, 곳간을 새롭게 관리하는 젊은 주인마님의 모습에 정감 어린 표정으로 생각에 잠긴 채 고개를 절레절레 흔드는 아가피야 미하일로브나의 모습을 그는 보았다. 키티가 와서는 하녀 마샤가 이제는 아예 자기를 어린 아씨로 대한다고, 그 때문에 아무도 자기 말을 들으려 하지 않는다며 웃다가 울다가 했을 때는 그녀가 유달리 사랑스럽게 보이기도 했다. 그녀의 모습이 사랑스러웠지만 한편으로 이상했기 때문에, 그는 그런 일이 없는 편이 더 낫겠다고 생각했다.

그는 아내가 겪는 감정의 변화를 알지 못했다. 친정에 살때는 가끔 크바스를 곁들인 양배추 절임이나 사탕 같은 것을 먹고 싶어도 어느 것 하나 손에 넣을 수 없었지만, 이제 그녀는 원하는 걸 시키거나 사탕 한 무더기를 살 수도 있었고, 원하는 만큼 돈을 쓰고 원하는 종류의 생과자를 주문할 수 있게 되었다.

그녀는 이제 기쁜 마음으로 돌리가 아이들을 데리고 올 날을 꿈꾸고 있었는데, 무엇보다도 아이들이 각자 좋아하는 생과자를 주문할 수 있기 때문이었으며, 자신이 꾸며 놓은 그 모든 새살림을 돌리가 칭찬해 줄 것이기 때문이었다. 왜 그러는지, 무엇 때문인지는 자신도 알 수 없었지만, 집안 살림은 그녀의 마음을 걷잡을 수 없이 매료시켰다. 봄이 다가오는 것을 본능적으로 느끼고, 궂은 날 또한 오리라는 것을 알아차린 그녀는 혼신을 다하여 자신의 둥지를 틀었고, 서둘러 둥지를 트는 동시에 살림을 해내는 법을 배우기도 했다.

그렇게 자잘한 키티의 걱정거리들이야말로 신혼의 고상한 행복을 꿈꾸었던 레빈의 이상과는 완전히 대비되는 실망스러운 점 중 하나였다. 한편 그로서는 의미를 이해하지 못하면서도 사랑하지 않을 수 없는 그 앙증맞은 걱정거리들은 새롭게 발견한 매력적인 것들 중 하나이기도 했다.

또 다른 실망과 매력을 안겨 준 건 바로 부부 싸움이었다. 레빈은 자신과 아내 사이에 다정하고 정중하며 애정 어린 관계가 아닌 다른 것이 존재할 줄은 상상조차 못 했었다. 그러나 결혼한 지 며칠 안 되어 싸움이 벌어졌고, 아내는 그에게 〈나를 사랑하지 않고, 자기 자신만을 사랑한다〉라고 말하며 두 손을 내젓고는 울음을 터뜨렸다.

그 첫 번째 싸움은 새로 지은 농가에 갔던 레빈이 지름길로 돌아오려다 길을 잃는 바람에 반 시간가량 지체했기 때문에 벌어졌다. 집으로 가면서 그는 오로지 아내와 그녀의 사랑, 자신의 행복만을 생각했으며, 집에 가까워질수록 그의 마음속에서는 그녀에 대한 애정이 더욱더 달아올랐다. 그는 청혼을 하러 셰르바츠키 일가로 가던 때와 똑같은, 어쩌면 더 강렬한 감정을 품은 채 방으로 뛰어 들어갔다. 그런데 정작 그를 맞이한 것은 그녀에게서 단 한 번도 본 적이 없는 음울한 표정이었다. 아내에게 입을 맞추고자 했지만, 그녀는 그를 밀쳐 냈다.

「왜 그러는 거예요?」

「당신은 기분이 좋으시군요…….」 그녀는 침착하면서도 독기 어린 표정을 지으려 애쓰며 말문을 열었다.

그러나 입을 열자마자 얼토당토않은 질투와 비난의 말들이, 창가에 앉은 채 꼼짝 않고 보냈던 그 반 시간 동안 그녀를 괴롭혔던 모든 것들이 터져 나왔다. 그는 결혼식을 마친 뒤 그녀를 교회에서 데리고 나올 때까지는 전혀 몰랐던 사실을 그제야 처음으로 알게 되었다. 그녀와 자신이 단지 가까이 존재할 뿐만 아니라, 이제는 어디까지가 그녀이고 어디서부터가 자기 자신인지 알 수 없게 되었음을 느낀 것이다. 그 순간 경험한, 둘로 쪼개지는 듯 고통스러운 느낌을 통해서 깨달은 사실이었다. 처음에는 모욕적인 기분이 들었지만, 바로 그 순간 그는 아내에게 모욕당하는 일은 있을 수 없다는 것을, 그녀가 바로 자기 자신이라는 사실을 실감했다. 뒤통수를 세게 얻어맞은 사람이 분노와 복수심을 품고 범인을 찾고자 뒤로 돌아섰으나, 실은 자신이 무심결에 스스로를 때렸고 따라서 화풀이할 상대도 없으며 아픔을 이겨 내고 달래는 수밖에 없다는 것을 확인할 때와 유사한 심정을 그는 처음으로 맛보았다.

나중에는 그토록 강하게 느껴 본 적이 없지만, 처음 그러한 감정을 느꼈을 때는 한참 동안 정신을 차릴 수가 없었다. 본능은 그로 하여금 자신을 변호하고 아내에게 그녀의 잘못을 입증해 보일 것을 요구했다. 그러나 그녀의 잘못을 입증한다는 건 그녀의 화를 더욱 돋우고 모든 고통의 원인인 단절을 심화하는 것을 뜻했다. 습관은 그로 하여금 책임을 벗어버리고 아내에게 그것을 전가하라고 유혹했지만 보다 강렬한 또 다른 감정이 있었으니, 그것은 기왕 벌어진 단절을 더 키우지 말고 최대한 빨리 아물게 하는 쪽으로 그를 이끌었다. 부당한 비난을 감수한다는 건 괴로운 일이나, 변명을 하고 그녀를 아프게 하는 것은 더 나빴다. 비몽사몽간에 고통에 시달리는 사람처럼 그는 자기 자신에게서 아픈 데를 떼어 내팽개치려 했으나, 이윽고 정신을 차려 아픈 부분이 바로 자기 자신임을 깨달았다. 그러니 다만 고통을 견뎌 내도록 아픈 데를 도와주고자 노력해야 할 뿐이었고, 그래서 그렇게 하고자 애를 썼다.

그들은 화해했다. 자신의 실수를 깨달은 키티는, 잘못을 인정하지는 않았지만 남편에게 더 상냥하게 대했다. 그리하여 그들은 곱절의 새로운 행복을 맛보았다. 그럼에도 그 일은 더 이상의 충돌을 막지 못했고, 심지어 충돌은 아주 자주, 전혀 예기치 않은 하찮은 동기들에 의해서 반복되곤 했다. 그 까닭은 서로에게 중요한 것이 무엇인지를 아직 모르고 있기 때문이기도 했고, 신혼 초반인 그 시절에는 양쪽 모두 종종 감정이 예민하기 때문이기도 했다. 한쪽은 기분이 좋고 다른 쪽은 나쁠 경우 평화는 깨지지 않았지만, 양쪽 모두 기분이 좋지 않을 경우에는 도무지 납득이 가지 않는 하찮은 일로 인해 충돌이 일어나곤 했으며, 나중에 가서는 자기네가 뭘 가지고서 싸웠는지 기억조차 못 할 정도였다. 둘 다 기분이 좋을 때면 삶의 기쁨이 두 배가 되긴 했으나, 어쨌든 간에 신혼 초기는 그들에게 힘겨운 시절이었다.

그 시절 내내 특히 생생하게 느껴진 것은 바로 긴장감이었는데, 마치 두 사람을 묶어 주는 쇠사슬이 이쪽과 저쪽으로 팽팽하게 당겨지는 것만 같았다. 레빈이 풍문으로만 듣고서 너무나 많은 것을 고대했던 허니문, 즉 결혼 직후 한 달은 꿀맛 같기는커녕 그들의 인생에서 가장 고되고 굴욕적인 시절로 남았다. 뒤이은 삶 속에서, 그들 두 사람은 똑같이 그 병적이었던 시절의 흉하고 수치스러웠던 상황들을 기억에서 지워 버리고자 노력했다. 양쪽 다 정상적인 심리 상태일 때가 흔치 않았으며, 온전한 제정신일 때가 드물었던 시절이었다.

결혼 생활 석 달째로 접어들어 모스크바에 가서 한 달을 보내고 돌아온 이후에야, 그들의 삶은 한층 평탄해졌다.

15

막 모스크바에서 돌아온 그들은 자기들끼리만 있게 되어 기뻤다. 레빈은 서재의 책상 앞에 앉아서 글을 쓰고 있었다. 키티는 신혼 초에 입던, 그래서 레빈에게는 특히 소중하고 기억에 오래 남을 짙은 자줏빛 드레스를 오늘 다시 꺼내 입고는 레빈의 할아버지와 아버지 때부터 늘 서재에 놓여 있던 오래된 가죽 안락의자에 앉아 broderie anglaise(영국식 자수)를 놓았다. 레빈은 그녀가 곁에 있음을 끊임없이 흐뭇해하며 생각에 잠기거나 글을 썼다. 농사일도, 새로운 영농의 기본 원리가 서술되어야 할 책을 쓰는 일도 그는 소홀히 하지 않았다. 그러나 삶 전체를 뒤덮고 있는 암흑에 비하면 그런 일들과 생각들은 작고 하찮게만 여겨졌던 예전과 마찬가지로, 지금은 온통 행복의 빛으로 물든 눈앞의 생에 비해서 그것들이 너무나 시시하고 사소한 것 같았다. 그는 자신의 일을 계속했지만 지금은 관심의 초점이 다른 데로 옮겨 갔으며, 그 결과 자신이 하는 일을 전혀 다르게, 보다 명료하게 바라보게 되었음을 느꼈다. 예전에는 일이 그를 삶으로부터 구원해 주었다. 일이 없다면 삶이 너무나 어두울 것만 같던 시절이었다. 그런데 지금은 삶이 너무나 천편일률적으로 밝기만 하지 않도록 만들기 위해서 그 일들이 필요했다. 원고를 다시 손에 들고서 예전에 써놓은 것을 읽어 보니 그 일이 할 만한 가치가 있다고 여겨져 흡족했다. 작업은 새롭고 유익했다. 예전에 했던 생각들 중 많은 것들이 과하고 극단적이라는 느낌이 들었고, 모든 것을 기억 속에서 새롭게 되살리자 여러 빈틈들이 명확하게 보였다. 그는 지금 척박한 러시아 농업 현황의 원인에 관한 장(章)을 쓰고 있었다. 러시아의 빈곤은 토지의 옳지 못한 분배나 잘못된 발전 방향 때문만은 아니며, 최근 들어 그러한 빈곤을 촉발한 것은 비정상적으로 러시아에 접목된 외부 문명, 특히 도시로의 집중화 현상을 초래하는 교통로와 철도 및 사치 행각의 만연과 그 결과 초래된 농업의 손실, 그리고 공업, 금융, 또 그 부산물인 주식 투기의 발달이라는 점을 그는 논증하였다. 그가 생각하기에는 일국의 부가 정상적으로 성장하고 있을 경우, 이 모든 현상들은 오로지 농업에 이미 상당한 공을 들였을 때, 농업이 올바른 조건, 적어도 일정한 조건 속에 진입했을 때만 나타나는 법이었다. 일국의 부는 골고루 성장해야 하며, 특히 부의 다른 분야들이 농업을 앞서가서는 안 되었다. 농업의 일정한 현황에 조응하여 그것에 맞는 교통로가 생겨나야 하는데, 토지의 오남용 속에서 경제적 필요성이 아니라 정치적 필요성에 따라 생겨난 러시아의 철도는 시기상조로서, 기대했던 대로 농업을 촉진하는 대신 그것을 추월하고 공업 및 금융의 성장을 부추겨 결국에는 농업의 발목을 잡게 될 터였다. 마치 생명체의 경우 한 기관의 일면적이고 때 이른 발달이 전체적인 성장을 저해하는 현상이나 마찬가지였다. 따라서 유럽에서는 의심할 바 없이 필요 불가결하고 시기적절하게 출현한 금융, 교통로, 공업의 강화가 러시아에서는 농업의 정비라는 당면한 주요 문제를 밀쳐 내고 부의 전체적인 성장이라는 면에서 볼 때 해악만 끼칠 뿐이었다.

레빈이 책을 쓰는 동안, 키티는 모스크바를 떠나기 전날 밤 자신에게 경우 없이 지나치게 살갑게 구는 젊은 차르스키 공작을 남편이 부자연스러울 정도로 신경 썼던 일을 떠올리고 있었다. 〈질투했던 거야.〉 그녀가 생각했다. 〈맙소사! 정말이지 저이는 귀엽고 바보 같아. 나를 두고 질투를 하다니! 나한테 그런 남자들은 죄다 요리사 표트르 같은 존재라는 걸 알아야 할 텐데.〉 그녀는 스스로도 희한하게 느껴지는 소유욕을 품은 채 남편의 뒤통수와 붉은 목덜미를 응시하며 생각했다. 〈한눈을 팔게 해서 좀 미안하지만(그래도 저이는 시간에 맞춰서 해내겠지!) 얼굴을 봐야겠어. 내가 자기를 보고 있다는 걸 느낄까? 돌아봐 주면 좋겠는데…… 그러면 좋으련만!) 그러고서 그녀는 눈을 크게 뜨고는 자신의 시선이 강하게 작용하기를 바랐다.

「맞아, 그것들이 단물을 다 빨아먹고는 빛 좋은 개살구만 내주고 있다니까.」 글쓰기를 멈추고 이렇게 중얼거리던 그는, 아내가 자신을 보며 미소 짓고 있다는 걸 감지하고는 뒤를 돌아보았다.

「무슨 일이에요?」 그가 미소 띤 얼굴로 자리에서 일어서면서 물었다.

〈돌아봤어.〉 그녀가 생각했다.

「아무것도 아니에요. 당신이 돌아봐 줬으면 했어요.」 한눈을 팔게 해서 기분이 나쁜 것은 아닌지 알아내고자 남편을 주시하며 그녀가 대답했다.

「우리 둘만 있으니 참 좋죠! 내 기분은 그런데…….」 그가 행복에 겨운 미소를 환히 빛내며 아내에게 다가섰다.

「너무 좋아요. 이제 아무 데도 안 갈래요, 특히 모스크바에는요.」

「무슨 생각을 하고 있었는데요?」

「저요? 뭐냐면…… 아니, 아니에요. 가서 글 써요. 딴 데 한

눈팔지 말고요.」 그녀가 입술을 오므리며 말했다. 「나는 지금 여기를 오려서 구멍을 내야 해요. 여기 보이죠?」

그녀는 가위를 쥐고서 오려 내기 시작했다.

「그러지 말고, 얘기해 봐요. 뭐였는데?」 그가 아내 곁에 다가앉아 둥글게 움직이는 조그만 가위를 눈으로 좇았다.

「아, 내가 무슨 생각을 했느냐고요? 모스크바랑 당신 뒤통수 생각.」

「무슨 연유로 나한테 이런 행복이 주어졌을까? 이렇게 좋다니, 부자연스러워요.」 레빈이 아내의 손에 입을 맞추었다.

「나는 반대로, 좋으면 좋을수록 더 자연스러운걸요.」

「당신 머리채 좀 봐요.」 그가 아내의 머리를 조심스럽게 돌리며 말했다. 「이 머리채 좀 보게. 여기 말이에요. 아니, 아니지, 우리는 일하던 중이었는데.」

일은 더 이상 계속되지 않았고, 쿠지마가 차가 준비되었다고 아뢰러 방으로 들어왔을 때 그들은 나쁜 짓을 하던 사람들처럼 서로에게서 황급히 떨어졌다.

「읍내에 갔던 사람들은 돌아왔나?」 레빈이 쿠지마에게 물었다.

「방금 도착해서 짐을 풀고 있습니다.」

「빨리 오세요.」 그녀가 서재에서 나가며 레빈에게 말했다. 「안 그러면 당신 빼고 혼자서 편지를 읽어 버릴 거예요. 그리고 우리 같이 피아노 쳐요.」

혼자 남은 레빈은 아내가 사다 준 새 서류 가방에 책을 집어넣고는 역시 아내와 더불어 새롭게 생긴, 우아한 용품들을 갖춘 새 세면대에서 손을 씻기 시작했다. 그는 머릿속에서 떠오르는 이런저런 생각에 웃음을 짓다가, 문득 동의할 수 없다는 듯 고개를 내저었다. 그것은 그를 괴롭히는 죄책감에 가까운 감정이었다. 지금의 그의 삶 속에는 무언가 부끄럽고 유약한 것, 그의 표현에 의하면, 카푸아[24]적인 것이 있었다. 〈이렇게 사는 건 좋지 않아.〉 그가 생각했다. 〈벌써 석 달이 다 되어 가는데, 한 게 거의 아무것도 없어. 오늘에서야 처음으로 진지하게 일을 시작했지만, 어떻게 됐지? 시작하자마자 내팽개쳤잖아. 심지어 일상적인 일들, 그것들마저도 손을 놓고 있어. 농사일을 거의 둘러보지도 않고 있다고. 아내를 혼자 두기엔 안쓰럽기도 하고, 심심할 것 같기도 하니까 말이야. 결혼 전에는 생활이야 어떻게든 굴러가는 법이고 별거 아니지만, 결혼하고 나면 진짜 생활이 시작될 거라 생각했었지. 그런데 벌써 석 달이 다 되어 가는데, 이제까지 이렇게 무사안일하고 부질없이 시간을 보낸 적은 없었어. 아니야, 이래서는 안 돼. 일을 시작해야 해. 물론 아내는 잘못한 게 없어. 그녀를 탓할 건 없다고. 나 자신이 좀 더 확고해지고, 남편으로서 독립된 삶을 지켜 내야만 해. 안 그러면 이렇게 나 자신도, 그녀도 길들여질 수밖에…… 당연히 그녀의 잘못은 아니지만.〉 그가 속으로 중얼거렸다.

하지만 뭔가 불만스러운 사람이 누군가 제삼자를, 그것도 바로 가장 가까이 있는 사람을 그 불만스러운 점과 관련지어서 탓하지 않기란 어려운 법이다. 그녀 자신은 잘못이 없지만(그녀 탓은 전혀 아니었다) 너무나 피상적이고 경박한 그

---

24 나폴리 근처에 위치한 이탈리아의 고대 도시로 기원전 340년경 로마에 복속되었다. 기록된 바에 따르면, 제2차 포에니 전쟁 당시 로마군이 카푸아에서 겨울을 보냈는데, 이 겨울 숙영이 로마 전사들을 육체적·정신적으로 유약하게 만드는 바람에 이후 적군들과의 전투에서 참패했다고 한다. 〈카푸아적인 것〉은 톨스토이가 만든 용어로서 무사태평하고 나태한 시절을 뜻한다.

녀의 교육이 잘못이라는 생각이 어렴풋이 레빈에게 들었다
(그 머저리 차르스키 같으니. 장담하건대 그녀는 그를 제지
하고 싶었지만 그렇게 할 줄 몰랐던 거야!). 〈집안일에 대한
관심(이것은 분명했다), 그리고 자신의 몸단장과 broderie
anglaise(영국식 자수) 말고 그녀에게 진지한 관심사란 없어.
내 일에도, 농사일이나 농부들에 관해서도, 실력을 꽤 갖추고
있는 음악에도, 독서에도 관심이 없단 말이야. 아무것도 하는
게 없으면서 저렇게 흡족해하다니.〉 레빈은 내심 이렇게 질
책했는데, 사실 그가 깨닫지 못하는 사실이 있었다. 키티가
그녀에게 닥쳐올 수밖에 없는 시기를, 남편의 아내이자 집안
의 안주인이 되는 동시에 아이를 갖고 양육하게 될 때를 준
비하고 있다는 것 말이다. 직감적으로 그걸 알고서 그 어마어
마한 수고를 감당할 준비를 하기 위해, 지금 누리고 있는 태
평하고 행복한 순간들 속에서 아무런 자책감 없이 즐겁게 미
래의 보금자리를 꾸리고 있다는 사실을 레빈은 모르고 있
었다.

16

레빈이 위층으로 올라갔을 때, 아내는 새로 장만한 은제
사모바르와 새 다기 세트 앞에 앉아 있었다. 그녀는 연로한
아가피야 미하일로브나를 작은 탁자 앞에 앉히고서 차를 따
라 준 다음 돌리의 편지를 읽었다. 그들 부부는 돌리와 자주
편지를 주고받았다.

「이것 좀 보세요, 마님께서 나를 여기에 앉히셨답니다. 자

기랑 같이 앉자고 하시지 뭐예요.」 아가피야 미하일로브나가
키티를 향해 다정하게 미소를 지어 보이며 말했다.

그 말에서 레빈은 요 근래 그녀와 키티 사이에서 펼쳐졌던
드라마의 결말을 읽어 냈다. 새 안주인은 아가피야 미하일로
브나의 곳간 열쇠를 앗아 감으로써 그녀를 슬픔에 빠뜨렸으
되, 어쨌거나 그녀를 이겼을 뿐 아니라 자신을 좋아하게 만든
것이었다.

「자 여기, 당신한테 온 편지도 내가 읽어 봤어요.」 키티가
그에게 문법과 철자가 엉망인 편지를 건넸다. 「아마도, 당신
형님의…… 그 여자분한테서 온 것 같은데요.」 그녀가 말했
다. 「다 읽진 않았어요. 이건 친정 부모님과 돌리한테서 온 거
예요. 상상 좀 해봐요! 돌리가 사르마츠키가에서 열리는 아
이들 무도회에 그리샤랑 타냐를 데리고 갔었대요. 타냐는 후
작 부인 차림을 했고요.」

그러나 레빈은 그녀의 말을 듣고 있지 않았다. 그는 얼굴
을 붉힌 채 형의 정부였던 마리야 니콜라예브나의 편지를 손
에 쥐고서 읽기 시작했다. 벌써 그녀가 보내온 두 번째 편지
였다. 첫 번째 편지에서 마리야 니콜라예브나는 자기한테 아
무 잘못도 없는데도 형이 자신을 쫓아냈다고 적어 보냈고, 비
록 자신은 또다시 거지 신세가 되었지만 아무것도 요구하거
나 바라지 않는다면서, 다만 니콜라이 드미트리예비치가 쇠
약하기 때문에 자기 없이는 죽고 말 거라는 생각에 괴롭다고
가슴을 울리는 순진한 어투로 덧붙이며 동생분이 형을 좀 보
살펴 달라고 부탁했었다. 이번에 적어 보낸 내용은 달랐다.
그녀가 니콜라이 드미트리예비치를 찾아내 모스크바에서 다
시 살림을 합쳤으며, 그러다가 그의 근무지가 있는 어느 현청

소재지로 함께 갔다는 것이다. 그런데 그가 상관과 싸우는 바람에 도로 모스크바로 돌아왔는데, 오는 도중에 형이 병을 얻었고 아마 병석에서 일어나지 못할 것 같다는 내용이었다. 〈그분은 줄곧 당신 생각을 하셨어요. 게다가 더 이상은 돈이 없습니다.〉

「이것 좀 읽어 봐요, 돌리가 당신에 대해서 뭐라고 썼냐면요 ─」 키티가 웃으며 얘길 꺼내려다가 남편의 표정이 변한 걸 알아채고는 곧바로 말을 멈췄다.

「왜 그래요? 무슨 일이에요?」

「그녀가 그러는데, 니콜라이 형이 사경을 헤매고 있다는군. 가봐야겠어요.」

순간 키티의 표정이 변했다. 후작 부인처럼 꾸몄다는 타냐나 돌리에 대한 생각, 그 모든 것들이 순식간에 사라졌다.

「언제 갈 거예요?」 그녀가 물었다.

「내일.」

「나도 같이 갈래요. 그래도 되죠?」 그녀가 말했다.

「키티! 무슨 소리를 하는 거예요?」 그가 힐난하는 투로 말했다.

「무슨 소리냐뇨?」 남편이 자신의 제안을 못마땅하게 여기고 꺼려하는 것 같아 그녀는 기분이 상했다. 「왜, 가면 안 되나요? 방해하지 않을게요. 나는 ─」

「나는 형이 죽어 가기 때문에 가는 거라니까.」 레빈이 말했다. 「그런데 당신이 왜 ─」

「왜냐고요? 당신이랑 같은 이유 때문이죠.」

〈나한테 이토록 중요한 순간인데도 아내는 오로지 혼자서 심심할 거라는 걱정뿐이군.〉 레빈이 생각했다. 그 엄중한 상황에서 그런 핑계를 대는 것이 그의 화를 돋우었다.

「그건 안 될 말이에요.」그가 엄하게 말했다.

싸움이 벌어질 기미를 감지한 아가피야 미하일로브나가 조용히 찻잔을 내려놓고 방을 나갔다. 키티는 그녀가 나가는 것조차 몰랐다. 남편의 마지막 말에 내비친 어조가 그녀에게 모욕감을 불러일으켰는데, 무엇보다 자신이 한 말을 믿지 않는 게 분명해 보였기 때문이었다.

「내 말은, 당신이 간다면 나 역시 반드시 당신과 같이 갈 거라는 얘기예요.」그녀가 성난 목소리로 빠르게 내뱉었다. 「왜 안 된다는 거죠? 왜 안 될 말이냐고요!」

「왜냐하면 어디로 가게 될지, 어느 길로, 어떤 병원으로 가게 될지 모르니까. 당신 때문에 나는 운신하기 어려워질 거예요.」레빈은 냉정을 유지하려 애썼다.

「전혀, 난 아무것도 필요 없어요. 당신이 있는 곳이라면 나 역시 거기 있을 수─」

「글쎄, 당신이 가까이 해서는 안 되는 여자가 거기 있다는 것만으로도 벌써 안 된다니까.」

「거기 누가 있고 뭘 하는지 나는 아무것도 모르고, 알고 싶지도 않아요. 내가 아는 건 단지 내 남편의 형님이 죽어 가고 있고, 남편이 형님을 보러 간다는 것뿐이에요. 그러니 나도 남편이랑 함께─」

「키티! 화내지 말고, 생각을 좀 해봐요. 이건 중요한 일이고, 생각만으로도 머리가 아프단 말이에요. 그런데 당신은 혼자 남기 싫은 여린 마음에서 상황을 혼동하고 있어요. 혼자 있는 게 적적하면 모스크바로 가든지.」

「그것 봐요, 당신은 **항상** 나한테 천박하고 저열한 생각들을

457

뒤집어씌우고 있잖아요.」 그녀가 모욕감과 분노를 못 이기고 서 눈물을 쏟아 냈다. 「전혀 그게 아녜요. 나약함 때문도, 그 무엇 때문도 아녜요……. 나는 남편이 슬픔에 잠겨 있을 때 남편과 함께 있는 게 나의 도리라고 생각해요. 그런데 당신 은 일부러 내 속을 아프게 하고 일부러 이해하려 들지 않는 군요…….」

「이런, 끔찍하군. 무슨 노예가 된 것 같다고!」 레빈이 치미 는 화를 억누르지 못하고 자리에서 일어서면서 소리쳤다. 그 러나 바로 그 순간, 그는 자신이 스스로를 때리고 있다는 걸 느꼈다.

「그러면 왜 결혼을 했나요? 자유롭게 살지 그랬어요. 후회 할 거라면 결혼을 왜 했죠?」 그녀는 이렇게 말하더니 자리를 박차고 일어나 응접실로 뛰쳐나갔다.

레빈이 뒤쫓아 갔을 때 그녀는 흐느껴 울고 있었다.

그는 아내의 생각을 되돌릴 말이 아니라 그저 그녀를 진정 시킬 말을 찾고자 애쓰면서 말문을 열었다. 그러나 그녀는 듣 지 않았고, 어떤 말도 받아들이지 않았다. 그는 몸을 숙이고 서 싫다고 버티는 아내의 두 손을 잡았다. 그 손에 입을 맞추 고, 머리에도 입을 맞춘 뒤 다시 손에 입을 맞추었다. 그녀는 줄곧 말이 없었다. 하지만 레빈이 그녀의 양손을 잡고 자신의 얼굴에 포갠 다음 〈키티!〉라고 부르자 불현듯 정신을 차리더 니 잠시 울고 나서 마음을 풀었다.

두 사람은 다음 날 함께 떠나기로 결정했다. 레빈은 그녀 가 오로지 도움을 주기 위해 가려고 한다는 걸 믿는다고 했 고, 형 곁에 마리야 니콜라예브나가 있다 해도 그 어떤 불미 스러운 상황도 벌어지지 않을 거라는 말에 동의했다. 그러나

길을 가면서, 그는 마음 깊은 곳에 아내와 자신에 대한 불만을 품었다. 자신이 필요로 하는 시점에 자신을 놓아줄 마음을 먹지 못했다는 점에서 아내가 불만스러웠으며(참으로 기묘하게도, 얼마 전까지만 해도 그녀가 자신을 사랑해 줄 수 있다는 그 행운을 감히 믿지 못하던 그였는데, 이제는 자신을 너무나 사랑해 줘서 불행한 느낌이 드는 것이 아닌가!) 고집을 관철하지 못한 스스로가 불만스러웠다. 그보다 더 마음 깊은 곳에서 동의할 수 없었던 것은, 형과 함께 사는 그 여자는 전혀 문제 될 게 없다는 키티의 주장이었다. 그는 맞닥뜨릴 수 있는 온갖 충돌을 두려운 마음으로 떠올려 보았다. 자신의 아내가, 자신의 키티가 창녀와 한방에 있게 된다는 생각만으로도 혐오감과 공포감이 밀려와 그는 흠칫 몸을 떨었다.

17

니콜라이 레빈이 병들어 누워 있는 곳은 새롭게 개량된 모델들을 본떠 청결, 편의, 심지어 우아함까지 최상의 수준으로 갖춘 현청 소재지의 여러 호텔들 중 하나였다. 그러나 투숙객들이 몰려들면서 그러한 호텔들은 현대적 개량이라는 간판만 그럴듯하게 내걸었을 뿐, 실상은 지저분한 주점으로 하루가 다르게 변해 갔고, 겉만 번드레한 허위 때문에 결국은 그냥 더럽기만 한 낡은 호텔들보다 더 흉물스럽게 되어 갔다. 니콜라이 레빈이 있는 호텔 또한 이미 그러한 상태에 다다랐다. 마치 수위라도 되는 양 출입구에서 담배를 피우고 있는 지저분한 군복 차림의 병사도, 어둡고 불쾌한 철제 계단도,

지저분한 연미복을 입은 건방진 급사도, 밀랍으로 만든 먼지 쌓인 부케가 탁자를 장식하고 있는 중앙 홀도, 쓰레기와 먼지와 온 사방의 불결함도, 더불어 호텔의 새로운, 말하자면 현대 철도식의 자아도취적인 서비스도, 그 모든 것이 레빈 부부에게 신혼 이후 가장 참담한 감정을 불러일으켰다. 특히 호텔이 자아내는 허위적인 인상은 그들을 기다리고 있는 실상과 도저히 화합할 수 없는 것이었다.

언제나 그렇듯이, 어느 정도 가격의 방을 원하느냐는 질문에 뒤이어 좋은 방은 하나도 없다는 사실이 드러났다. 괜찮은 방 하나는 철도 감찰관이, 또 다른 하나는 모스크바에서 온 변호사가, 나머지 하나는 시골에서 온 아스타피예바 공작 부인이 차지하고 있었다. 더러운 방 한 개만 남았는데, 그 옆방이 저녁 무렵 빌 거라고 했다. 레빈은 자신이 걱정했던바, 즉 형의 상태가 어떨지 생각만 해도 심장이 터질 것 같은데도 도착하자마자 형에게 바로 달려가는 대신 아내를 챙겨 줘야 하리라는 예상이 그대로 실현되자 아내를 원망하며 그녀를 데리고 배정된 방으로 들어갔다.

「어서 가보세요, 어서요!」 그녀가 미안함과 두려움이 어린 눈길로 그를 쳐다보며 재촉했다.

말없이 문밖으로 나온 레빈은 곧바로 마리야 니콜라예브나와 마주쳤다. 그가 도착한 걸 알면서도 감히 방에 들어갈 생각은 못 하고 있었던 것이다. 그녀는 모스크바에서 봤을 때와 똑같은 모습이었다. 모직 드레스와 드러난 팔과 목, 선량하면서도 아둔해 보이는, 약간 살이 오른 듯한 얽은 얼굴도 여전했다.

「그래, 어떻습니까? 형은 어때요? 어떤 상태죠?」

「아주 안 좋아요. 일어나지를 못합니다. 내내 동생분을 기다렸어요. 그이는 동생분이…… 부인과 함께…….」

처음에 레빈은 그녀가 왜 그렇게 쩔쩔매는지 이해하지 못했지만, 곧바로 그녀의 설명이 이어졌다.

「전 나가 있을게요, 부엌에 가 있으려고요.」 그녀가 사정 얘기를 했다. 「그이가 기뻐할 거예요. 얘기를 들었거든요. 게다가 외국에서 부인을 만났었다며 기억하고 있더라고요.」

레빈은 그녀가 자신의 아내를 염두에 두고 있다는 걸 알아챘지만 뭐라 대답해야 할지 알 수가 없었다.

「갑시다, 어서 가요!」 그가 말했다.

그러나 그가 발을 떼자마자 방문이 열리더니 키티가 밖을 내다보는 것이었다. 레빈은 그녀 자신과 남편을 이런 곤란한 상황에 몰아넣은 아내에 대한 노여움과 수치심으로 얼굴을 붉혔다. 그러나 마리야 니콜라예브나의 얼굴이 그보다 더 빨개졌다. 온몸에 주눅이 들어 울음이라도 터뜨릴 듯 얼굴이 새빨개져서는, 무슨 말을 하고 뭘 해야 할지 모른 채 두 손으로 머릿수건 끄트머리를 잡아 불그레해진 손가락으로 배배 꼬고 있었다.

처음 한순간 레빈은 그 몰골 흉한 여인을 바라보는 키티의 시선에서 자기로서는 영문 모를, 굉장한 호기심을 발견했다. 그러나 그것은 한순간일 뿐이었다.

「어떻게 됐어요? 형님은 좀 어떠세요?」 그녀가 남편을 쳐다본 다음 마리야 니콜라예브나 쪽으로 시선을 돌렸다.

「자, 복도에서 떠들면 안 돼요!」 마침 그때 볼일을 보러 가느라 양다리를 떨며 복도를 지나가는 어느 신사를 돌아보며 레빈이 말했다.

「그러면, 방으로 들어오세요.」키티가 상태가 좀 나아진 듯한 마리야 니콜라예브나를 향해 말했다. 그러나 남편의 놀란 기색을 보더니, 〈아니면 가보시든가요. 가보세요. 그리고 저를 부르러 사람을 보내 주세요〉라고 말하고 방으로 도로 들어갔다. 레빈은 형에게로 갔다.

형에게서 그런 모습을 보게 되고 그런 감정을 느끼게 될줄, 레빈은 전혀 예상치 못했다. 익히 들어 왔고, 가을에 형이 찾아왔을 때 자신을 그토록 놀라게 했던 모습, 폐결핵 환자들에게 종종 나타나는 자기기만을 또다시 보게 되리라고만 생각했을 뿐이었다. 임박한 죽음의 육체적 징후들이 좀 더 분명해져 더 쇠약해지고 더 여위었으되 그럼에도 불구하고 지난번과 거의 똑같은 상태일 거라고 그는 예상했었다. 지난번에 겪었던 것과 똑같은, 사랑하는 형을 잃는 슬픔과 죽음 앞에서의 공포의 감정을 좀 더 강도 높게 느끼게 되리라는 생각으로 그에 대한 마음의 준비를 하고 있던 터였다. 그러나 상황은 전혀 달랐다.

칠이 된 벽의 널빤지에는 침 자국이 선연하고 벽의 얇은 칸막이 너머로 말소리가 다 들려오는 작고 더러운 방 안, 불결한 공기의 후덥지근한 냄새가 곳곳에 밴 가운데, 벽에서 조금 떨어진 침대 위에 사람의 몸뚱어리가 이불에 덮여 누워 있었다. 그 몸뚱어리의 한쪽 팔은 이불 위로 나와 있었는데, 손목부터 팔꿈치까지 평평한, 가늘고 기다란 요골에 기묘하게 갈퀴처럼 거대한 손이 붙어 있었다. 머리는 베개 위에 옆으로 뉘여 있었다. 땀에 젖어 관자놀이에 듬성듬성 붙은 머리카락과 거의 투명하다시피 한 평평한 이마가 레빈의 눈에 들어왔다.

〈저 끔찍한 몸뚱어리가 니콜라이 형일 리는 없어.〉 레빈이 생각했다. 그러나 가까이 다가가서 얼굴을 보니 의심의 여지가 없었다. 얼굴이 엄청나게 변했음에도 불구하고 레빈은 방문객을 향해 치켜뜬 그 살아 있는 두 눈을, 달라붙은 콧수염에 가려진 채 가볍게 들썩이는 입술을 알아보고는 이 죽은 듯한 몸뚱어리가 살아 있는 형이라는 무서운 진실을 깨달았다.

빛나는 두 눈이 방으로 들어선 동생을 책망하듯 엄하게 주시했다. 그러자 곧바로 그 눈길에 의해서 산 자들 간에 살아 있는 관계가 맺어졌다. 형의 눈길 속에서 책망의 기색을 감지한 레빈은 자신의 행복에 죄책감을 느꼈다.

콘스탄틴이 손을 잡자 니콜라이가 미소를 지었다. 간신히 눈에 띌 정도로 희미한 미소였다. 그럼에도 불구하고 두 눈의 엄한 기색은 여전했다.

「내가 이런 꼴을 하고 있을 줄 몰랐겠지.」 그가 힘겹게 말문을 열었다.

「네…… 아니에요.」 레빈이 더듬거리며 대답했다. 「왜 진작 알려 주시지 않았어요? 결혼식 무렵에 말이에요. 온 데 수소문을 했었어요.」

침묵을 깨기 위해서는 말을 해야 했으나, 레빈은 무슨 말을 해야 할지 몰랐다. 더군다나 형은 아무런 대답도 없이 눈을 치켜뜬 채 그를 바라보기만 했다. 그의 말 한 마디 한 마디에 담긴 뜻을 곱씹고 있는 게 분명했다. 레빈은 아내도 함께 왔다고 알렸다. 니콜라이는 흡족해했으나, 자신의 몰골로 인해 그녀가 놀랄까 봐 염려된다고 말했다. 잠시 침묵이 감돌았다. 갑자기 니콜라이가 몸을 들썩이면서 입을 열어 말을 하기 시작했다. 형의 표정을 본 레빈은 무언가 대단히 의미심장하고 중요한 말이 나오리라 기대했다. 그러나 니콜라이는 자신의 건강 상태에 대해서 이야기를 꺼냈다. 그는 의사를 비난했으며, 모스크바 출신의 저명한 의사가 없다고 아쉬워했다. 그로써 레빈은 형이 아직도 희망을 버리지 않았다는 사실을 눈치챌 수 있었다.

침묵이 깃들자 레빈은 잠시만이라도 괴로운 심정에서 벗어나고자, 아내를 데리고 오겠노라고 말하며 자리에서 일어났다.

「그렇게 하려무나. 여길 좀 치우라고 하마. 더럽고 악취가 풍기는 것 같아서 말이야. 마샤! 여기 좀 치워.」 병자가 간신히 말했다. 「치운 다음엔 나가 있도록 해.」 그가 묻는 듯한 눈길로 동생을 바라보며 덧붙였다.

레빈은 아무런 대꾸도 하지 않았다. 복도로 나온 그는 그 자리에 멈춰 섰다. 아내를 데려오겠다고 말하긴 했지만 그 순간 자신이 느낀 감정을 돌이켜 보고는, 그게 아니라 병자한테 가지 말라고 아내를 설득해야겠다고 마음먹었다. 〈뭣 때문에 그녀가 나처럼 고통받아야 하느냐고!〉

「어떻게 됐어요? 어떠신가요?」 겁먹은 표정으로 키티가 물었다.

「아아, 정말 끔찍해, 끔찍하다니까! 당신은 대체 뭣하러 온 거예요?」 레빈이 말했다.

키티는 남편을 조심스럽고도 안쓰럽게 바라보며 잠시 침묵했다. 그러다가 그에게 다가가 양손으로 그의 팔꿈치를 잡았다.

「코스챠! 나를 그분에게 데려가 주세요. 함께 있으면 덜 힘들 거예요. 나를 데려다만 주세요, 제발요. 데려다주고 나가 계세요.」그녀가 설득하기 시작했다. 「당신을 보면서도 그분은 뵙지 않는 건 내게 훨씬 더 힘든 일이라는 걸 알아주세요. 내가 거기 있으면 아마도 당신과 형님에게 도움이 될 거예요. 제발 가게 해줘요!」그녀는 애걸하다시피 했다. 마치 평생의 행복이 그 일에 달려 있다는 투였다.

레빈은 허락할 수밖에 없었다. 그는 마음을 추스르고 마리야 니콜라예브나에 대해서는 벌써 까맣게 잊은 채 다시 키티와 함께 형에게로 갔다.

키티는 사뿐사뿐 걸음을 내디디며 쉴 새 없이 남편을 힐끗힐끗 쳐다보면서, 자신의 용감하고 연민이 깃든 얼굴을 보여주었다. 병자의 방으로 들어선 그녀는 찬찬히 뒤로 돌아서 조용히 문을 닫았다. 그런 뒤 소리 없는 발걸음으로 재빨리 병상으로 다가갔는데, 병자가 고개를 돌리지 않아도 되도록 건너편으로 가서는 자신의 젊고 싱싱한 손으로 뼈만 앙상한 그의 커다란 손을 꼭 쥔 채 오로지 여성만이 보여 줄 수 있는 조용한 활기로 상대가 모욕감을 느끼지 않게끔 하면서 병자와 이야기를 나누기 시작하는 것이었다.

「뵌 적이 있었죠, 서로 인사는 못 나눴지만요. 조덴에서 말이에요.」그녀가 말했다. 「제가 제수가 될 줄은 모르셨을 거예요.」

「날 못 알아볼 텐데?」그녀가 들어올 때부터 환하게 미소를 짓고 있던 그가 말했다.

「아뇨, 알아보겠는데요. 우리에게 소식 주시길 참 잘하셨어요! 코스챠는 하루도 아주버님을 생각하며 걱정하지 않는 날이 없었어요.」

그러나 병자가 생기를 띤 것은 잠시였다.

그녀가 미처 말을 마치기도 전에, 책망하는 듯한 그의 엄한 얼굴 표정에서는 죽어 가는 자가 산 자에 대해서 품는 질투가 내비쳤다.

「아무래도 여기는 아주버님이 계시기에 썩 좋은 곳은 아닌 것 같아요.」 키티는 병자의 집요한 시선으로부터 고개를 돌리고는 방을 둘러보았다. 「주인에게 다른 방이 있는지 알아봐야겠어요.」 그녀가 남편에게 말했다. 「우리 방에서 더 가까이 계실 수 있도록 말이에요.」

18

레빈은 차분하게 형을 바라볼 수 없었을 뿐 아니라 형 앞에서 자연스럽고 침착하게 굴 수도 없었다. 병자의 방에 들어설 때면 그의 시선과 주의력은 무의식중에 차단되어 형의 상태를 세세하게 살펴보지도, 분별하지도 못했다. 끔찍한 악취를 맡고 더러움과 난잡함, 고통스러운 상태와 신음을 목도하면서도 그것을 개선할 길은 없다고 느낄 뿐이었다. 병자가 어떻게 누워 있으며 이불 속에서 저 몸을 어떻게 구부리고 있는지, 저 여윈 정강이와 허벅지와 등허리는 어떻게 놓여 있는지, 어떻게든 더 편안하게 놓일 수는 없는지, 더 좋아질 수 없다면 덜 나쁘게라도 할 수는 없는지, 병자의 상태를 세세하게 헤아릴 생각을 그는 전혀 하지 못했다. 그 모든 세세한 점들을 생각하기 시작하면 등줄기에 소름이 쫙 끼치곤 했다. 그는 수명을 연장하기 위해서도, 고통을 경감하기 위해서도 할 수 있는 것은 아무것도 없다고 의심할 바 없이 확신하고 있었다.

어떤 도움도 불가능하다고 여기는 그의 의식이 병자에게도 전해져 그의 화를 돋우었다. 그로 인해 레빈은 더욱 힘들었다. 병자의 방에 있는 게 괴로웠고, 거기 있지 않는 건 더 괴로웠다. 그는 끊임없이 온갖 구실을 대면서 나갔다가, 혼자 있을 수가 없어 다시 들어오곤 했다.

그러나 키티는 전혀 다르게 생각하고 느끼고 행동했다. 환자를 보면 그녀는 그에 대해 연민을 느꼈다. 그리고 그 연민은 그것이 그녀의 남편에게 불러일으키는 공포와 혐오의 감정과는 전혀 다르게, 몸을 움직여서 병자의 상태를 세세하게 알아보고 그를 도와줘야 한다는 생각을 그녀의 여성적인 심성에 불러일으키는 것이었다. 자신이 그를 도와야 한다는 사실에 일말의 의심도 품지 않았기에 그녀는 그것이 가능하다는 것 역시 의심하지 않았으며, 주저 없이 그 일에 착수했다. 생각만으로도 그의 남편을 공포로 몰아넣었던 바로 그 세세한 점들이 곧바로 그녀의 주의를 끌었다. 그녀는 의사를 부르는가 하면 약국에 사람을 보냈고, 그곳에 데려온 하녀와 마리야 니콜라예브나에게 먼지를 쓸고 닦도록 시켰으며, 자신 또한 이것저것을 씻거나 닦아 내고 이불 밑에 뭔가를 덧씌우곤 했다. 그녀의 지시에 따라 사람들이 이런저런 것들을 병자의 방에 들이거나 내갔다. 그녀는 지나치며 마주치는 사람들도 아랑곳하지 않은 채 몸소 자기 방에 몇 번씩이나 들러서 면포나 베갯잇, 수건, 루바시카를 가져오곤 했다.

홀에서 기술자들에게 식사를 나르던 급사가 그녀의 호출을 받고 화가 잔뜩 난 얼굴로 몇 차례나 다녀가곤 했는데, 도저히 외면할 수 없게끔 그녀가 너무나 상냥하고 간곡하게 부탁하는 바람에 시키는 일을 하지 않을 수가 없었다. 레빈은 그 모든 것이 못마땅했다. 그는 그런 처사가 병자에게 어떻게든 도움이 되리라고 믿지 않았다. 무엇보다도 병자가 노여워할까 봐 염려했다. 하지만 병자는 그런 처사에 무심한 듯 노여워하지 않았고, 다만 부끄러워할 뿐이었다. 그녀가 자기를 위해 하는 일들에 그는 흥미를 느끼는 것 같았다. 키티의 심부름으로 의사에게 다녀온 레빈은 방문을 열자마자 키티의 지시에 따라 병자의 속옷을 갈아입히는 장면을 맞닥뜨리게 되었다. 큼직한 견갑골과 갈비뼈와 추골이 불거져 나온 병자의 길고 하얀 등이 훤히 드러난 가운데, 마리야 니콜라예브나와 급사가 늘어진 긴 팔을 루바시카의 소매에 제대로 넣지 못해 허둥거리고 있었다. 키티가 황급히 레빈의 뒤로 가서 문을 닫은 다음 시선을 옆으로 돌렸다. 그러나 병자가 신음하자 그녀는 잽싸게 그에게로 다가갔다.

「빨리 좀 입혀 드려요.」그녀가 말했다.

「오지 말아요.」병자가 노기 어린 목소리로 뇌까렸다. 「내가 알아서…….」

「뭐라고 하셨어요?」마리야 니콜라예브나가 되물었다.

그러나 그의 말을 알아들은 키티는 그가 자기 앞에서 벌거벗는 것을 부끄럽고 꺼림칙하게 여긴다는 사실을 알아챘다.

「아니, 안 볼게요!」그녀가 팔을 바로잡아 주면서 말했다. 「마리야 니콜라예브나, 건너편으로 가서 좀 잡아 주세요.」그녀는 덧붙였다.

그리고 이번에는 남편을 향해 말했다. 「저기, 방에 가면, 내 작은 주머니에 작은 유리병이 있거든요. 옆 주머니에요. 그것 좀 가져다줘요. 그사이에 여기를 다 치워 놓을게요.」

유리병을 갖고 돌아온 레빈은 병자가 이미 자리에 누워 있고 모든 것이 완전히 달라진 광경을 목도했다. 지독했던 악취는 향수 섞인 식초 냄새로 바뀌어 있었다. 키티가 입술을 내밀고 불그레한 뺨을 부풀려 대롱을 통해 그걸 내뿜었던 것이다. 먼지는 온데간데없어졌고, 침대 밑에는 양탄자가 깔려 있었다. 탁자에는 유리병들과 물병이 가지런히 세워지고, 필요한 속옷들과 키티의 broderie anglaise(영국식 자수) 용품도 보였다. 병자의 침상 옆에 있는 또 다른 탁자 위에는 음료와 양초, 가루약이 놓여 있었다. 한편, 병자는 깨끗이 씻고 머리도 빗질된 채 깨끗한 시트 위에 푹신한 베개를 베고 누워 있었다. 기이할 정도로 가느다란 목을 감싸는 흰 옷깃이 달린 깨끗한 루바시카를 입은 채 키티를 주시하는 그의 표정에는 희망이 어려 있었다.

클럽에 있는 걸 발견하고 레빈이 데려온 의사는 니콜라이 레빈이 불평했던 원래의 담당 의사가 아니었다. 새로운 의사는 청진기를 꺼내 환자를 진찰한 다음 고개를 내젓더니 처방전을 써주었다. 그러고는 먼저 약의 복용법에 대해서, 그다음에는 식이요법에 대해서 각별히 세심하게 설명하며 날달걀 혹은 살짝 삶은 달걀과 일정한 온도로 중탕한 우유를 섞은 탄산수를 권해 주었다. 의사가 나가자 병자는 동생에게 무언가를 말했다. 그러나 레빈은 〈너의 카탸〉라는 마지막 두 마디만 알아들을 수 있었다. 키티를 바라보는 형의 눈빛을 보고서야 그는 형이 그녀를 칭찬하고 있다는 걸 알아챘다. 형은 늘 하던 대로, 그녀를 카탸라고 부르며 오라고 했다.

「훨씬 나아졌어요.」 그가 말했다. 「제수씨와 함께 있었더라면 한참 전에 병이 나았을 텐데. 얼마나 좋은지 몰라요!」 그가 키티의 손을 잡고는 자기 입술 쪽으로 가져갔다. 그러나 그녀가 불쾌해할까 봐 저어했는지 생각을 고쳐먹고는 손을 내려놓고 그저 쓰다듬기만 했다. 키티가 양손으로 그의 손을 잡고서 꼭 쥐었다.

「이제 나를 왼쪽으로 눕혀 주고 그만 가서 자요.」그가 말했다.

누구도 그의 말을 알아들을 수 없었지만, 키티만은 알아들었다. 병자가 뭘 필요로 하는지를 끊임없이 마음속으로 살피고 있었기에 그의 말을 이해했던 것이다.

「반대편으로 눕혀 달라시네요.」그녀가 남편에게 말했다. 「항상 그쪽으로 누워서 주무시거든요. 고쳐 눕혀 드리세요, 하인을 부르기가 뭣해서요. 나는 못 해요. 당신은 할 수 있나요?」그녀가 마리야 니콜라예브나를 향해서 물었다.

「못 하겠어요.」마리야 니콜라예브나가 대답했다.

저 무시무시한 몸뚱어리를 두 팔로 끌어안고 알고 싶지 않았던 이불 속의 그 부위들을 만지는 일이 너무나 두려웠지만, 아내의 영향에 압도된 레빈은 아내가 익히 알고 있는 예의 결연한 얼굴을 하고는 두 손을 밀어 넣어 형의 몸을 안아 올리려 했다. 그러나 힘이 모자라지 않음에도 불구하고 극도로 쇠약해진 사지가 기이할 정도로 무거워 그는 깜짝 놀랐다. 그가 자신의 목에 감긴 큼지막하고 깡마른 손을 느끼며 형을 돌아눕히는 사이, 키티는 소리 없이 재빠르게 베개를 뒤집어 놓고서 살짝 두드린 다음 병자의 머리와 또다시 관자놀이에 들러붙은 듬성듬성한 머리카락을 가다듬어 주었다.

병자는 동생의 손을 부여잡았다. 형 자신의 손으로 뭔가를 하고자 그것을 어디론가 잡아당기는 듯한 느낌이었다. 레빈은 심장을 졸이며 몸을 내맡겼다. 그러자 형은 그의 손을 자기 입술로 가져다가 입을 맞추었다. 레빈은 흐느낌이 북받쳐 올라 몸을 떨었다. 그러고는 아무런 말도 못 한 채 방을 나왔다.

19

〈지혜로운 자들에게는 이 모든 것을 감추시고 오히려 철없는 어린아이들과 무지한 자들에게 나타내 보이시다.〉[25] 그날 밤 레빈은 아내와 대화를 나누면서 그녀에 대해 이런 생각을 떠올렸다.

그가 복음서의 구절을 떠올린 것은 스스로를 지혜로운 자라고 여기기 때문이 아니었다. 그는 스스로를 지혜롭다고 생각하지 않았다. 하지만 자신이 아내와 아가피야 미하일로브나보다 똑똑하다는 사실을 모를 수는 없었고, 죽음에 대해 생각할 때면 전력을 다해 숙고한다는 점을 인정하지 않을 수 없었다. 그는 숱한 위대한 남자 지성인들이 그 문제에 관해서 생각하였음을 알고 그들의 사상을 책에서 접하기도 했으나, 이제 그들은 자신의 아내나 아가피야 미하일로브나가 알고 있는 바의 1백 분의 1도 모르고 있다는 것을 깨달았다. 아가피야 미하일로브나와 카탸(니콜라이 형은 키티를 그렇게 불렀고, 이제 레빈도 그녀를 그렇게 부르는 게 무척 마음에 들었다)는 서로 아무리 다를지언정, 그 점에 있어서는 완전히 닮아 있었다. 삶이란 무엇이며 죽음이란 무엇인지, 두 사람 모두 확실하게 알고 있었다. 레빈이 생각하는 문제들에 대해 대답은커녕 이해조차 못 할지언정 그러한 현상이 지니는 의

25 『마태오의 복음서』 11장 25절이 약간 변형되어 인용된 구절이다.

미에 대해서는 의심하지 않았고, 둘만이 아니라 수백만 사람들과 관점을 공유하며 그것을 한결같이 바라보는 것이었다. 죽음이란 게 무엇인지 두 사람이 확고하게 알고 있다는 증거는, 죽어 가는 사람 앞에서 어떻게 처신해야 하는지를 한 치의 의심도 없이 이해하며 그들을 두려워하지 않는다는 데 있었다. 반면 레빈이나 다른 이들은 죽음에 대해 많은 것을 논할 수는 있어도 그것을 모르는 게 분명했으니, 왜냐하면 그들은 죽음을 두려워했으며 사람들이 죽어 갈 때 무엇을 해야 하는지 전연 모르기 때문이었다. 만일 레빈이 지금 니콜라이 형과 둘만 있었더라면 그는 두려움을 품은 채 형을 쳐다보고 그리하여 더 큰 두려움을 품은 채 기다릴 뿐, 그 이상의 그 무엇도 할 줄 몰랐을 것이다.

그뿐 아니라 무슨 말을 해야 하는지, 어떻게 쳐다봐야 하는지, 어떻게 걸어다녀야 하는지도 그는 몰랐다. 상관없는 일에 대한 이런저런 이야기는 무례하다는 생각에 할 수가 없었고, 죽음이나 음울한 것에 대해서도 역시 언급할 수 없었다. 침묵하는 것도 안 될 일이었다. 〈쳐다보면 내가 자기를 탐색한다고 생각할 테고, 쳐다보지 않으면 딴전을 피운다고 생각할 테지. 까치발로 다니면 기분 나빠 할 테고, 성큼성큼 걷자니 미안하고.〉 반면에 키티는 자기 자신에 대해 생각하지 않았으며 그럴 겨를조차 없어 보였다. 그녀는 뭔가를 알고 있었기에, 오로지 형에 대해서만 생각했다. 시아주버님에 대해 생각했으며, 그로써 모든 게 순조롭게 되어 갔다. 그녀는 자기 자신이나 자신의 결혼식에 대해서 이야기해 주었고, 미소를 짓기도 했고, 그를 가엾이 여기기도 했으며, 위로하기도 했고, 완쾌될 경우에 대해 이야기하기도 했는데, 그 모든 일의 결과가 좋았다. 그런즉 그녀는 알고 있었던 것이다. 그녀와 아가피야 미하일로브나의 처신이 본능적이거나 동물적이거나 비합리적인 것이 아니라는 증거는, 아가피야 미하일로브나도 키티도 육체적인 간병이나 고통의 완화 외에 죽어 가는 자를 위해 또 다른 무언가를, 육체적인 간병보다 더 중요하고 육체적 조건과는 아무 관계도 없는 어떤 것을 요구한다는 점이었다. 아가피야 미하일로브나는 죽은 영감에 대해 이야기하던 중 이런 말을 했었다. 〈천만다행히도 성체 성혈 성사도 받고 성유 성사도 받았다지 뭐예요. 부디 하느님께서 모든 이들이 그렇게 죽을 수 있게 해주시길.〉 카탸도 마찬가지로 속옷이나 욕창, 음료 같은 데 신경 쓰는 것 말고도, 첫날부터 성찬식과 성유 성사를 반드시 받아야 한다고 병자를 설득했다.

밤이 되어 부부가 병자의 방에서 자신들이 묵는 방으로 돌아왔을 때 레빈은 뭘 해야 할지 몰라 고개를 떨군 채 자리에 앉아 있었다. 저녁 식사를 한다거나 잠자리를 챙긴다거나 앞으로 무슨 일을 할지 궁리한다거나 하는 것은 고사하고, 심지어 아내와 얘기조차 할 수가 없었다. 그는 부끄러웠던 것이다. 반면에 키티는 평소보다도 더 활동적이었고, 심지어 더 생기 있기까지 했다. 저녁 식사를 내오도록 이르는가 하면 짐을 손수 정리했으며, 이부자리 까는 것을 돕고 거기 빈대 약을 뿌리는 것도 잊지 않았다. 그녀의 정신은 각성되어 있었고, 사리 분별이 빨랐다. 그것은 전투를 목전에 둔 남자들에게서 나타나는 징후로, 삶의 위급하고 결정적인 순간에, 자신의 가치와 그의 모든 과거가 헛된 것이 아니라 그 순간을 위한 준비였음을 단 한 번, 그리고 영원히 보여 주게 될 그러한 순간에 발현되는 것이었다.

그녀의 모든 일이 잘 진척되고 물건들 또한 모두 깨끗하고 깔끔하게 정리된 것은 자정이 채 안 된 시각이었다. 호텔 방이 희한하게도 그들의 집, 그녀의 방과 비슷해져 있었다. 이부자리가 깔리고, 브러시와 빗과 거울이 놓이고, 냅킨이 펼쳐졌다.

레빈은 지금 먹는 것이나 자는 것, 심지어 말하는 것조차 허용될 수 없다고 생각했으며 자신의 일거수일투족이 점잖지 못한 것만 같았다. 반면에 그녀는 브러시들을 정돈하고 있었는데, 거기에 무례한 구석이라곤 전혀 없다는 듯 그 일을 하는 것이었다.

그러나 먹는 것에 한해서는 둘 다 전혀 내키지 않았으며, 한참 동안 잠들지 못했다. 심지어 그들은 오랫동안 잠자리에 들지도 않았다.

「내일 성유 성사를 받으시도록 설득해서 너무 기뻐요.」그녀가 얇은 상의 차림으로 접이식 거울 앞에 앉아 보드랍고 향기 나는 머리카락을 참빗으로 빗으며 말했다. 「직접 본 적은 없지만 병자의 회복을 위한 기도에 대해서 엄마가 말씀해 주신 적이 있어요.」

「정말로 형이 회복될 수 있다고 생각해요?」앞쪽으로 빗을 가져갈 때마다 계속 가려지는 그녀의 동그랗고 조그만 뒤통수의 좁다란 가르마를 바라보며 레빈이 물었다.

「의사한테 물어봤더니 사흘 이상은 못 버틸 거라고 하더군요. 하지만 과연 그들이 확신할 수 있을까요? 어쨌든 간에 나는 아주버님을 설득해서 정말 기뻐요.」그녀가 머리카락 사이로 남편을 곁눈질하며 말을 이었다. 「무슨 일이든 일어날 수 있는 거잖아요.」종교에 대한 이야기를 할 때면 늘 얼굴에 떠오르곤 하는 예의 특이하고 다소 미묘한 표정을 지으며 그녀가 덧붙였다.

아직 약혼한 사이였을 때 둘이서 종교에 관해 대화를 나눈 이후로는 그도 그녀도 그 문제에 관해서 얘기를 꺼낸 적이 결코 없었다. 그러나 그녀는 하던 대로 교회에 가서 예배를 드리고 기도를 올렸으며, 그렇게 해야 한다는 혼자만의 조용한 생각을 언제나 품고 있었다. 남편이 자신과는 반대되는 신념을 갖고 있음에도 불구하고 그녀는 남편 역시 똑같은, 심지어 자신보다 더 훌륭한 그리스도교도라고, 그가 종교에 대해 말하는 온갖 얘기들은 남자들이 저지르는 우스꽝스러운 객기 중 하나로, 〈착한 사람들은 구멍을 깁는데, 그녀는 일부러 구멍을 내고 있다〉는 둥 broderie anglaise(영국식 자수)에 관해서 그가 운운했던 것과 다를 게 없다고 굳게 믿고 있었다.

「그래, 그 여자, 마리야 니콜라예브나는 그 모든 일을 잘 처리할 줄 모르더군.」 레빈이 말했다. 「그리고…… 고백하건대, 당신이 와줘서 너무, 너무 기뻐요. 당신은 참으로 정결하고…….」 레빈이 아내의 손을 잡더니 입은 맞추지 않고(죽음이 그토록 임박한 상황에서 그녀의 손에 입을 맞추는 건 예의에 어긋난 행동 같았기 때문이다) 죄스러운 표정으로 환히 빛나는 그녀의 두 눈을 응시하면서 다만 꼭 쥐었다.

「당신 혼자였더라면 힘들었을 거예요.」 그녀가 만족감으로 붉게 상기된 뺨을 가리고 있던 양손을 높이 들어 올려, 머리채를 잡고 뒤통수에 돌돌 감은 뒤 핀을 꽂기 시작하며 말을 이었다. 「그래요, 그녀는 할 줄 몰랐던 거예요……. 다행히도 나는 조덴에서 많은 것을 배웠어요.」

「거기에 정말 저런 병자들이 있단 말인가요?」

「거기 사람들은 상태가 더 안 좋아요.」

「나로서는 형에게서 젊었던 시절의 모습을 보지 않을 수가 없어서 참담해요……. 형이 얼마나 매력적인 청년이었는지, 당신은 믿지 못하겠지. 그때 나는 형을 이해하지 못했어요.」

「믿어요, 굳게 믿는다고요. 정말이지 아주버님과 나는 **아마도** 참 친하게 지냈을 거예요.」그녀가 이렇게 말하고는 자기가 한 말에 깜짝 놀라 남편을 돌아보았다. 그녀의 눈에 눈물이 고였다.

「그래, **아마도 그랬겠지.**」그가 음울한 어조로 응수했다. 「속세에는 어울리지 않는다고 여겨지는 사람들 중 한 명이었으니까.」

「어쨌거나 앞으로도 여러 날을 보내야 하니, 이제 잠자리에 들어야겠어요.」키티가 자신의 자그마한 시계를 흘깃 보고는 말했다.

20
죽음

이튿날 병자는 성체 성혈 성사와 성유 성사를 받았다. 의식을 치르는 내내 니콜라이 레빈은 열렬히 기도했다. 꽃무늬 냅킨이 깔린 카드놀이용 탁자 위의 성상에 고정된 그의 커다란 눈에는 레빈으로서는 쳐다보기가 두려울 정도로 열렬한 간구와 소망이 어려 있었다. 레빈의 눈에 이 열렬한 간구와 소망은 형이 그토록 사랑하는 삶과의 작별을 가일층 힘들게 만들 뿐이었다. 레빈은 형이라는 사람을, 그의 사상의 궤적을 알고 있었다. 형에게 신에 대한 불신이 생겨난 것은 신앙 없이 사는 게 더 수월해서가 아니라, 세계의 현상들에 대한 현대 과학의 설명이 차츰차츰 신앙을 몰아내 버렸기 때문이었다. 따라서 이제 와서 형이 신앙으로 복귀하는 행위는 바로 그와 같은 사상의 궤도를 거쳐 이루어지는 합법칙적인 것이 아니라, 단지 치유에 대한 광적인 소망이 내포된 일시적이고 이해타산적인 것이었다. 레빈은 또한 키티가 자신이 들었던 놀라운 치유에 대한 이야기로 그러한 희망을 더욱더 증폭시켰음을 알고 있었다. 그 모든 것을 알았기에, 소망으로 가득한 저 애원하는 눈길이나, 힘겹게 치올려진 쭈글쭈글한 이마나, 병자가 간원하는 생명을 이미 수용할 수 없는 불거진 어깨나, 쌕쌕거리는 텅 빈 가슴에 둔중하게 성호를 긋는 몹시 여윈 손을 바라보는 것도 그로서는 괴롭기 짝이 없었다. 성찬식이 이루어지는 동안 레빈 또한 기도를 올리며, 불신자로서 수천 번도 더 행했던 바를 행하였다. 그는 신을 향해 이렇게 읊조렸다. 〈만일 당신이 존재한다면, 이 사람이 치유되게 해주시옵소서(이는 정말이지 수없이 반복되었던 말이 아니던가). 그리하면 당신은 이 사람과 저를 구원하실 것이옵니다.〉

성유 성사를 치른 뒤 병자는 갑자기 상태가 훨씬 호전되었다. 그는 한 시간 동안 단 한 번도 기침을 하지 않았고, 내내 미소를 띤 채 키티의 손에 입을 맞추거나 그녀에게 눈물로 감사를 표했다. 그리고 자신은 괜찮다고, 아무 데도 아프지 않을 뿐 아니라 입맛이 돌고 힘이 솟는 것 같다고 말했다. 수프를 내왔을 때는 심지어 혼자서 몸을 일으켰으며, 커틀릿까지 달라고 했다. 아무리 가망이 없다 해도, 또 그를 보면 회복이 불가능하다는 게 아무리 확연하다 해도, 레빈과 키티는 그 한 시간 동안 똑같이 행복을 느끼며 소심한 흥분에 사로잡혀 자신들이 잘못 생각하는 게 아니기를 바랐다.

「한결 나아지셨잖아.」「그래요, 훨씬 좋아지셨네요.」「놀랍군요.」「놀라울 건 전혀 없어요.」「어쨌거나 나아지셨어요.」 그들은 서로에게 미소를 지어 보이며 귀엣말을 주고받았다.

그와 같은 착각은 오래가지 않았다. 병자는 편안하게 잠들었지만, 반 시간 뒤에 기침이 그를 깨웠다. 그러더니 갑자기 그에게서도, 주변 사람들에게서도 모든 희망이 사라졌다. 고통스러운 현실은 의심할 바 없이, 심지어 불과 조금 전에 품었던 희망에 대한 기억조차 온데간데없이, 레빈과 키티 그리고 병자 자신에게서 희망을 박살 내 버렸다.

반 시간 전에 자신이 뭘 믿고 있었는지조차 이해하지 못한 채, 마치 그걸 떠올리는 것조차 수치스러운 양, 그는 구멍이 숭숭 뚫린 종이로 덮인 작은 유리병에 담긴 흡입용 요오드를 달라고 했다. 레빈이 그에게 병을 건넸다. 성유 성사 때와 똑같은 그 열렬한 희망의 눈빛이 이제는 동생에게 꽂혀, 요오드 흡입이 기적을 낳을 거라는 의사의 말을 거듭 확인해 주기를 바라고 있었다.

「저, 카탸는 없는 거지?」 레빈이 마지못해 의사의 말을 확인해 주는 사이 그가 주위를 둘러보더니 목쉰 소리로 말했다. 「없구나, 그러면 얘기해도 되겠어…… 실은 제수씨를 위해서 이 코미디를 연출한 거다. 그녀는 참으로 사랑스럽지만, 너와 나만큼은 더 이상 스스로를 기만해서는 안 돼. 내가 믿는 건 바로 이거다.」 그는 뼈마디가 앙상한 손으로 유리병을 움켜쥐며 이렇게 말하고는 거기에 대고 숨을 들이쉬기 시작했다.

저녁 7시경 레빈이 방에서 아내와 차를 마시고 있는데, 마리야 니콜라예브나가 숨을 헐떡이며 달려왔다. 하얗게 질린 얼굴에 입술은 바르르 떨고 있었다.

「죽어 가고 있어요!」 그녀가 속삭이듯 말했다. 「곧 돌아가
실 것 같아요.」

부부는 병자의 방으로 내달렸다. 그는 예의 기다란 등허리
를 구부리고 고개를 낮게 수그린 채 침대 위에 몸을 일으켜
한쪽 팔꿈치를 괴고 앉아 있었다.

「좀 어때요?」 침묵을 뒤로하고 레빈이 속삭이듯 물었다.

「저세상으로 가는 중인 것 같다.」 니콜라이가 힘겹게, 그러
나 너무나도 또렷한 어조로, 속에서 쥐어짜듯 천천히 웅얼거
렸다. 고개를 들지는 않았지만 눈은 치켜뜨고 있었는데, 동생
을 눈에 담지는 못했다. 「카탸, 저리 나가 있어요!」 그가 웅얼
거렸다.

레빈이 벌떡 일어서서 그녀에게 나가라고 명령조로 속삭
였다.

「저세상으로 가는 중이야.」 형이 되뇌었다.

「왜 그렇게 생각하세요?」 무슨 말이라도 해야겠기에 이렇
게 레빈은 물었다.

「왜냐하면 저세상으로 가고 있으니까.」 이 표현이 맘에 든
양 그가 되풀이했다. 「임종인 거지.」

마리야 니콜라예브나가 그의 곁으로 다가갔다. 「자리에 누
우시는 게 좋을 텐데요. 그러면 좀 더 편안해지실 거예요.」 그
녀가 말했다.

「곧 조용히 눕게 될 거야.」 그가 중얼거렸다. 「죽은 채로 말
이야.」 그러고는 조소와 노기 띤 어조로 말을 이었다. 「원한
다면 눕혀 줘.」

레빈은 형을 바른 자세로 눕히고 그 곁에 앉아 숨을 죽인

채 형의 얼굴을 바라보았다. 죽어 가는 이는 눈을 감고 누워 있었으나, 그의 이마 위 근육은 마치 깊은 생각에 골몰한 사람의 것처럼 간간이 씰룩거렸다. 레빈은 무심결에, 지금 형에게서 일어나고 있는 일이 과연 무엇인지 형과 함께 생각하고 있었다. 그러나 형과 행보를 함께하고자 아무리 생각에 힘을 써도, 저 조용하고 근엄한 표정과 눈썹 위 근육의 떨림을 보건대, 자신에게 여전히 모호한 채로 남아 있는 것이 죽어 가는 이에게는 명백해지고 있다는 사실만을 깨우칠 뿐이었다.

「그래그래, 그거야.」죽어 가는 이가 간헐적으로 천천히 말을 내뱉었다. 「잠깐만.」그는 다시 침묵했다. 「그렇지!」갑자기 모든 게 해결이라도 된 듯 이번에는 안심하는 투로 길게 말을 끌었다. 「오 주여!」그는 무거운 숨을 내쉬며 뇌까렸다.

마리야 니콜라예브나가 그의 발을 만져 보았다.

「식어 가고 있어요.」그녀가 속삭였다.

오랫동안, 레빈이 느끼기에는 아주 오랫동안 병자는 꼼짝 않고 누워 있었다. 그러나 그는 여전히 살아 있었고 간간이 숨을 쉬었다. 레빈은 긴장으로 이미 지쳐 있었다. 아무리 집중하여 생각해 봐도 〈그거야〉라는 그것을 자신은 이해할 수 없을 것 같았다. 이미 오래전부터 자신이 죽어 가는 자에게서 뒤처져 있음을 느꼈다. 이미 죽음이라는 문제 자체에 대해서 생각할 수가 없었고, 곧 자신이 해야 할 일들, 즉 눈을 감기고 수의를 입히고 관을 주문하는 따위의 일들을 자기도 모르게 떠올리고 있는 것이었다. 그러자 기이하게도, 스스로가 완전히 냉담해진 기분이었다. 비애도 상실감도 들지 않았으며, 형에 대한 연민은 더더욱 느껴지지 않았다. 지금 형을 향해 드는 감정이 있다면, 그것은 오히려 죽어 가는 자는 가졌으나 자신은 가질 수 없는 깨달음에 대한 질투였다.

　그는 그렇게 형 곁에서, 내내 임종을 기다리며 한참을 더 앉아 있었다. 그러나 임종은 오지 않았다. 문이 열리고 키티가 나타났다. 레빈이 그녀를 멈춰 세우려고 자리에서 일어났다. 한데 그 순간 죽어 가는 자가 꿈틀거리는 소리가 들렸다.

　「가지 마.」 니콜라이가 손을 내밀며 말했다. 레빈은 형에게 제 손을 건네고는, 아내에게는 저리 가라는 듯 성난 표정으로 손을 내저었다.

　죽어 가는 자의 손을 잡은 채 그는 다시 반 시간, 한 시간, 그리고 또 한 시간을 앉아 있었다. 이제 죽음에 대해서는 아무것도 생각나지 않았다. 머릿속에 떠오르는 것이라곤 키티는 뭘 하고 있을지, 옆방에는 누가 묵고 있을지, 의사가 사는 집은 자기 집일지 따위밖에 없었다. 음식을 먹고 잠을 자고 싶었다. 조심스레 손을 빼내고는 형의 발을 만져 보았다. 발은 차가웠지만 병자는 숨을 쉬고 있었다. 다시금 까치발을 하고서 방을 나가려 했으나, 병자가 또다시 꿈틀거리더니 말했다.

　「가지 마.」

　날이 밝았다. 상태는 여전했다. 레빈은 죽어 가는 이에게서 눈길을 거두고 살며시 손을 빼낸 뒤 자기 방으로 돌아가 잠들었다. 잠에서 깨어났을 때 그가 접한 소식은 기다리던 형의 부고가 아니라, 병자가 전과 같은 상태로 돌아왔다는 얘기였다. 그는 또다시 앉아서 기침을 하기 시작했고, 다시금 먹고 말을 하기 시작했다. 죽음에 관한 언급은 그만두고 다시금 쾌유에 대한 희망을 피력하는가 하면, 전보다 더 예민해지고 침울해졌다. 동생도 키티도, 그 누구도 그를 진정시킬 수 없었다. 그는 모두에게 화를 냈고, 모두에게 불쾌한 말을 내뱉었고, 자신의 고통에 대해서 모두를 책망하며 모스크바에서 저명한 의사를 데리고 와달라고 청했다. 좀 어떠냐고 묻는 질문에 대해서는 한결같이 원망과 비난조로 응수했다.

「고통스러워. 끔찍해. 견딜 수가 없어!」

병자는 점점 더 고통스러워했고, 특히 더 이상은 치료가 불가능한 욕창으로 인해 고통을 겪었다. 그는 온갖 일에, 특히 모스크바에서 의사를 데려오지 않는 것에 대해 주위 사람들을 책망하며 점점 더 심하게 화를 냈다. 키티가 그를 돕고 진정시키고자 백방으로 애를 썼지만, 온갖 노력이 허사였다. 그녀는 인정하지 않아도, 레빈은 키티가 육체적으로나 정신적으로 기진맥진한 상태임을 눈치챘다. 형이 자신을 불러 세웠던 그날 밤 그가 삶에 작별을 고함으로써 모든 이들에게 불러일으켰던 죽음에 대한 감정은 산산이 부서졌다. 그는 어쩔 수 없이 곧 죽을 것이며, 절반은 이미 죽어 있다는 걸 모두가 알고 있었다. 모두가 단 한 가지, 가능한 한 빨리 그가 죽기만을 바라고 있었지만, 모두가 그 사실을 숨긴 채 약을 따라 주고 약이나 의사를 찾아다니면서 그를, 그들 자신을, 서로를 속였다. 그 모든 게 추잡하고 모욕적이고 불경스러운 거짓이었다. 그리고 레빈은 타고난 성품 탓에, 그리고 누구보다도 더 죽어 가는 자를 사랑하는 탓에 그 거짓을 특히 뼈아프게 감지하고 있었다.

비록 죽음을 앞둔 시점일지언정 형들을 화해시켜야겠다는 생각을 오래전부터 품어 왔기에 레빈은 세르게이 이바노비치에게 편지를 썼고, 그에게서 받은 답신을 병자에게 읽어 주었다. 세르게이 이바노비치는 몸소 오지는 못한다고 적었지만, 가슴 절절한 표현으로 동생에게 용서를 구했다.

병자는 아무 말도 하지 않았다.

「형에게 뭐라고 쓸까요?」 레빈이 물었다. 「설마하니 큰형한테 화가 난 건 아니죠?」

「아무렴, 전혀 아냐!」 그 질문에 니콜라이가 성을 냈다. 「의사 좀 보내 달라고 써 보내.」

고통스러운 사흘이 또 흘러갔다. 병자는 여전히 같은 상태였다. 이제 그를 보는 모든 사람들이 그가 죽었으면 하는 바람을 품었다. 호텔 급사나 주인도, 투숙객들과 의사도, 마리야 니콜라예브나도, 레빈과 키티까지, 죄다 그랬다. 오로지 병자 혼자서만 그러한 심정을 표출하지 않은 채, 오히려 의사를 데려오지 않는다고 화를 내고 계속해서 약을 복용하면서 삶에 대해 이야기했다. 아편이 끊임없는 고통을 일순간 잊게 만드는 드문 경우에만, 그는 비몽사몽간에 이따금씩 다른 모든 사람들보다 그의 마음속에 더 강하게 자리 잡고 있는 생각을 〈아아, 제발 끝나기만 했으면!〉 혹은 〈언제 이게 끝나려나!〉라고 털어놓곤 했다.

고통은 균일한 속도로 증대되어 가면서 자신이 할 바를 하였다. 즉 죽음을 맞이하도록 그를 준비시켰던 것이다. 그가 고통을 겪지 않는 상황이란 없었으며, 망아의 순간도 없었고, 육신의 지체들 가운데 아프지 않고 그를 괴롭히지 않는 곳이란 없었다. 심지어 육신에 대한 기억과 인상과 생각조차 이제는 육신 자체인 양 염오를 불러일으켰다. 타인들의 모습이나 그들이 하는 말, 자신의 개인적인 기억들, 이 모든 것이 그에게는 그저 고통스러울 뿐이었다. 그런 정황을 감지한 주변 사람들은 병자 앞에서 자유롭게 움직이는 것도, 대화하거나 욕망을 표현하는 것도 자제하였다. 그의 삶 전체가 오로지 고통의 감정과 그로부터 해방되고자 하는 갈망으로 융합되었다.

그에게서 죽음을 갈망의 충족으로, 행복으로 바라보게끔 만들 수밖에 없는 일대 격변이 일어나고 있는 것이 분명했다. 전에는 배고픔, 피로, 갈증 같은 고통이나 결핍에 의해 유발한 각각의 욕망이 육신의 작용에 의해서 쾌감을 얻으며 충족되었으나, 이제는 결핍과 고통을 충족시킬 수 없었고 충족의 시도가 오히려 새로운 고통을 유발하고 있었다. 따라서 모든 욕망은 오직 한 가지, 온갖 고통과 그것의 원천인 육신으로부터 해방되고자 하는 바람으로 수렴되었다. 하지만 그러한 해방의 욕망을 표현할 만한 언어가 그에게는 없었기에, 그것에 관해 말하는 대신 과거의 버릇대로 더 이상은 채워질 수 없는 예의 욕망을 충족시키기를 요구하는 것이었다. 그는 〈나를 반대편으로 돌려 눕혀 줘〉라고 말하고는, 곧바로 원래대로 눕혀 달라고 청했다. 「고깃국을 다오. 고깃국은 치워라. 그렇게 입 다물고 있지 말고 뭐든 이야기를 좀 해봐.」 그래 놓고서 막상 이야기를 시작하면 곧바로 눈을 감고서 피로와 무관심, 혐오감을 드러냈다.

그 도시로 온 지 열흘째 되던 날 키티는 병이 났다. 두통이 생기고 구토가 일어 오전 내내 자리에서 일어나질 못했다.

의사가 말하기를 피로와 걱정 근심 때문에 병이 났다면서 정신적인 안정을 취하라고 처방을 내렸다.

그러나 점심시간이 지나자 키티는 자리에서 일어나 언제나처럼 일감을 챙겨 병자에게로 갔다. 그녀가 방으로 들어서자 병자는 엄한 눈길로 쳐다보았고, 몸이 아팠다는 말에 코웃음을 쳤다. 그날 그는 끊임없이 코를 풀고 애처롭게 앓는 소리를 냈다.

「좀 어떠세요?」키티가 그에게 물었다.

「더 나빠졌어.」그가 간신히 뇌까렸다.「아파!」

「어디가 아프세요?」

「온 데가.」

「보아하니, 오늘 돌아가실 것 같아요.」마리야 니콜라예브나가 말했다. 비록 속삭이듯 말하긴 했으나, 레빈이 눈치챈 바로는 아주 예민한 병자는 그 말을 알아들은 게 틀림없었다. 레빈은 그녀에게 〈쉿〉 하면서 조용히 하라는 시늉을 하고는 병자를 돌아보았다. 듣기는 했지만, 그 말은 니콜라이에게서 그 어떤 감정도 불러일으키지 못했다. 그의 시선에는 여전히 똑같은 책망과 긴장이 서려 있었다.

「왜 그렇게 생각하시죠?」마리야 니콜라예브나가 레빈의 뒤를 따라 복도로 나오자, 그가 물었다.

「자기 몸을 움켜쥐기 시작했어요.」마리야 니콜라예브나가 말했다.

「어떻게 움켜쥐던가요?」

「이렇게요.」그녀가 자신이 입은 모직 드레스의 주름을 잡아당겼다. 사실 그 역시 그날 하루 종일 병자가 뭔가를 벗겨 내려는 듯 자기 몸을 움켜쥐는 것을 눈치채고 있었다.

마리야 니콜라예브나의 예측은 정확했다. 밤이 될 무렵 병자는 이미 손을 들어 올리지도 못했고, 변함없이 주의 깊고 집요한 시선으로 앞만 응시할 뿐이었다. 심지어 동생이나 키티가 자기를 보라고 몸을 숙여도 똑같이 앞만 응시했다. 키티는 임종 기도를 올리도록 사제를 불러오게 했다.

사제가 임종 기도문을 읽는 동안, 죽어 가는 이는 그 어떤 생명의 징후도 드러내지 않았다. 그의 눈은 줄곧 감긴 채였다. 레빈과 키티, 마리야 니콜라예브나는 침상 곁에 서 있었다. 사제가 기도문을 다 읽기도 전에, 문득 죽어 가는 이가 몸을 쭉 펴더니 한숨을 내쉬며 눈을 떴다. 기도를 마친 사제는 차가운 이마에 십자가를 갖다 댄 다음 천천히 견대로 감싸더니 2분가량 말없이 서 있다가 이내 핏기 없이 차갑게 식은 커다란 손을 살짝 만져 보았다.

「돌아가셨습니다.」 사제가 이렇게 말하고는 물러서려는 참이었다. 갑자기 착 달라붙어 있던 망자의 콧수염이 움찔거리더니, 가슴속 깊은 곳으로부터 나온 모종의 날카로운 소리가 정적 속에서 또렷하게 울렸다.

「아직……. 이제 곧.」

1분쯤 지나자 그의 얼굴이 환해지며 콧수염 밑으로 미소가 드리워졌다. 모여 있던 여자들은 세심하게 고인을 거두는 일에 착수했다.

형의 모습과 임박한 죽음은 레빈의 마음속에 죽음의 불가해성, 그리고 죽음의 임박과 그 필연성 앞에서 느꼈던 공포를 되살려 놓았다. 그것은 형이 찾아왔던 그 가을날 저녁에 느꼈던 감정이었다. 지금 그 감정은 전보다 강렬했다. 그는 전보다도 더욱 자신이 죽음의 의미를 이해할 수 없으리라 생각했으며, 죽음의 불가피성에 더욱 두려움을 느꼈다. 그러나 지금은 아내가 곁에 있는 덕에, 그 감정이 그를 절망으로 몰고 가지는 않았다. 죽음에도 불구하고 그는 살고 사랑해야 할 필요를 느꼈다. 사랑이 자신을 절망에서 구해 주었음을, 절망의 위협 속에서 그 사랑이 더욱더 강해지고 순결해졌음을 그는 느꼈다.

여전히 불가해한 것으로 남아 있는 죽음이라는 하나의 신비가 그의 눈앞에서 채 다 이루어지기도 전에, 그만큼 불가해한, 그를 사랑과 삶으로 불러내는 또 다른 신비가 일어났다.

의사가 키티에 관해서 자신이 예상한 바를 확인해 주었다. 그녀의 병은 임신이었다.

21

벳시와 스테판 아르카디치와 나눈 대화를 통해 자신에게 요구되는 바는 곁에 있음으로 해서 아내를 힘들게 하지 말고 그녀를 가만히 내버려 두는 것뿐이며, 당사자인 아내 또한 그것을 바라고 있음을 알게 된 순간부터, 알렉세이 알렉산드로비치는 혼자서는 아무것도 결정을 내리지 못하고 자신이 지금 뭘 원하는지도 모를 정도로 제정신이 아니었다. 그래서 그는 아주 기꺼이 자신의 일을 맡아 주는 이들의 손에 스스로를 의탁하고는 모든 것에 동의한다고 답하였다. 안나가 이미 집을 나가고, 가정 교사인 영국 여자가 함께 식사를 해야 할지 아니면 따로 할지를 물어보러 사람을 보냈을 때에야 그는 자신의 처지를 깨닫고는 경악하였다.

그러한 상황에서 무엇보다도 괴로웠던 것은 자신의 과거를 결코 지금 현재의 상황과 연결짓거나 융화시킬 수가 없다는 점이었다. 아내와 행복하게 살았던 지난 시절이 그의 마음을 어지럽힌 건 아니었다. 저 과거로부터 아내의 부정을 알게 되기까지의 과정은 이미 고통스럽게 겪어 왔고, 그러한 정황은 괴로웠지만 납득이 되었다. 만일 그때 아내가 자신의 부정을 공표하고 떠나 버렸더라면, 그는 슬프고 불행했겠지만 지금처럼 이렇게 막막하고 납득할 수 없는 상황에 처하지는 않았을 터였다. 자신이 얼마 전에 베풀었던 용서와 자비, 병든 아내와 남의 자식에게 베풀었던 그 사랑을 지금의 상태, 즉 그 모든 것에 대한 포상인 양 주어진 것과 도무지 융화시킬 수가 없었다. 정신을 차리고 보니 그는 아무에게도 쓸모없는 인간으로서 모두에게 멸시당한 채 홀로 남겨져 있었던 것이다.

아내가 떠난 뒤 처음 이틀 동안 알렉세이 알렉산드로비치는 평소대로 의뢰인들과 주임을 접견하고 위원회에 출석했으며, 식당에 가서 밥을 먹기도 했다. 무엇을 위해서 그러는지 스스로도 모르는 채, 그 이틀 동안 그는 오로지 태연하고 무심한 척하는 데 온 정신력을 쏟아부었다. 안나 아르카디예브나의 물건과 방을 어떻게 처리할지에 관한 질문에 답하면서는, 지금 벌어진 일이 예상치 못한 바가 아니며 자신에게는 일상적으로 일어나는 일들의 틀을 전혀 벗어나는 것이 아닌 듯 보이기 위해 엄청난 자제력을 발휘했다. 그리하여 그는 목적을 달성하였다. 아무도 그에게서 절망의 징후를 알아채지 못했다. 그러나 아내가 집을 나간 지 이틀째 되던 날, 코르네이가 안나가 결제하는 걸 깜박 잊었던 유행복 상점의 계산서를 그에게 건네주며 점원이 집에 와 있다고 아뢰자 알렉세이 알렉산드로비치는 점원을 불러오라고 일렀다.

「감히 심려를 끼쳐 드려 송구합니다, 각하. 부인께 가서 알아보라고 하실 거라면, 부디 그분들이 계시는 곳의 주소를 알려 주셨으면 합니다.」

점원이 보기에 알렉세이 알렉산드로비치는 생각에 잠겨 있는 것 같았다. 그러다 그가 갑자기 돌아서서 책상 앞에 앉았다. 두 손에 머리를 괴고서 한참을 그 자세로 앉아, 그는 몇 차례 말을 꺼내려다가 그만두곤 했다.

코르네이가 주인 나리의 심경을 알아채고는 점원에게 다음에 와달라고 일렀다. 또다시 혼자 남게 된 알렉세이 알렉산드로비치는 계속해서 의연하고 침착하게 처신할 기력이 없음을 깨달았다. 그는 대기 중이던 마차를 풀고 아무도 들이지 말라고 이르더니, 식사하러 나가지도 않았다.

그 점원이나 코르네이, 그리고 이틀 동안 마주친 모든 이들의 얼굴에서 예외 없이 명백하게 드러났던 멸시와 악의의 압력을 자신은 버텨 낼 수 없으리라는 느낌이 들었다. 자신을 향한 사람들의 증오를 막을 길이 없을 것 같았다. 왜냐하면 그러한 증오는 자신이 잘못해서 생긴 것이 아니라(그랬더라면 그는 더 나은 사람이 되려고 노력했을 터였다), 자신이 수치스럽고 역겨울 정도로 불행한 탓에 생긴 것이기 때문이었다. 바로 그 때문에, 자신의 심장이 갈가리 찢겼기 때문에 사람들이 자신에게 무자비하게 대할 거라고 그는 생각했다. 마치 상처를 입고 자지러지게 짖어 대는 한 마리 개의 숨통을 다른 개들이 끊어 놓듯이, 사람들이 자신을 죽여 없앨 것만 같았다. 사람들로부터 구조될 수 있는 유일한 길은 그들에게 자신의 상처를 숨기는 것뿐이라고 여겼기에 이틀 동안 무의식중에 그것을 실행에 옮기려 하였으나, 이제 자신에게는 그러한 불공평한 싸움을 계속할 힘이 없음을 그는 절감하였다.

자기만의 비애를 품은 채 전적으로 혼자라는 자각으로 인해 그의 절망은 더욱 강화되었다. 그가 자신이 겪은 바를 죄다 털어놓을 수 있는 대상, 고위 관료나 사교계의 일원으로서가 아니라 단지 고통받는 한 인간으로서 그를 가엾이 여길 만한 사람은 페테르부르크에만 없는 게 아니었다. 그에게 그런 사람은 그 어디에도 없었다.

알렉세이 알렉산드로비치는 고아로 자랐다. 형제라고는 둘뿐이었다. 그들은 아버지를 기억하지 못했고, 어머니는 알렉세이 알렉산드로비치가 열 살 때 돌아가셨다. 재산은 보잘것없었다. 이제는 고인이 되신, 한때 황제의 총신이자 고위 관료였던 카레닌 숙부가 그들을 양육했다.

중학교와 대학 과정을 우수한 성적으로 마친 뒤 알렉세이 알렉산드로비치는 숙부의 도움을 받아 곧장 명망 있는 공직의 길로 들어섰으며, 그때부터 오로지 공직자로서의 공명심에만 몸과 마음을 다 바쳤다. 중학교에서도 대학에서도, 이어서 공직에 올라서도, 알렉세이 알렉산드로비치는 그 누구와도 친밀한 관계를 맺지 않았다. 형이 그에게 정신적으로 가장 가까운 사람이었으나, 그는 외교부에서 근무하는 탓에 늘 외국에서 지내다가 알렉세이 알렉산드로비치가 결혼한 직후에 역시 타지에서 죽었다.

그가 현 지사로 재직 중일 때, 현의 부유한 귀부인인 안나의 숙모가 이미 젊은 나이는 아니었지만 현 지사로서는 그래도 젊은 편이었던 그에게 자기 조카딸과의 만남을 주선해 주었고, 청혼을 하든지 아니면 그 도시를 떠나든지 양단간에 결정을 내릴 수밖에 없는 입장으로 그를 몰아넣었다. 알렉세이 알렉산드로비치는 오랫동안 망설였다. 긍정적인 근거만큼 부정적인 근거들이 있었으며, 의심스러운 경우에는 삼가야 한다는 자신의 원칙을 위배하도록 강요할 만한 결정적인 요인도 없었다. 그러나 안나의 숙모는 지인을 통해서 그가 이미 처녀를 농락했으니 명예의 의무에 따라 청혼을 해야 한다고 자꾸만 암시를 불어넣었다. 결국 그는 청혼을 했고, 신부이자 아내에게 할 수 있는 한 모든 감정을 바쳤다······.

안나에 대한 그의 애착은 그의 마음속에 남아 있던 진실한 인간관계에 대한 마지막 바람까지 말끔히 없애 버렸다. 그리하여 지금 그 많은 지인들 가운데 그와 친한 사람이라곤 아무도 없었다. 그는 이른바 넓은 인맥을 보유했지만, 친우는 없었다. 알렉세이 알렉산드로비치의 주변에 있는 수많은 사람들은 그가 식사 자리에 초대하거나, 그가 관심을 두고 있는 일에 참여해 달라고 요청하거나, 그에게 아첨하는 자를 옹호해 달라고 청탁하거나, 여러 인사들과 고위 각료들의 활동을 터놓고 함께 심의할 수 있는 자들이었다. 그러나 그들과의 관계는 관례와 습관에 의해 확고하게 규정된 하나의 영역 안에 갇혀 있었으며, 거기서 벗어나는 것은 불가능했다. 나중에 친해져서 개인적인 고뇌도 털어놓을 수 있게 된 대학 동창생이 하나 있긴 했지만, 그는 멀리 떨어진 교육 관구에서 장학관으로 일하고 있었다. 페테르부르크의 인물들 가운데 그나마 가장 가깝고 소통이 가능한 이는 사무실 주임과 주치의뿐이었다.

사무실 주임인 미하일 바실리예비치 슬류딘은 영리하고 선량하며 청렴한 사람이었다. 알렉세이 알렉산드로비치는 그가 자신에게 개인적인 호감을 품고 있음을 느꼈다. 그러나 5년간의 업무 활동이 둘 사이에 장벽을 쌓아 정신적인 교감을 가로막아 버렸다.

서류 서명 작업을 마친 알렉세이 알렉산드로비치는 미하일 바실리예비치를 쳐다보면서 한참 동안 말이 없었다. 몇 차례 입을 떼려 했으나, 그는 끝내 말을 꺼내지 못했다. 〈자네, 나의 불운에 대해 얘기 들었나?〉라는 문구를 이미 준비해 둔 터였다. 그러나 평소대로 〈자, 이걸 준비해 주게〉라는 말로 접견을 마치고는 그를 내보내고 말았다.

또 다른 한 사람인 주치의 역시 카레닌에게 잘 대해 주었다. 그러나 둘 다 산적한 일 때문에 경황이 없다는 점이 서로 간에 묵인되고 있었다.

여성 친구들, 그들 중에서도 첫 번째로 꼽히는 리디야 이바노브나 백작 부인에 관해서는 아예 떠올리지도 않았다. 모든 여자들은 단지 여자라는 이유만으로 그에게 두렵고 껄끄러운 존재였다.

22

알렉세이 알렉산드로비치는 리디야 이바노브나 백작 부인에 관해서 잊고 있었지만, 그녀는 그를 잊지 않고 있었다. 고독과 절망에 빠져 있던 바로 그 가장 힘겨운 순간에 그녀는 그를 찾아와서는 자신의 방문을 고하지도 않은 채 그의 서재로 들어섰다. 그녀는 여전히 양손에 머리를 괴고 앉아 있는 그를 맞닥뜨렸다.

「J'ai forcé la consigne(감히 들어왔어요).」 흥분하고 서두른 탓에 무거운 숨을 몰아쉬며 잰걸음으로 방으로 들어선 그녀가 말했다. 「얘기 들었어요, 알렉세이 알렉산드로비치! 나의 벗님!」 양손으로 그의 손을 꼭 쥐고는 상념에 잠긴 아름다운 눈으로 그를 바라보며 리디야 이바노브나가 말했다.

알렉세이 알렉산드로비치는 얼굴을 찌푸리며 엉거주춤 일어서서 그녀의 손에서 자기 손을 빼내고는 의자를 내주었다.

「앉으시겠습니까, 백작 부인? 아무도 만나지 않고 있던 참입니다. 몸이 좀 불편해서요, 부인.」이렇게 말하는 그의 입술이 바르르 떨렸다.

「나의 벗님!」리디야 이바노브나가 그에게서 눈을 떼지 않고서 같은 말을 되풀이했다. 불현듯 그녀의 눈썹이 안쪽으로 치켜 올라가더니 이마에 세모꼴을 그렸고, 그러자 그녀의 못생기고 누르스름한 얼굴이 한층 더 밉상이 되었다. 알렉세이 알렉산드로비치는 그녀가 자신을 가엾게 여기고 있으며 거의 울음을 터뜨릴 지경이라는 걸 눈치챘다. 그러자 감동스러운 마음이 솟구쳐, 그는 백작 부인의 통통한 손을 잡고서 입을 맞추었다.

「나의 벗님!」흥분한 탓에 더듬거리면서 그녀가 말했다. 「비탄에 잠겨서는 안 돼요. 상심이 너무나도 크겠지만, 위안을 찾아야만 해요.」

「나는 파멸했어요. 만신창이랍니다. 더 이상 나는 인간도 아닙니다!」알렉세이 알렉산드로비치는 이렇게 말하면서 그녀의 손을 내려놓았지만 눈물이 가득한 그녀의 두 눈에서 시선을 거두지 않았다. 「내 처지가 끔찍한 건, 그 어디에서도, 나 자신에게서도 버팀목을 찾을 수가 없기 때문입니다.」

「버팀목을 찾게 되실 거예요. 다만 저한테서는 그걸 찾지 말아 주세요. 그럼에도 불구하고 제 우정을 믿어 주시길 바라고요.」그녀가 한숨을 내쉬며 말했다. 「우리의 버팀목은 사랑이에요, 그분께서 우리에게 약속하신 사랑 말이에요. 그분의 짐은 가볍답니다.」[26] 그녀는 알렉세이 알렉산드로비치가 익

26 〈내 멍에는 편하고, 내 짐은 가볍다〉라는 「마태오의 복음서」 11장 30절을 언급하고 있다.

히 알고 있는 예의 황홀한 눈빛을 띠며 말했다. 「그분이 당신을 지지하고 도와주실 거예요.」

그 말 속에는 스스로의 고결한 감정에 대한 감탄과 함께, 알렉세이 알렉산드로비치가 보기에는 지나치다 싶은, 얼마 전부터 페테르부르크에 확산되고 있는 새로운 열광적인 신비주의적 정서가 내포되어 있었다. 그럼에도 불구하고 그는 지금 그것이 듣기 좋았다.

「저는 나약합니다. 능멸당했죠. 아무것도 예측하지 못했고, 지금은 그 무엇도 납득할 수가 없습니다.」

「나의 벗님……」 리디야 이바노브나가 재차 그를 불렀다.

「지금 없는 것, 그것을 잃은 건 문제가 아닙니다.」 알렉세이 알렉산드로비치가 말을 이었다. 「아쉬울 게 없으니까요. 하지만 나는 사람들 앞에서 내가 처한 이 상황 때문에 수치심을 느끼지 않을 수가 없단 말입니다. 끔찍한 생각이긴 하죠. 하지만 어쩔 도리가 없습니다. 안 그럴 수가 없어요.」

「당신은 용서라는 고결한 행위를 실행에 옮기셨고, 저뿐 아니라 모든 사람들이 그 일로 탄복하고 있어요. 그건 당신의 가슴속에 살아 계신 그분이 하신 일이에요.」 리디야 이바노브나 백작 부인이 두 눈을 황홀하게 치켜뜨며 말했다. 「그러니까 자신의 행동을 부끄러워 해서는 안 돼요.」

알렉세이 알렉산드로비치는 얼굴을 찌푸린 채 손을 오므리고서 손가락 마디를 꺾기 시작했다.

「자세한 사정을 아셔야만 합니다.」 그가 가느다란 목소리로 말했다. 「인간의 능력에는 한계가 있지요. 백작 부인, 저는 스스로의 한계를 느꼈습니다. 오늘 하루 종일 온갖 일들을 처리했어요. 저의 이 생경한, 고독한 상황이 초래한(그는 **초래**

한이라는 단어에 힘을 주었다) 집안일들을 처리했단 말입니다. 하녀, 가정 교사, 청구서 등등……. 그런 자잘한 불꽃들이 저를 소진시켜 버렸고, 이제는 버틸 힘이 없습니다. 점심 식사 때도 그렇고……. 어제는 식사 도중에 자리를 박차고 나올 뻔했지요. 저를 쳐다보는 아들의 눈길을 견딜 수가 없더군요. 이 모든 사태의 의미를 물어보지는 않았지만, 그 애도 실은 묻고 싶은 겁니다. 그런 그 눈빛을 견딜 수가 없었습니다. 아들 녀석은 저를 쳐다보는 걸 두려워한답니다. 그뿐만이 아닙니다…….」

알렉산드르 알렉산드로비치는 점원이 가져온 청구서에 관해서 얘기하고 싶었으나 목소리가 떨리는 바람에 말을 멈추었다. 파란 종이에 적힌, 모자와 리본 대금에 대한 그 청구서를 그는 스스로에 대한 연민 없이는 떠올릴 수가 없었다.

「이해합니다, 나의 벗님…….」 리디야 이바노브나 백작 부인이 말했다. 「전부 이해해요. 저에게서 도움이나 위안을 찾으실 순 없겠지만, 그럼에도 불구하고 할 수만 있다면 돕겠다는 생각만으로 온 거예요. 그런 자잘하고 굴욕적인 걱정거리들을 덜어 드릴 수만 있다면 참 좋을 텐데요……. 제가 생각하기에는, 여성적인 말솜씨와 여성적인 일 처리가 필요한 것 같아요. 저한테 맡겨 주시겠어요?」

알렉세이 알렉산드로비치는 말없이 고맙다는 뜻으로 그녀의 손을 움켜잡았다.

「우리 함께 세료자를 돌보기로 해요. 제가 실제적인 일에는 영 소질이 없지만, 한번 해보겠어요. 댁의 가정 관리인이 되겠어요. 저한테 고마워하실 거 없어요. 이일은 저 자신이 하는 게 아니니까요…….」

「저로서는 고마워하지 않을 수가 없습니다.」

「하지만 친애하는 알렉세이 알렉산드로비치, 말씀하셨던 그런 감정에 자신을 내맡기지는 마세요. 그건 **자기를 낮추는 자가 높아질 것이라는**[27] 그리스도교인의 가장 고결한 덕목을 부끄러워하는 태도랍니다. 그리고 저한테 고마워해서도 안 돼요. 그분께 감사드리고, 그분께 도움을 청하셔야 합니다. 오직 그분한테서만 우리는 평온과 위로, 구원과 사랑을 얻을 수 있으니까요.」 그녀가 이렇게 말하고는 두 눈을 들어 하늘을 바라보았다. 침묵을 통해 알렉세이 알렉산드로비치가 짐작한 대로, 그녀는 기도를 드리기 시작했다.

전에는 딱히 불쾌하게 여겨지진 않을지언정 과하다고 생각했던 그녀의 표현들을 이제 알렉세이 알렉산드로비치는 경청하고 있었다. 그것들이 지금은 자연스럽게 여겨지고 위로가 되는 것만 같았다. 알렉세이 알렉산드로비치는 신흥 열성 신앙이라는 조류가 탐탁지 않았다. 신자이긴 해도 주로 정치적인 의미에서 종교에 관심을 갖고 있던 터였으니, 논쟁과 분석에 스스로를 개방함으로써 몇몇 새로운 해석을 허용하는 새로운 교의는 원칙적으로 그의 마음에 들지 않을 수밖에 없었다. 전에 그는 그 신흥 교의를 냉담하게, 심지어 적대적으로 대했으며, 거기 심취한 리디야 이바노브나 백작 부인과 단 한 번도 이 이야기를 해본 적이 없었을 뿐 아니라 그녀가 참여를 권유할 때마다 애써 침묵으로 회피하곤 했다. 그랬던 그가 지금 처음으로 그녀의 이야기를 기꺼이 경청하고, 마음으로도 그에 대해 반발하지 않게 된 것이다.

「부인의 처신과 말씀에 정말이지 진심으로 감사드립니

---

27 「마태오의 복음서」 23장 12절을 인용하고 있다.

다.」그녀가 기도를 마치자 그는 말했다.

리디야 이바노브나 백작 부인이 친구의 양손을 다시 한번 꼭 잡았다.

「이제 일을 시작하겠어요.」잠시 침묵하던 그녀는 얼굴의 눈물 자국을 닦아 내고는 미소를 지었다. 「세료자한테 가볼게요. 불가피한 경우에만 당신을 찾아가겠어요.」그러고서 자리에서 일어나 밖으로 나갔다.

리디야 이바노브나 백작 부인은 세료자의 방으로 갔다. 거기서 그녀는 놀란 소년의 뺨을 눈물로 온통 적시면서, 너희 아버지는 성인이며 어머니는 죽었다고 말했다.

리디야 이바노브나 백작 부인은 자신이 한 약속을 지켰다. 그녀는 정말로 알렉세이 알렉산드로비치의 집안을 정비하고 관리하는 모든 잡다한 일들을 도맡았다. 그러나 실제적인 일에 능하지 않다는 그녀의 말은 겸손이 아니었다. 그녀가 내린 지시들은 곧 변경될 수밖에 없었으니, 죄다 실행 불가능한 것들이기 때문이었다. 그것들은 주로 알렉세이 알렉산드로비치의 몸종인 코르네이에 의해서 변경되곤 했다. 그는 지금 아무도 모르게 카레닌의 집안 전체를 좌지우지하면서, 주인 나리가 옷을 갈아입을 때면 곁에서 조용히 조심스레 필요한 일들을 보고하곤 했다. 하지만 그럼에도 불구하고, 리디야 이바노브나의 도움은 대단한 영향력을 발휘했다. 그녀는 알렉세이 알렉산드로비치에게 그를 향한 자신의 애정과 존경을 인식시킴으로써, 특히 그를 그리스도교로 전향시킴으로써(그녀로서는 생각만 해도 즐거운 일이었다) 정신적인 지지 기반을 제공해 주었다. 요컨대 무심하고 나태했던 신자를 최근 페테르부르크에서 널리 확산되고 있는 신흥 그리스도교 교의의 열성적이고 확고한 지지자로 변모시킨 것이다. 그 교의에 대해 확신을 갖는 일은 알렉세이 알렉산드로비치로서는 전혀 어려울 것이 없었다. 리디야 이바노브나 백작 부인이나 그녀와 관점을 공유하는 다른 이들과 마찬가지로, 그 역시 상상력의 깊이를 전적으로 결여하고 있었다. 즉 상상력이 불러일으킨 관념들을 실제적인 것으로 만들어 주는, 다른 관념들이나 현실과의 상응을 필요로 하는 정신적 능력이 그에게는 없었던 것이다. 불신자들에게 존재하는 죽음이 자신에게는 없으리라는 생각, 자신은 완전한 믿음을 보유하고 있으므로(그 믿음의 정도를 판단하는 자는 그 자신이었다) 마음속에 죄악이라고는 전혀 없으며 이곳 지상에서 이미 완전한 구원을 체험하고 있다는 관념 속에서, 알렉세이 알렉산드로비치는 그 어떤 가당치 않은 점이나 불합리한 점도 발견하지 못했다.

사실, 자신의 신앙에 대한 그러한 관념에 내포된 경박함이나 오류를 그도 어렴풋하게 느끼기는 했다. 그리고 매 순간 자신의 영혼 속에 그리스도가 살아 계시며, 서류에 서명을 하면서도 그리스도가 자신의 의지를 실현하고 있는 것이라고 생각하는 지금보다, 자신이 베푸는 용서가 숭고한 힘의 작용이라는 생각 따위는 전혀 없이 그저 직접적인 감정에 자신을 내맡겼을 때 더 큰 행복을 느꼈다는 사실을 그는 인지하고 있었다. 그러나 굴욕을 겪는 알렉세이 알렉산드로비치로서는 비록 날조된 것일지언정, 모두에게 멸시당한 지금 남들을 멸시할 수 있을 만큼의 고결함을 지녀야만 한다고 생각하지 않을 수 없었다. 그리하여 그는 마치 그것이 진짜 구원인 양 자신의 가짜 구원에 매달렸다.

23

리디야 이바노브나 백작 부인은 한창 젊고 열정적인 처녀였을 때 부유한 명문가 출신의 선량하고 방탕한 익살꾼에게 시집을 갔었다. 시집간 지 두 달째 접어들었을 때 남편은 그녀를 버렸고, 열정적이고 확신에 찬 그녀의 다정다감한 태도에 오로지 조롱으로, 심지어 적개심으로 응답하였다. 백작의 선량한 심성을 잘 알고, 열정적인 리디야에게서 그 어떤 결점도 발견하지 못한 사람들에게 그러한 조롱과 적개심은 도무지 납득할 수 없는 것이었다. 그때부터 그들은 비록 이혼은 안 했지만 각자 떨어져서 살았다. 그리고 남편은 아내를 만날 때면 변함없이 그 까닭을 알 수 없는 독기 어린 조소로 그녀를 대하는 것이었다.

리디야 이바노브나 백작 부인은 이미 오래전에 남편에 대한 흠모의 정을 거두었지만 그때부터 누군가에게 흠뻑 빠져 지내지 않은 적이 없었다. 몇몇 사람들한테 느닷없이 흠뻑 빠졌는데, 그 대상은 남자이기도, 여자이기도 했다. 무언가 특출한 점이 있는 사람이면 그녀는 거의 다 열렬히 사모하곤 했다. 황제 일가와 친족 관계를 맺으면서 새롭게 출현한 모든 공주들과 왕자들을 흠모했으며, 어느 대주교와 부주교, 어느 사제에게 반하기도 했다. 어느 언론인을 사랑하기도 했고, 슬라브인 세 명과 코미사로프[28]를 열렬히 사랑한 적도 있었다.

---

28 Osip Komissarov(1838~1892). 실존 인물로 농노 출신의 모자 직공이었다. 1866년 4월 우연히 페테르부르크의 여름 정원에 들른 그가 그곳에서 알렉산드르 2세에게 총을 쏴 암살하려 했던 인물을 저지했다는 풍문이 돌면서 유명 인사가 되었다.

어느 장관, 의사, 어느 영국인 선교사, 그리고 카레닌을 그녀는 사랑했다. 그 모든 사랑은 약해지거나 강해지면서 그녀의 마음을 가득 채웠고, 그녀에게 소일거리를 제공했으며, 엄청나게 넓게 포진된 궁정과 사교계의 복잡한 관계들을 건사하는 일을 방해하지도 않았다. 그러나 불행이 카레닌을 덮치고 그녀가 그를 자신의 비호 아래 둔 시점부터, 즉 그녀가 카레닌의 집에서 집안일을 도맡아 하고 그의 안녕을 돌보게 된 이후로, 그녀는 그 모든 나머지 사랑들은 진짜가 아니었으며 이제 카레닌 한 사람에 대한 진정한 사랑에 빠졌다고 느끼게 되었다. 지금 카레닌에게 느끼는 감정이 예전에 겪었던 그 모든 감정들보다 강렬한 것처럼 여겨진 것이다. 자신의 감정을 분석하고 그것을 예전의 것들과 비교하면서, 그녀는 만일 코미사로프가 황제의 생명을 구하지 않았더라면 그를 사랑하지 않았을 것이며, 만일 슬라브 문제[29]가 없었더라면 리스티치쿠지츠키[30]를 흠모하지도 않았으리라는 것을 똑똑히 깨달았다. 반면에 카레닌의 경우, 그녀는 그를 그 자체로서 사랑했다. 그의 고결하고 오묘한 영혼, 그녀에게는 사랑스럽게 느껴지는 길게 끄는 억양과 가느다란 목소리, 노곤한 눈빛, 그의 성품, 힘줄이 불거져 나온 희고 부드러운 손 때문에 그를 사랑했다. 그녀는 그와의 만남에서 기쁨을 느꼈을 뿐 아니라, 그의 얼굴에서 자신이 그에게 불러일으킨 인상의 징후들을

29 러시아와 유럽 전역에서 1870년대에 첨예하게 제기된 이슈로, 오스트리아와 터키의 지배에서 슬라브 민족을 해방시키고 연방제를 실현하자는 것이 주된 내용이었다.

30 Iovan Ristichi(1831~1899). 세르비아의 정치가. 자국을 향한 터키와 오스트리아의 영향력에 맞서 투쟁한 인물로 당시 그의 이름은 러시아에 널리 알려져 있었다.

찾곤 했다. 그녀는 말뿐만 아니라 존재 전체로써 그의 마음에 들고자 했다. 그녀는 이제 그를 위해서 예전의 그 어느 때보다도 더 공들여 몸단장을 했다. 만일 자신이 결혼을 하지 않았고 그가 독신이라면 어땠을까 하는 몽상에 잠겨 있는 스스로를 발견하기도 했다. 그가 방으로 들어올 때면 가슴이 설레어 얼굴을 붉혔고, 그가 무언가 듣기 좋은 말을 할 때면 환희에 찬 미소를 감추지 못했다.

벌써 며칠째 리디야 이바노브나 백작 부인은 극심한 불안감에 시달리고 있었다. 안나가 브론스키와 페테르부르크에 와 있다는 걸 알게 되었던 것이다. 알렉세이 알렉산드로비치가 그녀와 만나지 않도록 해야 하는 건 물론이거니와, 그런 끔찍한 여자와 한 도시에 있으며 어느 순간이고 그녀와 마주칠 수 있다는 괴로운 자각에서조차 그를 구해 내야만 했다.

리디야 이바노브나는 지인들을 통해서, 그녀의 표현에 따르면 **저 혐오스러운 작자들**이 뭘 하려고 하는지를 탐색하는 한편, 자신의 벗이 그 며칠 사이에 그들과 마주치지 못하도록 그의 일거수일투족을 관리하려 애썼다. 리디야 이바노브나 백작 부인의 정보통이 되어 줌으로써 이권을 얻고자 했던 브론스키의 친구이자 젊은 부관이 전한 바에 의하면, 그들은 볼일을 다 보았고 다음 날 떠날 예정이었다. 따라서 리디야 이바노브나는 이제 안심하고 있었는데, 이튿날 아침 전갈이 왔다. 그 필체를 알아본 그녀는 경악했다. 그것은 안나 카레니나의 필체였다. 봉투는 나무껍질처럼 두꺼운 재질의 종이로 만든 것이었다. 길다랗고 누런 종이 위에 커다랗게 이니셜이 적혀 있었고 편지지에서는 감미로운 향기가 났다.

「누가 가져왔나?」

「호텔 급사가 가지고 왔습니다.」

리디야 이바노브나 백작 부인은 앉아서 편지를 읽으려 했지만 한참 동안 뜻대로 할 수가 없었다. 그녀의 고질병인 홍분으로 인한 발작적 호흡 곤란이 일어났기 때문이다. 웬만큼 진정된 뒤에 그녀는 프랑스어로 씌어진 다음과 같은 편지를 읽어 내려갔다.

Madame la comtesse(백작 부인), 당신의 마음을 가득 채우고 있는 그리스도교인의 심성을 믿고 감히 당신에게 편지를 씁니다. 아들과 떨어져 있기에 저는 불행합니다. 떠나기 전에 단 한 번만 아들을 볼 수 있게 허락해 주시기를 간절히 빕니다. 저의 존재를 상기시켜 드려 죄송합니다. 제가 알렉세이 알렉산드로비치가 아니라 당신에게 편지를 보내는 건, 저의 존재를 상기시킴으로써 그토록 관대한 분으로 하여금 고통을 겪게 하고 싶지 않기 때문입니다. 그분에 대한 당신의 우정으로 미루어, 저를 이해해 주시리라 생각합니다. 세료자를 저에게 보내 주실는지요, 아니면 정해진 시간에 제가 집으로 갈까요? 혹은 집 밖에서, 언제 어디서 볼 수 있다고 일러 주실는지요? 이 일의 결정권을 갖고 계신 분의 너그러운 마음을 잘 알기에 거절하시리라는 생각은 하지 않습니다. 아들을 보고 싶어 하는 저의 열망이 얼마나 큰지 모르실 테죠. 그러므로 당신의 도움이 저에게 얼마나 깊은 감사의 마음을 불러일으킬지도 모르실 겁니다.

안나

편지에 담긴 모든 것이 리디야 이바노브나 백작 부인의 분노를 불러일으켰다. 편지의 내용도, 관대함에 대한 암시도, 특히 건방지게 느껴지는 말투가 그러했다.

「답장은 없을 거라고 전하게.」 리디야 이바노브나 백작 부인은 이렇게 이르고는 곧바로 압지첩을 열더니, 12시경 궁전에서 열리는 축하연에서 만나고 싶다고 알렉세이 알렉산드로비치에게 적어 보냈다.

〈중요하고도 서글픈 일에 관해서 당신과 의논을 해야겠습니다. 어디서 이야기를 나눌 것인지는 그곳에서 만나 정하기로 하죠. 제일 좋은 곳은 저의 집입니다. **당신**이 마실 차를 준비하라고 이르겠어요. 꼭 만나야 합니다. 그분께서는 십자가를 지워 주십니다. 또한 견뎌 낼 힘도 주시지요.〉 마지막 부분은 카레닌이 조금이나마 마음의 준비를 할 수 있도록 덧붙인 내용이었다.

리디야 이바노브나 백작 부인은 보통 하루에 두세 통의 쪽지를 알렉세이 알렉산드로비치에게 보내곤 했다. 그러한 소통 방식이 그녀는 마음에 들었다. 그것이 그녀의 다른 사적인 관계들에는 결여된 우아함이나 비밀스러움을 간직하고 있기 때문이었다.

24

축하연이 끝나 가고 있었다. 사람들은 자리를 뜨면서 서로를 대면하고는 새로 수여된 포상이나 주요 관료들의 관직 이동 같은 최신 뉴스들을 교환했다.

「마리야 보리소브나 백작 부인한테는 국방부 장관직을 주고, 참모 총장직에는 밧콥스카야 공작 부인을 임명하는 겁니다.」 금실로 수를 놓은 제복 차림의 백발 노인이 관직 이동에 대해 묻는 키 큰 미녀 여관(女官)을 향해 말했다.

「그럼 저는 부관이 되는 거고요.」 여관이 웃으며 응수했다.

「당신한테 내릴 관직은 따로 있습니다. 종무 관련 직책이지요. 게다가 당신의 보좌관은 카레닌입니다.」

「안녕하십니까, 공작님!」 노인이 자기 곁으로 다가오는 사람과 악수를 했다.

「카레닌에 대해 뭐라고 하신 겁니까?」 공작이 물었다.

「그 사람과 푸탸토프가 알렉산드르 넵스키[31] 훈장을 받았답니다.」

「이미 받지 않았나요?」

「아닙니다, 저길 좀 보십시오.」 노인이 자신의 수놓은 모자로 국가 의회의 영향력 있는 의원과 함께 홀의 문가에 서 있는 카레닌을 가리켰다. 카레닌은 궁정 제복 차림에 어깨에는 붉은 띠를 두르고 있었다. 「행복하고 만족스러워 보이는군요, 마치 2코페이카 동전처럼 말입니다.」 그는 이렇게 덧붙이고는 운동 선수 같은 체격의 미남 궁중 시종에게 악수를 건네려고 멈춰 섰다.

「아닙니다, 저분은 늙어 버렸습니다.」 궁중 시종이 말했다.

「신경 쓸 일이 많으니까요. 요즘은 종일 기획안을 쓰신답

31 Aleksandr Nevskii(1220~1263). 블라디미르 대공의 아들로 블라디미르 공국과 노브고로드 공국의 공후를 지냈다. 뛰어난 정치력의 소유자로서 외적으로부터 노브고로드 일대를 수차례 지켜 냈으며, 1240년 네바강가에서 스웨덴군과 싸워 대승을 거둔 후 넵스키라는 이름을 갖게 되었다. 알렉산드르 넵스키 훈장은 표트르 대제 통치 시절에 제정되었다.

니다. 이제 항목별로 설명을 다 마치기 전까지는 저 불운한 위원을 절대로 놓아주지 않을 겁니다.」

「늙다니요? Il fait des passions(연애를 하고 계신걸요). 제 생각엔 이제 리디야 이바노브나 백작 부인이 저분의 아내를 질투하고 계실 겁니다.」

「무슨 말씀을! 리디야 이바노브나 백작 부인에 관해서라면 악담을 삼가 주시지요.」

「아니, 그분이 카레닌을 사랑하게 되었다는 게 무슨 악담입니까?」

「그런데 카레니나가 여기 있다는 게 사실인가요?」

「그러니까 여기 궁정이 아니라 페테르부르크에 있습니다. 어제 그들과 마주쳤지 뭡니까. 알렉세이 브론스키와 bras dessus, bras dessous(서로 팔짱을 끼고 있더군요), 모르스카야 거리에서 말입니다.」

「C'est un homme qui n'a pas(그 사람한테는 부족한 게 있는데)……」 궁중 시종이 말을 꺼내려다 중단하고서 지나가는 황족 부인에게 길을 내주며 인사를 건넸다.

그렇게 사람들은 쉬지 않고 알렉세이 알렉산드로비치에 관해 뒷공론을 펼치며 그를 헐뜯고 조롱했다. 한편 알렉세이 알렉산드로비치는 국가 의회 의원이 가던 길을 막고 그를 붙들어 놓은 채 한순간도 쉬지 않고 입을 놀리며 재정 기획안에 관하여 조목조목 설명을 늘어놓고 있었다.

아내가 떠난 것과 거의 동시에 알렉세이 알렉산드로비치에게는 공직자로서 가장 비통한 일이 일어났다. 진급이 중도에 멈춰 버린 것이다. 그의 진급이 중단되었다는 사실을 모두가 명백하게 인지했으나, 정작 알렉세이 알렉산드로비치 본인은 자신의 출세 가도가 이제 막을 내렸음을 깨닫지 못했다. 스트레모프와의 충돌 때문인지, 아내와의 파경 때문인지, 아니면 그저 자신에게 정해진 한계에 다다른 것인지 모르겠지만, 그해 모두에게 명백하게 드러난 것은 그의 공직 행로가 끝장났다는 사실이었다. 여전히 중요한 직책을 맡고 있었고 여러 위원회와 기구의 위원이기도 했지만, 그는 이미 더 나올 게 없는, 더 이상 아무것도 기대할 게 없는 인물이었다. 그가 뭘 말하든, 뭘 제안하든 사람들은 이미 오래전에 다 알려진 것이자 쓸데없는 것을 제안한다는 듯 그를 대했다.

그러나 알렉세이 알렉산드로비치는 그런 점을 눈치채지 못했으며, 오히려 행정 업무에의 직접적인 참여를 면한 지금 전보다 더 분명하게 다른 사람들의 활동에서 결함이나 오류를 발견하게 되었고, 그것들을 교정할 수 있는 방법을 알려주는 것이 자신의 임무라 여기는 것이었다. 아내와 결별한 뒤 곧바로 그는 새로운 사법 제도에 관한 자신의 첫 기록을 작성하기 시작했는데, 이는 그가 쓰기로 정해져 있던 것으로 관청의 온갖 부서에 관한, 아무에게도 쓸모없는 무수한 기록들 중 하나일 뿐이었다.

공직 세계에서 자신의 입지에 전망이 없어졌다는 사실을 알아채지 못했기에 알렉세이 알렉산드로비치는 그로 인해 괴로워하지도 않았을 뿐만 아니라, 오히려 그 어느 때보다도 자신의 업무 수행에 만족하고 있었다.

〈결혼한 남자는 어떻게 하면 자기 아내를 기쁘게 할 수 있을까 하고 세상일에 마음을 쓰게 되지만, 결혼하지 않은 남자는 어떻게 하면 주님을 기쁘게 해드릴 수 있을까 하고 주님의 일에 마음을 씁니다〉[32]라고 사도 바울로는 말했다. 이제 모든 일에 있어 성서의 지도를 받는 알렉세이 알렉산드로비치는 이 구절을 자주 떠올리곤 했다. 아내 없이 혼자 남은 뒤로 그는 그러한 단순한 업무 구상들을 통해서 자신이 예전보다 더 주님께 봉사하고 있다고 생각했다.

국가 의회 의원이 그에게서 놓여나고 싶어 안달하며 초조한 기색을 보여도 알렉세이 알렉산드로비치는 흔들림이 없었다. 의원이 황실 가문의 인사가 지나가는 틈을 타 그에게서 빠져나갔을 때에야 그는 장광설을 그쳤다.

홀로 남은 알렉세이 알렉산드로비치는 생각을 모으느라 고개를 숙였다가 멍하니 주변을 둘러본 뒤, 리디야 이바노브나 백작 부인을 만날 요량으로 문가로 향했다.

〈다들 얼마나 굳세고 건강한 육체를 가졌는가.〉 가지런히 빗질된 향내 나는 구레나룻에 단단한 체격을 지닌 궁중 시종과 제복을 딱 맞게 차려입은 공작의 불그레한 목을 보며 알렉세이 알렉산드로비치가 생각했다. 그는 그들 곁을 지나쳐 가야 했다. 〈세상에 존재하는 모든 게 악이라더니, 정말 옳은 소리야.〉 궁중 시종의 장딴지를 다시금 힐끔거리면서 그는 생각했다.

알렉세이 알렉산드로비치는 평소처럼 노곤한 듯 위엄 있는 모습으로 천천히 걸음을 옮기면서, 자신에 대해 쑥덕거리던 신사들에게 인사를 하고는 문 쪽을 쳐다보며 눈으로 리디야 이바노브나 백작 부인을 찾았다.

「아! 알렉세이 알렉산드로비치!」 자신과 나란히 서게 된 카레닌이 냉담하게 목례를 하자 노인이 두 눈을 사악하게 빛

---

32 「고린토인들에게 보낸 첫째 편지」 7장 32절과 33절을 순서를 뒤바꿔 인용하고 있다.

내며 말했다.「여태 축하 인사를 못 했네요.」카레닌의 새 훈
장 띠를 가리키며 그가 말을 이었다.

「고맙습니다.」알렉세이 알렉산드로비치가 대꾸했다.「이
얼마나 **근사한** 날입니까.」그가 버릇대로 〈근사한〉에 힘을 주
며 덧붙였다.

그들이 자신을 비웃는다는 것을 알렉세이 알렉산드로비치
는 알고 있었다. 그러나 그는 애초에 그들에게서 적의 말고는
아무것도 기대하지 않았다. 이미 그런 일에 익숙해진 것이다.

리디야 이바노브나 백작 부인이 문 안쪽으로 들어서자, 알
렉세이 알렉산드로비치는 코르셋 위로 솟은 누런 어깨와 자
신을 부르는 그녀의 아름답고 상념 어린 눈을 발견하고 변함
없는 흰 치아를 드러내 씩 웃어 보인 뒤 그녀에게로 다가갔다.

최근 선보인 모든 경우와 마찬가지로, 리디야 이바노브나
의 치장은 엄청난 공을 들인 것이었다. 이제 그녀는 30년 전
추구했던 것과는 전적으로 상반되는 목적으로 몸단장을 했
다. 그때 그녀는 무엇으로든 자신을 꾸미고 싶어 했고, 치장
을 많이 할수록 더 예뻤다. 지금은 반대로 치장이 그녀의 나
이와 생김새에 어울릴 수가 없었기에, 오로지 몸단장과 외모
의 대비가 너무 흉측하게 드러나지 않게끔 신경을 써야 했다.
알렉세이 알렉산드로비치에게는 그러한 목적이 달성되어서,
그에게 그녀는 매력적으로 보였다. 알렉세이 알렉산드로비
치에게 그녀는 자신을 에워싼 적의와 조소의 바다 한가운데
떠 있는 선량한 호의의 섬이었을 뿐만 아니라 유일한 사랑의
섬이기도 했다.

조소 어린 눈길들의 대열을 통과하면서, 마치 식물이 빛을
향하듯 그는 사랑에 잠긴 그녀의 눈길 쪽으로 자연스레 이끌

려 갔다.

「축하드려요.」 그녀가 훈장 띠를 눈으로 가리키며 말했다.

만족감에서 우러나는 미소를 억제하면서 그는 눈을 감고 양어깨를 으쓱했다. 마치 그런 건 자신을 그리 기쁘게 하지 못한다는 듯한 태도였다. 본인은 결코 인정하지 않지만, 그것이 그의 주된 기쁨 중 하나라는 것을 리디야 이바노브나 백작 부인은 잘 알고 있었다.

「우리 천사는 어떤가요?」 리디야 이바노브나 백작 부인이 세료자를 염두에 두고 물었다.

「전적으로 만족스럽다고는 할 수 없습니다.」 알렉세이 알렉산드로비치가 눈썹을 치올리며 눈을 떴다. 「시트니코프 역시 못마땅해하고 있죠(시트니코프는 세료자의 훈육을 담당하는 교사였다). 제가 말씀드렸듯이, 아들 녀석한테서는 모든 사람들과 아이들의 영혼을 감동시킬 수밖에 없는 가장 중요한 문제들을 어딘지 냉담하게 대하는 구석이 있습니다.」 알렉세이 알렉산드로비치가 공직 업무 외에 유일하게 관심을 두는 문제에 관해서 자신의 견해를 피력하기 시작했다. 바로 아들의 교육 문제였다.

리디야 이바노브나의 도움으로 다시 일상생활과 업무에 복귀했을 때, 알렉세이 알렉산드로비치는 자신의 손에 남겨진 아들의 교육에 전념하는 것이 스스로의 의무라고 느꼈다. 예전에는 교육 문제에 전혀 관여하지 않던 그가 이제는 교과 교육에 대한 이론적인 공부에 일정 시간을 할애했다. 인류학, 교육학, 교수법에 대한 여러 권의 책을 읽으며 교육에 관한 나름의 계획을 세웠고, 페테르부르크 출신의 훌륭한 교육자를 초빙하여 이를 실행에 옮겼다. 그리고 그 일은 항상 그의 의식을 사로잡고 있었다.

「하지만 마음씨를 보세요. 제가 보기엔 그 아이는 아버지와 같은 심성을 갖고 있어요. 그런 아이가 나쁜 아이일 리는 없죠.」리디야 이바노브나 백작 부인이 감탄조로 말했다.

「그래요, 어쩌면 그럴지도……. 저로서는 그저 제 의무를 이행하고 있을 뿐입니다. 그게 제가 할 수 있는 전부죠.」

「저희 집으로 좀 와주세요.」잠시 침묵하던 리디야 이바노브나 백작 부인이 이렇게 말했다.「당신이 좀 서글퍼할 일에 대해 의논을 해야 해서요. 저야 당신이 몇몇 기억에서 놓여나기 위해서라면 모든 걸 다 내놓을 테지만, 다른 사람들은 그렇지 않나 봐요. **그 여자**에게서 편지를 받았어요. **그 여자**가 여기, 페테르부르크에 있어요.」

아내 얘기가 나오자 알렉세이 알렉산드로비치는 흠칫 몸을 떨었다. 그러나 곧바로, 죽은 사람 같은 굳은 표정이 그의 얼굴에 드리웠다. 그 문제에 있어서는 그도 완전히 무력하다는 사실을 드러내는 표정이었다.

「예상하고 있었습니다.」그가 말했다.

리디야 이바노브나는 황홀한 눈빛으로 그를 바라보았다. 이윽고, 그의 존엄한 영혼과 마주하며 밀려드는 희열로 인해 그녀의 두 눈에는 눈물이 솟구쳤다.

25

골동품 도자기가 놓여 있고 초상화가 걸린 리디야 이바노브나 백작 부인의 자그맣고 안락한 서재에 알렉세이 알렉산드로비치가 들어섰을 때, 방의 주인은 아직 거기 없었다. 그녀는 옷을 갈아입는 중이었다.

식탁보가 깔린 둥근 탁자 위에 중국산 다기 세트와 은제 술주전자가 놓여 있었다. 알렉세이 알렉산드로비치는 서재를 장식한 수없이 많은 지인들의 초상화들을 멍하니 둘러보고는, 탁자 앞에 앉아 거기 놓인 복음서를 펼쳤다. 백작 부인의 비단 드레스가 사각거리는 소리가 그의 주의를 환기시켰다.

「자, 이제 우리 편안히 앉아요.」 리디야 이바노브나 백작 부인이 설렘이 감도는 미소를 띤 채 탁자와 소파 사이를 황급히 빠져나왔다. 「차를 마시면서 얘기하도록 하죠.」

운을 띄우기에 앞서 몇 마디 건넨 뒤, 리디야 이바노브나 백작 부인은 무거운 한숨을 내쉬고 얼굴을 붉히더니 알렉세이 알렉산드로비치의 손에 자신이 받은 편지를 건넸다.

편지를 읽은 그는 한참 동안 말이 없었다.

「저한테 그녀의 청을 거절할 권리가 있다고는 생각하지 않는데요.」 그가 눈길을 들면서 소심하게 말했다.

「나의 벗님! 당신은 그 누구한테서도 악을 보지 못하시는군요!」

「그 반대로, 저는 모든 게 악이라고 생각합니다. 하지만 그러는 게 정당할까요……?」

주저함이 엿보이는 그의 얼굴에, 자신으로서는 이해할 수 없는 문제에 대하여 조언과 지지와 지도를 구하는 기색이 역력했다.

「아니요…….」 리디야 이바노브나 백작 부인이 그의 말을 가로막았다. 「모든 일에는 한도라는 게 있어요. 저도 패륜까지는 이해해요.」 전적으로 솔직한 말은 아니었다. 왜냐하면 그녀는 여자들을 패륜으로 몰고 가는 게 무엇인지 전혀 이해하지 못했으니 말이다. 「하지만 잔인함은 이해할 수 없어요. 누구한테 잔인하냐고요? 당신한테죠! 어떻게 당신이 있는 도시에 머물 수가 있죠? 그래요, 사람은 평생 배워야 해요. 저는 당신의 고결함과 그 여자의 저열함을 이해하는 법을 배우고 있어요.」

「하지만 누가 돌을 던지겠습니까?」 알렉세이 알렉산드로비치가 말했다. 자신의 배역에 흡족해하고 있는 게 분명했다. 「저는 모든 것을 용서했습니다. 그렇기 때문에 그녀의 사랑이 요구하는 바를, 즉 아들에 대한 사랑이 요구하는 바를 그녀에게서 박탈할 수는 없습니다……」

「사랑이라고요, 나의 벗님? 그게 진정으로 그럴까요? 당신이 용서했고, 용서하신다고 쳐요……. 하지만 저 천사의 영혼에 영향력을 행사할 권리가 우리한테 있을까요? 아드님은 그 여자가 죽은 줄 알고 있단 말이에요. 그 여자를 위해 기도하고 있고 그 여자의 죄를 용서해 달라고 하느님께 빌고 있다고요……. 그리고 그러는 게 나아요. 대체 아드님이 뭐라 생각하겠어요?」

「그걸 미처 생각하지 못했군요.」 알렉세이 알렉산드로비치가 분명하게 동의를 표했다.

리디야 이바노브나 백작 부인은 두 손으로 얼굴을 감싼 채 말이 없었다. 기도를 올리는 것이었다.

「만일 저에게 조언을 구하신다면……」 기도를 마친 그녀가 얼굴을 내보이며 말했다. 「그렇게 하시지 말라고 조언드리겠어요. 당신이 얼마나 고통받고 계신지, 그 일이 당신의 모든 상처를 어떻게 건드려 놓았는지, 제가 그걸 모르겠어요? 언제나처럼 당신이 자기 자신에 대해서는 망각한다고 쳐요. 하지만 그게 과연 어떻게 귀결될까요? 당신 입장에서는 새로운 고통으로, 아드님으로서도 고뇌로 귀결되지 않겠어요? 만일 그 여자에게 인간적인 무엇인가 남아 있었더라면, 스스로가 그런 걸 바랄 수는 없었을 거예요. 그래요, 저는 망설임 없이 그러시지 말았으면 해요. 그리고 만일 당신이 허락하신다면, 제가 그 여자에게 편지를 쓰겠어요.」

알렉세이 알렉산드로비치는 그녀의 의견에 동의했고, 리디야 이바노브나 백작 부인은 프랑스어로 다음과 같은 내용의 편지를 썼다.

친애하는 부인,
부인의 아드님께 부인의 존재를 상기시키는 일은 아드님으로 하여금 대답해 줄 수 없는 질문을 품게 만들 수 있습니다. 대답해 줄 수 없는 까닭은 신성한 의미를 지니는 것에 대해 책망하는 마음을 아드님에게 심어 주지 않게 하기 위함입니다. 따라서 당신의 남편께서 기독교적인 사랑의 정신으로 청을 거절하심을 이해해 주시기 바랍니다.
하느님의 자비가 부인에게 함께하시길 바랍니다.

백작 부인 리디야

이 편지로 리디야 이바노브나는 자기 자신에게도 감춰 놓았던 비밀스러운 목적을 달성하였다. 편지가 안나에게 뼛속 깊이 모욕감을 안겨 주었던 것이다.

한편 그날 리디야 이바노브나의 집에서 돌아온 알렉세이

알렉산드로비치는 평소 늘 하던 일들에 전념할 수가 없었으며, 신앙인이자 구원받은 자로서 예전에 느끼던 마음의 평화를 찾을 수도 없었다.

자기 앞에서 아내는 너무나 큰 죄인이고, 리디야 이바노브나 백작 부인이 정당하게 지적한 대로 그녀 앞에서 자신은 너무나 성스러운 존재이므로, 아내에 대한 기억은 그의 심사를 어지럽힐 수 없었다. 그럼에도 그의 마음은 편치 않았다. 책을 읽어도 이해할 수 없었고, 그녀를 대했던 자신의 태도와 그녀에게 저질렀던 잘못들에 대한 괴로운 기억들을 떨쳐 버릴 수가 없었다. 경마장에서 돌아오던 길에 그녀의 고백을 자신이 어떻게 받아들였는지(특히 그녀에게 외견상의 예의를 지킬 것을 요구하고 결투 신청은 하지 않았던 것)에 대한 기억이 마치 회한처럼 그를 괴롭혔다. 그녀에게 보냈던 편지에 대한 기억도 마찬가지였다. 무엇보다 아무에게도 필요 없는 용서를 베풀고 남의 아이를 보살폈던 일이 수치심과 회환으로 그의 심장을 불태웠다.

또한 그는 지금 그녀와 함께했던 지난날을 전부 돌이키며 오랜 망설임 끝에 그녀에게 청혼했을 때 내뱉었던 옹색한 말들을 떠올리면서 마찬가지의 수치심과 회환을 느꼈다.

〈하지만 내가 뭘 잘못했단 말인가?〉 그가 생각했다. 그에게 이 질문은 항상 또 다른 질문을 낳았다. 〈그렇다면 다른 사람들, 브론스키나 오블론스키…… 장딴지가 단단한 그 궁중 시종 같은 이들은 다른 식으로 느끼고, 다른 식으로 사랑하며, 다른 식으로 결혼한단 말인가?〉 그러자 예의 싱싱하고 체력 좋고 자신감 넘치는 사람들이 줄줄이 떠올랐다. 무심결에 언제 어디서나 알렉세이 알렉산드로비치의 호기심 가득한 주의를 끌던 사람들이었다. 그는 그런 생각들을 떨쳐 버리고, 자신은 이승의 한시적인 삶이 아니라 영원한 삶을 위해서 살아가며 자신의 영혼 속에는 평화와 사랑이 거하고 있다고 스스로를 확신시키고자 애썼다. 그럼에도 이 덧없고 하찮은 삶속에서 그의 생각으로는 몇 가지 너절한 실수를 저질렀다는 사실이 그를 몹시 괴롭혔으니, 그리하여 여태 믿어 왔던 영원한 구원이라는 건 없다고까지 생각할 지경에 이르렀다. 하지만 유혹은 오래가지 않아 알렉세이 알렉산드로비치의 마음속에는 곧 예전의 평화와 고결함이 복구되었고, 그 덕분에 그는 기억하고 싶지 않은 것들을 잊을 수 있었다.

26

「그래 어찌 됐어, 카피토니치?」 생일 전날 산책을 나갔다가 발그레하게 상기된 얼굴을 하고 기분 좋게 돌아온 세료자가 늙은 수위에게 주름 잡힌 외투를 건네면서 물었다. 키가 큰 수위는 껑충한 높이에서 조그만 사내아이를 내려다보며 미소 짓고 있었다. 「오늘 그 붕대 감은 관리가 왔다 갔어? 아빠가 그를 만나 주셨어?」

「접견하셨습니다. 주임님이 나가자마자 제가 아뢰었습죠.」 유쾌한 표정으로 눈짓을 하면서 수위가 말했다. 「자, 제가 벗겨 드리죠.」

「세료자!」 내실로 통하는 문 앞에 선 채, 슬라브인 가정 교사가 외쳤다. 「직접 벗으세요.」

가정 교사의 가냘픈 목소리를 들었음에도 불구하고 세료

515

자는 그에게 주의를 돌리지 않았다. 수위의 멜빵을 붙잡고 선 채 그의 얼굴만 쳐다볼 뿐이었다.

「그래서, 아빠가 그 사람한테 필요한 걸 해줬어?」

수위가 긍정의 표시로 고개를 끄덕였다.

붕대를 감은 그 관리는 알렉세이 알렉산드로비치에게 무언가 청탁하러 일곱 번이나 다녀갔기에 세료자와 수위의 관심을 끌었다. 한번은 그를 현관에서 마주쳐, 자신과 아이들이 다 죽게 생겼다면서 자신이 찾아왔음을 아뢰어 달라고 수위에게 애처롭게 부탁하는 소리를 듣기도 했다.

이후에 세료자는 한 번 더 현관에서 그 관리와 마주쳤고, 그에게 관심을 쏟게 되었다.

「어땠어? 아주 기뻐했지?」세료자가 물었다.

「기뻐하다마다요! 거의 펄쩍펄쩍 뛰면서 나가더군요.」

「그런데 혹시 뭐 온 건 없고?」잠시 말이 없던 세료자가 이렇게 물었다.

「글쎄요, 도련님⋯⋯.」수위가 고개를 절레절레 흔들며 귀엣말로 말했다.「백작 부인한테서 온 게 있지요.」

수위가 얘기하는 것이 리디야 이바노브나 백작 부인이 자기한테 보낸 생일 선물이라는 걸 세료자는 금방 알아챘다.

「뭐라고? 어디 있는데?」

「코르네이가 아버님 방에 갖다 뒀습니다. 틀림없이 아주 좋은 걸 겁니다.」

「얼마나 큰데? 이정도 돼?」

「그보다는 좀 작습니다만, 좋은 겁니다.」

「책이야?」

「아니요, 물건이던데요. 자, 어서 가보십시오, 바실리 루키

516

치가 부르십니다.」 가정 교사의 발걸음 소리가 점점 가까이 들리자 수위가 자신의 멜빵을 붙들고 있던, 장갑이 반쯤 벗겨진 손을 조심스레 바로잡아 주면서 눈을 찡긋하고는 고갯짓으로 부니치를 가리켰다.

「바실리 루키치, 지금 가요!」 맡은 의무에 충실한 바실리 루키치를 늘 꼼짝 못 하게 만들어 버리는 예의 쾌활하고 정다운 미소를 지으며 세료자가 대답했다.

세료자는 너무나 즐거웠고 모든 게 너무나 행복했기에, 여름 공원에서 산책을 하다가 리디야 이바노브나 백작 부인의 조카딸에게서 들은 또 하나의 집안 경사를 자신의 친구인 수위와 함께 나누지 않을 수가 없었다. 그 경사가 관리의 기쁨과 장난감을 받은 자신의 기쁨에 더해져 그에게는 특히 중요하게 여겨졌다. 세료자에게 그날은 내내 기쁘고 즐거울 수밖에 없는 그런 날이었다.

「있잖아, 아빠가 알렉산드르 넵스키 훈장을 받았다는 거 혹시 알고 있어?」

「여부가 있겠습니까! 벌써 사람들이 축하 인사를 하러 다녀갔는걸요.」

「어때, 아빠는 기뻐하셔?」

「황제가 내려주신 은덕인데, 여부가 있겠습니까! 그만큼 공을 쌓으셨다는 뜻이지요.」 수위가 근엄하고 진지하게 대답했다.

세료자가 잠시 생각에 잠긴 채 아주 세세한 부분까지 훤히 알고 있는 수위의 얼굴을, 특히 희끗희끗한 구레나룻 사이로 늘어진 턱을 골똘히 바라보았다. 그 턱은 언제나 수위를 아래로부터 쳐다볼 수밖에 없는 세료자 외에는 아무도 보지 못하는 것이었다.

「할아범 딸은 집에 다녀간 지 한참 됐지?」

수위의 딸은 발레 무용수였다.

「평소에 다녀갈 겨를이 있겠습니까? 걔들도 수업이 있으니까요. 도련님도 수업이 있으시잖습니까. 어서 가보세요.」

방으로 온 세료자는 수업을 받기 위해 책상에 앉는 대신, 선물로 가져온 물건은 자동차가 틀림없다는 추측을 교사에게 얘기했다. 「선생님은 어떻게 생각하세요?」 그가 물었다.

그러나 바실리 루키치는 오로지 2시에 도착할 교사를 위해서 문법 수업을 준비시켜야겠다는 생각뿐이었다.

「그러지 말고, 그럼 이것만 좀 얘기해 주세요, 바실리 루키치……」 이미 책상 앞에 앉아 양손에 책을 들고 있던 세료자가 갑자기 물었다. 「알렉산드르 넵스키보다 더 높은 게 뭐예요? 아빠가 알렉산드르 넵스키 훈장을 받은 거 아세요?」

바실리 루키치는 알렉산드르 넵스키 훈장보다 더 높은 건 블라디미르[33] 훈장이라고 대답했다.

「그것보다 더 높은 건요?」

「모든 것 중에서 제일 높은 건 〈첫 번째 부르심을 받은 안드레이〉[34] 훈장입니다.」

「안드레이 훈장보다 더 높은 건요?」

「모르겠는데요.」

33 키예프 공국의 기초를 닦고 키예프 루시에 정교를 들여온 블라디미르 대공을 뜻한다.

34 예수의 열두 사도 중 한 명인 안드레이를 가리킨다. 그는 1세기 중엽 동유럽 일대를 순례한 바 있으며 러시아가 그리스도교 세례를 받을 것을 예언했다고 한다. 러시아인들은 「마르코의 복음서」 1장 16~19절에 근거하여 그를 반드시 〈첫 번째로 부르심을 받은 안드레이〉라고 부른다.

「어떻게 선생님이 모르실 수가 있어요?」 그러고서 세료자는 팔꿈치를 괸 채 깊은 공상에 빠졌다.

그의 공상은 아주 복잡하고 다채로웠다. 그는 아버지가 별안간 블라디미르와 안드레이 훈장을 받는 상상을 하다가 이어서 자신이 수업 시간에 훨씬 더 착해지고, 자라서는 그 모든 훈장은 물론 사람들이 고안해 낸, 안드레이 훈장보다 더 높은 훈장까지 받는 상상을 했다. 새 훈장을 고안하자마자 자신은 그걸 받을 만한 공적을 쌓게 될 것이었다. 사람들이 더 높은 훈장을 고안해 내면, 그 즉시 자신이 그에 걸맞은 공적을 쌓는 식이었다.

그러한 공상 속에서 시간은 흘러갔다. 그래서 교사가 왔을 때는 시간 및 장소의 상황어[35]와 행위 양상의 상황어 수업을 할 준비가 되어 있지 않았다. 교사는 불만스러웠을 뿐만 아니라 서글펐고, 그의 슬픔이 세료자의 심금을 울렸다. 학과를 다 외우지 않은 건 잘못이라고 생각하지 않았다. 그건 아무리 노력해도 도무지 해낼 수가 없는 것이었기 때문이다. 교사가 설명해 주는 동안에는 확신이 서고 이해가 가는 것 같다가도, 혼자 남게 되면 그 즉시 〈갑자기〉라는 짧막하고 너무나 명백한 단어가 행위 양상을 나타내는 **상황어**라는 것을 도저히 기억할 수도 이해할 수도 없었다. 하지만 어쨌든 그는 자신이 선생님을 슬프게 했다는 게 안타까웠고, 선생님을 위로해 주고 싶었다.

그는 선생님이 말없이 책을 보는 순간을 포착했다.

「미하일 이바니치, 선생님의 영명 축일은 언제인가요?」 세

35 상황어는 러시아어 통사론의 문장 성분 중 하나이다. 상황어가 될 수 있는 것으로는 부사나 부사구, 전치사구 등이 있다.

료자가 느닷없이 물었다.

「공부 생각이나 하시는게 좋을 겁니다. 영명 축일은 이성적인 인간한테는 아무런 의미도 없는 것입니다. 여느 날들과 똑같이 공부를 해야 하는 날일 뿐이죠.」

세료자는 선생님을, 그의 성긴 턱수염과 콧등에 생긴 자국 아래로 미끄러져 내려온 안경을 주의 깊게 바라보았고, 이미 교사가 설명해 주는 말이 하나도 들리지 않을 정도로 깊은 생각에 잠겼다. 그는 선생님이 아무 생각 없이 떠들고 있다는 걸 깨달았다. 선생님의 어조에서 그 사실을 감지할 수 있었다. 〈대체 왜 사람들은 저렇게 지루하고 쓸데없는 걸 죄다 똑같은 방식으로 말하기로 약속한 걸까? 대체 왜 선생님은 나를 자기한테서 밀어내는 걸까? 나를 사랑하지 않아서일까?〉 그가 우수에 잠긴 채 자문했다. 대답은 찾을 수 없었다.

27

교사와의 수업 다음으로는 아버지와의 수업이 있었다. 아버지가 오실 때까지 세료자는 책상 앞에 앉아서 가위로 장난을 치며 생각에 잠겨 있었다. 산책하는 동안 어머니를 찾는 것은 세료자가 좋아하는 일 중 하나였다. 그는 죽음이라는 것을 대체로 믿지 않았으며, 특히나 어머니의 죽음은 믿지 않았다. 비록 리디야 이바노브나가 그렇게 일러 주었고, 아버지까지 확인해 주었어도 그랬다. 그래서 어머니가 죽었다는 얘기를 전해 들은 뒤에도 그는 산책을 하는 동안 어머니를 찾곤 했다. 통통하고 우아한 검은 머리의 여자는 다 어머니였다.

그런 여자가 눈에 띄면, 세료자의 가슴속에서는 애틋한 감정이 북받쳐서 숨이 막히고 눈물이 솟을 지경이었다. 그리고 그는 그녀가 자기한테 다가와 베일을 벗어 올리기를 가만히 기다리곤 했다. 얼굴이 모두 드러나고 그녀가 미소를 지으면서 자기를 끌어안으면, 그녀의 냄새를 맡고 그 손의 부드러운 감촉을 느끼며 행복의 눈물을 흘릴 터였다. 언젠가 저녁때 어머니의 다리를 베고 눕자 어머니가 그에게 간지럼을 태우길래 까르르 웃으며 그녀의 반지 낀 흰 손을 깨물었던 때처럼 말이다. 나중에 어머니는 죽지 않았으며, 아버지와 리디야 이바노브나가 그에게 어머니는 죽은 것이나 다름없다고 말한 까닭은 어머니가 좋은 사람이 아니기 때문이라는 걸(이 점을 그는 결코 믿을 수가 없었는데, 왜냐하면 어머니를 사랑했기 때문이다) 유모로부터 우연히 알게 되고도, 그는 예전과 똑같이 어머니를 찾거나 기다리곤 했다. 오늘 여름 궁전에는 보랏빛 베일을 쓴 어느 귀부인이 있었다. 그는 죄어드는 가슴으로 어머니이길 고대하면서 그녀가 좁다란 길을 따라 자기네 일행에게 다가오는 모습을 눈으로 좇았다. 그 귀부인은 세료자 곁에 채 다가서기도 전에 어디론가 자취를 감춰 버렸다. 오늘 그 어느 때보다도 강렬하게 어머니를 향한 사랑이 북받치던 세료자는 아버지를 기다리는 중이라는 걸 망각하고는, 책상 귀퉁이를 주머니칼로 온통 그어 대며 반짝이는 두 눈으로 자기 앞을 응시한 채 어머니 생각에 빠져 있었다.

「아버님께서 오고 계십니다!」 바실리 루키치의 말에 그는 퍼뜩 정신을 차렸다.

세료자는 자리에서 벌떡 일어나 아버지에게 다가가 손에 입을 맞추고는 그의 얼굴을 주의 깊게 응시하면서 알렉산드르 넵스키 훈장을 받아서 기뻐하는 기색을 찾아보려 했다.

「산책은 잘 했니?」 알렉세이 알렉산드로비치가 안락의자
에 앉아 『구약 성서』를 앞에 가져와 펼치면서 말했다. 알렉세
이 알렉산드로비치는 그리스도교인이라면 누구든지 성스러
운 역사를 확실하게 알아 둬야 한다고 세료자에게 수차례나
일렀으면서도, 그 자신 또한 『구약 성서』에 한해서는 책을 들
추며 원문을 참조하곤 했다. 세료자도 그 점을 눈치채고 있
었다.

「네, 아주 즐거웠어요, 아빠.」 세료자가 비스듬히 앉은 채
의자를 흔들면서 말했다. 의자를 흔드는 건 금지되어 있었다.
「나덴카를 봤어요(나덴카는 리디야 이바노브나가 양육하고
있는 그녀의 조카딸이었다). 나덴카가 그러는데, 아빠가 새
훈장을 받으셨다고요. 기쁘시죠, 아빠?」

「첫째, 제발 의자 좀 흔들지 말아라.」 알렉세이 알렉산드로
비치가 말했다. 「둘째, 귀중한 건 상이 아니라 노력이란다. 네
가 이 말을 이해해 주면 좋겠는데 말이야. 네가 만일 상을 받
기 위해서 노력하고 공부한다면, 그 노력은 힘들게 느껴질 거
다. 하지만(알렉세이 알렉산드로비치는 118장의 서류에 서
명을 하는 지루하기 짝이 없는 노동을 수행하면서 의무감으
로 스스로를 이겨 낸 그날 아침나절을 떠올리며 말했다) 일
이 좋아서 노력한다면, 그 속에서 자신을 위한 상을 발견하게
될 거야.」

다정하고 쾌활하게 빛나던 세료자의 두 눈이 생기를 잃고
아버지의 시선 아래로 수그러들었다. 아버지가 아들을 대할
때마다 구사하는 말투, 아주 오래전부터 익숙한 그 말투를 세
료자는 이미 흉내 내는 법까지 터득하고 있었다. 세료자가 느

끼기에, 아버지는 자기와 대화할 때면 언제나 그 어떤 상상 속의 소년을 대하는 듯 굴었다. 책에서나 나올 법한, 하지만 자기와는 전혀 닮지 않은 소년이었다. 그래서 세료자도 항상 아버지와 있을 때면 책에 나오는 그런 소년인 척 꾸며 대곤 했다.

「내 말 이해하겠지?」 아버지가 물었다.

「네, 아빠.」 세료자가 상상 속의 소년인 척하며 대답했다.

수업 내용은 복음서의 몇몇 구절을 암송하고 구약의 첫 대목을 복습하는 것이었다. 세료자는 복음서의 구절들을 꽤 많이 알고 있었다. 그러나 그 내용을 암송하며 세료자는 관자놀이에서 너무 심하게 구부러져 있는 아버지의 이마뼈를 바라보는 데 정신이 팔려 그만 머릿속이 헷갈렸고, 그래서 한 구절이 시작되는 대목에서 같은 단어로 된 다른 구절의 끝 대목을 갖다 붙이고 말았다. 알렉세이 알렉산드로비치가 보기에는 아들이 암송하는 구절을 이해하지 못하는 게 분명했기에 부아가 치밀었다.

그는 인상을 찌푸리더니 세료자가 이미 여러 차례 들었으며, 너무나 명확하게 이해하고 있기 때문에 오히려 절대로 외울 수 없는 것을 설명하기 시작했다. 말하자면, 〈갑자기〉가 행위의 양상을 가리키는 상황어라는 것과 비슷한 종류의 설명이었다. 세료자가 겁먹은 눈으로 아버지를 바라보면서 생각했던 건 오로지 한 가지, 간혹 가다 그랬던 것처럼 외웠던 것을 다시 되풀이해 보라고 시키지 않을까 하는 걱정이었다. 그 생각에 너무나 겁을 먹는 바람에 이제 그는 아무것도 종잡을 수가 없었다. 그러나 아버지는 되풀이해 보라고 시키지 않고 구약 수업으로 넘어갔다. 세료자는 역사적 사건들 자체에 대해서는 이야기를 썩 잘해 냈다. 그러나 몇몇 사건들이 어떤 미래를 예시하느냐는 질문에 답해야 할 때가 되자, 그 수업 때문에 이미 벌을 받은 적이 있음에도 불구하고 머릿속이 하얗게 되었다. 태초의 족장들에 관한 대목에 이르자 그는 아무 말도 못 한 채 우물쭈물하면서 책상에 가위질을 하거나 의자를 흔들어 댔다. 살아서 하늘로 올라간 에녹[36] 말고는 그들 중에 아는 이가 하나도 없었다. 예전에는 다 외운 그 이름들을 지금은 에녹을 빼고는 까맣게 잊어버렸는데, 이는 특히 구약에서 그가 가장 좋아하는 인물이 에녹이기 때문이기도 했고, 에녹이 산 채로 승천했다는 일화가 그가 지금 아버지의 시곗줄과 반쯤 채워진 조끼의 단추를 가만히 응시하며 온 정신을 쏟고 있던 길고 긴 상념의 행로와 접목되었기 때문이었다.

사람들이 그토록 자주 언급하는 죽음을 세료자는 전혀 믿지 않았다. 그는 자신이 사랑하는 사람들이, 특히 자기 자신이 죽을 거라는 사실을 믿을 수 없었다. 그런 건 그에게 전적으로 불가능했고, 납득할 수 없는 일이었다. 그러나 사람들은 그에게 모두가 다 죽을 거라고 말했다. 심지어 자신이 신뢰하는 사람들에게 물어도 그들마저 그 사실을 확인해 주는 것이었다. 유모 역시 내켜 하지는 않았지만 같은 말을 했다. 하지만 에녹은 죽지 않았다. 그런즉 모두가 죽는 건 아니었다. 〈어째서 모든 사람들이 하느님 앞에서 똑같이 공을 세우고서 살아서 하늘로 올라가지 못하는 것일까?〉 세료자는 생각했다. 나쁜 사람들, 즉 세료자가 좋아하지 않는 사람들은 죽을 수도

---

36 아담의 7대손이자 므두셀라의 아버지. 「창세기」 5장 21~24절에 그의 행적이 나오는데, 하느님과 3백 년을 동행하다가 노아의 홍수가 일어나기 전인 365세 때 산 채로 하늘로 올라갔다고 한다.

있지만, 좋은 사람들은 모두 에녹처럼 될 수 있었다.

「그래, 어떤 족장들이 있었지?」

「에녹, 에노스요.」

「그건 이미 얘기했잖아. 형편없구나, 세료자, 아주 형편없어. 그리스도교인에게 무엇보다 중요한 것을 알려고 애쓰지 않는다면…….」 아버지가 자리에서 일어서며 말을 이었다. 「도대체 뭐가 네 관심을 끌 수 있단 말이냐? 정말 못마땅하구나. 표트르 이그나티치(그는 주임 교사였다)도 너를 못마땅하게 여기고 있어……. 너에게 벌을 내려야겠다.」

아버지와 교사 두 사람 모두 세료자를 불만족스럽게 생각했으니, 실제로 그가 공부를 아주 못하는 건 사실이었다. 그러나 그가 무능한 소년이라고는 결코 말할 수 없었다. 반대로, 세료자는 교사가 그에게 본보기로 드는 학생들보다 더 재능 있는 학생이었다. 아버지의 관점에서 볼 때는 가르쳐 주는 것을 배우려 들지 않는 아이였지만, 본질을 말하자면 그는 그런 걸 배울 수 없었다. 그의 마음속에는 아버지나 교사가 제기하는 것보다 더 절실한 욕구가 잠재하고 있었다. 그 두 가지 욕구가 충돌하자 그는 곧바로 자신의 교육자들에게 반발하지 않을 수 없었던 것이다.

아홉 살 먹은 어린애였을지언정 세료자는 자신의 마음만은 잘 알고 있었고, 그것은 그에게 소중했다. 눈꺼풀이 눈동자를 소중히 간직하듯이 그는 자신의 마음을 소중히 간직했다. 그리고 사랑의 열쇠가 없으면 아무도 마음속에 들이지 않았다. 그를 훈육하는 이들은 그가 공부를 하려 들지 않는다고 불평했지만 세료자의 마음은 지식욕으로 충만했다. 그리고 그에게 가르침을 주는 이는 카피토니치, 유모, 나덴카, 바실리 루키치였지 교육자들이 아니었다. 아버지와 주임 교사가 자신의 물레방아에 흘러내리길 고대하던 물줄기는 이미 다 새어 나가 다른 곳에서 흐르며 제 일을 하고 있었다.

아버지는 리디야 이바노브나의 조카인 나덴카에게 못 가게 함으로써 세료자에게 벌을 내렸다. 그러나 이 벌은 오히려 세료자에게 행운이었다. 기분이 좋았던 바실리 루키치가 풍차 만드는 법을 보여 주었으니 말이다. 위에 올라타 뱅뱅 돌 수 있는 풍차를 어떻게 만들지 궁리하고 공상하느라 그날 저녁은 통째로 흘러가 버렸다. 풍차 날개에 두 팔로 매달리면 될까? 아니면 몸을 거기에 묶은 다음 뱅뱅 돌면 되는 걸까? 저녁 내내 어머니 생각은 하지 않았다. 하지만 잠자리에 들자 불현듯 어머니가 떠올랐다. 세료자는 내일, 자신의 생일에 맞춰서 어머니가 이제 숨바꼭질을 그만두고 곁에 와주기를 소리 내어 기도했다.

「바실리 루키치, 본래 하던 거 말고 내가 또 뭘 기도드렸는지 아세요?」

「공부를 더 잘하게 해달라고요?」

「아니요.」

「장난감을 갖게 해달라고요?」

「아니에요, 못 알아맞히실 거예요. 멋진 건데 비밀이에요! 기도가 이루어지면 말씀드릴게요. 아직 못 맞혔죠?」

「네, 모르겠네요. 도련님이 얘기해 보세요.」 바실리 루키치가 평소답지 않게 미소를 지었다. 「이제 그만 누우세요, 촛불을 끌 테니.」

「그런데 저는요, 촛불을 끄면 지금 눈앞에 보이는 거랑 기도드렸던 게 더 잘 보여요. 이것 좀 봐, 하마터면 비밀을 말할 뻔했네!」 세묘자가 쾌활하게 웃음을 터뜨렸다.

촛불을 내가자 세묘자는 어머니의 소리를 듣고 느꼈다. 어머니는 세묘자를 위에서 내려다보며 사랑 가득한 눈길로 그를 어루만지고 있었다. 그러나 풍차와 주머니칼이 나타나더니 모든 게 뒤섞여 버렸다. 곧 그는 잠이 들었다.

28

페테르부르크에 도착한 브론스키와 안나는 최고급 호텔 중 한 곳에 묵었다. 브론스키는 아래층에 따로 방을 얻었고, 안나는 아이와 유모, 하녀와 함께 위층의 방 네 칸짜리 넓은 객실에 들었다.

도착 당일 형을 찾아간 브론스키는 뜻밖에도 볼일이 있어 모스크바에서 온 어머니와 만났다. 어머니와 형수는 평소처럼 그를 맞이했다. 외국 여행에 관해 이것저것 묻고, 모두가 아는 지인들에 관해 이야기를 하기도 했다. 그러나 안나와의 관계에 대해서는 단 한 마디도 언급하지 않았다. 반면에 형은 이튿날 브론스키를 찾아와 자기 쪽에서 먼저 그녀에 대해 물었다. 알렉세이 브론스키는 형에게 솔직하게 털어놓기를, 자신은 카레니나와의 관계를 결혼한 사이처럼 여긴다고 했다. 그녀의 이혼이 성사되기를 바라고 있으며 그때 가서는 그녀와 결혼할 생각지만 그 전이라 해도 다른 모든 아내들과 매한가지로 그녀를 자신의 아내로 간주할 거라고, 그러니 어머니와 형수에게도 그렇게 전해 달라고 그는 형에게 부탁했다.

「세상이 인정해 주지 않는다 해도 나는 상관없어.」 브론스

527

키가 말했다. 「하지만 친척들이 나와 친족 관계를 유지하고 싶다면, 내 아내와도 똑같은 관계를 유지해야만 해.」

동생의 생각을 항상 존중했던 형으로서는, 세상 사람들 사이에서 이 문제가 해결될 때까지는 동생이 옳은 건지 틀린 건지 판단할 수가 없었다. 하지만 자기로서는 그런 관계에 반대할 이유가 전혀 없었기에 그는 알렉세이와 함께 안나를 보러 갔다.

브론스키는 남들 앞에서와 마찬가지로 형이 있는 데서도 안나를 격식을 갖추어 **당신**이라고 부르며 가까운 친지를 대하는 태도를 취했다. 그러나 이는 형이 그들의 관계를 알고 있음을 고려한 처사였다. 또한 그는 안나가 자신의 영지로 갈 거라는 언질을 내비치기도 했다.

사교계에서 쌓은 경험에도 불구하고 브론스키는 새로운 상황에 처한 뒤로 이상하게도 잘못된 판단을 내리는 경우가 잦았다. 이제 자신과 안나에게 사교계가 닫혀 있다는 사실을 제대로 인식해야 할 터였지만, 그의 머릿속에서 그런 건 옛날 얘기일 뿐 세상은 빨리 진보하고 있으며(그는 자기도 모르는 사이에 모든 진보의 지지자가 되어 있었다) 사교계의 시선도 바뀌었으니 자기네들이 사교계에서 받아들여질지 말지는 아직 결정된 문제가 아니라고 어렴풋이 생각하곤 했다. 〈물론 궁정 사교계야 그녀를 받아들이지 않겠지만, 가까운 사람들은 당연히 이해해 줄 거야.〉 그것이 그의 생각이었다.

그 무엇도 자신이 자세를 바꾸는 걸 방해하지 않으리라는 것을 알고 있는 경우, 사람은 무릎을 꿇은 채 몇 시간 동안이나 앉아 있을 수 있는 법이다. 그러나 무릎을 꿇은 자세로 앉아 있어야만 한다는 걸 알게 되면, 쥐가 나고 경련이 이는 다리는 원하는 곳으로 뻗치고자 움찔거리기 마련이다. 바로 그러한 점을 브론스키는 사교계에서 체감하였다. 마음 깊은 곳에서는 자신들에게 사교계의 문이 굳게 닫혀 있다는 사실을 인정하면서도, 그는 이제 세상이 변할 것이며 그러면 자기들도 받아들여지지 않을까 시험해 보곤 했다. 그러나 자기 개인에게는 사교계가 열려 있다 해도 안나에게만큼은 닫혀 있다는 사실을 그는 순식간에 알아채지 않을 수 없었다. 고양이 쥐 잡기 놀이에서처럼, 그에게는 들어 올려진 팔이 안나 앞에서는 내려가는 형국이었다.

브론스키가 제일 먼저 대면한 페테르부르크 사교계의 귀부인 중 한 사람은 그의 사촌 누이인 벳시였다.

「마침내 돌아왔군요!」 벳시가 그를 반갑게 맞이했다. 「안나는요? 정말 반가워요! 어디서 묵고 있나요? 멋진 여행을 다녀온 직후이니 우리 페테르부르크가 두 분에게 얼마나 끔찍할지 상상이 되네요. 로마에서의 허니문이 얼마나 좋았을까! 이혼은 어찌 됐나요? 다 마무리된 건가요?」

이혼이 아직 성사되지 않았음을 알자 벳시의 반가운 표정이 누그러드는 것을 브론스키는 눈치챘다.

「나한테 돌을 던질 거라는 거 알아요.」 그녀가 말했다. 「하지만 안나를 만나러 가겠어요. 그래요, 꼭 가겠어요. 여기 오래 머물지는 않을 거죠?」

정말로 그녀는 그날 안나에게 갔다. 그러나 그녀의 어조는 결코 예전 같지 않았다. 자신의 용기를 자랑스레 여기고 있는 게 틀림없었고, 안나가 자신의 신의를 정당하게 평가해 주기를 바라는 티가 역력했다. 그녀는 사교계의 소식들을 늘어놓으며 10분이 채 안 되는 동안 머무르다가, 떠나면서는 이렇게 말했다.

「언제 이혼할 건지 말씀 안 해주셨죠. 저야 이런 거 저런 거 안 따진다고 쳐요. 하지만 완고한 사람들은 당신들이 결혼할 때까지 냉기를 퍼부을 겁니다. 그리고 그런 일은 이제 너무나 간단해요. Ça se fait(원래 그렇죠). 그럼, 금요일에 떠나시는 건가요? 더는 못 만날 테니 아쉽네요.」

그녀의 어조만 보고도 브론스키는 사교계의 반응이 어떨지 짐작할 수 있을 터였다. 그러나 그는 다시 한번, 자기 가족들에게 시험을 해보았다. 어머니한테는 기대하지 않았다. 처음 만났을 때 안나에게 그토록 열광했던 어머니가 지금은 아들의 출셋길을 망쳐 놓은 원인이라며 그녀에게 냉혹한 마음을 품고 있다는 걸 그는 잘 알고 있었다. 그러나 형수인 바랴에게는 큰 기대를 걸었다. 그녀라면 돌을 던지지 않고, 담백하고도 단호하게 안나를 찾아가 그녀를 받아들여 줄 것만 같았다.

도착한 다음 날 브론스키는 바랴를 찾아갔다. 그녀 혼자 있는 걸 보고서 그는 자신의 바람을 솔직하게 털어놓았다.

「이봐요, 알렉세이,」 그녀가 그의 말을 다 듣고 나서 입을 열었다. 「나는 도련님을 좋아하고, 도련님을 위해서는 뭐든 할 각오가 되어 있어요. 하지만 내가 도련님과 안나 아르카디예브나에게 도움이 되지 못하리라는 걸 잘 알기 때문에 잠자코 있었던 거예요.」 그녀는 〈안나 아르카디예브나〉를 특히 공들여 발음했다. 「내가 그녀를 비난하리라는 생각은 부디 하지 말아 주세요. 결코 그런 일은 없어요. 아마 그녀의 입장에 섰더라면 나도 똑같이 행동했을 거예요. 세세한 부분까지는 들먹거리지 않겠어요. 그럴 수도 없고요.」 겁먹은 눈빛으로 브론스키의 침울한 얼굴을 흘끔거리면서 그녀는 말을 이었다. 「하지만 가릴 건 가려야 해요. 도련님은 내가 그녀를 찾아가고, 그녀를 받아들여 주길 바라겠죠. 그렇게 함으로써 그녀를 사교계에 다시 복귀시켰으면 하는 마음이겠죠. 하지만 그런 일은 **할 수 없다**는 걸 이해해 주세요. 나는 딸들을 키우고 있고, 사교계에서는 남편을 위해 살아야만 해요. 안나 아르카디예브나를 찾아가긴 하겠어요. 내가 자기를 집으로 초대할 수 없다는 것, 혹은 초대한다 해도 자기를 달리 보는 사람들과 마주치지 않도록 해야 한다는 건 그녀도 이해하겠죠. 하지만 그러한 상황에 그녀는 모욕감을 느낄 거예요. 나는 그녀를 들어 올려 줄 수가 없어요…….」

「나는 형수가 집에 들이는 수백 명의 여자들보다 그녀가 더 타락했다고 생각하지 않아요!」 그가 한층 더 침울한 표정으로 그녀의 말을 막았다. 형수의 결심이 변함없으리라는 걸 알아챈 그는 자리에서 일어났다.

「알렉세이! 나한테 화내지 말아요. 나한테는 잘못이 없다는 걸 제발 알아 주세요.」 바랴가 소심한 미소를 띤 채 브론스키를 바라보았다.

「형수한테 화내는 게 아닙니다.」 그가 침울한 어조로 말했다. 「하지만 마음이 곱절로 아프군요. 또한 이 일이 우리의 우정을 깨뜨린다는 것도요. 깨뜨리지는 않더라도 상하게는 하겠죠. 짐작하시겠지만, 나에게 있어서 이 일은 다른 식으로는 안 됩니다.」

이 말을 남기고 그는 떠났다.

더 이상의 시도는 무의미하며, 페테르부르크에 머무는 며칠간 마치 낯선 도시에 체류하는 양 한때 몸담았던 사교계와는 일체의 왕래를 피하면서 지내야만 한다는 사실을 브론스키는 깨달았다. 그래야만 자기로서는 괴롭기 짝이 없는 불쾌하고 치욕스러운 일들을 겪지 않을 터였다. 페테르부르크에 있음으로 해서 가장 불쾌한 것 중 하나는 알렉세이 알렉산드로비치와 그의 이름이 가는 곳마다 눈에 띄고 입에 오른다는 점이었다. 일단 대화가 시작되면 알렉세이 알렉산드로비치 얘기로 넘어가지 않는 법이 없었고, 어딜 가더라도 그와 마주치는 기분을 느끼지 않는 적이 없었다. 마치 한 손가락이 아픈 사람이 일부러 오만 곳에 바로 그 아픈 손가락을 부딪쳐 대는 것처럼, 적어도 브론스키에게는 그렇게 여겨졌다.

페테르부르크에서 지내는 내내 안나에게서 그 어떤 새로운, 자기로서는 이해할 수 없는 분위기를 느꼈기에 그는 더욱더 힘들었다. 그녀는 브론스키를 사랑하는 것처럼 굴다가도 어느 때는 차갑게 돌변하여 신경질을 내고 속을 열어 보이지 않았다. 무언가로 괴로워했으며, 무언가를 그에게서 숨기고 있었다. 또한 그의 삶을 망가뜨리고 있는 치욕들, 섬세한 이해력을 가진 그녀로서는 한층 더 고통스러울 게 틀림없는 예의 치욕들을 그녀는 마치 알아채지 못한 것처럼 굴었다.

29

안나가 러시아로 돌아온 목적 중 하나는 아들을 만나는 것이었다. 이탈리아를 떠난 날로부터 아들과 만나리라는 생각이 끊임없이 그녀를 설레게 했고, 페테르부르크에 가까워질수록 그 만남이 가져다줄 기쁨과 의미는 더욱더 크게 다가왔다. 만남을 어떻게 성사시킬 것인지는 스스로에게 묻지 않았다. 둘이 같은 도시에 있게 되면 아들을 만나는 일이 자연스럽고 간단해질 거라고 여겼던 것이다. 그러나 페테르부르크에 도착하자마자 문득 사교계에서의 자신의 입지가 명확히 드러났고, 그리하여 아들과의 만남이 이루어지기가 어렵다는 걸 그녀는 깨닫게 되었다.

페테르부르크에서 벌써 이틀을 보냈다. 단 한 순간도 아들 생각을 놓은 적이 없건만 그녀는 아직도 아들을 보지 못한 채였다. 알렉세이 알렉산드로비치와 마주칠 수 있는 그 집으로 곧장 찾아갈 권리는 자신에게 없는 것 같았다. 집 안으로 들여보내 주지 않고 모욕이나 줄지도 모를 일이었다. 남편에게 편지를 쓰고 연락하는 건 생각만으로도 괴로웠다. 그녀는 남편 생각을 하지 않을 때에야 마음의 안정을 얻을 수 있었다. 아들이 언제 어디로 산책을 가는지 알아내서 산책길에 나서는 아들을 보는 것만으로는 부족했다. 오랫동안 아들을 만날 마음의 준비를 해온 만큼 아들에게 할 이야기가 많았고, 아들을 품에 안아 입 맞추고 싶은 생각도 너무나 간절했다. 세료자의 늙은 유모라면 그녀를 도와주고 방법을 가르쳐 줄 수도 있었겠지만 유모는 이미 알렉세이 알렉산드로비치의 집을 떠난 뒤였다. 그러한 망설임 속에서 유모를 찾는 사이 이틀이 흘렀다.

알렉세이 알렉산드로비치와 리디야 이바노브나 백작 부인이 가까운 사이라는 걸 알게 된 안나는 사흘째 되던 날, 그녀로서는 무척이나 힘든 일이었으나 백작 부인에게 편지를 쓰기로 결심하였다. 편지에는 짐짓 아들과의 만남이 남편의 관대함에 달려 있을 수밖에 없다고 적었다. 남편이 편지를 보게 될 경우, 그는 계속해서 관대한 역할을 연기할 테니 자신의 청을 거절하지 않으리라고 그녀는 생각했다.

하지만 편지를 가져갔던 급사가 회신은 없을 거라는 가장 잔혹하고도 예기치 못한 답변을 전했다. 급사를 불러들여 이 것저것 묻던 중, 한참을 기다린 그에게 〈답신은 결코 없을 것〉이라고 하더라는 얘기를 자세히 전해 들은 순간만큼 그녀가 모욕감을 느꼈던 적은 없었다. 안나는 모욕당하고 멸시당한 기분이었지만, 리디야 이바노브나의 입장에서는 제대로 처신했다고 생각할 수밖에 없었다. 그녀의 슬픔은 혼자만의 것이기에 더욱 컸다. 그 슬픔을 브론스키와 나눌 수는 없었고, 그러고 싶지도 않았다. 자신이 겪는 불행의 중요한 원인이 브론스키임에도 불구하고 자신과 아들이 만나는 문제는 그에게 아주 하찮은 일로 여겨질 것임을, 자신이 느끼는 고통의 깊이를 브론스키는 결코 헤아리지 못할 것임을 그녀는 알고 있었다. 그 일을 언급할 적에 그가 내비치는 차가운 어조로 인해 그를 증오하게 되리라는 것 또한 그녀는 알았다. 그리고 그 점이 그녀는 세상에서 가장 두려웠으며, 그래서 아들과 관련된 모든 것을 그에게 숨겼다.

하루 종일 숙소에 앉아 아들을 만날 방도를 궁리하던 그녀는 남편에게 편지를 쓰기로 결심했다. 그러고서 한창 편지를 쓰고 있는데, 리디야 이바노브나의 편지가 배달되었다. 백작 부인의 침묵이 안나를 굴복시키고 복종시켰던 반면에 편지는, 즉 안나가 행간에서 읽어 낸 모든 것은 그녀를 격분케 했다. 아들에 대한 자신의 열렬하고 정당한 애정에 비하면 그녀의 악의는 너무나도 괘씸한 것이었다. 그리하여 그녀는 스스로를 책망하기를 그만두고 타인들을 향해 분노를 터뜨리기 시작했다.

〈이 냉정함은 위선이야!〉 그녀가 생각했다. 〈저들에게 필요한 건 오로지 나를 모욕하고 아이를 괴롭히는 것뿐이지. 그런데 내가 저들에게 순종하려 들다니! 어림없는 소리! 그녀는 나보다 더 나빠. 나는 적어도 거짓말은 하지 않아.〉 그 즉시 그녀는 내일 당장, 즉 세료자의 생일에 남편의 집으로 찾아가 사람들을 매수하든, 속임수를 쓰든, 어떻게 해서든 아들을 만나고 불쌍한 아이를 에워싼 저 흉측한 기만을 깨부수기로 작정했다.

그녀는 가게로 가서 장난감을 잔뜩 사고는 작전을 짰다. 아침 일찍, 아직 알렉세이 알렉산드로비치가 일어나지 않았을 시각인 8시에 가는 것이다. 수위와 하인에게 건넬 돈을 손에 쥐고서 말이다. 돈을 받은 그들은 집 안으로 들여보내 줄 것이다. 그런 다음 베일을 벗지 않은 채, 자신은 세료자의 대부가 보내서 생일을 축하하러 온 사람으로 장난감을 아이의 침대 곁에 두고 오라는 당부를 받았다고 말하는 것이다. 정작 아들에게 해줄 말은 준비하지 못했다. 아무리 생각해도, 떠오르는 게 전혀 없었다.

이튿날 아침 8시에 안나는 삯마차에서 홀로 내려 한때 자신이 살던 집의 커다란 현관 앞에서 초인종을 울렸다.

「가서 무슨 용건인지 알아봐. 어떤 마님이 오셨어.」 아직 복장을 갖추지 않아 외투에 덧신만 걸친 카피토니치가 창문 너머로 베일을 쓴 채 문 앞에 서 있는 귀부인을 내다보고는 말했다.

안나와는 초면인, 수위의 조수 노릇을 하는 젊은 사내가 문을 열자마자 그녀는 안으로 들어서서 머프에서 3루블짜리 지폐를 꺼내 황급히 그의 손아귀에 찔러 넣었다.

「세료자…… 세르게이 알렉세이치…….」그녀가 이렇게 뇌까리고는 앞으로 내처 걸었다. 수위의 조수는 지폐를 살펴본 뒤 또 다른 유리문 앞에서 그녀를 멈춰 세웠다.

「누구를 찾으시나요?」그가 물었다.

그의 말을 듣지 못한 그녀는 아무런 대꾸도 없었다.

낯선 여인이 당황하는 걸 눈치챈 카피토니치가 그녀에게 다가와 안으로 들여보내고는 용건이 뭔지 물었다.

「스코로두모프 공작의 심부름으로 세르게이 알렉세이치를 만나러 왔네.」그녀가 말했다.

「아직 일어나시기 전입니다.」그녀를 주의 깊게 살펴보며 수위가 말했다.

안나는 9년 동안 살았던 집의 조금도 변하지 않은 현관방 정경이 자신에게 그토록 강렬하게 다가오리라고는 전혀 예기치 못했다. 기쁘고 괴로웠던 추억들이 그녀의 마음속에서 하나둘씩 꼬리를 물며 떠올랐다. 한순간 그녀는 자신이 왜 여기에 있는지를 잊어버렸다.

「잠시 기다려 주시겠습니까?」털외투 벗는 것을 거들며 카피토니치가 말했다.

외투를 벗겨 주고 나서 그녀의 얼굴을 들여다본 카피토니치는 상대가 누구인지 알아보고서 말없이 몸을 깊이 숙여 인사했다.

「어서 드시지요, 마님.」그가 말했다.

그녀는 무언가 말하려 했지만 목구멍에서 아무 소리도 나오질 않았다. 미안함과 애원이 서린 눈빛으로 노인을 쳐다보고는 가볍고 재빠른 걸음으로 계단에 올랐다. 카피토니치는 앞으로 몸을 숙인 채 덧신이 계단에 걸릴 듯 휘청거리면서 그녀의 뒤를 쫓았다.

「거기엔 가정 교사가 계시는데, 아마도 잠옷 차림일 겁니다. 제가 가서 아뢰겠습니다.」

안나는 노인이 하는 말도 못 알아듣고 낯익은 계단을 계속해서 올라갔다.

「이쪽으로, 왼쪽으로 가십시오. 불결함을 용서하십시오. 지금 도련님은 예전에 소파가 있던 방을 사용하십니다.」 수위가 숨을 헐떡이며 말했다. 「잠시만 기다려 주십시오, 마님, 제가 얼른 들여다보고 오겠습니다.」 그가 그녀 앞쪽으로 나와 높다란 문을 열더니 그 뒤로 모습을 감추었다. 안나는 멈춰 서서 기다렸다. 「지금 막 잠에서 깨어나셨습니다.」 다시 문밖으로 나온 수위가 말했다.

수위가 그 말을 하는 순간 안나의 귀에는 아이가 하품하는 소리가 들려왔다. 오로지 그 하품 소리만으로 그녀는 그것이 아들임을 알아챘고, 눈앞에 생생하게 아이의 모습을 보았다.

「들여보내 줘, 어서, 저리 비켜!」 그녀는 이렇게 내뱉고서 높다란 문 안으로 들어갔다. 문 오른편에 침대가 놓여 있고, 침대 위에는 앞섶이 벌어진 루바시카만 달랑 입은 소년이 일어나 앉은 채 자그마한 몸뚱이로 기지개를 켜면서 하품을 끝내고 있었다. 입술이 모이는 순간 잠에 취한 행복한 미소가 퍼졌고, 그 미소와 함께 소년은 천천히 기분 좋게 뒤로 벌렁 드러누웠다.

「세료자!」 그녀가 살그머니 아들에게 다가서며 속삭였다.

아들과 헤어져 있는 동안, 그리고 최근 들어 내내 아들에 대한 사랑이 북받쳐 오를 때마다 그녀는 자신이 가장 사랑했던 네 살짜리 소년의 모습으로 아들을 상상하곤 했다. 지금의 아이는 그녀가 버리고 갔을 때의 그 모습이 아니었다. 네 살을 훌쩍 넘긴 세료자는 키가 더 자랐고 조금 야윈 모습이었다. 이게 뭔가! 얼굴은 왜 저리도 홀쭉해졌고, 머리는 또 왜 저렇게 짧은가! 팔은 어찌 저리도 길단 말인가! 그녀가 두고 간 뒤로 얼마나 많이 변했는가! 그러나 그 모습 역시 본연의 두상과 그 입술, 보드라운 목과 넓은 어깨를 지닌 세료자였다.

「세료자!」 그녀가 바로 아이의 귀에 대고 되풀이했다.

아이가 팔꿈치를 괴고 몸을 일으키더니 무언가 찾는 듯 헝클어진 머리를 좌우로 돌리고는 눈을 떴다. 그는 자기 앞에 꼼짝 않고 서 있는 어머니를 몇 초간 의문스러운 눈초리로 가만히 바라보았다. 그러더니 불현듯 행복한 웃음을 지으면서 졸린 눈을 꼭 감은 채, 이번엔 뒤로가 아니라 어머니 쪽으로, 그녀의 두 팔을 향해 벌렁 엎어졌다.

「세료자! 사랑스러운 내 아들!」 그녀가 가쁜 숨을 몰아쉬며 아들의 토실토실한 몸을 두 팔로 끌어안았다.

「엄마!」 세료자가 외쳤다. 아이는 몸의 구석구석 어머니의 손이 닿도록 그녀의 팔 안에서 이리저리 옴지락거렸다.

졸음 섞인 미소를 띠고 여전히 눈을 감은 채 침대 등받이에서 손을 떼어 어머니의 어깨를 잡고는, 오직 잠결의 아이들한테서만 나는 사랑스러운 냄새와 온기를 풍기며 그녀에게 안겨 목과 어깨에 얼굴을 비벼 댔다.

「이럴 줄 알았어요.」 세료자가 눈을 뜨고는 말했다. 「오늘 내 생일이잖아요. 엄마가 올 줄 알았어요. 이제 일어날래요.」

이렇게 말하고서 아이는 이내 다시 잠이 들었다.

안나는 정신없이 아들을 바라보았다. 자기가 없는 동안 아이가 얼마나 자라고 변했는지 실감할 수 있었다. 이불 밖으로 삐져나온, 지금은 이렇게 커버린 아이의 벗은 발을 알아볼 듯도, 못 알아볼 듯도 했지만, 약간 야윈 볼과 그토록 자주 입을 맞추곤 했던 목덜미의 짧은 곱슬머리는 그대로였다. 그 모든 것을 더듬어 만져 보면서 그녀는 아무 말도 할 수 없었다. 눈물로 목이 메었던 것이다.

「왜 울어요, 엄마?」 어느새 잠에서 완전히 깨어난 세료자가 물었다. 「엄마, 왜 울어요?」 그가 울먹거리는 목소리로 다시 소리쳤다.

「나 말이야? 엄마 안 울 거야……. 기뻐서 그래. 너무 오랫동안 너를 못 봤잖아. 안 울 거야, 안 울게.」 그녀가 눈물을 삼키고 고개를 돌리면서 말했다. 「자, 이제 옷 입어야지.」 감정을 추스른 뒤 이렇게 덧붙이고서 그녀는 잠시 입을 다물고 아들의 손을 잡은 채로 옷이 놓인 침대 곁 의자에 앉았다.

「엄마 없이 어떻게 옷을 입니? 어떻게…….」 그녀는 담담하고 쾌활하게 이야기를 시작하려 했으나 그러지 못하고 또다시 고개를 돌렸다.

「나는 찬물로는 세수 안 해요. 아빠가 하지 말랬어요. 근데 바실리 루키치는 보셨어요? 이리로 오실 거예요. 앗, 엄마가 내 옷을 깔고 앉았잖아!」 세료자가 까르르 웃었다.

그녀는 아들을 보며 미소 지었다.

「엄마, 사랑하는 엄마!」 아이가 거듭 몸을 던져 어머니를 끌어안으면서 소리쳤다. 마치 어머니의 미소를 본 지금에서야 무슨 일이 벌어진 것인지 깨달은 것 같았다. 「이건 필요 없잖아요.」 세료자가 그녀의 모자를 벗기더니, 모자를 벗은 어머니를 새롭게 알아본 양 다시 달려들어 그녀에게 입을 맞추었다.

「엄마에 대해서 무슨 생각 했어? 엄마가 죽었을 거라는 생각은 안 했어?」

「절대로 믿지 않았어요.」

「안 믿었어? 내 귀염둥이!」

「알고 있었어요, 알고 있었다고요!」 그가 자기가 즐겨 하는 말을 뇌까렸다. 그러고는 자기 머리를 쓰다듬는 어머니의 손을 부여잡아 그 손바닥으로 자신의 입술을 꼭 누르더니 입을 맞추기 시작했다.

30

한편 바실리 루키치는 처음에는 그 귀부인이 누구인지 모르다가 두 사람의 대화를 듣고서야 그녀가 남편을 버리고 간 세료자의 어머니라는 사실을 알아챘다. 안나가 떠난 뒤에 들어온 그로서는 그녀를 알 리가 없었다. 그는 세료자에게 가야 할지, 말아야 할지, 아니면 알렉세이 알렉산드로비치에게 알려야 하는 건 아닌지 망설였다. 마침내 자신의 의무는 정해진 시간에 세료자를 기상시키는 것이며, 어머니든 다른 누구든 거기에 앉아 있는 사람에 대해서는 신경 쓸 것 없이 의무를 수행해야 한다고 판단을 내린 그는 옷을 입고 문 쪽으로 가서 방문을 열었다.

그러나 어머니와 아들의 애무와 그들의 목소리, 그들이 나누는 얘기들, 그 모든 게 그의 생각을 바꾸어 놓았다. 그는 고개를 내젓고 한숨을 내쉰 뒤 문을 닫았다. 〈10분만 더 기다리자.〉 그가 헛기침을 하고 눈물을 닦으며 생각했다.

그 시각 집안의 하인들 사이에서는 작은 소요가 일었다. 마님이 오셨으며 카피토니치가 그녀를 집 안으로 들였다는 것, 그래서 그녀가 지금 도련님 방에 있다는 것을 모두가 알게 된 터였다. 한편 주인 나리는 항상 9시 조금 지난 시각에 도련님 방에 들르시는데, 부부가 마주쳐서는 안 되니 그녀를 제지해야 한다고 다들 생각했다. 주인 나리의 몸종인 코르네이는 수위실로 달려가 누가 어떻게 그녀를 들여보냈는지 묻고는 카피토니치가 들여보내고 데리고 갔다는 걸 알게 되자 노인에게 잔소리를 퍼부어 댔다. 이 일로 그를 쫓아내야 한다고 코르네이가 말하자, 완강하게 침묵을 지키던 수위는 마침내 코르네이에게 달려들더니 그의 얼굴 앞에서 두 팔을 휘저으며 이렇게 말했다.

「그래, 자네 같으면 들여보내지 않았겠지! 10년 동안 마님을 모셨는데, 내가 본 건 인자한 모습 말고는 아무것도 없었네. 그래, 지금 가서 말하지그래. 자, 어서 나가라고 말이야! 자네는 정치라는 걸 세세하게 잘 알고 있지 않나! 아무렴! 주인 나리의 너구리 털 외투를 몽땅 긁어다가 훔쳐 가질 않나, 자신이 한 짓이나 잘 생각해 보는 게 좋을걸!」

「졸병 놈 같으니!」 코르네이가 경멸스럽다는 투로 내뱉고는 집 안으로 들어서는 유모를 돌아보며 말했다. 「자, 생각을 좀 해보세요, 마리야 예피모브나. 집에 들이고서 아무한테도 말을 안 했답니다. 알렉세이 알렉산드로비치께서 이제 나오셔서 도련님한테 가실 텐데 말이죠.」

「일 났네, 일 났어!」 유모가 말했다. 「코르네이 바실리예비치, 어떻게든 나리를 붙잡아 두세요. 나는 어서 가서 어떻게

든 마님을 모시고 나올 테니. 일 났군, 일 났어!」

유모가 들어섰을 때 세료자는 어머니에게 나덴카랑 언덕에서 썰매를 타고 내려오다가 둘이 같이 엎어져 세 바퀴나 굴렀던 이야기를 하고 있었다. 안나는 세료자의 목소리를 듣고 그의 얼굴과 변화무쌍한 표정을 바라보며 손의 감촉을 느꼈지만, 그가 하는 말은 알아듣지 못했다. 가야 한다, 아이를 두고 가야만 한다. 그녀가 느끼고 생각하는 건 오로지 이 한 가지뿐이었다. 문가로 와서 기침을 하는 바실리 루키치의 발소리와 점점 가까워지는 유모의 발소리가 들렸다. 그러나 그녀는 그저 앉은 채로 목석이 된 듯 말을 하지도, 일어나지도 못했다.

「마님, 사랑스러운 우리 마님!」 유모가 안나에게 다가가 그녀의 손과 어깨에 입을 맞추며 말했다. 「하느님께서 생일을 맞으신 도련님께 기쁨을 안겨 주셨네요. 마님께서는 하나도 안 변하셨군요.」

「아, 유모, 집에 있는 줄 몰랐어요.」 순간적으로 정신이 든 안나가 말했다.

「여기 사는 건 아니에요. 딸아이랑 살고 있답니다. 도련님 생일을 축하드리려고 왔어요, 안나 아르카디예브나, 어여쁘신 마님!」

유모가 갑자기 울음을 터뜨리더니 또다시 그녀의 손에 입을 맞추기 시작했다.

세료자는 두 눈과 미소를 환히 빛내며 한 손으로는 어머니를, 다른 한 손으로는 유모를 잡고서 통통한 맨발로 양탄자 위를 굴렀다. 자기가 좋아하는 유모가 어머니를 다정하게 대하는 모습을 보자 신이 났던 것이다.

「엄마! 유모는 자주 날 보러 와요. 그리고 올 때면……」세료자가 하던 말을 멈췄다. 유모가 어머니에게 뭐라고 귓속말을 건네자 그녀의 얼굴에서 수치심 비슷한 겁먹은 표정이 번지는 것을 알아챘던 것이다. 어머니와는 너무나 어울리지 않는 표정이었다.

안나는 세료자에게 다가갔다.

「사랑스러운 내 아들!」그녀가 말했다.

그녀는 **안녕**이라는 말을 할 수가 없었다. 그러나 그녀의 표정이 그것을 말해 주었고, 세료자 또한 알아차렸다. 「귀엽고 사랑스러운 쿠티크!」그녀가 세료자가 아기였을 때 부르던 이름으로 그를 불렀다. 「엄마 잊지 않을 거지? 너는…….」그러나 더 이상은 말을 이을 수가 없었다.

그때 아들에게 해줄 수 있었던 말들을 그 뒤로 얼마나 많이 떠올리곤 했던가! 하지만 당시에는 아무것도 말할 수 없었다. 그럼에도 세료자는 어머니가 자기한테 뭘 말하고자 하는지 전부 이해했다. 어머니가 불행하며 자신을 사랑한다는 것을. 심지어 그는 유모의 귓속말도 알아들었다. 〈항상 9시 지나서…….〉그것이 아버지에 관한 이야기이며, 어머니와 아버지가 만나서는 안 된다는 것도 아이는 눈치챘다. 그건 이해할 수 있었다. 그러나 한 가지, 이해가 되지 않는 게 있었다. 왜 어머니의 얼굴에서 수치심과 두려움이 번진 것일까……? 어머니는 잘못한 게 없는데도 아버지를 두려워했고, 무언가를 부끄러워했다. 의혹을 풀기 위해 그는 질문을 던지고 싶었지만, 감히 그럴 수가 없었다. 어머니가 고통스러워한다는 걸 알고 있었고, 그런 어머니가 가여웠기 때문이다. 그는 말없이 어머니에게 꼭 안긴 채 속삭였다.

「아직 가지 마세요. 금방 오시지는 않을 거예요.」

어머니가 아들을 품에서 떼어 냈다. 아들이 스스로 무슨 말을 하는지 알고 있나 확인하려는 것이었다. 세료자의 겁먹은 표정에서, 그녀는 아들이 아버지에 관해서 말하고 있을 뿐 아니라, 마치 자신이 아버지를 어떻게 생각해야 하는지 묻고 있는 듯한 기색을 읽어 냈다.

「세료자, 아가야……」 그녀가 말했다. 「아빠를 사랑해 줘. 아빠는 나보다 더 착하고 좋은 분이야. 그리고 나는 아빠한테 잘못을 저질렀어. 네가 어른이 되면 판단할 수 있을 거야.」

「엄마보다 더 좋은 사람은 없어요……!」 그가 눈물을 글썽이며 필사적으로 외쳤다. 그러고는 어머니의 어깨를 부여잡고서, 긴장한 탓에 떨리는 두 손으로 있는 힘을 다해 끌어안았다.

「내 사랑하는 아가!」 안나가 말했다. 그녀 역시 세료자처럼 가늘게, 아이 같은 울음을 터뜨렸다.

바로 그때 문이 열리고 바실리 루키치가 들어왔다. 다른 쪽 문가에서 발소리가 들렸다. 유모가 겁에 질린 목소리로 속삭였다. 「오시나 봐요.」 그러고는 안나에게 모자를 건넸다.

세료자가 침대에 털썩 주저앉더니 두 손으로 얼굴을 가리고 흐느끼기 시작했다. 안나가 세료자의 두 손을 떼어 낸 눈물 젖은 아이의 얼굴에 다시 한번 입을 맞춘 다음 재빨리 문밖으로 나갔다. 알렉세이 알렉산드로비치가 맞은편에서 걸어오고 있었다. 그녀를 본 알렉세이 알렉산드로비치는 걸음을 멈추고서 목례를 했다.

바로 조금 전에 그가 자기보다 더 착하고 좋은 사람이라고 말했음에도 불구하고, 민첩한 눈길로 그의 외모를 세세한 부분까지 한눈에 포착하자마자 그에 대한 혐오와 악의, 그리고 아들을 데리고 있다는 사실에 대한 질투의 감정이 그녀를 사로잡았다. 그녀는 재빠른 동작으로 베일을 내리고는 걸음을 재촉하여 거의 뛰쳐나가다시피 방을 빠져나갔다.

어제 가게에서 그토록 절절한 사랑과 슬픔에 잠긴 채 골랐던 장난감들을 꺼내 놓을 경황조차 없었기에, 그녀는 그것들을 그대로 숙소로 가져오고 말았다.

31

아들과의 만남을 아무리 간절히 바랐다 해도, 그에 대해 아무리 오래전부터 생각하고 준비했다 해도, 그 만남이 자신에게 그토록 강력한 영향을 미치리라는 것을 안나는 전혀 예상하지 못했다. 쓸쓸한 호텔 방으로 돌아온 그녀는 자기가 왜 여기 있는지 한참 동안 납득할 수가 없었다. 「그래, 모든 게 끝났고, 나는 또다시 혼자야.」 그녀가 모자도 벗지 않은 채 혼잣말을 하고는 벽난로 앞에 놓인 안락의자에 앉았다. 창문 사이에 놓인 탁자 위의 청동 시계를 가만히 응시하던 그녀는 생각에 잠겼다.

외국에서 데려온 프랑스인 하녀가 방으로 들어와 옷을 갈아입을 것을 권했다. 안나는 놀란 눈으로 그녀를 쳐다보며 말했다.

「나중에.」

급사가 커피를 권했다.

「나중에.」 그녀가 말했다.

이탈리아인 유모가 딸아이에게 옷을 입혀 방으로 데리고 들어와 안나에게 건넸다. 토실토실하니 발육이 좋은 딸아이는 언제나처럼 어머니를 보더니 실로 꼭 졸라맨 듯 통통한 맨손을 손바닥이 아래로 오도록 뒤집고는 이가 나지 않은 자그마한 입으로 미소를 지었다. 그러더니 수놓인 치마의 풀 먹인 옷자락을 사각대면서 마치 헤엄치는 물고기처럼 자그마한 두 팔을 휘젓기 시작했다. 미소 짓지 않을 수도, 입 맞추지 않을 수도, 새된 소리를 내며 온몸을 팔딱거리는 딸아이에게 부여잡히곤 하는 어머니의 손가락을 내주지 않을 수도 없었다. 입 맞추는 시늉을 하면 자그마한 제 입으로 빨려고 드는 아기에게 입술을 내밀어 주지 않을 수도 없었다. 안나는 그 모든 것을 해주었다. 딸아이의 두 팔을 붙잡고 팔짝팔짝 뛰게 해주었고, 아기의 싱싱한 볼과 벗은 팔꿈치에 입을 맞춰 주었다. 그러나 아기의 모습을 보면서 그녀에게 한층 더 명백해진 것은, 세료자에 대해 느끼는 것에 비하면 자신이 이 아기에 대해 느끼는 감정은 심지어 사랑도 아니라는 사실이었다. 딸아이의 모든 면이 사랑스러웠지만, 어느 것 하나 애절하게 다가오지는 않았다. 첫아이에게는, 비록 사랑하지 않는 사람에게서 생긴 아이였음에도 충족을 모르는 사랑의 힘을 죄다 쏟았는데 말이다. 딸아이는 너무나 힘든 여건 속에서 태어났고, 그래서인지 그 애에게는 첫아이에게 쏟은 것의 1백 분의 1도 안 되는 보살핌을 베풀었을 뿐이다. 그뿐 아니라 모든 걸 기다려야 하는 딸아이와 달리, 세료자는 이미 거의 인격체, 그것도 사랑받는 인격체였다. 아이의 내면에서는 벌써 상념과 감정이 서로 싸우고 있었다. 아이가 자신을 이해해 주고 사랑해 주고 평가해 준다고, 세료자의 말과 시선을 떠올리며 그녀는 생각했다. 그런데 영원히, 육체적으로만이 아니라 정신적으로도 아들과 격리되어버린 것이다. 이제 그것을 바로잡을 길은 없었다.

딸아이를 유모에게 건네 내보낸 다음 그녀는 거의 딸아이 또래였을 때의 세료자 사진이 들어 있는 메달을 열었다. 그런 다음에는 자리에서 일어나 모자를 벗고 탁자 위에 놓여 있던 앨범을 집어 들었다. 거기에는 아들의 사진이 나이별로 들어 있었다. 그녀는 사진들을 비교해 보고 싶어서 한 장 한 장 앨범에서 꺼내기 시작했다. 전부 꺼내 이제 가장 잘 나온 마지막 한 장만 남았다. 흰 루바시카를 입은 채 말을 타듯이 의자 위에 걸터앉은 세료자는 눈은 찌푸린 채 입으로만 웃고 있었다. 아이의 가장 독특하고도 멋진 표정이었다. 그녀의 조그맣고 민첩한 손, 오늘 특히 긴장한 채 가늘고 흰 손가락들을 움직였던 그 손으로 사진의 끄트머리를 몇 차례나 잡아당겨 보았지만, 자꾸 미끄러지는 바람에 사진을 빼낼 수가 없었다. 책상 위에는 페이퍼 나이프도 없었다. 그래서 그녀는 나란히 꽂혀 있던 사진(그것은 로마에서 찍은, 머리를 기르고 둥근 모자를 쓴 브론스키의 사진이었다)을 꺼내 그것으로 아들의 사진을 밀어냈다. 「여기 그이 사진이 있었네!」 그녀가 브론스키의 사진을 들여다보며 중얼거렸다. 불현듯 그녀는 지금 자신이 겪는 슬픔의 원인이 누구인지를 기억해 냈다. 그날 오전 내내 한 번도 브론스키를 떠올리지 않은 터였다. 그러나 너무나 낯익은, 사랑스럽고 남자답고 품위 있는 그 얼굴을 보자 별안간 그에 대한 사랑이 예기치 않게 북받쳐 오르는 것을 느꼈다.

〈대체 그이는 어디 있는 거지? 어떻게 이렇게 나 혼자서 고통을 겪도록 내버려 둘 수가 있지?〉 자신이 아들과 관련된 모든 것을 그에게서 숨겼다는 사실은 까맣게 잊고서, 갑자기 그를 책망하는 마음에 휩싸였다. 그녀는 사람을 보내 지금 바로 자기한테 와달라고 전하게 하고는 그에게 모든 걸 털어놓을 때 구사할 단어들과 자신을 위로해 줄 그의 사랑의 말들을 떠올리면서 조여드는 마음으로 그를 기다렸다. 그에게 갔던 하인은 손님이 와 있지만 곧 가겠노라는 답을 갖고 돌아왔다. 아울러 페테르부르크에서 온 야시빈 공작과 함께 가도 되겠느냐고 물어보라고 했다고 전했다. 〈혼자 오지 않겠다니, 어제 식사 때 이후로 나를 못 봐놓고 말이야.〉 그녀가 생각했다. 〈내가 다 털어놓을 수 있도록 혼자 오지 않고서 야시빈과 같이 오겠다니.〉 그러자 갑자기 이상한 생각이 들었다. 〈만일 그이가 나한테 싫증이 난 거라면 어쩌지?〉

요 며칠의 일들을 하나둘씩 돌이켜 보니 모든 것이 그 무서운 생각을 확인시켜 주는 것만 같았다. 그가 어제 숙소에서 식사하지 않은 것도, 페테르부르크에서 각방 생활을 하자고 고집한 것도, 심지어 지금 자신과 둘이서 마주 대하기를 피하려는 듯 혼자 오지 않는 것도 그러했다.

〈하지만 그렇다면 그이는 나에게 말해 줘야 해. 내가 알아야만 해. 그걸 알게 되었을 때, 내가 뭘 해야 할지는 알고 있어.〉 그녀가 생각했다. 브론스키가 냉담해졌다고 확신한 그녀는 자신이 처하게 될 상황을 상상할 엄두가 나질 않았다. 그가 이제 자신에게 싫증이 난 거라고 생각하니 거의 절망적인 상황에 이른 기분이었다. 이에 몹시 흥분한 그녀는 벨을 울려 하녀를 부른 다음 드레스 룸으로 갔다. 옷을 입으면서는 요 며칠 그 어느 때보다도 공을 들여 몸치장을 했다. 마치 자신에게 더 어울리는 드레스와 머리 모양을 갖추면 싫증이 난 그가 다시 자기를 사랑해 줄 수도 있다는 듯 말이다.

그녀가 준비를 다 마치기도 전에 초인종이 울렸다.

응접실로 나가니 그가 아니라 야시빈이 눈길로 그녀를 맞아 주었다. 브론스키는 그녀가 책상 위에 놔둔 채 잊고 있던 세료자의 사진들을 보느라 그녀 쪽으로 눈길을 돌리지도 않았다.

「우린 구면이죠.」 부끄러워하는(그의 어마어마한 키와 투박한 얼굴을 감안하면 무척 어울리지 않는 태도였다) 야시빈의 커다란 손에 자신의 조그만 손을 넣으며 안나가 말했다. 「작년에 경마장에서 뵈었었죠. 이리 주세요.」 안나는 브론스키가 보고 있던 아들의 사진들을 재빨리 치우며 의미심장한 눈빛으로 그를 바라보았다. 「올해 경마는 멋졌나요? 저는 대신에 로마의 코르소 경마를 봤답니다. 그런데 당신은 외국 생활을 별로 좋아하지 않으시죠.」 그녀가 상냥하게 웃으면서 말을 이었다. 「뵌 적은 별로 없지만 저는 당신과 당신의 취향에 관해서 죄다 알고 있답니다.」

「그렇다면 매우 유감이군요. 왜냐하면, 제 취향이라는 게 다 형편없는 것들이라서요.」 야시빈이 왼쪽 콧수염을 씹으며 대답했다.

한동안 이야기를 이어 가던 야시빈은 브론스키가 시계를 보는 걸 눈치채고서 안나에게 페테르부르크에 오래 머물 예정이냐고 물으며 예의 거대한 몸을 펴고서 군모를 집었다.

「얼마 안 있을 것 같아요.」 그녀가 당황한 기색으로 브론스키를 힐끗 쳐다보았다.

「그러면 이제 못 만나는 건가요?」 자리에서 일어난 야시빈이 브론스키 쪽으로 고개를 돌리며 물었다. 「식사는 어디서 할 건가?」

「이곳에 오셔서 같이 식사하세요.」 안나는 당황한 기색을 보인 스스로에게 화가 난 듯 단호하게 말했다. 그러나 새로운 사람 앞에서 자신의 처지에 대해 말할 때면 언제나 그렇듯이 얼굴을 붉히고 말았다. 「여기 식사가 그다지 좋지는 않지만, 적어도 이이와 만날 수 있잖아요. 연대 사람들 중에서 당신만큼 알렉세이가 좋아하는 사람은 없어요.」

「저야 너무 좋습니다.」 야시빈이 웃으면서 말했다. 그의 웃는 모습에 브론스키는 그가 안나를 무척이나 마음에 들어 한다는 사실을 알아차렸다.

야시빈은 허리를 굽혀 인사한 뒤 방을 나갔고, 브론스키는 뒤에 남았다.

「당신도 갈 건가요?」 그녀가 물었다.

「벌써 늦었어요.」 그가 대답하고는 야시빈을 향해 소리쳤다. 「어서 가게! 금방 쫓아갈 테니.」

안나는 브론스키의 손을 잡고서 치켜뜬 눈으로 그를 바라보았다. 그를 붙들어 두기 위해 할 말을 찾는 중이었다.

「잠시만요, 할 말이 있어요.」 그녀가 그의 작달막한 손을 잡고서 자신의 볼에 갖다 댔다. 「그이를 식사에 초대한 건 괜찮죠?」

「아주 잘했어요.」 그가 가지런한 이를 드러내며 잔잔한 미소를 짓고는 그녀의 손에 입을 맞추었다.

「알렉세이, 나에 대한 마음이 변한 건 아니죠?」 그녀가 양손으로 그의 손을 꼭 쥐며 물었다. 「이곳에 있으니 마음고생이 너무 심해요, 알렉세이. 우리 언제 떠나죠?」

「곧 떠나야지. 여기서 지내는 게 나에게도 얼마나 힘든지 당신은 모를 거예요.」그는 이렇게 말하며 손을 뺐다.

「그래요, 가요, 어서 가!」기분이 상한 그녀는 이렇게 내뱉고서 황급히 그의 곁을 떠났다.

32

브론스키가 숙소로 돌아왔을 때 안나는 아직 외출 중이었다. 그가 나간 뒤 곧바로 어떤 귀부인이 안나를 찾아와서 그녀와 함께 나갔다고 했다. 어디로 가는지도 말하지 않고 나간 것, 여태 돌아오지 않은 것, 아침에도 자기한테 아무 말 하지 않고 어딘가에 다녀온 것, 그 모든 것들과 더불어 오늘 아침에 본 그녀의 이상하게 상기된 표정, 그리고 적의 어린 말투로 쏘아붙이며 그의 손에 들려 있던 아들의 사진들을 낚아채다시피 했던 기억이 그를 생각에 잠기게·했다. 그녀와 작정하고 얘기를 좀 나눠야겠다고 생각한 그는 그녀의 응접실에서 기다렸지만, 안나는 혼자가 아니라 독신녀 고모인 오블론스카야 공작 영애를 데리고 왔다. 아침에 와서 안나와 쇼핑하러 나갔다는 부인이 바로 그녀였다. 안나는 걱정과 의혹에 잠겨 있는 브론스키의 표정을 알아채지 못한 양, 오늘 아침에 뭘 샀는지를 신이 나서 떠들어 댔다. 그는 그녀에게서 무언가 심상치 않은 일이 벌어지고 있음을 감지했다. 자신을 힐끗 쳐다보곤 하는 반짝이는 두 눈은 팽팽하게 긴장된 주의력을 발하고 있었고, 말과 동작에서는 신경질적인 민첩함과 우아함이 풍겼다. 처음 만나기 시작했을 때 그를 몹시 매혹시켰던 그런 점들이, 지금은 그를 불안하고 겁먹게 만들었다.

네 사람을 위한 식탁이 차려졌다. 투시케비치가 공작 부인 벳시의 부탁을 받고 안나를 찾아왔을 때, 모두가 작은 식당으로 가기 위해 모여 있었다. 공작 부인 벳시는 작별 인사를 하러 오지 못해 미안하다는 말을 전했다. 그러면서 몸이 좋지 않지만, 안나에게 6시 30분에서 9시 사이에 자기 집으로 와 달라는 것이었다. 그렇게 시간을 지정해 줬다는 얘기를 들으며 브론스키는 안나를 힐끗 쳐다보았다. 그것은 그녀가 아무와도 마주치지 않도록 손을 써두었음을 의미했다. 그러나 안나는 그 점을 눈치채지 못한 듯 굴었다.

「안타깝게도 바로 그 6시 30분에서 9시 사이에는 제가 갈 수가 없네요.」 그녀가 미소를 지으며 말했다.

「공작 부인께서 무척 아쉬워하실 겁니다.」

「저도 마찬가지예요.」

「파티[37] 공연은 들으러 가실 거죠?」 투시케비치가 물었다.

「파티요? 그거 좋은 생각이네요. 특별석 표를 구할 수 있다면 갈 텐데요.」

「제가 구해 오지요.」 투시케비치가 자진해서 나섰다.

「그래 주시면 너무너무 감사하고요.」 안나가 말했다. 「참, 저희와 함께 식사하지 않으시겠어요?」

브론스키는 눈에 띌 듯 말 듯 어깨를 으쓱였다. 그는 안나의 행동을 도무지 이해할 수가 없었다. 그녀는 왜 이 늙은 공작 영애를 데려왔을까. 왜 투시케비치더러 식사하고 가라고

---

37 Carlotta Patti(1840~1889). 이탈리아의 오페라 가수로 1872~1875년에 러시아에서 그녀의 순회공연이 열렸다. 그녀의 연주는 당신 러시아인들에게 강렬한 인상을 불러일으켰다.

붙들었으며, 정말이지 어이없게도, 왜 그한테 표를 구해 달라고 부탁한 걸까. 지금 저런 상황에 처해 있으면서 사교계 인사들이 죄다 모일 파티의 공연에 갈 생각을 할 수가 있단 말인가? 그가 심각한 눈빛으로 그녀를 쳐다봤지만, 그녀는 밝지도 어둡지도 않은 예의 도전적인 눈빛으로 응수했다. 그 눈빛의 의미를 그는 짐작할 수 없었다. 식사하는 내내 안나는 공격적으로 보일 만큼 쾌활했다. 투시케비치나 야시빈에게는 교태를 부리듯 행동하기까지 했다. 식탁에서 다들 일어난 뒤 투시케비치는 특별석 표를 구하러 가고 야시빈은 담배를 피우러 나갔다. 야시빈과 함께 아래층의 자기 방으로 내려와서 잠시 앉아 있던 브론스키는 다시 위층으로 뛰어 올라갔다. 안나는 벌써 가장자리에 벨벳을 두른 비단 드레스로 갈아입은 모습이었다. 파리에서 맞춘 드레스였다. 가슴을 드러내고 값비싼 흰색 레이스를 머리에 썼는데, 그녀의 얼굴을 감싼 레이스 덕에 그녀의 눈부신 미모가 유달리 돋보였다.

「정말로 극장에 가려는 거예요?」 그가 그녀를 쳐다보지 않으려 애쓰면서 물었다.

「왜 그렇게 놀란 듯이 물어요?」 그가 자기를 보지 않아 또다시 기분이 상한 그녀가 말했다. 「왜 나는 가면 안 되는데요?」

그녀는 그의 말이 무슨 뜻인지 모르는 척 굴었다.

「물론 그럴 까닭은 전혀 없지만.」 얼굴을 찌푸린 채 그가 대답했다.

「내 말이 그 말이에요.」 그의 말에서 풍기는 빈정거림을 모르는 척, 그녀가 향내 나는 긴 장갑을 차분히 걷어 올리면서 대꾸했다.

「안나, 제발! 대체 왜 그러는 거예요?」 언젠가 그녀의 남편이 그랬던 것과 똑같이, 정신 차리라는 투로 그가 말했다.

「당신이 뭘 물으려는 건지 모르겠네요.」

「가서는 안 된다는 걸 알면서.」

「왜요? 혼자 가는 게 아니에요. 바르바라 고모가 옷을 갈아입으러 가셨어요. 그분이 나랑 같이 가실 거예요.」

그는 의아함과 낙담의 표시로 어깨를 으쓱였다.

「정말 모른단 말이지……」 그가 말을 꺼내려다 멈추었다.

「그래요, 알고 싶지 않아요!」 그녀가 소리치다시피 말했다. 「싫다고요. 내가 저지른 일을 후회하느냐고요? 아니요, 아니요, 아니에요. 만일 또다시 똑같은 일이 벌어진다면 똑같이 처신할 거예요. 우리에게, 나와 당신에게 중요한 건 딱 한 가지, 우리가 서로 사랑하느냐예요. 다른 것들은 고민할 게 못 돼요. 뭣 때문에 우리가 여기서 각방을 쓰면서 얼굴도 안 보고 지내는 거죠? 왜 내가 가면 안 되는 거냐고요! 나는 당신을 사랑해요, 그러니까 아무래도 상관없어요.」 그녀가 특이하고도 오묘한 광채를 내뿜는 눈으로 그를 응시하며 러시아어로 덧붙였다. 「당신만 변하지 않았다면요. 도대체 왜 나를 쳐다보지 않는 거죠?」

그가 그녀를 바라보았다. 그녀의 얼굴과, 언제나처럼 그녀에게 잘 어울리는 화려한 의상의 아름다움이 온전히 눈에 들어왔다. 하지만 지금은 바로 그 아름다움과 우아함 때문에 울화가 치밀었다.

「당신도 알다시피 내 감정은 변할 수가 없어요. 하지만 부탁하는데, 가지 말아요. 제발 부탁이에요.」 그가 다시금 프랑스어로, 부드럽게 애원하듯 말했다. 그러나 그의 시선은 차가

554

웠다.

그의 말은 들리지 않고 차가운 시선만 보였기에, 그녀는 성을 내며 대꾸했다.

「내가 왜 가면 안 되는지 알려 달라고 했잖아요.」

「왜냐하면, 그렇게 되면 당신한테 벌어질 일이……」 그가 말끝을 흐렸다.

「무슨 소리인지 하나도 모르겠네요. 야시빈이면 n'est pas compromettant(남부끄러울 것 없잖아요), 공작 영애 바르바라도 다른 사람들보다 못하지 않아요. 아, 저기 오셨네요.」

33

브론스키는 처음으로 안나에게 노여움을 느꼈다. 자신의 처지를 고의적으로 모른 체하는 그녀에 대한 거의 적의에 가까운 그 감정은, 자신이 분노하는 까닭을 표현할 수 없음으로 인하여 더욱 증폭되었다. 만일 마음에 품은 생각을 그녀에게 직설적으로 표현했다면 그는 이렇게 말했을 것이다. 〈이렇게 잘 차려입고 모두가 다 아는 공작 영애와 함께 극장에 나타난다는 건, 타락한 여자로서의 처지를 인정하는 꼴일 뿐만 아니라 사교계에 도전장을 내미는 셈이에요. 즉 영원히 사교계와 인연을 끊는 일이란 뜻이라고요.〉

그는 이 말을 할 수가 없었다. 〈하지만 어떻게 그걸 모를 수가 있지? 도대체 무슨 꿍꿍이속인 거야?〉 그렇게 생각하자 그녀를 존중하는 마음이 줄어드는 동시에, 그는 그녀의 아름다움을 더욱더 의식하는 스스로를 느꼈다.

얼굴을 잔뜩 찌푸린 채 자기 방으로 돌아온 브론스키는, 의자 위에 긴 다리를 뻗은 채 코냑에 탄산수를 섞어 마시고 있던 야시빈 곁에 앉아 자기한테도 같은 것을 갖고 오라고 일렀다.

「자네가 말했었지, 란콥스키의 모구치 말이야. 거참 멋진 말[馬]이더군. 자네가 그놈을 사지그래.」야시빈이 친구의 음울한 얼굴을 돌아보며 말했다. 「엉덩이는 좀 처졌지만 다리랑 머리는 더할 나위가 없어.」

「살 생각이네.」브론스키가 대답했다.

말에 관한 얘기에 흥미가 동하긴 했지만 그는 단 한 순간도 안나를 잊지 않았으며, 무심결에 복도를 따라 울리는 발소리에 귀를 기울이거나 벽난로 위의 시계를 들여다보곤 했다.

「안나 아르카디예브나께서 지금 극장으로 출발하신다고 전하라 하셨습니다.」

야시빈이 쉭쉭거리는 탄산수에 코냑 한 잔을 털어 넣어 들이켜고는 옷의 단추를 채우며 자리에서 일어났다.

「어쩔 건가? 같이 가지그래.」그가 콧수염 아래로 슬며시 미소를 지으며 말했다. 브론스키가 우울한 까닭을 알고 있지만 자신은 거기에 별 의미를 두지 않는다는 태도를 은근히 내비치는 미소였다.

「나는 안 갈래.」브론스키가 시무룩하게 대답했다.

「나는 가야 해. 약속했거든. 그럼 잘 있게. 만일 오게 되면 일반석으로 오게. 크라신스키 자리에 앉으라고.」야시빈이 나가면서 덧붙였다.

「아니, 볼일이 있어.」

〈아내도 골치 아프지만, 아내가 아닌 여자는 더 문제군.〉

야시빈이 호텔을 나서며 생각했다.

혼자 남은 브론스키는 자리에서 일어나 방을 서성이기 시작했다.

〈오늘이 며칠이지? 네 번째 공연이면…… 예고르와 형수가 올 테고, 어머니도 분명 오시겠지. 그렇다면 페테르부르크 사람들이 모조리 모이는 거다. 이제 그녀가 안으로 들어서서 외투를 벗고 세상 앞에 나서는 거야. 투시케비치, 야시빈, 바르바라 공작 영애…….〉 그는 상황을 머릿속에 그려 보았다. 〈그런데 나는 뭐지? 두려운 건가? 아니면 투시케비치에게 그녀를 보호할 임무를 내맡겨 버린 건가? 아무리 생각해 봐도 바보 같은 짓이다, 바보 같은 짓이야. 그녀는 대체 왜 나를 이런 상황에 몰아넣는 걸까?〉 그가 한 손을 내저으며 되뇌었다.

손짓을 하다가 탄산수병과 코냑병이 놓인 탁자를 건드리는 바람에 하마터면 탁자가 쓰러질 뻔했다. 그가 붙잡으려 했으나, 병들은 결국 떨어지고 말았다. 그는 성질을 부리며 탁자를 발로 걷어차고는 벨을 울렸다.

「내 곁에서 일을 하려거든 말이야…….」 시중드는 하인이 방으로 들어오자 그가 말했다. 「할 일을 잘 기억해 두라고. 이런 일이 없도록 말이야. 이것들을 치웠어야지.」

자기가 잘못한 건 전혀 없다고 생각한 하인은 변명을 하려 했지만, 주인 나리의 표정을 보고는 입 다물고 있는 게 상책이겠다 싶어 얼른 굽실거리며 양탄자에 몸을 숙인 채 깨진 것이나 멀쩡한 것이나 가리지 않고 술잔과 술병들을 치우기 시작했다.

「그건 자네가 할 일이 아니야. 가서 급사더러 치우라고 하고, 연미복을 준비해 주게.」

브론스키가 극장 안으로 들어선 것은 8시 30분이었다. 공연은 절정에 달해 있었다. 외투 벗는 걸 거들던 안내원 영감이 그를 알아보고서 〈각하〉라고 부르더니, 번호표를 가져가지 마시고 그냥 〈표도르〉 하고 소리쳐 부르라고 했다. 불빛 환한 복도에는 안내원들과 두 손에 털외투를 든 채 문가에서 귀를 기울이고 있는 하인 둘 말고는 아무도 없었다. 살짝 열린 문틈으로 교향악단의 조심스러운 스타카토 반주 소리와, 노래 구절을 탁월하게 발성하는 여자의 독창 소리가 들려왔다. 문이 열리고 안내원이 슬쩍 들어가자 끝나 가던 악구가 브론스키의 귀청을 때렸다. 그러나 문은 곧바로 닫혔고, 브론스키는 악구의 끝부분과 카덴차를 듣지 못했다. 문 안쪽에서 들리는 우레 같은 박수 소리로 미루어 보건대 카덴차가 끝난 모양이었다. 그가 샹들리에와 뿔 모양의 청동 가스등 불빛이 휘황찬란하게 빛나는 홀 안으로 들어설 때까지 박수 소리는 여전히 이어졌다. 무대 위의 여가수는 벗은 어깨와 보석 장신구들을 빛내며 미소를 지은 채 허리를 굽히고는 자신의 손을 잡고 있는 테너의 도움을 받아 각광등 너머로 서툴게 날아드는 꽃다발을 주워 모으더니, 가르마를 타고 포마드 바른 머리를 빛내며 어떤 물건이 들린 긴 팔을 각광등 사이로 쭉 뻗은 어느 신사에게 다가갔다. 그러자 일반석과 특별석의 청중들이 일제히 부산을 떨었고, 환호성과 함께 박수를 치면서 몸을 앞으로 내밀었다. 악단장은 단상에서 꽃다발 등을 전하면서 흰 넥타이를 바로잡곤 했다. 브론스키는 일반석 열의 한가운데로 들어가 멈춰 선 뒤 주위를 둘러보기 시작했다. 인파로 가득한 극장의 낯익은 정경과 저 무대와 저 소음, 저 시시하고 재미없는 관객 무리는 지금 그 어느 때보다도 그의 주의를 끌지 못했다.

특별석에는 여전히 그렇고 그런 부인들이 그렇고 그런 장교들을 뒤편에 대동하고 있었다. 누가 누구인지 알 도리가 없는 한결같은 모습의 알록달록한 여자들과 제복과 프록코트 차림의 남자들, 맨 위층 입석에 자리 잡은 매한가지로 꾀죄죄한 무리들. 그리고 그 모든 군중 가운데, 특별석 맨 앞 열에 마흔 명가량의 **진짜** 남자와 여자 들이 있었다. 브론스키는 바로 그 오아시스에 즉시 주목하였고, 곧바로 그들과의 사교 활동에 돌입했다.

그가 들어섰을 때는 이미 막이 내렸기에, 그는 형의 자리에 들르지 않고 곧장 앞 열로 가서는 세르푸홉스코이와 나란히 각광등 옆에 섰다. 무릎을 굽힌 채 구두 뒤축으로 각광등을 두드리던 그가 멀리서 브론스키를 발견하고는 미소를 보내며 자기 쪽으로 오라고 부른 참이었다.

브론스키는 아직 안나를 보지 못했고, 일부러 그녀 쪽을 쳐다보지 않았다. 그러나 사람들의 눈길을 통해서 그녀가 어디 있는지 알 수 있었다. 그는 슬며시 뒤를 돌아보았지만, 그녀를 찾는 건 아니었다. 운이 나쁠 경우를 예상하면서 알렉세이 알렉산드로비치를 눈으로 찾았던 것이다. 그러나 다행히도, 오늘 알렉세이 알렉산드로비치는 극장에 오지 않았다.

「아니, 어떻게 군인 티가 이렇게 안 날 수가!」세르푸홉스코이가 말했다. 「외교관이나 예술가, 뭐 그런 부류 같군.」

「그래, 귀국하자마자 이렇게 연미복을 입었네.」브론스키가 웃으면서 오페라글라스를 천천히 꺼내 들었다.

「그 점에 있어서는 자네가 부럽구먼. 외국에서 돌아와서 이걸 달 때면…….」그가 군복의 장식 술을 매만졌다. 「자유가 얼마나 아쉬운지 몰라.」

세르푸홉스코이는 이미 오래전부터 브론스키를 공직에 복귀시키는 일을 단념한 터였다. 그러나 예전처럼 그를 좋아했고, 지금은 특히나 그에게 다정했다.

「늦어서 1막을 못 봤으니 안타깝네.」

브론스키는 그의 말을 한 귀로 흘려들으며 오페라글라스를 1층 특별석에서 2층석 쪽으로 돌린 다음 특별석 부스를 살폈다. 움직이는 오페라글라스의 유리알 너머 터번을 쓴 부인들과 신경질적으로 눈을 깜박이는 대머리 노인 곁에서 브론스키는 문득 레이스에 감싸인 채 미소 짓고 있는, 오만하고도 놀라울 정도로 아름다운 안나의 두상을 발견했다. 그녀는 그로부터 스무 걸음 떨어진 아래층의 다섯 번째 특별석에 앉아 있었다. 앞쪽에 앉은 채 몸을 살짝 돌리고는 야시빈에게 뭔가를 얘기하는 모습이었다. 넓고 아름다운 어깨 위로 솟은 머리의 자태며, 절도 있으면서도 상기된 눈과 얼굴 전체의 광채는 그에게 모스크바의 무도회에서 봤을 때의 모습을 완벽하게 상기시켜 주었다. 그러나 이제 그는 그러한 아름다움을 전혀 다르게 받아들이고 있었다. 지금 그녀에 대한 감정 속에는 그 어떤 신비한 것도 없었으며, 따라서 그녀의 미모는 비록 예전보다도 더 강렬하게 그를 매혹시킬지언정 그와 동시에 굴욕감을 안겨 주는 것이었다. 그녀는 브론스키 쪽을 쳐다보지 않았지만, 그는 그녀가 이미 자신을 봤음을 감지했다.

브론스키가 다시 그쪽으로 오페라글라스를 돌렸을 때, 그는 바르바라 공작 영애의 유달리 붉은 얼굴, 그리고 부자연스럽게 웃으며 끊임없이 옆의 부스를 돌아보는 그녀의 모습을 발견했다. 반면에 안나는 부채를 접어서 붉은색 벨벳을 두드리며 어딘가를 주시할 뿐 옆 부스에서 벌어지는 일은 보지도, 보려 하지도 않으려는 기색이 역력했다. 야시빈의 얼굴에는 그가 내기에서 졌을 때 짓곤 하는 표정이 드리워 있었다. 그는 이맛살을 찌푸린 채 왼쪽 콧수염을 점점 더 깊숙이 입안으로 빨아들이면서 바로 그 옆 부스를 향해 곁눈질을 해댔다.

왼쪽 특별석 부스에는 다름 아닌 카르타소프 부부가 있었다. 브론스키는 그들을 알고 있었고, 안나와 그들의 친분도 잘 아는 터였다. 빼빼 마르고 몸집이 작은 카르타소바 부인이 자신의 부스에 서서 안나를 향해 등을 돌린 채 남편이 건네는 망토를 걸치고 있었다. 창백하고 화가 난 얼굴로 격앙되어 무언가를 이야기하는 모습이었다. 뚱뚱한 대머리 신사 카르타소프는 부단히 안나를 돌아보며 아내를 진정시키려고 애썼다. 아내가 나가 버리자 그는 한참을 미적거리며 안나의 시선을 살폈다. 그녀에게 인사를 할 요량인 듯했다. 그러나 일부러 못 본 체하는 게 분명한 안나는 뒤로 몸을 돌리고서, 자신을 향해 짧게 깎은 머리를 숙이고 있는 야시빈에게 무언가를 얘기하고 있었다. 카르타소프는 인사 없이 나갔고, 부스는 텅 비었다.

카르타소프 부부와 안나 사이에 무슨 일이 있었는지는 알수 없었지만, 안나에게 무언가 모욕적인 일이 벌어졌음을 브론스키는 알아챘다. 무엇보다도 안나의 얼굴에서 드러났기에 이를 짐작할 수 있었다. 그가 보기에 그녀는 스스로 자초한 배역을 감당하기 위해 안간힘을 쓰는 중이었고, 겉으로 태연한 듯 굴며 그 배역을 완벽하게 소화해 내고 있었다. 그녀와 그녀의 일행을 모르는 사람들, 그녀가 감히, 그것도 예의 레이스 장식을 달고 미모를 뽐내며 보란 듯이 나타났다는 사실에 여자들이 표했던 그 모든 연민과 분노와 경악을 듣지 못한 사람들은, 이 여인의 조용한 기품과 아름다움에 감탄할 뿐, 그녀가 치욕의 기둥에 내걸린 사람의 심정을 느끼고 있다는 사실은 전혀 알아채지 못했다.

무언가 일이 있는 건 알았으되 정확히 무슨 일인지 알 수 없었던 브론스키는 극심한 불안에 무엇이든 알아보려고 형이 있는 부스로 갔다. 일부러 안나의 반대편에 있는 일반석 통로를 택해 나오던 그는 지인 두 사람과 얘기 중이던 자신의 옛 연대장과 마주쳤다. 그는 그들 사이에서 카레니나라는 이름이 거론되고, 연대장이 큰 소리로 자신을 부르며 지인들에게 의미심장한 눈길을 던지는 것을 알아챘다.

「이런, 브론스키 아닌가! 대체 연대에는 언제 들를 텐가? 환송연도 없이 자네를 보낼 수는 없지. 자네는 우리 토박이 아닌가.」연대장이 말했다.

「겨를이 없네요. 참으로 유감입니다만, 다음 기회에 들르죠.」브론스키가 말하고는 계단을 따라 2층에 있는 형의 부스로 뛰어 올라갔다.

브론스키의 모친인 늙은 백작 부인은 예의 은회색 머리를 돌돌 말아 올린 채 형의 부스에 앉아 있었다. 그는 2층 복도에서 소로키나 공작 영애와 함께 있던 바랴와 마주쳤다.

바랴는 소로키나 공작 영애를 시어머니에게 모시고 간 뒤 시동생에게 악수를 청하고는 곧바로 그가 궁금해하는 일에 대해 얘기하기 시작했다. 브론스키로서는 본 적이 거의 없을 정도로 흥분한 모습이었다.

「저열하고 추잡한 짓이에요. 게다가 마담 카르타소바는 아무런 권리도 없다고요. 마담 카레니나는……」그녀가 이렇게 말을 꺼냈다.

「대체 무슨 일인데요? 나는 모릅니다.」

「아니, 못 들으셨어요?」

「아시다시피, 저는 그 얘길 맨 마지막으로 듣게 될 사람이니까요.」

「저 카르타소바처럼 못된 사람이 또 있을까요?」

「그러니까 그녀가 무슨 짓을 저질렀는데요?」

「남편이 그러는데…… 그녀가 카레니나를 욕보였대요. 남편이 부스 너머로 카레니나와 이야기를 나눈다고 난리를 피운 거예요. 큰 소리로 뭔가 모욕적인 말을 내뱉고는 나가 버렸다네요.」

「백작님, maman(어머님)께서 부르십니다.」 소로키나 공작 영애가 부스의 문틈으로 들여다보며 말했다.

「내내 너를 기다렸다.」 어머니는 조소를 흘리고 있었다. 「통 보이질 않더구나.」

기쁨의 미소를 억제하지 못하는 어머니의 모습을 아들은 감지했다.

「안녕하세요, maman(어머니). 이렇게 왔잖습니까.」 그가 차갑게 대꾸했다.

「왜 faire la cour à madame Karénine(카레니나 부인의 시중을 들지) 않는 거냐?」 소로키나 공작 영애가 물러나자 그녀가 덧붙였다. 「Elle fait sensation. On oublie la Patti pour elle(그녀가 파문을 일으키고 있는데 말이야. 그녀 때문에 다들 파티에 관해서는 까맣게 잊었단다).」

「Maman(어머니), 부탁인데 그 얘기는 하지 말아 주세요.」 그가 인상을 찌푸렸다.

「모두가 하는 말을 하는 것뿐이다.」

브론스키는 아무런 대답도 하지 않고 소로키나 공작 영애에게 몇 마디 건넨 뒤 부스를 나갔다. 문 앞에서 그는 형과 마주쳤다.

「아, 알렉세이!」 형이 말했다. 「이 얼마나 추잡한 일이냐! 어리석은 여자야. 그 이상은 아무것도 아니다……. 지금 그녀에게 가볼 참이었다. 같이 가자꾸나.」

브론스키에게는 형의 말이 들리지 않았다. 그는 재빠른 걸음으로 아래층으로 갔다. 무언가를 해야 할 것 같았지만 뭘 해야 할지 알 수가 없었다. 그녀 자신은 물론 자기까지 이토록 난처한 상황에 몰아넣은 안나에 대한 분노가 그녀의 고통을 향한 연민과 함께 그를 흥분시켰다. 그는 아래층 일반석으로 내려가 곧장 안나의 특별석 부스로 향했다. 부스 옆에서 스트레모프가 선 채 그녀와 이야기를 나누고 있었다.

「더 이상 테너는 없어요. Le moule en est brisé(그들은 멸종했답니다).」

브론스키는 그녀에게 고갯짓을 하고 그 자리에 서서 스트레모프와 인사를 나누었다.

「늦게 와서 제일 멋진 아리아를 놓친 것 같네요.」 그녀가, 그가 느끼기에 조소 어린 눈빛으로 바라보면서 말을 건넸다.

「나야 형편없는 애호가니까요.」 그는 대답하며 엄한 눈초리로 그녀를 쏘아보았다.

「야시빈 공작처럼 말이죠.」 그녀가 웃으며 덧붙였다. 「그 분은 파티가 너무 큰 소리로 노래하는 것 같다고 하더군요.」

「고마워요.」 브론스키가 집어 올린 공연 프로그램을 긴 장갑에 감싸인 조그만 손으로 받아 들며 그녀가 말했다. 그 순간 그녀의 아름다운 얼굴이 흠칫 떨렸다. 그녀는 자리에서 일어나 특별석 부스 안쪽으로 갔다.

다음 막이 올랐을 때 그녀의 부스가 비어 있는 것을 알아챈 브론스키는 카바티나[38]의 선율에 조용해진 극장에 〈쉿〉 하는 소리를 불러일으키며 일반석을 빠져나와 숙소로 향했다.

안나는 이미 숙소에 와 있었다. 브론스키가 그녀의 방으로 들어섰을 때, 안나는 극장에 입고 간 옷차림 그대로, 벽에 붙은 안락의자에 혼자 앉아서 앞을 응시하고 있었다. 그녀는 그를 힐끗 보고는 곧바로 조금 전과 같은 자세를 취했다.

「안나.」그가 입을 열었다.

「모든 게 당신 탓이에요!」그녀가 자리에서 일어나면서 절망과 적의와 눈물이 어린 목소리로 외쳤다.

「내가 부탁했잖아요. 가지 말라고 빌었잖아요. 나는 알고 있었으니까. 당신이 불쾌한 일을 겪게 되리라는 걸……..」

「불쾌해요!」그녀가 소리쳤다. 「끔찍하다고요! 평생 그 일을 잊지 못할 거예요. 그 여자가 말하길, 내 옆에 나란히 앉아 있는 게 치욕스럽다고 하더군요.」

「어리석은 여자가 한 말이에요.」그가 말했다. 「그러게 뭣 때문에, 그렇게 위험을 감수하고 일을 자초한 건지 —」

「당신의 침착함이 증오스러워요. 당신은 나를 그 지경까지 몰고 가지 말았어야 해요. 당신이 나를 사랑한다면 —」

「안나! 여기서 왜 내 사랑을 문제 삼는 건지 —」

「그래요, 당신이 나를 사랑한다면, 당신이 나처럼 괴로워했더라면, 나처럼……..」그녀가 겁먹은 표정으로 그를 쳐다보며 말했다.

38 오페라의 서정적 독창곡.

그녀가 가여웠음에도 불구하고 그는 화가 났다. 하지만 그녀에게 자신의 사랑을 확신시켜 줄 수 밖에 없었다. 지금은 오직 그것만이 그녀를 진정시킬 수 있는 터였다. 말로써 책망하지는 않았지만, 그는 속으로 그녀를 질책하고 있었다.

브론스키로서는 입 밖에 내기가 부끄러울 정도로 저속하게 여겨지는 사랑의 맹세를 그녀는 자기 안에 깊숙이 빨아들였고, 그럼으로써 조금씩 진정되어 갔다. 그리고 다음 날 완전히 화해한 두 사람은 시골로 떠났다.

제3권에서 계속

안나 카레니나 2

옮긴이 이명현 1969년 서울에서 태어나 고려대학교 노어노문학과를 졸업했다. 동대학 대학원에서 알렉산드르 블로크의 예술적 산문에 대한 연구로 박사 학위를 받았으며, 모스크바 국립 대학에서 블로크의 서사시를 연구하여 문학 박사 학위를 받았다. 블로크를 비롯한 러시아 모더니즘 시와 은세기 문화를 연구해 왔으며, 최근에는 한국과 러시아 근현대 문학의 비교 연구에 주력해 왔다. 현재 고려대학교 노어노문학과 교수로 재직 중이다. 주요 논문으로 「서정적 주인공에 관하여」, 「『카라마조프가의 형제들』과 『삼대』」, 「안나 아흐마토바의 타슈켄트 시절」 등이 있으며, 저서로는 『러시아 인문 가이드』(공저), 『나를 움직인 이 한 장면 ─ 러시아문학에서 청춘을 단련하다』(공저), 역서로는 표도르 도스토옙스키의 『백야 외』(공역), 니콜라이 고골의 『감찰관』, 『삶은 시작도 끝도 없다 ─ 러시아 현대 대표 시선』 등이 있다.

지은이 레프 톨스토이 **옮긴이** 이명현 **발행인** 홍예빈·홍유진
발행처 주식회사 열린책들 **주소** 경기도 파주시 문발로 253 파주출판도시
전화 031-955-4000 **팩스** 031-955-4004 **홈페이지** www.openbooks.co.kr
Copyright (C) 주식회사 열린책들, 2018, 2024, *Printed in Korea.*
ISBN 978-89-329-2397-0 04890 **ISBN** 978-89-329-2390-1 (세트)
발행일 2018년 8월 30일 세계문학판 1쇄(상) 2023년 7월 10일 세계문학판 7쇄(상)
2018년 8월 30일 세계문학판 1쇄(하) 2023년 4월 15일 세계문학판 6쇄(하) 2024년
4월 5일 세계문학 모노 에디션 1쇄